『破閑集』역주

원광대 사학과 나종우 교수님과 성신여대 사학과 이상선 교수님의 명예로운 정년을 축하합니다.

고려대학교 대학원 고려시대사 전공자 일동

역주자 고려대학교 한국사연구소 고려시대사연구실

세부 참여자:
이진한   고려대학교 한국사학과 교수
임형수   고려대학교 한국사연구소 연구원
오치훈   고려대학교 한국사학과 박사과정 수료
김선미   고려대학교 한국사연구소 연구원
김규록   고려대학교 한국사연구소 연구원
김보광   고려대학교 한국사연구소 연구교수
이미지   국사편찬위원회 편사연구사
김태준   고려대학교 한국사학과 석사과정 수료
이민경   고려대학교 한국사학과 석사과정 수료

『破閑集』 역주

초판 1쇄 인쇄 ┃ 2013년 1월 2일
초판 1쇄 발행 ┃ 2013년 1월 9일

역주자 ┃ 고려대학교 한국사연구소 고려시대사연구실
발행인 ┃ 한정희
발행처 ┃ 경인문화사
편 집 ┃ 신학태 김지선 맹수지 문영주 송인선 안상준 조연경
주 소 ┃ 서울특별시 마포구 마포동 324-3
전화: 718-4831, 팩스: 703-9711
이메일: kyunginp@chol.com
홈페이지: www.kyunginp.co.kr / 한국학서적.kr
등록번호 ┃ 제10-18호(1973. 11. 8)

ISBN : 978-89-499-0916-5 93810
정가 : 37,000원
*파본 및 훼손된 책은 교환해 드립니다.

『破閑集』 역주

고려대학교 한국사연구소
고려시대사연구실

景仁文化社

본서에 수록된 내용의 학술지 게재 권호와 연월

이진한, 임형수, 김선미, 2010.2, 「교감 역주『破閑集』(1)」, 『韓國史學報』 38
이진한, 김보광, 김태준, 2010.5, 「교감 역주『破閑集』(2)」, 『韓國史學報』 39
이진한, 이미지, 이민경, 2010.8, 「교감 역주『破閑集』(3)」, 『韓國史學報』 40
이진한, 오치훈, 김규록, 2010.11, 「교감 역주『破閑集』(4)」, 『韓國史學報』 41
이진한, 임형수, 오치훈, 2011.2, 「교감 역주『破閑集』(5)」, 『韓國史學報』 42
이진한, 임형수, 김선미, 2011.5, 「교감 역주『破閑集』(6)」, 『韓國史學報』 43
이진한, 오치훈, 김규록, 2011.8, 「교감 역주『破閑集』(7)」, 『韓國史學報』 44
이진한, 오치훈, 김선미, 2011.11, 「교감 역주『破閑集』(8)」, 『韓國史學報』 45
이진한, 임형수, 김규록, 2012.2, 「교감 역주『破閑集』(9)」, 『韓國史學報』 46
이진한, 임형수, 김선미, 2012.5, 「교감 역주『破閑集』(10)」, 『韓國史學報』 47

서문

　『破閑集』은 고려 무신정권기 관인이자 문인이었던 李仁老(1152~1220)가 지은 詩話集이다. 이 책은 고려시대 시가와 문학의 연구에 기본 자료가 될 뿐 아니라 그 내용 속에 담긴 여러 가지 일화들은 당시 사회상과 지배층의 가치관을 알려주고 있다. 이러한 사료적 가치 때문에 일찍이 한문학의 연구자들에 의해 주목되어 훌륭한 번역서와 역주서가 나왔다. 하지만, 역사전공자들이 보기에는 고려시대에 관련된 용어에 대한 서술은 충분하지 않거나 심지어 잘못된 것도 있었다.

　이에 정확한 역주서를 만들어보자는 취지로 고려대학교 대학원 고려시대 전공자들은 2009년초부터 팀 세미나에서 『破閑集』의 강독을 시작하였다. 매주 모여서 원문의 校勘과 번역하였고, 주요 용어나 구절에 대해 註解를 하였으며, 그 성과를 「교감 역주 破閑集」이라는 제목으로 2010년 2월부터 2012년 5월까지 10회에 걸쳐 『韓國史學報』에 연재하였다.

　그 과정에서 가장 어려웠던 것은 역시 한시의 번역이었는데, 선학들의 성과를 참고해서 쉽게 풀어쓰고자 하였다. 다만, 번역문과 주해가 연관되어야 하므로 번역문에서 주요 용어를 풀어쓰지 않고 직역한 경우도 많아서 번역의 표현이 다소 어색하게 느껴지는 사례도 있을 것이다.

　다음으로 『破閑集』에는 漢詩와 관련된 중국의 고사와 인물이 많이 등장하는데, 이것을 학술적으로 주해하는 것이 한국사 전공자들에게 쉽지 않은 일이었다. 중국의 고사를 설명하기 위해 연구 서적과 논문을 찾았고 인물은 인명사전류를 조사하였으며, 그래도 없는 것은 〈四庫全書〉를 검색하여 해석해 보았다. 그리고 한국사 특히 고려시대사와 관련된 것은 최신 연구 성과를 반영하고 상세히 설명하여 독자들이 쉽게 이해되도록 노력하였으며, 『破閑集』의 내용이 다른 문헌에는 어떻게 실려 있는지를 비교해두었다.

한편 책의 체제는 원문, 번역문, 주해의 순으로 구성되었다. 원문은 목판본 가운데 상대적으로 인쇄상태가 양호한 趙鍾業 編, 『韓國詩話叢編』(1989, 東西文化院; 修正增補, 1996, 太學社)에 포함된 『破閑集』을 저본으로 하였으며, 원문에서 명백히 잘못된 글자는 바로 잡아 각주에 적어놓았다. 또한 異體字와 異形字는 원문에서 제시하였고, 반복해서 같은 글자가 나오는 점을 고려해서 부록에 일람을 만들어 常用字를 찾을 수 있게 하였다.

또한 주해의 효과를 극대화하기 위해 색인을 비교적 철저히 하였다. 색인에서 빈도가 많았던 龍頭-壯元及第-, 慶源李氏, 玉堂-翰林院-, 國師, 王師, 神仙, 牡丹, 李白, 杜甫, 蘇軾, 睿宗, 崔讜, 林椿, 吳世才 등은 李仁老의 자부심이자 관심사였으며, 그의 인적교류와 더불어 당시 지배계층이 추구하는 이상적인 것들이 무엇인지를 알려주고 있다.

이상에서 소개했듯이 선학들의 것보다 조금 나은 역주서를 만들기 위해서 최선을 다했지만 여전히 부족한 점이 많은 것 같다. 번역과 주해에 대한 독자들의 叱正을 기꺼이 감수할 것이다.

이 책의 출간에 즈음하여 어려운 한시와 한문을 번역하고 정확한 주석을 만들기 위해 노력했던 임형수를 비롯한 고려대학교 대학원 고려시대사 전공 학생들의 노고를 치하한다. 전 민족문화추진회 국역실장이신 박찬수선생님은 번역에 대한 교열을 해주셔서 책의 가치를 높여주셨다. 아울러 훌륭한 책을 만들어주신 경인문화사 한정희 사장님과 벽자 및 이형자, 이체자가 적지 않아서 어려움을 겪었던 문영주씨, 복잡한 색인을 깔끔하게 정리해준 안상준씨를 비롯한 편집담당자에게 감사의 뜻을 전하고 싶다. 끝으로 2013년 2월에 정년을 맞은 원광대학교 사학과 나종우 선생님과 성신여자대학교 사학과 이상선 선생님의 앞날에 바라는 일이 많이 생기기를 바란다.

2013년 1월

李 鎭 漢

목차

『破閑集』卷下

『破閑集』跋

『破閑集』 卷上

역주

破閑集[1]卷上*

[註解]

1) 破閑集: 고려시대의 문인인 李仁老가 지은 우리나라 최초의 詩話集으로 3권 1책으로 되어 있다. 본격적인 문학 비평은 고려후기에 이르러 시작되었는데, 『破閑集』이 그 효시이다. 책의 내용은 대부분 시에 관한 일화와 작품 소개에 시평을 더한 것으로 1차적으로는 고전시학을 연구하는 데 있어 귀중한 연구 자료가 되고, 무신정권기를 전후한 고려의 사회상을 당대인의 시각에서 보여주고 있으므로, 역사학적으로도 중요한 가치를 갖는다.

책의 제목인 '파한'은 '한가로움을 깨뜨린다'라는 뜻인데, '한가로움'의 의미는 이인로의 아들 이세황이 『破閑集』에 붙인 발문에 잘 나타나 있다. 발문에 따르면, 공명을 이루고 난 뒤 벼슬에서 물러났거나 산림에 은거하여 마음이 바깥의 일을 사모하지 않는 경지에 이르러야 비로소 한가하다[閑]고 할 수 있다고 하였다. 이인로는 이와 같은 평온한 마음을 가진 사람만이 한가함을 깨뜨리고[破閑] 진정한 문학을 하는 경지에 이를 수 있다는 자부심을 드러내고자 자신의 문집에 『破閑集』이라는 제목을 붙였던 것이다.

『破閑集』은 按廉使인 王公(이름은 전하지 않는다)이 후원하여 1260년(원종 1) 3월에 초간되었는데 초간본은 현재 전하지 않으며, 그 후 1659년(조선 효종 10)에 嚴鼎耉가 경주부윤으로 재임할 때 趙涑의 家藏秘本으로 『破閑集』을 刻板했다는 기록이 남아 있다. 『破閑集』 목판본을 소장하고 있는 대다수의 도서관과 연구기관에서

---

* 『破閑集』 原文을 校勘한 목록은 책의 말미에 부록으로 수록하였다.

는, 20세기 초에 활동하였던 서지학자 李仁榮의 『淸芬室書目』의 내용에 의거하여 현전하는 목판본 『破閑集』의 간행연대를 1659년으로 추정한다.

현재 확인 가능한 『破閑集』의 목판 인쇄본은 판형과 글자체 등으로 미루어 보아 모두 같은 판본을 인출한 것으로 짐작되며, 다만 인쇄 및 제책·보관 상태에는 큰 차이가 나타난다. 여러 목판 인쇄본 가운데 趙鍾業이 모아 간행한 『韓國詩話叢編』(1989, 동서문화원 ; 1996, 태학사)에 포함되어 있는 『破閑集』의 인쇄상태가 가장 양호한 편이다. 다만 조종업본에는 간혹 글자가 결락된 부분이 있는데, 그와 같은 경우 이인영이 고려대에 기증한 목판본 『破閑集』과 국립중앙도서관에서 제공하는 목판본 『破閑集』의 영상 자료가 참조된다.

마지막으로 『破閑集』에 대한 주요한 연구 성과는 다음과 같다.

심호택, 1986, 「『破閑集』의 역사적 성격 - 撰錄意圖의 시대적 배경 - 」, 『한문교육연구』 1.

유영봉, 1989, 「고려 중기 시화 비평의 성립에 대하여 - 파한집을 중심으로 - 」, 『한문교육연구』 3.

蔡尙植, 1991, 「『破閑集』에 보이는 李仁老의 사상적 경향」, 『考古歷史學志』 7.

김진영, 1992, 「『破閑集』의 詩學的 성격」, 『震檀學報』 73.

金龍善, 1992, 「『破閑集』 著述의 歷史的 背景」, 『震檀學報』 73.

김진영, 1995, 「破閑集·補閑集의 詩學的 硏究」, 『국어국문학』 113.

최동국, 2003, 「李仁老 文學 硏究 - 『破閑集』에 나타난 예술 창작론과 심미주체를 중심으로 - 」, 『인천학연구』 2-1.

정시열, 2004, 「高麗時代 風格批評 硏究 - 『破閑集』과 『補閑集』을 대상으로 - 」, 『어문학』 83.

정선모, 2004, 「『破閑集』 板刻에 있어서의 添削문제와 그 文學史的 意義 - 『破閑集』 編纂時基 및 編纂意圖의 新考察을 바탕으로 - 」, 『漢文學報』 10.

[原文]

左諫議大夫·秘書監·寶文閣學士·知制誥 李仁老撰.

[譯文]

좌간의대부[1]·비서감[2]·보문각학사[3]·지제고[4] 이인로[5]가 찬하다.

[註解]

1) 左諫議大夫: 中書門下省의 정4품직으로 1116년(예종 11)에 本品行頭가 되었다(①). 군왕의 과실에 대하여 간언하거나[諫諍], 부당한 처사나 조직을 바로잡는[封駁] 기능 등을 맡았던 中書門下省 郎舍의 관직 중 하나이다. 『高麗史』 百官志에는 1116년 이후 어느 때에 명칭이 司議大夫로 고쳐졌다고 기록되어 있으나, 실제 사례는 1276년에야 보인다. 따라서 그 시기는 元의 강요로 대대적인 관제의 개정이 있었던 1275년(충렬왕 1)이었을 것이다(②). 한편 『高麗史』 列傳에는 이인로가 고종 초에 右諫議大夫를 제수 받은 것으로 되어 있어 차이가 있다(③).

　　①『高麗史』 권76, 志30 百官1 門下府.
　　　이진한, 2004, 「고려시대의 본품항두(本品行頭)」, 『역사와 현실』 54.
　　　李鎭漢, 2007, 「高麗時代 本品行頭制의 運營과 變化」, 『韓國史學報』 26.
　　②朴龍雲, 1971, 「高麗朝의 臺諫制度」, 『歷史學報』 52 ; 1980, 『高麗時代 臺諫制度 硏究』, 一志社, 73쪽.
　　　박용운, 2002, 「譯註 高麗史 百官志(1)」, 『고려시대연구』 Ⅴ, 한국정신문화연구원 ; 2009, 『『高麗史』 百官志 譯註』, 신서원, 95~97쪽.
　　③『高麗史』 권102, 列傳15 李仁老.
중서문하성 郎舍의 조직에 대한 대략적인 내용에 대해서는 다음 논저가 참조된다.

邊太燮, 1967, 「高麗의 中書門下省에 대하여」, 『歷史敎育』 10 ; 1971, 『高
麗政治制度史硏究』, 一潮閣, 37~43쪽.
朴龍雲, 1971, 「高麗朝의 臺諫制度」, 『歷史學報』 52 ; 1980, 『高麗時代
臺諫制度 硏究』, 一志社, 65~77쪽.
   2) 秘書監 : 秘書省의 종3품직이다. 秘書省은 經籍과 祝疏文을
관장하던 기구였다. 국초에는 內書省이라 칭하였고, 995년(성종
14)에 秘書省으로 고쳤다. 문종 관제로 判事 1인(정3품), 監 1인
(종3품), 少監 1인(종4품), 丞 2인(종5품), 郎 1인(종6품), 校書
郎 2인(정9품) 등이 두어졌다(①). 이인로는 고종 초에 秘書監을
역임하였다(②).
   ①『高麗史』 권76, 志30 百官1 典校寺.
      박용운, 2005, 「譯註 高麗史 百官志(4)」, 『고려시대연구』 Ⅸ, 한국
         학중앙연구원 ; 2009, 『『高麗史』 百官志 譯註』, 신서원,
         250~261쪽.
   ②『高麗史』 권102, 列傳15 李仁老.
   3) 寶文閣學士 : 중요문서와 典籍을 보관하던 寶文閣의 종3품 대
우를 받던 관직으로 예종대에 本品行頭가 되었다. 1116년에는 궁궐
안에 淸燕閣을 짓고 경서를 강론하게 하였는데, 이후 궁궐 내에서
학사들의 숙직과 출입에 어려움이 있어 그 옆에 따로 閣을 두고 寶
文閣이라 하였다. 學士는 종3품의 대우를 받았고 直學士는 종4품,
直閣은 종6품의 대우를 받았다. 또 교감 4인을 두었는데 그 중 2인
은 御書院의 교감으로 충당하고 2인은 直史館이 겸임토록 하였다.
이인로가 보문각학사를 역임한 시기는 명확히 확인되지 않는다.
   『高麗史』 권76, 志30 百官1 寶文閣.
   朴龍雲, 2004, 「譯註 高麗史 百官志(3)」, 『고려시대연구』 Ⅶ, 한국정신
         문화연구원 ; 2009, 『『高麗史』 百官志 譯註』, 신서원, 226쪽.
   4) 知制誥 : 詞命의 制撰, 곧 王言을 대신하여 짓는 임무를 맡은
관직이다. 三字銜 또는 知製敎라고도 한다. 지제고는 翰林院과는 별
도의 관직이지만 誥院이 설치되기 전에는 한림원에서 일하였으며,

또한 翰林院의 관원들이 대개 지제고에 임명되어 관련이 깊다. 한림원의 學士와 마찬가지로 이것도 兼職으로 운영되면서, 本品行頭가되었다(①).

知制誥에는 內外의 구별이 있다. 『高麗史』에는 寶文閣의 관원이지제고를 겸하면 內制, 다른 관원이 겸하면 外制라고 되어 있는 반면, 崔滋의 『補閑集』에는 지제고가 省郎에 있으면 內制, 誥院에 있으면 外制라고 되어 있다. 이에 대해 대체로 당대인이며 文翰이었던崔滋의 설명이 정확한 것으로 평가받아서 省郎으로 知制誥를 겸하면 郎舍에서 근무하여 內制－內知制誥－로, 他官으로 겸하면 誥院에서 근무하여 外制－外知制誥－로 불린 것으로 이해한다(②).

한편 지제고로 대표되는 본품항두직은 다른 본품 관직을 지닌 이들에게 제수되어, 그를 해당 관품의 우두머리로 만들어 의례상 중심에 있게 하는 직임이다. 지제고 외에 간의대부, 직문하, 승선, 한림원을 비롯한 諸殿의 학사, 三司의 知事·使·副使 등이 본품항두직이었다. 본품항두직의 운영은 의례상의 역할 뿐만 아니라 해당 관인에대한 서열 등의 대우를 높여주는 효과가 있었다(③).

① 『高麗史』 권76, 志30 百官1 藝文館.
② 崔滋, 『補閑集』 中.
　　朴龍雲, 2004, 「譯註 高麗史 百官志(3)」, 『고려시대연구』 Ⅶ, 한국정신문화연구원 ; 2009, 『『高麗史』 百官志 譯註』, 신서원, 206~217쪽.
③ 이진한, 2004, 「고려시대의 본품항두(本品行頭)」, 『역사와 현실』 54.
　　李鎭漢, 2007, 「高麗時代 本品行頭制의 運營과 變化」, 『韓國史學報』 26.
이에 대한 보다 자세한 내용에 대해서는 다음 논문들이 참조된다.
　　周藤吉之, 1980, 「高麗初期の翰林院と誥院－宋の翰林學士·知制誥との關連において－」, 『東洋學報』 58-3·4 ; 1980, 『高麗朝官僚制の研究』, 法政大學出版局, 290~295·300~313쪽.
　　崔濟淑, 1981, 「高麗翰林院考」, 『韓國史論叢』 4, 11~14쪽.

　　　　邊太燮, 1983,「高麗의 文翰官」,『金哲埈華甲紀念 史學論叢』, 知識産業
　　　　社, 188~206쪽.
　5) 李仁老: 1152~1220. 자는 眉叟, 초명은 得玉이다. 본관은
慶源으로 平章事 李頲의 증손이다. 1180년에 장원으로 급제하여
桂陽管記에 임명되었다가 直史館 등 史翰을 지냈다. 그는 吳世才·
林椿·趙通·皇甫抗·咸淳·李湛之와 친우를 맺었는데 이들을 江左七
賢이라 하였다. 신종 때 禮部員外郎이 되었고, 고종 초에 秘書監·
右諫議大夫를 제수받았으며 69세에 卒하였다. 저서로는 현재『破閑
集』만이 남아있다.
　　　　『高麗史』 권73, 志27 選擧1 科目1 選場.
　　　　『高麗史』 권102, 列傳15 李仁老.
　한편 역사학계는 당시 문인이나 시대상과의 관련 속에서 이인로
를 파악하는 경향이 있다. 이에 비해 한문학 또는 국문학계는 이인
로 개인에 대한 문학적 접근이 매우 활발한데 주로 그의 詩文 자체
나 표현, 이를 통한 그의 詩 세계 분석, 唐·宋 시문과의 비교 등을
다룬다. 그러나 이인로의『破閑集』 자체에 대한 연구는 거의 없는
실정이다.
　이인로에 대한 역사학 분야 연구는 다음이 참조된다.

　　　　金毅圭, 1981,「高麗武人政權期 文士의 政治活動」,『韓㳓劤停年紀念 史
　　　　　　　學論叢』, 지식산업사.
　　　　李佑成, 1982,「고려 무신정권하의 문인지식층의 동향」,『한국의 역사상』,
　　　　　　　창작과 비평사.
　　　　李興鍾, 1983,「李仁老 研究」, 단국대학교 석사학위논문.
　　　　李興鍾, 1989,「李仁老의 思想世界」,『歷史敎育』46, 역사교육연구회.
　　　　李興鍾, 1991,『高麗 武臣政權期 文人의 思想 研究』, 단국대학교 박사학
　　　　　　　위논문.
　　　　朴昌熙, 1991,「무신정권하의 문인들」,『한국사시민강좌』8, 일조각.
　　　　金浩東, 2003,『고려 무신정권시대 문인지식층의 현실대응』, 경인문화사.
　　　　박종진, 2007,「고려시기 해동기로회(海東耆老會)의 결성과 활동」,『역

사와 현실』66.

이인로에 대한 주요한 한문·국문학 분야 연구를 간추리면 다음과
같다.

전형대, 1985, 「高麗朝의 漢詩 研究－李仁老의 詩論과 詩를 중심으로－」,
『韓國文化研究』2, 경기대학교 한국문화연구소.

金應煥, 1986, 「李仁老 文學에 나타난 道敎思想의 研究」, 『한양어문연구』
4, 한양대학교 한양어문연구회.

沈浩澤, 1986, 「李仁老의 文學論」, 『韓國學論叢』13, 계명대학교 한국학
연구소.

趙東一, 1990, 「李仁老와 李奎報의 文學思想의 거리」, 『民族史의 展開와
그 文化』(上), 碧史李佑成先生定年退職紀念論叢刊行委員會.

최동국, 2003, 「李仁老 문학 연구」, 『인천학연구』2-1, 인천대학교 인천
학연구원.

김건곤 외, 2007, 『고려시대의 문인과 승려』, 파미르.

上1.

[原文]

晉陽古帝都, 溪山勝致爲嶺南第一. 有人作其圖, 獻李相國之氏. 帖諸壁以
觀之, 軍府叅謀榮[2]陽與齡往謁, 相國指之曰, "此圖是君桑梓鄉也, 宜留一
句." 操筆立就云, 「數點靑山枕碧湖, 公言此是晉陽圖, 水邊草屋知多少, 中
有吾廬畫也無.」 一座服其精敏.

[譯文]

진양[1]은 옛 제도(帝都)[2]로 시내와 산의 빼어남이 영남 제일이
다.[3] 어떤 사람이 그곳의 그림을 그려 이상국 지저[4]에게 바쳤다. 그
그림을 벽에 걸어두고 감상하는데, 군부참모[5] 영양[6] 사람 (정) 여령[7]

---

2) 榮: 의미상 滎이 맞다. 1번 기사 주해 6) 참조.

이 와서 뵈니 상국이 그것을 가리키며 말하였다. "이 그림은 그대의 상재향[8]이니, 시 한 구절이 있어야 마땅할 것이오." (정여령이) 붓을 잡고 다가서서 다음과 같이 썼다.

「두어 점 푸른 산이 호수 베고 누웠는데
공이 이것을 진양의 그림이라 말해주네
물가의 초가집들 몇 채인가 늘어섰는데
이중에 우리 집은 그렸는가 말았는가.」

좌중이 그의 정민함에 탄복하였다.

[註解]

1) 晉陽: 지금의 경상남도 진주 지역. 백제 때에는 居列城이 있었고, 신라 때 康州, 菁州 등으로 불렸다. 고려 태조 때에 강주로 고쳐졌다. 983년에 설치된 12牧의 하나였으며, 995년에 晉州가 되었고, 1018년에 8목의 하나가 되었다. 그 이후에는 晉康, 菁州로도 불렸다.

『高麗史』 권57, 志11 地理2 晉州牧.
朴宗基, 2006, 「『高麗史』 地理志 譯註(6) - 晉州, 陜州編 - 」, 『한국학논총』 28, 64~65쪽.

2) 古帝都: 진양을 帝都로 표현한 이유는 두 가지 정도로 추정할 수 있다. 먼저, 『書經』 「禹貢」에 보면 禹임금이 治水를 위해 太原 등지로 도읍을 옮겼는데 태원 지역을 晉陽이라고도 불렀다고 한다. 이 점에 착안하여 이 글에서도 진양을 帝都라 표현했으리라고 추정힐 수 있다. 한편 고려의 8대왕인 현종의 父 安宗 郁과의 관련성도 고려된다. 안종 욱은 일찍이 경종의 妃인 獻貞王后 皇甫氏와 사통하여 현종을 낳았고 이로 인해 泗水縣으로 유배를 갔다가 그곳에서 죽었다. 이에 현종은 왕위에 오른 뒤 사수현을 泗州로 승격

시켰는데, 사주는 바로 진주의 속현이었다. 사주가 豊沛의 땅 – 漢高祖의 출신지로서 왕조의 발상지라는 의미로 쓰임 – 이라고도 불렸던 만큼 진양을 帝都라고 했을 수도 있다.

『高麗史』 권57, 志11 地理2 晉州牧 泗州.
『高麗史』 권88, 列傳1 后妃1 獻貞王后皇甫氏.

3) 溪山勝致爲嶺南第一: 『新增東國輿地勝覽』에도 『破閑集』의 내용을 인용하여 '李仁老集, 晉陽溪山勝致爲嶺南第一'이라 하였다.

『新增東國輿地勝覽』 권30, 慶尙道 晉州牧 形勝.

4) 李相國之氐: 1092~1145. 李之氐. 본관은 慶源으로 시중을 지낸 李公壽의 아들이다. 1120년에 장원 급제하여 直翰林院이 되었고 右正言, 禮部郎中, 左承宣, 樞密院副使, 知樞密院事, 禮部尙書 등을 역임하였다. 1141년 12월에 宰臣의 하나인 政堂文學으로 임명되었고 2년 뒤에는 叅知政事에 이르렀다가 1145년 5월에 54세를 일기로 사망하여 中書侍郎平章事에 추증되었다(①). 일반적으로 相國이 재신을 가리키는 말이었음을 감안한다면, 본문의 내용은 대체로 이지저가 정당문학에 임명된 1141년 12월 이후에 있었던 일로 추정된다.

또한 주목할 만 한 것은 이지저가 당시 실권을 장악하고 있었던 이자겸과 친족이었지만 정치적 입장은 달랐다는 점이다. 이자겸의 집권 당시에 그를 지지하지 않던 사람들은 많은 곤란을 겪었는데, 이지저 역시 그 중 한 사람이었다. 그러나 이자겸의 실각 이후에 이지저를 비롯한 反이자겸 세력은 정치적으로 많은 활동을 하였다(②).

① 『高麗史』 권14, 世家14 睿宗 15년 5월 辛亥.
『高麗史』 권16, 世家16 仁宗 16년 8월 乙卯·12월 己未.
『高麗史』 권17, 世家17 仁宗 17년 12월 辛未·18년 12월 丙寅·19년 12월 庚寅·21년 12월 丁未·23년 5월 丙辰.
『高麗史』 권73, 志27 選擧1 科目1 睿宗 15년 5월.
『高麗史』 권95, 列傳8 李子淵 附之氐.

② 李萬烈, 1980, 「高麗 慶源李氏 家門의 展開過程」, 『韓國學報』 21.

E. J. Shultz, 1983, 「韓安仁派의 登場과 그 役割 - 12世紀 高麗 政治 史의 展開에 나타나는 몇 가지 特徵 -」, 『歷史學報』 99·100.

盧明鎬, 1987, 「李資謙一派와 韓安仁一派의 族黨勢力 - 高麗中期 親屬 들의 政治勢力化 樣態」, 『韓國史論』 17, 서울대학교 국사학과.

신수정, 2005, 「고려시대 慶源李氏 家門의 정치적 변화에서의 혼인 망」, 『韓國史學報』 21.

김정권, 2006, 「高麗 仁宗代 李資謙亂의 處理와 '維新世代'」, 『人文 學研究』 33, 충남대학교 인문학연구소.

5) 軍府叅謀: 군부참모가 무엇을 가리키는지 명확하지 않다. 6위 의 錄事叅軍事로 볼 가능성도 있다.

6) 榮陽: 고려시대에 영양이란 지명은 찾아지지 않는다. 문맥상 중국 정씨의 貫鄕인 榮陽 - 지금의 중국 하남성 형양시 - 을 지칭한 것으로 생각된다.

중국 東晉~南北朝 시기에는 개인들이 官途로 진출하는 데에는 家格[家品]이 매우 큰 영향을 미쳤다. 특히 北魏 孝文帝 시기에 가 서는 왕실과 통혼할 수 있는 4姓의 漢人 집단을 정하였는데, 范陽 盧氏·淸河 崔氏·榮陽 鄭氏·太原 王氏가 그들이다. 여기에 隴西 李 氏와 趙郡 李氏를 더해 5姓이라고도 하였다(①). 이처럼 地域과 姓을 결합한 형태로 家格을 드러내던 전통은 638년에 『氏族志』의 편찬으로 이어져서 293姓 1651家의 族望이 9등급으로 정리되었다. 이때에는 崔·盧·李·鄭 순서의 4성이 당시 가장 명망 높은 가문이 었다(②).

한편, 본문에 나오는 정여령을 비롯해 『破閑集』에 등장하는 鄭襲 明·鄭知常 등은 본관이 晉州, 迎日 - 延日 - , 西京 - 平壤 - 으로 각각 다르지만(③) 모두 榮陽 출신으로 표현되었다. 이 역시 정여 령을 형양 여령으로 표현한 것과 같은 맥락이다.

① 宮崎市定, 1956, 『九品官人法의 研究 - 科擧前史』, 東洋史研究會 ; 임

대회·신성곤·전영섭 역, 2002, 『구품관인법의 연구』, 소나무, 380~385쪽.

戶川貴行, 2005, 「北魏孝文帝の姓族分定と民爵賜与について」, 『東アジアと日本: 交流と變容』 2.

② 『舊唐書』 권65, 列傳15 高士廉傳·『資治通鑑』 195, 唐紀11 太宗 貞觀 12년 正月.

山下將司, 2002, 「唐初における『貞觀氏族志』の編纂と「八柱國家」の誕生」, 『史學雜誌』 111-2.

③ 『高麗史』 권98, 列傳11 鄭襲明.

『高麗史』 권127, 列傳40 叛逆1 妙淸.

「鄭襲明墓誌銘」, 『高麗·朝鮮墓誌 新資料』, 국사편찬위원회, 2006, 24~28쪽.

7) 與齡: 주해 6)의 내용을 참조하면 鄭氏의 이름일 것이다. 그에 대해서는 『破閑集』 기록 외에 더 상세한 사항을 확인할 수 없다. 후대의 기록 중에 鄭與齡은 晉州人으로 人家의 벽 위에서 晉州圖를 보고 이 시를 지었다는 내용이 있다.

『芝峯類說』 권13, 文章部6 東詩.

8) 桑梓鄕: 『詩經』 「小雅」 小弁 '維桑與梓 必恭敬止'에서 나온 말이다. 朱子 註에서는 '桑, 梓 두 나무는 옛날 五畝之宅에서 담장 아래 심어 자손에게 남겨서 蠶食을 공급하고 器用을 갖추도록 한 것이다[桑梓二木 古者五畝之宅 樹之墻下 以遺子孫 給蠶食 具器用 者也].'라고 하였다. 後漢 이래로 鄕里의 뜻으로 사용되기도 하였다. 여기서 상재향은 고향이라는 뜻으로 사용되었다.

諸橋轍次, 1985, 「桑」, 『大漢和辭典』 6, 大修館書店, 335쪽.

上2.

[原文]

讀惠弘冷齋夜話, 十七八皆其作也. 淸婉有出塵之想, 恨不得見本集. 近有以

筠溪集示之者, 大率多贈答[3]篇. 玩味之, 皆不及前詩遠甚. 惠弘雖奇才, 亦未免瓦注也[4]. 古語云, ‘見面不如聞名.’ 信矣. 因見潘大臨寄謝臨川一句, 今爲補之. 「滿城風雨近重陽, 霜葉交飛菊半黃. 爲有俗雰來敗意, 唯將一句寄秋光.」

[譯文]

혜홍[1]의 『냉재야화』[2]를 읽어보니 열에 일곱 여덟은 모두 그가 지은 것이다. 맑고 아름다워 속세를 벗어나는 느낌이 있지만 안타깝게도 본집을 볼 수 없었다. 최근 『균계집』[3]으로 그것을 볼 수 있었는데 대부분 贈詩·答詩 편이 많았다. 천천히 음미해보니 모두 앞의 시에 미치지 못함이 매우 심했다. 혜홍이 비록 보기 드물게 뛰어난 재주가 있었으나 역시 와주[4]에서 벗어나지 못하였다. 옛말에 이르기를 ‘직접 보니 명성만 못하다.’라고 했는데 딱 맞다. 반대림[5]이 사임천[6]에게 보낸 시 한 구를 보고서 지금 보탠다.

「풍우는 온 성에 가득하고 중양절 가까우니,
　서리 맞은 잎 흩날리며 황국은 반쯤 피었네.
　속인이 분분히 와서 흥을 깼기 때문에
　오직 절구 하나로 가을 풍경에 부치네.[7]」

[註解]

1) 惠弘: 1071～1128. 자는 覺範, (慧)惠洪·德洪이라고도 한다. 宋代 臨濟宗 계통의 승려이다. 江西路 瑞州府 新品縣에서 출생하여 1084년에 출가하였고, 1089년에 東京 天王寺에서 宣秘律師에게 俱舍·唯識을 배웠으며 후에 임제종 楊岐派의 眞淨克文에게서

---

3) 荅: 다른 글자이지만 答과 통용된다.
4) 也: 『韓國詩話叢編』(趙鍾業 編, 1989, 동서문화원 ; 1996, 태학사)에는 결락되었으나, 고려대에서 소장하고 있는 이인영 기증본 『破閑集』과 국립중앙도서관에서 이미지형태로 제공하는 『破閑集』에는 선명하게 나타나 있다.

心法을 얻었다고 전해진다. 撫州 景德寺·金陵 淸凉寺에 거처하였고, 송 휘종에게 寶覺圓明이라는 법호를 받았으며 흠종도 그를 중용하였다. 혜홍은 의술로써 張商英과 친분이 있었고 郭天信의 문하에서 왕래하였으므로, 法和 등의 무고로 수차 투옥되었을 때에 이들의 도움을 받기도 했다. 그러나 1111년에 두 사람으로 인해 죄를 얻어 유배당하였다. 湘西 南臺에 明白庵을 짓고 저술에 전념했다. 저서로는 『石門文字禪』, 『冷齋夜話』, 『林間錄』, 『僧寶傳』 등이 있다.

　　蔡尙植, 1991, 「≪破閑集≫에 보이는 李仁老의 사상적 경향」, 『考古歷
　　　　史學志』 7.
　　張撝之 외 주편, 1999, 『中國歷代人名大辭典』 下, 上海古籍出版社, 2296쪽.
　2) 冷齋夜話: 혜홍의 저서로 총 10권이다. 蘇軾, 歐陽脩, 劉禹錫, 白居易 등 당·송대 문인들의 시에 대한 비평 및 시에 얽힌 이야기를 수록한 일종의 시화집이다. 이로 보아 이인로의 『破閑集』 역시 이러한 시화집 계통이나 송대 선승들에 의해 유행한 公案集에서 영향을 받았을 가능성이 크다(①). 이인로가 송 승려의 시화집인 『冷齋夜話』라는 책까지 읽었다는 것은 당시 고려와 송 사이의 활발한 문화적 교류를 짐작하게 하는 사례라고 하겠다.

　　① 蔡尙植, 1991, 「≪破閑集≫에 보이는 李仁老의 사상적 경향」, 『考古
　　　　歷史學志』 7.
　3) 筠溪集: 宋 李彌遜(1089~1153)의 시문집이다. 이미손의 자는 似之, 호는 筠溪이다. 그는 1109년에 진사가 되었고, 起居郞 등 여러 관직을 거쳤다. 宋 徽宗 때 사람을 모아 南下하는 金의 군대를 막았으며, 1138년에 金과의 화친을 반대하다가 관직에서 물러났다.

　　『宋史』 권382, 列傳141 李彌遜.
　　張撝之 외 주편, 1999, 『中國歷代人名大辭典』 上, 上海古籍出版社, 992쪽.
　4) 瓦注: 『莊子』 「達生」 편 '以瓦注者巧 以鉤注者憚 以黃金注者殙 其巧一也 而有所矜則重外也 凡外重者內拙'에서 나온 말이다(①).

宋 林希逸의 『莊子口義』에 보면, 질그릇을 내기로 걸고 활쏘기를 하면 이해득실의 마음이 없기 때문에 적중하고, 띠쇠 - 허리띠 등의 장식 - 를 걸고 하면 아까워하는 마음이 있어 꺼리게 되며, 황금을 걸고 하면 아끼는 마음이 더욱 심하기 때문에 혼란스럽게 된다고 풀고 있다 (②). 즉 여기서는 혜홍이 시를 지을 때 너무 잘 쓰려다 보니 오히려 부담 없이 쓴 시보다 못하게 되었다는 표현으로 이해된다.

      ① 『莊子注』 권7, 達生19.
      ② 『莊子口義』 권6, 外篇 秋水17.

  5) 潘大臨: 생몰년 미상. 宋 黃州 黃岡 사람으로 齊安에서 살았고, 자는 邠老, 호는 柯山이다. 蘇軾, 黃庭堅, 張耒 등과 교유하였고, 저서로는 『柯山集』이 있다.

    張撝之 외 주편, 1999, 『中國歷代人名大辭典』 下, 上海古籍出版社, 2524쪽.

  6) 謝臨川: ?~1113. 宋 臨川 사람인 謝逸로 자는 無逸, 호는 溪堂이다. 시문을 잘 지어 황정견에게 칭송을 받았다. 일찍이 胡蝶으로 시 3백여 수를 지어 사람들이 '謝胡蝶'이라 불렀다. 저서로는 『溪堂集』, 『溪堂詞』, 『春秋廣微』 등이 있다.

    張撝之 외 주편, 1999, 『中國歷代人名大辭典』 下, 上海古籍出版社, 2373쪽.

  7) 滿城風雨近重陽 … 惟將一句寄秋光: 『冷齋夜話』에 보면 다음과 같은 일화가 있다. 중국 黃州의 潘大臨은 시를 잘 지어 아름다운 시구가 많았지만 매우 가난하였다. 東坡 - 蘇軾 - 와 山谷 - 黃庭堅 - 이 그의 시구들을 매우 좋아하였는데, 臨川의 謝無逸이 편지로 최근에 지은 시가 있는지 물었다. 반대림이 답장하기를 '가을이라 경물마다 아름다운 시구인데 속된 기운에 가리워져 한스럽습니다. 다음 날 한가로이 누워 숲속에서 이는 비바람 소리를 듣다가 기쁘게 일어나 벽에 滿城風雨近重陽 한 구절을 쓰는데 갑자기 稅吏가 와서 세를 독촉하는 바람에 시흥이 다 사라져 이 한 구절에 그쳐버렸습니다.'라고 하였다.

본문의 시는 이러한 故事를 보고서 이인로가 지은 것으로, 1·2구는 중양절(음력 9월 9일, 국화절)이 다가오는 계절 풍경을 그리고 있고 3·4구는 반대림의 고사를 떠올리게 한다.

『冷齋夜話』권4,「滿城風雨近重陽」.

上3.

[原文]

文房四寶皆儒者所須, 唯墨成之最艱. 然京師萬寶所聚, 求之易得, 故人人皆不以爲貴焉. 及僕出守孟城, 承都督府符, 造供御墨五千挺. 趂春月首納之, 乘遽到孔嵒村. 驅民採松烟百斛, 聚良工, 躬自督役, 彌兩月云畢. 凡面目衣裳皆有烟煤之色, 移就他所, 洗浴良苦, 然後還城. 是後見墨雖一寸, 重若千金, 不敢忽也. 因念世人所受用, 如剡藤·蘄[5]竹·蜀錦·吳綾, 皆類此. 古人云, "憫農詩,「誰知盤中湌, 粒粒皆辛苦.」誠仁者之語也." 僕始得孟城作一絶云,「稚川腰綬白雲邊, 手採丹砂欲學仙, 自笑驚蛇餘習在, 左符猶管碧松烟.」

[譯文]

문방사보는 모두 유자(儒者)에게 필수적인 것인데, 오직 먹을 만드는 것이 가장 어렵다. 그러나 경사[1]는 모든 물건이 모이는 곳이어서 구하기가 쉽기 때문에 사람들은 모두 귀하게 여기지 않는다. 내가 맹성[2]에 수령으로 나갔을 때 도독부[3]의 부신[4]을 받았는데 어묵(御墨) 5천 정을 만들어 올리라는 것이었다. 다음해 봄까지 납부해야 하기에 급히 말을 타고 공암촌[5]에 이르렀다. 백성들을 독려하여 송연 백 곡을 채취하게 하고[6] 양공(良工)을 모아 직접 일을 감독하여 두 달 만에 마칠 수 있었다. 얼굴과 옷에 모두 그을음이 묻

---

5) 蘄: 부수가 竹으로 되어 있으나 의미상 蘄가 맞다.

어 있어 다른 곳으로 가서 씻는 고생을 오래 한 후에 성으로 돌아왔다. 그 후 먹을 보면 비록 한 마디 작은 것이라고 할지라도 천금같이 귀하게 여기고 감히 소홀히 하지 못했다. 이로 인해 세상 사람들이 쓰고 있는 것에 대해 생각해보니, 섬등[7]·기죽[8]·촉금[9]·오릉[10]과 같은 것들이 모두 이와 같다. 옛사람이 말하기를, "'민농'이라는 시에서 「누가 알까, 밥상 위의 밥 한 알 한 알이 모두 쓴 땀방울임을.」[11]이라고 하였으니 진실로 어진 이의 말이다."라고 하였다. 내 비로소 맹성에서 시 한 수를 지을 수 있었다.

> 「치천(稚川)[12]은 인수 차고 백운가에서[13]
> 손수 단사 채집해서 신선술을 배우려 했는데
> 내가 우습구나, 글씨 쓰는 습관[14] 여전히 남아있어
> 좌부[15] 차고 오히려 벽송연[16] 관리하는 것이.」

[註解]

1) 京師: 일반적으로 임금이 살고 있는 도읍 ─ 天子의 都 ─ 을 말한다. 『春秋公羊傳』에 의하면 경사는 본래 大衆이라는 의미인데, 천자가 머무는 곳에는 반드시 많은 사람들이 있기 때문에 천자의 도읍을 의미하게 되었다고 풀이하였다(①).

고려시대에는 수도 開京을 여러 가지 명칭으로 부르기도 하였는데, 首都·國都라는 의미를 가진 말로 京師·京城·京都·都城 등이 쓰였다. 이중 京城과 京都로 표현한 사례가 가장 많으며, 京師는 다른 말에 비해 좀 더 높이는 뜻이 있었으나 그다지 흔하게 쓰인 말은 아니었다(②).

① 諸橋轍次, 1984, 「京」, 『大漢和辭典』 1, 大修館書店, 547쪽.
② 朴龍雲, 1996, 「開京 定都와 시설」, 『고려시대 開京 연구』, 一志社, 44~48쪽.

2) 孟城: 지금의 평안남도 孟山郡 일대이다. 『高麗史』 五行志에

'孟州城廊'이라는 기록이 있고(①), 『高麗史』 兵志 站驛 雲中道條
에는 孟州에 雲谷·東山·泰來 등 세 역참이 보인다. 그리고 城堡條
에서는 1033년(덕종 2)에 孟州城을 쌓은 기록도 보인다(②). 또
한 『高麗史』 地理志에도 孟州가 보이며, 『新增東國輿地勝覽』에서
도 孟山縣이 존재했음을 확인할 수 있다(③). 더구나 고려시대 먹
이 생산된 지역은 맹주·순주·평로진·양덕현·해주가 있는데, 인종
때 고려를 방문한 宋使 徐兢에 따르면 고려의 송연묵은 孟州産을
귀하게 여겼다고 하므로(④) 곧 孟城은 孟州城을 의미한다.

    ① 『高麗史』 권53, 志7 五行1 火.
    ② 『高麗史』 권82, 志36 兵2 站驛 雲中道·城堡.
    ③ 『高麗史』 권58, 志12 地理3 安北大都護府 孟州.
      『新增東國輿地勝覽』 권55, 平安道 孟山縣.
    ④ 『高麗圖經』 권23, 雜俗2 土産.

  3) 都督府: 본래 都督은 魏 文帝 때에 각 州의 군사 문제를 총
괄하고 刺史를 통할하기 위해 처음으로 설치된 관직이다. 이후 한때
總管으로 개칭되었다가 唐代 초기에 복구되었는데, 都護보다 지위
가 아래였고 군사적 성격이 강한 지방관이었다. 이것이 통일신라시
대에도 도입되어, 661년(文武王 1)에 종래의 軍主를 摠管으로 고
쳤고 785년(元聖王 1)에는 도독으로 개명하였다. 신라의 도독은
군사적 성격이 강한 외관이었고 고려 태조대에 설치된 도독과 도독
부도 군사적 성격이 강하였다. 다만 그 실권은 당의 경우와 마찬가
지로 도호나 도호부보다 약하였고 행정단위도 도호부보다 하위였다
(①).

  고려 초기에는 도독부와 도호부가 함께 설치되었다. 새로 정복한
지역에 도호부를 설치하여 주변으로 영토를 넓히는 전진기지로 삼
았고 도독부는 이에 필요한 물자를 거두어서 조달하는 역할을 하였
다. 후삼국 통일 이후 도독부와 도호부는 지방행정의 거점으로 자리

잡게 되었고 중앙에서 지방으로 이어지는 행정 체계에서 중간 통로
의 역할을 하였다. 특히 도독부는 長吏의 업무를 조사하는 일과 같
은 감찰 업무를 맡게 되면서 지방세력을 견제하는 역할을 하였다.
도호부와 도독부는 문종대에 이르러 도호부로 통합되었던 것이다
(②). 본문 중의 '도독부'는 도호부의 별칭으로 사용된 듯하며, 주
해2)의 내용을 고려할 때 안북대도호부일 것이다.

① 金甲童, 2002, 「나말려초 天安府의 성립과 그 동향」, 『韓國史硏究』
117, 37~38쪽.

② 李基白, 1965, 「高麗地方制度의 整備와 州縣軍의 成立」, 『趙明基華
甲記念 佛敎史學論叢』 ; 1968, 『高麗兵制史硏究』, 一潮閣,
184쪽.

김아네스, 2002, 「고려 초기의 도호부와 도독부」, 『歷史學報』 173,
81~82·89~90쪽.

朴龍雲, 2009, 『『高麗史』 百官志 譯註』, 신서원, 719~720쪽.

4) 符: 본래는 唐代 尙書省에서 지방에 명령을 내리거나 지방의
상급 기구에서 하급 기구로 명령을 내려 보낼 때 쓰던 문서의 종류
였다(①). 高麗의 중앙과 지방 사이의 공문서 왕래 규정과 구체적
인 전달체계 등에 대한 연구가 있지만(②), 符의 사용에 대해서는
언급이 없다. 다만, 여기서 왕실과 국왕이 쓰는 御墨을 생산하라는
명령을 '都督府符'라는 형식으로 받은 것으로 보아 도독부(안북도호
부)가 중앙의 명을 받아 먹의 명산지인 맹주로 이첩하는 문서였을
가능성이 크다(③).

① 『唐六典』 권1, 三師·三公·尙書都省 ; 김택민 주편, 2003, 『譯註 唐
六典』 上, 신서원, 136~142쪽.

② 강은경, 2007, 「기록의 전달과 행정운영」, 『고려시대 기록과 국가운
영』, 혜안.

③ 이정신, 2006, 「고려시대 문방사우 연구」, 『고고와 민속』 9, 한남대
학교 중앙박물관, 132쪽.

5) 孔巖村: 村은 고려시대에 州縣 혹은 任內의 하부구역으로 존

재하였는데, 鄕·所·部曲과 같이 獨立村이거나 州縣 및 任內의 管內村落이기도 하였다(①). 주해 2)·4)의 내용으로 보아 공암촌은 평안남도 맹산군 부근으로 짐작되며, 이 기사를 통해 대부분의 연구자들이 공암촌을 墨所로 보고 있다. 所에 소속된 민들의 신분과 수취체제에 대해서는 견해가 다양하다.

北村秀人은 중앙정부가 필요로 하는 전문적인 물품을 생산하였다는 점에서 신분적 범주는 工匠이며, 천업종사자로서 양민보다는 낮은 지위에 있었다고 보았다. 所의 주민은 노비에 가까운 천민의 대우를 받았기 때문에 所는 천민거주지였으며 所司와 같이 所를 관장하는 중앙기구가 있었다고 한다(②). 반면 박종기는 所가 기본적으로 군현제하의 村落을 기초로 하고 있으며, 所를 관장하는 중앙기구가 있었던 것이 아니라 界首官, 州府, 各邑 守令, 都兵馬使 등 군현제의 기구나 구성원들이 所의 생산물에 대한 수취를 관장하였다고 보았다. 즉 중앙정부가 행정적으로 직접 수납하는 형식을 취하면서도 실제로는 개별 군현과 중앙의 각 기관을 서로 연결시켜 해당 군현으로 하여금 중앙의 각 기관에 直納케 하였다고 한다(③).

고려시대 먹이 생산된 지역은 맹주·순주·평로진·양덕현·해주가 있는데, 인종 때 고려를 방문한 宋使 徐兢에 따르면 고려의 송연묵은 맹주산을 귀하게 여겼다고 한다. 이외에 『新增東國輿地勝覽』에 의하면 청풍군·단양군·합천군에 토산 먹이 있고, 『世宗實錄地理志』의 내용 중 먹 생산지는 丹山烏玉을 생산하는 단양군이 유일하다. 이 밖에도 평안북도 영변의 개평지방에 묵장벌이라는 지명이, 개천에는 묵방리라는 지명이 보이며 강원도 평강에는 묵곡소가 있었다. 또한 황해도 봉산군에는 묵천이, 경상북도 경주에는 묵장산이라는 산이름이 보인다(④).

① 李樹健, 1978, 「直村考 – 朝鮮前期 村落構造의 一斷面 –」, 『大丘史學』 15·16, 334~335쪽.

② 北村秀人, 1975, 「高麗時代の所制度について」, 『朝鮮學報』 50.

③ 朴宗基, 1990, 「高麗 部曲制 成員의 身分」, 「高麗의 收取體制와 部曲制」, 『高麗時代部曲制研究』, 서울대학교출판부.

④ 『高麗圖經』 권23, 雜俗2 土產.

『世宗實錄地理志』 忠淸道 忠州牧 丹陽郡.

『新增東國輿地勝覽』 권14·30.

이정신, 2006, 「고려시대 문방사우 연구」, 『고고와 민속』 9, 한남대학교중앙박물관, 131~132쪽.

6) 驅民採松烟百斛: 그을음[煙煤]을 흙덩리처럼 단단하게 만든 것이 먹인데, 그을음의 재료에 따라 松烟墨과 油烟墨으로 나눈다. 즉 소나무를 태운 연기에서 취하는 것과 참기름, 오동기름 등을 태운 연기에서 취하는 것이다. 여기서는 송연을 채집하였다는 것으로 보아 송연묵을 만들었던 듯하다. 먹의 제조과정을 잠시 살펴보면, 우선 실내에 아궁이나 가마 등을 마련해 놓고 재료를 태우면 그을음이 굴뚝에 붙게 된다. 위쪽에 모이는 것일수록 품질이 좋아 頂煙, 超頂煙, 貢煙이라 일컫는다. 이렇게 모은 그을음을 가는 체로 쳐서 아교풀로 개어 반죽한 다음, 절구에 넣어 충분히 다진다. 그것을 木型에 넣고 압착한 다음, 꺼내어 재 속에 묻어 차차 수분을 빼며 말리면 먹이 된다(①). 『高麗圖經』에는 '송연묵은 맹주산을 귀하게 여기나 색이 흐리고 아교가 적으며 잘 부스러진다.'라고 하는 내용이 보인다(②).

斛은 부피를 재는 단위로 고려와 조선시대에는 斛보다 石을 자주 사용하였다. 1斛(石)은 15斗, 1斗는 10升과 같은데 朴興秀는 宋代와 같이 고려전기의 1斛을 1/2石이라고 보고 있고, 李宗峯은 斛과 石이 같은 단위였다고 이해하고 있다. 현재까지 알려진 단위 용적을 기록하고 있는 고려시대 유물인 靑銅油斗를 기준으로 계산한다면 고려시대 1升의 용적은 약 340㎖이다(③). 李宗峯의 견해를 따른다면 100斛은 1500斗(=15000升)으로 약 5,100ℓ에 달하는 상당한 양임을 알 수 있다.

① 崔秀榮, 1985, 「墨의 生成과 史的考察」, 『敎育論叢』 5, 동국대학교
   교육대학원, 19쪽.

  이겸노, 1989, 『(빛깔있는 책들) 문방사우』, 대원사.

  이정신, 2006, 「고려시대 문방사우 연구」, 『고고와 민속』 9, 한남대
   학교 중앙박물관, 128~129쪽.

② 『高麗圖經』 권23 雜俗2 土産.

③ 박종기 등, 1996, 『譯註『高麗史』食貨志』, 한국정신문화연구원, 214쪽.

  朴興秀, 1999, 「韓國 度量衡 制度史 篇」, 『韓·中 度量衡制度史』, 성
   균관대학교출판부.

  李宗峯, 2001, 「量制와 容積의 변화」, 『韓國中世度量衡制研究』, 혜안.

7) 剡藤: 종이의 한 가지이다. 중국 浙江省 剡溪 지방에서 산출
되는 등나무를 원료로 한 종이로 여기서는 품질이 좋은 종이를 말하
는 듯하다(①). 고려시대의 기록들을 보면 옛 한지는 주로 닥나무
의 껍질을 이용해 만들었지만 이외에 등나무, 누에고치 솜으로 만들
었다. 『高麗圖經』에도 白摺扇은 대를 엮어서 뼈대를 만들고 藤紙를
재단하여 씌운다는 기록이 있으므로 종이를 만드는 재료로 등나무
가 사용되었음을 알 수 있다(②).

① 諸橋轍次, 1984, 「剡」, 『大漢和辭典』 2, 大修館書店, 294쪽.

② 『高麗圖經』 권29, 供張2 白摺扇.

  이정신, 1998, 「高麗時代 종이의 생산 실태와 紙所」, 『韓國史學報』
   5, 227~230쪽.

8) 蘄竹: 중국 蘄州 - 지금의 湖北省 蘄春縣 - 에서 나는 대나무.
색이 빛나는 것은 자리를, 마디가 성근 것은 퉁소를, 수염처럼 늘어져
있는 것은 지팡이를 만드는데 이 세 가지를 일러 三絶이라고 한다.

『廣群芳譜』 竹譜 竹1.

諸橋轍次, 1985, 「蘄」, 『大漢和辭典』 9, 大修館書店, 1008쪽.

檀國大學校 東洋學硏究所, 2007, 「蘄」, 『漢韓大辭典』 11, 檀國大學校出
   版部, 1261쪽.

9) 蜀錦: 중국 四川省 지역에서 생산되었던 채색 비단. 옛 蜀 지

역의 錦江 물에서 실을 씻어서 만들었는데, 나중에는 같은 직조법으로 생산되는 비단을 통칭하는 말로 쓰였다.

諸橋轍次, 1985, 「蜀」, 『大漢和辭典』 10, 大修館書店, 35쪽.

檀國大學校 東洋學硏究所, 2007, 「蜀」, 『漢韓大辭典』 12, 檀國大學校出版部, 122쪽.

10) 吳綾: 고대 중국 吳 지방에서 생산되는 수놓은 비단. 얇고 가볍기로 유명했다고 한다.

諸橋轍次, 1984, 「吳」, 『大漢和辭典』 2, 大修館書店, 885쪽.

檀國大學校 東洋學硏究所, 1999, 「吳」, 『漢韓大辭典』 2, 檀國大學校出版部, 1302쪽.

11) 古人云 … 粒粒皆辛苦: 唐 李紳의 憫農이라는 시이다. 본문의 '誰知盤中飡 粒粒皆辛苦'라는 것은 마지막 두 구이다[春種一粒粟 秋成萬顆子 四海無閒田 農夫猶餓死 鋤禾日當午 汗滴禾中土 誰知盤中餐 粒粒皆辛苦].

『全唐詩』 권483, 李紳 古風二首.

12) 稚川: 283~364. 葛洪을 말한다. 晉 丹陽 句容 사람으로 稚川은 그의 자이다. 스스로 抱朴子라 불렀다. 어려서 가난하였지만 학문을 좋아하여 典籍에 박학하였고 신선술에 심취하였다. 종조부 葛玄의 제자 鄭隱을 사사하였다. 西晉 惠帝 때 伏波將軍을 제수받았고, 후에 작위가 關內侯에 이르렀다. 東晉 때에 交阯에서 丹沙가 난다는 말을 듣고 교지 인근 句漏令에 임명되어 가다가 廣州의 羅浮山에 들어갔다고 한다. 저서로는 『抱朴子』, 『金匱藥房』, 『神仙傳』 등이 있다.

『晉書』 권72, 列傳42 葛洪.

張撝之 외 주편, 1999, 「葛洪」, 『中國歷代人名大辭典』 下, 上海古籍出版社, 2248쪽.

13) 白雲邊: 천제가 사는 곳인 仙鄕을 가리켜 白雲鄕이라고 한다. 본문에서 백운향을 白雲邊이라 한 것은 韻字를 맞추기 위한 선

택이었을 것이다.

田鶴洙 편저, 2002, 『漢詩語辭典』, 국학자료원, 280~281쪽.

14) 驚蛇: 놀란 뱀이 풀숲으로 들어간다[驚蛇入草]는 말로 필체
가 신속하고 기운참을 이른다.

周佶(徽宗) 勅, 『宣和書譜』 권19, 草書7 宋.

15) 左符: 符節의 왼쪽 부분이다. 唐代에는 지방에 관원을 파견
하거나 지방관 교체, 군대의 동원 등을 위해 銅魚符·傳符·隨身魚
符·木契·旌節을 사용했다. 모두 左右의 두 부분으로 이루어져 있어
좌부는 중앙에 보관하고 우부는 지방에 주어서 일이 있을 때마다 맞
추어 보았다(①). 고려후기이기는 하지만, 지방관이 符를 지니고
있는 사례를 찾을 수 있어(②) 고려 때에도 당과 유사한 제도가 있
었던 것으로 짐작된다.

① 『唐六典』 권8, 門下省 符寶郞 ; 김택민 주편, 2005, 『譯註 唐六典』
中, 신서원, 73~80쪽.

② 『高麗史』 권130, 列傳43 叛逆4 韓恂.

16) 松烟: 원래 먹을 만들 때 쓰는 소나무 그을음을 말하는데,
먹을 지칭하기도 한다(①). 李白이 張吳中에게 먹을 주며 쓴 시를
보면, "上黨에서 생산되는 벽송연이여, 夷陵에서 나오는 단사의 분
말을 섞었도다. 蘭香과 麝香이 엉겨붙은 진귀한 이 먹이여, 그 精彩
를 손에 또 쥐어볼 수 있도다[上黨碧松煙 夷陵丹沙末 蘭麝凝珍墨
精光乃堪掇]."라는 구절이 있는데(②), 이백 역시 먹을 벽송연이라
고 칭했음을 볼 수 있다.

① 漢語大辭典編纂委員會, 1990, 「碧」, 『漢語大辭典』 7, 漢語大辭典出版
社, 1068쪽.

② 『李太白文集』 권15, 歌詩三十八首 「詶張司馬贈墨」.
『李太白集』 권19, 「酬張司馬贈墨」.

上4.

[原文]

鷄林人金生用筆如神, 非草非行, 逈出五十七種諸家體勢. 本朝華嚴大士景
赫樞府金公立之, 以草擅名, 然未免仲翼周越之俗氣. 毅王末年, 大金使人蓋
益, 筆勢奇逸, 淸河崔讜購得之, 常掛壁以賞之. 有人借觀, 留其眞迹, 而影寫
還之. 學士誦東山詩「畵地爲餠未必似, 要令癡兒出饞水.」笑而不問. 僕聞之
戲爲絶句,「子雲春蚓謾成行, 醉素驚蛇去渺茫, 夢覺不知誰得鹿, 路多空嘆竟
亡羊.」

[譯文]

계림 사람 김생[1]은 글씨 쓰는 것이 신과도 같아서 초서도 아니고
행서도 아니면서 57종 제가의 서체에 뛰어났다. 본조의 화엄대사 경
혁[2]과 추부[3] 김공 입지[4]가 초서로 명성이 있었으나 중익[5]과 주월[6]
의 속된 기운을 면치는 못했다. 의왕[7] 말년 금의 사신 개익[8]의 필
세가 기이하고 뛰어나 청하[9] 최당[10]이 구입하여 항상 벽에 걸고 감
상하였다. 어떤 사람이 빌려가 보고 그 진적은 두고 모사한 것을 돌
려주었다. 학사가 동산시[11]를 읊기를, 「땅에 그린 떡의 그림이 반드
시 똑같지는 않으나 어리석은 아이를 침 흘리게 하는구나.」라고 하
고 웃으며 묻지 않았다. 나도 이를 듣고 장난삼아 절구를 지었다.

「자운[12]의 봄 지렁이[13]는 느릿느릿 기어가고
술취한 회소[14]의 놀란 뱀은 아득히 멀리 달아나네
꿈에서 깨니 누가 사슴을 얻었는지 알 수 없고[15]
갈래 많은 길에서 공허히 탄식하니 끝내 양을 잃었구나.」[16]

[註解]

1) 金生: 711∼791. 신라 사람이다. 『三國史記』에 따르면 부모

가 寒微하여 그 가계를 알 수 없다고 한다. 어려서부터 글씨를 잘
썼는데 나이 80이 넘도록 글씨에 몰두하여 예서·초서·행서에 모두
능하였다. 숙종대에 宋에 사신으로 간 洪灌이 翰林待詔 楊球와 李
革에게 김생의 행서와 초서 한 폭을 내보이자 왕희지의 글씨라 하
며 놀라워했다고 한다. 현재 남아있는 김생의 필적으로는 고려 초의
선사 낭공대사 行寂의 비인「太子寺郎空大師白月栖雲塔碑」가 있는
데, 김생의 행서를 고려 승려 端目이 집자한 것이다. 김생의 서첩으
로는『田遊巖山家序』가 있으며,『海東名蹟』·『大東書法』에도 그의
글씨가 몇 점 실려 있다.

　　『三國史記』권48, 列傳8 金生.
　　金基昇, 1966,『韓國書藝史』, 大成文化社, 85~128쪽.
　2)　華嚴大士 景赫: 華嚴大士 景赫에 대한 기록은『破閑集』외
에 나타나지 않고 있다. 大士는 부처의 존칭이나 보살과 동의어로
쓰인다. 하지만 본문에서 쓰인 화엄대사는 大師와 비슷한 의미로 일
종의 승려에 대한 존칭으로 보인다.

　　慈怡 主編, 1988,「大」,『佛光大辭典』1, 佛光山宗務委員會, 751쪽.
　3)　樞府: 고려시대 樞密이 사무를 처리하던 中樞院－樞密院－을
말한다. 中樞院은 왕명의 出納과 宿衛, 軍機의 업무를 담당한 중요 관
서였다. 判院事·院使·知院事·同知院事·副使·簽書院事·直學士 등 樞
密이 군기의 업무를 관장하고 知奏事·左右承宣·左右副承宣 등 承宣
團은 왕명의 출납을 담당하는 上·下 이중조직으로 구성되어 있었다.
이에 따라 중추원에는 각각의 집사기구로 樞府와 知奏事房, 承宣房
(承旨房)이 있었다.

　　『高麗史』권76, 志30 百官1 密直司.
　　朴龍雲, 2002,「譯註 高麗史 百官志(1)」,『고려시대연구』V, 한국정신문
　　　　화연구원 ; 2009,『『高麗史』百官志 譯註』, 신서원, 133·136쪽.
　중추원과 관련해서는 다음의 논저가 참고가 된다.
　　朴龍雲, 1976,「高麗의 中樞院 硏究」,『韓國史硏究』12 ; 2001,『高麗時

代 中樞院 硏究』, 高麗大民族文化硏究所.

변태섭, 1976, 「高麗의 中樞院」, 『震壇學報』 41.

周藤吉之, 1986, 「高麗初期の中樞院, 後の樞密院の成立とその構成－唐 末·五代·宋初の樞密院との關連に於いて－」, 『朝鮮學報』 11 9·120 : 1992, 『宋·高麗制度史硏究』, 汲古書院.

김경희, 1990, 「高麗前期 中樞院 承宣硏究」, 『梨大史苑』 24·25.

이정훈, 2006, 「고려전기 중추원의 설치와 職掌의 변화」, 『東方學志』 134.

류주희, 2009, 「고려전기 중추원의 설치와 그 성격」, 『역사와 현실』 73.

4) 金公立之: ?～1170. 金富軾의 아들인 金敦中을 말한다. 立之 는 金敦中의 字로 그는 1144년에 급제한 후 殿中侍御史, 戶部侍郎, 左承宣 등을 역임하였으며, 1170년(의종 24)에 무신정변 과정에서 피살되었다(①). 詩文에 능하였는데, 「宿樂安君禪院」·「和舍弟苦雨 詩」·「智異山次季父韻」 등이 『東文選』과 『新增東國輿地勝覽』에 전 한다(②).

한편, 본문에서는 그를 樞府 金公이라고 하여 中樞院(樞密院)의 樞密職을 역임한 것처럼 기술하고 있는데, 그의 官歷上 그러한 사 실은 확인되지 않는다. 고려시대의 '추부'는 보통 중추원의 추밀직 또는 그 직을 역임한 사람을 지칭하지만(앞의 주해3) 참조), 金敦 中의 최종관직은 승선이었다. 아마도 이 기사의 추부는 추밀직 뿐 아니라 승선직을 포함하여 중추원 전체를 의미하는 표현이었다고 짐작된다.

① 『高麗史』 권73, 志27 選擧1 科目1.

『高麗史』 권98, 列傳11 金富軾 附敦中.

『高麗史節要』 권11, 毅宗 24년 8월 丁丑·9월 乙卯.

② 『東文選』 권9, 五言律詩·권12, 七言律詩·권19, 七言絶句.

『新增東國輿地勝覽』 권30, 慶尙道 晉州牧·권40, 全羅道 樂安郡.

5) 仲翼: 생몰년 미상. 宋 仁宗 때 사람으로 벼슬이 太府寺丞에 이르렀고 초서를 잘 쓴 것으로 유명하다(①). 그러나 蘇軾은 중익

의 초서에 대해 빨리 쓰려고만 하고 깊이는 없다고 비판하였다(②). 따라서 이인로가 말한 '속된 기운'이란 것도 소식의 비판과 마찬가지로 초서로 빨리 쓰려고만 한 것일 뿐, 서법 상의 운치나 깊이는 없다는 것으로 이해된다.

① 陶宗儀, 『書史會要』권6, 草隷.
② 張丑, 『淸河書畵舫』권8下, 補遺.

6) 周越: 생몰년 미상. 宋 仁宗 때 사람으로 淄州 출신이며 字는 子發이다. 벼슬이 主客郎中에 이르렀고, 초서를 잘 쓴 것으로 유명하다. 주월의 글씨는 옛사람의 필법을 잘 준수하였다는 평가를 받았다(①). 그러나 蘇軾은 주월의 초서에 대해 중익의 초서와 마찬가지로 깊이가 없다고 평가하였으며(②), 魏泰 역시 주월의 字法이 연하고 속되며 옛스러운 기운이 없다고 비판하였다(③). 이인로 역시 소식 등과 비슷한 입장에서 서술하고 있다.

① 周佶(徽宗) 勅, 『宣和書譜』권19, 草書7 宋 周越.
② 張丑, 『淸河書畵舫』권8下, 補遺.
③ 魏泰, 『東軒筆錄』권11.

7) 毅王: 1127~1173. 고려 제18대 왕인 毅宗을 가리킨다. 諱는 晛이고 字는 日升이며 재위기간은 24년(1146~1170)이다.

『高麗史』권17, 世家17 毅宗 總序.

8) 大金使人蓋益: 본문의 내용에 따르면 개익이라는 金 사신이 의종 말년에 고려에 파견되었다고 하지만, 『高麗史』나 『高麗史節要』및 『金史』등에서는 확인되지 않아 언제 어떤 목적으로 왔는지 확인되지 않는다. 참고로, 金과 고려 간에 왕래한 사행의 이름과 목적·시기 등에 대해서는 다음의 연구에 표로 정리되어 있다.

한정수, 2008, 「고려-금 간 사절 왕래에 나타난 주기성과 의미」, 『史學研究』91.

9) 淸河: 현재 중국의 河北省 淸河縣 지역이다. 淸河는 중국 崔氏의 貫鄕 중 하나이며, 청하 최씨는 北魏 孝文帝 시기의 대표적인

4姓 漢人 집단의 하나였다. 고려시대 인물인 崔讜의 본관은 본래 철원인데, 고려에서 중국 성씨의 관향을 본관에 대한 異稱 내지 別稱으로 칭한 관례에 따라 최당의 본관을 청하로 표현하였던 것으로 보인다. 이와 관련해서는 상권 1, 주해6) 참고; 본서 12쪽.

10) 崔讜: 1135~1211. 본관은 鐵原. 의종대에 재상을 지낸 崔惟清의 아들이다. 1171년(명종 1)에 右正言 知制誥가 되었으며, 이후에도 吏部員外郎·知制誥, 兵部侍郎·知制誥를 역임하였다. 殿中內給事, 尚書左丞, 僉知政事, 中書侍郎平章事 등의 관직을 거쳐 門下侍郎平章事로 致仕했다. 문헌 기록상 확인은 되지 않지만 이 기사를 볼 때 학사직을 지낸 것으로 추정된다. 최당은 평장사로 치사한 후 해동기로회를 결성한 것으로도 유명하다. 海東耆老會의 회원은 회의 결성을 주도한 최당을 비롯하여 대부분 최충헌이 권력을 잡은 후 고위관리가 된 문재가 뛰어난 사람들이었으며 그들 상당수는 국자감시와 예부시 등 과거시험을 주관하였다.

　　『高麗史』 권19, 世家19 明宗 원년 9월 戊子.
　　『高麗史』 권21, 世家21 神宗 즉위년 10월 乙亥·11월 癸巳·2년 6월 癸酉, 熙宗 7년 9월 丁卯.
　　『高麗史』 권73, 志27 選擧1 科目1 明宗 27년 5월.
　　『高麗墓誌銘集成』, 「崔讜墓誌銘」.

최당의 철원최씨가문이나 해동기로회와 관련된 연구로는 다음이 참고된다.

　　朴龍雲, 1978, 「高麗時代의 定安任氏·鐵原崔氏·孔巖許氏 家門 分析 - 高麗貴族家門 研究(2) -」, 『韓國史論叢』 3 ; 2003, 「고려시대 定安任氏·鐵原崔氏·孔巖許氏 家門 분석」, 『高麗社會와 門閥貴族家門』, 景仁文化社.
　　박종진, 2007, 「고려시기 海東耆老會의 결성과 활동」, 『역사와 현실』 66.

11) 東山詩: 蘇軾(1036~1101)의 시 次韻米黻二王書跋尾二首 중 '元章作書日千紙 平生自苦誰與美 畫地爲餠未必似 要令癡兒出饞

水 錦囊玉軸來無趾 粲然奪眞疑聖智 忍饑看書淚如洗 至今魯公余乞米'를 인용한 것이다. 그의 詩·詞·文은 모두 호방한 기세, 풍부한 내용, 독특한 예술 풍격, 강렬한 개성 등을 갖추고 있다고 평가되고 있다. 陶潛 - 淵明 - , 李白, 杜甫, 白居易 등과 더불어 고려 문인들에게 가장 큰 영향을 준 중국 문인 중 한 사람이다.

王水照, 2001, 『중국의 문호 소동파』, 월인.

조규백, 2006, 「고려시대 문인의 蘇東坡 詩文 受容 및 그 意義」 (1), 『退溪學과 韓國文化』 39.

12) 子雲: 楊雄(揚雄, B.C. 53~A.D. 18.)의 字이다. 양웅은 前漢 蜀郡 成都 사람으로 어려서부터 학문을 좋아하여 많은 책을 읽었다. 부귀에 구애되지 않고 권력에 아부하지 않았으며, 淸靜無爲를 좋아하고 스스로를 큰 도량[大度]으로 여겼다. 成帝(재위 B.C.33~B.C.7) 때에 그의 문장이 司馬相如의 것과 비슷하다는 이유로 천거되어 門下史, 待詔, 給事黃門 등을 거쳐, 왕망 때 大夫에 올랐으나 毁節했다고 후세의 기롱을 받았다. 「甘泉」, 「河東」, 「羽獵」, 「長楊」 등의 賦를 지었는데, 문장이 司馬相如보다 못하다는 평을 받았다. 『太玄』, 『法言』, 『訓纂』 등의 저서를 지었다.

『漢書』 권87上·下, 列傳 57上·下 揚雄.

張撝之 외 주편, 1999, 『中國歷代人名大辭典』 下, 上海古籍出版社, 514쪽.

13) 春蚓: 자구상으로 봄지렁이라는 뜻이다. 『晉書』 王羲之傳 말미에 역대 명필에 대해 언급한 부분이 있는데, 양운의 글씨에 대해서 봄지렁이 같다는 평가를 내리고 있다[子雲 近出擅名江表 然僅得成書 無丈夫之氣 行行若縈春蚓 字字如綰秋蛇]. 이 내용을 이인로가 자신의 시에 인용한 것으로 생각된다.

『晉書』 권80, 列傳50 王羲之.

14) 醉素: 737~799. 당의 高僧인 懷素를 가리킨다. 술을 마시는 것을 좋아해 이렇게 불렸다. 字는 藏眞이고, 長沙 사람이다. 狂草 - 漢代 張芝가 창시한 아주 흘려 쓰는 초서 - 에 능해 이름을 날

렀다. 「自叙」, 「苦笋」 등의 帖이 있다.

張撝之 외 주편, 1999, 『中國歷代人名大辭典』 下, 上海古籍出版社, 1170쪽.

15) 夢覺不知誰得鹿: 『列子』 周穆王편에 의하면 鄭나라의 어떤 사람이 사슴을 잡아 감추어 놓고 그 자리를 기억하지 못하고는, 자신이 꿈속에서 그렇게 한 것으로 여겨 다른 사람에게 이야기를 하였다. 어떤 사람이 이를 엿듣고 사슴을 찾아갔다는 고사에서 유래한 것이다.

『列子』 周穆王.

16) 路多空嘆竟亡羊: 『列子』 說符편에 나오는 고사로 亡羊之歎에서 유래한 것이다. 달아난 양 한 마리를 쫓다가 갈림길이 많아 마침내 양을 잃고 탄식한다는 것으로 여기에서는 최당이 뛰어난 작품을 집에 두고 감상하다가 빌려간 사람이 모사한 작품을 돌려줌으로써 결국에는 다시 찾기가 어렵게 되었다는 사실을 고사에 빗대어 말한 것이다.

『列子』 說符.

上5.

[原文]

恒陽子眞出倅關東, 夫人閔氏悍妬無比. 有女隷頗姿色, 勿令近之, 子眞曰, "此甚易耳." 乃與邑人換牛蓄之. 僕聞之, 戲成一絶.「湖上鶯飛杳不還, 江皐佩冷欲尋難, 園桃巷柳今何在, 只有欄邊黑牧丹.」然道阻不得附郵筒. 其後二十餘年, 子眞新傃屋紅桃井里, 與僕連墻接巷, 旦夕相從. 請觀僕詩藁, 以一通出示之. 讀之半, 有題云, 「聞友人爲郡君所迫以妾換牛」, 子眞愕然, 徐曰, "是誰耶." 僕笑曰, "公是已." 子眞曰, "有是哉. 然閨閫間一時戲耳, 雖勿嘲評可也, 不如是, 何以助先生萬古詩名." 閔氏先子眞死, 鰥居八載, 猶不邇色, 可謂篤行君子.

[譯文]

항양[1]의 자진[2]이 관동[3]에 수령으로 있을 때, 부인 민씨의 투기가 심함이 비할 데가 없었다. 한 여종이 자못 자색이 있어 가까이 하지 못하게 하니 자진이 말하기를, "이는 매우 쉽소."라고 말하고 (여종을) 고을 사람의 소와 바꾸어 길렀다.[4] 내가 듣고서 장난삼아 절구 한 수를 지었다.

「호숫가 꾀꼬리[5] 날아가서 아득히 돌아오지 않고
  강 언덕의 패옥[6] 소리 찾고자 하나 찾을 수 없네
  동산의 복숭아꽃과 거리의 버들가지[7]는 지금 어디 있는가
  다만 난간 곁 흑모란[8]만 남아있네.」

그러나 길이 막혀 편지[9]를 보내지 못했다. 20여년 후에 자진이 홍도정리[10]에 새로 집을 얻었는데 나와는 담장을 잇대고 길을 접하여 아침저녁으로 서로 만났다. 나의 시를 보기를 청해 한 묶음을 꺼내 보여주었다. 반쯤 읽어가다 「부인[11]의 구박으로 첩을 소와 바꾼 친구의 이야기를 듣고」라는 제목이 있음을 보고 자진이 놀라며 천천히 말하기를, "이는 누구입니까?"라고 하니 내가 웃으며, "공입니다."라고 말하였다. 자진이 말하기를, "이런 일이 있었습니다. 그러나 이는 집안의 한때 장난일 뿐이니 비록 평하여 비웃지 않는 것이 맞지만, 이와 같은 일이 아니면 어찌 선생의 길이 남을 시명을 도울 수 있었겠습니까."라고 하였다. 민씨가 자진보다 먼저 죽어 (자진이) 홀아비로 8년을 살았음에도 오히려 여색을 가까이 하지 않았으니 행실이 독실한 군자라 할 만하다.

[註解]
1) 恒陽: 지금의 경기도 양평군 양평읍 양근리 지역을 가리킨다.

楊根이라는 지명은 고구려 때부터 사용되었으며 신라 때에 濱陽이라 고쳤다가 고려 때 옛 이름으로 바꾸고 廣州에 예속하였다.

한편, 양근은 咸氏의 본관이다. 본문에서 함수의 본관을 양근이 아닌 恒陽이라 한 것은 중국 함씨의 관향인 恒陽 - 지금의 河北省 曲陽縣 - 을 차용하여 본관의 별칭으로 사용하던 관습 때문이다.

『新增東國輿地勝覽』 권8 京畿 楊根郡.

張撝之 외 주편, 2005, 『中國古今地名大辭典』 下, 上海辭書出版社, 2299쪽.

2) 子眞: 咸脩(初名 咸淳, 1165~1221)의 字이다. 함수는 고려 開國功臣 咸規의 六世孫이며 명종대에 工部尙書로 致仕한 咸有一의 아들이다. 文憲公徒 출신으로 일찍이 과거에 급제하여 翼嶺縣尉에 임명되었다가 후에 監察御史, 禮部郎中 등을 역임하였다. 당대의 문장가인 李仁老·吳世材·林椿·趙通·皇甫抗·李湛之 등과 함께 교유하면서 시와 술을 즐겼으므로 이들을 중국 江左의 七賢에 비유하였다.

『高麗墓誌銘集成』, 「咸脩墓誌銘」.

『高麗墓誌銘集成』, 「咸有一墓誌銘」.

『高麗史』 권102, 列傳15 李仁老.

李東歡, 1968, 「高麗 竹林高會 硏究 - 傳記的 考察을 中心하여 - 」, 고려대학교 석사학위논문.

3) 關東: 관동은 畿湖 지방의 동쪽 즉 강원도 지역을 말하는데, 좁게는 大關嶺의 동쪽 지역을 가리킨다(①). 995년(성종 14)에 전국을 10道로 나눌 때 楊州·廣州 등의 州縣은 關內道에 속하게 하였는데(②), 주로 관내도의 동쪽에 있는 강원도 동해안 지역을 關東이라 하였다. 또 '철령은 동쪽에 있는 요해지로, 한 사람이 關을 지키는데 만 명이 공격해도 힘락할 수 없다는 곳이다. 때문에 철령 동쪽의 江陵 등 여러 고을을 關東이라고 한다[鐵嶺國東之要害 所謂一夫當關萬夫莫開者也 故嶺以東江陵諸州謂之關東].'라는 기록도 있다(③). 따라서 여기서의 관동도 대체로 대관령, 철령의 동쪽 지

역으로 보는 것이 타당하다고 생각된다.

咸脩가 關東으로 부임한 것은 지금의 강원도 襄陽 일대인 翼嶺縣 尉로 임명되었을 때이다(④).

> ① 한국고전용어사전편찬위원회, 2001, 「관동(關東)」, 『한국고전용어사 전』 1, 세종대왕기념사업회, 555쪽.
> ②『高麗史』 권56, 志10 地理1 楊廣道.
> ③『稼亭集』 권5, 記「東遊記」.
> ④『高麗墓誌銘集成』, 「咸脩墓誌銘」.

4) 與邑人換牛蓄之:『高麗史』 기록에 따르면 노비의 몸값은 성종대를 기준으로 奴의 나이가 15세 이상 60세 이하일 때는 베 100필, 15세 이하 60세 이상일 때는 50필이었다. 婢의 경우에는 15세 이상 50세 이하일 경우 1백 20필, 15세 이하 50세 이상일 때는 60필이었다(①). 한편, 공양왕대에는 말 한 필에 노비 두세 명씩 주고도 말 값이 부족했다는 기사를 볼 수 있는데(②), 최근의 연구에서는 이런 기사들을 종합하여 공양왕대 소의 가격을 대략 포 200필 정도로 환산하기도 한다(③).

> ①『高麗史』 권85, 志39 刑法2 奴婢 成宗 5년 7월.
> ②『高麗史』 권85, 志39 刑法2 奴婢 恭愍王 3년.
> ③ 洪成旭, 2004, 「고려후기 農牛 所有 階層의 變動」, 『東國史學』 40.

5) 湖上鶯: 湖上亭의 꾀꼬리로 여기서는 예쁜 계집종을 가리킨다. 『事文類聚』 去妓復歸조에는 다음과 같은 고사가 전한다. 韓滉이 浙西를 진무할 때 戎昱은 部內刺史로 있었는데, 관기가 노래를 잘하고 얼굴도 또한 아름다웠으므로, 융욱은 情屬이 두터웠다. 한황이 그 이름을 듣고 그 관기를 妓籍에 올렸더니, 융욱이 '好是春風湖上亭 柳條藤蔓繫離情 黃鶯久住渾相識 欲別頻啼四五聲'이라는 시를 지어 보냈다. 관기가 이 시를 노래 부르자 한황은 관기를 바로 돌려보냈다고 한다. 이인로가 이 고사를 염두에 두고 湖上亭의 꾀꼬리를 계집종에 비유한 것으로 생각된다.

『事文類聚』 권17, 娼妓部 去妓復歸.

6) 江皐佩: 강 언덕의 패옥을 의미하는 것으로 계집종을 의미한다. 『列仙傳』에 나오는 '강비 두 사람이 강가에서 놀다가 정교보라는 자를 만나 드디어 차고 있던 패옥을 풀어 그에게 주었다. 교보가 이걸 받아 차고 수십 보 걷다가 보니 찼던 패옥이 없어지고 두 여자도 보이지 않았다.'라는 고사에서 인용하였다.

『列仙傳』 권상, 江妃二女.

7) 園桃巷柳: 韓愈(768~824, 字는 退之)의 侍姬인 絳桃와 柳枝를 말하는 것으로 계집종을 나타낸다. 『事文類聚』 絳桃柳枝에 다음과 같은 고사가 인용되어 있다. 한유에게 柳枝와 絳桃라는 두 명의 侍姬가 있었는데, 사신으로 나가다가 壽陽驛에 이르렀을 때 '風光欲動別長安 春半邊城特地寒 不見園花幷巷柳 馬頭惟有月團團'라는 시를 읊으며 두 시희를 모두 사랑하는 마음을 보였다. 그러나 한유가 돌아왔을 때 柳枝가 달아나버리자 다시 '別來楊柳街頭樹 擺亂春風只欲飛 惟有小桃園裏在 留花不發待郞歸'라는 시를 지었다. 이 때부터 한유는 오로지 絳桃에게만 사랑하는 뜻을 두었다.

『事文類聚』 권16, 人倫部 絳桃柳枝.

8) 黑牧丹: 소를 비유한 것으로 생각된다. 『事類全書』에 전하는 다음의 고사에서 인용한 듯하다. 唐 말기에 劉訓이라는 사람이 있었는데 당시 서울에서는 봄놀이에 모란을 감상하는 것을 승사로 삼았다. 유훈이 손님을 초대하여 꽃을 감상하는데 앞에 매어 놓은 물소 수백 마리를 가리키면서 '이것은 유씨의 흑모란입니다.'라고 했다고 한다.

『事類全書』.

9) 郵筒: 대나무 통에 서신을 담아 봉해 부치는 것으로, 글로 쓴 편지 또는 편지를 부치는 것을 말한다.

諸橋轍次, 1985, 「郵」, 『大漢和辭典』 11, 大修館書店, 276쪽.

10) 紅桃井里: 개경의 여러 里 가운데 하나의 이름이다. 개경

의 행정조직은 部·坊·里로 편성된다. 東·南·西·北·中의 5部와
그 하급 행정 단위로 坊·里가 있었다. 이러한 部坊里의 공식적인
표기 방식은 某部 某坊 第幾里였다. 하지만 里의 명칭에 있어서
숫자가 아닌 고유명사의 형태로 나타나는 경우도 많이 있다. 이는
다른 지형물 내지 지역적 특성 또는 역사적 배경 등에 의해 붙여
지는 경우가 많은데 그만큼 이들은 일반인들에게 널리 알려진 친
숙한 명칭이었을 것이다. 즉, 공식적인 문서에서는 某部 某坊의 第
幾里라는 방식이 주로 쓰인 반면 일반인들 사이에서는 알기 쉬운
명사형의 호칭이 주로 쓰인 것으로 보인다. 이인로가 개경 홍도정
리에 살면서 동네이름을 따 지은 紅桃井賦라는 시가 『東文選』에
도 전해진다.

> 朴龍雲, 1996, 「開京의 部坊里制」, 『고려시대 開京 연구』, 一志社, 11
> 3～118쪽.
> 장지연, 2000, 「고려시기 개경의 구조와 기능」, 『역사와 현실』 38.
> 鄭學洙, 2007, 「개경과 국초의 개주」, 『高麗前期 京畿制 研究』, 건국대
> 학교 박사학위논문.

11) 郡君 : 고려시대에 정4품 이상 관원들의 부인에게 주던 봉작
호이다(①). 君號는 고려초에는 주로 왕자들에게 사용되었으나, 현
종 무렵부터 군군이나 縣君의 형태로 고급관인의 아내에게 사용되
기 시작했다(②).

> ① 『高麗史』 권77, 志31 百官2 內職.
>   『高麗史』 권75, 志29 選擧3 銓注 封贈之制 恭讓王 3년 8월.
> ② 김창현, 2009, 「신라왕실과 고려왕실의 칭호」, 『한국고대사연구』 55.

上6.

[原文]

黃壯元彬然中秋直玉堂, 長空無雲, 月華如畫, 作詩示同局吳公世文.「季

孟中間朔, 炎凉一樣天, 春宵何闃寂, 秋夕獨喧闐, 月色應同尔, 人心所使然, 知君能決事, 此[6]景果誰先.」 玩味之, 深有理趣, 不見和篇, 今用其意荅之「月[7] 輪當一歲, 十有二回圓, 底事秋將半, 流天影自偏, 金風收掩翳, 玉露洗嬋妍, 故與春宵異, 憑詩子細傳.」

[譯文]

황장원 빈연[1]이 중추절 - 8월 보름 - 에 옥당[2]에서 숙직하였는데, 넓은 하늘에는 구름 한 점 없고 달빛이 대낮과 같아서 시를 지어 같은 관서의 오세문[3]에게 보였다.

「맹추와 계추의 사이의 달은
덥지도 서늘하지도 않은 날씨로다
봄밤은 어찌 그리 적막하며
가을 저녁은 유독 이리 떠들썩한가
달빛은 같을 뿐인데
사람의 마음이 그렇게 만드는구나
그대는 일을 잘 분별할 줄 아니
이 경치 중 어느 것이 나은가.」

(이 시를) 천천히 음미해보니 깊은 정취가 있으나, 화답하는 시를 보지 못했으니 지금 그 뜻을 살려서 답해본다.

「달은 한 해 동안에
열두 번 둥글어지네
이제 가을의 반을 지나려 하니
하늘이 흘러 달빛이 저절로 치우치는구나
가을바람은 가려진 것을 거두고

---

6) 조종업본에는 잘 보이지 않으나 이인영본과 국도본에는 此로 확인된다.
7) 조종업본 및 국도본에서는 잘 보이지 않으나, 이인영본에서는 月로 확인된다.

옥 같은 이슬로 곱게 씻어내니
때문에 봄밤보다 특별한 것을
시를 빌려 자세히 전하네.」

[註解]

1) 黃壯元彬然: 어떤 인물인지 자세히 알 수 없으나 황문장으로
추정된다. 그는 劉羲 등과 함께 의종대 과거에 응시하여 장원한 이
로 나타나는데, 이에 대해서는 상권 9, 원문 참고; 본서 49쪽. 의종
대를 전후한 시기의 장원급제자 가운데 黃氏는 1156년(의종 10) 6
월에 급제한 黃文莊 뿐이다(②). 따라서 황빈연은 황문장일 것으로
생각된다.

　　朴龍雲, 1990,「〈資料〉科試 設行과 製述科 及第者」,『高麗時代 蔭敍制
　　　　와 科擧制研究』, 一志社, 383·384쪽 참고.
　　『高麗史』권73, 志27 選擧1 科目1 凡選場 毅宗 10년 6월.

2) 玉堂: 翰林院의 별칭이다. 宋 太宗이 翰林院에 玉堂이라 쓴
현판을 내려준 이후, 별칭으로 쓰였다(①). 또한『東國李相國集』에
도 한림을 옥당이라고 말한 기록이 있다(②). 한림원은 국왕의 말
씀과 명령 즉, 詞命을 짓는 일을 맡았다. 때문에 한림원의 관원들은
과거 급제자 중 학식의 높고 문장력이 뛰어난 인물을 선발하여 임명
하였다. 고려 태조 때 태봉의 元鳳省을 그대로 두었다가 學士院으
로 고치고, 현종 때 한림원으로 고쳤다. 문종 때 判院事는 재신이
겸하게 하고 學士承旨 1인, 學士 2인, 侍讀學士 1인, 侍講學士 1인
直院 4인(그 중 2인 權務)을 두었다(③).

　　①『宋史』권249, 列傳8 范質 從子杲.
　　②『東國李相國集』권27, 書「答李允甫手書」.
　　③『高麗史』권76, 志30 百官1 藝文館.
　　　　周藤吉之, 1980,「高麗初期の翰林院と誥院－宋の翰林學士·知制誥と
　　　　　　の關連において－」,『東洋學報』58-3·4 ; 1980,『高麗

朝官僚制の研究』, 法政大學出版局.

邊太燮, 1983, 「高麗의 文翰官」, 『金哲埈華甲紀念 史學論叢』, 知識産
業社.

박용운, 2004, 「『高麗史』 百官志 譯註(3)」, 『고려시대연구』 Ⅶ, 한국
정신문화연구원 ; 2009, 『『高麗史』 百官志 譯註』, 신서원,
206~217쪽.

3) 吳世文: 생몰년 미상. 할아버지는 吳學麟, 아버지는 吳仁正, 형
은 吳世功, 아우는 吳世才이다(①). 오세문은 1152년(의종 6) 7월
승보시에 합격하였다(②). 이규보의 「自吳郎中世文家訪廣明寺文長
老次韻文公」이라는 시를 통해서 郎中의 벼슬을 하였음을 알 수 있다
(③). 또 「次韻吳東閣世文呈誥院諸學士三百韻詩」에 그가 翰林院과
閣門의 관직을 거쳐 雲中道의 監倉使를 지낸 것이 보인다(④).

① 『東國李相國集』 권37, 哀詞 「吳先生德全哀詞」.
　　『高麗墓誌銘集成』, 「吳仁正墓誌銘」.
② 『高麗史』 권74, 志28 選擧2 科目2 升補試.
③ 『東國李相國集』 권3, 古律詩 「自吳郎中世文家訪廣明寺文長老次韻文公」.
④ 『東國李相國集』 권5, 古律詩 「次韻吳東閣世文呈誥院諸學士三百韻詩」.

上7.

[原文]

　湍州北仰嵒寺距皇都不遠, 山奇水異窅然, 有幽奇之致. 僕與隴西湛之嘗
讀書於此, 每日暮憑欄縱目. 漁火明滅, 雲沉烟澹, 茅茨聯屬, 如在武陵源上.
將還, 主老挽裾8), 請留一字勤懇. 因題壁上云. 「前壓滄波後翠嵒, 蕭蕭蘆葦
半松杉, 謝公遊興唯雙屐, 張翰歸心滿一帆, 只要縱山鞭皓鶴, 不須溢浦泣靑
杉9), 十洲三島遊遨遍, 自愧飄然骨換凡.」 其後二十年, 子眞出按南州, 倦行

8) 조종업본에는 '示'(보일 시)변으로 되어 있으나 내용상 裾의 통용자로 판단되므로
　 수정, 입력하였다.
9) 杉: 다른 글자이지만 杉과 통용된다.

入憩於是寺, 其詩壁半毀, 塵侵苔蝕, 幾不可讀字. 謂傍人, "雖不以紗籠護之,
不加堊焉, 幸矣." 卽設詩板, 親自跋之, 囑三剛勿令墮失.

[譯文]

단주[1] 북쪽 앙암사[2]는 거리가 황도[3]에서 멀지 않은데, 산수가 기
이하고 한적하여 매우 그윽한 풍치가 있었다. 나와 농서 (이)담지[4]
가 일찍이 이곳에서 책을 읽었는데, 매일 저녁에 난간에 기대어 눈에
들어오는 풍경을 감상하였다. 고기잡이 불이 깜박이거나 구름이 낮
게 드리우고 안개가 고요히 내려앉으며, 초가가 연이어 있는 것이
마치 무릉도원에 있는 것과 같았다. 장차 돌아오려 하니, 늙은 주지
가 옷자락을 당기며 시 한 수 지어줄 것을 간절히 청하였다. 이에
벽 위에 (다음의) 시를 지어 주었다.

「앞에는 푸른 파도를 누르고 뒤에는 푸른 바위
쏴쏴하는 갈대 숲 소나무 삼나무 반반이라
사공[謝公]이 노닐던 흥취는 한 쌍의 나막신뿐이요[5]
장한이 돌아가고 싶은 마음은 한 돛에 가득 찼네[6]
다만 후산에서 흰 학을 탈지언정[7]
분포에서 푸른 적삼에 눈물 적시지는 마시오[8]
십주 삼도[9]를 두루두루 노닐었는데
속인으로 훌쩍 돌아오려니 스스로 부끄럽네.」

20년 뒤에 자진[10]이 남주를 살피러[按][11] 가는 길에 이 절에 들
어와 쉬었는데, 시가 써진 벽이 반쯤 허물어져서 먼지가 쌓이고 이
끼가 끼어서 글자를 거의 읽을 수 없었다. 옆에 있는 사람에게 말하
기를, "비록 비단으로 싸서 보호하지는 못할지라도 흙을 바르지 않
은 것이 다행이다."라고 하였다. 즉시 시를 새긴 판을 걸고 친히 발
문을 짓고는 삼강[12]에게 떨어지거나 없어지지 않도록 부탁했다.

[註解]

1) 湍州: 지금의 경기도 파주시 장단면·군내면·진서면·진동면과 개성특급시 장풍군 일대이다. 1001년(목종 4)에 시중 韓彦恭의 內鄕이라는 이유로 단주로 승격시켰다가 1018년(현종 9)에 장단현으로 복구하였다.

『高麗史』 권56, 志10 地理1 王京開城府 長湍縣.

2) 仰嵓寺: 麻田縣에 있었던 절. 마전현은 지금의 경기도 연천군 미산면 지역으로, 1018년(현종 9)에 장단현의 속현이 되었다가 1062년(문종 16)에 개성부에 속하였다(①). 조선 문종 때 앙암사 자리에 崇義殿이 세워졌다(②).

①『高麗史』 권56, 志10 地理1 王京開城府 麻田縣.
　『新增東國輿地勝覽』 권12, 京畿 長湍都護府.
②『文宗實錄』 권12, 2년 3월 壬申.

3) 皇都: 개경의 다른 이름이다. 960년(광종 11) 3월에 개경을 황도로, 서경을 西都로 개칭하였다(①). 광종이 稱帝建元하면서 황제국 체제를 갖추어 가는 과정에서 수도인 개경을 보다 높이려는 의도에서 시행된 조처이다. 京師나 京都 등의 표현도 이와 같은 맥락이다. 이외에 開京의 다른 이름으로 開城, 松都, 松嶽 등도 널리 사용되었다(②).

한편 광종대 칭제건원과 황도로의 개칭 등은 고려가 대내적으로는 황제의 위상, 대외적으로는 藩王의 위상이라는 - 內帝外王·外侯內帝 - 이중적 체계를 형성하여 국내 및 주변 세력과 관계를 맺는, 이른바 황제국체제를 구축해 가는 시초로 평가되기도 한다(③).

①『高麗史』 권2, 世家2 光宗 11년 3월.
　『高麗史節要』 권2, 光宗 11년 3월.
② 朴龍雲, 1996, 「開京 定都와 시설」, 『고려시대 開京 硏究』, 一志社, 44~57쪽.
　김창현, 2002, 「개경 사원·궁궐·성곽의 조영」, 『고려 개경의 구조와

　　　　　그 이념』, 신서원, 28쪽.
　　③ 이와 관련해서는 다음의 연구가 참고 된다.
　　　　河炫綱, 1965, 「高麗食邑考」, 『歷史學報』 26 ; 1988, 『韓國中世史研
　　　　　　究』, 一潮閣.
　　　　黃雲龍, 1974, 「高麗諸王考」, 『又軒丁仲煥博士還曆紀念論文集』 ;
　　　　　　1978, 『高麗閥族研究』, 동아대출판부.
　　　　奧村周司, 1979, 「高麗における八關會的秩序と國際環境」, 『朝鮮史
　　　　　　研究會論文集』 16.
　　　　金基德, 1997, 「高麗의 諸王制와 皇帝國體制」, 『國史館論叢』 78.
　　　　盧明鎬, 1997, 「東明王篇과 李奎報의 多元的 天下觀」, 『震檀學報』
　　　　　　83.
　　　　盧明鎬, 1999, 「高麗時代의 多元的 天下觀과 海東天子」, 『韓國史研
　　　　　　究』 105.
　　　　심재석, 2002, 『高麗國王 册封 研究』, 혜안.
　　　　추명엽, 2002, 「고려전기 '번'인식과 '동서번'의 형성」, 『역사와 현실』
　　　　　　43.
　　　　박재우, 2005, 「고려 君主의 국제적 위상」, 『韓國史學報』 20.
　4） 隴西湛之: 李湛之(생몰년 미상)를 말한다. 隴西－지금의 중
국 甘肅省 隴山·六山－는 중국 李氏의 관향인데 고려에서도 그대
로 통용된 듯하다. 이담지는 文憲公徒 출신으로 짐작되고 討賊兵馬
書記, 御書留院官, 郎官 등을 지냈으며 金에 使行한 적도 있다
（①）. 또 唱韻走筆의 창시자라고 전하며(②) 李仁老·吳世才·林
椿·趙通·皇甫抗·咸淳 등과 七賢의 교우를 맺었다(③).
　　　① 『補閑集』 권중, 「十二徒冠童…一夕秋空月朗 爽氣襲人 咸司直淳·李
　　　　　先達湛之·玉先達知遇 率冠童六七人 會歸法石橋開小飲」.
　　　　『補閑集』 권중, 「李郎官湛之 上文相國詩云…」.
　　　　『東國李相國集』 권9, 古律詩 「己未五月日知奏事崔公宅千葉榴花盛開
　　　　　世所罕見特喚李內翰仁老金內翰克己李留院湛之咸司直淳及予占
　　　　　韻命賦云」.
　　　　『東國李相國集』 권11, 古律詩 「李淸卿見訪小酌用劉禹錫詩韻同賦」.
　　　　『西河集』 권3, 古律詩 「送湛之使北朝」.

② 『東國李相國集』 권22, 雜文 「論走筆事略言」.
③ 『高麗史』 권102, 列傳15 李仁老.

5) 謝公遊興唯雙屐: 이 시구에서 謝公은 南朝 宋의 陳郡 陽夏 사람인 謝靈運(385~433)이다. 그의 조부는 東晉의 車騎將軍 謝玄으로 前秦과의 전쟁에서 큰 공을 세워 康樂公에 봉해진 바가 있었는데, 부친이 일찍 사망하자 젊은 나이로 조부의 봉작을 계승하여 謝康樂이라고 불렸다. 어려서부터 학문을 좋아했으며, 顔延之와 더불어 문장이 뛰어나 顔謝라고도 하였다. 그는 산수를 유람하기를 좋아하여 정무를 돌보지 않았고 산에 갈 때 항상 나막신을 신고 다녔다고 하는데, 이인로가 이 고사를 인용한 것이다.

『宋書』 권67, 列傳27 謝靈運.
張撝之 외 주편, 1999, 「謝靈運」, 『中國歷代人名大辭典』 下, 上海古籍出版社, 2380쪽.

6) 張翰歸心滿一帆: 이 시구에서 張翰(생몰년 미상)은 西晉의 吳郡 사람이다. 齊王 冏의 東曹掾으로 벼슬하였다. 그가 낙양에 있을 때 가을바람이 불자 고향의 갈대 사이에서 순채국[蓴羹]과 농어회를 먹던 생각이 나서 벼슬을 버리고 배를 타고 고향으로 돌아갔다고 하는데, 이를 이인로가 인용한 것이다.

『晉書』 권92, 列傳62 文苑 張翰.
張撝之 외 주편, 1999, 「張翰」, 『中國歷代人名大辭典』 上, 上海古籍出版社, 1250쪽.

7) 只要緱山鞭皓鶴: 이 시구에서 緱山은 지금의 중국 河南省 偃師市 남쪽에 있다. 이 산에서 周 靈王의 太子 晉이 신선이 되어 흰 鶴을 타고 하늘로 올라갔다고 하는데, 이 고사를 이인로가 인용한 것이다.

戴均良 외 주편, 2005, 「緱山」, 『中國古今地名大辭典』 下, 上海古籍出版社, 2974쪽.

8) 不須湓浦泣靑衫: 이 시구에서 湓浦는 지금의 중국 江西省 龍開河이다. 白居易가 九江郡司馬로 좌천되어 있을 때, 816년 가을밤

에 분포에서 손님을 전송하는데 退妓가 타는 비파소리를 듣고「琵琶行」이라는 시를 지었다. 그 중 "凄凄不似向前聲 滿座重聞皆掩泣 就中泣下誰最多 江州司馬靑衫濕"이라는 부분을 이인로가 인용하였다.

『白氏長慶集』권12,「琵琶引」.

9) 十洲三島: 전설에 신선이 산다는 곳이다.

檀國大學校 東洋學研究所, 1999,「三」,『漢韓大辭典』1, 檀國大學校出版部, 163쪽.

10) 子眞: 咸淳을 말한다. 그에 대해서는 상권 5, 주해2) 참고; 본서 34쪽.

11) 按南州: 咸淳은 翼嶺縣尉, 春州道廉按使, 桂陽守令 등의 외관을 지낸 것이 확인된다(①). 이 기사의 '남주'는 남쪽 지방으로 이해되는데, 익령－지금의 강원도 양양－, 춘주도－지금의 춘천 등 강원도 지역－, 계양－지금의 인천 부평－은 남쪽이라 하기는 지리적으로 다소 괴리가 있다. 다만 춘천 지역이나 양양 일대는 개성보다 위도가 낮아 '南州'라 할 수도 있지 않을까 한다. 게다가 '남주를 살피러[按]' 갔다는 점을 염두에 두면, 이 기사의 함순은 春州道廉按使로 부임하던 것으로 생각한다.

①『高麗墓誌銘集成』,「咸脩墓誌銘」.

12) 三剛: 고려시대 때 사원의 재정과 운영 실무를 담당했던 직임을 가리키거나 또는 사원 관리조직 전체를 가리키는 말이다. 삼강직제는 중국 北魏 때부터 지방의 僧官制로 출발하여 唐代에 중앙과 지방의 지방승관제로 정착하였다. 한국의 경우 신라 말부터 禪宗 사찰을 중심으로 三剛典 體制가 성립되었다. 고려시대의 사원 내 조직은 삼강 혹은 剛司, 三剛司存 등으로 불렸으며 院主, 典座, 維那, 直歲, 史, 持客 등의 직임이 나타난다. 원주는 長老라고도 하며 사원 관리조직을 총괄하였고, 전좌는 음식과 寄居를 맡은 존재로 추정되며 유나는 승려들을 동원하거나 통솔하는 일을 맡았으며 직세는

수취를 담당했던 것으로 추정되고 있다. 삼강의 직임을 맡았던 이들의 신분에 대해서는 알려진 바 없으나 승계를 소지하지 않은 자들이 비교적 오랜 기간 직임을 맡았을 것이다. 이 조직은 고려 말까지 존속되었다.

蔡尙植, 1982, 「淨土寺址 法鏡大師碑 陰記의 分析 ─ 高麗初 地方社會와 禪門의 構造와 관련하여 ─」, 『韓國史研究』 36.

許興植, 1986, 「佛教界의 組織과 行政制度」, 『高麗佛教史研究』, 一潮閣.

韓基汶, 1995, 「高麗時代 寺院內의 管理組織과 所屬僧의 構成」, 『韓國中世史研究』 2 ; 1998, 『高麗寺院의 構造와 機能』, 民族社.

上8.

[原文]

元宵黼座前, 設絳紗燈籠. 命翰林院製燈籠詩進呈, 使工人用金薄剪字帖之, 皆賦元宵景致. 明王時, 僕入侍玉堂, 卽製進云, 「風細不敎金燼落, 更長漸見玉虫生, 須知一片丹心在, 欲助重瞳日月明.」 上大加稱賞. 是後皆詠燈, 自僕始.

[譯文]

정월보름날 밤[1] 보좌[2] 앞에 진홍색 비단 등롱을 걸었다. 한림원[3]에 명하여 등롱시[4]를 지어 올리게 하고, 공인에게 금박 글자를 오려서 붙이게 하니, 모두 정월보름날 밤경치를 읊은 것이었다. 명종[5] 때 내가 옥당에 입시했었는데[6] 바로 지어 올렸다.

> 「바람 약해 불똥 떨어지지 않고[7]
> 밤 깊어지니 옥충[8] 생기네
> 모름지기 일편단심 간직하여
> 중동(重瞳)[9]을 도와 일월같이 밝게 하리라.」

임금께서 크게 칭찬하고 상을 주셨다. 이후 모두 등(燈)을 읊은 시를 짓게 되었으니, 이는 나로부터 시작하였다.

[註解]

1) 元宵: 음력 정월 15일로 上元節, 元夜, 元夕이라고도 한다. 唐 이래로 등을 보는 풍습이 있었다고 하며 燈節이라고 부르기도 했다(①). 고려시대의 명절은 『高麗史』 刑法志 관리급가에 휴가규정과 함께 보이는데 7일 휴가, 3일 휴가, 1일 휴가로 나뉘며, 上元은 3일 휴가에 해당한다. 특히 上元에는 주로 연등회가 함께 거행되었다(②).

① 漢語大辭典編纂委員會, 1990, 「元」, 『漢語大辭典』 2, 漢語大辭典出版社, 207쪽.

② 『高麗史』 권84, 刑法志1 公式 官吏給暇.

채웅석, 2006, 「『高麗史』 刑法志 譯註(4)」, 『고려시대연구』 X, 한국학중앙연구원 : 2009, 『『高麗史』 刑法志 譯註』, 신서원, 106~108쪽.

고려시대 上元・燃燈과 관련된 연구들은 다음이 참조된다.

二宮啓任, 1958, 「高麗朝の上元燃燈會について」, 『朝鮮學報』 12.

安啓賢, 1959, 「燃燈會攷」, 『白性郁頌壽記念 佛敎學論文集』, 東國大.

洪淳昶, 1969, 「燃燈考−특히 上元燃燈의 由來에 대하여−」, 『金載元回甲紀念論叢』, 乙酉文化社.

조성환, 1988, 「한국중세 민속놀이에 관한 연구」, 『한국문화연구원논총』 53, 이화여대 한국문화연구원.

천진기, 1998, 「고려 속절 연구−『東國李相國集』을 중심으로−」, 『문화재』 31, 문화재관리국.

安智源, 1999, 「高麗 燃燈會의 기원과 성립」, 『震檀學報』 88 ; 2005, 「연등회의 의례 내용과 사회적 성격」, 『고려의 국가 불교의례와 문화』, 서울대학교출판부.

권순형, 2007, 「고려시대 여성의 여가 생활과 명절 풍속」, 『梨花史學研究』 34, 이화사학연구소.

2) 黼座: 黼는 『尙書』 益稷에 보이는 천자의 복장에 들어가는 12무늬의 하나인 도끼무늬를 말한다. 『儀禮』 覲禮에 보면, "천자는 戶牖 사이에 斧依를 설치하고 좌우에 궤를 놓아둔다[天子設斧依於 戶牖之間 左右几]."라고 되어 있고, 賈公彦의 疏에서 "斧는 黼를 이른다[斧謂之黼]."라고 하였다. 결국 黼座는 도끼무늬가 장식된 천자의 자리를 말한다.

　　『儀禮注疏』 권12, 覲禮.
　　『尙書注疏』 권4, 虞書 益稷.

3) 翰林院: 고려시대 국왕의 명령을 찬술하던 관서로, 玉堂이라고도 한다. 이에 대해서는 상권 6, 주해2) 참고; 본서 39쪽.

4) 燈籠詩: 燈籠은 나무나 대나무 등으로 틀을 만들어 물들인 천이나 종이를 붙인 것을 말한다. 주해 1)에서도 보이듯이 고려시대에는 上元에 燃燈會가 함께 열리는 것이 관례였으므로 연등회와 관련이 깊다.

　　諸橋轍次, 1985, 「燈」, 『大漢和辭典』 7, 大修館書店, 520쪽.

5) 明王: 1131～1202. 고려의 제19대 왕 明宗으로 재위기간은 28년(1170～1197)이다. 휘는 晧, 자는 之旦이다. 仁宗과 恭睿太后 任氏의 셋째 아들이며 毅宗의 동생이다. 江陵公 王溫의 딸인 光靖太后 金氏와 혼인하여 1남 2녀를 낳았다.

　　『高麗史』 권15, 世家15 明宗.

6) 僕入侍玉堂: 옥당은 앞의 『破閑集』 상권 6번 주해 2) 참조. 『高麗史』 李仁老傳을 보면 1180년에 장원을 하고 直史館이 된 후 14년간을 史翰으로 지냈다고 하는데, 이 사이 어느 때에 한림원에 있었던 것으로 생각된다.

　　『高麗史』 권102, 列傳15 李仁老.

7) 金爐落: 金爐은 등촉의 그을음을 가리킨다. 그리고 金爐落은 소동파의 「次韻答劉景文左藏」이라는 시의 '夜燭催詩金爐落'이라는

구절에서 찾아진다.

『東坡全集』 권18, 「次韻荅劉景文左藏」.

8) 玉虫: 심지가 다 타고 남은 심지 끝에 맺힌 불꽃[燈花]을 비유한 말이다.

諸橋轍次, 1985, 「玉」, 『大漢和辭典』 7, 大修館書店, 804쪽.

9) 重瞳: 舜과 같은 뛰어난 성군을 일컫는 말이며, 여기서는 명종을 가리킨다. 項羽에 대한 사마천의 贊에서 "내 周生에게 들으니 순임금의 눈동자가 둘이라고 하였고, 또 듣기를 항우 역시 눈동자가 둘이라 하나 항우가 어찌 (성군의) 후예이겠는가[太史公曰 吾聞之周生曰 舜目蓋重瞳子 又聞項羽亦重瞳子 羽豈其苗裔邪]."라고 하였다.

『史記』 권7, 項羽本紀7.

上9.

[原文]

昔仁王初, 許平章洪材, 以金榜首, 入侍玉堂, 毅王卽祚, 劉公義·黃公彬然, 相繼而入. 明王在宥, 李公純祐先鳴, 僕以不才繼之於後. 近有金公君綏, 亦踵僕而入焉. 僕以一絶, 賀之, 「十載含毫演帝綸, 多君繼入玉堂春, 如今始識花磚貴, 共是龍門第一人.」

[譯文]

예전 인종[1] 초에 허평장[2] 홍재[3]가 금방의 수석[4]으로 옥당[한림원][5]에 입시하였고 의종[6]이 즉위한 후 유공 희[7]·황공 빈연[8]이 서로 잇달아 입시하였다. 명종[9]의 너그러운 정치에 들어와서는[10] 이공 순우[11]가 먼저 알려졌고, 나는 재주가 없는 데도 뒤를 이었다. 근래에는 김공 군수[12] 역시 나에 이어 입시했다. 내가 시 한 구로 축하하기를 다음과 같이 하였다.

「십 년 동안 붓을 들어 임금의 말씀을 지었는데,[13]
많은 이들이 잇달아 입시하니 옥당에도 봄이런가.
지금에야 비로소 화전의[14] 귀함을 알겠으니,
모두 용문[15] 제일의 인재들이로다.[16]」

[註解]

1) 仁王: 1109~1146. 고려 제17대 왕 仁宗으로 재위기간은
25년(1122~1146)이다. 휘는 楷, 자는 仁表이다. 睿宗과 順德王
后 李氏(文敬太后)의 맏아들이다. 인종은 1115년(예종 10)에 7살
의 나이로 왕태자에 책봉되었다가 1122년에 14살의 어린 나이로
즉위했으며, 재위 중에 이자겸의 난과 묘청의 난을 겪었다.

　　『高麗史』 권15, 世家15 仁宗.

2) 平章: 中書門下省의 관직. 성종 때 內史侍郎平章事와 門下侍
郎平章事를 두었고 문종 때 門下侍郎平章事와 中書侍郎平章事 각
2인 등을 두었는데 모두 정2품이었다. 1275년(충렬왕 1)에 僉議侍
郎贊成事와 僉議贊成事로 고쳤고 1308년에 忠宣王이 中護로 고치
고 3인으로 정하였는데 뒤에 다시 찬성사라고 칭하였다. 1356년(공
민왕 5)에 문종 때의 제도로 회복시켰다가 1360년에 平章政事라
칭하였고 1362년 다시 첨의찬성사로 삼았다가 1369년에 문하찬성
사로 고쳤다(①).

諸平章事는 門下侍中의 바로 아래 직위로 재신 중에서도 고위직
에 속하였다. 국정을 논의하는 의정기능과 더불어 문하시중이 闕位
일 때 判尙書吏部事를 겸하여 수상이 되기도 하였으며 6部判書를
겸하였다(②).

　　① 『高麗史』 권76, 百官志1 門下府.
　　　朴龍雲, 2002, 「『高麗史』 百官志 譯註(1)」, 『고려시대연구』 Ⅴ, 한
　　　　　국정신문화연구원 ; 2009, 『『高麗史』 百官志 譯註』, 신서원,
　　　　　79~87쪽.

② 朴龍雲, 2000, 「고려시대의 平章事」, 『고려시대 中書門下省宰臣 연구』, 일지사.

  3) 許平章洪材: 생몰년 미상. 許洪材가 급제한 시기는 1134년(인종 12)으로 당시 知貢擧는 任元敳, 同知貢擧 鄭沆이었다(①). 허홍재는 1169년에 中書侍郎平章事·判尙書吏部事가 되었으므로(②), 이 일화는 1169년 무렵의 일로 보인다.

  ① 『高麗史』 권16, 世家16 仁宗 12년 5월 辛酉.
    『高麗史』 권18, 世家18 毅宗 9년 8월 丙午.
    『高麗史』 권73, 志27 選擧1 科目1 凡選場 仁宗 12년 5월.
  ② 『高麗史』 권19, 世家19 毅宗 23년 12월 庚子.
    朴龍雲, 2000, 「고려시대의 平章事」, 『고려시대 中書門下省宰臣 연구』, 일지사, 178쪽.

  4) 金榜首: 金榜이란 과거급제자의 성명을 금색으로 만든 편액에 게시한 것, 즉 과거 합격자 명단을 가리키므로 급제를 관용적으로 의미하게 되었다. 따라서 金榜首란 급제자 중의 우두머리, 즉 장원을 말한다.

    諸橋轍次, 1985, 「金」, 『大漢和辭典』 11, 大修館書店, 478쪽.

  5) 玉堂: 翰林院을 말한다. 이에 대해서는 상권 6, 주해2) 참고; 본서 39쪽.

  6) 毅王: 의종을 말한다. 그에 대해서는 상권 4, 주해7) 참고; 본서 29쪽.

  7) 劉公羲: 생몰년 미상. 劉羲를 말한다. 그는 1152년의 親試에서 장원으로 급제하였다.

    『高麗史』 권17, 世家17 毅宗 6년 5월 壬寅.
    『高麗史』 권73, 志27 選擧1 科目1 凡選場 毅宗 6년 5월.

  8) 黃公彬然: 황빈연을 말한다. 그에 대해서는 상권 6, 주해1) 참고; 본서 39쪽.

  9) 明王: 明宗을 말한다. 그에 대해서는 상권 8, 주해5) 참고; 본서 48쪽.

10) 在宥: 『莊子』外篇 在宥에서 비롯한 말로 在는 살핀다는 뜻
이고 宥는 너그럽다는 뜻이니, 사물을 구속하지 않고 자연스럽게 둔다
는 의미이다. 여기서는 왕의 너그러운 정치를 뜻하는 말로 쓰였다.

諸橋轍次, 1985, 「在」, 『大漢和辭典』3, 大修館書店, 123쪽.

11) 李公純祐: ?~1196. 中書舍人 李陽植의 아들로, 初名은 請
이다. 1163년 10월에 同知樞密院事 金永胤과 左承宣 金ᇹ易이 주
관한 과거에 급제하였는데, 世家에는 李純佑로, 選擧志에는 李純祐
로 기록되어 있다. 명종 초에 供譯署丞·兼直翰林院이 되고 이때 왕
태후의 병을 치료하기 위한 기도문을 잘 지어 왕의 신임을 받아 右
正言·知制誥가 되었다. 1185년에 中書舍人·知制誥, 1188년에 諫
議大夫 등을 거쳐 國子大司成에까지 이르렀다. 1196년 4월에 최충
헌이 이의민을 죽이고 집권하는 과정에서, 그에게 잡혀 죽었다. 또
『東國李相國集』에 이순우의 시에 화답한 이규보의 시가 두 수 전하
고 있어 이규보와의 교류 사실을 확인할 수 있다.

『高麗史』권18, 世家18 毅宗 17년 10월 戊午.
『高麗史』권73, 志27 選擧1 科目1 凡選場 毅宗 17년 9월.
『高麗史』권99, 列傳12 李純佑.
『東國李相國集』권9·11, 古律詩.

12) 金公君綏: 생몰년 미상. 金富軾의 손자로 金敦中의 아들이
다. 1194년에 급제하여 直翰林院이 되었다. 1216년에 禮部侍郎·兼
兵馬副使가 되었으며, 1218년에 左諫議大夫로서 趙冲의 후임으로
西北面兵馬使가 되었다.

『高麗史』권20, 世家20 明宗 24년 4월 乙巳.
『高麗史』권73, 志27 選擧1 科目1 凡選場 明宗 24년 4월.
『高麗史』권98, 列傳11 金富軾 附君綏.

김부식 및 경주 김씨 가계와 관련해서는 다음의 연구가 참조된다.

金蓮玉, 1982, 「高麗時代 慶州金氏의 家系」, 『淑大史論』11·12합, 23
7~241쪽.

朴龍雲, 1997, 「고려전기 慶州의 위상에 대한 고찰」, 『慶州史學』 16, 358쪽.

朴龍雲, 1999, 「高麗는 貴族社會임을 다시 논함」(下) 『韓國學報』 94, 一志社 ; 2003, 『高麗社會와 門閥貴族家門』, 景仁文化社, 54~55쪽.

13) 十載含毫演帝綸: 『高麗史』 李仁老傳에 14년간 史翰을 지낸 것으로 되어 있다. 따라서 십년이란 그가 문한관으로 왕을 위하여 오랜 기간 詞命을 制撰한 사실을 말하는 듯하다. 그리고 綸은 綸言으로 임금의 詔令을 뜻한다.

『高麗史』 권102, 列傳15 李仁老.

『禮記集說』 권141, 緇衣33.

14) 花磚: 花甎이라고도 하는데, 꽃무늬를 그린 벽돌을 말한다. 『詞林典故』에 보면, "당 한림원 북청 앞에 화전 길이 있었는데 겨울에 해가 五甎에 미칠 때가 입직하는 시각이다[唐翰林院北廳前堦 有花甎道 冬中日及五甎 爲入直之候]."라고 하였다. 이후 花甎은 학사를 가리키게 되었다.

『詞林典故』 6下, 廨署 唐.

漢語大辭典編纂委員會, 1990, 「花」, 『漢語大辭典』 9, 漢語大辭典出版社, 285쪽.

15) 龍門: 『後漢書』 李膺傳을 보면, "士有被其容接者 名爲登龍門"라는 기록이 있다. 그 글의 註에 따르면 황하에 있는 용문이라는 곳은 물의 흐름이 매우 험해서 큰 물고기 등이 통과하여 오를 수가 없었는데 오르면 용이 된다고 하였다. 이후 이 말은 과거에 급제하는 것을 가리키게 되었다.

『後漢書』 권97, 黨錮列傳57 李膺.

16) 第一人: 王命을 찬술하는 制誥에는 급제자만이 임명되었다. 그런데 許洪材, 劉羲, 黃彬然, 李純祐, 李仁老, 金君綏 등이 모두 장원급제자로 서로 이어가면서 翰林院에 임명되었다는 이 글을 보면, 특히 장원급제한 이들에 의해 사실상 독점된 듯하다. 따라서 장

원급제 출신으로 왕명을 찬술한다는 이인로의 자부심이 드러난 글로 생각된다.

周藤吉之, 1980, 「高麗初期の翰林院と誥院－宋の翰林學士・知制誥との關連において－」, 『東洋學報』58-3·4 ; 1980, 『高麗朝官僚制の研究』, 法政大學出版局.

崔濟淑, 1981, 「高麗翰林院考」, 『韓國史論叢』4.

邊太燮, 1983, 「高麗의 文翰官」, 『金哲埈華甲紀念 史學論叢』, 知識産業社.

上10.

[原文]

樞府金立之詞翰外尤工墨君. 嘗以湘岸兩叢, 獻大宗伯崔相國, 作一絶謝之. 「先帝當年稱活竹, 幾回相憶護含情, 兩叢忽向西軒立, 只恐根株發地生.」金壯元君綏卽其子也, 得其家法甚妙. 僕徃與君綏同在察院, 院中有素屏一張, 諸公請寫一枝, 使僕跋之, 卽題云, 「雪堂居士以詩鳴, 墨戲風流亦寫生, 遙想江南文笑笑, 應分一派寄彭城.」

[譯文]

추부 김입지[1]는 문장 외에 묵군[2]에도 매우 능했다. 일찍이 상강 언덕의 대나무 두 그루[3]를 그려 대종백[4] 최상국[5]에게 바쳤는데 (상국이) 시 한 절을 지어 사례하였다.

> 「선제[6]가 살아계실 때에 살아있는 대나무 같구나 하셨는데
> 몇 번이나 생각해도 부질없이 품었던 정
> 두 떨기가 홀연히 서헌을 향해 서있으니
> 다만 큰 뿌리가 땅에서 날까 두렵네.」

장원 김군수[7]는 바로 그[김입지]의 아들인데, 가법을 얻어 (그림

이) 매우 신묘하였다. 내가 지난날 군수와 함께 찰원[8]에 있을 때, 거기에 흰 병풍이 하나 있어 뭇사람들이 (군수에게는) 가지 하나라도 그려 줄 것을 청하고 나에게는 발문을 짓게 하므로 바로 지었다.

「설당거사[9]는 시로써 명성을 떨쳤는데
먹으로 하는 풍류도 살아있는 듯하였네
아득히 생각해 보니 강남의 문소소[10]
한 갈래를 나누어 팽성으로 보냈음이 분명하도다.[11]」

[註解]

1) 金立之: 金富軾의 아들인 金敦中의 字이다. 그에 대해서는 『破閑集』 상권 4, 주해4) 참고; 본서 28쪽.

2) 墨君: 묵으로 그린 대나무 그림을 뜻한다. 대나무는 일찍부터 높은 덕과 학문의 상징이 되었다. 『詩經』의 「衛風」에서도 "瞻彼淇奧 綠竹猗猗 有匪君子 如切如磋 如琢如磨 瑟兮僴兮 赫兮咺兮 有匪君子 終不可諼兮"라 하여 周 武公의 덕과 인품을 대나무에 비유하였다.

諸橋轍次, 1986, 「墨」, 『大漢和辭典』 11, 大修館書店, 256쪽.

이선옥, 2006, 「梅, 蘭, 菊, 竹 四君子畵의 형성과 발전」, 『역사학연구』 27.

3) 湘岸兩叢: 상강 언덕의 대나무 두 그루를 뜻한다. 湘江은 중국 湖南省에 있는 강으로 江西省 興安縣의 陽海山을 근원으로 하고 있는데 瀟江과 零陵郡에서 합치되어 洞庭湖로 들어간다. 이 두 강이 합치된 지점 즉, 瀟湘江의 경치가 아름다워 이를 瀟湘8경이라 하였는데 소상8경은 고려시대에 전해져 늦어도 13세기경부터는 시나 그림의 빈번한 소재가 되었다. 국립중앙박물관에 다수 소장된 「瀟湘八景圖」에서 상안양총을 확인할 수 있다.

瀟湘八景에 관해서는 다음의 연구가 참조된다.

安輝濬, 1988, 「韓國의 瀟湘八景圖」, 『韓國繪畵의 傳統』, 문예출판사.

송희경, 1995, 「南宋의 瀟湘八景圖에 관한 硏究」, 『美術史學硏究』 205.

고연희, 2003, 「瀟湘八景, 고려와 조선의 詩·畵에 나타난 受容史」, 『동방학』 9.

4) 大宗伯: 『周禮』에 의하면, 大宗伯은 春官의 卿으로서 天神과 人鬼, 地祇의 禮를 담당하여 국가의 여러 의례와 외교 등을 맡았다 (①). 그 직무가 宗廟·祭祀 등의 의례를 주관하는 禮部와 관련되므로 禮部尙書의 이칭으로도 쓰였다. 그런데 唐代에는 禮部尙書가 儀禮 이외에 科擧의 주관도 하게 되면서(②), 科擧의 考試官을 의미하기도 하였다. 따라서 여기의 대종백은 知貢擧를 의미한다고 생각된다.

①『周禮注疏』 권17, 春官宗伯3.

　『通典』 권23, 職官5 禮部尙書.

② 김택민 주편, 2003, 『譯註 唐六典』 上, 신서원, 369~371쪽.

5) 崔上國: 논자에 따라서는 崔讜으로 추정하기도 하나, 누구를 말하는지 정확히 알 수 없다. 다만, 김입지, 즉 김돈중이 1144년(인종 22)에 급제하여 1170년 무신정변의 와중에 죽었으므로, 본문의 최상국은 의종대에 '상국'으로 있으면서 김돈중과 개인적인 관계를 맺고 있던 이라 하겠다. 앞의 주해4)에서 대종백은 예부상서 내지 科擧와 관련한 관직으로 추정된다고 하였으므로 의종대에 평장사 이상에 있으면서 예부나 과거와 관련한 인물로 찾아보면 崔允儀와 崔惟淸이 있다(①). 한데 崔惟淸은 김돈중이 급제한 과거의 동지공거로, 김돈중의 座主가 된다(②). 따라서 본문의 대종백 최상국은 崔惟淸일 가능성이 높다.

①『高麗史』 권73, 志27 選擧1 科目1 凡選場 毅宗 8년 4월·16년 4월.

　『高麗墓誌銘集成』, 「崔允儀墓誌銘」.

　朴龍雲, 2000, 「고려시대의 平章事」, 『고려시대 中書門下省宰臣 연구』, 일지사, 177쪽.

②『高麗史』 권73, 志27 選擧1 科目1 凡選場 仁宗 22년 5월.

　『高麗墓誌銘集成』, 「崔惟淸墓誌銘」.

　朴龍雲, 2000, 「고려시대의 平章事」, 『고려시대 中書門下省宰臣 연

구』, 일지사, 176쪽.

6) 先帝: 여기에서는 仁宗(1123~1146)을 가리킨다. 김입지-
김돈중-는 의종대에 주로 활동하였고 의종과 명종의 아버지를 고
려하면, 본문 중의 선제는 인종을 가리킨다.

7) 察院: 御史臺를 말한다. 어사대는 金吾臺·司憲臺 또는 監察
司·司憲府 등으로 그 명칭을 바꾸었는데 이 밖에『高麗史』世家나
각종 文集 및 金石文에 보이는 臺·臺閣·憲司·憲府·風憲司 내지
察院·烏府 등도 모두 이 官府를 이르는 말이었다.

　　朴龍雲, 1980,「臺諫의 職制」,『高麗時代 臺諫制度 硏究』, 一志社, 56쪽.
　　朴龍雲, 2004,「譯註 高麗史 百官志(2)」,『고려시대연구』Ⅶ, 한국정신
　　　　문화연구원 ; 2009,『『高麗史』 百官志 譯註』, 신서원,
　　　　184~198쪽.

8) 金壯元君綏: 김군수이다. 그에 대해서는 상권 9, 주해12) 참
고; 본서 52쪽.

9) 雪堂居士: 북송의 蘇軾(1036~1101)을 가리킨다. 雪堂은
蘇軾이 黃州로 유배된 뒤 지은 초가의 堂號이다. 그의「雪堂記」에
"내가 東坡 옆에 버려진 밭을 얻어 집을 짓고 담을 둘러 堂을 만들
고, 설당이라고 하였다[蘇子得廢圃於東坡之脅 築而垣之 作堂焉 號
其正曰雪堂]."라는 내용이 있다.

　　『東坡全集』권115,「黃州雪堂記」.

10) 文笑笑: 1018~1079. 宋 梓州 永泰 사람인 文同의 호다.
字는 與可이고 石室先生, 錦江道人이라 불리기도 했다. 1049년에
벼슬에 나아가 知陵·洋·湖州를 지냈으며, 司馬光, 蘇軾 등과 어울
렸다. 詩文에 능했고, 篆·隸·行·草·飛白을 잘했으며 대나무 그림에
더욱 뛰어났다. 저서로『丹淵集』이 있다.

　　『宣和畫譜』권20, 文同.
　　張撝之 외 주편, 1999,『中國歷代人名大辭典』上, 上海古籍出版社, 299쪽.

11) 應分一派寄彭城: 蘇軾의 스승인 文笑笑는 대나무 그림에 능

하였는데 당시 사방의 사람들이 와서 그림을 청하자, "나의 묵죽 한 갈래가 요즘 팽성에 있다[吾墨竹一派 近在彭城]."라고 하였다. 팽성은 당시 문소소의 제자인 소식이 태수로 있던 徐州를 가리키므로 문소소는 소식의 대나무 그리는 실력 또한 자신과 같음을 말한 것이다. 이러한 내용을 이인로가 시로 읊은 것인데, 김돈중을 문소소에, 김군수는 소식에 빗대어 표현한 것이다.

『東坡全集』 권36, 「文與可畫篔簹谷偃竹記」.

上11.

[原文]

碧蘿老人嘗以睡居士所畵墨竹小屛贈僕. 題白傳詩一句於後云, 「管領好風烟, 欺凌凡草木.」 筆跡尤奇妙, 僕嘗學之, 遇紙素屛幛, 無不揮灑. 自以謂得其髣髴, 故作詩云, 「餘波猶及碧琅玕, 自恐前身文笑笑.」 然僕誠不工, 僅得形似耳. 堂兄千林堂頭以紙屛求之, 僕但寫一枝, 橫跨四幅, 而不及葉. 有一畵史見之曰, "此枝節非庸流所能, 有東山墨戲風骨." 迺安八九葉於其間, 便有蕭然氣勢. 昔潘岳得樂廣之旨, 緝成名筆, 鄭國之令東里猶潤色之. 今是竹也, 亦彫啄之餘盤薄之巧, 相資而成, 胳然若出於鑪錘之一手, 可謂凝神矣. 有讚之者曰, 「乾坤一氣, 胡越同心, 衆妙之極, 無跡可尋.」

[譯文]

벽라노인[1]이 일찍이 수거사[2]가 먹으로 대나무를 그린 작은 병풍을 나에게 주었다. 그 뒤에 백부[3]의 시 한 구가 (다음과 같이) 쓰여 있었다.

「바람과 안개를 맡아 잘 거느리니
무릇 초목을 속이고 업신여기네.」

필적이 더욱 기묘하여 내가 일찍이 배워서 종이나 그림 없는 가리개를 만나면 (붓을) 휘두르지 않은 적이 없었다. 스스로 (수거사가 그린 대나무 병풍과) 비슷하다 하여서 시를 지으니, 다음과 같다.

「남은 물결이 푸른 난간[4]에 미치니
 아마도 내 전생이 문소소였던가.」

그러나 내가 진실로 솜씨가 좋은 것은 아니고 겨우 형태를 흉내낼 뿐이다. 당형 천림당두[5]가 종이 병풍으로 그것-그림-을 부탁하니 내가 단지 가지 하나를 네 폭에 가로질러 그렸는데 잎은 그리지 않았다. 한 화사가 보고 말하기를, "이 나뭇가지 그림은 범상한 자가 할 수 있는 것이 아닙니다. 동산-蘇軾-이 먹을 희롱하는 풍채와 골격이 있습니다."라고 하였다. 이에 그 (그림) 사이에 8, 9개의 잎을 그려 넣었더니 대번에 호젓한 기운이 있었다. 옛날 반악[6]은 악광[7]의 (문체의) 아름다움을 이어 명문장을 이루었고, 정나라의 법은 동리[8]가 오히려 윤색한 것이다. 지금의 대나무 또한 조탁의 여유와 반박[9]의 기교가 서로 도와 이루어 진 것이니, 꼭 맞는 것이 노추[10]의 한 손에서 나온 것 같아 가히 신묘하다고 하겠다. 이를 기린 자가 있었으니, 다음의 것이다.

「하늘과 땅이 하나의 기운이 되고
 호와 월도[11] 같은 마음이듯
 뭇 묘한 것의 지극함은
 자취를 찾을 수 없네」

[註解]
1) 碧蘿老人: 생몰년 미상. 『破閑集』에 벽라노인 去非라 칭해지는 자가 郵亭의 벽에 쓰인 시를 이인로에게 읊어주는 일화가 있다.

이에 대해서는 중권 13, 역문 참고; 본서 219쪽.

2) 睡居士: 고려 때의 문인 安置民(생몰년 미상)으로 字는 淳之이며, 睡居士는 그의 호이다. 棄菴居士 또는 安處士라고도 불렸으며, 자칭 醉睡先生라 하기도 하였다.

그는 무인정권의 부당성을 비판하며 벼슬에 나가지 않고 여생을 경주에서 은거하였는데, 시와 墨竹은 중앙의 문인에게는 물론 일반인에게도 알려져 있었다. 특히 그의 묵죽은 당대를 대표하였다(①). 뛰어난 문장가이자 글씨와 그림에도 남다른 조예를 갖고 있던 그의 문장은 크게 유행하였지만, 이를 모아 준 사람이 없기에 유고가 모두 흩어져 버렸다. 더욱이 그가 관직에 전혀 나아가지 않고, 무신정권에 대해 거리낌 없는 비판적 자세를 취하였기에 역사의 표면에는 전혀 드러나지 않아 현재 그에 관해서는 거의 알려져 있지 않다(②).

① 심호택, 1992, 「安置民論 － 高麗武臣執權時代 文學史·知性史·繪畫史의 한 局面 － 」, 『漢文學研究』 8.
② 金晧東, 2003, 「文人知識層의 現實認識」, 『고려 무신정권시대 文人知識層의 현실대응』, 景仁文化社.

3) 白傅: 772～846. 唐의 시인 白居易를 말한다. 지금의 중국 河南省 新鄭縣 사람이다. 字는 樂天이고 호는 香山居士, 醉吟先生이다. 太子小傅에 배향되었다 하여 白傅라고 한다. 807년에 翰林學士·左拾遺·東宮贊善大夫를 지냈다. 829년에 太子賓客 分司東都로 낙양에 머물렀다. 842년에 刑部尙書로 치사하였다. 저서로 『白氏長慶集』이 있다.

『舊唐書』 권17下, 本紀17下 文宗下 大和 9년.
『舊唐書』 권166, 列傳116 白居易.
張撝之 외 주편, 1999, 『中國歷代人名大辭典』上, 上海古籍出版社, 447쪽.

4) 碧琅玕: 푸른 대나무를 말한다. 琅玕은 대나무의 다른 이름으로 杜甫가 지은 「鄭駙馬宅宴洞中詩」의 '主家陰洞細煙霧 留客夏簟靑琅玕'에서 인용되었다.

諸橋轍次, 1985, 「琅」, 『大漢和辭典』 7, 大修館書店, 924쪽.

5) 堂頭: 住持와 같은 말로, 主老, 寺主라고도 한다. 원래 '敎法을 住持한다'라는 의미에서 불교의 가르침을 알리고 그에 필요한 재산까지 관리하는 책임을 맡게 되면서 사원을 대표하게 되었다. 이에 따라 사원 내 조직인 三綱의 인사를 장악하였다. 이 같은 주지의 책무에 따라 그 위상은 사원 내 승려를 통솔하는 명예로운 자리였으며, 고려는 주지를 직접 임명함으로써 사원을 통제하려고 하였다. 결국 고려시대 주지는 사원과 승려의 성스러움을 유지하고 대표함과 동시에 국가와의 관계라는 현실을 조절하는 임무를 지닌 매우 중요한 자리였다.

金映遂, 1944, 「寺刹住持의 職務와 任免의 變遷」, 『新佛敎』 67.

許興植, 1986, 「佛敎界의 組織과 行政制度」, 『高麗佛敎史硏究』, 一潮閣.

韓基汶, 1998, 「寺院의 組織과 運營」, 『高麗寺院의 構造와 機能』, 民族社

6) 潘岳: 247~300. 西晉 滎陽 中牟 사람으로 字는 安仁이다. 詩賦에 능했고 陸機와 함께 서진문학의 대표 작가로 병칭되었다. 현재 『潘黃門集』이 남아있다.

『晉書』 권55, 列傳25 潘岳.

張撝之 외 주편, 1999, 『中國歷代人名大辭典』 下, 上海古籍出版社, 2520쪽.

7) 樂廣: ?~304. 西晉 南陽 淯陽 사람으로 字는 彦輔이다. 부모를 일찍 여의고 고아가 되어 가난하게 살았으나 학문에 전념하여 벼슬길에 올랐고 관직이 尙書令에 이르렀다. 그는 당시 유행하고 있었던 淸談論에 능하였으나 문장력이 좋지 못하였는데, 河南尹으로 승진하게 되자 이를 사양하기 위해 반악에게 대신 표문을 지어달라고 요청하였다. 이에 반악이 악광의 뜻을 물으니 악광이 2백 구의 말로 대답하였고, 이를 다시 반악이 훌륭한 문장으로 써주었다. 당시 사람들이 감상하면서 "만약 악광이 반악의 문장을 빌리지 않고, 반악이 악광의 뜻을 취하지 않았다면 그렇게 아름다운 글을 이루지 못했을 것이다."라고 평한 일화가 전한다.

자신의 그림이 어느 화가의 도움으로 뛰어난 작품으로 완성되었음을 이인로가 비유한 것이다.

『晉書』 권43, 列傳13 樂廣.

8) 東里: B.C. 580~B.C. 522. 東里는 東里의 사람 子産을 말하는 것으로 子産은 춘추시대의 鄭나라 사람이다. 『論語』 憲問편의 "命을 만들 적에 裨諶이 초고를 만들고 世叔이 토론하고 行人 子羽가 수식하고 東里의 子産이 윤색을 하였다."라 한 것을 인용하였다.

『論語』 憲問.

張撝之 외 주편, 1999, 『中國歷代人名大辭典』 上, 上海古籍出版社, 55쪽.

9) 盤薄: 송의 元君이 많은 화공을 초청했는데, 다른 여러 화공은 붓을 빨아 먹을 묻히며 준비하였으나 한 화공은 인사도 분명히 하지 않고 혼자 숙소에 가서 옷을 풀어 놓고 盤薄 - 다리를 쭉 뻗고 앉아 있는 것 - 하고 있었다. 이를 보고 원군이 "이 사람이 참된 화가다."라고 했다. 따라서 여기서는 꾸밈이 없는 자연스러운 풍치를 나타낸다.

『莊子』 田子方.

10) 鑪錘: 불을 피우는 풀무와 달궈진 쇠를 두들기는 망치로, 쇠로 된 하나의 연장을 잘 만들기 위해서는 풀무질과 망치질이 조화되어야 한다는 것이다. 여기서는 이인로와 어느 화가가 하나의 조화로운 대나무 그림을 완성했다는 것을 빗대어 표현한 것이다.

11) 胡越: 胡는 중국 북쪽에 있었고 越은 중국 남쪽에 있었으니, 서로 멀리 떨어져 있어서 직접적인 관련이 없는 소원한 관계를 의미한다.

上12.

[原文]

僕嘗於貴家壁上見草書二簇, 烟薰屋漏, 形色頗奇古. 其詩云, 「紅葉題詩

出鳳城, 淚痕和墨尙分明, 御溝流水渾無賴, 漏洩宮娥一片情.」座客皆聚首
而觀之, 以謂唐[10]宋時人筆. 紛然未得其實. 就問於僕以質之. 僕徐荅曰,
"是僕手痕也." 客愕然曰, "殘縑敗素寒具留痕, 似非近古物." 僕曰, "此僕詠
史詩中一篇也. 僕非自作, 未嘗下筆作草."

[譯文]

내가 일찍이 어느 귀한 댁의 벽에 걸린 초서로 쓴 두 족자를 보
니, 연기에 그을고 집이 새어 물이 스며들었지만 형색이 자못 기이
하고 예스러웠다. 그 시는 다음과 같다.

「단풍잎에 쓴 시가 궁성에서 나오니
눈물 자국이 먹에 섞이어 오히려 분명하네
대궐 안 개천 물은 온통 흐리지만
궁녀의 한 조각 정은 새어나오는구나.」[1]

앉아 있는 손님들이 모두 머리를 맞대고 그 시를 보면서 말하기
를, "당송시대 사람의 글씨로 여겼다. 의견이 분분하여 사실을 밝히
지 못하였다. 마침내 나에게 묻기에 내가 천천히 대답하기를, "이것
은 내가 직접 쓴 것입니다."라고 하였다. 손님들이 놀라며 말하기를,
"낡은 비단에 손때 묻은[寒具][2] 흔적이 남아있으니 근래의 물건은
아닌 것 같습니다."라고 하였다. 내가 "이것은 나의 영사시[3] 중의
한 편입니다. 나는 스스로 지은 것이 아니면 초서로 쓰지 않습니
다."라고 하였다.

[註解]

1) 紅葉題詩: 단풍잎에 시를 써서 가연을 맺는다는 고사이다.『眼

---

10) 조종업본은 판독이 어려우나 국도본 및 이인영본에서 唐으로 확인된다.

琊代醉編』에 唐 僖宗 때 于祐가 궁궐의 개울[御溝]에서 흘러나오는 단풍 한 잎을 주웠는데 시가 써져 있었다. 이에 우우도 단풍잎에 시를 써서 어구 상류에 띄웠다. 궁녀 韓夫人이 이것을 주웠는데 이 시들이 인연이 되어 결혼하게 되었다는 고사가 있다.

2) 寒具: 기름에 튀긴 밀가루음식. 『續晉陽秋』에 보면 桓玄이 法書나 名畵를 좋아하여 소장한 것을 손님이 오면 보여주곤 했는데, 한번은 손님이 寒具를 먹으면서 기름을 그림에 묻혔다. 그래서 이후로는 한구를 내놓지 않았다고 한다. 여기서는 때가 많이 묻었다는 것을 비유하여 말한 듯하다.

3) 詠史詩: 역사를 읊은 시로, 詠史 또는 역사시라고도 한다. 현실의 부조리나 부패함을 직접 묘사할 수 없는 상황에서 중국 고대의 시인들은 과거에 일어났던 비슷한 양상의 역사사실을 빌어 현실을 비유하거나 자신의 감회를 표현하였다. 역사 속 인물이나 사건이 시의 주제가 되기 시작한 것은 이미 『詩經』이나 『楚辭』에도 나타나나, 漢代에 班固가 漢 文帝 때 있었던 사건과 관련 인물에 대한 느낌을 '詠史'라는 제목의 시로 표현하면서 영사시라는 분야가 본격적으로 성립되었으며 특히 唐代에 다량으로 창작되었다.

金成文, 1992, 「杜牧의 詠史詩 小考」, 『中國人文科學』 11, 382~385쪽.

上13.

[原文]

天水亦樂將赴梁州倅. 僕與子真冒曉, 到天壽寺門, 餞之, 亦樂爲友人所牽挽, 日午尚未到. 二人者緩步訪一僧舍, 闃然無人. 僕偶以淡墨題板扉云, 「待客客未到, 尋僧僧亦無, 唯餘林外鳥, 欵曲勸提壺.」 其後二十餘年, 於子真家見一僧, 道貌魁然不凡. 揖僕曰, "曾蒙寵示佳篇, 姑此奉謝." 僕憫然不測,

僧誦此詩云, "我是當時主院者也." 相與大噱, 遂附家集云.

[譯文]

천수 역락[1]이 양주[2]의 수령으로 부임하게 되었다. 나와 자진이 새벽을 무릅쓰고 천수사[3] 문에 이르러 그를 전별하려 했는데 역락이 친구에게 붙잡혀서 한낮이 되도록 도착하지 않았다. (우리) 두 사람이 천천히 걸어서 한 절을 방문하였는데, 고요히 사람이 없었다. 내가 마침 담묵으로 문짝에 시를 썼다. 그 시는 다음과 같다.

「손님을 기다리나 손님은 오지 않고
스님을 찾으니 스님 역시 없네
오직 숲 밖에 새만이 남아
정성스럽게 술잔을 권하네.[4]」

그 뒤 20년 후에 자진의 집에서 한 스님을 보았는데, 도를 닦은 모습이 장대하여 범상치 않았다. 나에게 합장하고 말하기를, "일찍이 은혜를 입어 아름다운 시를 보았는데, 비로소 이제야 인사를 드립니다."라고 하였다. 내가 멍하니 헤아리지 못하고 있으니, 스님이 이 시를 읊으며 말하기를, "제가 당시에 주지였습니다."라고 하였다. 서로 함께 크게 웃고 마침내 가집에 붙였다.

[註解]

1) 天水亦樂: 趙通(생몰년 미상)을 말한다. 亦樂은 그의 字이다. 天水는 중국에서 趙氏의 관향인데 고려에서도 그대로 통용되었던 듯하다. 천수는 지금의 중국 甘肅省 남부에 위치하고 있다. 조통은 玉果縣 사람으로 經·史·百家에 능통했다. 과거에 급제하였고 후에 考功郎中·太子文學이 되었다. 1197년(명종 27)에 金에 사신으로

갔다가 3년간 구류를 당하였다. 1199년(신종 2)에 경주에 도적을
무마하기 위해 파견되었고, 1200년 5월에는 晉州를 안무하였다. 벼
슬이 左諫議大夫·國子監大司成·翰林學士에 이르렀다. 李仁老·吳
世才·林椿·李湛之·咸淳·皇甫抗과 함께 七賢의 교우를 맺었다.

『高麗史』 권21, 世家21 神宗 2년 2월·3년 5월.
『高麗史』 권102, 列傳15 李仁老 附趙通.
『高麗史節要』 권13, 明宗 27년 10월.
李東歡, 1968, 「高麗 竹林高會 硏究-傳記的 考察을 中心하여-」, 고려
  대학교 국문학과 석사학위논문.

2) 梁州: 지금의 경상남도 梁山市 지역이다. 665년(新羅 文武
王 5)에 上州, 下州 땅을 나누어서 歃良州를 두었는데 경덕왕 때
良州로 고쳐서 九州의 하나로 만들었다. 940년(태조 23)에 梁州로
고쳤고 1018년(현종 9)에 防禦使를 두었다. 元 中書省이 고려의
관청이 많아 폐단이 있다 하여서 밀성에 병합되었다가 1304년(충
렬왕 30)에 양주로 회복되었다.

『高麗史』 권57, 志11 地理2 慶尙道 梁州.
朴宗基, 2005, 「『高麗史』 地理志 譯註(5)-蔚州·禮州·金州·梁州·密城郡
  編-」, 『韓國學論叢』 27, 국민대학교, 90~92쪽.

3) 天壽寺: 開京 羅城의 東門인 崇仁門 밖에 위치했던 절이다.
1106년(예종 1) 짓기 시작하여 1116년에 완성되었으며, 그 해 3월
예종이 父王인 肅宗과 母 明懿太后의 진영을 봉안하였다. 이후 예
종은 숙종과 명의태후의 忌日에 자주 천수사에 행차하였다. 이처럼
진영을 모신 건물을 眞殿이라 하는데, 고려시대에는 대부분 개경 근
처의 寺院을 왕실의 진전으로 이용하였다. 천수사의 경우도 예종이
부모의 진전으로 삼은 곳이다(①). 한편, 천수사는 개경의 동쪽으로
통하는 중요한 길목에 위치하고 있어 교통의 요지였을 뿐 아니라 군
사적으로도 이용가치가 높은 곳이었다(②). 당시 고려의 교통망은
개경을 중심으로, 개경과 각지의 대읍을 연결하는 X자 형태의 직로

와 이에 연결되는 여러 방면의 역로망으로 편성되어 있었다(③).
본문에 이인로와 함순이 梁州로 부임하는 亦樂을 천수사에서 전송
하려고 한 것을 볼 때, 천수사는 동남 방면의 역도 중 하나인 金州-
密城-梁州-蔚州 및 그 속현에 위치한 역들로 편성되었던 金州道와
의 연관성을 생각해 볼 수 있다.

① 許興植, 1984, 「佛教와 融合된 高麗王室의 祖上崇拜」, 『東方學志』
45 ; 1986, 『高麗佛教史研究』, 一潮閣, 89~91쪽.

② 박윤진, 1998, 「高麗時代 開京 一帶 寺院의 軍事的·政治的 性格」, 『韓
國史學報』 3·4합, 84·85쪽.

박종진, 2000, 「고려시기 개경 절의 위치와 기능」, 『역사와 현실』
38, 83·84쪽.

③ 김창현, 2002, 『고려 개경의 구조와 그 이념』, 신서원, 60쪽 [그림
3-2] 개경과 그 주변도 참조.

정요근, 2008, 『高麗·朝鮮初의 驛路網과 驛制 研究』, 서울大 박사학
위논문, 56·57·75쪽.

4) 提壺: 새의 이름이다. 그 울음소리가 '제호로'라고 들린다는
데서 提壺·提壺蘆라는 이름이 생겼고, 提壺가 '술잔을 든다'는 뜻
이므로 술을 권한다고 표현했다. 歐陽脩의 「啼鳥」에 "꽃 위에 홀로
제호로가 있어, 술을 사서 꽃그늘 앞에서 취하라 권하네[獨有花上
提壺蘆 勸我沽酒花前醉]"라고 하였다.

『歐陽修集』 卷18, 「啼鳥」.

上14.

[原文]

智異山或名頭留, 始自北朝白頭山而起. 花峯蕚谷縣縣聯聯, 至帶方郡. 蟠
結數千里環, 而居者十餘州, 歷旬月可窮其際畔. 古老相傳云, "其間有靑鶴
洞, 路甚狹, 纔通人. 行俯伏經數里許, 乃得虛曠之境, 四隅皆良田沃壤, 宜播

植. 唯靑鶴棲息其中, 故以名焉. 盖古之遁世者所居. 頹垣壞塹猶在荊棘之
墟."

昔僕與堂兄崔相[國]有拂衣長徃之意, 乃相約尋此洞. 將以竹籠盛牛犢兩三
以入, 則可以與世俗不相聞矣. 遂自華嚴寺至花開縣, 便宿神興寺, 所過無非
仙境. 千巖競秀, 萬壑爭流, 竹籬茅舍, 桃杏掩映, 殆非人間世也. 而所謂靑鶴
洞者, 卒不得尋焉. 因留詩巖石云,「頭留山逈暮雲低, 萬壑千嵓似會稽, 策杖
欲尋靑鶴洞, 隔林空聽白猿啼, 樓臺縹緲三山遠, 苔蘚微茫四字題, 試問仙源
何處是, 落花流水使人迷.」

昨在書樓, 偶閱五柳先生集, 有桃源記, 反復視之. 盖秦人厭亂, 携妻子, 覔
幽深險僻之境, 山迴水複, 樵蘇不可得到者以居之. 及晉太元中, 漁者幸一至,
輒忘其途, 不得復尋耳. 後世丹靑以圖之, 歌詠以傳之, 莫不以桃源爲仙界,
羽車飈輪長生久視者所都. 盖讀其記未熟耳, 實與靑鶴洞無異. 安得有高尙之
士如劉子驥者一徃尋焉.

[譯文]

지리산은 두류산이라고도 하는데,[1) 북조의 백두산[2]에서 일어난
다. 꽃봉오리와 같은 봉우리, 꽃받침과 같은 골짜기들이 면면히 연결
되어 대방군[3]에까지 이른다. 서리서리 얽혀 수 천리를 두르면서 걸
쳐 있는 것이 십여 고을이어서 한 달 넘게 지나서야 그 가장자리에
이를 수 있다. 노인들이 서로 전하기를, "그 속에 청학동이 있는데
길이 매우 협소하여 사람이 겨우 통행할 만하다. 길을 갈 때에는 구
부리고 엎드려 몇 리쯤 지나야 비로소 넓은 공간을 만날 수 있는데,
사방이 모두 좋은 밭과 기름진 토양으로 농사지을 만하다. 푸른 학
[靑鶴]이 그 곳에 살기 때문에 (그렇게) 이름붙인 것이다. 아마 예
전에 세상을 피해 은둔한 자들이 살던 곳이었던 듯하다. 무너진 담과
구덩이가 여전히 가시덤불 속에 흔적으로 남아 있다."라고 했다.

예전에 나와 당형 최상국은 세상과 인연을 끊고 은둔하려는 뜻이

있어 바로 서로 약속하고 이 마을을 찾았다.[4] 대바구니에 물건을
가득 담고 소 두 세 마리를 끌고서 들어가면 세속과는 단절할 수 있
으리라 생각했다. 드디어 화엄사[5]에서 화개현[6]에 이르러 곧바로 신
흥사[7]에 묵었는데, 지나는 곳마다 선경이 아닌 곳이 없었다. 수많은
바위들이 빼어남을 다투고 여러 골짜기에서 다투어 물이 흘렀으며,
대울타리 두른 띠집들은 복숭아꽃 살구꽃에 뒤덮여 거의 인간 세상
이 아니었다. 그러나 이른바 청학동은 끝내 찾지 못하였다. 그래서
큰 바위에 시를 남겼다.

> 「두류산에 아득히 저녁 구름 깔리니
> 수많은 골짜기와 바위들은 회계산[8]인 듯하네
> 지팡이 짚고 청학동을 찾으려 했는데
> 숲에 가로막혀 헛되이 흰 원숭이 소리만 들리네[9]
> 누대는 아득한데[10] 삼신산[11]은 멀기만 하고
> 이끼 끼어 넉 자 글씨[12] 흐릿하네
> 선경으로 가는 물줄기가 어디인가 물어보지만
> 낙화유수가 사람들을 어지럽히네.[13]」

　어제 서루에 있으면서 우연히 『오류선생집』[14]을 펼쳤는데 「도원
기」[15]가 있어서 반복해서 보았다. 진나라 사람이 혼란에 염증이 나
처자를 이끌고서 깊고 험한 곳을 찾았는데, 산으로 둘러싸이고 물이
굽이굽이 흘러서 나무하고 풀베는 자들도 이를 수 없는 곳에 살았
다. 진나라 태원[16] 연간에 어부가 요행히 한 번 이르렀지만 곧바로
그 길을 잊고는 다시 찾을 수 없었다. 후세에 채색하여 그림으로 그
리고 노래로 읊어 전하면서, 도원을 선계라고 여겨 우거와 표륜[17]을
타며 오래 살고 멀리 보는 사람들이 모여 사는 곳이라고 여기지 않
음이 없었다. 아마도 그 기록을 읽음에 (후세 사람들이) 자세히 살
피지 않았기 때문이고 실제로는 청학동과 다름이 없을 것이다. 어찌

유자기¹⁸⁾와 같은 고상한 선비라 하더라도 한 번에 가서 찾을 수 있
겠는가.

　　[註解]

　1) 智異山或名頭留 : 智異山은 현재의 지리산으로 주능선의 거리
25.5㎞, 둘레는 320여㎞, 그 면적은 470㎢에 달한다. 지리산을 地
理山, 頭流山 또는 方丈山이라고도 부른 기록을 찾을 수 있다(①).

　여기에서 지리산의 이칭으로 보이는 頭留는『高麗史』에서는 頭流
라고 하여 차이가 있다. 이에 대해서『新增東國輿地勝覽』에 "백두산
의 산맥이 뻗어내려 지리산에 이르렀으므로 頭流라고 부른다. 혹은
백두산의 맥이 바다에 이르러 그치는데 이곳에서 잠시 停留하였다 하
여 流는 留로 쓰는 것이 옳다고도 한다."라는 설명이 있다(②).

　　①『高麗史』권57, 志11 地理2 全羅道 南原府.
　　②『新增東國輿地勝覽』권39, 全羅道 南原都護府.

　2) 白頭山 : 백두산이라는 명칭은 991년(성종 10)에 처음 찾아
진다. 고려 이전에 白頭山이 일반적으로 사용된 용어인지는 확실치
않지만 최소한 고려 의종대 이전에는 백두산 지역을 지리적으로 인식
하고 있었다. 이 기사는 고려 중기의 백두산 인식을 알 수 있는 자료
로 지리산의 근원을 백두산에서 찾고 있다. 지리산의 근원을 백두산
으로 보는 이러한 祖宗山 관념은 이후 조선시대에도 지속되었다.

　　송용덕, 2007,「고려~조선전기의 백두산 인식」,『역사와 현실』64.

　3) 帶方郡 : 현재의 전라북도 남원시 일대로 생각된다.『高麗史』
에 따르면 본래 백제의 古龍郡인데 帶方郡이 된 것으로 되어 있다.
신라가 백제를 병합하고 684년에 小京을 설치하였고 757년에는 南
原小京으로 고쳤다. 940년(태조 23)에 府로 고쳤고 1310년(충선
왕 2)에 다시 帶方郡으로 하였다가 후에 南原郡으로 고쳤으며
1360년(공민왕 9)에 府로 승격시켰다.

『高麗史』권57, 志11 地理2 全羅道 南原府.

4) 堂兄崔相國: 고려에서는 본족의 堂兄弟는 백숙부의 아들뿐만 아니라 고모의 아들까지 포함하는데(①), 현재 이인로의 친족관계 등을 알려주는 자료가 없어 당형인 최상국이 누구인지 정확히 알 수 없다. 단지 이인로가 崔永濡의 딸과 혼인했으므로 처족 중의 한 사람일 수도 있다. 한편, 앞서 10번의 崔相國을 崔惟淸으로 추측한 바 있는데, 이인로의 연령을 감안하면 최유청의 아들로 재상을 지낸 崔讜·崔詵 형제 중 한 사람일 것이다.

『新增東國輿地勝覽』에도 위의 일화가 인용되어 있는데 堂兄이란 표현은 빠져 있어서(②), 혹 '당형'이 혈연관계가 아니라 우호 또는 친밀의 의미로 지칭하였을 것이다.

한편 이인로가 당형 최상국과 은둔하기 위해 靑鶴洞을 찾으려 했다는 기록은 무인정권하에서 많은 문신들의 처신을 대변하는 한 사례라고 할만하다.

　① 이종서, 2009, 「친족지칭과 친족관계」, 『고려·조선의 친족용어와 혈연의식』, 신구문화사, 98쪽.

　② 『新增東國輿地勝覽』 권30, 慶尙道 晉州牧 靑鶴洞.

5) 華嚴寺: 지금의 전라남도 구례군 마산면 황전리에 위치한 절이다. 화엄사의 창건자에 대해서는 緣起라는 설과 道詵이라는 설이 있고 창건시기에 대해서는 544년, 755년, 875년 설 등이 있는데 755년(新羅 景德王 14)에 緣起에 의해 창건되었다는 것이 가장 유력하다.

　金相鉉, 2002, 「華嚴寺의 創建時期와 그 背景」, 『東國史學』 37.

6) 花開縣: 지금의 경상남도 하동군 화개면 지역이다. 『高麗史』 地理志에는 花開部曲으로 나타나고 있다(①). 『新增東國輿地勝覽』에 따르면 757년(新羅 景德王 16)에 陝浦로 고쳤다가 1018년(현종 9)에 晉州에 소속되었고 후에 강등시켜 花開部曲이 되었다고 한

다. 그러나 화개부곡에서 화개현으로 승격된 시기는 명확히 알 수 없다(②). 한편, 花開部曲은 晉州牧 서쪽 지리산 골짜기에 위치하고 있는데, 많은 사원들과 인접하고 있었다. 특히 雙溪寺는 화개부곡에 바로 인접하면서 部曲을 지배·예속하고 있었던 것으로 이해된다(③).

① 『高麗史』 권57, 志11 地理2 晉州牧.

② 『新增東國輿地勝覽』 권31, 慶尙道 河東縣.

③ 李相瑄, 「寺院의 土地支配」, 『高麗時代 寺院의 社會經濟研究』, 誠信女大出版部, 1998, 98~99쪽.

7) 神興寺: 『新增東國輿地勝覽』에 지리산에 있는 절로 기록되어 있으며 폐사되어 寺址만 전한다. 현재 경상남도 하동군 화개면 범왕리에 있는 화개초등학교 왕성분교 뒤에 있었던 것으로 추정되지만 명확하게 확인된 사실은 없다.

『新增東國輿地勝覽』 권30, 慶尙道 晉州牧.

8) 會稽: 會稽山을 말하며 중국 浙江省 紹興縣인 것으로 추정된다. 『史記』 夏本紀 贊에 보면 우임금이 제후들을 강남에 모아서 功을 계산하다가 죽었기 때문에 會稽라고 하였다고 한다(①). 춘추시대에는 월왕 구천이 오왕 부차에게 회계산에서 패전하고 그 원수를 갚기 위해 와신상담했다는 會稽之恥라는 고사로 유명하다. 그리고 이후 진시황이 회계산에 올라 우임금에게 제사지내고 비석을 세워 '皇帝休烈, 平一宇內, 德惠脩長'이라 새겼다는 고사가 있다(②). 여기서는 지리산을 중국의 회계산에 비유하고, 또한 진시황처럼 돌에 글을 새긴 고사를 염두에 둔 듯하다.

① 『史記』 권2, 夏本紀2.

② 『史記』 권6, 秦始皇本紀6.

9) 白猿啼: 흰 털의 원숭이가 우는 깊은 숲 속을 가리킨다. 李白의 시 別東林寺僧에도 나온다[東林送客處 月出白猿啼 笑別廬山遠 何煩過虎溪]. 이 시에 대한 주석에 따르면 東林寺의 승려 慧遠은

평소 '그림자는 산을 벗어나지 않고, 발자취는 속세에 물들지 않는
다[影不出山 跡不入俗]'라는 글을 벽에 걸어두고 동림사 三門 안의
작은 개울을 건너지 않았으며, 이곳을 지나면 반드시 혜원을 인도하
는 호랑이가 울었다고 한다. 그러나 陶淵明과 陸修靜을 전송할 때
이야기에 심취해 개울을 지나치며 호랑이가 우는 소리도 듣지 못했
는데 나중에야 그것을 깨닫고 서로 크게 웃었다고 한다(①). 또『山
海經』에서 白猿에 대한 주를 보면 "抱朴子가 말하기를 '猴가 팔백
세가 되면 변하여 猿이 된다.'고 한다. 王濟가 말하기를 '猿이 처음
태어나면 털이 검고 수컷이 늙으면 황색으로 변한다. 수컷이 바뀌어
서 암컷이 되어 수 백 년이 되면 황색이 흰색이 된다.'고 한다."라는
기록이 있다(②). 여기서는 白猿이라는 신령스런 동물이 살만큼 깊
은 숲으로 둘러싸여 속세와 격리된 청학동의 상황을 빗대어 말한 듯
하다.

　　①『李太白集注』권15, 古近體詩「別東林寺僧」.
　　②『山海經廣注』권1, 南山經.

　10) 樓臺縹緲: 樓臺는 뒤에 나오는 三神山과 대비하여 속세를
의미하며, 縹緲는 아득히 멀어서 희미하고 넓은 모양을 의미한다
(①). 여기서는 속세가 멀리 떨어져 이미 지나온 길이 상당하다는
뜻이다.

　　① 諸橋轍次, 1986,「縹」,『大漢和辭典』8, 大修館書店, 1160쪽.

　11) 三山: 三神山을 말한다. 신선이 살고 있다는 세 산인 蓬萊
山, 方丈山, 瀛洲山을 말한다(①). 앞서 누대와 대비하여 속세와의
거리도 멀지만 선경 또한 찾기가 요원하다는 의미를 내포하고 있다.

　　①『史記』권6, 秦始皇本紀6.

　12) 四字題: 四字는 두 가지 의미가 강한 듯하다. 우선은 앞서
會稽山의 고사에서 진시황이 새긴 四字句를 말한 것일 수 있고, 두
번째는 뒤이어 나오는 고사인 武陵桃源을 의미할 수도 있다.

13) 落花流水使人迷: 陶淵明의 「桃花源記」에서 무릉도원을 방문했다가 다시는 그곳을 찾을 수가 없었다는 고사에 빗대어, 이인로 역시 이와 마찬가지로 청학동을 찾지 못한 사실을 비유한 것이다.

14) 五柳先生集: 『陶淵明集』을 말한다. 陶淵明(365-427)은 東晉과 南朝 宋代의 저명한 시인으로 본명은 潛이고, 자는 淵明 또는 元亮이다. 집에 버드나무 다섯 그루를 심고서 스스로 五柳先生이라 불렀다.

　　『晉書』 권94, 列傳64 陶潛.

15) 桃源記: 『陶淵明集』에 있는 「桃花源記」를 말한다.

16) 太元: 東晉 孝武帝 때의 연호로 376~396년에 걸쳐 사용되었다.

17) 羽車飈輪: 羽車는 신선이 타는 수레이고(①), 飈輪은 바람을 몰고 간다는 신령스러운 수레이다(②).

　　① 『神仙傳』 권3, 王遠.
　　② 諸橋轍次, 1986, 「飈」, 『大漢和辭典』 12, 大修館書店, 358쪽.

18) 劉子驥: 東晉 때 남양에 살던 선비로, 어부의 말을 듣고 나서 桃源을 찾다가 병으로 죽었다고 한다[南陽劉子驥 高尙士也 聞之 欣然規往 未果 尋病終 後遂無問津者].

　　『陶淵明集』 권5, 雜文 「桃花源記」.

上15.

[原文]

門生之於宗伯也, 以文章被鑑識, 特達於靑雲, 古人所謂期牙相遇. 是以位雖至鈞衡, 猶居子姪行, 不敢與之抗禮. 昔後唐裴皥在同光中三知貢擧, 門生馬裔11)孫掌試, 引新牓諸生徃謁, 作一絶云, 「三主禮闈年八十, 門生門下見門生.」 本朝光王時, 始以詩賦取士. 然未嘗有宗伯得見門生掌選者. 至明王

初, 學士韓彦國率門生, 謁崔相國惟淸, 亦作詩云,「綴行相訪我何榮, 喜見門生門下生.」此雖擴裵公舊例, 聞者皆以謂盛集. 今上踐阼八年, 趙司成冲亦引門生, 詣任相國濡第陳謝, 而公以冢宰尙在中書, 古今所未有奇狀. 作詩以記卓異.「十年黃閣佐昇平, 三闢春闈獨擅盟, 國士從來酬國士, 門生今復得門生, 風雲變化鯤鵬擊, 布葛繽紛鵠鷺明, 金液一盃公萬壽, 玉笙宜命喜遷鶯.」

[譯文]

문생[1]은 종백[2]에게 문장으로써 학식을 감식 받고서야 특별히 청운[3]에 도달하게 되니, 옛 사람들이 말한 종자기와 백아가 서로 만난 것[4]이 이것이다. 이 때문에 지위는 비록 균형[5]에 이르러도 오히려 자식이나 조카의 항렬에 있는 것이어서 감히 대등한 예[抗禮]로 대하지 못하였다. 옛날에 후당의 배호[6]가 동광[7] 연간에 세 번이나 지공거[8]가 되었는데 문생 마예손[9]이 시험을 주관한 뒤 새로 급제한 여러 문생을 이끌고 (배호를) 찾아뵈자 (배호가) 시 한 절구를 지어 이르기를,「세 번 예위[10]를 주관하니 나이가 여든이라 문생의 문하에서 문생을 보는구나.」라고 하였다.

우리나라 광종[11] 때 처음으로 시와 부로써 선비를 뽑았다.[12] 일찍이 종백 중에 (자기의) 문생이 과거를 주관하는 것을 본 자가 없었다. 명종[13] 초에 학사 한언국[14]이 문생을 이끌고 상국 최유청[15]을 찾아뵈었는데 역시 (최유청도) 시를 지어 이르기를,「줄을 지어 서로 찾아오니 나에게 얼마나 영예로운 것인가 문생의 문생을 보는 것이 기쁘구나.」라고 하였다. 이는 비록 배호의 관례에 따른 것이지만 듣는 이들은 모두 성대한 모임이라고 말하였다. 금상[16]이 즉위한 지 8년인데 사성 조충[17]이 또 문생을 이끌고 상국 임유[18]의 집에 이르러 인사를 드리니, 공이 총재[19]로 아직 중서[20]에 있어서 고금

---

11) 조종업본, 이인영본, 국도본에 모두 '喬'로 되어 있으나 '裔'의 오기로 판단되므로 수정, 입력하였다.

에 없던 일이라 기이하다. 시를 지어 그 특이한 사례를 적는다.

> 「십년간 황각[21]에서 승평[22]을 돕는 동안
> 세 번이나 춘위[23] 열어 과거를 주관했는데
> 국사는 종래 국사로 갚는다더니[24]
> 문생이 지금 다시 문생을 얻었구나
> 풍운이 변하자 곤붕이 날개 치며 날아오르고[25]
> 포갈이 많으니 곡로가 밝구나[26]
> 황금 술잔으로 공의 만수를 비나
> 옥생[27]으로 희천앵[28]을 불어야 하겠네.[29]」

[註解]

1) 門生: 과거 급제자들이 고시관 – 知貢擧·同知貢擧 – 을 座主라 부르고, 그들 자신은 좌주의 門下가 된다는 의미에서 사용했던 용어이다. 문생은 원래 門人·弟子·門下의 書生을 뜻했는데 唐代에 이르러서부터 급제자들을 일컫는 말로 쓰였다(①). 고려에서는 좌주와 문생이 父子로 비유될 만큼 각별한 관계를 맺고 있었다. 이러한 좌주 문생간의 관계는 문벌의 형성과도 관련하여 고려 관인사회의 한 특징을 보여주는 것이었다(②).

　① 諸橋轍次, 1985, 「門」, 『大漢和辭典』 11, 大修館書店, 703쪽.
　② 『高麗史』 권74, 志28 選擧2 科目2 試官 忠肅王 2년·권110, 列傳23
　　　李齊賢.
　　曺佐鎬, 1958, 「麗代의 科擧制度」, 『歷史學報』 10, 162~164쪽.
　　許興植, 1979, 「高麗의 科擧와 門蔭制度와의 比較」, 『韓國史研究』
　　　　27 : 1981, 『高麗科擧制度史研究』, 一潮閣, 230~231쪽.
　　朴龍雲, 1990, 「高麗時代의 蔭敍制와 科擧制에 대한 比較 檢討」, 『高
　　　麗時代 蔭敍制와 科擧制 研究』, 一志社, 650쪽.

2) 宗伯: 원래 周 六卿의 하나인 春官의 卿을 가리키는 말이었으나 禮部尙書, 考試官, 문장과 학식이 뛰어난 사람을 尊崇하는 의

미로 사용하기도 하는 등 다양한 의미를 가지고 있다. 여기에서는
과거를 주관하는 禮部의 考試官으로 知貢擧를 의미한다. 이에 대해
서는 상권 10, 주해4) 참고; 본서 56쪽.

『周禮注疏』 권17, 春官宗伯3.

漢語大辭典編纂委員會, 1990, 「宗」, 『漢語大辭典』 3, 漢語大辭典出版社,
1351쪽.

김택민 주편, 2003, 『譯註 唐六典』 上, 신서원, 369～371쪽.

3) 靑雲: 學德으로 이름을 높이는 것을 의미하거나 고위관직에
오름을 의미한다.

諸橋轍次, 1986, 「靑」, 『大漢和辭典』 12, 大修館書店, 99쪽.

4) 期牙相遇: 鍾子期와 伯牙가 서로 만난 일을 말한다. 『列子』
湯問篇을 보면 춘추시대 백아는 거문고의 명수로 이름이 높았고 종
자기는 백아의 연주를 누구보다 잘 감상해주었는데, 종자기가 병으
로 죽자 백아는 거문고의 줄을 끊고 다시는 연주하지 않았다고 한
다. 여기에서 유래된 고사가 바로 知音으로 자신을 알아주는 절친한
친구를 가리키는 말이다. 종백이 문생의 재주를 알아주고 긴밀한 관
계를 맺었음을 비유한다.

『列子』 湯問.

5) 鈞衡: 정치의 공평함을 유지하게 한다는 뜻으로 宰相을 칭한다.

『書言故事』 宰相類.

諸橋轍次, 1985, 「鈞」, 『大漢和辭典』 11, 大修館書店, 506쪽.

6) 裵皞: 생몰년 미상. 唐의 河東 사람으로 字는 司東이다. 어려
서부터 학문을 좋아하여 변란이 있어도 손에서 책을 놓지 않았다고
한다. 900년에 급제하여 校書郎으로 임명되었고 後梁 때에는 文學
으로 천거되어 翰林學士가 되었으며 後唐 同光 연간에는 禮部侍郎,
太子賓客, 兵部尙書 등을 역임하였다. 배호의 지공거 역임 횟수에
대해서는 자세히 알 수 없으나, 『舊五代史』에는 여러 차례 지공거
를 지낸 사실을 비롯하여 馬裔孫, 桑維翰 등을 진사로 배출한 일이

기록되어 있으며 위에 언급되어 있는 시도 함께 전해지고 있다.

『舊五代史』 권92, 晉書18 列傳7 裴皞.

7) 同光: 後唐 莊宗 때의 연호로 923~925년에 걸쳐 사용되었다.

8) 知貢擧: 과거 시험을 주관하는 考試官이다. 광종 때에 처음으로 雙冀를 知貢擧로 임명하였고, 996년(성종 15)에는 都考試官으로 고쳤다가 이듬해에 다시 지공거로 명칭을 변경하였다. 또한 972년(광종 23)에 副考試官으로 同知貢擧를 두었으나 얼마 후에 폐지하였고, 1053년(문종 7)에 同知貢擧 1명을 다시 두었는데 이후 상례가 되었다.

『高麗史』 권74, 志28 選擧2 試驗官.

崔惠淑, 1987, 「高麗時代 知貢擧에 대한 硏究」, 『崔永禧華甲紀念 韓國史學論叢』, 탐구당.

9) 馬裔孫: ?~953. 後唐의 棣州 滴河 사람으로 字는 慶先이다. 後唐 末帝가 즉위하였을 때에 翰林學士·戶部郎中·知制誥가 되었고 中書舍人, 禮部侍郎, 中書侍郎同平章事 등에 임명되었다. 이후 여러 관직을 거쳐서 後周 太祖 때에 檢校禮部尙書·太子賓客으로 있다가 사망하였다.

『舊五代史』 권48, 唐書24 末帝本紀下 淸泰 2년.

『舊五代史』 권113, 周書4 太祖本紀4 廣順 3년.

『舊五代史』 권127, 周書18 列傳7 馬裔孫.

10) 禮闈: 고려시대 예부에 소속되어 과거 업무를 처리하였던 貢院을 가리키는 말인데(①), 과거를 주관한 관부가 尙書禮部[春官]인 데서 기인하여 과거시험을 의미하는 말로도 쓰였으며 그 밖에 禮部試·春官試·春闈 등으로 부르기도 하였다(②).

① 許興植, 1974, 「高麗 科擧制度의 成立과 發展」, 『韓國史研究』 10 ; 1981, 『高麗科擧制度史研究』, 一潮閣, 23쪽.

② 朴龍雲, 1988, 「高麗時代 科擧의 考試와 體系에 대한 檢討」, 『韓國史研究』 61·62 ; 『高麗時代 蔭敍制와 科擧制 研究』, 一志社, 133쪽.

11) 光王: 925~975. 고려의 제4대 왕 光宗으로 재위기간은 26
년(949~975)이다. 諱는 昭, 字는 日華이다. 太祖와 神明順聖王太
后 劉氏의 소생으로 定宗의 동생이다.

　　　『高麗史』 권2, 世家2 光宗.

12) 始以詩賦取士: 958년(광종 9)에 後周의 귀화인 雙冀의 건
의에 의해 과거가 처음으로 실시되어 進士를 선발한 사실을 말한다
(①). 고려시대 과거는 製述業과 明經業을 兩大業이라고 하였으며,
특히 제술업이 절대적 우위에 있어서 통상 과거라고 하면 제술업을
지칭하였다. 제술업은 詩·賦·頌·時務策·論·經學 등의 과목을 三場
으로 구분하여 시험하였고, 급제자는 성격에 따라 甲科·乙科·丙科·
同進士로 나뉘었다(②).

　　　①『高麗史』 권73, 志27 選擧1 科目1 光宗 9년 5월.
　　　② 許興植, 1974, 앞의 글 ; 1981,『高麗科擧制度史硏究』, 一潮閣, 17~
　　　　　18쪽.
　　　　　朴龍雲, 1988, 앞의 글 :『高麗時代 蔭敍制와 科擧制 硏究』, 一志社,
　　　　　140쪽.

13) 明王: 明宗을 말한다. 이에 대해서는 상권 8, 주해5) 참조;
본서 48쪽.

14) 韓彦國: ?~1173. 1172년(명종 2)에 右諫議大夫로 同知
貢擧를 지냈고 이듬해에 東北面知兵馬使가 되었다. 1173년 8월에
東北面兵馬使 金甫當이 鄭仲夫·李義方의 주살과 의종 복위를 외치
며 거병할 때에 참여하였다가 9월에 잡혀서 죽임을 당하였다(①).
한언국의 좌주였던 崔惟淸의 묘지명에는 韓楙으로 나타난다(②).
한언국의 가족관계는 역시 자세히 전하지 않지만 사위로 金平이 확
인된다(③).

　　　①『高麗史』 권73, 志27 選擧1 科目1 選場.
　　　　　『高麗史』 권19, 世家19 明宗 3년.
　　　②『高麗墓誌銘集成』,「崔惟淸墓誌銘」.

③『高麗史』 권100, 列傳13 奇卓誠.

한언국에 대한 자세한 내용은 다음의 논문이 참조 된다.

김용선, 2001,「金甫當과 韓彦國의 亂－고려 귀족사회 속 인맥의 한 단
면－」,『韓國中世社會의 諸問題』, 韓國中世史學會 ; 2004,「고
려사회의 인맥과 김보당·한언국의 난」,『고려 금석문 연구』, 一
潮閣.

15) 崔相國惟淸: 1095～1174. 본관이 昌原－鐵原－으로 字는
直哉이다. 예종 때 급제하여 인종 연간에는 禮部員外郎, 諫議大夫
를 지냈고 동지공거로 金敦中 등을 선발하였다. 1170년(의종 24)
에 武臣亂으로 많은 文臣이 화를 당하였지만 최유청의 집안은 화를
면하였고 명종이 즉위하면서 中書侍郎平章事로 임명되었다. 한언국
의 급제와 관련하여서는 최유청의 묘지명 기록에 따르면 그의 문하
로 韓楹이 나오며 위에 제시된 최유청의 시가 기록되어 있다.

『高麗史』 권99, 列傳12 崔惟淸.

『高麗墓誌銘集成』,「崔惟淸墓誌銘」.

朴龍雲, 1978,「고려시대 定安任氏·鐵原崔氏·孔巖許氏 家門 분석」,『韓
國史論叢』 3 ; 2003,『高麗社會와 門閥貴族家門』, 景仁文化社.

16) 今上: 지금의 임금이라는 뜻으로 熙宗을 말한다. 1211년(희
종 7)에 大司成 趙冲이 同知貢擧로 진사를 뽑은 기록이 보인다.

『高麗史』 권73, 志27 選擧1 科目1.

『高麗墓誌銘集成』,「趙冲墓誌銘」.

17) 趙司成冲: 1171～1220. 본관이 橫川－橫城－으로 字는
湛若이고, 시호는 文正이다. 명종 때에 급제하였고 여러 관직을 거
쳐서 守太尉·同中書門下侍郎平章事에 올랐다. 그는 1211년(희종
7)에 大司成으로 同知貢擧가 되었고, 1219년(고종 6)에는 政堂文
學·判禮部事로 知貢擧가 되어 과거를 주관한 바가 있다(①).

司成은 國子監의 종3품 관직인 大司成을 말한다. 성종 때에 설치
된 국자감은 문종 때에 提擧, 同提擧, 管勾, 判事와 祭酒 등의 직제
가 성립되었다. 提擧, 同提擧, 管勾, 判事는 兼官으로 국자감의 실

제적인 책임자는 종3품의 祭酒였으나, 1116년(예종 11)에 겸관이
었던 判事가 종3품의 大司成으로 개칭되면서 국자감 업무의 총 책
임을 담당하게 되었다. 이후 대사성은 1298년(충렬왕 24)에 정3품
으로 개정되었다(②).

> ① 『高麗史』 권73, 志27 選擧1 科目1.
> 　『高麗史』 권103, 列傳16 趙冲.
> 　『高麗墓誌銘集成』, 「趙冲墓誌銘」.
> ② 『高麗史』 권76, 志30 百官1 成均館.
> 　朴龍雲, 2009, 『『高麗史』 百官志 譯註』, 신서원, 241～250쪽.
> 　申千湜, 1983, 「高麗 國子監職官 變遷考」, 『史學硏究』 36 ; 1995, 『高
> 　　麗敎育史硏究』, 景仁文化社, 221～224쪽.

18) 任相國濡: 1149～1212. 본관이 定安－長興－으로 初名은
克仁이다. 명종 때 급제하여 參知政事를 지냈고 신종 초에 中書侍
郞平章事, 守太傅·門下侍郞平章事를 역임하였다. 그는 세 차례의
知貢擧와 한 차례의 同知貢擧를 역임하여 모두 4번이나 과거를 주
관하였다(①). 1190년(명종 20)에 政堂文學 李知命이 지공거가
되고 당시 左承宣이었던 임유가 동지공거가 되어 皇甫緯 등 30명,
明經 5명, 恩賜 7명에게 급제를 주었다(②). 이때 과거에 뽑힌 인
물은 이규보가 『東國李相國集』에서 기록하고 있는데 皇甫緯 외에
李奎報, 趙冲, 韓光衍, 兪升旦, 陳湜 등이 있으며 同年 30인에 대해
대해 高官에 올랐음을 기록하고 있다(③).

> ① 『高麗史』 권95, 列傳8 任懿 附任濡.
> 　朴龍雲, 2003, 『高麗時代 蔭敍制와 科擧制 硏究』, 一志社, 397쪽.
> ② 『高麗史節要』 권13, 明宗 20년 5월.
> ③ 『東國李相國集』 권25, 「同年宰相書明記」.

19) 冢宰: 冢宰는 首相, 上宰, 大宰 등과 함께 門下侍中을 지칭하
기도 하였다. 冢宰는 班次 제1의 재신이, 班次 제2의 재신은 亞相을
맡았다. 고려시대에는 문하시중이 闕位인 때가 종종 있었고 그럴 경
우 문하시중이 아닌 다른 재신들 가운데에서 총재가 나올 수 있었다.

여기에서 그 기준이 된 것은 判吏部事였는데 이를 겸임하는 재신이
비록 문하시중은 아니더라도 班次 제1위로서 총재가 될 수 있었다.

邊太燮, 1967, 「高麗宰相考－3省의 權力關係를 중심으로－」, 『歷史學報』
　　35·36 ; 1971, 『高麗政治制度史硏究』, 一潮閣, 79쪽.

朴龍雲, 1998, 「高麗時代의 門下侍中에 대한 검토」, 『震壇學報』 85 ; 2000,
　　「고려시대의 門下侍中」, 『고려시대 中書門下省宰臣 연구』, 一志社.

20) 中書: 中書門下省을 말한다. 중서문하성은 고려시대 최고
政務機關으로 982년(성종 1)에 內史門下省이었다가 1061년(문종
15)에 중서문하성으로 바뀌었다(①). 唐이 中書省, 門下省, 尙書省
의 3省制를 운영한 것에 비해서 고려는 『高麗史』나 『高麗史節要』
의 기록을 보면 中書門下省과 尙書省의 2省制로 표기되어 나타나
고 있다. 따라서 고려는 唐과 달리 2省制로 운영되었다는 논의가 먼
저 제기되었고, 『高麗史』에 나타난 內史省·中書省·門下省 등은 內
史門下省·中書門下省의 略稱이라고 보았다(②). 이에 반해 고려도
唐과 같이 3省制였다는 주장이 제기되었는데, 『高麗史』의 기록에
나타나는 中書省·門下省은 각각 성격이 다른 독자적인 기구이고 中
書門下省을 政事堂의 異稱으로 보기도 하였다(③). 한편 중서성과
문하성이 외형상은 구분되어 있지만 실제 정무는 단일기구와 같이
운영되었을 것이라는 견해도 있다(④).

① 『高麗史』 권76, 志30 百官1 門下府.

② 邊太燮, 1967, 「高麗의 中書門下省에 대하여」, 『歷史敎育』 10 ;
　　1971, 『高麗政治制度史硏究』, 一潮閣.

③ 李貞薰, 1999, 「高麗前期 三省制와 政事堂」, 『韓國史硏究』 104.
　　崔貞煥, 2006, 「『高麗史』 百官志의 構成과 문제점」, 『譯註 『高麗史』
　　百官志－『高麗史』 百官志의 硏究－』, 景仁文化社.

④ 朴龍雲, 2000, 「高麗時代 中書門下省에 대한 諸說 검토」, 『韓國史硏
　　究』 108 ; 2002, 『高麗社會의 여러 歷史上』, 신서원.

21) 黃閣: 宰臣들이 정사를 보는 곳으로 中書門下省을 의미한
다. 『高麗史』를 보면 명종 때에 이의민과 두경승이 재신으로 있을

당시를 풍자하는 글에 두 사람이 황각에서 3~4년을 있었다는 기록이 보이며, 『東國李相國集』에도 이규보가 知門下省事·戶部尙書·集賢殿大學士를 사양하는 표에서 황각의 높은 벼슬에 제수되었다는 표현을 쓰고 있다. 따라서 황각이 중서문하성의 이칭으로 사용되고 있음을 알 수 있다.

諸橋轍次, 1986, 「黃」, 『大漢和辭典』 12, 大修館書店, 952쪽.

『高麗史』 권128, 列傳41 叛逆2 李義旼.

『東國李相國集』 권31, 「讓金紫光祿大夫知門下省事戶部尙書集賢殿大學士表」.

22) 昇平: 太平한 世上을 의미한다.

諸橋轍次, 1984, 「昇」, 『大漢和辭典』 5, 大修館書店, 758쪽.

23) 春闈: 앞의 주10) 참고.

24) 國士從來酬國士: 國士라는 말은 본래 전국시대 豫讓과 趙襄子의 대화 속에서 나오는 말이다. 예양은 자신의 주군인 智伯의 원수를 갚으려 하다가 발각된 뒤, 심문과정에서 "지백은 나를 國士로 대우하였으므로 나도 국사로써 은혜를 갚으려 한다[至於智伯 國士遇我 我故國士報之]."라고 하였다(①). 이 시에서는 조충의 文才를 알아보고 선발한 임유의 은혜에 대해 조충 역시 지공거가 되어 자신이 발탁한 인재들과 함께 감사드리는 모습을 비유하기 위해서 사용된 표현이다.

① 『史記』 권86, 列傳26 刺客 豫讓.

25) 風雲變化鯤鵬擊: 鯤鵬은 『莊子』 逍遙游에 등장하는 상상의 동물이다. 鯤은 北溟에 사는 물고기인데, 鵬이란 새로 변하여 풍운을 타고 장천을 날아오른다고 한다. 일반적으로 매우 훌륭하거나 뛰어난 것을 의미할 때 쓰인다. 과거에 합격한 門生을 곤붕이 날개를 치며 나는 모습에 비유하고 있는 것이다.

『莊子』 권1, 內篇 逍遙遊

諸橋轍次, 1986, 「鯤」, 『大漢和辭典』 12, 大修館書店, 756쪽.

26) 布葛繽紛鵠鷺明: 布葛은 삼베로 만든 옷으로 벼슬하지 못한

庶人이 주로 입었기 때문에 서인을 의미하기도 한다(①). 鵠鷺는
각각 고니와 해오라기로 몸집이 크며 순백의 깃털이 아름다운 새이
다(②). 여기에서는 벼슬하지 못한 수많은 선비들에 대비하여 벼슬
자리에 오른 門生을 돋보이고자 비유한 것이다.

   ① 諸橋轍次, 1984, 「布」, 『大漢和辭典』 4, 大修館書店, 404쪽.

   ② 諸橋轍次, 1986, 「鵠」・「鷺」, 『大漢和辭典』 12, 大修館書店, 837・877쪽.

  27) 玉笙: 옥으로 장식된 笙簧이다. 생황은 아악에 쓰는 관악기의
한 종류이다.

   諸橋轍次, 1985, 「玉」, 『大漢和辭典』 7, 大修館書店, 796쪽.

  28) 喜遷鶯: 詞牌의 하나로 여러 詞人들에 의해 쓰였는데, 여기
의 구체적인 내용은 알 수가 없다. 당송시대에는 악곡의 가사로 詞
라고 하는 엄격한 형식을 가진 韻文이 유행하였다. 이러한 詞의 악
보인 詞牌는 詞調라고도 하며 한자의 四聲・平仄・押韻・字數 등의
규칙을 담고 있기도 하다. 詞牌는 글자 수에 따라 小令(58자 이
하)・中調(59~90자 이내)・長調(90자 이상)로 나누어지며, 본래
樂府詩題이거나 당의 樂曲名稱에서 유래되기도 하였고 故事나 詞의
내용에 따라 정해지는 등 다양하게 만들어졌다. 사문학이 발전하여
독자적인 문예양식으로 정착되면서 사패의 수도 무수히 증가하였다.

   김학주, 1992, 『중국문학개론』, 신아사, 211~237쪽.

  29) 十年黃閣佐昇平 … 玉笙宜命喜遷鶯: 이 시는 『東文選』에
도 수록되어 있다.

   『東文選』 권13, 七言律詩 「賀任相國門生趙司成冲領門生獻壽」.

上16.

[原文]

囬文詩起齊梁, 盖文字中戲耳. 昔竇滔妻織錦之後, 杼柚猶存, 而宋三賢亦

皆工焉. 南徐集中所載盤中體, 雖連環讀之, 可以分四十首, 其韻尙諧, 然血脉不相聯. 本朝學士李知深感秋, 作雙韻廻文詩, 頗工. 「散暑知秋早, 悠悠稍感傷, 亂松靑盖倒, 流水碧蘿長, 岸遠凝烟皓, 樓高散吹凉, 半天明月好, 幽室照輝光.」 僕亦效其體, 獻時宰云. 「早學求遊宦, 詩成謾苦辛, 老懷春絮亂, 衰鬢曉霜新, 倒甑朝炊斷, 飢腸夜吼頻, 報恩心欵欵, 誰是救枯鱗.」 夫廻文者, 順讀則和易, 而逆讀之, 亦無聱牙艱澁之態, 語意俱妙, 然後謂之工.

[譯文]

　회문시[1]는 제나라·양나라[2]에서 시작된 것이니 대개 문자의 유희일 뿐이다. 옛날에 두도의 아내가 직금시를 지은 후에[3] 형식[杼柚]이 그대로 이어지니[4] 송나라 삼현[5]도 모두 솜씨가 있었다. 『남서집』[6] 중에 실려 있는 반중체[7]는 비록 연달아 돌려서 읽더라도 40수로 나눌 수 있는데, 그 운은 오히려 조화롭지만 문맥이 서로 연결되지 않는다. 본조의 학사 이지심[8]이 가을을 감상하여 쌍운회문시[9]를 지었는데 (솜씨가) 자못 뛰어났다.

「더위가 흩어지니 가을이 일찍 옴을 알고	散暑知秋早
한가하게 점점 감상에 젖어드네	悠悠稍感傷
흐트러진 소나무는 푸른 일산이 거꾸러진 듯	亂松靑盖倒
흐르는 물은 푸른 덩쿨처럼 길도다	流水碧蘿長
언덕은 멀리 안개가 엉키어 희고	岸遠凝烟皓
누각은 높아 흩어지는 바람 서늘하네	樓高散吹凉
하늘 가운데 밝은 달이 좋으니	半天明月好
그윽한 방에도 밝은 빛이 비치네.」	幽室照輝光.

(이 시를 반대로 하면 다음과 같다)

「밝은 빛이 방에 비추어 그윽하고	光輝照室幽

좋은 달이 하늘 한가운데 밝네 　　　　好月明天半

서늘한 바람이 높은 누각에 흩어지고 　　凉吹散高樓

흰 안개는 먼 언덕에 엉키었네 　　　　皓烟凝遠岸

긴 넝쿨처럼 푸른 물이 흐르고 　　　　長蘿碧水고

뒤집힌 일산처럼 푸른 소나무가 흐트러졌구나 　倒盖靑松亂

상한 감정도 점점 한가로워지니 　　　　傷感稍悠悠

이른 가을에 더위가 흩어짐을 아네.」 　　早秋知暑散.

나도 역시 그 체를 본받아서 당시 재상에게 바쳤으니 다음과 같다.

「일찍 배워 벼슬하기를 구하니 　　　　早學求遊宦

시를 짓는 것은 부질없는 고생 　　　　詩成謾苦辛

늙은이 마음 봄버들개지 날리듯 어지럽고 　老懷春絮亂

쇠잔한 귀밑머리 새벽 서리처럼 새롭네 　衰鬢曉霜新

기울어진 솥에는 아침 밥 짓는 불기 끊기고 　倒甌朝炊斷

주린 창자는 밤에 자주 아우성치네 　　飢腸夜吼頻

은혜를 갚으려는 마음이야 간절하나 　報恩心欵欵

누가 이 말라가는 고기를 구할까.」 　　誰是救枯鱗.

(이 시를 반대로 하면 다음과 같다)

「물고기가 말라가니 구하는 이 누구인가 　鱗枯救是誰

간절한 마음으로 은혜를 갚으려하네 　　欵欵心恩報

밤에 아우성치는 소리 잦으니 창자가 주리고 　頻吼夜腸飢

아침에 밥 짓는 불기 끊기고 솥은 기울어졌네 　斷炊朝甌倒

새 새벽 서리처럼 귀밑머리가 쇠하고 　新霜曉鬢衰

어지러이 날리는 버들개지 봄에 늙음을 회상하네 　亂絮春懷老

애써 부질없이 시구를 이루고 　　　　辛苦謾成詩

벼슬하려 배움을 일찍 구하네.」 　　　宦遊求學早.

무릇 회문시라는 것은 바로 읽으면 조화로워 쉽고 거꾸로 읽어도 껄끄럽거나 어지럽지 않고 말과 뜻이 모두 오묘한 후에야 잘 지었다고 할 것이다.

[註解]

1) 囬文詩: 시를 처음부터 읽어도 끝부터 거꾸로 읽어도 각각 의미와 운이 통하는 시를 가리킨다. 또 詩歌를 일정한 법식에 의해 바둑판처럼 배열하고 중앙부터 선회하여 읽어서 뜻이 통하거나 순환·왕복하여 읽어서 뜻이 통하는 것도 회문시에 속한다.

　　朴魯春, 1969,「回(廻)文體 詩歌 考察－言語·文字遊戲研究(其一)－」,『慶熙大學校論文集』6, 15쪽.

2) 齊梁: 중국 남북조시대에 남조의 왕조로 齊는 479～501년, 梁은 502～556년 사이에 존속하였다.

3) 昔竇滔妻織錦之後: 前秦 苻堅(357～385) 때에 竇滔가 秦州刺史가 되어 임지로 떠나자 아내인 소혜가 迴文旋圖詩를 지어 비단으로 짜서 남편에게 보낸 일을 말한다. 회문시는 소혜가 지은 직금시에 와서 그 형식이 완성되었다고 한다.

　　『晉書』권96, 列傳66 列女 竇滔妻蘇氏.

　　朴魯春, 1969,「回(廻)文體 詩歌 考察－言語·文字遊戲研究(其一)－」,『慶熙大學校論文集』6, 15～20쪽.

4) 杼柚猶存: 저축은 베를 짜는 기구인데 시문의 조직을 가리키는 말로도 쓰인다. 저축이 그대로 있다는 것은 회문시의 형식이 소혜의 직금시 이후에도 계승되고 있음을 비유한 말이다.

　　羅竹風 주편, 1994,「杼」,『漢語大辭典』4, 886쪽.

5) 宋三賢: 『肅宗實錄』권13, 8년 4월 己亥의 기사에 따르면 宋의 三賢은 楊時(1053～1135), 羅從彦(1072～1135), 李侗(1093～1163)을 가리키며 이들은 모두 南劍－중국 福建省－ 출신이다. 程顥와 程頤의 학문이 양시, 나종언, 이통을 거쳐 朱熹에게로 이어졌기에 3현의

학문은 理學의 형성·발전 과정에서 중요한 위치에 있다. 『宋史』 권 428, 列傳187 道學2 程氏門人條에 각자의 전기가 있다.

6) 南徐集: 『南徐集』이 정확히 누구의 문집을 가리키는지 명확하지 않지만 徐陵(507~583)의 『徐孝穆集』이나 『玉臺新詠』일 것이다. 대체로 蘇伯玉의 처가 지은 시가 盤中詩의 시작이라고 하는데, 소백옥의 처는 시기적으로 晉 사람이다. 반면에 南徐로 칭할 수 있으면서 소백옥의 처가 지은 반중시가 실려 있는 책이 서릉의 『玉臺新詠』이다.

서릉은 南朝 梁·陳代의 문인으로 東海 郯 사람이고 字가 孝穆이다. 梁에서 尙書度支郎, 通直散騎侍郎 등을 지냈으며 548년에 北朝 西魏에 사신으로 갔다가 7년여 간을 억류당하고 돌아와 陳에서 吏部尙書, 尙書僕射 등의 요직을 역임하였다. 그는 北齊·北周의 문인들과도 빈번하게 교유하였고 뛰어난 언변과 文名으로 유명하였다(①). 특히 서릉이 편찬한 『玉臺新詠』은 漢代에서 魏代까지 남녀 相思歌와 여성들의 작품도 포함되어 있으며 화려하고 수사적인 시들이 주로 실려 있다. 이 책은 당시 여성 독자, 주로 궁녀를 위해 만든 여성과 관련된 작품을 수록한 시가선집으로 여성문학의 관점에서 가치가 크다(②).

　①『陳書』 권26, 列傳20 徐陵.
　② 권혁석 역, 2006, 『옥대신영』 1, 소명출판.

7) 盤中體: 蘇伯玉의 아내가 멀리 떠난 남편을 생각하며 지은 盤中詩이다. 직금시보다 이전에 지어진 회문시이다. 이 시는 『玉臺新詠』에 실려 있으며 그 밖에 별도의 출전은 없다고 한다.

　　『回文類聚』 提要.
　　朴魯春, 1969, 「回(廻)文體 詩歌 考察－言語·文字遊戲研究(其一)－」, 『慶
　　　熙大學校論文集』 6, 15~17쪽.

8) 李知深: ?~1170. 1157년(의종 11)에 給事中으로 鄭誠의

고신에 서명하는 것을 거부하다가 國子司業으로 좌천당하였다.
1160년에 동지공거가 되었고 1162년에 崔光鈞의 고신에 서명하지
않다가 임금의 독촉으로 서명하였다. 관직이 國子監大司成에 이르
렀고 1170년의 무신정변 때에 살해되었다.

『高麗史』권73, 志27 選擧1 科目1 毅宗 14년 5월.
『高麗史節要』권11, 毅宗 11년 11월·16년 6월·24년 8월 丙子.
8) 雙韻回文詩: 쌍운은 시의 奇句와 偶句에 모두 운을 쓰는 것
으로 쌍운회음시는 기구와 우구의 앞뒤 글자가 모두 운이 맞아야 하
고 앞뒤 어느 쪽으로 읽어도 시가 자연스럽게 연결되어야 한다. 위
에서 이지심이 지은 시를 보면 기구는 早·倒·皓·好를, 우구는 傷·
長·凉·光을 운으로 쓰고 있다. 반대로 읽었을 경우 기구는 幽·樓·
流·悠를, 우구는 半·岸·亂·散을 운으로 쓰게 됨으로써 기묘하게 운
이 맞고 있다.

上17.

[原文]

　菊有品彙至多, 雖不可數, 須以黃為正色. 故古人云, "五色中偏貴, 千花後
獨尊." 昨詣崔樞府第, 後庭黃花正盛, 金色奪目. 公指之曰, "遲公欲煩一吟,
今已晚更卜他日." 酒數酌而出, 偶於馬上得長句, 將以獻之. 「漢池瑞鵠翅初
刷, 洛妃歸去塵生襪, 須知仙格老不枯, 肅肅金風入花骨, 餘妍挽得三春廻,
詩人喜見一枝折, 泛泛金觴待後期, 侯家不怕氷霜冽.」

[譯文]

　국화는 종류가 지극히 많아 비록 셀 수 없지만 모름지기 노란 빛
깔의 것을 정색으로 한다. 그러므로 옛 사람이 이르기를, "다섯 가

지 색 가운데 가장 귀하며, 모든 꽃이 (진) 뒤에 홀로 존귀하다."라고 하였다.[1] 어제 최추부[2] 댁을 방문했는데 뒤뜰의 노란 꽃(국화)이 한창 만발하여 황금 빛깔이 눈을 사로잡았다. 공이 그것을 가리키며 말하기를, "공을 붙잡고 번거롭지만 (시를) 한 번 읊고자 하나 오늘은 이미 해가 늦었으니 다른 날을 다시 기약합시다."라고 하였다. 술을 몇 잔 주고받고 나왔는데, 우연히 말 위에서 좋은 시구가 떠올랐으니 장차 이를 바치려고 한다.

> 「한지에서 상서로운 고니가 날개를 처음으로 펼친 듯하고[3]
> 낙비가 돌아가니 먼지가 버선에서 나는 듯하네[4]
> 모름지기 신선의 자태는 오래되어도 쇠하지 않음을 아니
> 서늘한 가을바람 꽃망울에 스며드네
> 남은 아름다움은 봄철[5]을 앞당겨 되돌려 놓은 듯하니
> 시인은 한 송이만 꺾어 보아도 기쁘네
> 동동 띄운 금 술잔 후일을 기약하니
> 재상 댁은 눈서리의 추위도 두렵지 않으리.」

[註解]

1) 五色中偏貴 千花後獨尊: 魏野(959~1019)가 지은 「咏菊」이란 시에 나오는 구절이다(①). 위야는 宋의 處士로 陝州 사람이고 字는 仲先이다. 시 짓기를 즐겼으나 세상에 이름을 날리고자 하지는 않아 섬주 동쪽에 직접 나무를 길러 樂天洞이라 하고 그 앞에 草堂을 지어 은거하면서 지냈다. 여러 문인들과 교유하였고 隱士로 이름나서 宋 眞宗代인 大中祥符 연간에 천거되었으나 응하지 않았다. 저서로는 『草堂集』 2권과 『鉅鹿東觀集』 10권이 있다(②). 한편 황색은 中央·中和·日光·土·君王의 색으로 五色의 으뜸이 되기 때문에 오래전부터 가장 귀한 색으로 인식되었다(③).

　①『東觀集』 권4, 咏菊.

② 『宋史』 권457, 列傳216 隱逸上 魏野.

③ 諸橋轍次, 1986, 「黃」, 『大漢和辭典』 12, 大修館書店, 946쪽.

2) 崔樞府: 추부는 樞密院－中樞院－으로 이에 대한 내용은 상
권 4, 주해3) 참고; 본서 27쪽. 선행 연구는 상권 4번 기사에 등장
하는 崔讜과 동일 인물로 보기도 하지만(①), 최당이 추밀직에 임명
된 일은 확인되지 않고 있으므로 재고의 여지가 있다. 위의 내용상
최추부는 적어도 이인로가 급제한 1180년(명종 10) 이후에 만난
인물이라고 생각되는데, 이때부터 이인로가 사망하는 1220년(고종
7)까지 樞密職에 있으면서 崔氏姓을 가진 인물이 다수 확인되고 있
기 때문에(②) 현재로서는 정확히 누구를 말하는지 알 수가 없다.

① 柳在泳 譯註, 1978, 『破閑集』, 一志社, 53쪽.

田英鎭 編著, 1995, 『파한집·역옹패설』, 홍신문화사, 41쪽.

② 朴龍雲, 2001, 「高麗時代의 樞密에 대한 검토」, 『高麗時代 中樞院 硏
究』, 高麗大民族文化硏究所, 219~244쪽, 〈자료2〉 武臣政權期
樞密職 歷任者 참고.

3) 漢池瑞鵠翅初刷: 漢의 建章宮 太液池에 날아왔다고 하는 상
서로운 黃鵠을 말한다. 여기에서는 연못에서 날아오르는 황색 고니
의 모습을 노란 국화에 빗대어 표현한 듯하다.

『漢書』 권7, 昭帝紀7 始元 원년 2월.

4) 洛妃歸去塵生襪: 洛妃는 중국신화에서 3皇의 하나로 八卦를
만들었다는 伏犧氏의 딸이다. 洛水에 익사하여 水神이 되었는데, 宓
妃라고도 한다. 洛妃는 春秋戰國時代 이래로 역대 문학가들이 여성
미를 예찬하는 소재로 주로 이용되었다(①). 원문 가운데 '歸去塵
生襪'이라는 구절은 曹植의 「洛神賦」에 보이는데(②), 여신이 물위
로 가볍게 건너가는 모습을 형상화한 것이다. 본문에서는 국화의 아
름다움을 비유하고자 차용한 것으로 여겨진다.

① 전혜숙·허정희, 2007, 「〈洛神賦〉와 〈洛神賦圖〉에 묘사된 魏晉南北朝
시기 服飾」, 『韓服文化』 10-2, 154쪽.

②『文選註』권19, 洛神賦.

5) 三春: 세 번 봄이 돌아오는 기간으로 3년을 의미하기도 하나 주로 孟春·仲春·季春, 즉 봄 석 달을 의미한다(①). 여기에서는 계절로서의 봄철을 의미하는 듯하다.

① 諸橋轍次, 1984, 「三」,『大漢和辭典』1, 大修館書店, 150쪽.

上18.

[原文]

睿王天性好學, 尊尙儒雅, 特開淸宴閣, 日與學士討論墳典. 嘗御莎樓, 前有木芍藥盛開, 命禁署諸儒, 刻燭賦七言六韻詩. 東宮寮佐安寶麟為之魁, 隨科級恩列尤厚. 時康先生日用詩名動天下, 上心佇觀其作, 燭垂盡, 纔得一聯, 袖其紙, 伏御溝中. 上命小黃門遽取之, 題云,「頭白醉翁看殿後, 眼明儒老倚欄邊.」 其用事精妙如此, 上歎賞不已曰,"此古人所謂, '白頭花鈿滿面, 不若西施半粧.'" 慰諭遣之. 今擬補亡,「一朶姚紅直萬錢, 輕陰正値養花天, 仙粧不借燕脂染, 春信先憑羯鼓傳, 楚俗芳辰臨百五, 漢宮新寵冠三千, 朝因日照先廻醉, 夜怕風寒不肯眠, 頭白云云, 燭華漸盡吟彌苦, 撿得餘姸入一聯.」詩之巧拙不在於遲速先後. 然唱者在前, 和之者常在於後. 唱者優遊閑暇而無所迫, 和之者未免牽強觸齒. 是以繼人之韻, 雖名才, 往往有所不及, 理固然矣. 楚老見眉山賦雪叉字韻詩, 愛其能用韻也, 先作一篇和之, 其心猶未快, 復以五篇繼之. 雖用事愈奇, 吐詞愈險, 欲以奇險壓之, 然未免如前之累. 兵法曰, '寧我迫人, 無人迫我,' 信狀. 今朝登書樓, 雪始霽, 因憶兩老詩, 和成二篇. 僕亦未免於牽強, 觀者宜恕之.「千林欲暝已棲鴉, 燦燦明珠尙照車, 仙骨共驚如虙子, 春風無計管狂花, 聲迷細雨鳴窓紙, 寒引羈愁到酒家, 萬里都盧銀作界, 渾敎路口沒三叉.」「霽色稜稜欲曉鴉, 雷聲陣陣逐香車, 寒侵綠酒難生暈, 威逼紅燈未放花, 孤棹去時知客興, 孤烟起處認山家, 閉門高臥無人到, 留得銅錢任畵叉.」

[譯文]

예종[1]은 천성이 학문을 좋아하고 유학을 존숭했는데, 특별히 청연각[2]을 개설하여 날마다 학사들과 분전[3]을 토론하였다. 일찍이 사루[4]에 행차한 적이 있었는데, 그 앞에 목작약[5]이 한창 피어 있어 궁궐 내의 여러 유사들[6]에게 명하여 칠언육운의 각촉시[7]를 짓게 하였다. (여기에서) 동궁요좌[8] 안보린[9]이 으뜸을 했고, 과등에 따라 은사를 베풀기를 더욱 후하게 하였다. 당시 선생 강일용[10]이 시로 이름을 천하에 떨쳤기에 왕은 속으로 가만히 그가 짓는 것을 보았는데, 촛불이 거의 다해 갈 즈음 겨우 한 연만 짓고서 그 종이를 소매에 넣더니 어구(御溝) 속에 감추었다. 왕이 소황문[11]에게 명하여 급히 가져오게 하니, 「머리 센 취옹(醉翁)[12]은 전각 뒤에서 보고,[13] 눈 밝은 유로(儒老)[14]는 난간에 기대었도다.[15]」라고 하였다. 고사를 정묘하게 쓴 것이 이와 같으므로 왕이 감탄하여 칭찬하기를 그치지 않으며 말하기를, "이것이 옛 사람이 말하는 '꽃비녀로 가득 찬 추한 얼굴이 서시의 반화장만 못하다.'[16]라는 것이다."라고 하고 위로하여 보냈다.[17] 지금 없는 부분을 보충하여 흉내를 내어 본다.

「한 송이 요홍[18]이 바로 만냥이고
가벼운 구름은 꽃 가꾸기 알맞네[19]
선녀의 화장은 연지로 물들임을 빌리지 않고
봄소식은 먼저 갈고[20]에 의지해서 전하네
초나라 풍속의 아름다운 절기는 백오[21]가 되었고
한나라 궁실의 새 총애는 삼천의 으뜸이네[22]
아침에는 햇빛 비추니 먼저 취기가 돌고
밤에는 풍한이 두려워 잠 못 이루네
머리 센 (취옹은 전각 뒤에서 보고)
(눈 밝은 유로는 난간에 기대었도다)[23]
촛불은 점점 닳아 읊기가 더욱 어려우니

남아있는 아름다운 구절을 가려서 한 연에 넣었네.」

시를 잘 짓고 못 짓는 것은 (시를) 늦게 짓고 빨리 짓거나, 먼저 짓고 뒤에 짓는 것에 있지 않다. 그러나 창자는 앞에 있고 화답자는 항상 뒤에 있다. 창자는 여유롭고 한가해서 쫓기는 바가 없지만, 화답자는 억지로 끌어 붙여서 어려움에 빠지는 것[24]을 면치 못한다. 이 때문에 남의 운을 이어서 (시를 짓는 것은) 비록 뛰어난 재주가 있더라도 종종 미치지 못함이 있으니 그 이치가 진실로 그러하다. 초로가 미산의 눈을 읊은 차자운시를 보고 그 운자를 잘 쓴 것을 좋아하여 먼저 한 편을 지어 화답하였지만, 그 마음이 오히려 흡족하지 않아 다시 다섯 편을 연이어 지었다.[25] 비록 고사 쓰기를 더욱 기이하게 하고 시문을 더욱 어렵게 하여, 기이함과 어려움으로 누르고자 하였으나 전과 같은 결점을 면하지 못하였다. 병법에 이르기를, '차라리 내가 남을 핍박할지언정 남이 나를 핍박하게 하지 마라.[26]' 라고 했는데 진실로 그러하다.

오늘 아침에 서루에 올랐는데 눈이 비로소 그치자 두 사람의 시를 그리며 화답시 2편을 완성했다. 나 역시 억지로 끌어다 붙임을 면치 못하였으니 보는 이들은 이것을 이해해 주었으면 한다.

「천 그루 수풀 어두우려하자 갈까미떼 깃들고[27]
찬연히 빛나는 명주는 오히려 수레를 비추네[28]
선골이 처자와 같음에 함께 놀라고[29]
봄바람은 제철에 아니 핀 꽃을 다스릴 계책이 없네
가느다란 비 소리는 문풍지를 울리고
추위는 나그네의 수심[30]을 이끌어 술집에 이르게 하네
만리 밖 도로국[31]은 은세계가 되었고
완전히 도로 어귀 세 갈래 길[32]을 덮어버렸네.」

「개인 하늘이 싸늘하여 새벽 갈까마귀 날고자하는데[33]

　은은하게 우레소리 아름다운 수레 뒤를 쫓네[34]

　한기가 침노하여 좋은 술에도 취하기 어렵고

　홍등도 싸늘하여 불꽃 피우지 못하네

　한 번 노를 저어 떠나갈 때 나그네의 홍을 알겠고[35]

　외로이 연기 오르는 곳에 인가가 있음을 알겠네

　문 닫고 누워있으니 찾아오는 사람 없고

　통 안에 돈 몇 푼 남겨 화차[36]에 맡겨두리.」

　[註解]

1) 睿王: 1079~1122. 고려의 제16대 왕 睿宗으로 재위기간은 17년(1105~1122)이다. 諱는 俁, 字는 世民이다. 肅宗과 明懿太后 柳氏의 맏아들이다.

　　『高麗史』 권12, 世家12 睿宗.

2) 淸宴閣: 淸燕閣을 말한다. 『高麗史』와 『高麗史節要』의 기사들 중에서는 淸讌閣으로 혼용해서 표기하고 있는데(①) 여기에서는 또 다르게 淸宴閣으로 표기하고 있다. 淸燕閣은 1116년(예종 11)에 禁中에 만들어진 것으로 學士, 直學士, 直閣 각 1인을 두고 경서를 강론하였다. 얼마 뒤 청연각이 궁궐 내에 있어 학사들의 숙직과 출입이 어려웠기 때문에 그 옆에 별도의 閣을 두고 寶文이라 하였다. 淸燕閣學士와 寶文閣學士들은 經筵의 담당은 물론 詞命의 制撰, 서적 편찬 등을 담당하였다. 그리고 이와 관련하여 청연각과 보문각은 일종의 궁중 도서관으로서 중요 문서와 전적을 보관하고 있었는데, 특히 보문각은 중국 황제들의 詔書를, 청연각은 여러 史書와 子·集類를 간직하였다고 한다(②).

　　①『高麗史』 권14, 世家14 睿宗 11년 8월 甲申.

　　　『高麗史節要』 권8, 睿宗 11년 8월.

　　　朴龍雲, 2004, 「『高麗史』 百官志 譯註(3)」, 『고려시대연구』 Ⅶ, 한

국정신문화연구원 ; 2009,『『高麗史』百官志 譯註』, 신서원,
225쪽.

② 『高麗史』권76, 志30 百官1 寶文閣.

崔濟淑, 1981,「高麗翰林院考」,『韓國史論叢』4.

權延雄, 1983,「高麗時代의 經筵」,『慶北史學』6.

朴龍雲, 2004,「『高麗史』百官志 譯註(3)」,『고려시대연구』Ⅶ, 한
국정신문화연구원 ; 2009,『『高麗史』百官志 譯註』, 신서원,
223~232쪽.

3) 墳典: 三墳五典을 지칭한다. 일반적으로 三墳은 卜義·神農·
黃帝 때의 서적을 말하고 五典은 少昊·顓頊·苦辛·唐·虞 때의 서적
을 말한다. 孔安國의「尙書序」에도 '討論墳典'이라는 말이 나오는
데 여기서 墳典은 고대전적을 통칭하는 것이다.

『尙書注疏』권1, 尙書序.

4) 莎樓: 『高麗史』에도 같은 내용의 기록이 있는데, 莎樓가 아
니라 紗樓로 되어 있다(①). 紗는 명주실로 바탕을 조금 거칠게 짠
비단인데(②), 아마도 사루는 紗帳을 친 누정인 듯하다.『高麗史』
를 보면 시기는 3·4월이고 유신들로 하여금 시를 짓게 하였다고 전
한다(③).

① 『高麗史』권14, 世家14 睿宗 17년 3월 丁丑.

② 諸橋轍次, 1985,「紗」,『大漢和辭典』8, 大修館書店, 970쪽.

③ 『高麗史』권11, 世家11 肅宗 4년 4월 辛巳·7년 4월 丙申.

5) 木芍藥: 芍藥의 일종이다.『本草綱目』에 따르면 작약은 草芍
藥과 木芍藥으로 나누기도 하고, 색깔과 성질에 따라 金芍藥과 木芍
藥으로 구분하기도 한다. 목작약은 꽃이 크고 색이 진해 속칭 牧丹
이라고 한다(①).『高麗史』에도 같은 기록이 전하고 있는데, 1122
년(예종 17)에 木芍藥이 아니라 牧丹詩를 짓게 한 것으로 되어 있
으므로(②) 木芍藥과 牧丹은 같은 것이다. 이에 앞서서 1112년에
'예종이 궁궐 안 紗樓에서 牧丹詩를 짓고 유신들에게 명하여 화답시
를 짓게 한 다음 피륙을 차등있게 주었다. 한편 현종이 樓 앞에 牧

丹을 손수 심은 적이 있는데 덕종으로부터 숙종에 이르기까지 모두 牧丹을 읊은 시가 있었고 또 신하들의 화답시가 있었다.'라는 기록도 있다(③).

① 『本草綱目』권14, 草3 芍藥.

② 『高麗史』권14, 世家14 睿宗 17년 3월 丁丑.

③ 『高麗史』권13, 世家13 睿宗 7년 4월 丙申.

6) 禁署諸儒: 명칭상 궁중에서 學官 내지는 文翰職을 맡은 秘書·史館·翰林·寶文閣·御書院·同文院 등의 6개 기구를 가리키는 禁內學官으로 볼 수 있는 여지가 있다(①). 『高麗史』에 예종이 문인 56인을 불러 각촉시를 짓게 하였고 詹事府注簿 안보린이 1위를 차지하였다는 기록이 있는데(②), 詹事府注簿는 東宮官에 속하여 금내학관에서 포함되지 않으므로 겸직의 여부가 확실치 않은 이상 속단하기 어렵다. 현재로서는 궁중에 있는 여러 관서의 문인들을 폭넓게 지칭한 것으로 생각된다.

① 『高麗史』권76, 志30 百官1 通文館.

　『稼亭集』권2, 「禁內廳事中興記」.

② 『高麗史』권14, 世家14 睿宗 17년 3월 丁丑.

7) 刻燭賦七言六韻詩: 초에 금을 그어 놓고 금 그은 부분이 탈 때까지 시를 짓는 것을 刻燭詩라 한다. 竟陵王 子良이 밤에 학사들을 불러 刻燭하여 시를 짓게 하였는데 4韻을 지은 것이 1寸이어서 이것을 기준으로 삼게 되었다고 한다[竟陵王子良嘗夜集學士 刻燭爲詩 四韻者則刻一寸 以此爲率]. 아마도 여기에서는 각촉시를 7언 6운으로 짓게 한 것으로 생각된다.

　『南史』권59, 列傳49 虞羲.

8) 東宮寮佐: 東宮官에서 세자를 보필하던 관직을 통칭한 듯하다. 『高麗史』에는 안보린의 관직이 詹事府注簿로 기록되어 있다(①). 詹事府注簿는 동궁관의 관속으로 종7품에 해당한다(②). 동궁관의 직위는 직무에 따라 태자를 輔導하는 三師·三少·賓客, 시종

및 보좌를 하는 太子庶子 계열－左右諭德, 侍講學士 등－, 太子府
의 서무와 경제를 담당하는 詹事 계열, 호위를 맡는 東宮侍衛職과
諸率府의 率·副率 계열 등 네 부류로 나누어진다. 이들은 일반 문
무직과는 별도로 설정되어 태자가 책봉되었을 때 한시적으로 운영
되었으며 詹事府의 衆外職 이외는 모두 겸직으로 운영되었다(③).

① 『高麗史』 권14, 世家14 睿宗 17년 3월 丁丑.
② 『高麗史』 권77, 志31 百官2 東宮官.

    朴龍雲, 2004, 「『高麗史』 百官志 譯註(3)」, 『고려시대연구』 Ⅶ, 한
        국정신문화연구원 ; 2009, 『『高麗史』 百官志 譯註』, 신서
        원, 225쪽.

    金昌謙, 2008, 「고려 顯宗代 東宮官 설치」, 『韓國史學報』 33.
③ 李鎭漢, 1999, 「고려시대 東宮 三師·三少의 除授와 祿俸」, 『民族文
        化』 22.

    李鎭漢, 2000, 「고려시대 東宮 3品職의 除授와 祿俸」, 『震檀學報』
        89.

    洪完杓·李鎭漢, 2000, 「高麗時代 東宮 4品 이하 官職의 除授와 祿俸」,
        『韓京大論文集』 32.

9) 安寶麟: ?~1126. 『高麗史』에는 安甫麟으로 표기되어 있으
며 內侍로 기록되어 있다. 그는 金粲, 崔卓, 吳卓, 權秀 등과 함께
李資謙과 拓俊京의 제거를 기도하다 실패하여 피살당했다(①). 본
문과 관련한 내용이 『高麗史』에서도 보이는데, '紗樓에서 文臣 56
인을 불러 刻燭으로 牧丹詩 6韻을 짓게 했는데 詹事府注簿 安寶麟
이 제일이었다.'라고 기록되어 있다(②).

① 『高麗史』 권94, 列傳7 智蔡文 附祿延.
② 『高麗史』 권14, 世家14 睿宗 17년 3월 丁丑.

10) 康先生日用: 생몰년 미상. 위의 안보린과 마찬가지로 본문과
같은 내용이 『高麗史』에 기록되어 있다(①). 한편 先生은 단순히
자기보다 먼저 태어난 사람이나 남을 부를 때 쓰는 경칭이며 스승이
나 득도한 사람을 가리키기도 하는데(②), 강일용의 경우와 같이 왕

에게 선생으로 일컬어진 인물로는 郭輿, 李承休 등이 확인된다(③).

① 『高麗史』 권14, 世家14 睿宗 17년 3월 丁丑.

② 諸橋轍次, 1984, 「先」, 『大漢和辭典』 1, 大修館書店, 1008쪽.

③ 『高麗史』 권97, 列傳10 郭尙 附輿.

　『高麗史』 권106, 列傳19 李承休.

11) 小黃門: 환관으로 처음 보임된 사람을 일컫는다. 『文獻備考』에 '凡內侍初補曰小黃門'이라는 기록이 보인다(①). 원래 黃門은 後漢 때에 少府 예하에서 禁門을 맡아보는 관리였는데 이를 환관이 맡아보면서 환관의 칭호로 바뀌었다(②).

① 『文獻備考』 권57, 職官考11 內侍省.

② 『漢書』 권19上, 百官公卿表 少府.

12) 醉翁: 歐陽脩(1007～1072)를 말한다. 醉翁은 그의 호이다. 宋 廬陵 사람으로 字는 永叔이고 시호는 文忠이다. 1030년에 進士가 되었고 翰林院學士, 叅知政事, 太子少師 등을 역임하였으며 宋 神宗 때에는 王安石의 新法에 반대하여 관직에서 물러났다. 그는 唐宋八大家의 한 사람으로 많은 명문을 남겼는데, 문집으로는 『歐陽文忠公集』이 있으며 『新唐書』 五代史記의 편자이기도 하다.

　『宋史』 권319, 列傳78 歐陽脩.

13) 頭白醉翁看殿後: 서거정은 『東人詩話』에서 이 구절을 구양수의 시 「答西京王尙書寄牡丹」의 한 구절인 '自笑今爲白髮翁'에서 왔다고 보았다. 구양수가 유명한 낙양의 모란을 뒤늦게 보았다는 고사에 의거한 것이다.

　『東人詩話』 권상.

14) 儒老: 韓愈(768～824)를 말한다. 唐 昌黎 사람으로 字는 退之이고 시호는 文公이다. 792년에 進士가 되었고 四門博士, 監察御史, 吏部侍郎, 京兆尹 등을 역임하였다. 그는 唐宋八大家의 한사람으로 『昌黎先生集』 40권과 『外集』 10권 및 『遺文』 등의 저서를 남겼다.

『舊唐書』 권160, 列傳110 韓愈.

張撝之 외 주편, 1999, 「韓愈」, 『中國歷代人名大辭典』 下, 上海古籍出版
社, 2285쪽.

15) 眼明儒老倚欄邊: 서거정은 『東人詩話』에서 이 구절을 한유
가 지은 「戲題牧丹」의 한 구절인 '今日欄邊暫眼明'에서 가져왔다고
보았다.

『東人詩話』 권상.

16) 臼頭花鈿滿面 不若西施半粧: 臼頭花鈿은 절구처럼 못생긴
머리에 꽂은 花簪을 말하는데, 본래 臼頭深目에서 나온 말로 春秋
戰國時代 齊宣王의 정비였던 추녀 鍾離春을 가리키는 말이다(①).
西施半粧은 春秋時代 越國의 미녀인 西施가 화장을 하다가 말았다
는 뜻이다. 즉 위의 문장은 못생긴 여자가 아무리 꾸민다고 하더라
도 미인이 화장을 하다만 것보다 못하다는 의미이다. 문장에 재능이
없는 사람이 함부로 미사여구만을 늘어놓아봤자 공들여 지은 문장
의 절반만도 못하다는 사실을 비유하고 있다.

① 『古今列女傳』 권2, 周列國 鍾離春.

17) 嘗御莎樓 … 慰諭遣之: 『高麗史』에 이와 동일한 내용이 있다.

『高麗史』 권14, 世家14 睿宗 17년 3월 丁丑.

18) 姚紅: 모란의 다른 이름으로 姚黃魏紫에서 나온 말이다. 姚
黃은 낙양의 요씨 집에서 나온 노란꽃이고, 魏紫는 魏의 재상인 仁
溥의 집에서 나온 자주색 꽃을 뜻한다.

『洛陽牡丹記』 花品叙1 姚黃·魏花.

19) 輕陰正値養花天: 僧 仲林의 「越中牡丹花」에 '牧丹開月 多
有輕雲微雨 謂之養花天'라는 말이 있다. 즉 養花天은 늦은 봄 모란
이 필 무렵에 꽃을 가꾸기 알맞은 흐린 날씨를 말한다.

『文獻通考』 권218, 越中牡丹花.

20) 羯鼓: 고대 타악기의 일종으로 인도에서 유래한 것이다. 현
재 전해지고 있는 갈고는 兩杖鼓라는 것으로 장구와 모양과 크기가

거의 같지만 양쪽 다 말가죽으로 매어 양손에 채를 들고 치는 것이
다르다(①). 羯鼓催花의 고사, 즉 갈고를 좋아한 당 현종이 하루는
內庭에서 갈고를 치는데 그 때 꽃이 활짝 피어 있었다는 고사(②)
를 인용하여 모란을 표현한 것이다.

> ① 漢語大辭典編纂委員會, 1990, 「羯」, 『漢語大辭典』 9, 漢語大辭典出版
>   社, 191쪽.
> ②『新唐書』권22, 志12 禮樂12.

21) 百五: 寒食 또는 모란을 말한다. 한식은 冬至가 지나고 105
일 뒤이기 때문에 百五라 한다(①). 그리고 구양수의 『洛陽牡丹記』
에 의하면 모란의 異稱으로도 언급하고 있다(②). 여기에서는 모란
을 뜻한다.

> ① 諸橋轍次, 1985, 「百」, 『大漢和辭典』 8, 大修館書店, 50쪽.
> ②『洛陽牡丹記』花品叙1.

22) 漢宮新寵冠三千: 漢 궁전의 삼천궁녀라는 뜻으로 모란을 말
한다. 舒元輿의 「牧丹賦」에 '漢宮三千'이란 구절이 나온다.

> 『歷代賦彙』권121, 花果 「牡丹賦」.

23) 頭白云云: 康日用이 지은 시구인 '頭白醉翁看殿後, 眼明儒
老倚欄邊'을 축약한 것으로, 본문과 같은 내용의 시와 일화가 『高麗
史』와 『高麗史節要』에도 기록되어 있다.

> 『高麗史』권14, 世家14 睿宗 17년 3월 丁丑.
> 『高麗史節要』권8, 睿宗 17년 3월.

24) 牽强墮險: 牽强은 牽强附會의 줄임말로 이치에 맞지 않는
말을 억지로 끌어 붙여 자기주장에 맞도록 꾸미는 것을 말하며, 墮
險과 함께 쓰여 시를 주고받을 때에 억지로 운을 맞추려고 하다가
어려움에 빠지는 것을 뜻한다.

> 諸橋轍次, 1985, 「牽」, 『大漢和辭典』 7, 大修館書店, 650쪽.

25) 楚老見眉山賦雪叉字韻詩 … 復以五篇繼之: 眉山은 蘇軾을
말하며, 叉字韻詩는 그의 「雪夜書北臺壁」이라는 시이다. 楚老는 王

安石을 말하며, 『臨川文集』에 「讀眉山集次韻雪詩五首」와 「讀眉山集愛其雪詩能用韻復次韻一首」라는 시가 있다. 이를 살펴보면 왕안석은 5수를 먼저 짓고 다시 1수를 지은 사실을 알 수 있는데, 이러한 사실은 이인로가 말한 한 수의 화답시를 먼저 짓고 나서 5수를 지었다는 내용과 상반된다. 아마도 이인로가 착오를 일으킨 것이 아닌가 한다.

> 『臨川文集』 권18, 律詩 「讀眉山集次韻雪詩五首」·「讀眉山集愛其雪詩能用韻復次韻一首」.

26) 寧我迫人 無人迫我: 『春秋左傳』에서 '孫叔曰 進之寧我薄人 無人薄我.'라고 했다. 이것은 春秋時代 晉 군사가 楚를 정벌하기 위해 邲 땅에 이르자 楚 장수인 孫叔이 한 말이다.

> 『春秋左傳注疏』 권23, 宣公 12년 12월 戊寅.

27) 棲鴉: 멋대로 붓을 휘갈겨서 갈까마귀 떼처럼 질서가 없다는데서 미숙하고 졸렬한 글을 비유하여 가리키는 말이다(①). 앞서 이인로는 시를 지을 때 범하기 쉬운 실수인 牽强墮險에 대해 언급했고, 이 시를 지으면서 자신도 牽强에서 벗어나지 못했다고 했다. 따라서 이 행은 억지로 끌어다 맞춘 시어의 졸렬함을 빗대어 비유한 것이라 생각된다.

> ① 漢語大辭典編纂委員會, 1990, 「棲」, 『漢語大辭典』 4, 漢語大辭典出版社, 1095쪽.

28) 燦燦明珠尙照車: 『史記』에 나오는 齊威王과 魏王간의 일화에서 나온 듯하다. 威王이 魏王과 만나 사냥을 했는데 魏王이 보물을 가지고 있느냐고 묻자 威王은 없다고 답했다. 그러자 위왕은 자신의 나라는 작은 나라이지만 진귀한 구슬이 있어 수레 앞뒤를 환하게 비춘다고 했다. 이에 대해 威王은 자신이 보물로 여기는 바는 훌륭한 신하들이며 그들로써 千里를 비춘다고 답했다고 한다. 아무리 牽强墮險해서 글을 쓰더라도 蔣凝이나 康日用의 문장과 같은 글을

뛰어넘기 힘듦을 비유한 것이다.

　　『史記』권46, 世家16 田敬仲完.

　29) 仙骨共驚如處子: 『莊子』逍遙遊에 나오는 '아득한 고야산
에 신인이 사는데 피부가 빙설과 같고 부드럽기가 처자와 같다[藐
姑射之山 有神人居焉 肌膚若氷雪 綽約若處子].'라는 말을 빗대어
쓴 것으로 신선의 모습을 표현하고 있다.

　　『莊子』권1, 內篇 逍遙遊.

　30) 羈愁: 나그네의 수심을 말한다.

　　漢語大辭典編纂委員會, 1990, 「羈」, 『漢語大辭典』8, 漢語大辭典出版社,
　　　1057쪽.

　31) 都盧: 중국의 고대 남해 일대에 있던 나라이다. 이 나라 사
람은 몸이 가볍고 장대를 잘 탔다고 한다.

　　『漢書』권96下, 西域傳66下.

　32) 三叉: 세 갈래 길을 말한다(①). 蘇軾의 시인 「縱筆」에도
'谿邊古路三叉口'라는 구절이 나온다(②). 앞서 소식의 叉字韻詩에
서처럼 叉字韻을 맞추었다.

　　① 諸橋轍次, 1984, 「三」, 『大漢和辭典』1, 大修館書店, 134쪽.
　　②『東坡全集』권24, 詩「縱筆」.

　33) 霽色稜稜欲曉鴉: 曉鴉는 새벽에 우는 까마귀란 뜻으로 '烏
鳥未覺常先曉', '孤城高柳曉鳴鴉'와 같이 일상이나 적막·고요를 깨
는 상징으로 효아를 빗대어 사용한 몇몇 시를 찾을 수 있어 참고 된
다(①). 눈이 내린 추운 겨울 새벽에 적막을 깨고 까마귀가 날아간
다는 정도의 의미로 생각된다.

　　①『全唐詩』권511, 張祜「和杜使君九華樓見寄」.
　　　『山谷外集詩注』권9, 「到官歸志浩然二絶句」.

　34) 雷聲陣陣逐香車: 香車는 향목으로 만든 수레로, 잘 치장한
수레라는 의미이다. 또 雷神의 수레인 阿香車를 뜻하기도 한다(①).
따라서 밤새 폭풍이 치며 눈보라가 일었는데 새벽녘에 맑게 개인 광

경을 비유하여 묘사한 것 같다. 우레 소리가 향거를 뒤쫓아 간다는
것은 눈보라를 일으킨 구름이 멀리 옮겨갔다는 말로 생각된다.

① 檀國大學校 東洋學研究所, 2008, 「香」, 『漢韓大辭典』 15, 檀國大學校
出版部, 377쪽.

35) 一棹去時知客興: 晉 王徽之와 戴逵의 고사를 빗대어 쓴 구
절이다. 왕휘지가 山陰에서 살 때 눈이 많이 내린 밤에 흥이 일어나
친구인 대규를 찾아 배를 타고 갔다가 문 앞에서 흥이 다하자 만나
지 않고 돌아왔다고 한다.

『世說新語箋疏』 下卷上, 任誕23.

36) 畫叉: 장대 끝에 갈고리를 달아 그림을 가린 휘장 등을 걸
거나 내리는 데 사용하는 것을 말한다.

諸橋轍次, 1985, 「畫」, 『大漢和辭典』 7, 大修館書店, 1114쪽.

上19.

[原文]

毅王初, 靑郊驛吏養一靑牛, 狀貌特異, 獻諸朝. 上命近署詞臣, 賦詩占韻,
而韻僉峭, 莫不有難色. 東舘金孝純爲第一, 玉堂愼應龍次之. 金云, 「鳳慚覽
德來巢閣, 馬愧儲精上應房.」 愼云, 「叩角昔嗟逢寗子, 釁鍾今免過齊堂.」 上
讀之數四曰, "使事雖工, 而語頗涉不恭, 故以爲亞." 因賜上尊酒疋帛各有差.
而西河林宗庇亦才士也, 聞之歎曰, "使我得預其席, 當曰, 「桃林春放踏紅房.」"
竟未得其對. 今追續之「銀河水渚隨仙女, 黑牧冊花到雪堂, 函谷曉歸浮紫氣,
桃林春放踏紅房.」

[譯文]

의왕 초[1]에 청교역리[2]가 푸른 소 한 마리를 길렀는데 생김새가
특이하여 조정에 바쳤다. 왕이 근서사신[3]에게 명하여 운을 두어 시

를 지으라고 하였으나 운이 까다로워서 난색을 표하지 않은 자가 없었다. (사신들이 지은 시 중에서) 동관[4] 김효순[5]이 으뜸이었고 옥당 신응룡[6]이 그 다음이었다. 김(효순)은 「봉은 덕을 보고 궁궐에 왔으나 깃들기를 부끄러워하고,[7] 말은 정기를 쌓아 방성에 올라 응하기를 부끄러워하네.[8]」라고 하였다. 신(응룡)은 「옛날에는 뿔을 두드리던 영자를 만난 것을 탄식하였으나,[9] 지금은 흔종하러 제당을 지나가다가 살게 되었구나.[10]」라고 하였다. 왕이 그것을 서너 번 읽고 말하기를, "고사를 사용한 것이 비록 교묘하지만 말이 자못 불손함에 미치니 때문에 버금으로 삼는다."라고 하고 인하여 상준주[11]와 필백을 내려 주는데 각각 차등이 있었다. 서하 임종비[12]도 재능 있는 선비인데 그 일을 듣고는 탄식하여 말하기를, "나로 하여금 그 자리에 참석하게 했다면 마땅히 「봄날에 도림에서 놓아주니 홍방을 밟는구나.[13]」라고 하였을 것을."이라고 하였으나 끝내 그 대구를 잇지 못하였다. 지금 쫓아서 그것을 이어본다.

> 「은하수 가에서는 선녀를 좇더니
> 흑모란꽃이 설당[14]에 들어왔네
> 함곡[15]에서 새벽에 돌아오니 자색 기운이 떠오르고[16]
> 도림에서 봄날에 놓아주니 홍방을 밟는구나.」

[註解]
  1) 毅王初: 『高麗史』에는 1154년(의종 8) 정월에 있었던 일로 기록되어 있다. 당시 왕이 연등회를 열고 奉恩寺로 행차하였는데, 청교역리가 소를 바치자 호종한 문신들에게 시를 짓게 하였고, 直翰林院 金孝純 등 14인이 합격하여 상을 내린 사실이 확인된다.
    『高麗史』 권18, 世家18 毅宗 8년 정월 丁卯·己卯.
  2) 靑郊驛吏: 청교역은 지금의 개풍군 청교면에 있었던 驛院이

다. 『新增東國輿地勝覽』을 보면 保定門에서 밖으로 5리의 거리에 위치하였다(①). 청교역은 교통의 요지로 국가의 공문서를 보내거나 관리들이 하삼도 방면으로 갈 때 반드시 거쳐야 하는 곳이었으며, 청교역 부근의 吹笛橋 너머는 송별하는 사람들로 북적였다(②). 따라서 이곳의 관리 책임을 맡은 청교역리는 대단히 중요한 역할을 하였을 것이다. 실제로 1209년(희종 5)에는 청교역리 3명이 최충헌을 살해하고자 공첩을 위조하여 사찰의 승려들을 불러 모았다가 발각된 일이 벌어지기도 하였다(③). 대체로 고려시대 역리는 역의 크기에 따라서 2~3명 정도가 배치되었고 일반 驛民과는 구별되어 外役田이 지급되기도 하였다(④). 그러나 일반 군현의 향리와 비교하여 물품의 하사나 호칭 면에서 차별되었고 兩大業의 응시자격이 부여되지 않았으며 업무적으로도 막중한 부담을 지고 있었다(⑤).

① 『新增東國輿地勝覽』 권4, 開城府上 驛院.
② 『高麗史』 권82, 志36 兵2 站驛 顯宗 22년.
   강은경, 2003, 「고려시대 공문서의 전달체계와 지방행정운영」, 『韓
      國史硏究』 122 ; 2007, 『고려시대 기록과 국가운영』, 혜안,
      47~48쪽.
③ 『高麗史』 권129, 列傳42 叛逆3 崔忠獻.
④ 洪承基, 2001, 「신분제도」, 『高麗社會史硏究』, 一潮閣, 60쪽.
⑤ 金蘭玉, 2001, 「賤役良人」, 『高麗時代 賤事·賤役良人 硏究』, 신서원,
      232~244쪽.

  3) 近署詞臣 : 고려시대에는 국왕을 측근에서 시종하는 문신으로 臺諫·兩制-知制誥--承宣·禁內六官 등이 있어서 왕명의 제찬이나 출납을 담당하였는데(①), 바로 이들을 말하는 것이다.

① 朴龍雲, 1971, 「高麗朝의 臺諫制度」, 『歷史學報』 52 ; 1980, 『高麗
      時代 臺諫制度 硏究』, 一志社, 93~94쪽.
   崔濟淑, 1981, 「高麗翰林院考」, 『韓國史論叢』 4, 18~19쪽.
   邊太燮, 1983, 「高麗의 文翰官」, 『金哲埈華甲紀念 史學論叢』, 知識

産業社, 206쪽.

4) 東館: 선행연구에서는 東宮官으로 설명하는 경우가 있는데 근거가 제시되어 있지는 않고 명칭의 유사성에 기인한 것으로 생각된다(①). 현재로서 동관이 어떠한 것을 말하는지 명확치 않지만 翰林院이나 諫院일 여지가 남아 있다. 먼저 『高麗史』에 의하면 위에 기록된 동관 김효순은 당시 直翰林院의 관직에 있었음이 확인되고 있기 때문에(②), 동관은 한림원을 가리키는 것으로도 볼 수 있다. 다음으로 『破閑集』을 보면 東館은 蓬萊山이고 玉堂은 鼇頂으로 모두 신선과 같은 관직이며, 동관에 임명된 皇甫倬이 文才로 綸誥－詞命－를 맡고 십여 년 동안 御史臺를 출입하였다는 사실을 전하고 있다(③). 여기에서 동관과 옥당은 별개로 구분되고 있으며 황보탁이 外知制誥로 사명을 맡고 어사대를 출입하였다면, 동관은 지제고가 사명을 직접 작성하는 일을 맡아보았던 고원일 것이다. 한편 지제고에 대해서는 상권 序, 주해4) 참고; 본서 6쪽. 옥당에 대해서는 상권 6, 주해2) 참고; 본서 39쪽.

　　① 柳在泳 譯註, 1978, 『破閑集』, 一志社, 64쪽.
　　② 『高麗史』 권18, 世家18 毅宗 8년 정월 己卯.
　　③ 『破閑集』 권하, 17번(東館是蓬萊山 玉堂號鼇頂).

5) 金孝純: 생몰년 미상. 자세한 내력이나 활동은 찾아지지 않는다. 앞에서 언급한 바와 같이 1154년에 直翰林院의 관직에 있었고 1163년 즈음에 司諫으로 있었던 사실이 확인된다.

　　『高麗史』 권18, 世家18 毅宗 8년 정월 己卯.
　　『高麗史』 권74, 志28 選擧2 科目2.
　　『高麗史』 권96, 列傳9 尹瓘 附鱗瞻.

6) 愼應龍: 생몰년 미상. 자세한 내력이나 활동은 찾아지지 않는다. 1158년(의종 12)에 金吾衛錄事叅軍事로 재직하였고, 「朴景山墓誌銘」을 지은 사실이 확인된다.

　　『高麗墓誌銘集成』, 「朴景山墓誌銘」.

7) 鳳慚覽德來巢閣: 봉황은 상서로운 새로, 하늘 높이 날다가 덕이 있는 임금이나 성인이 나타나면 내려온다는 말이 있다. 『詩經』 大雅篇을 보면 봉황이 날아들고 임금의 덕을 노래하는 내용[鳳凰于飛 翽翽其羽 亦集爰止 藹藹王多吉士 維君子使 媚于天子]이 있다. 이러한 고사를 활용해 임금이 덕이 있어서 상서로운 소가 궁중에 들어오니 봉황이 보고서 부끄러워하지 않겠냐고 하여 의종의 선정을 노래하고 있는 것이다.

8) 馬愧儲精上應房: 房星은 28宿의 하나로 東方-蒼龍-7宿의 네 번째에 해당한다. 말과 수레를 관장하는 별로 天駟라고도 한다. 특히 天子布政之宮으로 임금의 정치와도 관련이 깊어서 방성이 빛나면 임금도 밝은 정치를 펼친다고 한다(①). 이와 관련하여 대표적인 사례로써 『宋書』 天文志를 보면 고래로 五星-水·火·金·木·土星-이 모인 적이 세 번 있었는데, 그 중에 하나로 周武王이 殷紂王을 정벌할 때에 오성이 방성에 모였다는 기사가 있다(②). 본문의 내용은 의종이 덕이 있어서 생김새가 특이한 소가 나타났으니 말이 뒤늦게 하늘에 올라가 방성에 감응하는 것을 부끄러워한다는 말이다.

① 『晉書』 권11, 志1 天文上 二十八舍.
② 『宋書』 권23, 志13 天文1 義熙 9년 2월 丙午.

9) 叩角昔嗟逢甯子: 甯子는 춘추시대 衛 사람인 甯戚을 말한다. 영척은 齊桓公에게 가서 일을 해보고 싶었으나 가난하여 스스로 나설 수가 없었다. 그래서 장사꾼이 되어 수레를 빌려 제에 가서 성문 밖에 머물렀는데, 마침 제환공이 손님을 맞이하기 위해 밤에 성문을 열고 나왔다. 이때 영척은 수레 아래에서 소에게 꼴을 먹이고 있다가 멀리 제환공을 보고 쇠뿔을 두드리며 노래를 불렀는데, 그것을 제환공이 듣고서 비범하다고 여겨 맞아들였다고 한다. 청교역리를 영척에 빗대어 소가 헌상되기 이전의 상황을 말한 것이다.

『新序』雜事5.

10) 釁鍾今免過齊堂: 釁鍾은 종을 새로 만들 때 짐승을 죽여서 그 피로 새 종의 갈라진 틈을 바르는 의식을 말하고 齊堂은 齊宣王이 앉아 있던 堂宇를 말한다. 어느 날 제선왕이 堂上에 앉아 있다가 흔종에 쓰일 소가 지나가는 모습을 보고 소를 불쌍히 여겨 양으로 바꾸었다는 고사에서 비롯되었다. 靑牛가 왕에게 바쳐진 뒤의 상황을 빗대어 표현한 것이다.

『孟子』梁惠王章句上.

11) 上尊酒: 상등급의 술을 말한다.『漢書』如淳의 註에 의하면 술에는 上·中·下尊의 3등급이 규정되어 있는데, 멥쌀－稻米－ 1말로 上尊酒 1말을 만들고 핍쌀－稷米－ 1말로 中尊酒 1말을 만들며 좁쌀－粟米－ 1말로 下尊酒 1말을 만든다고 하였다.

『漢書』권71, 傳41 平當.

12) 林宗庇: 생몰년 미상. 자세한 내력이나 활동은 찾아지지 않는다. 1158년(의종 12)에 試大廟丞兼翰林院으로서「王之印(廣智大禪師)墓誌銘」을 지은 사실이 확인된다.

『高麗墓誌銘集成』,「王之印墓誌銘」.

13) 桃林春放踏紅房: 桃林은 지금의 河南省 潼關縣이다. 周武王이 殷紂王을 정벌하고 돌아와서 4월에 武를 그치고 文을 닦고자, 말은 華山의 남쪽으로 돌려보내고 소는 桃林의 들판에 풀어놓아 더 이상 천하에 무력을 쓰지 않을 것임을 보인 고사를 인용하였다. 紅房은 궁중에서 妃嬪들이 거처하는 방인데, 본문에서는 궁궐을 의미한다. 즉 주무왕이 文治를 펼치고자 풀어놓은 소가 궁궐에 들어왔다는 말로써 의종의 문치와 선정을 노래하는 말이다.

『書經』周書.

14) 雪堂: 宋의 蘇軾이 黃州에서 유배 생활을 하였을 때 인근의 東坡라는 곳에 지은 초당이다. 1082년 봄에 짓기 시작하여 그해 겨

울에 완공하였는데, 마침 큰 눈이 내리자 항상 설경을 감상하기 위해서 사방 벽에 그림을 그려 넣었으므로 설당이라고 부르게 되었다. 견우와 함께 은하수가에서 선녀를 찾던 소가 문인들의 詩材로 쓰인 일을 비유적으로 표현하고 있다.

　　『東坡全集』 東坡先生年譜.

　15) 函谷: 지금의 중국 河南省 靈寶縣 남쪽에 있는 관문이다. 戴延之가 지은 『西征記』에 의하면 함곡관은 골짜기 안에 위치하고 있으며 깊고 험한 지세가 마치 함(函)과 같다고 하여 그러한 이름이 겼다고 한다. 계곡 안은 동서로 15리 정도 되는데 양쪽에 깎아지른 듯한 절벽이 솟아있고 벼랑 위의 수목이 그늘을 만들어 낮에도 해를 볼 수 없었다고 한다.

　　戴均良 외 주편, 2005, 「函谷關」, 『中國古今地名大辭典』 2, 上海古籍出
　　　版社, 2014쪽.

　16) 函谷曉歸浮紫氣: 老子가 周의 德이 쇠하였음을 알고 함곡관을 지나 서쪽으로 들어갈 때 푸른 소가 끄는 수레[靑牛車]를 탔다는 고사가 있는데, 여기에서는 이제 다시 德治가 이루어져 그 푸른 소가 상서로운 기운과 함께 돌아왔다고 함으로써 임금의 선정을 노래하고 있는 것이다.

　　『史記』 권63, 列傳3 老子.

上20.

[原文]

　琢句之法, 唯少陵獨盡其妙, 如「日月籠中鳥, 乾坤水上萍.」 「十暑岷山葛, 三霜楚戶砧.」之類是已. 且人之才如器皿方圓, 不可以該備, 而天下奇觀異賞, 可以悅心目者甚夥. 苟能才不逮意, 則譬如駑蹄臨燕越千里之途, 鞭策雖勤, 不可以致遠. 是以古之人, 雖有逸才, 不敢妄下手, 必加鍊琢之工, 然

後之以垂光虹蜺, 輝央千古. 至若句鍛季鍊朝吟夜諷, 撚鬚難安扵一字, 彌年只賦扵三篇. 手作敲推, 直犯京尹, 吟成大瘦, 行過飯山, 意盡西峰, 鍾撞半夜, 如此不可縷擧. 及至蘇黃, 則使事益精, 逸氣橫出, 琢句之妙, 可以與少陵並駕.

[譯文]

시구를 다듬는 법은 오직 소릉[1]만이 홀로 그 신묘함에 달했으니, 「해와 달은 새장의 새와 같고 건곤은 물 위의 부평초이다.」[2] 「열 번의 더위는 민산에서 갈옷을 입고 세 번의 서리는 초나라 민호의 다듬이 소리를 들으며 보냈다.」[3]와 같은 것들이 바로 그것이다. 또한 사람의 재주는 그릇의 모나고 둥근 것과 같아서 모두 갖출 수는 없으나 천하의 기이한 것을 보고 감상하여 마음과 눈을 기쁘게 하는 것이 매우 많다. (그러나) 진실로 능력과 재주가 뜻한 것에 이르지 못하는 것을 비유하자면, 노둔한 말이 연나라와 월나라의 천리의 길에 임하는데 채찍질을 비록 열심히 해도 먼 곳에 이르지 못함과 같은 것이다. 이러하므로 옛 사람들은 비록 뛰어난 재주가 있더라도 감히 헛되이 손을 놓지 않고 반드시 단련하고 연마하는 노력을 더한 연후에야 넉넉히 드리워진 무지개 빛처럼 천고의 중심에서 빛나는 것이다. 열흘 동안 익히고 한철 동안 단련하며, 아침에 읊고 저녁에 외는 것을 이와 같이 하여도 수염을 비비꼬며 한 글자에도 마음 놓기 어려우니, 한 해 동안 겨우 3편만을 쓸 수 있는 것이다. 손수 지은 것을 퇴고를 하다가 경윤에게 (무례를) 범하고[4], 완성된 것을 읊음에 너무 파리해져 반산을 지나치고[5] 뜻이 서쪽 봉우리에 다하여도 종을 한밤중에 치는 등, 이와 같은 것은 상세히 열거할 수가 없다. 소식과 황정견[6]에 미쳐서야 고사를 활용하는 것이 더욱 정밀해지고 뛰어난 기운이 넘쳐흘러서 구를 다듬는 신묘함이 소릉 - 두보 - 과 함께 할만하다.

[註解]

1) 少陵: 杜甫(712~770)를 말한다. 少陵은 그의 號이다. 唐 襄陽 사람으로 字는 子美이고 스스로를 杜陵布衣, 少陵野老 등으로 칭했다. 초기에 進士에 응시하였다가 낙제한 후로 유랑의 세월을 보 냈다. 이후 「三大禮賦」를 올려 集賢院의 관직에 제수되었으며, 檢 校工部員外郞이 되었으므로 두보를 杜工部라고 칭하기도 하였다. 두보는 李白과 더불어 李杜로 칭해졌으며 후세의 사람들은 두보를 詩聖이라 칭했고, 시대상을 생생하게 시로 읊은 것이 많아 그의 시 를 詩史라 하였다. 그의 작품으로는 『杜工部集』 20권을 비롯하여 1,400여 편의 시와 소수의 산문이 전한다.

『舊唐書』 권190下, 列傳140下 文苑下 杜甫.
張撝之 외 주편, 1999, 「杜甫」, 『中國歷代人名大辭典』 上, 上海古籍出版 社, 821쪽.

2) 日月籠中鳥乾坤水上萍: 杜甫의 시 「衡州送李大夫七丈勉赴 廣州」의 한 구절이다.

『補注杜詩』 권36.

3) 十暑岷山葛三霜楚戶砧: 杜甫의 시 「風疾舟中伏枕書懷」의 한 구절이다. 두보는 48세에 관직을 버리고 甘肅省 秦州·同谷 등을 거 쳐 四川省 成都에 정착한 뒤로 그 곳에 草堂을 짓고 살면서 다양한 작품을 남겼으며, 이후 성도를 떠나 夔州·河北·河南에서 방랑생활 을 계속하다가 병을 얻어 洞庭湖에서 사망하였다. 이 시는 두보가 마지막으로 지은 것으로 본문의 시구는 그가 蜀·楚 지방에 머물던 것을 회상한 표현이다. 岷山은 지금의 四川省 북부에 위치하고 있는 산으로 蜀 지방을 비유하기 위해 쓰였다.

『全唐詩』 권233, 杜甫.
李丙疇, 1963, 「李白과 杜甫의 生涯」, 『語文學』 10, 103~106쪽.
孫八洲, 1996, 「杜甫의 生涯와 詩論」, 『睡蓮語文論集』 22.
고진아, 2005, 「비극적인 杜甫 人生의 根源에 대한 一察」, 『중국학연구』

34, 20~21쪽.

戴均良 외 주편, 2005,「岷山」,『中國古今地名大辭典』中, 上海古籍出版社, 1775쪽.

4) 手作敲推直犯京尹: 賈島가 京師로 말을 타고 가던 중 하루는 '鳥宿池邊樹 僧敲月下門'이라는 구를 짓다가 마지막에 推와 敲를 두고 정하지 못하였는데 이때에 京兆尹이었던 韓愈를 보지 못하고 부딪혔다는 고사에서 유래 한 것이다.

『古今事文類聚』別集10, 文章部 詩下 古今文集 雜著 京尹論詩.

5) 吟成大瘦行過飯山: 李白이 杜甫에게 '飯顆山頭逢杜甫 頭戴笠子日卓午 借問別來太瘦生 總爲從前作詩苦'라고 한 것에서 유래 한 것이다. 太瘦生은 바짝 여윈 사람으로 시 짓는데 고생하여 핼쑥하게 된 것이며, 飯顆山은 밥풀로 뭉쳐 놓은 산으로 시의 소재에 집중하여 밥풀처럼 들러붙음을 비유한 것이다. 모두 시를 쓰는 어려움을 나타낸 것이다.

『本事詩』 권3, 高逸.

6) 蘇黃: 蘇는 蘇軾(1036~1101), 黃은 黃庭堅(1045~1105)을 말한다. 소식에 대해서는 상권 10, 주해9) 참고; 본서 57쪽. 황정견은 宋 洪州 分寧 사람으로 字는 魯直이고 호는 涪翁, 山谷道人이다. 詩詞와 文章을 잘하였고 蘇軾의 문하에서 수학하였으며 晁補之, 秦觀, 張耒 등과 함께 蘇門四學士라 불리었다. 저서로는 『豫章黃先生文集』 등이 있다.

『宋史』 권444, 列傳203 文苑6 黃庭堅.

張撝之 외 주편, 1999,「黃庭堅」,『中國歷代人名大辭典』下, 上海古籍出版社, 2088쪽.

上21.

[原文]

本朝學士黃元題郡齋云, 「山城雨惡還成雹, 澤國陰多數放虹.」 李紫薇純祐出鎭關東云, 「細柳營中新上將, 紫薇花下舊中書.」 吾友耆之贈僕云, 「風惡溟鵬從北徙, 月明驚鵲未安枝.」 滎陽補闕偶遊天磨山八尺房, 竟夕苦吟, 未能屬思. 詰旦方廻, 緩轡行吟, 比至都門, 廼得一聯云, 「石頭松老一片月, 天末雲低千點山.」 策蹇而返, 手撼門鈕, 直入院中, 奮筆題于壁還. 康先生日用欲賦鷺鷥, 每冒雨, 至天壽寺南溪上, 觀之忽得一句云, 「飛割碧山腰.」 乃謂人曰, '今日始得到古人所不到處, 後當有奇才能續之.' 僕以爲此句, 誠未能卓越前輩, 而云兩者, 盖由苦吟得就耳. 僕爲之補云, 「占巢喬木頂, 飛割碧山腰.」 夫如是一句置全篇中, 其餘粗備可也. 正如珠草不枯, 玉川自美.

[譯文]

본조 학사 황원[1]이 군재[2]에서 제하기를, 「산성에 퍼붓는 비는 도리어 우박이 되고 못가에는 그늘이 많아 자주 무지개가 놓이네.」라고 하였다. 자미 이순우[3]가 관동에 출진하여[4] 이르기를, 「세류영[5]의 새로운 장군은 자미화 아래의 옛 중서로다.」라고 하였다. 나의 벗 기지[6]가 내게 준 시에 이르기를, 「바람이 급하니 바다의 붕새가 북으로 옮겨가고 달이 밝으니 놀란 까치가 편히 가지에 앉지도 못하는구나.」라고 하였다. 영양 보궐[7]이 우연히 천마산[8] 팔척방[9]에서 노닐며, 밤새도록 시를 지으려 고심했으나 시상을 떠올릴 수 없었다. 아침 일찍 바야흐로 돌아가는데, 고삐를 느슨히 잡고 가면서 읊조리다가 도성 문에 이르러서야 일련의 시구를 얻으니, (그 시에) 이르기를, 「바위 위 노송에는 한 조각 달이 있고 하늘 끝 구름 아래에는 수많은 산이 있네.」[10]이라고 하였다. (그는) 굼뜬 말을 채찍질하여 돌아와서 문고리를 잡아 열고는 곧장 원(院)으로 들어가 붓을 날리며 벽에 시를 쓰고 돌아갔다. 선생 강일용[11]이 백로로 시를 지으려 매번 비를 무릅쓰고 천수사[12] 남쪽 시냇가에 이르렀는데, 이를 보고 문득 시 한 구를 지었으니 (이 시에) 이르기를, 「푸른 산허리를 베고 날아간다.」라고 하였다. 그리고 사람들에게 이르기를, '오늘 비로소 옛 사람이 이르지 못한 경지에 이르렀으니 뒤에 마땅히 기이한 재주를 지닌 자가 능히 이을 것이다.'라고 하였다.[13] 내가 이 말귀를 생각해보니 진실로 고인들보다 탁월하지는 못하지만 이렇게 말한 것은 아마 고생해서 읊게 된 것 때문일 것이다. 나는 여기에 보충하여 이른다.

「높은 나무에 둥지 틀고 있다가
푸른 산허리를 베고 날아간다.」

만일 전편 중에 이와 같은 시 한 구가 있다면, 그 나머지는 조잡해도 괜찮을 것이다. 마치 구슬이 있는 곳에는 풀이 마르지 않고 옥이 나는 시내는 절로 아름다운 것과 같다.[14]

[註解]

1) 學士黃元: 생몰년 미상. 『破閑集』의 저자인 李仁老와 동시대 사람으로 黃元이라는 이름을 가진 자는 기록상 보이지 않는다. 그러므로 1045년(정종 11)부터 1117년(예종 12)까지 생존했던 김황원을 지칭하는 것으로 생각된다. 그는 전라도 光陽縣 사람으로 일찍이 과거에 급제하여 右拾遺·知制誥, 禮部侍郎·翰林學士 등을 지냈으며, 古詩로 해동제일이라고 불릴 정도로 이름을 떨쳤다고 한다. 한편 김황원의 묘지명은 『破閑集』 하권 14번 기사에 간략하게나마 기재되어 있어 참고가 된다.

『高麗史』 권97, 列傳10 金黃元.

『新增東國輿地勝覽』 권40, 全羅道 光陽縣 人物 金黃元.

2) 郡齋: 郡守가 머무는 곳으로 官衙를 일컫는 말이다(①). 김황원은 京山府 ─ 현재의 경상북도 星州 ─ 에 수령으로 부임한 일이 있었는데(②), 본문의 詩는 이때에 지어진 것이 아닌가 한다. 그렇다면 여기서 군재는 경산부 관아를 의미하는 것으로 생각된다.

　① 諸橋轍次, 1985, 「郡」, 『大漢和辭典』 11, 大修館書店, 252쪽.
　② 『高麗史』 권97, 列傳10 金黃元.

3) 李紫薇純祐: 李純祐(?~1196)를 말한다. 이에 대해서는 상권 9, 주해11) 참고; 본서 52쪽. 紫薇는 北斗의 북쪽에 있는 별로 황제의 거처를 의미하는데, 中書令이 천자를 보필하는 지위에 있으므로 전하여 중서성의 이칭이 되었다(①). 실례로 713~717년에 잠시 중서성을 자미성이라 칭하였다(②). 여기에서는 이순우가 右正言, 中書舍人, 諫議大夫 등 중서성의 관직을 역임했으므로(③) 이와 같이 표현한 것이다.

　① 諸橋轍次, 1985, 「紫」, 『大漢和辭典』 8, 大修館書店, 1003쪽.
　② 『舊唐書』 권43, 志23 職官2 中書省.
　③ 『高麗史』 권99, 列傳12 李純祐.
　　　『高麗史節要』 권13 明宗 15년 7월.

4) 出鎭關東: 이순우는 과거에 합격한 뒤 忠州司錄을 역임한 사례가 있을 뿐 관동지방에 부임했다는 기록은 확인되지 않는다. 관동에 대해서는 상권 5, 주해3) 참고; 본서 34쪽.

　　『高麗史』 권99, 列傳12 李純祐.

5) 細柳營: 漢 文帝 때의 장군인 周亞夫의 진영을 말한다. 주아보는 흉노의 침입을 막기 위해 細柳에 진을 치고 있었는데, 군령이 엄정하여 문제로부터 크게 칭찬을 받았다. 이로 인해 군기가 엄정한 軍營을 세류영이라고 표현하는데, 여기에서는 이순우가 스스로를 주아보에 빗대어 표현한 것으로 생각된다.

　　『史記』 권57, 世家27 絳侯周勃.

6) 耆之: 林椿(생몰년 미상)을 말한다. 耆之는 그의 字이다. 임춘은 문장으로 유명하였으나 여러 번 과거에 응시하여도 급제하지 못하였다. 1170년(의종 24)에 일어난 정중부의 난으로 가족이 모두 죽고 홀로 화를 면하였는데, 이후 李仁老·吳世才 등과 함께 江左七賢의 한 사람으로 시와 술을 즐기다가 가난한 생활 속에서 일찍 죽었다.

　　『高麗史』권102, 列傳15 李仁老 附林椿.
　　『東國李相國集』권8, 古律詩「悼朴生兒兼書夢中事」.

7) 榮陽補闕: 鄭知常(?~1135)을 말한다. 이는 본문의 시구가 『櫟翁稗說』後集2에서 정지상의 작품이었다고 하므로 그가 보궐로 재직할 때 지어진 것으로 추정된다. 초명은 之元으로 詩文에 매우 뛰어났고 詩風은 晚唐體로 매우 청아해 스스로 일가를 이루었다고 평가된다. 1114년(예종 9)에 급제하여 여러 벼슬을 거쳐 起居注에 이르렀으나, 1135년(인종 13)에 묘청의 난에 연루되어 참살되었다(①). 영양은 중국에서 鄭氏의 貫鄕으로 『破閑集』에서 자주 사용되는데, 여기에서는 정지상의 姓과 관련하여 사용했다. 이에 대해서는 상권 1, 주해6) 참고; 본서 12쪽.

　補闕은 中書門下省의 正6品 관직으로 『高麗史』에 따르면 穆宗때에 좌·우보궐이 있었다고 한다(②). 그러나 982년(성종 1)에 郎舍가 설치된 이후 곧 보궐에 임명되는 기사가 확인되므로 성종때부터 있었다고 파악된다(③). 보궐은 諫官으로서 諫諍과 封駁을 하였으나 이외에도 署經權을 가지며, 御史臺의 臺官처럼 百官을 규찰하는 업무도 함께 담당하고 있었다(④).

　　①『高麗史』권13, 世家13 睿宗 7년 3월 壬午·권127 列傳40 叛逆1 妙淸.
　　②『高麗史』권76, 志30 百官1 門下府 獻納.
　　③ 朴龍雲, 1976,「臺諫制度의 成立」,『韓國史論叢』1 ; 1980,『高麗時代 臺諫制度 硏究』, 一志社, 47~49쪽.
　　④ 朴龍雲, 1980,「臺諫의 職制」,『高麗時代 臺諫制度 硏究』, 一志社,

77~99쪽.

8) 天磨山: 송악산 북쪽에 있는 산으로 여러 봉우리가 높이 하늘에 솟아 멀리서 보면 푸른 기운이 엉겨있기 때문에 天磨라는 이름을 붙였다고 한다(①). 『東文選』 권12, 七言律詩에 보면 정지상의 時題가 「開聖寺八尺房」으로 되어 있으므로 본문의 천마산 팔척방은 천마산에 있는 개성사의 팔척방을 말하는 것으로 생각된다. 그러나 개성사는 천마산이 아닌 성거산에 있는 것으로 확인되고 있어서 (②), 개성사는 천마산과 성거산의 경계가 명확하지 않은 곳에 위치해 있기 때문에 이와 같이 기록되었을 것이다. 실제로 천마산과 성거산은 지리적으로 매우 인접해 있었다(③).

　① 『新增東國輿地勝覽』 권4, 開城府上 山川 天磨山.
　② 『新增東國輿地勝覽』 권42, 黃海道 牛峯縣 佛宇 開聖寺.
　③ 金昌賢, 2002, 「개경 사원·궁궐·성곽의 조영」, 『고려 개경의 구조와 그 이념』, 신서원, 59쪽 [그림3-1]·60쪽 [그림3-2] 참고.

9) 八尺房: 『三國遺事』를 보면 朴朴師가 白月山 無等谷 北嶺에 板屋으로 八尺房을 지은 사실이 전하는데, 스님들이 머무는 8척 넓이의 작은 방을 말하는 것으로 여겨진다.

　『三國遺事』 권3, 塔像3 南白月二聖努肹夫得怛怛朴朴.

10) 石頭松老一片月天末雲低千點山: 『東文選』 권12, 七言律詩 「開聖寺八尺房」에 시의 全文이 전한다[百步九折登巑岏 家在半空唯數閒 靈泉澄淸寒水落 古壁暗淡蒼苔斑 石頭松老一片月 天末雲低千點山 紅塵萬事不可到 幽人獨得長年閑]. 그런데 『櫟翁稗說』 後集2에도 동일한 시구가 적힌 시의 전문이 남아 있어 흥미롭다[地應碧落不多遠 人與白雲相對閑 浮雲流水客到寺 紅葉蒼苔僧閉門 綠楊閉戶八九屋 明月倚樓三四人 上磨星斗屋三角 半出虛空樓一間 石頭松老一片月 天末雲低千點山]. 이는 본문의 구절을 首·頷·頸聯에 나누어 사용하여 여러 편의 詩를 지었기 때문에 나타난 결과일 것이다. 이 시구는 拗體라는 문학적 형식면에서 '一'字를 拗로 하고,

'千'字를 救로 하여 율격의 변화를 잘 만들어낸 것으로 평가되는데, 이와 관련하여 다음의 연구들이 참고가 된다.

> 朴守川, 1994,「鄭知常 漢詩의 文學性에 관한 研究」,『韓國漢詩研究』2, 太學社.
>
> 沈慶昊, 1995,「鄭知常에 관한 몇가지 문제에 대하여」,『韓國漢詩研究』3, 太學社.
>
> 卞鍾鉉, 1996,「鄭知常 漢詩의 風格 研究」,『人文論叢』8, 경남대학교.

11) 康先生日用: 강일용(생몰년 미상)을 말한다. 그에 대해서는 상권 18, 주해10) 참고; 본서 98쪽.

12) 天壽寺: 천수사에 대해서는 상권 13, 주해3) 참고; 본서 66쪽.

13) 康先生日用欲賦鷺鷥 … 後當有奇才能續之: 동일한 일화가 『新增東國輿地勝覽』에도 보이는데, 천수사가 사라지고 천수사 옛터에 驛院이 세워진 것으로 되어 있다

> 『新增東國輿地勝覽』권4, 開城府上 驛院 天壽院.

14) 正如珠草不枯玉川自美: 『大戴禮記』권7, 勸學에 '玉居山而木潤 淵生珠而岸不枯'라는 구절을 차용한 표현이다. 옥이 나는 산에는 초목이 윤택하고, 구슬이 나는 연못은 물이 마르지 않는 것처럼 근본이 모범이 되면, 나머지도 그 영향을 받아 바르게 된다는 내용이다. 이인로 자신이 시를 완성하기는 했으나 본래 주어진 詩句가 훌륭했기에 가능한 일이었다고 하여 겸양을 드러내고자 인용한 듯하다.

上22.

[原文]

牛後教坊花原玉小字. 色藝為一時冠. 黃壮元作牛後歌, 其略云,「應恨蛾眉馬前死, 欲教返是名牛後.」劉壮元義云,「牛心只合供義之.」吾友耆之云,

「只應天上随牽牛, 故以牛後為名字.」請僕同賦.「君不見石崇騎牛迅若飛, 綠珠艶質芝蘭秀, 又不見魏公騎牛行讀書, 雪兒妙唱雲霄透, 自古綺羅人例合居牛後, 持此問牛後得稱汝意否, 嫣然含笑微俛首, 一曲千金為我壽.」

[譯文]

우후[1]는 교방[2] 화원옥의 어렸을 적 이름이다. 미색과 기예가 당시에 으뜸이었다. 황장원[3]이 우후가를 지었는데, 간략하게 말하면「아마도 미인이 말 앞에서 죽은 것이 한스러워,[4] 반대로 이름을 우후라 하였겠지.」라고 하였다. 장원 유희[5]가 이르기를,「우심은 다만 희지에게 주는 것이 합당하네.」[6]라고 하였다. 내 친구 기지[7]는「단지 마땅히 하늘 위의 견우를 따라야 하니, 우후라고 이름하였구나.」라고 하였다. 나에게도 같이 지을 것을 청하였다.

「그대는 석숭[8]이 소를 타고 나는 듯이 가는 것을 보지 못했는가
녹주[9]의 고운 바탕이 지란보다 뛰어나네
위공[10]이 소를 타고 가며 책을 읽는 것을 보지 못했는가
설아[11]의 아름다운 노래가 구름너머 퍼지네
예로부터 아름다운 사람은 우후에 거하는 것이 합당하니
이를 우후에게 묻노니 너의 뜻에 맞는가 안 맞는가
싱긋 웃음 머금고 다소곳이 고개 숙여
천금 같은 한 곡조 나를 위해 축수하네.」

[註解]

1) 牛後: 교방에 속한 기녀로 자세한 내력은 알 수 없다.『高麗史』를 보면 이름의 한문표기가 약간 다르지만 비슷한 시기에 등장하는 妓女 花園玉과 동일 인물일 수도 있다.

　　　『高麗史』 권128, 列傳41 叛逆2 李義旼.

2) 教坊: 광종 때에 설치되어 왕의 직속기구로 속악 — 향악과 당

악 - 의 교습을 담당하였다. 교방은 주로 女樂 즉 倡妓를 중심으로
구성되었다. 교방에서 교습 받은 기녀들은 大樂署와 管絃房에 배속
되어 공연에 종사하였고, 연등·팔관회, 왕의 생신, 태자의 책봉, 왕
의 행차 등의 연회에서 속악 공연을 담당하였다.

　　　　김창현, 2007,「고려시대 음악기관과 음악인」,『고려의 여성과 문화』,
　　　　　　신서원, 297~311·319~331쪽.

　　3) 黃壯元: 상권 6번 기사에 의하면 黃彬然을 '黃壯元彬然'으로
기록하고 있다. 황장원도 바로 황빈연을 가리키는 것으로 생각된다.
그에 대해서는 상권 6, 주해1) 참고; 본서 39쪽.

　　4) 應恨蛾眉馬前死: 唐 玄宗의 妃인 楊貴妃(719~756)가 安
祿山의 반란으로 도망을 가다가 馬嵬驛에서 죽은 것에 빗대어서 미
인이 말 앞에서 죽은 것이 한스럽다고 표현한 것이다. 蛾眉는 누에
나방의 촉각을 가늘고 길게 그린 고운 눈썹에 비유한 말인데, 전하
여 미인을 가리키는 의미로도 사용되었다.

　　　　『舊唐書』권51, 列傳1 后妃上 玄宗楊貴妃.

　　　　諸橋轍次, 1985,「蛾」,『大漢和辭典』10, 大修館書店, 33쪽.

　　5) 劉壯元羲: 유희(생몰년 미상)를 말한다. 그에 대해서는 상권
9, 주해7) 참고; 본서 51쪽.

　　6) 牛心只合供羲之: 王羲之(301~365)가 13살 때에 周顗를
뵈었는데, 주의가 그를 보고 특별하게 여겨서 당시 귀중한 음식인
牛心炙을 객들이 먹기 전에 왕희지에게 먹였다. 이로 인해 왕희지의
이름이 처음으로 알려졌다고 한다. 이 고사에 빗대어서 우후의 마음
이 유희 자신에게 와야 한다는 것을 표현한 것이다.

　　　　『晉書』권80, 列傳50 王羲之.

　　7) 耆之: 林椿을 말한다. 그에 대해서는 상권 21, 주해6) 참고;
본서 117쪽.

　　8) 石崇: 249~300. 西晉 靑州 사람으로 字는 季倫이고 초명은

齊奴이다. 그는 荊州刺史를 역임했으며 상업을 통해 부를 축적하여
사치스러운 생활을 한 것으로 유명하다. 王愷와 노닐 때 洛城에 들
어가는 것을 다투었는데, 석숭이 탄 소의 빠르기가 하늘을 나는 새
와 같아서 왕개의 소가 따르지 못했다고 한다.

『晉書』 권33, 列傳3 石苞 子崇.

9) 綠珠: 석숭의 애첩으로 춤을 잘 추었다고 한다.

『晉書』 권33, 列傳3 石苞 子崇.

10) 魏公: 李密(582~618)을 말한다. 그의 刎頸之交인 楊玄感
이 隋에 대해 반란을 일으켰을 때에 가담하였으며, 전투에서 패배하
여 도망하다가 翟讓의 무리를 만나 그들의 우두머리가 되어 魏公이
라고 칭하였다. 이후 唐에 항복하였다가 다시 반기를 들었고 결국
죽임을 당하였다. 이밀은 당대의 학자인 包愷가 緱山에 있다는 소식
을 듣고는 그를 스승으로 삼기 위해 찾아가게 되었는데, 도중에『漢
書』를 소뿔에 걸어두고는 소를 타고 다니면서 읽었다고 한다.

『隋書』 권70, 列傳35 李密.
『古今事文類聚』 後集39.

11) 雪兒: 이밀의 애첩이다. 이밀은 빈객이나 친구가 지은 문장
이 아름다우면 설아에게 곡조를 붙여 노래를 부르게 하였다고 한다.

『古今事文類聚』 後集16.

上23.

[原文]

昔僕出佐桂陽, 承廉使符, 到龍山, 宿韓相國彦國書齋. 峰巒盤屈, 狀若蒼
蛇, 而齋正攄其額, 江流至其下, 分為二派, 江外有遙岑, 望之如山字. 僕朗吟
而起, 信筆題于壁云,「二水溶溶分燕尾, 三山杳杳駕鼇頭. 他年若許陪鳩杖,
共向蒼波狎白鷗.」天水亦樂卽韓相國門生也. 謁相國酒行誦此詩, 相國停盃

吟諷, 乃曰, "漢陽之遊計今已五十年矣, 聞此一句, 其山光水色歷歷如在眼前. 此古人所謂詩中畵也."

[譯文]

옛적에 내가 계양에 나가 보좌할 때에[1] 염사[2]의 부를 받들고 용산에 이르러 상국 한언국[3]의 서재에서 머물게 되었다. 산봉우리가 서리고 구부러진 모양이 푸른 뱀과 같은데, 서재는 바로 그 꼭대기에 자리해 있어 강물의 흐름은 그 아래에 이르러 두 갈래로 나뉘고 강 밖으로는 멀리 봉우리가 있어 바라보니 산(山)자와 같았다. 나는 낭랑하게 소리 높여 시를 읊으며 일어서 붓이 가는 대로 벽에 써보았다.

「두 강물이 질펀하게 흘러 제비꼬리처럼 나뉘고
아득하게 먼 세 산은 자라머리[鼇頭]에 올라탄 듯하구나[4]
다른 해에 만약 구장(鳩杖)[5] 모시기를 허락한다면
함께 푸른 물결 향하여 흰 갈매기와 허물없이 가까이하리.」

천수역락[6]은 바로 한상국의 문생이다. 상국을 뵙고 술자리에서 이 시를 읊으니 상국이 술잔을 멈추고 시부를 읊조리며 말하기를, "한양에서 노닌지가 이제 이미 오십년인데, 이 한 구를 들으니 그 산의 풍경과 물빛이 뚜렷이 눈앞에 있는 듯하다. 이것이 옛 사람이 이른바 시 속의 그림이다.[7]"라고 하였다.

[註解]

1) 僕出佐桂陽: 계양은 지금의 인천시 富平・桂陽 일대에 해당한다. 고구려 때에는 主夫吐郡으로 불리다가 신라 경덕왕대에 長堤郡으로 고쳐졌고 고려 초에는 樹州로 불리다가 1150년(의종 4)에 安

南都護府로 고쳤으며, 1215년(고종 2)에 桂陽都護府로 고쳤다
(①).『高麗史』에 의하면 李仁老는 1180년(명종 10)에 과거에 장
원 급제하여 桂陽管記로 임명되었다고 하므로(②), 이인로가 한언
국의 서재에 들러 한언국과 조통의 일화를 떠올렸던 것은 1180년경
의 일로 추측된다.

> ①『高麗史』 권56, 志10 地理1 楊廣道 安南都護府.
> ②『高麗史』 권102, 列傳15 李仁老.

  2) 廉使: 안렴사를 말한다. 고려시대에 어느 방면을 맡아 그 곳
을 순행하면서 守令들 가운데 우수한 성적을 낸 사람은 올려주고,
반대로 나쁜 성적을 낸 사람은 내쫓는 일을 맡아보던 관직이다. 국
초에는 節度使들이 하던 임무였으나, 1012년(현종 3)에 이를 혁파
하고 按察使를 두었다. 이후 1064년(문종 18)에는 都部署로 고쳤
고, 1113년(예종 8)에 다시 안찰사로, 1276년(충렬왕 2)에 다시
按察使를 고쳐 按廉使로 하였다(①). 고려시대 按察使는 守令의
賢否를 살펴 黜陟하는 일을 비롯해, 민생의 어려움을 살피고 그 대
책을 건의하는 일, 지방의 刑獄 업무에 대한 감찰, 租賦의 수납에
대한 관여 및 군사 지휘 등을 맡아보았다(②). 한편, 按察使의 기
능과 관련해서 1113년 이후 東南海道部署使는 慶尙道按察使를 겸
임했다는 견해도 있다(③).

> ①『高麗史』 권77, 志31 百官2 外職 按廉使.
>   邊太燮, 1968,「高麗按察使考」,『歷史敎育』40 ; 1971,『高麗政治制
>   度史硏究』, 一潮閣, 172~175쪽.
>   朴龍雲, 2009,『『高麗史』百官志 譯註』, 신서원, 672~679쪽.
> ② 박종진, 2003,「고려시기 안찰사의 기능과 위상」,『東方學志』122,
>   224~240쪽.
> ③ 近藤剛, 2009,「泰和六年(元久3·1206) 對馬島宛高麗牒狀にみえる「廉
>   察使」について」,『中央史學』32, 日本 中央史學會, 60~64쪽.

  3) 韓相國彦國: 한언국(?~1173)을 말한다. 그에 대해서는 상

권 15, 주해14) 참고: 본서 79쪽.

4) 三山杳杳駕鰲頭: 『列子』에서 仙山을 머리에 이고 있는 거북의 모습을 빗대어 표현한 것이다. 옛날에 渤海의 동쪽으로 아득히 먼 곳에 岱輿, 貝嶠, 方壺(方丈), 瀛洲, 蓬萊의 五山이 있어서 신선들이 살고 있었는데, 물결에 따라 요동을 치니 신선들이 견디지 못하여 천제에게 호소하였고 결국 큰 거북 열다섯 마리를 시켜서 머리 위에 이게 하였다. 그런데 후에 龍伯國의 거인이 낚시줄을 드리워서 여섯 마리의 거북을 낚아 메고 가니 대여와 원교가 북쪽 바다에 가라앉음으로써 三山만이 남았다고 전한다.

『列子』湯問.

5) 鳩杖: 비둘기 장식이 있는 지팡이를 의미한다(①). 비둘기는 먹이를 먹을 때 목메지 않기 때문에 노인들이 목메지 않기를 비는 뜻에서 비둘기를 지팡이에 장식했다고 한다(②).

① 諸橋轍次, 1986, 「鳩」, 『大漢和辭典』12, 大修館書店, 788쪽.
②『後漢書』志5 禮儀中 案戶.

6) 天水亦樂: 趙通(생몰년 미상)을 말한다. 그에 대해서는 상권 13, 주해1) 참고; 본서 65쪽.

7) 詩中畵: 시 속의 그림이란 蘇軾이 唐 시인 王維의 「藍田煙雨圖」에 쓰기를 '마힐(摩詰)의 시를 음미해 보면 시 속에 그림이 있고, 마힐의 그림을 관찰해 보면 그림 속에 시가 있다.'라고 한 데서 온 말이라 한다. 摩詰은 王維의 자이다.

『東坡題跋』권5, 「書摩詰藍田煙雨圖」.

上24.

[原文]

皇統三年癸亥四月日, 承宣金奉聖旨, 令兩令公受命, 到日月寺樂聖齋學

堂, 與諸生講習. 至閏四月初八日, 聯句, 內侍崔山甫占溪字, 卽云「溪溜潺
湲常學海 明宗, 夢魂驚越喜瞻天 金淑淸.」 又占絲字, 卽云,「絲直垂楊春陌
上 明宗, 眉鮮新月暮雲端 金子稱, 溪水鳴林來遠洞 上令公, 山雲觸石藹高
峰 金尙純, 峰巒點點森戈戟 上令公, 楊柳依依卦線絲.」 翌日入內, 御覽.

[譯文]

황통[1] 3년 계해(1143, 인종 21) 4월 일에 승선 김[2]이 성지를
받들었는데, 두 영공[3]으로 하여금 명을 받아 일월사[4] 낙성재 학당[5]
에 가서 여러 생도들과 강습하는 것이었다. 윤4월 8일에 이르러 연
구를 지었는데, 내시 최산보[6]가 ‘계’자를 부르자 곧 이르기를, 「시냇
물이 졸졸졸 흘러가는 언제나 배움의 바다 명종[7], 꿈속인 듯 혼백도
놀라 기쁘게 하늘을 바라보네 김숙청[8].」라고 하였다. 또 ‘사’자를 부
르자 곧 짓기를, 「곧은 실처럼 늘어진 버드나무 봄 둔덕에 서 있고
명종, 눈썹같이 고운 새 달 저녁 구름 가에 떠 있네 김자칭[9], 시냇물
소리 숲을 울리며 먼 골짜기에서부터 흘러오고 상영공[10], 산 구름은
바위에 부딪혀 높은 봉우리에 주렁주렁 맺혔네 김상순[11], 점점이 솟
은 산봉우리 우뚝한 창과 같고 상영공, 한들한들 버들가지 실타래를
걸어놓은 듯하네.」라고 하였다. 다음날 궁궐에 들어가니 임금께서
살펴보셨다.

[註解]

1) 皇統: 金 熙宗 때의 연호로 1141~1149년에 걸쳐 사용되었다.
2) 承宣金: 승선은 出納과 宿衛 및 軍機의 政事를 관장했던 중
추원 소속 관직의 하나이다. 995년(성종 14)에 이미 승선직의 사례
가 나타나며, 1023년(현종 14)에는 중추원의 日直員을 좌우승선에
통합하고 부승선 제도도 설정하였다. 특히 이 때 승선과 부승선을
副樞, 즉 中樞院副使 이하가 겸직케 하여 중추원의 近侍 기능을 한

층 확대하였다. 문종관제로는 정3품이다. 이 기사에 등장하는 김씨
승선은 자세한 기록이 없어 누구인지 알 수 없다.

邊太燮, 1976,「高麗의 中樞院」,『震檀學報』41, 56쪽.

朴龍雲, 1976,「高麗의 中樞院 硏究」,『韓國史硏究』12 ; 2001,『高麗時代
　　中樞院 硏究』, 高麗大 民族文化硏究院, 99·100쪽 및 14~16쪽.

3) 兩令公: 예종대의 기록에 따르면 고려시대 때에 表狀과 서간
에서는 諸王을 令公으로 칭했고, 中書令과 尙書令을 太師令公이라
고 칭했다(①). 이 기사에서는 두 명의 영공이 등장하는데, 기록이
자세하지 않아 누구를 가리키는지는 명확히 알기 어렵다. 고려시대
에 중서령과 상서령직을 대유했거나 또는 이들 관직에 추증되었던
인물들을 자세하게 정리해 둔 연구도 있지만(②), 1143년경에는
중서령 또는 상서령과 관련된 인물에 대한 기록이 나타나지 않는다.
따라서 당시 영공으로 불릴 만한 인물로는 왕자인 大寧侯 暻과 翼
陽侯 晧 - 명종 - 등을 생각해 볼 수 있다.

①『高麗史』권84, 志38 刑法1 公式 公牒相通式.

蔡雄錫, 2009,『『高麗史』刑法志 譯註』, 신서원, 158~159쪽.

② 朴龍雲, 1997,「高麗時代 中書令에 대한 검토」,『金容燮敎授停年紀
　　念韓國史學論叢 2 - 韓國 古代·中世의 支配體制와 農民』,
　　知識産業社 ; 2000,「고려시대의 中書令」,『고려시대 中書
　　門下省宰臣 연구』, 一志社, 22쪽.

朴龍雲, 1995,「高麗時代의 尙書都省에 대한 檢討」,『國史館論叢』
　　61 ; 2000,「高麗時代의 尙書都省에 대한 檢討」,『高麗時代
　　尙書省 硏究』, 景仁文化社, 60쪽.

4) 日月寺: 922년에 개경 궁성의 서북쪽에 창건되었으며(①),
문종·숙종·예종 때에 왕이 행차하여 연회를 베풀거나 이곳에서 禱
雨·消灾道場 등의 행사를 열었던 기록이 있다(②). 이 기사를 통해
일월사 근처에 낙성재 학당이 있었음을 알 수 있다.

①『高麗史節要』권1, 太祖 5년 4월.

②『高麗史節要』권5, 文宗 31년 3월·권6, 肅宗 6년 4월.

『高麗史』 권14, 世家14 睿宗 16년 5월 甲寅.

『高麗史』 권54, 志8 五行2 金 睿宗 16년 윤5월 丙子.

5) 樂聖齋學堂: 낙성재 학당은 崔冲(984~1068)이 설립한 9齋의 하나이다. 최충은 1055년(문종 9)에 私學을 설립하여 9經 3史 및 詞章을 교육하였는데, 학생의 수가 늘어나자 齋를 樂聖·大中·誠明·敬業·造道·率性·進德·大和·待聘 등 아홉으로 나누었다. 이를 9재 학당이라고 한다. 이 기사에 등장하는 낙성재의 '낙성'이라는 이름은 楊雄의 『法言』에 나오는 '天樂天 聖樂聖 謂樂逢聖也'라는 구절에서 따온 것으로, '성인의 도를 좋아한다'라는 의미이다.

朴性鳳, 1975, 「國子監과 私學」, 『한국사』 6, 國史編纂委員會.

申千湜, 1995, 「高麗時代 私學十二徒에 대한 研究」, 『高麗教育史研究』, 景仁文化社.

朴贊洙, 2001, 「私學十二徒의 성립과 變遷」, 『高麗時代 教育制度史 研究』, 景仁文化社.

6) 內侍崔山甫: 생몰년 미상. 그와 관련하여서는 1145년(인종 23)에 『三國史記』를 찬술한 金富軾의 노고를 치하하기 위해 왕이 내시 최산보를 보냈다는 기록만이 확인된다(①). 본문의 기사도 마찬가지로 최산보의 행적을 짐작하는데 중요한 자료라고 볼 수 있다.

① 『高麗史節要』 권10, 仁宗 23년 12월.

『高麗史節要』 권15, 高宗 14년 3월.

7) 明宗: 명종에 대해서는 상권 8, 주해5) 참고; 본서 48쪽. 1148년(의종 2)에 翼陽侯로 책봉된 기록만 확인되므로 위의 일화가 있었던 1143년에는 어떤 작위에 있었는지 알 수 없다.

『高麗史』 권17, 世家17 毅宗 2년 11월·권19, 世家19 明宗.

8) 金淑清: 생몰년 미상. 『破閑集』 외의 문헌에서는 거의 찾아지지 않고 있으므로 어떠한 인물인지 자세히 알 수 없다.

9) 金子稱: 생몰년 미상. 『破閑集』 외의 문헌에서는 거의 찾아지지 않고 있으므로 어떠한 인물인지 자세히 알 수 없다.

10) 上令公: 생몰년 미상. 누구인지 알 수 없으나 만약 영공이 대령후와 익양후를 가리키는 것이라면, 손위인 대령후가 상영공이 되었을 것이다.

11) 金尙純: 생몰년 미상. 누구인지 알 수 없다.

『破閑集』 卷中

역주

中1.

[原文]

智者見於未形, 愚者謂之無事, 泰然不以爲憂. 及乎患至然後, 雖焦神勞力, 思欲救之, 奚益於存亡成敗數哉. 此扁鵲所以不得救桓侯之疾也. 昔漢文時, 海內理安, 人民殷阜, 而賈誼爲之痛哭, 唐文皇自創業之後, 日益戒懼, 未嘗少怠, 而魏徵猶陳十漸. 故傳曰, "諫者救其源, 不使得開, 戒氷於霜, 杜玉盃於漆器." 昔毅王藉數十世豐平至理之業, 居位日久, 事無不擧, 皆以謂, "太平之業安於泰山." 莫敢有言之者. 正言文克謙直叩天扉, 上皂囊一封, 而所言皆中時病. 人謂之, "鳳鳴朝陽." 天聽未允. 公脫朝衣還家, 作詩云, 「朱雲折檻非干譽, 素盎當車豈爲身, 一片丹誠天未照, 强鞭羸馬退逶巡.」 及明王踐阼, 擢居喉舌地, 國家安危, 人民利病, 士大夫之賢不肖, 盡達於天聰, 無一毫底滯. 至今鄰邦結好, 中外晏然無患, 宗公之力也. 公位冢宰, 薦傑入侍玉堂, 踰年公卒. 作挽云, 「早從閶闔排雲叫, 晚向虞淵取日廻, 丹鳳久徯池上浴, 白鷄胡奈夢中催.」 時人以謂, "公之立朝大節, 終始無出此二句, 雖謂之實錄可也." 昨過公舊墅, 草樹蒼然, 有泉出於石縫, 素所遊宴處也. 悵然徘徊不能去, 作詩留壁上. 「巖下冷冷水, 泓泂洞若有照, 誰知氷雪派, 尙帶鳳凰池, 東閣重窺處, 西門欲暮時, 題詩留半壁, 略遣九泉知.」

[譯文]

　지혜로운 자는 형체가 나타나지 않아도 보게 되지만, 어리석은 자는 아무런 일도 없다고 여겨 태연히 근심하지 않는다. 재앙이 닥친 연후에야 비록 마음을 모으고 노력하며 구제하려고 생각하지만, 어찌 존망과 성패의 운수에 도움이 되겠는가. 이것이 편작[1]이 환후[2]의 병을 고치지 못한 이유이다.[3] 옛날 한문제[4] 때에 세상이 편안히 다스려지고 사람들은 번성하였으나 가의[5]는 통곡하였고, 당문황[6]은 창업한 뒤에 날로 더욱 조심하고 일찍이 조금도 게을리 하지 않았으나 위징[7]은 오히려 「십점(十漸)」[8]을 아뢰었다. 그러므로 전하기를, "간언하는 사람은 그 근원을 구제하여 나타나지 않게 하는 것이니 서리를 보고 얼음이 어는 것을 경계하거나 칠기를 보고 옥배를 막는다."라고 하였다.

옛날에 의종은 수 십 세의 풍요와 평화로운 업적을 이어받았는데, 왕위에 있은 지 오래되자 일이 있어도 간언하지 않고 모두 말하기를, "태평의 업적이 태산같이 든든하다."라고 하였다. 그에 대해 감히 말하는 사람이 없었는데, 정언[9] 문극겸[10]은 바로 대궐 문을 두드리고 검은 주머니[11] 한 통을 올렸으니 말한 바가 모두 당시의 병폐에 맞았다. 사람들이 말하기를, "봉이 산에서 우는 듯하다.[12]"라고 하였으나 왕은 윤허하지 않았다. 공이 조의를 벗고 집으로 돌아와 시를 지었으니 다음과 같다.

「주운[13]이 난간 부러뜨린 일은 명예를 구함이 아니었고
　원앙[14]이 수레 막은 일이 어찌 자신을 위함이겠는가
　한 조각 충성을 하늘이 비추어 주지 않으니
　억지로 파리한 말 채찍질하여 물러나 머뭇거리게 하는구나.」

명종이 왕위를 잇자 발탁하여 후설[15]의 자리에 두었는데 국가의 안위, 인민의 이해, 사대부의 어짊과 어질지 못함을 모두 임금에게 간언하니 터럭만큼의 지체도 없었다. 지금에 이르러 이웃나라와 우호를 맺고 세상이 편안하여 근심이 없게 되었으니 진실로 공의 힘이었다. 공이 총재로 있을 때[16] 나를 천거하여 옥당에 입시하게 하고는[17] 이듬해 공이 돌아가셨다. 애도하는 시[18]를 지었으니 다음과 같다.

「일찍이 창합[19]에 구름을 헤쳐 부르짖었고
　늦게는 우연[20]에서 해를 돌이켰네
　단봉[21]이 오래오래 연못에서 목욕하는데
　백계[22]는 어찌하여 꿈속에서 재촉하는가.」

　당시 사람들이 말하기를 "공이 조정에 있을 때 큰 절개의 처음과 끝이 이 두 구에서 벗어나지 않으니 실록이라고 말할 수 있다."라고 하였다. 어제 공의 옛 별장을 지나가보니 풀과 나무가 우거지고 샘이 돌 틈에서 나오고 있었는데, 본래 노닐고 잔치를 베풀던 곳이었다. 슬퍼하여 배회하니 떠나지 못하고 시를 지어 벽 위에 남겼다.

「바위 아래서 나오는 차디찬 물이
　감도는 것은 마치 생각이 있는 것 같도다
　누가 알리오 빙설의 물줄기가
　아직도 봉황지에 머물러 있음을[23]
　동각[24]에서 거듭 살피며 머무르니
　서문[25]에 해가 저물고자 하는 때이로다
　시를 지어 반벽에 남기니
　구천[26]으로 보내 알리려 함이로다.」

　[註解]

　1) 扁鵲: 생몰년 미상. 춘추전국시대의 명의로 勃海郡 鄭邑 사람이며 본명은 秦越人이다. 본래 客舍長으로 객사에 찾아온 隱者 長桑君을 기인으로 여겨 정중하게 대하였는데, 10여 년 만에 장상군이 은밀히 편작을 불러 의서와 의술을 전수해주고는 사라졌다. 편작은 장상군이 준 약을 먹고 30일이 지나자 사물을 꿰뚫어보는 능력이 생겨 오장육부를 훤히 볼 수 있게 되었다고 한다. 이로 인해 의원이 되어 병의 징후를 예견하여 치료하는 방법으로 많은 사람의 병

을 고쳐 명성을 떨쳤다. 그러나 秦의 太醫令丞 李醯가 자신의 의술이 편작에 미치지 못함을 알고 자객을 보내어 죽였다.

『史記』 권105, 列傳45 扁鵲.

2) 桓侯: 『史記』 扁鵲傳에 나오는 齊桓侯를 말한다. 그러나 춘추전국시대 齊에는 桓侯가 없고 桓公이 두 명으로 春秋五覇의 한 사람인 姜小白(B.C. 685~B.C. 642)과 전국시대의 田午(B.C. 375~B.C. 357)가 있다. 『韓非子』 喩老를 보면 『史記』와 동일한 내용이 확인되고 있는데, 문제는 제환공이 아니라 蔡桓公으로 기록되어 있다는 점이다. 또한 편작의 활동 시기가 B.C. 7C~B.C. 4C에 걸쳐 광범위 하게 나타나기 때문에 편작은 한 사람이 아니라 名醫를 대표해서 부르는 일반명사 혹은 편작학파의 사람을 가리키는 총칭으로 보는 견해가 있다. 따라서 실제 편작이 만난 환후가 정확히 누구인지는 현재 판별하기가 매우 어려운 상황이다.

『史記』 권105, 列傳45 扁鵲.

『韓非子』 喩老 扁鵲見蔡桓公.

諸橋轍次, 1986, 「齊」 『大漢和辭典』 12, 大修館書店, 1081쪽.

곽노규, 2007, 「감각과 신체－고대 중국의학에서의 신체지각의 문제－」, 『의철학연구』 3.

3) 此扁鵲 … 疾也: 편작은 齊에 빈객으로 가서 수차에 걸쳐 환후에게 병이 있음을 지적하였으나, 환후는 편작이 이익을 탐하여 없는 병을 만든다고 비웃었다. 수일이 지나 편작이 아무 말도 하지 않고 그냥 물러나자 환후가 사람을 보내 이유를 물었는데, 편작은 이미 병이 몸에 깊이 들어가 더 이상 고칠 수 없다고 말하였다. 그로부터 닷새가 지나자 환후는 정말로 몸에 병이 들어 죽고 말았다고 한다. 여기에서는 위의 일을 고사로 들어 편작을 智者, 환후를 愚者로 빗대어 말한 것이다.

『史記』 권105, 列傳45 扁鵲.

4) 漢文: B.C. 202~B.C. 157. 漢의 제5대 황제인 文帝를 말

한다. 諱는 恒이고 묘호는 太宗이며 재위기간은 23년(B.C.
180~B.C. 157)이다. 고조의 넷째 아들로 呂氏의 난이 평정된 후
중신들의 옹립으로 즉위하였다. 그가 어진 정치를 펼치고 덕으로 백
성들을 교화하니 나라가 점차 안정되어 인구가 많아지고 부유해졌
으며 예의가 흥하였다고 전한다.

　　　『史記』권10, 孝文本紀10.

　5) 賈誼: B.C. 200~B.C. 168. 漢代의 인물로 낙양 사람이다.
18세부터 詩書에 두각을 나타내어 秀才로 이름이 났으며, 20세에는
문제의 부름을 받아 博士가 되었고 다시 얼마 안 되어 太中大夫가
되었다. 그는 일찍이 제도와 문물을 정비하도록 건의한 바가 있었는
데, 여러 제후들의 미움을 사서 長沙王의 太傅로 좌천되었다. 당시
가의는 상소를 올려 "통곡할 만한 것이 하나이고 눈물을 흘릴 만한
것이 둘이며 길게 탄식할 만한 것이 여섯입니다. … 모두 천하가 이
미 안정되었다고 말하지만 신은 홀로 그렇지 않다고 생각합니다."라
고 하면서 事勢를 논박하였다. 이후 梁王의 太傅가 되었는데, 양왕
이 낙마하여 죽자 슬퍼하다가 그 해에 33세로 사망하였다. 저술은
모두 58편으로『新書』,『賈長沙集』등이 전하며, 특히「治安策」,
「過秦論」,「弔屈原賦」,「鵩鳥賦」등이 유명하다.

　　　『漢書』권48, 列傳18 賈誼.

　6) 唐文皇: 599~649. 唐의 제2대 황제인 太宗 李世民을 가리
킨다. 문황은 그의 시호이고 연호는 貞觀이었으며 재위기간은 23년
(626~649)이다. 그는 나라를 부강하게 하고 민생을 안정시켰을
뿐만 아니라 신하들의 간언을 잘 받아들이고 공정한 정치를 펼쳐 후
세 제왕의 모범이 되었다.

　　　『舊唐書』권3, 本紀3 太宗下 貞觀 23년 8월 丙子.

　7) 魏徵: 580~643. 唐代 명재상으로 山東省 曲城 사람이다.
자는 玄成이고 시호는 文貞公이다. 隋 말기에 道士로 있다가 李密에

게 투탁하였고 10가지 계책을 올렸으나 받아들여지지 않았다. 이후
唐 高祖에게 귀순하여 太子 李建成의 측근이 되었다가 次子 李世民
이 玄武門의 변으로 집권하자 위징의 인품과 능력을 높이 여겨 중용
하였다. 그 결과 태종을 보필하여 貞觀之治라고 일컬어지는 전성기
를 이룩하였다. 위징은 벼슬이 侍中에 이르렀고 鄭國公에 봉해졌다.
梁·陳·北齊·北周·隋의 5개 왕조에 대한 정사를 비롯하여 각종 편
찬사업을 주도하였고, 몸을 아끼지 않고 직언을 올렸다고 전한다.

　　　『新唐書』 권97, 列傳23 魏徵.

　8）十漸: 위징이 당태종에게 올린 상소문으로 「十漸疏」를 말한
다. 당 태종이 위징에게 지금의 정치가 과거와 비교해 어떤지를 물은
일이 있었는데, 이때 위징이 10가지가 점점 달라지고 있다는 내용의 「十
漸疏」를 올려 치국의 태만을 경계하도록 일깨웠다고 전한다.

　　　『新唐書』 권97, 列傳23 魏徵.

　9）正言: 中書門下省 郎舍에 속하는 관직으로 군왕의 과실에 대
하여 간언하거나 부당한 조칙을 바로잡는 일 등을 담당하였다. 『高
麗史』 百官志에는 목종 때에 정언의 전신으로 左·右拾遺가 있었다
고 전하지만, 실제로는 982년(성종 1)에 낭사가 설치된 이후 곧바
로 임명되기 시작하였다. 1116년(예종 11)에 명칭을 좌·우습유에
서 좌·우정언으로 고쳤으며, 정원은 각 1인을 두고 품질은 종6품으
로 정하였다.

　　　『高麗史』 권76, 志30 百官1 門下府.
　　　朴龍雲, 1971,「高麗朝의 臺諫制度」,『歷史學報』52 ; 1980,『高麗時代
　　　　　臺諫制度 研究』, 一志社, 65～66쪽.
　　　박용운, 2002,「譯註 高麗史 百官志(1)」,『고려시대연구』Ⅴ, 한국정신문
　　　　　화연구원 ; 2009,『『高麗史』百官志 譯註』, 신서원, 103·106쪽.

　10）文克謙: 1122～1189. 본관은 南平으로 자가 德柄이고 시
호는 忠肅이며 知門下省事 公裕의 아들이다. 伯父 文公仁의 음서로
출사하여 刪定都監判官이 되었고 여러 차례 과거에 응시하여 의종

대에 급제하였다. 이후 여러 번 승진하여 左正言이 되었다. 1163년
8월에는 閤門에서 상소를 올려 당시 宦者 白善淵, 宮人 無比, 知樞
密事 崔褎偁 등의 비행을 간한 일이 있었다. 이는 왕의 내실에 관련
된 일까지 언급하였으므로 의종은 크게 노하여 상소문을 불살랐다.
또한 최유칭의 요청에 따라 두 사람을 대질시켰는데 문극겸의 말이
정당하였음에도 불구하고 결국 黃州判官으로 좌천되고 말았다. 본문
의 내용은 바로 이때의 사건을 말하는 것이다. 1170년(의종 24)에
무신정변이 일어났을 때는 죽임을 당할 뻔 하였으나 전일에 직언한
일로 인해 화를 면하였다. 명종이 즉위한 뒤에는 右承宣 御史中丞
에 제수되어 많은 문신들을 구하고 무신의 자문에 응하였으며, 문관
으로 龍虎軍大將軍·上將軍같은 무관직을 겸임하기도 하였다. 1189
년에 平章事로 있다가 68세로 사망하였고 명종 묘정에 배향되었다.

문극겸은 충직하여 바른말을 잘했고 검소하였으며, 세 번이나 과
거를 관장하면서 名士들을 많이 선발하여 당시 현명한 재상으로 칭
송되었다. 그러나 권세가의 인사 청탁을 들어주고 나이어린 자제들
에게도 벼슬을 나누어 주었을 뿐만 아니라 노복을 각지로 보내 전장
을 많이 장만하기도 하였다.

『高麗史』 권20, 世家20 明宗 19년 9월 丙寅.
『高麗史』 권99, 列傳12 文克謙.
『高麗史節要』 권11, 毅宗 17년 8월.
신수정, 1999, 「武臣正權과 文克謙」, 『實學思想硏究』 10·11.

11) 皁囊: 상서문을 봉하는 검은색 주머니를 말하는데, 상서문
자체를 뜻하기도 한다. 『後漢書』 蔡邕傳의 註를 보면 『漢官儀』에
대개 章表는 모두 열거나 봉할 때 그것이 기밀한 일을 말하는 것이
면 검은색 주머니로 덮는다고 하는 내용이 참고 된다.

『後漢書』 권60下, 列傳50下 蔡邕.
諸橋轍次, 1985, 「皁」, 『大漢和辭典』 8, 大修館書店, 68쪽.

12) 鳳鳴朝陽: 봉황이 산의 동쪽에서 운다는 뜻으로 훌륭한 언

사와 행위를 칭찬하는 말이다. 唐代에 황제가 奉天宮을 건축하자 御史 李善感이 지극한 말로 상소하였는데, 당시 사람들이 기뻐하여 봉황이 산의 동쪽에서 운다고 말한 사실이 있다.

『新唐書』 권105, 列傳30 韓瑗.

諸橋轍次, 1986, 「鳳」, 『大漢和辭典』 12, 大修館書店, 796쪽.

13) 朱雲: 생몰년 미상. 漢代의 인물로 자는 游이고 魯사람이다. 키가 8척으로 체구가 장대하였고 용력으로 이름이 났다. 元帝 때에 御史大夫로 천거된 적이 있으나 대신들의 반대로 무산되었고 博士, 杜陵令, 槐里令 등을 역임하였다. 당시 권세가인 中書令 石顯을 비난하는 상서를 올렸다가 하옥되기도 하였다. 成帝 때에는 대신들 앞에서 帝師이자 寵臣인 安昌侯 張禹가 간신이므로 斬馬劍으로 베어 죽일 것을 주청한 일이 있었다. 성제가 크게 노하여 주운을 사형에 처하려고 御史로 하여금 끌어내게 하였는데, 주운이 난간을 붙잡고 버티다가 결국 난간이 부러지게 되었다. 그러나 주운은 굽히지 않고 몸을 돌보지 않은 채 계속 간언을 올렸다. 이를 보고 左將軍 辛慶忌가 이마를 땅바닥에 찧으면서 피를 흘려가며 주운을 변호하니 결국 성제가 명을 거두어 놓아주었다. 훗날 사람들이 난간을 고치려고 하자 성제가 그대로 두게 하여 직언하는 신하의 모범으로 삼았다고 전한다. 여기에서는 문극겸이 스스로를 주운에 비유한 것이다.

『漢書』 권67, 列傳37 朱雲.

14) 袁盎: 생몰년 미상. 漢代의 인물로 자는 絲이고 楚사람이다. 文帝 때에 원앙은 中郎으로 있으면서 丞相 周勃에 대한 대우가 부당하다고 간언하였으며, 淮南王의 유배 문제와 사후 처리를 슬기롭게 처리하여 조정에 명성을 떨쳤다. 당시 문제는 환관 趙同을 총애하여 함께 수레를 타고 밖으로 나갔는데, 원앙이 수레를 막고 엎드려 부당함을 간하니 결국 조동이 울면서 수레에서 내렸다고 한다. 원앙은 자주 직언을 하였기 때문에 隴西都尉로 좌천되었으며, 晁錯

와 사이가 좋지 않아서 면직되었다가 후일 조조가 처형되자 太常에 올랐다. 그러나 景帝의 동생인 梁王이 원앙의 간언으로 인해 황제의 자리를 물려받지 못하니 앙심을 품고 자객을 보내 원앙을 죽였다고 전한다. 여기에서는 문극겸이 스스로를 원앙에 비유한 것이다.

『史記』권101, 列傳41 袁盎.

15) 喉舌: 承宣을 말한다. 그러한 명칭이 붙은 이유에 대해서는 『高麗史』에 "승선은 왕명을 출납하여 왕의 목구멍과 혀[喉舌]와 같다[承宣王之喉舌但出納]"라는 기록이 있어서 참고 된다(①). 문극겸이 승선에 임명된 시기는 1170년 9월로 확인된다(②). 승선에 대해서는 상권 24, 주해2) 참고; 본서 126쪽.

①『高麗史』권19, 世家19 明宗 원년 9월 戊子.
②『高麗史節要』권11, 明宗 즉위년 9월.

16) 公位冢宰: 冢宰는 반차 제1의 宰臣을 말한다(①). 이에 대해서는 상권 15, 주해19) 참고; 본서 81쪽. 문극겸은 1187년에 權判尙書吏部事가 되어 총재가 되었다(②).

① 朴龍雲, 2000,「高麗時代의 6部判事制에 대한 考察」,『고려시대연구』
　　　　Ⅱ, 한국정신문화연구원 ; 2000,『高麗時代 尙書省 硏究』, 경
　　　　인문화사, 125쪽.
②『高麗史』권20, 世家20 明宗 17년 12월 乙酉.

17) 薦僕入侍玉堂: 玉堂은 詞命의 제찬을 관장한 기구인 한림원을 말한다. 이에 대해서는 상권 6, 주해2) 참고; 본서 39쪽. 문극겸은 1187년에 權判尙書吏部事가 되고 1189년에 죽었다. 이 기사에 따르면 그가 이인로를 옥당, 즉 한림원에 추천하고 이듬해 죽었으므로 이인로가 한림원에 들어간 시기는 1188년이다.

『高麗史』권20, 世家20 明宗 17년 12월 乙酉·19년 9월 丙寅.

18) 作挽: 이때 이인로가 지은 시는『東文選』에도 수록되어 있다 [玉骨英英應上台 氷壺皎潔點靈臺 早從閶闔排雲叫 晚向虞淵取日廻 丹鳳久從池上浴 白鷄爭奈夢中催 唯餘謝眺蒼苔詠 留作人間萬口雷].

『東文選』 권13, 七言律詩 「文相國克謙挽詞」.

19) 閶闔: 天上界의 문에 해당하는 紫微宮의 남문을 말한다. 하늘의 별자리 가운데 자미궁은 제왕의 형상을 하고 있으므로 자미궁의 문에 해당하는 창합은 대궐의 정문을 뜻하는 말로 쓰이기도 한다(①).

여기에서는 고려의 왕궁에 있는 창합문을 말한다. 실제로 고려시대의 왕궁에는 神鳳門과 會慶殿 사이에 閶闔門이 있었고 좌우의 쪽문은 承天門이라고 불렀다. 왕은 중앙의 창합문을 이용해 출입하였고 신하들은 좌우의 쪽문인 승천문을 통해 출입하였다. 이러한 구조는 왕이 창합문을 통과하여 天界로 상징되는 회경전에 들어가 天帝의 化身이 되도록 구현해 놓은 것이다(②).

① 諸橋轍次, 1986, 「閶」, 『大漢和辭典』 11, 大修館書店, 749쪽.
② 金昌賢, 2002, 「개경 궁성 안 건물의 배치와 의미」, 『고려 개경의 구조와 그 이념』, 신서원, 291쪽.

20) 虞淵: 옛날에 태양이 떨어지는 땅으로 상상했던 곳이다. 전하여 해질 무렵인 황혼이나 국가의 운명이 해가 지는 것과 같은 쇠퇴의 상황에 처해 있음을 뜻한다.

諸橋轍次, 1986, 「虞」, 『大漢和辭典』 9, 大修館書店, 1074쪽.

21) 丹鳳: 원래 궁궐에 있는 연못으로 鳳凰池라는 것이 있었는데, 그 부근에 中書省이 위치하였으므로 봉황지는 중서성 혹은 재상이라는 뜻도 함께 가지게 되었다고 한다. 본문에서 단봉은 재상인 문극겸을 가리키는 것이고 연못에서 목욕한다는 말은 중서문하성에서 정무를 본다는 의미로 쓰인 듯하다.

諸橋轍次, 1986, 「鳳」, 『大漢和辭典』 12, 大修館書店, 794쪽.

22) 白鷄: 晉의 謝安(320~385)은 陳郡 陽夏 사람으로 초야에 묻혀 살다가 40세에 征西大將軍 桓溫의 초청에 응하여 司馬가 되었다. 후일 환온이 제위를 넘보려 하자 이를 저지하였고, 383년에는 남하하는 前秦의 100만 군대에 맞서 싸워 底水에서 크게 격파하는 등 명재상으로 활약하였다. 그는 죽기 전에 "옛날에 환온이 있었을

때에 나는 항상 두려워하고 불안하였다. 홀연히 꿈에서 환온의 수레를 타고 16리를 달리다가 한 마리의 흰 닭을 보고 그만두었다. 환온의 수레를 탔음은 그의 지위를 대신한 것이고, 16리는 지금이 16년이 지났고, 흰 닭은 酉를 말하는 것인데 올해에 酉가 있으니 내가 병이 위급해져 일어나지 못하겠구나."라고 말하였다는 일화가 전한다. 이를 본문과 관련짓는다면 문극겸이 사망한 1189년이 기유년이기 때문에, 그의 죽음을 사안의 고사에 빗대어 표현한 것으로 생각된다.

　『晉書』권79, 列傳49 謝安.

　23) 誰知氷雪 … 鳳凰池: 빙설의 물줄기는 문극겸의 올곧은 행실을 빗댄 것이고 봉황지는 앞서 말했듯이 중서문하성을 의미하는 것으로 생각된다.

　24) 東閣: 여기에서는 문극겸이 은퇴한 이후 거처한 별장을 가리키는데, 이와 관련하여 두 가지 고사가 주목된다. 첫째로 동각은 漢武帝(B.C. 156~B.C. 87)때의 재상인 公孫弘(B.C. 200~B.C. 121)이 어진 선비를 맞아들이기 위해 열었다는 동방의 작은 문을 말한다(①). 둘째는 사안이 젊은 시절에 은거한 동산과 그 곳에 위치한 별장이다. 사안은 관직에서 물러난 뒤에 다시 동산으로 돌아왔고 그의 사후 생질인 羊曇이 동산을 지나다가 사안을 생각하며 슬퍼했다는 고사가 확인된다(②).

　　①『漢書』권58, 列傳28 公孫弘.
　　②『晉書』권79, 列傳49 謝安.

　25) 西門: 晉의 명재상인 謝安에게는 羊曇이라는 생질이 있었는데, 어려서부터 사안이 특별히 아꼈다고 한다. 후일 사안이 죽자 양담은 수년 동안 슬퍼하였고 사안이 있던 西州의 길을 걷지 않았다. 어느 날은 술에 취해 자기도 모르게 서주의 문을 지나쳤는데, 좌우에서 서주의 문임을 알려주자 슬픔을 이기지 못하여 말채찍으로 문

을 두드리고 曹子建의 시[生存華屋處 零落歸山丘]를 읊더니 통곡
하여 돌아갔다고 한다. 여기에서 이인로는 서문의 고사를 인용하여
자신을 아껴준 사람의 죽음을 슬퍼하고 있는 듯하다.

『晉書』 권79, 列傳49 謝安.

26) 九泉: 대지의 아래, 땅 속을 의미하며 땅이 아홉 겹으로 되
어 있다고 하여 구천으로 부른다고 한다. 전하여 묘지의 뜻도 함께
갖고 있다.

諸橋轍次, 1985, 「九」, 『大漢和辭典』 1, 大修館書店, 375쪽.

中2.

[原文]

樞府金富儀侍中文烈公弟也, 並以文章功業顯. 嘗杖節中朝, 眞宗愛其才,
殊以禮遇之. 忽有二客到舘, 小飮1)令曰, 「天上有三百六十度, 星有牽牛.」
次曰, 「碁中有三百六十舍, 有馬無牛.」 公卽曰, 「年中有三百六十日, 立春日
用土牛.」 合座皆服其敏.

嘗侍宴方醉, 皇帝以長句六韻示之, 遣中人敦促令和進, 公略不搆思, 援筆
立就, 其略云, 「沉香亭畔聞新曲, 立禮門前賀大平, 無路小酬天地德, 唯將醉
筆謝生成.」 帝嗟賞不已, 賜與尤厚. 及徽宗末年, 金人陷汴京, 虜二帝北旋.
康王襲寶位, 遣使人楊應誠來聘, 請假途徃問二帝行在所, 而朝議牢執不許,
命公作表以答之. 「天地之仁各令萬物以咸遂, 帝王之德不責衆人之所難.」 又
云, 「彼衆我寡, 旣難可以與爭, 脣亡齒寒, 又焉知其非福.」 又云, 「率諸侯而
尊周王, 非敢期齊晋之古事, 任厥土而作禹貢, 庶勿失靑徐之舊儀.」

文烈公先入中書, 以故在樞府十餘年. 性嗜讀書, 開別室, 常與士大夫討論
文章, 雖妻妾稀見其面. 及寢疾, 有朝士夢馬糞自雲間而下, 問云, '今日金樞

---

1) 飮: 조종업본에는 글자가 흐릿하나 국도본, 이인영본에는 飮으로 되어 있다.

密賔天矣', 世以謂, '天星之精.' 富貴家兒非生得而性好, 則罕有工文章者, 金
樞密闉有蕭氏之八葉之貴, 棄紈綺奮習, 竟日危坐看書, 不好為詞章, 及其有
所作, 則必滌筆於氷甌中, 然後為之. 故篇什未得多傳於世, 而所傳者必警策
也. 如乘軺歷塩州客舍, 題一絶云, 「鴛衾無夢夜猷猷, 凉月多情照畫簷2), 喚
作塩州真大誤, 一州風物摁無塩.」

[譯文]

　추부 김부의1)는 시중 문열공2)의 아우인데, 모두 문장과 공업이
뛰어났다. 일찍이 사신으로 중국에 갔는데,3) 진종4)이 그 재주를 아
껴 특별히 예우하였다. (당시에) 갑자기 두 손님이 객사에 와서 조
촐한 술자리를 마련하고 영(令)하기를,5) 「천상에는 삼백 육십 도가
있고, 별에는 견우가 있네.」6)라고 하자 (다음 사람이) 이어짓기를,
「바둑판에는 삼백 육십 집이 있는데, 말은 있으나 소가 없구나.」7)
라고 하였다. 공도 바로 잇기를, 「연중 삼백 육십 일인데, 입춘일에
는 토우를 쓰는구나.」8)라고 하자 함께 앉아 있던 사람들이 모두 그
면민함에 탄복하였다.

　일찍이 황제를 모신 잔치에서[侍宴] 바야흐로 취기가 오르자 황
제가 장구 6운을 보여 중인을 보내어 화답을 재촉하니 공이 깊이
생각하지도 않고 붓을 들고 바로 썼는데, 그 대략은 다음과 같다. 「침
향정 가에서 신곡을 듣고9), 입례문 앞에서 태평을 하례하네, 천지의
덕을 조금도 갚을 길이 없어, 다만 취한 붓으로 생성을 사례하네.」
황제가 감탄하며 칭찬하기를 마지않고, 하사를 더욱 후하게 하였다.
휘종10) 말년에 이르러서는 금나라 사람이 변경11)을 함락시키고 두
황제12)를 잡아 북으로 돌아갔다.13) (이에) 강왕14)이 보위를 이어
사신 양응성15)을 보내어 와서 길을 빌려 두 황제의 행재소에 가서

---

2) 조종업본에는 글자가 훼손되어 잘 보이지 않으므로 국립중앙도서관 본을 따름.

문안하기를 청하였는데, 조정의 의논이 허락 않고[16] 공에게 명하여
표를 지어 답하게 하였다.[17] "천지의 어진 것은 각각 만물로 하여금
모두 이루어지게 하며, 제왕의 덕은 뭇 사람들의 어려운 바를 꾸짖
지 않습니다." 또 이르기를, "저들은 많고 우리는 적으니 이미 더불
어 다투기가 어렵고, 입술을 잃으면 이가 시리다고 하였으니, 또한
어찌 그것이 복된 일이 아닌 것을 알겠습니까."라고 하였으며, 다시
이르기를, "제후를 거느려 주왕을 높이는 것은 감히 제나라와 진나
라의 고사를 기약할 수 없으나,[18] 바라건대 국가를 맡아[任闕土]
조공을 바치는 것은[作禹貢] 청주와 서주의 옛 의식을 잃지 않으려
합니다."[19]라고 하였다.

　문열공이 먼저 중서에 들어갔으므로 (공이) 추부에 십여 년 동안
있었다.[20] (공은) 성품이 독서를 좋아하여 별실을 열어 두고 항상
사대부와 더불어 문장을 토론하여 비록 처첩이라도 공의 얼굴을 보
는 일이 드물었다. 병을 앓게 되자 어떤 조사가 꿈에 말똥이 구름
사이에서 떨어지므로 물어보니, '오늘 김추밀께서 돌아가셨다.'라고
하므로 세상에서 그를 '천성의 정기였다.'라고 하였다. 부귀한 집의
아들은 타고난 재능이 글짓기를 좋아하지 않으면 문장을 잘하는 자
가 드문법인데, 김추밀은 소씨 팔엽의 귀함이[21] 있으면서도 호사스
런 구습을 버리고 종일 꿇어 앉아 책을 보았으며, 사장 짓기를 즐기
지 않았으나 지을 일이 있으면 반드시 붓을 깨끗한 그릇에 씻은 뒤에
썼다. 그러므로 지은 글이 세상에 전하는 것이 많지는 않으나 전해진
것은 반드시 뛰어난 것[警策]이었다. 예를 들면, 사신이 되어[乘軺]
염주[22] 객사를 지나며 지은 일절에는 다음과 같은 것이 있다.

　　　「원앙금침의 꿈은 없고 밤은 지루한데
　　　서늘한 달빛은 다정하게 채색한 처마를 비추네
　　　소금고을이라 부르게 한 것은 참으로 크게 틀렸으니

온 고을 풍물이 모두 무염이로다.」[23]

[註解]

1) 金富儀: 1079~1136. 초명은 富轍, 자는 子由이며, 본관은
慶州로 國子祭酒·左諫議大夫를 지낸 金覲의 4子이다. 1097년(숙
종 2)에 과거에 급제하여 直翰林院, 詹事府司直, 吏部尙書, 知樞密
院事 등을 역임하였다. 그에게는 4형제가 있었는데, 맏형이 金富弼,
둘째 형이 金富佾, 셋째 형이 金富軾으로 모두 과거에 급제하였으
며, 문장으로 이름이 있었다. 당시에 한 집안에서 세 명이 과거에
급제하면 母親에게 매년 양곡 30석을 주는 제도가 있었는데, 金富
儀 집안은 4형제가 급제하였으므로 10석을 더 주었다. 한편, 樞府는
中樞院에서 樞密이 사무를 처리하던 곳으로 여기서는 金富儀가 知
樞密院事를 역임하였으므로 樞府라 호칭한 것이다. 이에 대해서는
상권 4, 주해3) 참고; 본서 27쪽.

『高麗史』 권97, 列傳10 金富佾 附金富儀.
『高麗史節要』 권10, 仁宗 14년 10월.
朴龍雲, 1976, 「高麗의 中樞院 硏究」, 『韓國史硏究』 12 ; 2001, 『高麗時
代 中樞院 硏究』, 高麗大學校民族文化硏究院, 31쪽.

2) 侍中文烈公: 文烈은 인종대 門下侍中을 지낸 金富軾(1075~
1151)의 시호이다. 金富軾은 1096년(숙종 1)에 과거에 급제하여 安
西大都護府司錄兼軍事, 直翰林院을 거쳐 政堂文學, 平章事를 역임
하였다. 1135년(인종 13)에 妙淸의 亂이 일어나자 이를 진압하였
고, 그 공으로 檢校太保·守太尉·門下侍中·判吏部事가 되었다. 일
찍이 宋의 使臣 徐兢이 왔을 때 接伴使가 되어 서긍 일행을 맞이하
였는데, 서긍이 그가 作文에 능하고 사람됨이 훌륭하다고 여겨 『高
麗圖經』을 지으면서 인물에 金富軾을 넣기도 하였다. 『三國史記』,
『睿宗實錄』, 『仁宗實錄』을 찬술한 것으로도 유명하다.

『高麗史』 권98, 列傳11 金富軾.

『高麗史節要』 권11, 毅宗 5년 2월.

『宣和奉使高麗圖經』 권8, 人物 同接伴通奉大夫尙書禮部侍郞上護軍賜紫
金魚袋金富軾.

3) 杖節中朝: 1111년(예종 6)에 金富儀가 書狀官으로 樞密院
副使 金緣을 따라 宋에 갔던 일을 말한다. 그런데 본문의 다음 구절
을 보면 眞宗이 金富儀의 재주를 아꼈다고 하였는데, 당시 宋의 황
제는 眞宗이 아니라 徽宗이었다. 따라서 본문의 내용은 오기로 생각
된다.

『高麗史』 권97, 列傳10 金富佾 附金富儀.

4) 眞宗: 968~1022. 北宋의 제3대 황제이며, 재위기간은 26년
(997~1022)이다. 휘는 恒이며, 2대 황제인 太宗의 3子이다. 즉위
초부터 정치에 힘쓰고, 근검절약하여 국가가 안정되었으나 당시 강
대국으로 성장하던 遼에 매년 거액의 幣物을 바치는 澶淵之盟을 맺
은 뒤로는 지나치게 별궁을 많이 짓는 등 정치적으로 타락하였다.

『宋史』 권6, 本紀6 眞宗1·권8, 本紀8 眞宗3.

5) 令曰: 연회에서 술을 마시며 분위기를 돋우는 酒令으로 생각
된다. 酒令의 용례는 漢代에 보이지만, 그것이 성행하게 된 것은 唐
代에 이르러서였다. 酒令의 하나인 律令은 일정한 규칙을 정해 놓
고, 그 규정을 어겼을 때는 罰酒를 마시게 하는 것이었는데, 여기서
는 '三百六十'과 '牛'를 넣어서 詩句를 만드는 律令을 지어 흥을 돋
게 한 것이 아닌가 한다.

金仁淑, 2005, 「酒令을 통해 본 唐代 음주문화」, 『中國古代史硏究』 13,
189·206~208쪽.

6) 天上有三百六十度: 周天度를 말한다. 이것은 恒星年의 날수
를 도수로 나타낸 값인데, 恒星年이란 恒星을 기준으로 한 지구의
공전주기이다. 360度는 지구가 恒星인 태양의 주위를 한 바퀴 도는
것을 수치화한 것이다(①). 周天度는 역대 王朝에서 曆日을 계산하

는데 사용되었으므로 이에 대한 내용은 여러 史書에 보인다(②).

　① 成周悳 編, 2003, 『書雲觀志』, 소명출판, 96쪽.
　　이은희, 2007, 「칠정산 내편의 내용」, 『칠정산내편의 연구』, 한국학
　　　술정보, 74쪽.
　② 『隋書』권19, 志14 天文上.
　　『新唐書』권28下, 志18下 曆4下 九執曆.
　　『宋史』권72, 志25 律曆5 步日躔.
　　『金史』권21, 志2 曆上 步日躔.
　　『高麗史』권51, 志5 曆2 授時曆經上.

　7) 碁中有三百六十舍有馬無牛: 바둑판은 가로와 세로가 각각
19줄씩 되어 있고, 그 줄이 겹쳐서 십자 모양을 만들게 되는데, 그
것을 한 집[舍]이라 한다. 따라서 바둑판 위에는 361집(19×19)이
있다. 그리고 바둑돌을 말이라고도 하는데, 여기서는 '無牛'라는 표
현을 자연스럽게 사용하기 위해 말을 同音의 '馬'에 비유하여 사용
했다.

　8) 立春日用土牛: 立春에 土牛를 사용했음은 後漢代에도 보이는
데(①), 孟元老가 지은 『東京夢華錄』에는 北宋代 立春 풍속에 대
해 보다 자세한 내용이 전한다. 立春 하루 전날에 開封府에서는 풍
년을 기원하며 春牛－土牛－를 황궁에 들여 놓고 푸른 채찍으로
치는 鞭春 행사를 벌였으며, 그 외의 州·郡에서도 立春日 새벽에
관청에서 鞭春 행사를 했다. 관청 앞에서는 백성들이 작은 春牛를
팔기도 하였다(②). 高麗에서도 988년(성종 7) 李陽의 封事로 立
春에 土牛를 사용하기 시작하였다(③).

　① 『後漢書』志4 禮儀上 立春.
　② 金敏鎬, 2003, 「[原典譯註] 『東京夢華錄』 卷第五·六」, 『中國小說研
　　　究會報』54, 38쪽.
　③ 『高麗史』권3, 世家3 成宗 7년 2월 壬子.

　9) 沉香亭畔聞新曲: 沉香亭은 唐 玄宗이 양귀비와 함께 모란꽃
이 핀 달밤에 와서 李龜年과 李白을 불러 시를 짓고 노래를 부르게

했던 곳이다. 여기서는 金富儀가 李白이 시를 지었던 것처럼 자신은
황제를 위해 글을 지어 바친다는 것을 표현한 것이다.

　　　『天中記』 권53.

　10) 徽宗: 1082～1135. 北宋의 8대 황제로 재위기간은 16년
(1110～1125)이다. 휘는 佶이며, 神宗의 11子이다. 형인 7대 황제
哲宗이 病死하자 즉위하였다. 즉위 초에 蔡京을 재상으로 삼아 父
王인 神宗의 新法政治를 추진하였으나 내부 정치집단의 갈등으로
좌절되었다. 徽宗은 당시 북방의 신흥세력으로 金이 발흥하여 遼를
압박하자 聯金滅遼策을 강구하여 遼를 멸망시켰다. 그러나 이 와중
에 宋의 군사력이 미흡함을 알아챈 金이 오히려 南進하게 되자 자
신은 敎主道君이라 칭하며, 태자에게 양위하고 물러났다. 1127년
靖康之變으로 金에 압송되었고, 그 후 기나긴 포로생활을 하다가 사
망하였다. 그는 예술가로서 더욱 잘 알려져 있는데, 桃鳩圖·臘梅山
禽圖·秋景山水圖 등과 같은 작품을 남겼다.

　　　『宋史』 권19, 本紀19 徽宗1·권22, 本紀22 徽宗4.
　　　李玠奭, 1996, 「宋 徽宗代 紹述新政의 挫折과 私權的 皇權强化」, 『東洋
　　　史學研究』 53.

　11) 汴京: 北宋의 수도인 開封을 말한다. 靖康之變으로 汴京이
함락되자 欽宗의 아우였던 高宗은 南宋을 세우고 臨安을 새로 수도
로 삼았다.

　　　『宋史』 권85, 志38 地理1 京城.
　　　久保田和男, 2007, 「序章」, 『宋代開封の研究』, 汲古書院.

　12) 二帝: 徽宗과 欽宗을 말한다. 欽宗(1100～1160)은 北宋의
9대 황제이며, 徽宗의 長子로 1125년 讓位를 받아 즉위하였다.
1127년 徽宗과 함께 金에 포로로 잡혀갔으며, 이후 고국으로 돌아
오지 못하고 사망하였다.

　　　『宋史』 권23, 本紀23 欽宗.

　13) 及徽宗末年 … 虜二帝北旋: 1127년에 있었던 靖康之變을

말한다. 이 사건에 앞서 宋 徽宗은 金과 同盟하여 遼를 공격하기로 하고 각각 遼의 中京과 燕京을 공략하였다. 그런데, 파죽지세로 遼를 격파하던 金軍과 달리 宋軍은 약속대로 燕京을 함락시키지 못한 채, 결국 金軍에 의해 燕京이 함락되고 말았다. 金은 遼를 공략하는 과정에서 宋의 무능함과 군사력의 미비를 확인하고 고압적인 자세로 歲幣를 요구하는 등 전후처리에 있어 우월한 지위를 관철시켰다. 이와 같은 갈등 속에서 결국 1125년에 金은 대규모 군사를 동원하여 宋을 정벌하기 시작하는데, 1126년 11월에는 수도인 開封이 함락되기에 이르렀다. 그리고 그 이듬해인 1127년에는 徽宗과 欽宗 등 皇帝와 宗室이 모두 金에 포로로 잡혀가는 사태가 발생하였다. 이 사건으로 北宋이 멸망하였으며, 徽宗의 9子인 趙構가 남쪽으로 피난하여 南京에서 즉위하니 그가 南宋의 첫 황제 高宗이다.

이춘식, 2005, 「송(宋) 왕조의 건국과 중국문화의 경신」, 『중국사서설』, 교보문고, 316·317쪽.

金渭顯, 2004, 「中原王朝의 朝貢事例硏究」, 『高句麗硏究』 18, 646·647쪽.

李錫炫, 2008, 「江南으로의 人口移動－唐宋時期의 戰爭과 避難史－」, 『東洋史學硏究』 103, 128·129쪽.

兪垣濬, 2008, 「宋金同盟과 馬壙의 역할」, 『東洋史學硏究』 105, 50～76쪽.

14) 康王: 1107～1187. 南宋의 첫 황제인 高宗의 즉위 이전 封號이다. 휘는 構이며, 徽宗의 9子이다. 金의 침입에 의해 父王 徽宗과 형인 欽宗이 포로로 잡혀가자 남쪽으로 피난하여 宋을 재건하였다.

『宋史』 권24, 本紀24 高宗1.

15) 楊應誠: 1128년(인종 6)에 高麗에 온 宋의 사신으로 자세한 관력은 전하지 않는다. 高麗에 파견되기 직전 浙東路馬步軍都總管으로 있었는데, 그가 황제에게 高麗를 경유하여 金에 들어가 협상할 것을 주청하자 假刑部尙書·充高麗國信使－本紀에는 大金高麗國信使－에 임명되어 고려에 온 것으로 전한다.

『高麗史』 권15, 世家15 仁宗 6년 6월 丁卯.

『宋史』 권25, 本紀25 高宗2 建炎 2년 3월 丁未·권487, 列傳246 外國3
高麗 高宗 2년.

16) 朝議牢執不許: 宋 使臣 楊應誠의 假道問題와 관련하여 고
려 조정은 楊應誠의 청을 들어주게 되면, 金도 고려에 假道를 요청
하게 될 것이고 그리하여 金에서 海路의 편의를 알게 된다면, 고려
뿐만 아니라 宋의 동해안도 위험에 빠질 것이라는 이유를 들며 완
곡하게 거절하였다.

『高麗史』 권15, 世家15 仁宗 6년 6월 丁卯.

金庠基, 1959, 「해상의 활동과 문물의 교류－예성항(禮成港)을 중심으
로－」, 『국사상의 제문제』 4, 국사편찬위원회, 41~43쪽 ;
1974,『東方史論叢』, 서울대학교 出版部.

17) 命公作表以答之: 『高麗史』와 『東文選』에는 모두 金富儀가
撰한 表文의 全文이 남아 있어 참고가 된다. 본문의 내용은 이를 일
부만 간추려 적은 것이다.

『高麗史』 권15, 世家15 仁宗 6년 8월 甲戌.

『東文選』 권39, 表箋 「入宋告奏表」.

18) 率諸侯而尊周王非敢期齊晉之古事: 춘추시대 齊 桓公과 晉
文公이 覇者가 되어 각각 葵丘와 踐土에서 제후들을 이끌고 周의
天子를 높이는 會盟을 했던 고사를 인용하여 高麗도 주변 국가와
회맹하여 宋을 받들겠다는 뜻을 표현한 구절이다. 『高麗史』 및 『東
文選』에 인용된 내용과 동일하다.

19) 任闕土而作禹貢 庶勿失青徐之舊儀: 禹貢은 『書傳』 「夏書」
의 篇名으로 禹 임금이 九州를 돌며 治水를 하고나서 각 지역의 疆
域을 정하고 그 土産을 정리하여 租稅·貢賦를 바치는 법을 기록해
놓은 것이다. 九州 가운데는 青州와 徐州가 있었는데, 두 지역은 모
두 東海에 접한 땅이었다. 본문에서는 青州와 徐州가 夏에 朝貢을
바쳤던 것처럼 高麗도 宋朝를 받들 것이라고 표현한 것이다. 역시 『高

麗史』 및 『東文選』에 인용된 내용과 동일하다.

　　『書傳』 권5, 夏書 禹貢1.

　20) 文烈公先入中書以故在樞府十餘年: 가까운 친인척끼리는 같
은 官司나 統屬關係에 있는 官衙에서 근무하지 못하도록 한 相避制
를(①) 엿볼 수 있는 대목으로 구체적으로는 臺省－御史臺와 中書
門下省－·政曹－吏部와 兵部－에서 함께 근무하는 것을 금하였다
(②). 文烈公－金富軾－이 中書省에 있으므로 동생인 金富儀가 중
서성 재신이 되지 못하고 中樞院의 관직에 있었던 것이다. 여기서는
다만, 金富儀가 樞府에 머물러 있었다는 기간에 착오가 있는 듯싶다.
金富軾은 1130년(인종 8)에 政堂文學에 제수되면서 비로소 中書省
에 들어가게 된다. 그런데 金富儀가 樞府에 있었던 것은 그의 사망
바로 전 해인 1135년의 일로 知樞密院事에 임명되었다는 기록이 있
을 뿐 이전의 관직은 모두 樞府와 관련될 수 없는 것이었다(③). 따
라서 金富儀가 樞府에 머무른 기간은 2년 정도에 불과하다.

　　① 相避制에 대해서는 다음을 참고.
　　　盧明鎬, 1981, 「高麗의 五服親과 親族關係 法制」, 『韓國史研究』 33.
　　　金東洙, 1984, 「高麗時代의 相避制」, 『歷史學報』 102.
　　　李起明, 2007, 「상피제의 淵源」, 『朝鮮時代 官吏任用과 相避制』, 백
　　　　산자료원, 45~50쪽.
　　② 『高麗史』 권84, 刑法1 公式 相避.
　　③ 『高麗史』 권16, 世家16 仁宗 8년 12월 丙申·13년 12월 丙寅.
　　　朴龍雲, 2001, 「高麗時代의 樞密에 대한 검토」, 『高麗時代 中樞院
　　　　研究』, 高麗大學校民族文化研究院, 210쪽.

　21) 蕭氏之八葉之貴: 八葉과 관련되는 고사로는 蕭氏가 아닌
唐의 蘇氏가 있다. 본문의 '蕭'는 同音인 '蘇'의 오기로 보인다. 唐
의 蘇氏 八代를 일컫는 말로 蘇瑰부터 蘇遘에 이르기까지 宰相과
명망있는 자들이 八代를 거쳐 계속 나왔음을 비유한 표현이다. 여기
서는 金富儀도 蘇氏 가문처럼 고귀한 집안의 사람이라는 의미를 드

러내기 위해 사용하였다.

　　『新唐書』 권101, 列傳26 蘇瑰.

22) 塩州: 지금의 황해남도 연안군 일대이다. 본래 高句麗의 冬
音忽인데, 新羅 景德王 때 海皐郡이라 하였다. 高麗 初에 鹽州라
하였다. 1217년(고종 4)에 거란의 침략을 막는데 공로가 있어 永
膺縣이 되었으며, 塩州 출신의 將軍 車松祐가 衛社의 功이 있었다
고 하여 復州로 승격되기도 하였다. 1269년(원종 10)에는 衛社功
臣 李汾禧의 고향이라 하여 碩州라 하였으며, 1308년(충렬왕 34)
에 다시 溫州牧이 되었다가 1310년(충선왕 2)에 延安府가 되었다.

　　『高麗史』 권58, 地理3 安西大都護府 鹽州.
　　『新增東國輿地勝覽』 권43, 黃海道 延安都護府.

23) 一州風物摠無塩: 無塩은 본래 地名인데, 전국시대 齊 宣王
의 王后였던 鍾離春이 無塩邑 출신이었으므로 주로 鍾離春을 뜻하
는 말로 쓰인다. 그녀는 얼굴이 너무 못생겨서 나이 40이 되도록 시
집을 가지 못하였으나, 제 선왕을 알현하고 정치하는 도리를 진언하
자 선왕이 기뻐하여 왕후로 삼았다고 한다. 여기서는 염주 고을의
풍물이 비록 볼품은 없으나 왕후가 나올 만큼 인물이 있는 곳이므로
그저 소금고을이라 이름을 붙인 것은 잘못되었다는 것을 고사를 인
용하여 표현한 것이다.

　　『古列女傳』 권6, 齊鍾離春.

中3.

[原文]

　仁王幼臨大寶, 元舅朝鮮公擅朝. 醫官崔思全遊談平勃間, 卒安漢祚, 由是
畫形麒麟, 驟登宰輔. 其時誥院金存中作誥云, '莽何羅之觸寶瑟, 憂起蒼黃,
夏毋且之抵藥囊, 意存忠義', 時人謂之切理. 恩顧尤厚, 賞賜以百萬計. 有兩

子曰弁曰烈. 公以金罍二具與之, 及公捐舘, 愛姬竊其一. 兄怒欲鞭之, 弟曰,
"此先公寵妾也. 當傾倒家貲以賑恤之宜矣, 況此物耶. 吾所得金罍尙存. 請以
遺之, 毋困此妾也." 仁王聞之曰, "可謂孝且仁矣." 卽以御筆賜, 名曰孝仁,
其立朝大節可見於是. 嘗辭閤門祗候應擧, 欲遂先公遺令而未果, 常以怏怏不
已. 其友金尙書莘尹, 作六字詩贈之.「骰子選中得失, 黃梁夢裡升沉, 汲汲百
年能幾, 如何以此傷心.」

[譯文]

인종[1]이 어려서 대보[2]를 맡자 원구[3]인 조선공이 조정을 마음대
로 했다.[4] 의관[5] 최사전[6]이 (육가가) 진평[7]과 주발[8] 사이에서 유
세하여 끝내 한나라의 사직을 바로잡은 것처럼[9] 하였는데, 이 때문
에 화상을 기린각[10]에 안치하였으며 갑자기 재상의 자리에 올랐
다.[11] 그 때 고원[12]의 김존중[13]이 고[14]를 지어 이르기를, '망하라가
비파에 부딪치고[15] 얼굴빛이 변하며 허둥대고 급함이 있었던 것이
고, 하무저가 약주머니를 던진 것은[16] 뜻이 충의에 있었다.'라고 하
였으니, 당시 사람들은 이것을 절묘한 이치라고 하였다. 은혜가 매
우 두터워서 상으로 하사한 것이 백만으로 헤아렸다. (최사전에게)
두 아들 변과 열[17]이 있었다. 공이 금술잔[18] 두 개를 그들에게 주
었는데 공이 죽자 아끼던 (공의) 첩이 그 중에 하나를 훔쳤다. 형이
노하여 매를 때리고자 하였는데 아우가 말하기를, "이 사람은 선친
께서 총애하던 첩입니다. 가산을 기울여서라도 진휼해야 하는 것이
마땅한 도리인데 하물며 이런 물건에 있어서이겠습니까? 제가 얻은
금술잔이 아직 남아 있습니다. 청컨대 이것을 드릴 터이니 이 첩을
괴롭히지 마십시오."라고 하였다. 인종이 이것을 듣고 말하기를,
"효성스럽고 어질다고 할 만하다."[19]라고 하며 바로 친히 이름을
써서 내려주셨는데, '효인'이라 하였으니[20] 그 (최효인)의 조정에 선
큰 절개를 가히 볼 수 있다. 각문지후를 사직하고 과거에 응시하여[21]

선친의 유언을 이루고자 한 적이 있으나 미처 이루지 못하여 늘 안타
까워함을 그치지 못했다. 그의 친구 상서 김신윤[22]이 6자시를 지어
보내었다.

> 「투자선[23] 가운데도 얻고 잃음이 있고
> 황량몽[24] 속에서도 오르고 내림이 있다네
> 급히 한들 백년이 얼마나 되겠는가
> 어찌하여 이런 일로 상심하는가.」

[註解]

1) 仁王: 고려 제17대 왕 仁宗(1109~1146)으로 재위기간은
25년(1122~1146)이다. 휘는 楷, 자는 仁表이다. 이에 대해서는
상권 9, 주해1) 참고; 본서 50쪽.

2) 大寶: 진귀하고 보배로운 사물을 일컫는 것으로 帝位를 통칭
하는 말이다. 『周易』 繫辭下에서는 聖人之大寶曰位라고 하였다.
諸橋轍次, 1984, 「大」, 『大漢和辭典』 3, 大修館書店, 437쪽.

3) 元舅: 舅는 여러 의미로 쓰인다. 어머니의 형제나 아내의 형
제를 가리키기도 하고 남편의 아버지나 아내의 아버지를 지칭할 때
쓰이기도 한다. 고대에는 天子가 異姓 大邦諸侯는 伯舅로 小邦諸侯
는 叔舅로 지칭하기도 하였으며, 諸侯가 異姓大夫를 舅라 칭하기도
하였다(①). 여기서는 장인을 일컫는다. 인종에게 이자겸은 외조부
이면서 장인이기도 하였기 때문이다. 인종의 어머니인 順德王后 李
氏－文敬太后－는 이자겸의 둘째 딸이고 인종의 비는 이자겸의 셋
째·넷째 딸이었다(②).

  ① 漢語大辭典編纂委員會, 1990, 「舅」, 『漢語大辭典』 8, 漢語大辭典出版
     社, 1290쪽.
  ② 『高麗史』 권127, 列傳40 叛逆 李資謙.

4) 元舅朝鮮公擅朝: 조선공은 李資謙(?~1126)을 말한다. 인

종이 즉위한 후 1122년 이자겸은 漢陽公에 책봉되었고 1124년 朝
鮮國公으로 높여 책봉되었다(①). 封爵制는 宗室이나 功이 있는
臣下들에게 公·侯·伯·子·男의 爵을 수여한 제도이다. 고려는 異姓
封爵制의 경우 5等爵制를 모두 사용했지만 宗室封爵制의 경우는
公·侯·伯만을 사용했다. 唐制는 王－親王·嗣王－·郡王·國公·郡
公·縣公·縣侯·縣伯·縣子·縣男의 9등작을 사용했는데, 고려 역시
이 당제에 큰 영향을 받았다. 國公은 고려에서 非王族으로서 받을
수 있는 최고의 封爵이라 할 수 있다(②). 이자겸은 그의 딸－順
德王后－을 예종비로 들여 태자－仁宗－를 낳았을 뿐만 아니라 예
종의 사후 外孫인 仁宗이 등극하자 두 딸을 왕후로 삼아 권세를 누
렸다.

  ① 『高麗史』 권15, 世家15 仁宗 즉위년 10월 庚子·2년 7월 甲申.
  ② 김기덕, 1998, 「封爵制의 構成과 運營」, 『高麗時代 封爵制 研究』, 청
    년사.
 5) 醫官: 의관이 소속된 典醫寺－太醫監－의 주된 임무는 의약
치료를 담당하는 것이었다(①). 의관은 外官들이 身病으로 휴가를
요청하면 그 사실여부를 조사하거나 왕의 명령에 의해 고관이나 고
승들의 질병도 치료하였다. 이외에 약품의 제조나 토산약재의 채취
와 품질관리도 담당하였고, 왕실에서 사용되는 음식물도 감독하였
다. 또 왕실의 식용차와 외국사신 및 백관 등에 대한 향연이나 의식
에 소용되는 차를 관리하였으며, 이외에 牧監場의 牛馬를 관리하거
나 扈從·從軍·宿直·弔問使 등으로 참여하기도 하였다. 의관의 선발
은 醫業과 呪噤業의 과거를 통하여 등용되는 것이 원칙이었고 일반
양민층도 응시할 수 있었지만 여건상 향리층이나 호장층 및 문·무
관과 의학 세습가문에서 많이 배출하였다. 고려후기에는 문관이 의
관으로 임명되어 재상직까지 진출하는 경우도 있었다(②).

  ① 『高麗史』 권76, 志30 百官1 典醫寺.

　　　朴龍雲, 2009, 『『高麗史』 百官志 譯註』, 신서원, 344~349쪽.
　　② 이미숙, 2001, 「高麗時代 醫官의 임무와 사회적 지위」, 『湖西史學』
　　　31.
　6) 崔思全: 1067~1139. 본관은 耽津으로 처음에 內醫가 되었
다가 여러 번 옮겨 少府少監이 되었다. 예종이 등창을 앓자 미미한
종기로 보고 치료하지 않았다. 이 때문에 韓安仁·文公美 등의 청으
로 사형에 처해질 뻔 했으나 인종의 명으로 徒刑 2년을 받았다. 이
에 한안인과 문공미를 이자겸에게 모함하여 유배 보내었다. 뒤에 李
資謙의 횡포가 심해져 인종이 은밀히 그에게 李資謙의 제거를 상의
하자 拓俊京만 설득하면 가능하다는 계책을 내놓았다. 이에 인종이
최사전을 시켜 拓俊京을 설득하였고, 그 결과 李資謙을 제거할 수
있었다.
　　　『高麗史』 권98, 列傳11 崔思全.
　　　『高麗墓誌銘集成』, 「崔思全墓誌銘」.
　7) 平: ?~B.C. 178. 陳平. 呂太后가 漢高祖 劉邦이 죽고 난
후 여씨 일족과 정권을 잡고 권력을 휘두르자 周勃 등과 함께 여씨
의 난을 평정하고 漢文帝 劉恒을 옹립하였다.
　　　『史記』 권56, 陳丞相世家26.
　8) 勃: ?~B.C. 169. 周勃. 陸賈, 陳平 등과 함께 呂太后와 그
일족을 몰아내고 漢文帝 劉恒을 옹립하였다.
　　　『史記』 권57, 絳侯周勃世家27.
　9) 遊談平勃間 卒安漢祚: 漢高祖 劉邦이 죽고 난 후 여태후가
권력을 장악하자 陸賈는 은둔하여 지내다가 우승상인 陳平과 태위
인 周勃을 설득하여 당시 漢을 움직이던 呂氏 세력을 제거하여 漢
의 사직을 바로잡았다. 여기서는 崔思全이 李資謙의 심복인 拓俊京
을 설득하여 이자겸을 제거한 사실에 비유한 것이다.
　　　『史記』 권97, 酈生陸賈列傳37.
　10) 麒麟: 麒麟閣을 말하는 듯하다. 麒麟閣은 漢 宣帝가 霍光

등 11명 공신들의 초상을 각 위에 걸어 그 공적을 기리게 한 곳이
다(①). 高麗에도 麒麟閣이 있었는데 功臣閣·功臣堂이라고도 불렸
으며, 이곳에서는 功臣의 초상을 그려두고 功을 칭송하는 외에 經書
를 강의하는 일도 종종 있었다. 崔思全은 李資謙의 亂을 제압한 功
으로 三韓壁上功臣에 봉해졌으므로(②) 본문에서 기린각에 畵像을
안치했다고 표현한 것이다.

> ① 漢語大辭典編纂委員會, 1990,「麒」,『漢語大辭典』12, 漢語大辭典出
>   版社, 1293쪽.
> ②『高麗史』권98, 列傳11 崔思全.

11) 驟登宰輔: 崔思全이 갑자기 재상에 오르게 된 것을 말한다.
최사전은 본래 醫官이나 인종의 명으로 拓俊京을 설득하여 李資謙
을 제거하는데 공을 세워 軍器少監에서 거듭 승진하여 후에는 門下
侍郎平章事에 임명되었다. 여기서는 최사전이 문반출신이 아니었음
에도 빠르게 승진한 것을 표현하기 위해 '驟登'이라는 표현을 사용
한 것으로 생각된다.

> 『高麗史』권98, 列傳11 崔思全.

12) 誥院: 詞命의 制撰 등을 담당했던 관원인 知制誥, 특히 한림
원의 관직이 아닌 다른 관직으로 지제고에 임명된 外知制誥가 일을
하는 곳이다. 이에 대해서는 상권 序, 주해4) 참고; 본서 6쪽. 한림
원 관직을 지닌 內知制誥는 궁중에 위치한 한림원에서 관련 업무를
수행하면 되었기 때문에 별도의 공간이 필요 없지만, 外知制誥는 궁
중 내에 업무 공간이 필요하여 誥院을 설치한 것으로 이해된다.

> 邊太燮, 1983,「高麗의 文翰官」,『金哲埈博士華甲紀念史學論叢』, 金哲埈
>   博士華甲紀念史學論叢 刊行準備委員會.

13) 金存中: ?~1156. 본관은 龍宮郡으로 詩로 유명하였다. 인
종 때 春坊侍學이 되었으며 과거에 급제하여 詹事府錄事가 되었고
宦官 鄭誠과 친했다. 左承宣·寶文閣同提擧을 지냈으며, 이후 輸忠
內輔同德功臣의 號를 받고 吏部尙書·政堂文學·修文殿太學士에 임

명되었다가 얼마 뒤 죽었다.

『高麗史』 권123, 列傳36 嬖幸1 金存中.

『高麗墓誌銘集成』, 「金存中墓誌銘」.

14) 誥: 원래 誥란 황제가 백성에게 고하거나 관리를 임명하는 데 쓴 문체나 문서를 말한다. 周에서는 백성에게 고하는 문서로서 『尙書』의 盤庚·大誥·康誥·酒誥·召誥·洛誥 등에서 보인다. 秦에서는 誥를 制詔라고 바꾸었고, 漢에서는 다시 誥라 하였다. 唐은 制, 宋은 誥, 明은 勅이라고 하였다. 특히 宋에서는 誥가 1품에서 5품까지의 관리를 임명하는 辭令으로 사용되었고, 明代는 관리를 포상하거나 爵位를 주는 문서로도 사용되었다(①). 고려에서도 관직을 임명하는 인사 문서로 사용되었다. 이것은 종실과 재신 등을 임명하는 大官誥와 추밀과 복야, 6상서, 상장군 등을 임명하는 小官誥로 다시 나뉜다. 양자는 단순히 수여 대상의 차이만이 아니라, 각기 制書와 敎書 형식으로 작성되는 서식상의 차이도 있다. 또 대관고의 경우에는 대관고 외에 별도로 敎書도 수여되어 형식상으로도 우대하는 뜻을 보였다. 하지만 양자 모두 知制誥가 작성한 王命으로 반포되는 문서라는 점에서는 동일하다(②). 특히 大官誥는 白麻에 작성되어서 麻制라고도 하고, 백마로 작성된 대관고를 낭독하는 의식을 宣麻라고 하였다(③).

① 諸橋轍次, 1985, 「誥」, 『大漢和辭典』 10, 大修館書店, 481쪽.

② 박재우, 2000, 「高麗時期의 告身과 官吏任用體系」, 『韓國古代中世古文書硏究(下)』, 서울대학교출판부, 78~79쪽.

崔鉛植, 2000, 「高麗時代 國王文書의 種類와 機能」, 『韓國古代中世古文書硏究(下)』, 서울대학교출판부, 43쪽.

박재우, 2005, 「관리임용을 통해 본 국정운영」, 『고려 국정운영의 체계와 왕권』, 신구문화사, 226~231쪽.

③ 『補閑集』 권하.

15) 莽何羅之觸寶瑟: 莽何羅는 漢代 사람이다. 그가 모반을 꾀

해 武帝를 죽이려 했는데 金日磾가 낌새를 눈치 채고 측간에 숨어
있었다. 이 때 망하라가 칼을 뽑아들고 東箱으로 다가가다가 金日磾
를 보고 얼굴빛이 변하면서 달려가다가 寶瑟에 부딪쳐 쓰러졌다. 이
에 김일제가 망하라를 안고서 대전 아래로 던져 포박할 수 있었다.
여기서는 인종의 근신인 최사전의 계책대로 이자겸과 척준경이 갈
라서 결국에는 이자겸의 모반을 평정한 것을 비유한 것이다.

『漢書』列傳68 霍光金日磾傳38 金日磾.

16) 夏毋且之抵藥囊: 夏毋且는 진시황의 侍醫로 荊軻가 진시황
을 찌르려 할 때 藥囊을 던져 막았다. 그리하여 진시황은 죽음을 면
했고 하무저에게 황금 二百鎰을 하사했다. 여기서는 최사전을 하무
저에 비유한 것이다.

『史記』권86, 刺客列傳26 荊軻.

17) 日弁日烈: 최사전의 아들들이다. 『高麗史』崔思全傳에도 같
은 내용이 있다(①). 崔烈은 1164년(의종 18)에 郎中으로 西海按
廉使가 되었다는 기록이 있다(②).

①『高麗史』권98, 列傳11 崔思全.
②『氏族源流』耽津崔氏.

18) 金罍: 『詩經』에 金罍가 등장하는데 이것은 朱熹에 따르면
술그릇으로 雲雷를 조각하고 금으로 장식한 것이다(金罍酒器 刻爲
雲雷之象 以黃金飾之).

『詩傳』권1, 周南 卷耳.

19) 可謂孝且仁矣: 『論語』學而篇에서 "子曰 父在觀其志 父沒
觀其行 三年無改於父之道 可謂孝矣"라는 말이 있고, 雍也篇에는
"子曰 仁者先難而後獲 可謂仁矣"라는 말이 있다. 부모에 대한 효
와 노고를 알고 나서야 비로소 공을 얻는다는 인의 덕목을 동시에
말한 것으로, 최사전에 대한 효성스런 마음과 첩에 대한 배려를 함
께 언급한 듯하다.

『論語』 學而·雍也.

20) 公以金罍二具與之 … 名曰孝仁: 이와 같은 내용이 崔思全
傳에 있다[思全嘗與弁烈金罍各一具 及沒 妾竊其一 弁怒欲鞭之 烈
曰 此人先君所愛 當傾家產以恤之 況此物耶 弟所得者尙存 請以遺
兄 王聞而嘉之曰 可謂孝且仁矣 御筆賜名曰孝仁].

『高麗史』 권98, 列傳11 崔思全.

21) 嘗辭閣門祗候應擧: 閣門祗候는 閣門의 관직으로 조회와 의
례를 관장한 閣門의 정7품 관직이다. 1274년(충렬왕 즉위)에 통례
문으로 개칭하기 전에는 閣門이었다. 閣門祗候라고도 쓴다. 文宗 때
관제를 보면 判事는 정3품, 知事는 겸관이었으며, 使는 정5품, 引進
使는 2인으로 정5품, 引進副使는 종5품, 閣門副使는 정6품, 通事舍
人 4인·祗候 4인은 정7품, 權知祗候는 6인이었다(①). 이후 이것
은 1116년(예종 11) 무렵 참상직으로 올랐고, 이 사실이 인종대
祿俸 개정에 반영되었다(②).

고려시대에는 在官者도 과거에 응시할 수 있었는데 이들은 예비
고시를 치르지 않고 곧장 본고시인 禮部試에 참여할 수 있었다. 그
러나 모든 관원이 가능했던 것은 아니며 그 상한선은 7품으로 참외
관이 응시하는 것이 원칙이었다(③). 그러므로 본문에서 최효인이
각문지후를 사양한 것은 과거에 응시하기 위한 조처였다.

① 『高麗史』 권76, 志30 百官1 通禮門.
朴龍雲, 2005, 「『高麗史』 百官志 譯註(4)」, 『고려시대연구』 IX, 한
국학중앙연구원 ; 2009, 『『高麗史』 百官志 譯註』, 신서원,
261~268쪽.
② 李鎭漢, 1997, 「高麗時代 參上·參外職의 區分과 祿俸」, 『韓國史硏究』
99·100合 ; 1999, 『고려전기 官職과 祿俸의 관계 연구』, 一
志社, 178~183쪽.
③ 朴龍雲, 1988, 「高麗時代 科擧의 考試와 體系에 대한 檢討」, 『韓國史
硏究』 62 ; 1990, 『高麗時代 蔭敍制와 科擧制 硏究』, 一志
社, 195~198쪽.

22) 金尙書莘尹: 생몰년 미상. 1170년에 崔允義 등이 鄭咸의 告身에 부당하게 서명한 일을 金甫當 등과 함께 탄핵한 일이 있다. 1171년에 政堂文學 韓就는 知貢擧가 되고 金莘尹은 右諫議大夫로 同知貢擧가 되었다. 그러나 尙書에 대한 기록은 찾을 수 없다.

『高麗史』권19, 世家19 明宗 원년 9월 戊子.

『高麗史』권73, 志27 選擧1 科目 明宗 원년 5월.

黃秉晟, 2000, 「김신윤의 생애와 현실인식」, 『韓國思想史學』15 ; 2008, 『고려 무인정권기 문사 연구』, 景仁文化社.

23) 骰子選: 陞官圖의 일종으로 고대의 博奕 기구이다(①). 『林下筆記』를 보면 陞官圖에 대해서 자세히 언급되어 있다. 세속의 局戲 중에 陞官圖라는 것이 있다. 크고 작은 官位를 종이 위에 벌여 놓고, 주사위[明瓊]를 던져서 점수의 많고 적음을 따져서 올라가고 내려가는 것을 정한다. 房千里의 骰子選格序에는 '穴竅를 가지고 쌍쌍이 놀이를 한다. 번갈아 판 위에 던져서 숫자의 많고 적은 것을 가지고 관직에 나아가는 차등을 정한다. (숫자가) 많으면 귀하게 되고 적으면 천하게 된다. 그래서 尉掾이 되어 그친 자도 있고 귀하게 將相이 되는 자도 있다.'라고 하였다(②). 여기서는 최효인의 실력으로 과거에 급제해야 하나 아쉽게도 그렇지 못한 것을 위로하기 위해 비유적으로 표현한 것이다.

① 漢語大辭典編纂委員會, 1990, 「骰」, 『漢語大辭典』12, 漢語大辭典出版社, 405쪽.

②『林下筆記』권34, 華東玉糝編 陞官圖.

24) 黃粱夢: 邯鄲之夢, 邯鄲之枕 邯鄲夢枕, 盧生之夢, 黃粱之夢 등이라고도 한다. 沈旣濟의 枕中記에 의하면 道士 呂翁이 邯鄲으로 가는 중에 주막에서 쉬다가 盧生이라는 젊은이를 만났다. 주인이 黃粱을 찌기 시작했는데 여옹이 신세한탄을 하는 노생에게 베개를 꺼내 주자 노생은 그것을 베고 잠이 들었다. 노생이 꿈 속에서 명문가의 딸과 결혼하고 과거에 급제한 뒤 벼슬길에 나아가 순조롭게 승진

하여 마침내 재상이 되는 등 온갖 영화를 누리다가 갑자기 역적으로
몰려 변방으로 유배되었다. 이후 모함이었음이 밝혀져 다시 재상의
자리에 오르게 되었고, 그는 여러 명의 자손을 거느리고 살다가 80
세의 나이로 죽었다. 그런데 노생이 깨어 보니 모든 것이 꿈이었고
주인이 짓던 黃粱은 아직 다 되지 않았다고 한다. 여기서는 노력한
만큼 출세하지 못하는 최효인에 대한 안타까움을 비유한 것이다.
　　　『古今事文類聚』後集21 雜著 枕中記.

中4.

[原文]

自雅缺風亡, 詩人皆推杜子美為獨步, 豈唯立語精硬, 括盡天地菁華而已.
雖在一飯, 未嘗忘君, 毅然忠義之節根於中, 而菀於外, 句句無非稷契口中流
出. 讀之, 足以使懦夫有立志, 玲瓏其聲其質玉乎, 蓋是也. 昨見金相國永夫,
有感詩云. 「近聞隣國勢將危, 拓地開疆在此時, 素髮飄飄霜雪落, 丹心耿耿
鬼神知, 廉頗能飯非無意, 去病辭家亦有為, 黙黙此懷無處說, 每逢樽酒醉如
泥.」其拳拳憂國之誠, 老而益壯, 凜然與泰華爭高, 真可仰也. 公平生使酒狂
氣, 雖王公大人皆憚之. 幼時夢, 遊大內, 出毬庭, 有酒甕數百森列, 而兩三甕
始傾. 問之云, "此進士金永夫所飲酒也." 張公三十六爐之餞信矣.

[譯文]

아[1]와 풍[2]이 이지러지고 사라진 후로부터 시인들이 모두 두자미[3]
를 독보적이라고 추대한 것은 어찌 오직 시구를 짓는데 정묘하고 힘
이 있어, 천지의 정화를 모두 모았다는 이유뿐이겠는가. 비록 한 끼
의 밥을 먹는데 있어서 일찍이 임금을 잊은 적이 없고, 의연한 충의
의 절개가 심중에 뿌리를 두고 밖으로 나타나니 구절마다 직설의 입

에서 나오지 않은 것이 없어서이다.[4] (그의 시를) 읽으면 나약한 사람으로 하여금 뜻을 세우는데 있어 충분하게 되니 그 (시의) 소리가 영롱하고 그 본질이 옥과 같다는 것은 아마 이것을 말한 것이다. 어제 상국 김영부[5]를 만나 유감이라는 시를 읊었다.

「근래 들으니 이웃 나라의 형세가 위급해 질 것 같다는데
강토의 개척은 이때에 있다[6]
흰 머리털이 서리와 눈처럼 나부끼고
정성스러운 마음의 한결같음은 귀신도 아네
염파가 밥을 먹은 것[7]도 뜻이 없는 것이 아니며
거병이 집을 사양한 것[8] 또한 하고자 함이 있는 것이다
묵묵히 품고 있는 것을 말할 곳이 없어
매번 술통을 만나면 몹시 취하네.」

그 마음을 다해 나라를 걱정하는 정성이 나이가 들수록 더욱 굳건해지며 그 늠름함이 태산·화산과 높이를 다투니 참으로 우러를 만하다. (그러나) 공은 평생 술에 취해 경망한 기질이 있어 비록 왕공이나 대인이라도 모두 (공을) 꺼려하였다. 어릴 때 꿈에 궁궐 안에서 놀다 구정에 나가니 술독 수 백 개가 빽빽이 늘어서 있었는데, (그 중)두 세 개의 술독이 기울어져 있었다. (이유를) 물으니 답하기를 "이는 진사 김영부가 마실 술이다."라고 하였다. 장공 36개 화로의 돈[9]을 본 꿈이 믿을 만하다.

[註解]
1) 雅:『詩經』의 大雅와 小雅를 말한다. 雅는 바르다는 것으로 바른 음악을 가리킨다. 소아는 연회 때 연주하는 음악이고, 대아는 조회 때나 큰 잔치에 쓰이는 음악을 말한다.
2) 風:『詩經』의 國風을 말한다. 國은 諸侯를 봉한 지역이고, 風

은 민속과 가요의 시이다. 周南과 召南이라는 正風과 邶·鄘·衛·
王·鄭·齊·魏·唐·秦·陳·檜·曹·豳풍의 13개국을 變風이라 하여 정
풍과 변풍 모두 15개로 이루어져 있다.

　3) 杜子美: 杜甫를 말하며 子美는 그의 字이다. 杜甫에 대해서
는 상권 20, 주해1) 참고; 본서 112쪽.

　4) 句句無非稷契口中流出: 稷契은 요순시대의 두 명의 名臣인
稷과 契을 말한다. 직은 田正의 벼슬로, 이름은 棄, 성은 姬氏이다.
后稷으로 임명되어 농업을 주관하였고 邰에 봉해졌다. 설은 성이 子
氏이고 司徒에 임명되어 교육을 주관하였으며, 商에 봉해졌다(①).
蘇軾이 『東坡集』에서 두보의 시를 직설에 비유한 것을 빗대어 쓴
것이다(②).

　　①『書經』虞書 舜典17·18·19.
　　②『古今事文類聚』別集8 文章部 信其自許.

　5) 金相國永夫: 1096~1172. 본관은 靈光郡으로 尙書左僕射를
지낸 金克儉의 아들이다. 經史에 통달하였고, 문장을 짓는 것에 뛰
어났다. 술을 마시는 것을 즐겼으나 몇 말을 마셔도 흐트러짐이 없
었다고 한다. 1125년(인종 3)에 급제하여 1160년(의종 14)에는
樞密院使·翰林學士承旨로 知貢擧를 지냈다. 1161년에 知門下省事
를 거쳐 叅知政事 判尙書兵部事와 中書侍郎同平章事를 역임하였으
므로 相國이라는 표현을 썼다.

　　『高麗史』권18, 世家18 毅宗 15년 12월 乙丑·16년 12월 己丑·18년 6월
　　甲寅.
　　『高麗墓誌銘集成』,「金永夫墓誌銘」.

　6) 近聞隣國勢將危 拓地開疆在此時: 12세기 초 女眞[金]이 흥
기하면서 거란-遼-이 멸망하게 되는 상황과 그에 따른 고려의 영
토개척 의지를 보여주는 내용이다. 女眞은 完顏部의 阿骨打에 의해
부족이 통일된 이후 거란에 대항하여 전쟁을 일으켰는데, 1114년

(예종 9)에는 거란의 東京兵馬都部署에서 高麗에 군사지원을 요청
하는 通牒을 보낼 정도로 당시 거란의 상황은 위급하였다(①). 그
런데 이와 같은 긴박한 국제정세는 고려의 입장에서 북방의 영토를
개척하기 위한 절호의 기회로 인식되었으며, 이는 保州를 획득하는
것으로 실현되었다(②). 보주는 지금의 평안북도 의주지방으로 북
방에서 고려로 들어오는 중요한 군사거점지였다. 때문에 이곳은 高
麗와 金이 외교관계를 맺은 이후에도 끊임없이 영토분쟁의 대상이
되었다(③).

  ① 『高麗史』 권13, 世家13 睿宗 9년 10월.
  ② 『高麗史』 권14, 世家14 睿宗 11년 7월 辛酉·8월 庚辰·12년 3월 辛卯.
  ③ 三上次男, 1939, 「金初に於ける麗金關係－保州問題を中心として－」,
     『歷史學硏究』 9-4.
     方東仁, 1985, 「高麗前期 北進政策의 推移」, 『關東史學』 2, 103～
     109쪽.
     朴漢男, 1996, 「고려 인종대 對金政策의 성격－保州讓與와 投入戶口
     推刷 문제를 중심으로－」, 『한국중세사연구』 3.

  7) 廉頗能飯: 廉頗는 趙의 장수이다. 조의 悼襄王이 즉위하면서
樂乘을 염파 대신 장군에 임명하면서 쫓겨 魏의 大梁에 머무르게
되었다. 그러나 위는 염파를 믿고 등용해 주지 않았고 당시 진과 전
쟁을 벌이고 있던 조가 다시 염파를 등용할 생각을 하고 있었다. 염
파 또한 조에 다시 기용되고자 하였는데 조의 왕이 사신을 보내어
염파를 쓸 수 있는지 없는지를 살피도록 하였다. 조의 사신이 염파
를 만났을 때 염파는 한 끼에 쌀 한 말과 고기 열 근을 먹었으며,
갑옷을 입고 말에 올라 자신이 아직 쓸모 있음을 보이고자 하였다는
고사를 빗대어 쓴 것이다.

     『史記』 권81, 廉頗藺相如列傳21 廉頗.

  8) 去病辭家: 去病은 漢 武帝 때의 장수인 霍去病을 말한다. 漢
이 흉노와 전쟁을 치르고 있을 당시 驃騎將軍이었던 곽거병과 관련

하여『史記』에서는 그의 사람됨이 과묵하고 감정을 잘 표현하지 않
으며 기개가 있어 과감하게 행동하였다고 평가하고 있다. 당시 漢 武
帝가 곽거병을 위해 집을 짓고 그에게 가보라 하였는데, 거병이 "흉
노가 아직 멸망하지 않았는데 집을 꾸미고 살 필요가 없습니다."라
고 하며 거절한 고사에 빗대어 쓴 것이다.

　　　『史記』 권111, 衛將軍驃騎列傳51 霍去病

　9) 張公三十六爐之錢: 정확히 무엇을 뜻하는지는 알 수 없으나,
金永夫가 아직 급제하기 전[幼時]에 꾼 꿈을 통해 장차 進士가 될
것임을 미리 알게 되었으므로 '三十六爐之錢'은 그의 진사 급제와
관련된 내용일 것이라 생각된다. 김영부는 1125년 5월에 행해진 제
술과에 합격하여 진사가 되었다(①). 이 시험에서는 李陽伸을 비롯
하여 모두 37명이 급제하였음이 확인된다(②).

　　　①『高麗墓誌銘集成』,「金永夫墓誌銘」.
　　　②『高麗史』 권73, 志27 選擧 科目 仁宗 3년 5월.

中5.

[原文]

　仁王卜得中興大華之勢於西都, 新開龍堰閣, 鳳輦西巡, 置群臣宴. 命學士
李之氐作口號, 其略云.「帝出震以乘乾, 雖曰應時之數, 王在鎬而飲酒, 固當
與衆而同.」又云,「室家相慶, 俟我后其來蘇, 管籥初聞, 曰吾王能鼓樂.」又
云,「遊豫爲諸侯度, 旣符夏諺之稱, 飲食盡忠臣心, 允協周人之詠.」對偶精
切, 固無斧鑿之痕. 文烈公見之, 嘆曰,「非近代詞臣騈四儷六以組織爲工者所
比也.」公侍中公壽之子, 十八擢龍頭高選, 指日躐台鼎. 容貌如畵, 不妄顧視,
雖新學後生, 相對如大賓, 忠言嘉謀足以與伊傳訓命爲表裡, 眞古所謂大臣者.
至今號其居爲政堂里. 嘗奉使東都, 戲題詩云.「大醉惛惛曉夢顚, 不知帳下玉
人眠, 傍人莫笑風情薄, 解賦西江月一篇.」

[譯文]

인종[1]이 서도에서 대화를 중흥시킬 지세를 점쳐서 얻어[2] 새로이 용언각을 세우고[3] 봉연으로 서도에 순행하여 군신들과 연회를 베풀었다. 학사 이지저[4]에게 명하여 구호[5]를 짓게 하니, 대략 다음과 같았다. 「황제가 진에서 나와 건을 탔다는 것은[6] 비록 시대에 응하는 운수라고 말할 수 있사오나 왕께서 호경에서 술을 마시는 것은[7] 진실로 여러 사람과 함께하는 것이 마땅합니다.」

또 말하였다. 「집집마다 서로 경하하며 "우리 왕을 기다렸더니 (왕께서) 오서서 (우리가) 소생하였습니다."라고 하고,[8] 피리소리 [管籥]를 듣고는 "우리 왕께서 음악에 능하시구나."라고 하였습니다.[9]」

또 말하였다. 「놀고 즐기시는 것이 제후의 법도가 되니 이미 하나라 속담에 이른 말과 부합하였고,[10] 음식이 충신의 마음을 다하게 하니 주나라 사람들의 노래와 맞습니다.[11]」[12]

대우가 정밀하고 적절하여 진실로 부착의 흔적[13]이 없었다. 문열공[14]이 이를 보고 감탄하며 말하기를, "근래에 글 짓는 사람들로 사륙변려문[騈四儷六][15]의 짜임을 잘하는 자와 (이것에) 비할 바가 아니다."라고 하였다. 공은 시중 (이)공수[16]의 아들로 18세에 용두[17]로 뽑혀 얼마 뒤 재상[台鼎][18]에 이르렀다. (그는) 용모가 그림과 같고 함부로 두리번거리지 않았으며, 비록 신학과 후생이라 할지라도 상대하기를 큰 손님과 같이 하였고 충성스러운 말과 아름다운 계책은 이윤과 부열[19]의 훈명[20]과 더불어 표리가 될 만하니, 진실로 옛사람이 말한 대신이라 하겠다. 지금 그가 사는 곳을 정당리[21]라고 한다. (그가) 일찍이 사신으로 동도에 가서[22] 장난삼아 시를 지으니 다음과 같다.

「크게 취하여 몽롱하게 새벽에 꿈꾸듯이

　휘장 아래 미인이 자고 있는 것을 알지 못했네

　곁의 사람이여 풍정이 박하다고 웃지 마시오

　서강월[23] 한 편은 지을 줄 안다네.」

[註解]

1) 仁王: 仁宗을 말한다. 이에 대해서는 상권 9, 주해1) 참고; 본서 50쪽.

2) 仁王卜得中興大華之勢於西都: 西都는 西京이다. 1128년(인종 6)에 妙淸이 서경 林原驛의 땅이 음양가들이 말하는 大華勢의 땅이기 때문에 이곳에 궁궐을 지어 임어하면 천하를 병탄할 수 있으며 金이 항복할 것이고 36개 나라들이 모두 臣妾할 것이라고 하였다. 이해 9월 인종은 임원역의 지세를 살펴보고 궁궐을 짓도록 하였다(①). 이듬해 2월 대화궁이 완성되어 왕이 서경으로 가서 군신들의 하례를 받았고 신하들과 연회를 베풀었다(②).

　①『高麗史』권15, 世家15 仁宗 6년 9월 丙午·권127, 列傳40 叛逆1 妙淸.
　②『高麗史』권15, 世家15 仁宗 7년 2월 壬申·戊寅 및 3월 己卯·癸未.

3) 新開龍堰閣: 1106년(예종 1) 예종에게 술사가 참언으로 서경의 용언에 궁궐을 지어 때때로 순행하여 거처할 것을 권하자, 예종은 鄭克恭 등에게 용언의 옛 터를 살펴보게 하였다. 동왕 2년에 평장사 崔弘嗣가 국운을 연장하려면 용언에 궁궐을 지어야 한다고 하니 왕이 이를 따랐다. 이때 지어진 궁이 용언궁이다(①). 한편 대화궁이 완공되었을 당시 왕이 새 궁인 乾龍殿에서 백관들의 하례를 받았다는 기록이 보인다(②). 여기에서 용언각은 어떤 건물인지 명확하지 않다.

　①『高麗史節要』권7, 睿宗 6년 9월·7년 9월.
　②『高麗史』권127, 列傳40 叛逆1 妙淸.

4) 李之氐: 그에 대해서는 상권 1, 주해4) 참고; 본서 11쪽.

5) 口號: 詩體의 이름. 宋·元대에 樂人이 천자의 盛德을 기리어 지어 바치는 시를 말한다.

『宋史』 권142, 志95 樂17 敎坊.

檀國大學校 東洋學硏究所, 1999,「口」,『漢韓大辭典』2, 檀國大學校出版部, 1106쪽.

6) 帝出震以乘乾: 『周易』 說卦의 '황제가 震에서 나와 巽에 깨끗하고 離에서 서로 만나보고 坤에 일을 맡기고 兌에 기뻐하고 乾에 싸우고 坎에 위로하고 艮에 이룬다[帝出乎震 齊乎巽 相見乎離 致役乎坤 說言乎兌 戰乎乾 勞乎坎 成言乎艮].'에서 인용한 것이다. 震은 동쪽을 가리키는데, 황제가 진에서 났다는 것은 인종이 동쪽 나라 고려의 왕이라는 것을 뜻한다. 乾은 서북쪽을 가리키는데, 건을 탔다는 것은 고려의 서북면, 구체적으로 서경의 세에 힘입었다는 것을 뜻한다.

『周易』 說卦.

7) 王在鎬而飮酒: 『詩經』 魚藻의 '고기가 마름풀에 있으니 그 머리가 크기도 하도다, 왕이 호경에 계시니 즐겁게 술을 마시도다. 고기가 마름풀에 있으니 그 꼬리가 길기도 하도다, 왕이 호경에 계시니 술을 마셔 즐거워 하시도다. 고기가 마름풀에 있으니 그 부들에 의지해 있도다, 왕이 호경에 계시니 그 거함에 편안하시도다[魚在在藻 有頒其首 王在在鎬 豈樂飮酒 魚在在藻 有莘其尾 王在在鎬 飮酒樂豈 魚在在藻 依于其蒲 王在在鎬 有那其居].'에서 인용한 것이다(①). 鎬는 周 武王이 처음 도읍한 곳으로 동쪽의 洛陽을 동경으로 부른 뒤에는 호경을 서경이라고 하였다. 여기서는 고려의 서경을 뜻하는데, 서경은 998년에 호경으로 개칭된 적이 있었다(②). 왕이 호경에 있어 술을 마신다는 것은 당시 군신들과 연회를 베푸는 것을 가리키는 것으로 생각된다.

① 『詩經』 小雅 桑扈之什 魚藻.

② 『高麗史』 권3, 世家3 穆宗 원년 7월 癸未.

8) 室家相慶 徯我后其來蘇: 『書經』 仲虺之誥의 '葛伯이 음식을 대접하는 자를 원수로 삼자, 처음 정벌하기를 葛로부터 시작하여 동쪽을 정벌하면 서쪽 오랑캐가 원망하고 남쪽을 정벌하면 북쪽 오랑캐가 원망하여 이르기를 '어찌하여 홀로 우리나라를 뒤에 정벌하는가.' 하였으며, 가는 곳의 백성들이 집집마다 서로 경하하여 이르기를 '우리 임금을 기다렸는데 우리 임금께서 오시니 소생할 것이다.' 하였으니, 백성들이 商을 떠받든 지가 오래되었다[乃葛伯仇餉 初征自葛 東征西夷怨 南征北狄怨曰 奚獨後予 攸徂之民 室家相慶曰 徯予后 后來其蘇 民之戴商 厥惟舊哉].'에서 인용한 것이다. 商 湯王이 학정을 일삼는 葛을 정벌하자 여러 나라의 백성들이 탕왕이 오기를 기다렸고 탕왕이 오면 자신들이 소생하였다고 외쳤다고 한다. 여기서는 인종이 서경에 행차하여 백성들이 기뻐한다는 것을 빗대어 표현하였다.

　　『書經』 商書 仲虺之誥.

9) 管籥初聞 曰吾王能鼓樂: 『孟子』 梁惠王下의 '지금 왕이 이곳에서 음악을 타시면서 백성들이 왕의 종소리, 북소리와 피리소리, 젓대소리를 듣고는 모두 欣然히 기뻐하는 기색이 있으면서 서로 말하기를 '우리 왕께서 행여 병환이 없으신가. 어떻게 음악을 타시는가.'하며 … 이것은 다름이 아니라 백성과 더불어 함께 즐거워하시기 때문입니다[今王鼓樂於此 百姓聞王鍾鼓之聲 管籥之音 舉欣欣然有喜色而相告曰 吾王庶幾無疾病與 何以能鼓樂也 … 此無他 與民同樂也].'에서 인용하였다. 이 역시 인종이 서경에 온 것을 백성들이 기뻐한다는 것을 표현하였다.

　　『孟子』 梁惠王下.

10) 遊豫爲諸侯度 旣符夏諺之稱: 『孟子』 梁惠王下의 '夏의 속담에 이르기를 '우리 임금님이 놀지 않으면 우리들이 어떻게 쉬며,

우리 임금님이 즐기지 않으면 우리들이 어떻게 도움을 받겠는가. 한
번 놀고 한 번 즐김이 제후들의 법도가 된다.'라고 하였습니다[夏諺
曰 吾王不遊 吾何以休 吾王不豫 吾何以助 一遊一豫 爲諸侯度].'에
서 인용하였다. 여기서는 대화궁의 완공을 축하하는 연회를 빗대어
표현하였다.

『孟子』梁惠王下.

11) 飮食盡忠臣心: 『詩經』 鹿鳴의 '유유히 우는 사슴의 울음소
리여 들의 대쑥을 뜯도다. 내 아름다운 손님이 있어 비파를 타며 젓
대를 부노라. 젓대를 불며 생황을 울려 광주리를 받들어 폐백을 올
리니 나를 좋아하는 사람은 나에게 大道를 보여줄지어다[呦呦鹿鳴
食野之苹 我有嘉賓 鼓瑟吹笙 吹笙鼓簧 承筐是將 人之好我 示我周
行].'에서 인용한 것이다. 鹿鳴은 신하와 아름다운 손님을 연향하는
시로 음식을 먹이고 폐백을 광주리에 담아 그 厚意를 받든 이후에
야 충신과 손님이 그 마음을 다할 것이라는 뜻을 담고 있다.

『詩經』小雅 鹿鳴之什 鹿鳴.

12) 帝出震以乘乾 … 允協周人之詠: 이 글은 『東文選』에 全文
이 실려 있어 참고가 된다. 그 제목은 「西京大花宮大宴致語」이다.

『東文選』권104, 致語「西京大花宮大宴致語」.

13) 斧鑿之痕: 시문이나 서화를 짓는데 자연스럽지 못하고 彫斲
을 가한 흔적이 있는 것을 말한다.

諸橋轍次, 1985,「斧」,『大漢和辭典』5, 大修館書店, 622쪽.

14) 文烈公: 김부식이다. 그에 대해서는 중권 2, 주해2) 참고;
본서 147쪽.

15) 騈四儷六: 구마다 4자, 혹은 6자로 구를 맞추는 문체로 南
朝에서 형성되어 당 이후 격식이 정형화되었다. 平仄으로 聲韻의 조
화를 이룬다.

檀國大學校 東洋學硏究所, 2000,「四」,『漢韓大辭典』3, 檀國大學校出版

部, 388쪽.

16) 公壽: 이공수(?~1137). 초명은 壽, 자는 元老, 본관은 경원으로 李預의 아들이다. 이름에 公을 붙인 것은 재상이 된 이후부터이다. 음서로 良醞令同正이 되었지만 1086년(선종 3)에 과거에 급제하였다. 이후 直翰林院으로 임명되고 左拾遺를 거쳐 西京留守判官이 되었다. 1110년에 병부시랑이 되었는데 선군의 일을 맡은 14년 동안 직무를 잘 수행하였다고 한다. 1124년(인종 2)에 叅知政事가 되었고 다음해 中書侍郎平章事·判刑部事가 되었다. 당시 이자겸이 정치를 독단하고 있었는데, 1126년에 인종이 이자겸을 제거하려다 실패하자 이자겸에게 선위하려 하였지만 이공수가 나서서 이를 저지하였다. 이후 이자겸을 제거하는데 공을 세워 推忠衛社功臣이 되었다. 1128년에 門下侍中이 되었고, 1131년 同德功臣이 더해지고 치사하였다.

　　『高麗史』 권95, 列傳8 李子淵 附公壽.
　　『高麗墓誌銘集成』, 「李公壽墓誌銘」.

17) 龍頭: 이 말은 걸출한 인물이란 뜻을 비롯하여 과거 시험의 壯元, 제왕의 머리 등 여러 가지 의미가 있는데(①), 문맥상 장원이란 의미로 쓰였다고 하겠다. 참고로 이지저는 1120년에 급제하였다(②).

　　① 檀國大學校 東洋學硏究所, 2008, 「龍」, 『漢韓大辭典』 15, 檀國大學校
　　　　出版部, 1433쪽.
　　②『高麗史』 권14, 世家14 睿宗 15년 5월 丁巳.
　　　　『高麗史』 권73, 選擧志1 科目1 睿宗 15년 5월.

18) 台鼎: 宰臣을 가리킨다(①). 이지저는 1141년에 政堂文學이 되었으며, 후에 叅知政事 中書侍郎平章事 등을 역임하였다(②).

　　① 諸橋轍次, 1984, 「台」, 『大漢和辭典』 2, 大修館書店, 759쪽.
　　②『高麗史』 권17, 世家17 仁宗 19년 12월 庚寅.
　　　　『高麗史』 권95, 列傳8 李子淵 附之氐.

19) 伊傅: 商의 이름난 재상이었던 伊尹과 傅說을 말한다. 이윤은 湯王을 도와 桀을 정벌하였다. 탕왕이 죽고 外丙과 仲壬이 왕이 되자 이들을 보필하였다. 탕왕의 손자 太甲－太宗－이 왕이 되었을 때 伊訓, 肆命, 徂后를 지었다. 태갑이 포학하여 탕왕의 법을 잃게 되자 그를 桐宮으로 내쫓았다. 3년 뒤 태갑이 후회하고 반성하자 다시 복위시켰고, 태갑은 덕을 닦아 제후가 귀부하고 백성들이 평안하였다고 한다. 부열 역시 商의 대신으로 본래 이름은 說이다. 왕 武丁－高宗－이 꿈에서 성인을 만났는데 이름이 說이었다. 무정은 꿈에서 본 사람을 찾아다니다 傅險에서 열을 만났고 그를 재상으로 삼고 이름을 傅說이라 하였다.

　　　『史記』 권3, 殷本紀3.
　　　張撝之 외 주편, 1999, 「伊尹」, 『中國歷代人名大辭典』 上, 上海古籍出版
　　　　　社, 592쪽.
　　　張撝之 외 주편, 1999, 「傅說」, 『中國歷代人名大辭典』 下, 上海古籍出版
　　　　　社, 2324쪽.

20) 訓命: 伊訓과 說命이다. 伊訓은 伊尹이 太甲이 왕이 되었을 때 그를 훈도하기 위해 지은 것으로 『書經』 商書 중의 하나이다. 說命은 武丁－高宗－이 傅說에게 명한 말을 기록한 것으로 3편으로 구성되어 있다. 상편은 부열을 얻어 정승으로 임명한 말을, 중편은 부열이 재상이 되어 경계의 말을 올린 것을, 하편은 부열이 학문을 논한 말을 기록한 것이다. 고종이 부열에게 명한 것이 3편의 강령이 되었기 때문에 說命이라고 총칭하였다. 이 역시 『書經』 商書 중의 하나이다.

　　　『書經』 商書 伊訓·說命.

21) 政堂里: 『破閑集』 외의 문헌에서는 찾아지지 않으므로 어느 곳인지 자세히 알 수 없다.

22) 奉使東都: 東都는 東京인 경주를 말한다. 이지저가 東京에 부임하거나 파견된 기록은 이 외에 남아 있지 않아 자세히 알 수 없다.

『高麗史』 권57, 志11 地理2 東京留守官.

23) 西江月: 본래 唐의 敎坊曲에서 유래한 詞－노래가사－의 편명으로, 송대에도 여러 편이 지어졌다. 『高麗史』 樂志에도 西江月이라는 제목의 慢－16拍으로 이루어진 특별한 형식의 樂調－이 전하는데(①), 11세기 후반에서 12세기 초 사이에 유입된 송의 교방 음악으로 보고 있다(②). 주로 남녀간의 사랑을 노래하는 내용이다.

이지저는 서강월을 인용하여 자신도 아직까지 애틋한 사랑의 마음을 잊지 않았음을 표현한 것이라 생각된다. 『東文選』에도 이지저의 시가 東都戲題라는 제목으로 전하는데(③), 3구와 4구의 순서가 바뀌어 있고 글자에도 가감이 있다[乘醉昏昏曉夢顚 不知帳下玉人眠 故應解賦西江月 莫笑風情減少年].

① 『高麗史』 권71, 志25 樂2 唐樂.
② 內藤虎次郞, 1926, 「宋樂と朝鮮樂との關係」, 『支那學』 4-1, 弘文堂書房.
　　李惠求, 1966, 「步虛子考」, 『中央文化』 창간호, 중앙대학교총학생회.
　　車柱環, 1976, 『唐樂研究』, 汎學圖書, 118~220쪽.
　　宋芳松, 1995, 「高麗 唐樂의 音樂史學的 照明」, 『韓國音樂史論攷』, 영남대출판부 : 2002, 『한국중세사회의 음악문화』 고려시대편, 민속원, 180~183쪽.
　　朴恩玉, 2006, 『高麗史』 樂志의 唐樂研究』, 민속원, 169~171쪽.
③ 『東文選』 권19, 七言絶句 「東都戲題」.

中6.

[原文]

金侍中緣平章上琦子也. 少以文章顯, 年未三十乘軺出塞, 與大遼使人孟初伴行. 初見年少頗易之. 及並轡出郊, 雪始霽, 四顧茫然無所見, 唯馬蹄觸地

作聲. 初垂袖微吟即唱云,「馬蹄踏雪乾雷動.」公即應聲曰,「旗尾翻風烈火飛.」初愕然曰, "真天才也." 由是情好日篤, 恨相知之晚. 及返轅, 觧疒佣通天犀以贈之. 公在諫垣疒陳皆絰國遠猷, 初若迂踈, 利在千百載下. 仁廟時權臣擅朝, 聞童謠托疾引歸. 及返正徵爲冡宰. 其行止多神異, 世莫能測. 三子皆以文墨位宰相, 時以比江左王謝云. 嘗出鎭龍灣, 作詩示門生云,「十年臺閣掌絲綸, 此日翻爲閫外臣, 諫掖未能陳讜議, 塞垣聊欲掃胡塵, 鬂毛早白緣憂國, 涕淚難禁爲戀親, 多謝丘門諸子弟 百壺淸酒餞行人.」

[譯文]

시중 김연[1]은 평장 김상기[2]의 아들이다. 어려서 문장으로 알려졌고 나이 아직 30이 못되어 사신으로 국경에 나가 대요의 사신 맹초[3]와 더불어 동행하게 되었다. 맹초가 (김연의) 나이가 젊은 것을 보고 자못 그를 경시하였다. (말)고삐를 나란히 하고 성 밖으로 나가는데 눈이 바야흐로 그쳐 사방을 둘러보니 아득하여 보이는 것이 없고 오직 말굽이 지면에 부딪치며 나는 소리 뿐이었다. 맹초가 소매를 드리우며 입 속으로 읊조리다 곧 소리 내어 읊기를,「말발굽이 눈을 밟으니 하늘에 우레가 일어나네.[4]」라고 하였다. 공이 즉시 (그) 소리에 응하여 「깃발이 바람에 나부끼니 열화가 날리네.[5]」라고 하자 맹초가 몹시 놀라 말하기를 "참으로 천재로다."라고 하였다. 이로 말미암아 서로의 정의가 날이 갈수록 두터워져 서로 늦게 알게 됨을 한탄하였다. (맹초가) 원(轅)[6]으로 돌아감에 이르러 지니고 있던 통천서[7]를 풀어 (김연에게) 선물하였다. 공이 간원[8]에 있으면서 말한 것은 모두 나라를 다스리는 원대한 계책으로 처음에는 엉성한 듯하나, 이익은 천 백년을 지속할 만한 것이었다. 인종[9] 때에 권신[10]이 조정을 멋대로 하자 동요를 듣고 병을 칭탁하고 돌아갔다. 반정에 미쳐서[11] (다시) 불러들여 총재로 삼으니 그 행동거지에 신이함이 많아 세상 사람들은 (그의 속내를) 헤아릴 수 없었다. 세 아

들이 모두 문묵(文墨)으로써 재상에 자리하니[12] 당시 (사람들이)
강좌[13]의 왕·사[14]에 견주어 말하였다. 일찍이 용만[15]의 진으로 나
가면서 문생[16]들에게 시를 지어보이니 다음과 같이 썼다.

> 「십 년 동안 대각에서 왕명[絲綸]을 맡아 출납하더니
> 오늘날 갑자기 왕성 밖[17]의 신하가 되었네
> 간직에서는 이치에 바른 정론 말하지 못하였으나
> 변방에서는 사막의 흙먼지를 쓸어 보려하네
> 귀밑털이 일찍 희어짐은 나라를 걱정함 때문이요
> 눈물을 멈출 수 없음은 어버이를 그리워해서이네
> 문하의 여러 문생들에게 깊이 감사하며
> 백 병의 맑은 술로 가는 사람을 전별하네.」

[註解]

1) 金侍中緣: ?～1127. 본관은 江陵으로 자는 處厚, 초명은 緣
이었으나 후에 仁存으로 고쳤다. 성품이 명민하여 젊어서 과거에 급
제하고 直翰林院으로 임명된 후 연이어 宣宗, 獻宗, 肅宗 3代를 섬
기면서 內侍로서 왕에게 보고하고 전달하는 직무를 맡았다. 尙書禮
部員外郎, 開城府使, 知制誥, 起居郎 등을 역임하였으며, 이후 睿宗
의 遺命으로 守太傅·門下侍中·判吏部事에 이르렀으며, 睿宗 묘정
에 배향되었다. 시호는 文成이다.
　　『高麗史』 권96, 列傳9 金仁存.
　　『高麗史』 권60, 禮志2 吉禮大祀.

2) 金上琦: 생몰년 미상. 과거에 급제하여 문종 때 左補闕을 역
임했으며, 1084년(선종 1) 5월에 吏部侍郎으로 同知貢擧가 되었다
(①). 이후 戶部尙書, 諫議大夫, 右散騎常侍, 門下平章事 등을 역
임하였다. 시호는 文貞으로 宣宗 묘정에 배향되었다(②).
　　①『高麗墓誌銘集成』,「李公著墓誌銘」.

　②『高麗史』권96, 列傳9 金仁存.
　　『高麗史』권60, 禮志2 吉禮大祀.

3) 孟初: 생몰년 미상. 遼의 中書舍人으로 1102년(숙종 7) 12
월에 왕의 生辰을 하례하기 위해 고려에 사신으로 왔다. 본문에 제
시된 일화는 金緣이 사신으로 온 맹초를 接伴하기 위한 첫 만남에
서 있었던 일로 같은 내용이 『高麗史』列傳에도 기록되어있다.

　『高麗史』권11, 世家11 肅宗 7년 12월 癸丑.
　『高麗史』권96, 列傳9 金仁存.

4) 馬蹄踏雪乾雷動: 말이 눈을 밟으며 나아가는 모습을 보고 孟
初가 주역의 괘상으로 비유한 것이다. 『周易』「說卦傳」에 의하면
馬는 팔괘 중에 乾卦의 상을 가지고 있고[乾爲馬] 足은 震卦의 상
을 가지고 있다[震爲足]. 그리고 진은 우레이며[震爲雷] 우레로써
움직이고[雷以動之], 만물을 움직이는 것 중 우레만큼 빠른 것이
없다[動萬物者 莫疾乎雷]. 따라서 乾卦는 하늘이고[乾爲天] 전체
적으로 하늘아래 우뢰가 있는 상이 되며, 이는 64괘 중 无妄卦에
해당한다. 程傳에는 '우뢰가 하늘 아래에 행하면 음양이 사귀고 화
합해서 서로 부딪혀 소리를 이룬다[雷行於天下 陰陽交和 相薄而成
聲].'라는 말이 있다.

　『周易傳義大全』권10, 无妄·24 說卦傳.

5) 旗尾飜風烈火飛: 깃발이 바람에 나부끼는 모습을 보고 孟初
의 비유에 답한 것이다. 64괘 중에 家人卦가 있는데 이는 부자·부
부·형제간에 은혜와 의리를 돈독히 하는 상이 있다[父父子子 兄兄
弟弟 夫夫婦婦 而家道正 正家而天下定]. 程傳에 '바람이 불에서 나
오고 불이 치열하면 바람이 생기니 바람이 불에서 생기고 안에서 밖
으로 나가는 것이다[爲風自火出 火熾則風生 風生自火 自內而出
也].'라고 하였다.

　『周易傳義大全』권13, 家人.

6) 轅: 轅門을 의미하는 것으로 수레와 수레를 서로 맞대어 陣

을 만드는 것을 말한다. 원래 왕이 평상시 군을 이끌고 이동하다가
숙박할 때 만들었으나, 후세에는 장군의 진영에도 사용하였다. 여기
서는 요의 조정을 가리키는 것이다.

　　諸橋轍次, 1985, 「轅」, 『大漢和辭典』 10, 大修館書店, 1054쪽.

　7) 通天犀: 무소뿔. 여기에서는 무소뿔로 만든 犀帶를 말한다
(①). 같은 내용을 전하는 『高麗史』에는 이때 맹초가 김인존에게
金帶를 주었다고 되어 있다(②). 한편, 거란의 服色을 살펴보면, 5
품 이상은 金玉帶, 6·7품은 銀帶, 8·9품은 石帶였다(③). 따라서
맹초가 김인존에게 준 帶는 무소뿔에 금·옥으로 장식한 것으로 생
각된다.

　　① 諸橋轍次, 1985, 「通」, 『大漢和辭典』 11, 大修館書店, 488쪽.
　　②『高麗史』 권96, 列傳9 金仁存.
　　③『遼史』 권56, 志25 儀2 漢服 常服.
　　　諸橋轍次, 1985, 「通」, 『大漢和辭典』 11, 大修館書店, 488쪽.

　8) 諫垣: 임금에게 간하는 중서문하성의 낭사를 의미하는 것으
로, 文集類에서는 郎舍와 동일한 의미로 쓰였다(①). 한편 金緣은
과거에 급제한 이후 起居郎, 中書舍人을 거쳐 1109년(예종 4)에
右諫議大夫와 1112년에 左散騎常侍 등 간원에 해당하는 관직을 역
임한 바가 있다(②).

　　① 朴龍雲, 1971, 「高麗朝의 臺諫制度」, 『歷史學報』 52 ; 1980, 『高麗
　　　　時代 臺諫制度 硏究』, 一志社, 76쪽.
　　　檀國大學校 東洋學硏究所, 2007, 「諫」, 『漢韓大辭典』 12, 檀國大學校
　　　　出版部, 968쪽.
　　②『高麗史』 권96, 列傳9 金仁存.
　　　『高麗史』 권13, 世家13 睿宗 4년 2월 己亥·7년 9월 丙寅.

　9) 仁廟: 고려 제17대 왕 仁宗(1109~1146)을 말한다. 그에
대해서는 상권 9, 주해1) 참고; 본서 50쪽.

　10) 權臣: 여기서는 李資謙(?~1126)을 말한다. 그에 대해서는
중권 3, 주해4) 참고; 본서 156쪽. 당시 李資謙은 나이 어린 태자

를 도와 왕위를 계승하게하고 정치를 마음대로 독단하였다(①). 이
무렵 金緣은 이자겸이 정권을 잡게 되자 화가 자신에게 미칠 것을
염려하여 퇴직할 것을 청하였으나 왕이 이를 허락하지 않았다. 그러
던 어느 날 관아로 출근하는 길에 童謠를 듣고 일부러 말에서 떨어
지고는 이것을 구실로 宰相에서 물러난 일화가 있다(②).

　①『高麗史』권127, 列傳40 李資謙.
　　　金潤坤, 1976,「李資謙의 勢力基盤에 대하여」,『大丘史學』10.
　　　盧明鎬, 1987,「李資謙一派와 韓安仁一派의 族黨勢力 － 高麗中期 親屬
　　　　　　들의 政治勢力化 樣態 －」,『韓國史論』17, 서울대 국사학과.
　　　오영선, 1993,「인종대 정치세력의 변동과 정책의 성격」,『역사와
　　　　　　현실』9.
　②『高麗史』권96, 列傳9 金仁存.

11) 及返正: 1126년(인종 4)에 있었던 李資謙의 亂을 말한다.
이자겸은 인종의 외조부로 인종의 등극에 결정적인 역할을 하면서
정권을 차지하게 된다. 이후 자신의 셋째·넷째 딸을 인종의 妃로 삼
아 왕의 장인이자 외조부가 되었다. 이러한 전횡이 지속되자 인종은
측근인 內侍祗侯 金粲, 內侍錄事 安甫麟 등을 통해 이자겸을 제거
하려고 하였다. 그러나 이 사건은 오히려 이자겸의 당여인 척준경의
발호로 실패로 끝났고, 인종은 이자겸의 집에 갇히게 되었다. 그 후
이자겸 제거를 위해 기회를 엿보던 인종은 척준경과 이자겸의 사이
가 틀어진 것을 알고, 최사전을 시켜 척준경을 설득하여 이자겸을
제거하도록 하였다.

　　『高麗史』권98 列傳11 崔思全.
　　『高麗史』권127, 列傳40 李資謙.
　　『高麗墓誌銘集成』,「崔思全墓誌銘」.

　李資謙의 亂과 그의 家門에 관한 연구로는 다음의 논고들이 참고
가 된다.

　　李萬烈, 1980,「高麗 慶源李氏 家門의 展開過程」,『韓國學報』21.
　　E. J. Shultz, 1983,「韓安仁派의 登場과 그 役割 － 12世紀 高麗 政治史

의 展開에 나타나는 몇 가지 特徵 - 」, 『歷史學報』 99·100.

盧明鎬, 1987, 「李資謙一派와 韓安仁一派의 族黨勢力 - 高麗中期 親屬들의 政治勢力化 樣態 - 」, 『韓國史論』 17, 서울대학교 국사학과.

신수정, 2005, 「고려시대 慶源李氏 家門의 정치적 변화에서의 혼인망」, 『韓國史學報』 21.

김정권, 2006, 「高麗 仁宗代 李資謙亂의 處理와 '維新世代'」, 『人文學研究』 33, 충남대학교 인문학연구소.

12) 三子皆以文墨位宰相: 金緣의 세 아들인 金永錫, 金永胤, 金永寬이 모두 文墨으로서 재상에 자리하며 있었던 것을 말한다. 문묵은 과거급제를 의미하는 것으로 실제로 김영석, 김영윤, 김영관은 과거급제 이후 모두 평장사에 올랐다.

『高麗史』 권96, 列傳9 金仁存.

『高麗墓誌銘集成』, 「金永錫墓誌銘」.

朴龍雲, 1978, 「고려시대 定安任氏·鐵原崔氏·孔巖許氏 家門 분석」, 『韓國史論叢』 3 ; 2003, 『高麗社會와 門閥貴族家門』, 경인문화사, 291·292쪽.

朴龍雲, 1990, 「〈資料〉 科試 設行과 製述科 及第者」, 『高麗時代 蔭敍制와 科擧制 研究』, 一志社, 368·378쪽.

13) 江左: 江東을 의미한다. 長江 하류의 동쪽 지역으로 지금의 江蘇省 일대로 여기서는 東晉을 가리킨다.

檀國大學校 東洋學研究所, 2005, 「江」, 『漢韓大辭典』 8, 檀國大學校出版部, 73쪽.

14) 王·謝: 王과 謝는 중국 고대 東晉과 南北朝 시기의 저명한 士族인 琅邪王氏 가문과 陳郡謝氏 가문을 가리키는 말이다. 낭야왕씨는 西晉 정권이 흉노의 공격을 받아 멸망하고 동진이 건립되는 과정에서 활약한 王導(276～339) 이후에 크게 부흥하였다. 왕도는 司馬睿 - 동진 元帝 - 를 도와 동진을 세웠고 원제를 뒤이은 明帝와 成帝 등 3대의 황제를 연이어 보좌하였다. 특히 동진 초기에 일어난 王敦의 亂(322)과 蘇峻의 亂(327)을 진압하는 과정에서 큰 공로를 세워 동진 정권을 안정시키는데 기여하였다. 그의 아들 중 王洽

은 벼슬이 中書令에 이르렀고 왕흡의 아들 王珉 역시 中書令이 되는 등, 낭야 왕씨는 남북조시기에 가장 현달한 가문이 되었다(①). 진군 사씨는 낭야 왕씨보다 비교적 늦은 시기에 문벌귀족의 지위를 형성하였다. 西晉 연간에 시중 王衍이 謝衡을 寒門 출신이라는 이유로 만나주지 않고 있는 것을 통해 양가의 현격한 차이가 확인되고 있으며, 서진 말기에 謝衡의 아들인 謝鯤이 반란을 평정하고 咸亭侯에 봉해지면서 점차 귀족계층으로 성장하였다. 이후 東晉 중기에 謝安이 征西大將軍 桓溫의 제위 찬탈을 저지하고 前秦의 苻堅이 이끄는 대군을 맞아 조카 謝玄과 함께 底水에서 격파함으로써, 진군 사씨는 낭아 왕씨에 비견되는 문벌귀족이 되었고 남조 사족을 대표하여 '王謝'로 불리게 되었다. 한편 진군 사씨의 人士 가운데 謝衡, 謝鯤, 謝尚, 謝安 등은 산림에 은거하며 당대의 명사들과 교류하면서 풍류를 즐긴 것으로도 유명하다(②).

> ① 『晉書』 권65, 列傳35 王導·王洽·王珉.
> 　『晉書』 권6·7, 帝紀6·7 中宗 元帝·肅宗 明帝·顯宗 成帝.
> 　『資治通鑑』 권86~94.
> 　『南史』 권80, 列傳70 侯景.
> ② 『晉書』 권49, 列傳19 謝鯤.
> 　『晉書』 권79, 列傳49 謝安.
> 　姜必任, 2002, 「晉宋 士族 家風과 文學의 相關性 研究」, 『中國學報』
> 　　45, 42~44쪽.

　15) 龍灣: 지금의 평안북도 의주군 일대이다. 高麗 때는 龍灣縣으로도 불렸다. 처음에 거란이 압록강 동쪽 강안에 성을 쌓고 保州라고 불렀으며, 文宗 때에는 거란이 또 弓口門을 설치하고 抱州라고도 불렀는데, 이후 1117년(예종 12)에 義州防禦使로 고치고, 압록강을 경계로 삼아 關防을 설치하였다(①). 金緣−金仁存−이 義州에 나갔던 시기는 확인되지 않는다. 다만, 『新增東國輿地勝覽』平安道 義州牧 名宦條에 그의 이름이 있는데, 본문에서 문생에게

시를 보였다는 것으로 보아 동지공거를 지낸 1106년 이후 그곳에 나갔던 것으로 생각한다.

① 『高麗史』 권58, 地理志3 安北大都護府 義州.

② 『新增東國輿地勝覽』 권53, 平安道 義州牧.

16) 門生: 과거 급제자들이 고시관－知貢擧·同知貢擧－을 座主라 부르고, 그들 자신은 좌주의 門下가 된다는 의미에서 사용했던 용어이다. 이에 대해서는 상권 15, 주해1) 참고; 본서 76쪽. 한편 『高麗史』에는 1106년(예종 1) 4월에 문하시랑평장사 崔弘嗣가 지공거가 되고 예부시랑 김연이 동지공거가 되어 皇甫許 등 34명을 선발한 기사가 있으며, 1114년 3월에는 김연이 지공거가 되고 당시 좌승선이던 韓皦如가 동지공거가 되어 백유 등 5명과 병과 11명, 동진사 22명, 明經 3명을 선발하고, 宋 진사 林完을 따로 을과에 선발한 기록이 있다.

『高麗史』 권73, 志27 選擧1 科目1 睿宗 원년 4월·9년 3월.

17) 闉外: 문 밖, 성 밖 등을 말하며, 여기서는 왕성 밖이란 의미로 사용되었다.

『孔子家語』 권5, 顔回18.

諸橋轍次, 1985, 「闉」, 『大漢和辭典』 11, 大修館書店, 744쪽.

中7.

[原文]

尚書金子儀骯髒有奇節. 嘗戰藝春官, 上夢見有人擢第, 名曰昌. 及開糊封, 公在第二人名晶, 上駭異之. 立朝勁諤, 有諍臣風. 性嗜酒, 醉則起舞, 輒唱四海之歌, 其所言皆國朝綱紀也. 當時語曰, "寧逢虎兒, 不逢金公醉." 方出按江南, 上臨軒戒之曰, "卿文章志節不愧古人, 但飲酒多過差耳, 三杯之後愼勿屬口." 由是歷遍所轄州郡, 常惺惺然不飲, 行過山中精藍, 訪奮知老衲, 握手

話懷. 及別貰酒欲餞之, 出門踞苔石上, 乃曰, "頃出都有朝旨, 禁臣飮酒不過三爵, 宜持爾應供鐵鉢來." 三酌而去, 其鉢可受一斗餘, 豪邁皆類此. 嘗悲拓相國南遷一絶.「龍虎雄姿鐵石腸, 欲將忠義輔君王, 只緣鳥盡弓藏耳, 不是淮陰背漢皇.」

[譯文]

상서 김자의[1]는 올곧고 절개가 뛰어났다. 일찍이 춘관[2]에서 재주를 다툴 때 임금[3]이 꿈에서 급제한 사람을 보았는데 이름이 창(昌)이었다. (후에) 호봉[4]을 열어보니 공이 제2등이었고 이름이 정(晶)이었으므로 임금이 놀라고 기이하게 여겼다. 조정에 있으면서 바른 말을 하여 간쟁하는 신하의 풍모가 있었다. 성품이 술을 좋아해 취하면 일어나 춤추고 자주 사해가[四海之歌][5]를 불렀는데, 말한 바가 모두 국가와 조정의 기강에 대한 것이었다. 당시 말하기를, "차라리 호랑이나 들소를 만날지언정 술 취한 김공은 만나지 않겠다."라고 하였다. 바야흐로 강남을 살피러 안찰하려고 할 때[6] 임금이 관헌에 납시어 훈계하기를, "경은 문장과 절개가 옛 사람에 부끄럽지 않으나, 다만 술을 지나치게 많이 마시는 것이 어긋날 뿐이니 석 잔 뒤에는 삼가 입에 대지 말라."라고 하였다. 이로 인해 관할 주군을 두루 다니는 동안 항상 맑은 정신으로 술을 마시지 않았는데, 산 속의 사찰을 지나가다가 예전부터 알던 노승을 방문해 손을 잡고 회포를 풀었다. 작별할 때에 이르러 술을 구해 와서 전별하려고 하니 (공이) 문을 나와 이끼 낀 바위 위에 걸터앉아서 말하기를, "지난번 도읍을 나올 때에 조서로 신이 술을 마시더라도 석 잔을 넘지 않도록 금하셨으니, 그대는 공양에 쓰는 쇠 바리때[7]를 가지고 오시오."라고 하였다. 세 번을 따라 마시고 떠났는데 그 바리때는 한 말 남짓을 담을 수 있었으니 호방함이 모두 이와 같았다. 일찍이 척상국이 남쪽으로 유배된 일[8]을 슬퍼하며 시 한 절을 지었다.

「용과 범 같은 웅장한 모습에 철석같은 마음
  충의로써 군왕을 도우려 하였네
  다만 새를 다 잡아 활이 필요 없을 뿐이니
  회음후가 한황을 배반한 것이 아니었다.[9]」

[註解]

1) 尙書金子儀: 생몰년 미상. 김자의에 대해서는 기록이 소략하여 단편적인 내용만이 전해질 뿐 자세한 내용은 찾아지지 않는다. 초명은 晶으로 과거에 급제한 이후 尙書左丞·知制誥, 右散騎常侍·翰林學士·知制誥, 禮部尙書 등을 역임하였다. 김자의는 성품이 강직하고 문장에 뛰어난 재능이 있었다고 하며, 현재 그가 지은 묘지명이 다소 전해지고 있다. 한편 여기에 보이는 尙書는 김자의의 최종 관직으로 보이는데, 예부상서였을 것이다.

『高麗史』 권17, 世家17 毅宗 4년 12월 戊辰·6년 4월 庚辰.
『高麗墓誌銘集成』,「權適墓誌銘」·「朴僕射墓誌銘」·「尹彦頤墓誌銘」.

2) 春官: 과거를 주관한 관부인 尙書禮部를 말하며, 과거시험 자체를 의미하는 말로도 쓰였다. 이에 대한 자세한 설명은 상권 15, 주해10) 참고: 본서 78쪽.

3) 上: 김자의가 급제한 시기를 명확히 알 수 없으므로 본문의 임금이 누구인지는 확실치 않다. 그런데 1148년(의종 2)에 김자의의 관직이 이미 尙書左丞(종3품)임을 감안한다면, 시기적으로 앞선 인종조에 급제하였을 것이다. 따라서 본문의 임금은 인종을 말하는 것으로 생각된다.

朴龍雲, 1990,「資料 : 科試 設行과 製述科 及第者」,『高麗時代 蔭敍制와 科擧制 研究』, 一志社, 376~380쪽.

4) 糊封: 과거에서 고시관과 수험생 간의 친밀 관계에 의한 채점 부정을 막기 위해서 답안지가 어느 수험생의 것인지 알아볼 수 없도록 성명을 비롯한 인적 사항 위를 풀로 붙여 봉한 것[糊名法]을 말

한다.『高麗史』에 의하면 1011년(현종 2)에 禮部侍郎 周起가 아뢰어 糊名試式을 정하였다고 기록되어 있다.

『高麗史』권73, 志27 選擧1 科目1 顯宗 2년.

朴龍雲, 1990,「高麗時代의 科擧 – 製述科의 運營」,『高麗時代 蔭敍制와 科擧制 研究』, 一志社, 259~260쪽.

5) 四海之歌: 여기에서 김자의가 자주 불렀다는 사해지가는 고려가요의 하나로 추정되지만『大東韻府群玉』에 본문과 같은 이야기가 전해질 뿐이고 다른 사료에서는 찾아지지 않고 있어서 자세한 내용을 알 수 없다.

6) 出按江南: 이를 통해 어느 시기에 金子儀가 남쪽 지방을 살피러 나갔음을 알 수 있다. 실제로 그는 察訪使로 재임하면서 晉州牧司錄兼掌書記 崔祐甫의 치적을 최고로 평가하여 보고한 일이 있는데(①), 본문의 내용은 아마도 이때의 일을 말하는 것일 수도 있다. 察訪使는 按察使처럼 지방 州縣에 파견되어 백성을 按撫하고 지방관의 殿最 등을 조사하는 임무를 담당했다. 다만 안찰사는 6개월을 임기로 고정적으로 파견되었음에 비해서, 찰방사는 안찰사의 임무가 교대되는 사이 그때마다 필요에 의해 파견되었다는 점에서 차이가 있었다(②).

① 『高麗墓誌銘集成』,「崔祐甫墓誌銘」.

② 『高麗史』권77, 志31 百官2 外職 察訪使.

邊太燮, 1968,「高麗按察使考」,『歷史敎育』40 ; 1971,『高麗政治制度史研究』, 一潮閣, 161~162쪽.

김아네스, 1993,「高麗時代의 察訪使」,『韓國史學報』82.

7) 鐵鉢: 쇠로 만들어진 바리때[鉢盂]를 말한다. 鉢盂는 절에서 승려들이 사용하는 밥그릇이다. 범어 '파트라(patra)'의 음사인 鉢多羅의 약칭으로 번역하여 적당한 양을 담는 그릇이라는 뜻에서 應器 또는 應量器라고도 부른다.

8) 拓相國南遷: 拓相國은 拓俊京(?~1144)을 말한다. 그는

1104년(숙종 9)부터 시작된 東女眞 정벌에 여러 번 참전하여 큰 공을 세웠고, 이후 給事中, 西北面兵馬副使, 衛尉卿·直門下省, 吏部尙書·叅知政事, 中書侍郎平章事 등을 역임하였다. 1126년(인종 4)에 李資謙과 함께 난을 일으켰으나 도리어 왕의 회유에 넘어가 이자겸을 체포하고 난을 진압하여 공신이 되었다.

위의 내용은 1127년 3월에 척준경이 권세를 휘두르다가 左正言 鄭知常의 탄핵을 받고 실각하여 巖墮島 - 지금의 전라남도 신안군 암태도 - 로 유배당한 일을 가리킨다. 이듬해에 척준경의 유배지가 谷州 - 지금의 황해북도 곡산군 - 로 변경되었음을 감안한다면 본문의 시는 1127년 3월 직후에 지어졌을 것으로 생각된다.

『高麗史』 권15, 世家15 仁宗 5년 3월 乙卯.

『高麗史』 권127, 列傳40 叛逆1 拓俊京.

9) 只緣鳥 … 背漢皇: 淮陰은 淮陰侯 韓信이고 漢皇은 漢 高祖 劉邦을 말한다. 한신은 유방을 도와 천하를 평정한 공로로 楚王에 봉해졌으나 모반의 무고를 당해 淮陰侯로 강등되었고, 후일 呂后에게 희생되었다. 이때 한신이 남긴 말이 兎死狗烹의 유래가 되는 "狡兔死走狗烹 飛鳥盡良弓藏 敵國破謀臣亡 天下已定 臣固當烹"이라고 한다. 즉 이자겸의 난에서 큰 공을 세운 척준경이 유배당하는 일을 두고 실제로는 그가 왕을 배반하지 않았음을 비유한 것이다.

中8.

[原文]

真樂公資玄起自相門, 雖寓迹簪組, 常有紫霞逸想. 少遊金闈, 從術士殷元忠, 密訪溪山勝地可以卜隱. 殷公云, "楊子江上有靑山一曲, 真避世之境." 聞之, 常掛於心, 年二十七仕至大樂署令, 忽致叩盆之患, 拂衣長往, 入淸3)平

山, 葺文殊院以居之. 尤嗜禪說, 學者至則輒與之入幽室, 竟日危坐忘言, 時
時擧古德宗旨商論. 由是心法流布於海東, 惠照大鑑兩國師皆遊其門. 廼於洞
中幽絶處作息庵, 團圓如鵠卵, 只得盤兩膝, 而黙坐其中, 數日猶不出. 其同
年友郭璵持節出関東見訪, 贈詩云, 「淸平山水似湘濱, 邂逅相逢見故人, 三十
年前同得第, 一千里外各棲身, 浮雲入洞曾無事, 明月當溪不染塵, 目擊無言
良久處, 淡然相照奮精神.」 公次韶云, 「暖逼溪山暗換春, 忽紆仙杖訪幽人,
夷齊遁世唯全性, 稷契勤邦不爲身, 奉詔此時鏘玉佩, 掛冠何日拂衣塵, 何當
此地同棲隱, 養得從來不死神.」 睿王渴仰眞風, 累詔徵之, 對使者曰, "臣始
出都門, 有不復踐京華之誓, 不敢奉詔." 遂附表云, 「唐虞之代, 堯舜之臣, 勢
龍陳廊廟之謨, 巢許抗山林之志, 以鳥養鳥, 庶無鍾鼓之憂, 觀魚知魚, 俾遂
江湖之性.」 上知其不可屈致, 特幸南都召見, 問以修身養性之要. 對曰, "古
人云, ‘養性, 莫善於寡欲.’ 惟陛下留意焉." 上嗟賞不已曰, "言可聞而道不可
傳, 身可見而志不可屈, 眞潁陽之亞流也." 賜茶藥還山. 及卒諡眞樂公, 其餘
事跡見金相國重敍記.

[譯文]

　진락공 자현[1]은 재상 가문에 나서 비록 벼슬길에 들었으나 항상
신선처럼 생활하려는 마음이 있었다. 젊어서 금규[2]에 있을 적에 술
사 은원충[3]을 만나 조용히 시내와 산의 경치가 좋은 땅으로 숨어살
만한 곳이 있는지 물었다. 은공이 이르기를, "양자강[4] 가에 청산 한
굽이가 있는데, 참으로 세상을 벗어날 만한 곳입니다."라고 하였는
데, 그 말을 듣고 늘 마음에 두었다. 나이 스물일곱에 대악서령[5]이
되었다가 문득 아내를 잃은 아픔으로[叩盆之患] 옷을 떨치고 멀리
떠나서 청평산[6]에 들어가 문수원을 수리하고 거처하였다.[7] 더욱 선
설(禪說)을 즐겨 학자가 오면 번번이 함께 한적한 방에 들어가 종
일토록 꿇어앉아 말이 없었고, 때때로 고승이 말한 종문의 요지를

---

3) 조종업본은 판독이 어려우나 국도본에는 淸으로 나옴.

거론하며 서로 의논하였다. 이로 말미암아 (그의) 심법이 해동에 유포되었으니 혜조[8]·대감[9] 두 국사도 모두 그의 문하에서 노닐었다.[10] 이에 골짜기 그윽한 곳에 식암[11]을 지었는데, 둥근 것이 따오기 알과 같아서 겨우 두 무릎만 댈 수 있었고 그 안에서 묵묵히 앉아 수일이 지나도 나오지 않았다. 그의 동년[12] 친구인 곽여[13]가 부절을 갖고 관동으로 나아가다[14] 방문하여 시를 지어주었다.

> 「청평의 산수는 상강 가와 같은데
> 우연히 옛 친구를 만나게 되었네
> 삼십 년 전에는 함께 급제하였는데
> 천리 밖에서 각자 살아가게 되네
> 뜬 구름처럼 골짜기에 들어오니 이에 일이 없고
> 밝은 달 시내에 비치니 세속에 물들지 않네
> 눈만 마주치고 오랫동안 말이 없음은
> 담담하게 서로 옛 마음을 비추기 때문이네.」

공이 차운하였으니 다음과 같다.

> 「따뜻한 기운 시내와 산에 드니 봄으로 바뀌는데
> 홀연히 선장을 돌려 숨어 사는 사람 찾아 왔네
> 이·제[15]가 세상을 피한 것은 다만 성품을 보전하기 위함이고
> 직·설이 나랏일에 부지런함은 제 몸을 위한 것이 아니었으리
> 왕명을 받든 이때 옥패소리 쟁쟁한데
> 어느 때나 벼슬 버리고 옷의 티끌 떨쳐버리려나
> 어찌하면 이곳에서 함께 숨어
> 종래의 불사의 정신 기를 수 있겠는가.」[16]

예종[17]이 신선의 풍모를 매우 사모하여 여러 번 조서로 부르니, (공이) 사자를 대하여 말하기를, "신이 처음 도성의 문을 나올 때

다시는 서울 땅을 밟지 않기로 맹세하였으니 감히 조서를 받들 수가 없습니다."라고 하였다. 드디어 표를 올려 이르기를, 「당·우의 시대[18]에 요·순의 신하로서 기·용[19]은 조정에 계책을 말하였고, 소·허[20]는 산림의 뜻을 지켰습니다. 새로 새를 길러 거의 종고(鐘鼓)의 근심이 없게 하고,[21] 물고기를 보고 물고기를 알아[22] 강호의 천성이 이루어지게 하옵소서.」라고 하였다.[23] 왕은 그가 뜻을 굽혀 오지 않을 것임을 알고, 다만 남도[24]에 행차해서 불러 보고 수신 양성의 요령을 물었다. 대답하기를, "고인이 이르되, '천성을 기르는 것은 욕심을 적게 하는 것보다 나은 것이 없다.'라고 하였으니 폐하께서는 유의하옵소서."라고 하였다. 왕은 감탄하기를 그치지 않고 이르기를, "말은 들을 수가 있으나 도는 전할 수가 없고, 몸은 볼 수가 있으나 뜻을 굽힐 수가 없으니 참으로 영양의 아류[25]이다."라고 하면서 차와 약을 내려주어 산으로 돌려보냈다. (공이) 죽으니 시호를 진락공이라고 하였는데, 그 나머지 사적은 김상국[26]의 중창기[27]에 있다.

[註解]

1) 眞樂公資玄: 문종의 장인인 李子淵의 손자 李資玄(1061~1125)을 말한다. 眞樂은 그의 시호이다. 1089년(선종 6)에 과거에 급제하여 大樂署丞에 임명되었으나 사양하고 淸平山에 들어가 禪說을 닦으며 여생을 보냈다.

『高麗史』 권95, 列傳8 李子淵 附資玄.

2) 少遊金閨: 金閨는 寢殿의 美稱 또는 金馬門의 別稱으로 漢代에 學士가 모여 있던 곳을 뜻하며, 翰林院을 가리키는 말로도 쓰였다(①). 이자현이 과거에 급제한 것은 1083년(문종 37)이며 殷元忠의 이야기를 듣고 淸平山으로 떠난 것은 1089년(선종 6)이기 때문에(②), 그가 금규에 머물렀던 기간은 1083~1089년 사이로 볼 수 있다. 만약 금규를 한림원으로 본다면 이자현은 급제 이후 줄

곧 한림원에 있었다는 말인데, 사실 그가 한림원에 임명된 기록이 찾아지지 않아 확인하기 어렵다. 따라서 본문의 金閨는 寢殿과 관련하여 넓은 의미에서 궁궐을 뜻한 것으로 보거나 또는 文學으로 仕宦하는 자들이 모여 있는 곳이란 뜻에서 조정을 말한 것으로 생각된다.

① 諸橋轍次, 1985, 「金」, 『大漢和辭典』 11, 大修館書店, 456쪽.
② 『東文選』 권64, 記 「淸平山文殊院記」.

3) 殷元忠: 생몰년 미상. 정확히 누구인지 알 수 없다. 관련 기록으로 『高麗史』와 『高麗史節要』에는 숙종이 無等山處士 殷元忠을 불렀다는 것과 예종이 注簿同正 殷元忠을 보내 東界의 山川을 순시하게 했다는 것이 전부이다(①). 또한 『西河集』에도 李仲若이라는 사람에게 處士 殷元忠이 道家의 方術을 알려주는 내용이 보인다(②).

① 『高麗史』 권12, 世家12 肅宗 8년 10월 庚午·睿宗 卽位年 11월 壬戌.
② 『西河集』 권5, 記 「逸齋記」.

4) 楊子江: 揚子江·長江이라고도 한다. 총 길이 6,300km로서 靑藏高原으로부터 발원하여 중국 대륙을 관통하는 가장 큰 강이다. 유역면적은 180여만km²이고 매년 바다에 들어가는 총 경류량은 1만 억m²이다. 본문에서는 북한강을 揚子江에 비유하였다.

장삼환, 2005, 「육지의 물」, 『중국의 자연환경』, 한국학술정보, 115쪽

5) 大樂署令: 音樂·音律을 검열하는 등의 일을 관장한 大樂署의 종7품 최고 관직이다(①). 大樂署에는 令 이외에도 丞이 목종 때부터 두어졌다고 여겨지는데(②), 『高麗史』 列傳에 의하면 이자현은 본문과 달리 大樂署丞을 지낸 것으로 되어 있다(③).

① 『高麗史』 권77, 志31 百官2 典樂署.
② 김창현, 2000, 「고려시대 음악기관에 대한 제도사적 연구」, 『國樂院論文集』 12, 65~66쪽 ; 2007, 『고려의 여성과 문화』, 신서원.
　　朴龍雲, 2006, 「『高麗史』 百官志(二) 譯註(5)」, 『고려시대연구』 XI,

　　한국학중앙연구원 ; 2009, 『『高麗史』百官志 譯註』, 신서원,
　　398～399쪽.
　③ 『高麗史』권95, 列傳8 李子淵 附資玄.

그 밖에 고려시대 음악기관과 관련하여 다음의 논고도 참고가 된다.

　　宋芳松, 1986, 「高麗의 大樂署와 管絃房」, 『韓國學報』44 ; 1988, 『高麗
　　　音樂史硏究』, 一志社.

　　이범직, 2000, 「高麗時代 음악기관에 관한 연구」, 『國樂院論文集』12.

　6) 清平山: 지금의 江原道 春川市에 있는 五峰山을 말한다. 慶
雲山 또는 清平山이라고도 하는데, 근래에 비로봉·보현봉·문수
봉·관음봉·나한봉의 다섯 봉우리가 있다고 하여 오봉산으로 부르
게 되었다. 文殊院은 산 정상에서 남쪽으로 문수봉 아래에 위치하고
있으며, 지금은 清平寺가 자리하고 있다.

　7) 葺文殊院以居之: 본래 文殊院이 있던 곳에는 普賢院이라는
절이 있었는데, 이자현이 이곳에 거처하면서 이름을 文殊院으로 바
꿨다고 한다(①). 이러한 명칭 변경은 단순히 이름만 바꾼 것이 아
니라 이자현의 佛敎觀과도 관련되어 있었다. 즉, 文殊師利菩薩은
釋迦如來의 補處로서 智慧의 상징이므로 文殊院으로의 개칭은 대중
에 대한 교화보다는 개인적인 修業을 중요시하는 관념이 투영된 결
과였다(②).

　　① 『東文選』권64, 記 「清平山文殊院記」.
　　② 崔柄憲, 1983, 「高麗中期 李資玄의 禪과 居士佛敎의 性格」, 『金哲埈
　　　博士華甲紀念史學論叢』, 지식산업사, 945쪽.

　8) 惠照: 생몰년 미상. 구체적인 내용은 알 수 없으며, 坦然의
스승인 慧炤國師 曇眞과 동일 인물로 파악된다(①). 禪宗 승려로
서 1108년(예종 2)에 王師가 되었고, 1114년에는 王師로서 國師
에 책봉되었다(②). 그밖에 언제 사망했는지 등 이후의 생애에 대
해서는 확인되지 않는다.

　　① 許興植, 1975, 「高麗時代의 國師·王師制度와 그 機能」, 『歷史學報』

67 : 1986, 『高麗佛教史研究』, 一潮閣, 428～429쪽.

② 『高麗史』 권12, 世家12 睿宗 2년 正月 乙卯·9년 3월 癸巳.

朴胤珍, 2006, 「高麗前期 王師·國師의 사례와 기능」, 『高麗時代 王師·國師 研究』, 景仁文化社, 52～53쪽.

9) 大鑑: 고려시대의 高僧인 坦然(1069～1158)으로 大鑑은 그의 諡號이다. 俗性은 孫氏이며, 校尉 肅의 아들로 1087년(선종 4)에 승려가 되어 慧炤國師 曇眞을 스승으로 섬겼다. 1104년(숙종 9)에 승과에 합격한 뒤 예종대에는 禪師를 거쳐 大禪師가 되었다가 1145년(인종 23)에 王師에 책봉되었다. 王師가 되기 전부터 국가의 큰 일이 있으면 늘 왕이 자문하였으며, 인종이 王師가 되어 줄 것을 청하자 혜성의 출현과 가뭄이 모두 해결되었다고 한다.

朝鮮總督府 編, 1923, 「高麗國曹溪宗崛山下斷俗寺大鑑國師之碑銘幷序」, 『朝鮮金石總覽』 上, 朝鮮總督府, 563～564쪽.

朴胤珍, 2006, 「高麗前期 王師·國師의 사례와 기능」, 『高麗時代 王師·國師 研究』, 景仁文化社, 57～58쪽.

10) 兩國師皆遊其門: 惠照 曇眞은 1087년(선종 4)에 이미 大鑑 坦然의 스승이었는데, 이들은 이자현의 문하라기보다 오히려 이자현이 曇眞의 지도를 받아 그의 제자였던 坦然에게도 영향을 미쳤다고 여겨진다(①). 한편 이자현이 居士로서 禪學을 말하고 이들과 어울린 것은 당시 불교계의 흐름과도 연결시켜 볼 수 있다. 고려전기 현종과 문종대에는 瑜伽宗과 華嚴宗 출신의 승려가 주로 王師·國師에 임명되었는데, 예종대 이후로 숙종·인종조에는 바로 본문의 曇眞, 坦然과 같은 선종 승려들이 王師·國師를 하게 된 것이다(②). 이것은 세속인들이 居士를 칭하고 선종에 관심을 두게 되면서 나타난 변화로 생각된다(③).

① 崔柄憲, 1983, 「高麗中期 李資玄의 禪과 居士佛教의 性格」, 『金哲埈博士華甲紀念史學論叢』, 지식산업사, 952쪽.

② 朴胤珍, 2006, 「王師·國師制의 운영과 그 목적」, 『高麗時代 王師·國師 研究』, 景仁文化社, 226쪽.

③ 徐景洙, 1975,「高麗의 居士佛敎」,『崇山朴吉眞博士華甲紀念 韓國佛
敎思想史』, 원광대출판국.

11) 息庵: 청평사 서북쪽 계곡에 위치한 작은 암자를 말한다. 현
재 식암이 있던 곳에는 부처의 사리를 모신 寂滅寶宮이 세워져 있
어 본래의 모습을 확인할 수 없지만, 건물 바로 옆 절벽에 '淸平息
庵'이라는 글자가 여전히 남아 있다.

洪性益, 2008,『淸平寺에 대한 歷史考古學的 硏究』, 강원대학교 사학과
박사학위논문, 58쪽.

12) 同年: 같은 해 과거에 급제한 자를 일컫는 말이다. 고려시대
에는 同年끼리 同年會를 만들어 형체처럼 지냈고 성적에 따라 서열
을 정하기도 하였다. 따라서 그들의 유대감은 남달랐으며 재상에게
글을 보내 불우한 동년의 등용을 돕기도 하였다(①). 곽여와 이자
현은 1083년(문종 37) 3월에 있었던 과거에서 함께 합격했던 것으
로 보이는데(②), 당시 知貢擧는 中書侍郞 崔奭, 同知貢擧는 侍講
學士 朴寅亮이었다(③).

① 曹佐鎬, 1958,「麗代의 科擧制度」,『歷史學報』 10, 162~164쪽.
許興植, 1979,「高麗의 科擧와 門蔭制度와의 比較」,『韓國史硏究』
27 ; 2005,『고려의 과거제도』, 일조각, 290~291쪽.

② 崔滋,『補閑集』上.
朝鮮總督府 編, 1923,「文殊院重修碑」,『朝鮮金石總覽』上, 朝鮮總督
府, 326쪽.
朴龍雲, 1990,「資料: 科試 設行과 製述科 及第者」,『高麗時代 蔭敍
制와 科擧制硏究』, 一志社, 348~349쪽.
許興植, 2005,「고려 예부시동년록」,『고려의 과거제도』, 일조각,
487쪽.

③『高麗史』 권73, 志27 選擧1 科目1 選場 文宗 37년 3월.

13) 郭璵: 본문과 이름은 다르나 이자현의 同年인 郭輿(1058~1130)
로 생각된다. 본관은 청주이고 과거에 급제하여 內侍로 있다가 閣門祇候
禮部員外郞 등을 지냈다. 이후 관직을 버리고 처사를 자처하며 풍류생

활을 즐겼다. 예종이 즉위하여 궁중 純福殿에 불러두고 조용히 담화를 나누었으므로 당시 사람들이 金門羽客이라고도 하였으며, 예종이 若頭山에 집을 지어 주자 그곳에 살면서 東山處士라고 자처하며 지내다가 죽었다. 그는 도교·불교·의학·약학·음양설에 관한 서적을 두루 섭렵하였다고 한다.

『高麗史』 권97, 列傳10 郭尙 附輿.

14) 持節出關東: 『高麗史』 郭輿傳에는 곽여가 洪州牧使에 임명된 사실만 기록되어 있는데(①), 위에 의하면 關東에도 나아간 사실이 확인된다. 이는 단순히 관동 지방의 수령으로 파견되었거나, 혹은 그가 일찍부터 은거한 사실을 감안한다면 특별히 왕의 명령으로 이자현의 안부를 묻기 위해 방문한 것일 수도 있다. 대략적인 시기는 본문의 詩句인 "삼십 년 전에는 함께 급제하였는데"를 통해서 이자현과 함께 급제한 1083년(문종 37)부터 30년 정도 뒤인 1113년(예종 8)을 전후한 때로 생각된다.

『高麗史』 권97, 列傳10 郭尙 附輿.

15) 夷齊: 생몰년 미상. 孤竹國의 왕자였던 伯夷와 叔齊를 말한다. 두 형제는 父王이 죽은 뒤 서로 후계자가 되기를 사양하다가 끝내 모두 나라를 떠났다. 그 무렵 周 武王이 殷 紂王을 토벌하고 왕조를 세우자, 두 사람은 武王의 행위가 仁義에 위배되는 것이라 하여 周의 곡식을 먹을 수 없다고 하며, 首陽山에 들어가 숨어 지내다가 굶어죽었다고 한다.

『史記』 권61, 伯夷列傳1.

16) 贈詩云 … 養得從來不死神: 동일한 시구가 『新增東國輿地勝覽』에도 보인다.

『新增東國輿地勝覽』 권46, 江原道 春川都護府 山川 淸平山.

17) 睿王: 고려의 제16대 왕인 睿宗(1079~1122)을 말한다. 그에 대해서는 상권 18, 주해1) 참고; 본서 95쪽.

18) 唐虞之代: 중국 역사상 가장 이상적인 賢君·賢王인 堯와 舜
이 나라를 다스리던 태평성대를 뜻한다. 唐과 虞는 각각 堯와 舜의
氏로 唐虞는 곧 堯舜을 의미한다. 堯는 인자하고 관대하여 그의 治
世에는 백성들이 국가의 존재를 모를 정도로 안락하게 생활하였다
고 한다. 또한 堯는 舜에게 帝位를 禪讓하였는데, 이것은 자식에게
帝位를 물려주는 것이 아니라 賢者를 찾아 그를 다음 皇帝로 삼는
방식이었다. 舜도 선정을 베풀다가 治水에 공을 세운 禹에게 禪讓
하였는데, 이처럼 堯와 舜은 높은 덕망을 지니고 바른 정치를 했을
뿐만 아니라 賢人을 발탁하여 선양했으므로 중국 역대 帝王 가운데
가장 이상적인 인물로 평가받는다.
　　『史記』 권1, 五帝本紀1.
　　이춘식, 2005, 「중국의 원시문화」, 『중국사서설』, 교보문고, 34쪽.
19) 夔龍: 夔와 龍은 모두 堯·舜의 臣下이다. 堯가 사망하자 舜
은 이전의 신하들을 그대로 등용하여 소관업무를 분담시켰다. 이때
夔는 음악을 관장하는 典樂에 임명되었고, 龍은 임금의 명령을 전달
하고 백성들의 의견을 수집하는 納言에 임명되어 함께 舜의 治世를
도왔다.
　　『史記』 권1, 五帝本紀1.
20) 巢許: 巢父와 許由를 말한다. 堯는 禪讓하기에 앞서 賢者를
찾았는데, 당시 許由라는 사람이 어질다는 소문을 듣고 그에게 양위
하려 하였다. 허유는 潁水가의 箕山에 숨어 살았는데, 뒤에 堯가 그
를 九州의 長으로 삼는다는 말을 듣고는 潁水에서 귀를 씻었다. 그
런데, 그 때 마침 소에게 물을 먹이러 왔던 허유의 친구 巢父가 허
유가 귀를 씻는 모습을 보고 연유를 물었다. 허유는 그 간의 이야기
를 해주면서 못 들을 말을 들었기 때문에 더러워진 귀를 씻는다고
설명해주었다. 그러자 소보는 소를 끌고 상류로 올라갔다. 이에 허
유가 그 까닭을 묻자, 소보는 더럽혀진 귀를 씻은 더러운 물을 소에

게 먹일 수 없다며 상류에서 깨끗한 물을 먹이겠다고 하였다. 이처
럼 巢父와 許由는 모두 세상에 뜻이 없이 조용히 산중에 묻혀 살았
던 인물들이다. 여기에서 이자현은 蘷·龍에 비견되는 인물들로 巢
父와 許由를 설정하여 자신이 추구하는 삶의 방향이 後者와 같음을
드러내고 있다.

『史記』권61, 伯夷列傳1.

21) 以鳥養鳥 庶無鍾鼓之憂: 『莊子』의 '昔者 海鳥止於魯郊 魯
侯御而觴之於廟 奏九韶以爲樂 具太牢以爲膳 鳥乃眩視憂悲 不敢食
一臠 不敢飮一杯 三日而死 此以己養養鳥也 非以鳥養養鳥也 夫以
鳥養養鳥者 宜棲之深林 遊之壇陸 浮之江湖 食之鰌鰍 隨行列而止
委蛇而處 彼唯人言之惡聞 奚以夫譊譊爲乎'를 인용해 천성대로 살
아가도록 해 줄 것을 당부하는 내용이다. 옛날에 어떤 새가 노나라
교외에 와서 앉자, 임금이 그 새를 위해 종묘로 불러 잔치를 열고
구소의 음악을 연주했는데, 그 새는 걱정하고 슬퍼하다가 사흘 만에
죽었다. 그것은 사람이 자신을 양육하는 방법으로 새를 길렀기 때문
이었다. 곧, 새는 새를 기르는 방법으로 양육해야만 새의 삶을 살
수 있다는 것이다. 여기에서 이자현은 스스로를 새에 비유하여 자신
에게는 자신에게 맞는 생활방식－處士로서의 삶－이 있다는 것을
표현하였다.

『莊子』外篇 至樂18.

22) 觀魚知魚: 『莊子』의 '莊子與惠子游於濠梁之上 莊子曰 儵魚
出遊從容 是魚之樂也 惠子曰 子非魚 安知魚之樂 莊子曰 子非我 安
知我不知魚之樂 惠子曰 我非子 固不知子矣 子固非魚也 子之不知魚
之樂 全矣 莊子曰 請循其本 子曰 汝安知魚樂 雲者 旣已知吾知之而
問我 我知之濠上也'를 인용하였다. 이는 물고기가 물에서 노는 것을
보고 물고기의 즐거움을 안다는 의미인데, 본문에서는 다시 한 번 천
성대로 살아가도록 허락해 줄 것을 당부한 내용으로 쓰였다.

『莊子』外篇 秋水17.

23) 遂附表云 … 俾遂江湖之性: 이때에 이자현이 올린 表의 내용이 『東文選』에 상세히 전한다.

『東文選』권39, 表箋「陳情表」·「第二表」.

24) 南都: 고려시대에는 南京, 楊州 등으로도 불렀다. 고려초에 楊州라고 하였다가 1067년(문종 21)에 南京留守官으로 승격되었다. 숙종대에는 이곳으로 遷都하려는 논의가 있어 궁궐이 지어지기도 했다. 이후 1308년(충렬왕 34)에는 漢陽府로 개칭되었으며, 1394년(조선 태조 3) 10월에 새 왕조인 朝鮮의 도읍으로 정해졌다 (①). 한편 예종은 南京을 자주 행차한 것으로 알려져 있는데, 대개 삼각산의 사원을 함께 방문하였다(②).

① 『高麗史』권56, 志10 地理1 楊廣道 南京留守官 楊州.
   朴宗基, 2002,「『高麗史』地理志 譯註-楊廣道編」,『고려시대연구』
      V, 한국정신문화연구원, 201~207쪽.
② 김창현, 2006,「고려시대 양주의 성장과 남경의 변천」,『고려의 남경, 한양』, 신서원, 41쪽.

그 밖에 南京에 관한 연구로는 다음의 논고들이 참고가 된다.

李丙燾, 1930,「高麗南京建置に就いて」,『靑丘學叢』2, 靑丘學會.
權純馨, 1990,「高麗中期 南京에 對한 一考察-文宗~仁宗代를 中心으로-」,『鄕土서울』49.
羅恪淳, 1993,「高麗時代 楊州地方의 變遷과 그 官人의 任用形態」,『鄕土서울』53.
나각순, 1997,「고려시대 남경의 도시시설」,『成大史林』12·13.
金甲童, 2002,「고려시대의 南京」,『서울학연구』18.
최혜숙, 2004,『高麗時代 南京 研究』, 경인문화사.
이익주, 2005,「고려시대 남경 연구의 현황과 과제」,『도시역사문화』3, 서울역사박물관.
박종기, 2006,「고려중기 남경 건설의 배경과 경영」,『鄕土서울』68.

25) 穎陽之亞流: 穎陽은 穎水의 북쪽 지방을 가리키며 穎水와 箕山에 숨어살던 巢父와 許由를 의미한다. 이는 예종이 이자현을

巢父와 許由에 빗대어 亞流라고 표현한 것이다.

26) 金相國: 金富軾 – 일명 金富儀 – (1079~1136)을 말한다. 그에 대해서는 중권 2, 주해1) 참고; 본서 147쪽.

27) 重瓶記: 『東文選』에 전해지는 「淸平山文殊院記」를 말한다. 여기에는 淸平山과 文殊院의 연혁을 비롯하여 거처했던 인물들에 대한 상세한 기록이 남아 있는데, 이자현에 관한 내용이 주류를 이루고 있다.

『東文選』 권64, 記 「淸平山文殊院記」.

中9.

[原文]

郭處士璵睿王在春宮時寮佐也. 及上踐阼, 掛冠長往, 詔賜城東若頭山一峯, 開別墅, 名曰東山齋. 常以烏巾鶴氅, 出入宮掖[4]間, 時人謂之金門羽客. 嘗於內宴, 上賜戴花一枝, 即令進詩云, 「誰剪紅羅作牧冊, 芳心未展怯春寒, 六宮粉黛皆相道, 何事宮花上道冠.」 又隨駕長源亭, 上登樓晚眺, 有野叟騎牛傍溪而歸者, 即令口占, 「太平容貌恣騎牛, 半濕殘霏過壠頭, 知有水邊家近在, 從他落日傍溪流.」 豈唯仙風道韻, 足以傾動人主意. 至於文章亦勁敏絶倫, 上眷顧尤異, 非朝臣所及. 上嘗從北門出, 率黃門數十人, 自稱宗室列侯, 訪東山齋, 處士適留城中, 不返. 上徘徊數四, 製何處難忘酒一篇, 以宸翰題壁而還. 時皆以謂漢帝白雲之詞, 唐皇舞鳳之筆, 宗臬而有之, 古今所無也. 詞曰, 「何處難忘酒, 尋真不遇廻, 書窓明返照, 玉篆掩殘灰, 方丈無人守, 仙扉盡日開, 園鸎啼老樹, 庭鶴睡蒼苔, 道味誰同話, 先生去不來, 深思生感慨, 囬首重徘徊, 把筆留題壁, 攀欄懶下臺, 助吟多態度, 觸處絶塵埃, 暑氣蠲林下, 薰風入殿隈, 此時無一盞, 煩慮滌何哉.」 公應製, 「何處難忘酒, 虛絍寶

---

4) 국도본과 조종업본은 모두 판독이 어려우므로 이인영본에 의해 掖으로 하였다.

輦廻, 朱門追小宴, 冊竈落寒灰, 鄕飮通宵罷, 天門待曉開, 仗還蓬島徑, 屐惹
洛城苔, 樹下靑童語, 雲間玉帝來, 鼇宮多寂寞, 龍馭久徘徊, 有意仍抽筆, 無
人獨上臺, 未能瞻日月, 却恨向塵埃, 搔首立階下, 含愁倚石隈, 此時無一盞,
豈慰寸心哉.」

[譯文]

처사 곽여¹⁾는 예종이 춘궁²⁾에 있을 때 요좌였다.³⁾ 왕이 즉위했
을 때 관직을 사양하고 멀리 떠나니 조서를 내려 성 동쪽 약두산⁴⁾
한 봉우리를 하사하였으며 별서⁵⁾를 열어 이름을 동산재라고 하였다.
항상 오건⁶⁾과 학창의⁷⁾를 착용하고 궁의 곁문 사이를 출입하니 당
시 사람들이 금문우객⁸⁾이라고 하였다. 궁궐의 연회에서 왕이 머리
에 쓰는 꽃가지 하나를 하사하고 바로 시를 지어 올리게 하였다.

「누가 붉은 비단 오려 모란을 만들었나
 꽃이 피지 못하는 건 봄추위 겁내서이네
 육궁⁹⁾의 분대¹⁰⁾들은 모두 서로 말하네
 무슨 일로 궁화가 도관 위에 올랐는가.」

또 어가를 따라 장원정¹¹⁾에 갔을 때 왕이 누정에 오르니 석양이
지고 있었는데, 들녘의 노인이 소를 타고 시내 옆으로 돌아가는 것
을 보고는 바로 구점¹²⁾하게 하였다.

「태평한 모습에 멋대로 소를 타고
 부슬비에 반쯤 젖어 언덕머리 지나네
 물가 가까이에 집이 있음을 알겠으니
 두어라 저물녘에 시내를 끼고 가도록」

어찌 신선의 풍모와 도사의 운율만으로 왕의 마음을 놀라게 할

수 있겠는가. 문장에도 솜씨 있고 절륜하여 왕의 보살핌이 매우 특별하니 조신들이 미칠 바가 아니었다. 왕이 일찍이 북문에서 나올 때 황문[13] 수십 인을 거느리고 자칭 종실의 열후라 하며 동산재를 방문한 적이 있었는데, 처사는 마침 성 안에 머물러 돌아오지 않았다. 왕이 서너 번 배회하다가 '어디든 술을 잊기가 어려워서[何處難忘酒]'라는 시 한 편을 지어 어필[宸翰]로 벽에 쓰고는 돌아왔다. 당시에 모두 이르기를 한 무제의 백운지사[14]와 당 황제의 무봉지필[15]을 충실히 겸하고 있어 고금에 없는 것이라고 하였다. 사(詞)에 이르렀다.

「어디가 술을 잊기 어렵던가
 진인을 찾았지만 못만나고 돌아오네
 서재 창가엔 노을이 되비치고
 옥전[16]이 꺼져가는 재를 가리우네
 방장[17]엔 지키는 사람 없고
 신선의 사립문은 종일 열려 있네
 동산의 꾀꼬리 고목에서 울고
 뜰의 학은 푸른 이끼 위에서 조네
 도의 맛을 누구와 함께 말할까
 선생은 떠나고서 돌아오지 않네
 깊은 시름 감개가 생기니
 머리를 돌려 거듭 배회하네
 붓잡고 잠시 벽에 시를 쓰고
 난간잡고 천천히 대를 내려오네
 시흥을 돋구는 경치도 많은데
 부딪치는 곳마다 티끌로 끊어지네
 더운 기운 나무 아래서 가시고
 훈풍은 집 밖에서 오네
 이런 때 한 잔 술 없다면

번다한 마음을 무엇으로 씻을까.」

공이 응제하였다.

「어디가 술 잊기 어렵던가
헛된 걸음으로 보련이 돌아가셨네
주문[18]의 작은 잔치 따라갔다가
단조[19]엔 싸늘한 재 떨어뜨렸네
향음은 밤이 새서야 끝나고
천문[20]은 새벽이 돼서야 열리네
봉도[21]의 지름길로 돌아오니
나막신엔 낙양성의 이끼 묻었네
나무 아래에서 청동[22]이 말하기를
구름 사이에서 옥황상제가 오셨습니다
오궁[23]은 모두 적막하기만 했는데
용어[24]만 오래도록 배회하셨네
마음이 일어 붓을 들고서
주인은 없는데 홀로 대에 오르셨다네
일월을 뵙지 못했으니
속세로 향했던 것이 한스럽네
머리 긁적이며 섬돌 아래 섰다가
시름머금고 돌 가에 기대었네
이런 때 한 잔 술 없다면
어찌 내 마음 달랠 수 있을까.」

[註解]

  1) 郭慶士璵: 郭興(1058~1130)를 말한다. 이에 대해서는 중
권 8, 주해13) 참고; 본서 195쪽.

  2) 春宮: 태자가 거처하는 東宮을 말한다. 四時로 보면 동쪽은
春에 해당하고 만물이 성장한다. 또 周易의 卦로 보면 동쪽은 震에

해당하고 震은 長男을 상징한다(①). 고려에는 태자가 거처하는 左
春宮과 왕의 자매와 딸이 거처하는 右春宮이 있었는데 보통 春宮·
東宮이라 하면 태자궁을 의미한다. 좌춘궁의 공식명칭은 壽春宮으
로 會慶殿의 동쪽 春德門 안에 위치했으며, 우춘궁은 昇平門 밖 御
史臺 서쪽에 위치하고 있었다고 한다(②).

> ① 諸橋轍次, 1985, 「東」, 『大漢和辭典』 6, 大修館書店, 178쪽.
> ② 『高麗圖經』 권6, 宮殿2 左春宮.
>> 朴龍雲, 1996, 「開京의 定都와 시설」, 『고려시대 開京 연구』, 一志
>> 社, 33~35쪽.
>> 김창현, 2002, 「개경 황궁과 궁성의 내부구조」, 『고려 개경의 구조
>> 와 그 이념』, 신서원, 223~224쪽.

3) 睿王在春宮時賓佐也: 곽여는 1083년(문종 37)에 이자현과
함께 과거에 급제하였고 內侍에 속했다(①). 곽여가 春宮 - 東宮 -
에 속하게 된 것은 1098년(숙종 3) 3월의 일이다. 당시 肅宗은 睿
宗을 태자로 세움과 동시에 詹事府와 左春坊·延慶宮司 등의 관원
을 두고 대소신료 34명을 宮僚로 임명하였다(②). 이것은 어린 조
카인 獻宗에게 禪位의 형식을 빌려 즉위한 肅宗이 왕권을 보호하고,
당시 문벌이었던 慶源李氏 가문의 세력에 밀려 침체된 왕실의 권위
를 강화하기 위한 목적에서 시도되었다고 여겨진다. 따라서 곽여는
동궁관료로서 睿宗의 정치적 후원세력이 되었을 것이다(③).

> ① 『高麗史』 권97, 列傳10 郭尙 附輿.
> 『補閑集』 上, 崔文憲公典試.
>> 朴龍雲, 1999, 「〈資料〉科試 設行과 製述科 及第者」, 『高麗時代 蔭敍
>> 制와 科擧制研究』, 一志社, 349쪽.
> ② 『高麗史』 권11, 世家11 肅宗 3년 3월 癸亥.
> ③ 南仁國, 1983, 「高麗 肅宗의 卽位過程과 王權强化」, 『歷史教育論集』
>> 5 ; 1999, 『고려중기 정치세력 연구』, 신서원, 82~83쪽.
>> 金秉仁, 2003, 「睿宗의 卽位와 側近勢力의 形成」, 『高麗 睿宗代 政
>> 治勢力 研究』, 景仁文化社, 14~16쪽.

4）若頭山: 개성 동쪽에 있는 산 중에 하나로 짐작되지만 어떤 산인지 명확히 알 수 없다. 朝鮮 英祖 초기에 편찬된 지도인 『東輿備攷』를 보면 개성 동쪽에 있는 산을 보자면 五冠山, 望海山, 白岳山 등이 있고 더 동쪽인 麻田郡에는 尾頭山이 있다.

    『東輿備攷』 京畿道左右州郡摠圖.

    『新增東國輿地勝覽』 권12, 京畿 長湍都護府·권13, 京畿 麻田郡.

5）別墅: 別墅는 本第와 대비되는 개념으로 사용되었으며, 일정한 장소에 마련된 건물로서 休養 등으로 사용되던 일종의 별장이었다. 지인들 사이의 교류처, 先塋의 조성 장소, 관료층의 일시적 은거지나 거주지로 이용되었다. 대체로 개경과 근거리에 위치하였는데 고려후기의 경우 점차 本貫 지역으로 거주지를 옮기는 사례도 있었다.

    李正浩, 2007, 「高麗後期 別墅의 조성과 기능」, 『韓國史學報』 27.

    李正浩, 2008, 「여말선초 京第, 別墅, 鄕第의 조성과 생활공간의 변화」, 『한국중세사연구』 25.

6）烏巾: 흙색 두건으로 烏角巾이라고도 한다. 고대에 은거하여 벼슬을 하지 않은 사람들이 많이 쓰던 두건이다.

    漢語大辭典編纂委員會, 1990, 「烏」, 『漢語大辭典』 7, 漢語大辭典出版社, 65쪽.

7）鶴氅: 새의 깃털로 만든 외투이다.

    諸橋轍次, 1986, 「鶴」, 『大漢和辭典』 12, 大修館書店, 860쪽.

8）金門羽客: 金門은 金馬門을 말하는데 漢代의 宮門 이름으로 學士들이 詔命을 기다리던 곳이다. 羽客은 도사를 말한 것이다 （①）. 宋 徽宗 때에 도사 林靈素가 궁중에 출입하였는데, 황제가 金門羽客이란 칭호를 주었다는 고사가 있다（②）.

    ① 漢語大辭典編纂委員會, 1990, 「金」, 『漢語大辭典』 11, 漢語大辭典出版社, 1159쪽.

    漢語大辭典編纂委員會, 1990, 「羽」, 『漢語大辭典』 9, 漢語大辭典出版社, 638쪽.

    ② 『宋史』 권462, 列傳221 方技下 林靈素.

9) 六宮: 고대 황후의 6개 궁전을 말하는 것으로 正寢 1개, 燕寢 5개를 말한다. 正寢은 路寢이라고도 하고, 燕寢은 小寢이라고도 한다.

諸橋轍次, 1984, 「六」, 『大漢和辭典』 2, 大修館書店, 51쪽.

10) 粉黛: 얼굴에 바르는 분과 눈썹을 그리는 먹을 가리키며 화장한 미인에 비유하기도 한다. 여기서는 궁내의 궁인들을 말한다.

漢語大辭典編纂委員會, 1990, 「粉」, 『漢語大辭典』 9, 漢語大辭典出版社, 204쪽.

11) 長源亭: 1056년(문종 10)에 西江 餠嶽 남쪽에 장원정을 창건했다는 기록이 있다(①). 송악의 대궐이 아닌 다른 궁들은 離宮 및 別宮이라고 할 수 있는데, 임금이 머무는 곳이면 '宮'자가 붙지 않더라도 별궁 및 이궁이 될 수 있다. 여기의 장원정도 역시 離宮에 해당한다(②).

① 『高麗史』 권7, 世家7 文宗 10년 12월.
② 김창현, 2002, 「개경의 대궐과 별궁」, 『고려 개경의 구조와 그 이념』, 신서원, 180~181쪽.

12) 口占: 초안을 잡지 않고 즉석에서 시를 짓는 것을 말한다.

漢語大辭典編纂委員會, 1990, 「口」, 『漢語大辭典』 3, 漢語大辭典出版社, 3쪽.

13) 黃門: 秦代부터 있던 관직으로 황제의 좌우에서 시종하는 일을 맡았다. 漢代 少府 아래 黃門侍郎과 給事黃門의 두 직이 있다가 後漢代에 급사황문시랑으로 합쳐졌다. 唐代에는 門下省의 차관인 黃門侍郎으로 계승되었고 743년(唐 玄宗 天寶2)에 門下侍郎으로 개칭되었다(①). 원래 禁中에서 황제를 시봉하던 黃門에 한 경제 이후에는 閹人이 임명되기 시작하고 安帝(재위 107~125) 이후에는 환관들이 차지하였다(②). 따라서 황문에는 士人이 임명되는 문하시랑과 환관이라는 두 가지의 의미가 있다.

한편 『高麗史』 등에는 黃門이 「禮志」를 제외하고 보이지 않는

데, 국왕이 親祭하는 여러 의례에서 임금이 씻은 손을 닦는 수건을
들고 그 수건을 광주리에 담는 등의 역할을 황문시랑(③) 또는 文
官이 임명되는 內侍(④)가 맡고 있다. 이런 양상은 唐代 황문시랑
의 의례상 역할(①)과 동일하다. 그러므로 고려의 관제에 없는 黃
門의 의례상 역할을 내시가 담당하였다고 생각된다. 게다가 고려의
문하시랑은 平章事와 결합된 2員에 불과하므로 이 기사에 '황문 10
인'이라는 구절과도 부합하지 않는다. 따라서 본문의 예종을 뒤따른
'황문'은 內侍 또는 宦官으로 이해하는 것이 옳겠다.

> ① 『通典』 권21, 職官典3 門下省.
>
> 　『唐六典』 권8, 門下省 黃門侍郎 ; 김택민 주편, 2005, 『譯註 唐六典』(中),
> 　신서원, 29~32쪽.
>
> ② 『通典』 권27, 職官典9 內侍省.
>
> 　『唐六典』 권12, 內官宮官內侍省 內給事 ; 김택민 주편, 2005, 『譯註
> 　唐六典』(中), 신서원, 281~282쪽.
>
> ③ 『高麗史』 권59, 禮志1 吉禮大祀 圜丘.
>
> ④ 『高麗史』 권61, 禮志3 太廟.

14) 漢帝白雲之詞: 漢 武帝의 「秋風辭」를 말한다. 武帝가 河東
으로 행차하여 토지신에 祭祀를 지내고, 황하 중류를 건너는 중에
배 위에서 신하들과 연회를 열었을 때 지은 시이다[上行幸河東 祠
后土 顧視帝京欣然 中流與羣臣飮燕]. '秋風起兮白雲飛'로 시작하는
65자의 시이다.

> 『古今事文類聚』 前集 권10, 古今文集 古詩 秋風辭.

15) 唐皇舞鳳之筆: 唐 皇帝의 서체를 말하는 것으로 보이나 누
구의 어떤 서체인지는 자세히 알 수 없다.

16) 玉篆: 篆書의 美稱으로 주로 서적이나 공문서·呪文 등에 쓰
인 문자를 말한다. 그러나 본문 구절의 뜻은 무엇을 의미하는지 알
수 없다.

> 檀國大學校 東洋學硏究所, 2006, 「玉」, 『漢韓大辭典』9, 檀國大學校出版

部, 378쪽.

17) 方丈: 寺院이나 道觀의 주지가 거처하는 곳을 말한다.
漢語大辭典編纂委員會, 1990, 「方」, 『漢語大辭典』 6, 漢語大辭典出版社, 1552쪽.

18) 朱門: 붉은 칠을 한 대문으로 貴族이나 富豪의 집을 가리킨다.
漢語大辭典編纂委員會, 1990, 「朱」, 『漢語大辭典』 4, 漢語大辭典出版社, 732쪽.

19) 丹竈: 方術士들이 丹藥을 제조하는 爐를 가리킨다.
漢語大辭典編纂委員會, 1990, 「丹」, 『漢語大辭典』 1, 漢語大辭典出版社, 693쪽.

20) 天門: 天宮의 門을 가리키며 여기서는 皇宮의 門을 뜻한다.
漢語大辭典編纂委員會, 1990, 「天」, 『漢語大辭典』 2, 漢語大辭典出版社, 1422쪽.

21) 蓬島: 동해에 신선들이 사는 곳으로 蓬萊山을 가리킨다.
漢語大辭典編纂委員會, 1990, 「蓬」, 『漢語大辭典』 9, 漢語大辭典出版社, 512쪽.

22) 靑童: 신선이 부리는 사환인 仙童을 가리킨다.
諸橋轍次, 1986, 「靑」, 『大漢和辭典』 12, 大修館書店, 114쪽.

23) 鼇宮: 신선이 사는 곳을 말하는데, 여기에서는 곽여의 거처를 가리킨다.
諸橋轍次, 1986, 「鼇」, 『大漢和辭典』 12, 大修館書店, 1046쪽.

24) 龍馭: 天子의 車駕를 가리킨다.
諸橋轍次, 1986, 「龍」, 『大漢和辭典』 12, 大修館書店, 1118쪽.

中10.

[原文]

太白山人戒膺大覺國師適嗣也. 幼時寓僧舍讀書, 大覺隔墻聞其聲曰, "此

真法器也." 勸令祝髮. 在門下, 日夕孜孜鑽仰, 優入閫奧. 繼大覺, 弘揚大法
四十餘年, 為萬乘敬仰, 常不離輦轂, 累請歸太白山. 手刱覺華寺, 大開法施,
四方學者輻湊, 日不減千百人, 號為法海龍門. 時興王寺有智勝者, 嗜學詣帳
下, 摳衣請益. 踰年將還山, 作詩送之云.「好學今應少, 忘形古亦稀, 顧予何
所有, 而子乃來依, 窮谷三冬共, 春風一日歸, 去留俱世外, 不用淚霑衣.」夫
得道者之辭, 優游閑淡, 而理致深遠. 雖禪月之高逸, 參寥之淸婉, 豈是過哉.
此古人所謂, "如風吹水自然成文."

[譯文]

　태백산인 계응[1]은 대각국사[2]의 적사이다. 어렸을 때 절에서 살며
책을 읽었는데 대각이 담을 사이에 두고 그 소리를 듣고는 말하기
를, "이는 참으로 부처가 될 만한[法器]이다."라고 하며 머리를
깎게 하였다. 문하에서 아침저녁으로 부지런히 공부하여 심오한 경
지에 이르렀다. 대각국사를 이어 불법을 널리 펼친 지 40여년이 되
니 임금이 공경하고 우러러서 항상 곁에서 떠나지 않도록 하였으나
(계응은) 여러 차례 청하여 태백산으로 돌아갔다.[3] 손수 각화사[4]
를 창건하고 불법을 크게 펴니 사방에서 배우고자 하는 자들이 몰려
들어 날마다 천여 명 이상이니 법해의 용문[5]이라고 불리었다. 당시
흥왕사[6]에 지승[7]이라는 자가 있었는데 배우는 것을 좋아하여 문하
에 와서 예를 갖추고[8] 배움을 청하였다. 이듬해에 장차 산문으로
돌아가고자 하니 (계응이) 시를 지어 전송하였다.

「배우는 것을 좋아하는 사람이 지금도 적지만
　물아의 경지에 오른 사람 또한 예부터 드물었다
　돌아보니 내가 무엇을 소유했다고
　그대가 와서 의지하였는가
　궁한 이 골짜기에서 겨울 내내 함께 하고
　봄바람이 부는 어느 날 돌아가네

떠나는 것이나 머무는 것이나 모두 세상 밖의 일이니
눈물로 옷을 적실 필요가 없네.」[9]

무릇 도를 얻은 자의 말은 느긋하고 한가로우며 담백하면서도 이치가 심원의 경지에 이른다. 비록 선월[10]의 빼어남과 참요[11]의 아름다움이라도 어찌 이보다 나을 수 있으랴. 이는 고인이 "바람이 물위에 부니 자연히 무늬가 이루어지는 것과 같네."[12]라고 말한 것이다.

[註解]

1) 戒膺: 생몰년 미상. 고려중기의 승려로 無㝵智國師로 추중되었다. 위의 내용에서도 볼 수 있듯이 대각국사 의천의 제자로 『補閑集』에 따르면 불도의 강론과 문장에 뛰어났다고 한다(①). 『高麗史』에는 繼膺으로 기록되어 있는데, 1134년(인종 12)에 화엄경을 강한 기록이 나타난다(②). 「萬德山白蓮社主了世贈諡圓妙國師敎書」에 따르면 당시까지 追崇된 인물 가운데 하나로 무애지국사를 들고 있어서, 사후에 국사가 되었을 것으로 여겨진다(③).

① 『補閑集』권하,「無㝵智國師戒膺」.
② 『高麗史』권16, 世家16 仁宗 12년 8월 壬寅.
③ 『高麗墓誌銘集成』,「(僧)康敎雄墓誌銘」.
　　　許興植, 1986,「高麗社會의 佛敎的 基盤」,『高麗佛敎史硏究』, 一潮閣, 430쪽.
　　　朴胤珍, 2006,「高麗前期 王師·國師의 사례와 기능」,『高麗時代 王師·國師 硏究』, 景仁文化社, 74쪽.

2) 大覺國師: 문종의 아들로 이름은 煦(1055～1101)이고 字는 義天이다. 1065년(문종 19)에 11살의 나이로 출가하여(①) 爛圓을 따라 靈通寺에서 『華嚴經』과 5敎를 공부하였다. 1085년(선종 2)에 宋으로 건너가서 佛道를 탐구하고 돌아와 불경과 경서 1천권을 바쳤으며, 興王寺에 敎藏都監을 설치할 것을 청하고 송과 요에서 많은 서

적을 들여와서 간행하였다. 洪圓寺와 興王寺의 주지를 역임하였다.
1101년(숙종 6)에 사망하였고 大覺國師로 추증되었다(②).

　①『高麗史』권8, 世家8 文宗 19년 5월 癸酉.
　②『高麗史』권90, 列傳3 宗室 大覺國師煦.
　　朴胤珍, 2006,「高麗前期 王師·國師의 사례와 기능」,『高麗時代 王
　　　　師·國師 硏究』, 景仁文化社, 72~73쪽.

義天과 관련해서는 다음의 논문이 참고된다.

　李載昌, 1983,「大覺國師 義天의 天台宗 開立」,『韓國天台思想硏究』, 동
　　　　국대학교 불교문화연구소.
　許興植, 1994,「義天의 思想과 試鍊」,『정신문화연구』54.
　장계환, 1998,「義天의 華嚴思想」,『普照思想』11.
　박용진, 2009,「義天에 대한 연구의 현황」,『한국학논총』32.

　3) 爲萬乘敬仰 … 累請歸太白山:『補閑集』에 따르면 無㝵智國
師 戒膺은 불도의 강론과 문장에 뛰어나 예종이 대궐로 불러 들여
함께 머물기를 청하였으나, 이를 거절하고 태백산으로 들어가 여생
을 보냈다. 이후 여러 차례 왕이 조서를 내리고 사신을 보내서 불렀
으나 받지 않았다고 한다.「龍壽寺開刱記」에 계응이 예종의 지원을
받아 覺華寺를 창건하였다고 기록되어 있으므로 여기에서의 임금은
바로 예종을 말한다.

　『補閑集』권하,「無㝵智國師戒膺」.
　許興植, 1984,「龍壽寺開刱記로 본 高麗中期 華嚴宗의 單面」,『釋林』
　　　　18, 東國大佛敎學生會 ; 1986,「高麗佛敎史에 관한 새로운 金石
　　　　文－龍壽寺 開刱記－」,『高麗佛敎史硏究』, 一潮閣.

　4) 覺華寺: 지금의 경상북도 봉화군 각화산 남쪽에 있는 사찰이
다.「龍壽寺開刱記」에 의하면 각화사는 예종이 계응을 위해 창건한
것이며, 후에 각화사의 암자에서 용수사가 개창되었다고 한다. 예종
이 계응으로 하여금 지방의 화엄종 사찰을 창건하도록 후원한 사실
과 관련하여 다음과 같은 견해가 참고 된다. 고려전기에 왕실이 지
원하는 사원은 대체로 개경이나 그 부근에 위치하였는데, 각화사와

같이 교종사원이 지방에 새로이 창건되면서 국가의 지원을 받은 예
는 매우 드문 특이한 사례로 보고 있다(①). 이는 당시 왕실의 지
원을 받던 화엄종단이 당시 개경에서 외척세력인 慶源李氏에 의해
유가종단이 장악되어 압박을 받게 되자 지방 사원으로 퇴거하여 세
력을 유지하고자 한 것이다(②).

    ① 許興植, 1984,「龍壽寺開刱記로 본 高麗中期 華嚴宗의 單面」,『釋林』
        18, 東國大佛敎學生會 ; 1986,「高麗佛敎史에 관한 새로운 金
        石文 - 龍壽寺 開刱記 -」,『高麗佛敎史硏究』, 一潮閣.
    ② 韓基汶, 1998,「高麗中期 興王寺의 創建과 華嚴宗團」,『高麗寺院의
        構造와 機能』, 民族社, 69쪽.

  5) 法海龍門: 法海는 불법이 넓고 깊어 바다와 같음을 의미하는
것이며(①), 龍門은 聲望이 높은 사람을 비유하는 것(②)이다. 여
기서는 계응의 불법이 높은 경지에 이르렀음을 의미한다.

    ① 諸橋轍次, 1985,「法」,『大漢和辭典』6, 大修館書店, 1045쪽.
      檀國大學校 東洋學硏究所, 2005,「法」,『漢韓大辭典』8, 檀國大學校
      出版部, 252쪽.
    ② 諸橋轍次, 1985,「龍」,『大漢和辭典』12, 大修館書店, 1139쪽.

  6) 興王寺: 지금의 북한 경기도 개풍군 덕적산에 있었던 사찰로
문종의 願刹이자 화엄종의 중심 사찰이다. 1056년(문종 10) 2월에
德水縣에서 창건을 시작하여 1067년 정월에 완성되었다. 당시 흥왕
사를 창건하기 위한 대규모의 역사가 진행되자 대신들이 반대하는
것은 물론이고 사역에 동원된 백성들의 고역도 매우 심하였다(①).

  흥왕사에 대각국사 의천이 주지로 임명된 시기는 선종대이다.「興王
寺大覺國師墓誌」를 보면 흥왕사가 창건된 1067년 이후에는 주지가
임명되지 않았다. 이는 현종의 진전사원으로서 권위를 가지고 있었
던 현화사 유가종단의 강성과 견제에 따른 영향으로 보고 있다(②).

    ①『高麗史節要』권4, 文宗 10년 2월·11월.
    ② 許興植, 1984,「興王寺大覺國師墓誌」,『韓國金石全文』中世上, 亞細
      亞文化社, 532쪽.

韓基汶, 1990, 「高麗中期 興王寺의 創建과 華嚴宗團」, 『鄕土文化』5
; 1998, 「高麗中期 興王寺의 創建과 華嚴宗團」, 『高麗寺院
의 構造와 機能』, 民族社, 50~75쪽.

7) 智勝: 생몰년 미상. 본문과 함께 『東文選』에 실려 있는 전별시
외에는 기록이 거의 나타나지 않아서 어떠한 인물인지 알기 어렵다.

『東文選』권9 五言律詩「送智勝」.

8) 摳衣: 옷깃을 여미어 들어 올린다는 것으로 윗사람을 만나서
공경의 태도를 보이는 것을 의미한다.

『禮記』曲禮.

9) 好學今應少 … 不用淚霑衣: 위에서 戒膺이 智勝을 전별하고
자 지은 시는 『東文選』에도 그대로 전한다.

『東文選』권9 五言律詩「送智勝」.

10) 禪月: 五代 시기의 승려인 貫休(832~912)의 호이다. 婺
州 사람으로 俗姓은 姜氏이며 字는 德隱이다. 7세에 和安寺에서 출
가하였고 유랑을 하며 『法華經』과 『起信論』 등을 전하였는데, 그
뜻이 매우 심오했다고 전한다. 특히 초서와 수묵화에도 능하였고 필
법이 굳세어 당시 梵相하다는 평을 얻었다.

張撝之 외 주편, 1999, 『中國歷代人名大辭典』下, 上海古籍出版社, 1618쪽.

11) 參寥: 宋代 승려인 道潛(1043~?)의 호이다. 杭州 사람으
로 俗姓은 何氏이다. 항주의 서쪽 智果寺에 기거하였다. 성품은 거
만하고 옹벽하였으나 문장에 능하였고 시를 매우 잘 지어 蘇軾·秦
觀 등과 벗하며 지냈다.

張撝之 외 주편, 1999, 『中國歷代人名大辭典』下, 上海古籍出版社, 2351쪽.

12) 如風吹水自然成文: 西晉(256~317)의 王渾이 초서로 쓴
글귀이다. 어떤 사람의 인물됨이나 본심이 평범하지 않음을 의미한
다. 왕혼은 太原 晉陽 사람으로 晉 武帝(275~290) 때 三國의 하
나인 吳를 정벌하는 데에 참여하여 공을 세웠으며, 이후 尙書左僕
射, 司徒, 侍中 등을 역임하였다.

『宣和書報』 권13, 草書1 晉 王渾.
『晉書』 권42, 列傳12 王渾.

中11.

[原文]

西湖僧惠素該內外典, 尤工於詩, 筆跡亦妙. 常師事大覺國師為高弟. 國師勸令赴僧選, 對曰, "我豈天廐馬也, 試其步驟哉." 常隨國師所在, 討論文章. 國師歿, 撰行錄十卷 金侍中撫取之, 以為碑. 住西湖見佛寺, 方丈闃然, 唯畜靑石一葉如席大, 時時揮灑以遣興. 侍中納政後, 騎驢數相訪, 竟夕談道. 上素聞其名, 邀置內道場5), 講華嚴寶典, 賜白金至多. 師盡用, 買砂糖百餠, 列于所居內外. 人問其故, 曰, "是吾平生嗜好 儻明春商舶不來, 則顧何以求之." 聞者皆笑其眞率.

[譯文]

서호승 혜소[1]는 내외의 경전에 해박하였고 시는 더욱 공교하였으며 필적도 역시 오묘하였다. 평소에 대각국사[2]를 스승으로 섬겨서 뛰어난 제자가 되었다. 국사가 승선(僧選)[3]에 나아갈 것을 권하니 대답하기를, "제가 어찌 임금의 말이 되어 걸음걸이를 시험하겠습니까."라고 하였으며 항상 국사가 있는 곳을 따라다니면서 문장을 토론하였다. 국사가 죽자 행록 10권을 지으니 김시중이 취하여 비문을 만들었다.[4] (혜소는) 서호 견불사[5]의 주지가 되었는데, 승방은 고요하고 다만 청석 한 장을 깔고서 때때로 (붓을) 휘두르고 (먹을) 씻는 것을 즐거움으로 삼았다. 시중이 벼슬을 내놓은 후에[6] 나귀를 타고 자주 찾아가서 밤이 다하도록 도를 이야기하였다. 임금께서 평

_____

5) 場: 원문에는 모두 傷으로 되어 있으나 문맥상 場이 옳다.

소 그의 이름을 듣고서 내도량[7]에 맞아들여서 화엄보전을 강론하게
하고 백금[銀]을 하사한 것이 매우 많았다. 사(師)는 (백금을) 모
두 써서 사탕 100병을 사고 거처하는 안팎에 늘어놓았다. 사람들이
이유를 물으니 말하기를, "이것은 내가 평생 즐겨온 것인데, 혹시
다음해 봄에 상선이 오지 않으면 어찌 그것을 구하겠는가."라고 하
였으니 듣는 자들이 모두 그의 진솔함에 웃었다.

[註解]

1) 西湖僧惠素: 생몰년 미상. 慧素로 기록되기도 하였다. 김부식
과 함께 甘露寺에 대한 글을 지었고 李資玄의 祭文을 짓기도 하였
다. 靈通寺大覺國師碑의 陰記에 대각국사의 門徒들이 열거되어 있
는데, 이 글씨를 혜소가 썼다. 이에 의하면 혜소는 見佛寺의 주지로
승계는 重大師였다.

한편 위에서 이인로는 혜소를 西湖僧이라고 지칭하였다. 이와 관
련하여 '김시중이 나귀를 타고 江西의 혜소상인을 방문하다[金侍中
乘驢訪江西惠素上人]'라는 시가 전하고, 황해남도 배천군의 江西寺
는 견불사라고도 하며 혜소가 이곳에 거주하였는데 金富軾이 나귀
를 타고 자주 방문하였다는 기록이 남아 있다(②). 따라서 본문의
西湖는 혜소가 거주하던 견불사의 다른 표현이었다고 생각한다.

① 許興植 編著, 1984,「靈通寺大覺國師碑銘」,『韓國金石全文』中世上,
　亞細亞文化社, 574~586쪽.
　李鍾文, 2006,「高麗前期의 詩僧 慧素에 關한 한 考察」,『大東漢文
　學』24.

② 『東文選』권21, 七言絶句 東國四詠益齋韻 金侍中乘驢訪江西惠素上人.
　『新增東國輿地勝覽』권43, 黃海道 白川郡 佛宇 江西寺.

2) 大覺國師: 義天(1055~1101)을 말한다. 이에 대해서는 중
권 10, 주해2) 참고; 본서 210쪽.

3) 僧選: 승과를 말한다. 승과는 광종 대부터 실시되었는데, 예비

고사인 成福選와 최종 고시인 大選을 통해 합격자를 선발하는 방식
이었다. 종파에 따라 禪宗選은 廣明寺, 教宗選은 王輪寺, 天台宗은
奉恩寺에서 시험을 보았고 각 종파의 고승을 고시관으로 삼았으며
무신집권 이후에는 문신들이 고시관이 되기도 하였다. 시험방법은
주로 교리에 대한 문답과 공개토론의 형식을 취하였다(①). 승과에
합격한 자에게 大德이라는 승계가 수여되었고, 선·교종의 구분 없이
大師, 重大師, 三重大師로 승급되었다. 그 이상의 승계는 선종에서는
禪師, 大禪師가 되었고 교종에서는 首座, 僧統으로 승급되었다(②).

> ① 許興植, 1981, 「高麗의 僧科制度와 그 機能」, 『高麗科擧制度史研究』,
> 一潮閣, 167~188쪽.
> ② 李載昌, 1975, 「高麗佛教의 僧科·僧錄司制度」, 『韓國佛教思想史』, 崇
> 山朴吉眞博士華甲紀念事業會, 434~438쪽.

　4) 金侍中撫取之以爲碑: 金富軾과 靈通寺大覺國師碑를 말한다.
김부식에 대한 자세한 설명은 중권 2, 주해2) 참고; 본서 147쪽.
현재 북한 경기도 개성특급시 영통사에 있는 대각국사비는 의천의
사적을 새긴 것으로 화엄종계 문하들이 주도하여 세웠으며, 비문은
당시의 서체를 알 수 있는 매우 귀중한 자료이다.

> 許興植 編著, 1984, 「靈通寺大覺國師碑銘」, 『韓國金石全文』 中世上, 亞
> 細亞文化社, 574~586쪽.
> 최연식, 1994, 「「大覺國師碑」의 建立過程에 대한 새로운 고찰」, 『韓國
> 史研究』 83.

　5) 見佛寺: 지금의 북한 황해남도 배천군에 있던 사찰로 1092년
(선종 9)에 天台宗禮懺法을 1만 일 동안 행했다는 기록이 있다.

> 『高麗史』 권10, 世家10 宣宗 9년 6월 壬申.
> 『新增東國輿地勝覽』 권43, 黃海道 白川郡 佛宇 江西寺.

　6) 侍中納政: 1142년(인종 20)에 김부식이 치사한 일을 말한다.

> 『高麗史』 권98, 列傳11 金富軾.

　7) 內道場: 궁궐 안에 있는 道場이나 寺舍의 일반 명사이다. 고
려의 궁궐 안에는 內帝釋院을 비롯하여 內願堂, 內佛堂 등의 존재

가 보이는데, 대체로 내원당과 관련이 깊은 것 같다. 이곳에서 王師
의 책봉 의식, 說法, 사리 안치, 여러 도량의 설치 등 궁중 내 왕실
의 불교의식이 집행되었다(①). 내원당과 내불당을 동일한 것으로
파악하는 견해도 있다(②).

> ① 韓基汶, 1998,「寺院의 願堂으로서 機能」,『高麗寺院의 構造와 機能』,
>   民族社, 235~237쪽.
> ② 안지원, 2005,「제석도량의 설행 실태와 사회적 성격」,『고려의 국가
>   불교의례와 문화』, 서울대학교출판부, 283~285쪽.

中12.

[原文]

金蘭境有寒松亭. 昔四仙所遊, 其徒三千各種一株, 至今蒼蒼然拂雲. 下有
茶井, 道兄戒膺國師留詩, 「在昔誰家子, 三千種碧松, 其人骨已朽, 松葉尚茸
容.」 和云, 「千古仙遊遠, 蒼蒼獨有松, 但餘泉底月, 髣髴想形容.」 論者以為,
"師組織雖工, 未若前篇天趣自然."

[譯文]

금란[1]의 경계에 한송정[2]이 있다. 옛날에 사선(四仙)[3]이 노닐던
곳으로 그 무리 삼천 명이 각기 (소나무) 한 그루씩을 심었으니 지
금에 이르러 푸르게 우거져 구름을 가릴 듯하다. 아래에는 다정(茶
井)이 있는데 도형[4] 계응국사[5]가 시를 남겨놓았다.

> 「옛날 뉘 집 자제가
>   삼천그루의 푸른 솔을 심었는가
>   인골은 이미 썩었으나
>   솔잎은 오히려 무성하네.」

(혜소가) 화답하였다.[6]

> 「천고에 신선들이 노닐던 일은 아득한데
> 푸르게 우거진 소나무만 홀로 남아있네
> 다만 샘 바닥의 달만이 남아
> 그럴 듯하게 담겨있네.」

논자들이 말하기를, "스님의 (시는) 짜임새가 비록 공교하나, 전편처럼 운치[天趣][7]가 자연스럽지는 못하다."라고 하였다.

[註解]

1) 金蘭: 江原道 通川의 異名으로 休壤, 金惱, 金壤, 通州라고도 불렸다.

『稼亭集』 권5, 「東遊記」.
『新增東國輿地勝覽』 권45, 江原道 通川郡.

2) 寒松亭: 지금의 강원도 강릉시 하시동에 있었던 정자이다. 예로부터 이곳은 풍광이 뛰어나 신선이 와서 노닐었다는 이야기가 전하며, 주변에는 신선이 차를 다릴 때 사용했다고 전하는 石竈와 石井 등의 유적이 남아 있다. 경포대·문수대 등과 함께 강릉의 명승지로 꼽힌다.

『稼亭集』 권5, 「東遊記」.
『謹齋集』 권2, 「關東別曲」.
『新增東國輿地勝覽』 권44, 江原道 江陵大都護府.

3) 四仙: 삼국시대 신라의 네 화랑인 述郎·南郎·永郎·安詳을 말한다.

『芝峯類說』 권18, 外道部 仙道.

4) 道兄: 승려나 도사에 대한 존칭이다.

檀國大學校 東洋學研究所, 2008, 「道」, 『漢韓大辭典』 13, 檀國大學校出版部, 1066쪽.

5) 戒膺國師: 계응국사에 대해서는 중권 10, 주해1） 참고; 본서
210쪽.

6) 和云: 이와 같은 내용의 시가 『補閑集』에도 있으며 惠素가
지었다고 전한다.

『補閑集』 권상, 「金蘭叢石亭記」.

7) 天趣: 천연의 운취 또는 자연의 정취를 말한다.

檀國大學校 東洋學研究所, 2000, 「天」, 『漢韓大辭典』 3, 檀國大學校出版
部, 965쪽.

中13.

[原文]

碧蘿老人去非與僕云, "嘗於郵亭壁上見一絶." 云, 「秋陽融暖若春陽,
竹葉巴蕉映粉墻, 莫向此君誇葉大, 此君應笑近經霜.」又王輪光闍師誦近詩, 「春
慵歹失與誰云, 時或聞罵謂誤聞, 堪笑物情如我困, 牧冊頭重牛風薰.」此二
篇俱無作者之名, 然其語法與唐宋人無異. 二師相從海東名賢遊, 必有所受,
故兩錄之, 以俟知者.

[譯文]

벽라노인 거비[1]가 나에게 말하기를, "일찍이 우정의 벽에서 시
한 절을 보았다."라고 하며 일러 주었다.

　　　　「가을볕이 따뜻하여 봄볕과 같으니
　　　　　댓잎과 파초가 담장에 비치네
　　　　　차군[2]을 향해 큰 잎을 자랑 마라
　　　　　차군은 응당 곧 서리 치면 웃으리라.」

또 왕륜[3] 광천사[4]가 요즈음 시를 읊어 주었다.

> 「봄 게으름에 잃은 것을 누구와 말할까
> 어떤 때는 꾀꼬리 소리 듣고도 아니라고 하였으니
> 나처럼 물정에 어둔 것도 우습구나
> 모란꽃 머리 숙이고 낮 바람은 훈훈하네.」

이 두 편은 모두 지은이의 이름이 없으나 그 어법이 당·송 사람들과 다름이 없었다. 두 스님은 해동의 명현들과 서로 만나고 노닐어 반드시 배운 바가 있었으므로 두 편을 기록하여 알아주는 이를 기다린다.

[註解]

1) 碧蘿老人去非: 생몰년 미상. 『破閑集』에 벽라노인이 대나무가 그려진 병풍을 이인로에게 전한 일화가 확인된다. 이에 대해서는 상권 11, 주해1) 참고; 본서 215쪽. 양자는 동일 인물이라고 생각되는데 사료가 미비하여 구체적인 내용은 알 수 없다. 다만 본문의 말미에 '師'라고 표현되어 '海東名賢'으로 지칭된 선비들과 구분되고 있는 점으로 보아 승려였을 것으로 판단된다.

2) 此君: 대나무를 말한다. 東晉의 서화가인 王徽之(?~388)가 대나무를 가리켜 '此君'이라고 부른 고사에서 유래되었다. 그는 평소에 대나무를 유난히 좋아하였다고 전한다. 어느 날은 빈집에 기거하게 되면서 가장 먼저 대나무를 심었는데 어떤 사람이 그 까닭을 물으니 단지 읊조리기를, "어찌 하루라도 이 분[此君] 없이 살 수 있겠습니까[何可一日無此君邪]?"라고 말하였다고 한다.
　『晉書』권80, 列傳50 王羲之子徽之.

3) 王輪: 현재의 북한 개성특급시 송악산 동남쪽 기슭 高麗洞

竹仙臺 입구에 있었던 王輪寺를 말한다. 919년(태조 2)에 고려 태조가 개경 내에 창건한 10찰의 하나이며 다른 절에 비해 왕실의 行香은 적은 편이었으나 각종 道場·齋·飯僧 등이 여러 차례 개설되었다. 특히 교종의 하나인 芬皇宗－法性宗－ 계열의 사찰로서 교종 승려를 대상으로 하는 僧科－敎宗選－가 주로 실시되는 장소로 중요한 역할을 하였다. 이후 몽골의 침입으로 소실되었고 1275년(충렬왕 1)에 중건되어 丈六尊像과 石塔이 세워졌으며, 공민왕이 魯國公主의 影殿을 짓기도 하였다.

> 『高麗史』권1, 世家1 太祖 2년 3월·권28, 世家28 忠烈王 3년 2월 甲戌·
> 권89, 列傳2 后妃2 魯國大長公主.
> 『東國李相國集』권25, 記「王輪寺丈六金像靈驗收拾記」.
> 權相老 編, 1979, 『韓國寺刹全書』, 東國大學校出版部.

4) 光闡師: 생몰년 미상. 분황종 승려로 왕륜사 서편의 足庵에 거처하였으며, 성격이 호방하고 행동이 거침없었다고 전한다. 그와 관련하여 李仁老와 林椿 등이 일부 기록을 남기고 있는 것으로 보아 당시 문인들과 적지 않은 교유를 했으리라 여겨진다.

> 『西河集』권5, 記 足庵記.
> 『東文選』권19, 七言絶句 戲僧闡師·권65, 記 足庵記.
> 金相鉉, 1994, 「高麗時代의 元曉 認識」, 『정신문화연구』54, 74쪽.

中14.

[原文]

芬皇宗光闡師夷曠, 不護細行. 嘗赴內道場, 大醉頹然坐睡, 涕洟垂頤為有司所糾, 竟斥去之. 足庵聞之, 乃曰, "千鍾斯聖, 百榼亦賢, 積麴成封, 猶不害於眞人, 況浮圖人遊戲自在, 固不可以學窮耶." 迺作偈, 「貝葉翻為竹葉盃, 天花落盡眼花開, 醉鄉廣大人間窄, 誰識伴狂老萬回.」

[譯文]

분황종[1]의 (승려) 광천사는 (성품이) 활달하여 세세한 행동은 신경을 쓰지 않았다. 일찍이 내도량[2]에 갔을 때 크게 취하여 쓰러질 듯 앉아서 졸았는데, 콧물이 가슴까지 흘러내리니 유사가 규찰하여 마침내 내쫓겼다. 족암[3]이 그것을 듣고 말하기를, "천종을 마시던 주문왕도 성인이요, 백통을 마시던 공자도 현인이니[4] 누룩을 쌓아 언덕이 되어도 진인[5]에 해롭지 아니한데, 하물며 부도인[6]은 유희를 마음대로 하니 진실로 다하지 않을 수 있으랴."라고 하고, 곧 게송[7]을 지었다.

> 「패엽[8]이 변하여 죽엽잔[9]이 되고
> 천화(天花)[10]가 떨어져 안화(眼花)[11]가 열렸네
> 취향은 광대하나 인간세상은 좁으니
> 누가 알겠는가 만회[12]가 미친 척 하던 것을.[13]」

[註解]

1) 芬皇宗: 法性宗의 이칭으로 海東宗이라고도 한다. 일체 만유는 같은 법성을 지니고 모두 성불할 수 있다는 불교의 종파로 원효가 신라에서 처음으로 芬皇寺에서 시작하여 분황종이라고도 한다. 한편 분황종은 大覺國師 義天이 元曉를 敎學佛敎의 입장에서 재인식하면서 만들어진 것으로 보기도 한다.

南東信, 1999,「元曉와 芬皇寺 關係의 史的 推移」,『新羅文化祭學術發表會論文集』20, 96~98쪽.

2) 內道場: 궁궐 안에 있는 道場이나 寺舍를 말한다. 이에 대해서는 중권 11, 주해7) 참고: 본서 216쪽.

3) 足庵: 李仁老의 空門友인 宗聆를 말한다. 이인로가 그에게 쓴 시가 남아 있는데, 발췌해보면 다음과 같다. 지둔은 안석을 따랐고, 포소는 혜휴를 사랑하였네. 예로부터 고승의 무리들은 항상 귀

인과 더불어 놀았네. 시와 불법이 서로 방해되지 않았으니 고금이 한 언덕이로다. 원적광에 함께 있으니 어찌 서로 이별의 시름이 있으리[支遁從安石 鮑昭愛惠休 自古龍象流 時與麟鳳遊 詩法不相妨 古今同一丘 共在圓寂光 寧見別離愁].

『東文選』 권4, 五言古詩 「贈四友」.

『東文選』 권19, 七言絶句 「戲贈闍師」.

4) 千鍾斯聖百榼亦賢: 周의 文王은 술 千鍾을 마셨고, 공자는 百觚를 마셨다는 고사를 인용하여 여기서는 聖人도 술을 많이 드셨는데, 과음을 이유로 광천사가 쫓겨나게 된 것은 과도한 징계였다는 것을 표현하였다.

『古今事文類聚』 續集 권15, 能飲辯.

5) 眞人: 道家에서는 道의 깊은 뜻을 깨달은 인물을 말하며, 男子인 仙人을 일컫기도 한다. 현명한 사람을 眞人이라고도 하는데, 여기서는 바로 앞서 주문왕과 공자의 이야기를 한 것으로 보아 賢人을 의미하는 것으로 이해된다.

諸橋轍次, 1985, 「眞」, 『大漢和辭典』 8, 大修館書店, 201쪽.

6) 浮圖人: 불교 승려를 의미한다. 浮圖는 浮屠라고도 하며, 梵語 Budda의 音譯으로 佛敎를 말한다.

諸橋轍次, 1985, 「浮」, 『大漢和辭典』 6, 大修館書店, 1155쪽.

7) 偈: 偈頌이라고 하며, 본래는 應頌 – geya; 祇夜 – 으로 契經 – sūtra; 修多羅 – 에서 산문으로 길게 내려쓰고 운문 – 게송 – 으로 그 뜻을 거듭 말한 것을 의미한다. 때문에 重頌이라고도 하는데, 산문을 운문으로 거듭 요약하거나 부연한다는 뜻이다. 본문에서도 足庵이 光闍師의 이야기를 듣고 말한 내용을 偈로써 간략하게 표현한 것이다.

朱浩贊, 2005, 「碧松 智嚴의 禪詩」, 『漢子漢文硏究』 1, 294쪽.

8) 貝葉: 貝多羅樹의 잎으로 인도에서 佛經을 베껴 쓰는 데에 사용하였다. 전하여 佛經을 뜻하는 의미로도 사용되었다.

諸橋轍次, 1985, 「貝」, 『大漢和辭典』 10, 大修館書店, 694쪽.

檀國大學校 東洋學研究所, 2008, 「貝」, 『漢韓大辭典』 13, 檀國大學校出
版部, 2쪽.

9) 竹葉盃: 竹葉酒를 마시는 술잔으로 竹葉酒는 唐代에 크게 유
행한 술로 향료주의 일종이었다. 죽엽주에는 죽엽을 띄운 것과 죽엽
에 침투시킨 두 종류가 있었다고 한다(①). 『牧隱詩藁』에는 죽엽
주로 손님을 대접하는 일이 기록되어 있는데(②), 이로 보아 高麗
에서도 죽엽주를 즐겼던 것으로 생각된다.

① 李海元, 2009, 「唐詩와 唐代 名酒」, 『中國文化研究』 15, 522～523쪽.
② 『牧隱詩藁』 권25, 詩 「與韓上黨同訪尹密直醉歸有詠」.

10) 天花: 天上의 妙花로 天華라고도 한다. 석가모니가 불경을
강설할 때 하늘이 감동하여 여러 색의 꽃잎을 흩뿌렸다고 한다.

諸橋轍次, 1984, 「天」, 『大漢和辭典』 3, 大修館書店, 476쪽.

檀國大學校 東洋學研究所, 2000, 「天」, 『漢韓大辭典』 3, 檀國大學校出版
部, 971쪽.

11) 眼花: 눈앞이 어른어른 잘 보이지 않는 것을 말한다. 여기서
는 술에 취해 눈이 벌겋게 된 모습을 표현한 것으로 眼花耳熱의 준
말로 보는 것이 옳을 듯하다.

諸橋轍次, 1985, 「眼」, 『大漢和辭典』 8, 大修館書店, 214쪽.

檀國大學校 東洋學研究所, 2007, 「眼」, 『漢韓大辭典』 10, 檀國大學校出
版部, 117쪽.

12) 萬回: 생몰년 미상. 당 측천무후 때 승려로 속성은 張이고,
호는 法云公이다. 일찍이 그의 형이 머나먼 변방으로 수자리를 가서
어머니가 크게 걱정하자 어느 날 아침에 형을 찾아가서 저녁에는 형
의 안부편지를 가지고 돌아와 어머니에게 드렸다. 이처럼 수만리를
아침에 나가서 저녁에 돌아온 일로 인해 만회라고 불렀다고 전한다.
본문에서는 光闡師가 술을 많이 마신 것을 萬回가 고의로 미친 척
한 것에 비유하였는데, 이와 관련된 萬回의 일화는 찾을 수 없다.

『宋高僧傳』 권18.

張撝之 외 주편, 1999, 『中國歷代人名大辭典』上, 上海古籍出版社, 33쪽.

13) 貝葉翻爲竹葉盃 … 誰識伴狂老萬回: 『東文選』에도 똑같은 시가 전하며, 지은이는 釋宗聆 足庵이라고 되어 있다.

『東文選』 권19, 七言絶句 「戲贈闡師」.

中15.

[原文]

華嚴月師少從僕游, 自號高陽醉髡, 作詩有賈島風骨. 昨者携訪西河耆之, 一見如奮識. 乃謂曰, "師爲李公稱譽久矣, 何必待握手論交, 然後爲相知耶." 卽於座上伸筆而贈之. 「昔有能詩釋惠勤, 從游長在醉翁門, 如今眉叟眞奇士, 誇我高陽得一髡, 長恨聞名猶未見, 相逢欲話却忘言, 淸詩健筆何須問, 且說相傳自狀元.」

[譯文]

화엄월사[1]는 젊었을 때 나를 따라 노닐면서 '고양의 술취한 대머리[高陽醉髡]'[2]라고 스스로를 불렀는데, 시를 지을 때는 가도[3]의 풍모가 있었다. 어제 (그를) 데리고 서하기지[4]를 방문하였는데 한 번 만나보고 예전부터 알던 이처럼 여겼다. 이에 (임춘이) 말하기를, "대사가 이공에게 칭찬받은 지도 오래되었는데, 어찌 꼭 악수하고 교분 맺기를 기다린 뒤에야 서로 지인이라 하겠는가."라고 하였다. 바로 앉은 자리에서 붓을 빼어 들고 (시를 지어) 주었다.

「예전에 시 잘하는 중 혜근[5]은
　늘상 취옹[6]의 문하에서 노닐었네
　지금의 미수도 참으로 뛰어난 선비인데
　고양에서 한 사람 얻었다고 자랑을 하네

이름만 들었지 만나지 못함을 늘 한스러웠는데
정작 만나 이야기하려니 그만 말을 잊었네
맑은 시와 강건한 필체 굳이 물어 무엇하랴
장원할 때부터 서로 전해 들었는데.」

[註解]

1) 華嚴月師: 생몰년 미상. 고려시대 화엄종 승려인 覺訓을 말한
다. 高陽月師·覺月·月上人이라고도 하였으며, 興王寺와 靈通寺를
중심으로 활동하였다. 『海東高僧傳』을 저술했으며 이인로·임춘·이
규보 등과 교유했다.

金相鉉, 1984, 「『海東高僧傳』의 史學史的 性格」, 『藍史鄭在覺博士古稀
紀念 東洋學論叢』, 東洋學論叢 編纂委員會.

朴英鎬, 1988, 「『海東高僧傳』 考察」, 『東方漢文學』 4, 東方漢文學會.

金相鉉, 1993, 「覺訓」, 『한국사시민강좌』 13, 일조각.

韓基文, 1998, 「寺院의 組織과 運營」, 『高麗寺院의 構造와 機能』, 民族社.

최연식, 2007, 「高麗時代 僧傳의 서술 양상 검토 -『殊異傳』『海東高僧
傳』『三國遺事』의 阿道와 圓光전기 비교-」, 『韓國思想史學』
28, 韓國思想史學會.

안장리, 2007, 「高麗 武臣 執權期 文人의 僧侶 交遊」, 『고려시대의 문인
과 승려』, 파미르.

2) 高陽醉髡: 高陽酒徒란 고사에 빗대어 말한 것이다. 漢 高祖
가 군대를 이끌고 陳留를 지날 때 酈食其가 만나기를 청했지만 儒
人을 만날 겨를이 없다하여 거절당했다. 그래서 역이기가 '나는 高
陽의 술꾼이지 儒人이 아니다.'라고 말하여 만날 수 있었다 한다.

『史記』 권97, 列傳37 酈生陸賈.

3) 賈島: 779~843. 자는 浪仙이고 지금의 중국 河北省 范陽
지방 사람이다. 여러 차례 과거에 응시하였으나 실패하자, 뒤에 중
이 되어 無本이라 하였다. 다시 환속하여 韓愈 등과 교유하였다
(①). 가도의 시 짓기 방식은 宋代를 비롯하여 明淸代까지 각 시대

마다 많은 영향을 미쳤다. 그의 시는 현실생활 보다는 자연경물을
묘사한 것이 주류를 이루고 있으며, 적막하고 쓸쓸한 이미지와 세세
하고 세련된 묘사가 특징이다. 그러나 그 내용을 음미해 볼 때 대상
물 자체에 대한 관심보다는 정신적인 내면세계에 보다 중점을 두고
있다(②). 아마도 각훈 역시 이와 비슷한 시풍을 가지고 있었던 듯
하다.

① 『新唐書』 권176, 列傳101 韓愈.

② 朴永煥, 2002, 「宋初의 晚唐體와 自然」, 『中國語文學』 39, 嶺南中國
語文學會.

洪銀彬, 2007, 「柳宗元과 賈島의 시 짓기 방식 비교-山水自然詩를
중심으로-」, 『中國語文論叢』 32, 中國語文硏究會.

4) 西河耆之: 西河는 林椿의 貫鄕이고, 耆之는 그의 字이다. 그
에 대해서는 상권 21, 주해6) 참고; 본서 117쪽.

5) 惠勤: 생몰년 미상. 宋代에 구양수와 비슷한 시기에 활동했던
慧勤을 말하는 듯하다. 지금의 浙江省 餘杭 사람으로 구양수의 작
품 중에 「送僧慧勤」이란 시가 있다.

『咸淳臨安志』 권70, 人物 方外.

6) 醉翁: 歐陽脩의 호이다. 구양수에 대해서는 상권 18, 주해
12) 참고; 본서 99쪽.

中16.

[原文]

江夏黃彬然未第時, 與兩三友讀書湍州紺岳寺. 時金東閣莘尹名士也, 醉菆
狂言, 忤當時貴倖, 徒步出城歸紺岳. 自云, "老兵將還鄕, 請寄宿." 彬然憫其
老且困許焉. 終日在床下無一言, 偶取火筯畫灰成字, 勢座皆指目, "這老漢
頗解文字也." 詰朝公之子蘊琦已登第也, 率蒼頭兩三人, 負酒壺往尋. 及門問

於人曰, "昨者家公出都門抵此, 今在否." 答曰, "但有一老兵來宿, 安有金東閣耶." 蘊琦突入拜庭下, 彬然伏地愧謝. 公笑曰, "措大尔安得知范雎之已相奈耶." 相與登北峯, 坐松下石, 共飲極歡, 命座客賦松風各一韻. 「斷送玄猿嘯, 掀揚白鶴冲.」彬然6), 「厭喧欹枕客, 怕冷拾枯童.」宗岭7) 「冷然姑射吸, 颯尔楚臺雄」無名8), 「鶴寒難得睡, 僧定獨如聾.」東閣9)也. 是夕劇飲而罷, 彬然叩頭願受業, 留數月讀前漢書畢方還. 士林至今以爲口實.

[譯文]

강하[1] 황빈연이 아직 급제하지 않았을 때,[2] 두세 명의 친구들과 함께 단주[3]의 감악사[4]에서 책을 읽었다. 당시 동각 김신윤[5]은 이름난 선비였는데 술에 취해 함부로 말하다가 당시 권귀[貴倖]에게 거슬려 도성을 걸어 나가 감악으로 돌아갔다. 스스로 말하기를, "노병이 고향으로 돌아가는 길인데 잠시 머물기를 청합니다."라고 하니 빈연이 늙고 곤궁한 처지를 불쌍히 여겨 허락하였다. (김신윤이) 종일토록 평상 아래에 앉아 한마디 말없이 있다가 문득 부젓가락을 들어 재로 글자를 쓰니 무리지어 앉아있던 이들이 지목하며, "저 늙은 이가 자못 문자를 아는구나."라고 하였다. 이튿날 아침에 공의 아들인 온기[6]가 이미 급제하였는데, 노복[蒼頭] 두세 명을 거느리고 술병을 들고 찾아왔다. 문에 이르러 사람들에게 묻기를, "어제 우리 아버지께서 도성문을 나와 이곳에 이르렀는데 지금 계십니까."라고 하였다. 답하기를, "다만 한 노병이 와서 머물렀을 뿐, 어찌 김 동각께서 계시겠습니까."라고 하였다. 온기가 갑자기 들어가 뜰에서 절을 하니 빈연이 땅에 엎드려 부끄러워하며 사죄하였다. 공이 웃으며 말

---

6) 彬然: 본문에 세주처럼 작게 표시되어 있다.
7) 宗岭: 본문에 세주처럼 작게 표시되어 있다.
8) 無名: 본문에 세주처럼 작게 표시되어 있다.
9) 東閣: 본문에 세주처럼 작게 표시되어 있다.

하기를, "너희 서생[措大]들이 어찌 범저가 이미 진나라에서 재상이
된 것을 알겠는가."[7]라고 하였다. 함께 북쪽 봉우리에 올라 소나무
아래에 있는 바위에 앉아서 다 같이 술 마시며 매우 즐거워하다가
좌객에게 명하여 송풍(松風)을 주제로 각각 한 운을 짓게 하였다.

> 「검은 원숭이의 휘파람 소리 간간히 들리고
> 흰 학의 날개짓은 높이 흩날리네.」 빈연

> 「베개에 기댄 객은 시끄러운 것을 싫어하고
> 마른 나무가지를 줍는 아이는 추운 것을 싫어하네.」 종령[8]

> 「고야산에서 차가운 기운을 마시고
> 초대에서는 웅풍이 날아갈 듯하네.」 작자 미상

> 「학은 추워 잠들 수 없고
> 승은 입정하여 홀로 귀먹은 것 같네.」 동각

이날 저녁에 술을 많이 마시고 파하였는데, 빈연이 머리를 조아리
며 가르침을 받기를 원하여 수개월을 머물며 『前漢書』를 다 읽고
돌아갔다. 사림에서는 지금까지 이야기 거리로 삼고 있다.

[註解]
1) 江夏: 지금의 중국 湖北省 武漢市 武昌지역으로 중국 黃氏의
관향이다. 고려에서도 그대로 통용되어 황씨의 본관을 지칭한 것이다.
　　張撝之 외 주편, 2005, 『中國古今地名大辭典』 中, 上海辭書出版社, 1253쪽.
2) 黃彬然未第時: 黃彬然의 급제 시기나 활동에 관한 기록은 나타
나지 않는다. 그에 대해서는 상권 6, 주해1) 참고; 본서 39쪽.
3) 湍州: 지금의 경기도 파주시 장단면·군내면·진서면·진동면과

개성특급시 장풍군 일대이다. 이에 대해서는 상권 7, 주해1) 참고;
본서 42쪽.

4) 紺岳寺: 開城府의 속현이었던 積城縣(현재 경기도 파주시 적
성면)에 위치한 紺岳山에 있던 절이다. 감악사와 관련하여서는 구
체적인 내용은 전해지지 않는다. 다만 『高麗史』 地理志에 따르면
감악산에는 祠宇가 있어 봄·가을로 香과 祝文을 내려 제사를 지냈
으며 신라 때부터 唐의 장수 薛仁貴를 산신으로 삼아 제사를 지냈
다 한다.

『高麗史』 권56, 志10 地理1 王京開城府 積城縣.
『新增東國輿地勝覽』 권11, 京畿 積城縣.

5) 金東閣莘尹: 생몰년 미상. 그에 대해서는 중권 3, 주해22)
참고; 본서 163쪽.

6) 蘊琦: 생몰년 미상. 김신윤의 아들인 김온기에 대한 급제 시
기나 활동과 관련한 구체적인 기록은 나타나지 않는다.

7) 范雎之已相秦: 范雎(생몰년 미상)는 전국시대 魏 사람으로
자는 叔이다. 범저가 魏의 須賈와 함께 齊에 머무를 당시 齊 襄王
의 신임을 얻게 되자 수고가 의심을 품고 모함하였다. 이에 범저는
鄭安平이라는 사람의 도움을 받아 張祿으로 이름을 바꾸고 秦으로
도망하게 되었다. 당시 秦은 태후와 재상 穰侯에 의해 권력이 좌우
되었는데 범저는 진의 昭王에게 이들을 배척할 것을 건의하여 應이
라는 땅에 봉해져 應侯로 불리게 되었다.

이후 秦이 魏를 토벌할 것이라는 사실이 알려지자 위나라는 수고
를 진나라에 보내어 전쟁을 막고자 하였다. 수고는 범저가 장록으로
이름을 바꾸고 재상이 되었다는 사실을 모르고 있었다. 범저는 일부
러 초라한 모습으로 수고 앞에 나타나니, 수고는 범저에게 장록을
만나볼 수 있도록 부탁하였다. 이러한 고사를 인용해 老兵을 칭하며
나타난 김신윤을 범저로, 김신윤을 알아보지 못한 빈연의 무리를 수

고에 빗대어 표현한 것이다.

　　『史記』권79, 列傳19 范雎.

　8) 宗昤: 생몰년 미상. 황빈연이 감악사에 머무를 당시 함께 했던 사람으로 추정되는데 구체적인 생몰년이나 활동에 대해서는 나타나지 않는다.

中17.

[原文]

金學士黃元李左司仲若郭處士璵皆奇士. 少以文章相友, 骄神交. 二公嘗訪左司第, 清談亹亹, 不覺日暮. 須史月出雲開碧天如水, 相與登南樓小飮, 占韻各成一聯. 李率然曰,「壯氣暗生天外劒, 雄謀潛轉幄中籌.」郭云,「座中氷雪三山客, 秤上錙銖萬戶侯.」次至於黃元曰, "異於三子者之撰." 遂引滿朗吟曰,「日暮鳥聲藏碧樹, 月明人語上高樓.」二公不覺屈膝曰, "雖古人何遽." 遂罷. 吾友湛之即左司內孫. 僕嘗見其真跡, 醉墨宛然, 真家寶也.

[譯文]

　학사 김황원[1]과 좌사[2] 이중약,[3] 처사 곽여[4]는 모두 뛰어난 선비이다. 어려서 문장으로 서로 벗이 되었는데 신교(神交)라고 불렸다. 두 공이 일찍이 좌사의 집을 찾아가서 청담을 즐겁게 나누다보니 날이 저무는 것도 알지 못하였다. 잠시 후 달이 뜨고 구름이 개어 푸른 하늘은 물과 같으니 함께 남루에 올라 술을 약간 마시고 운을 정하여 각 한 연을 지었다. 이중약이 재빨리 짓기를「힘찬 기운은 가만히 하늘 밖의 칼날에서 생겨나고, 웅대한 지모는 은밀히 휘장 안 산가지에서 구르도다.」라고 하였다. 곽여는「좌중의 빙설은 삼신산의 나그네요, 저울 위의 눈금[錙銖]은 만호후(萬戶侯)네.」라고 하였다. 다음으로 김황원에 이르러 말하기를, "세 사람[三子]이 지은 것과는 다르다."라고 하며,[5] 드디어 가득찬 술잔을 들고 낭랑하게 말하기를, 「날이 저물어 새소리는 푸른 나무에 숨어들고, 달이 밝으니 사람들 이야기 높은 누 위로 오르네.」라고 하였다. 두 공이 자신도 모르게 무릎을 꿇고 말하기를, "비록 고인일지라도 얼마나 멀겠는가."라고 하고, 드디어 파하였다. 나의 벗 (이)담지[6]는 좌사의 내손이다.[7] 내가 일찍이 그의 친필을 보았는데, 술에 취해 쓴 글씨가 완연하여 참으로 가보였다.

　　[註解]
　1) 金學士黃元: 『破閑集』 권상에 등장하는 學士黃元을 말한다. 이에 대해서는 상권 21, 주해1) 참고; 본서 115쪽.
　2) 左司: 『破閑集』과 『西河集』에는 이중약을 좌사로 기록하였고 『高麗史』 選擧志에는 郞中으로 나타나고 있다. 이를 통해볼 때 여기에서의 좌사는 尙書都省의 左司郞中(正5品)으로 생각된다.
　　　『西河集』 권5, 記「逸齋記」.
　　　『高麗史』 권75, 選擧3 銓注 凡敍功臣子孫 忠宣王卽位敎.
　3) 李左司仲若: ?～1122. 자는 子眞, 韓安仁의 사위이다. 어렸을 적부터 道家書를 읽고 도교를 숭봉하였고 伽倻山에 은거하여 스스로 靑霞子라는 호를 지었다. 처사 殷元忠과 禪師 翼宗의 말을 듣고 월출산으로 옮겨 逸齋를 지었다. 송에 가서 黃大忠과 周與齡을 만나 도의 요체를 전수받고 돌아와서 福源宮을 설립하는데 참여하였다. 인종 즉위 후 이자겸의 모함으로 한안인이 유배될 때 함께 연루되어 유배되었다가 살해당하였다.
　　　『高麗史』 권15, 世家15 仁宗 卽位年 12월 丙申.
　　　『高麗史』 권97, 列傳10 韓安仁.
　　　『西河集』 권5, 記「逸齋記」.

김철웅, 2010,「고려중기 李仲若의 생애와 도교사상」,『韓國人物史硏究』
14.

4) 郭處士璵: 그에 대해서는 중권 8, 주해13) 참고; 본서 195
쪽.

5) 異於三子者之撰:『論語』先進 편에 나오는 말로, 공자가 자
신을 알아 등용해 준다면 어떻게 할 것인지를 子路·曾皙·冉有·公
西華에게 물었는데, 마지막에 曾皙이 자신은 세 사람의 의견과는 다
르다고 말한[居則曰 不吾知也 如或知爾 則何以哉 … 對曰異乎三
子者之撰] 고사를 인용한 것이다. 김황원이 이중약과 곽여가 지은
시와 자신의 시가 다르다는 것을 표현한 것이다.

『論語』先進.

6) 湛之: 李湛之를 가리킨다. 그에 대해서는 상권 7, 주해4) 참
고; 본서 43쪽.

7) 吾友湛之卽左司內孫: 이 기록을 통해 이중약과 이담지의 혈
연관계가 확인된다. 內孫은 친족의 후손을 뜻한다.

中18.

[原文]

昌華公李子淵杖節南朝, 登潤州甘露寺, 愛湖山勝致, 謂從行三老曰, "尒
宜審視山川樓觀形勢, 具載胷臆間, 毋失豪毛." 舟師曰, "謹聞命矣." 及還朝
與三老約曰, "夫天地間凡有形者, 無不相似, 是以湘濱有九山相似, 行者疑
焉, 河流九曲, 而南海亦有九折湾. 由是觀之, 山形水勢之相賦也, 如人面目,
雖千殊萬異, 其中必有相髣髴者. 況我東國去蓬莱山不遠, 山川淸秀甲於中朝
萬萬, 則其形勝豈無與京口相近者乎. 汝宜以扁舟短棹, 泛泛然與鳧鴈相浮沉,
無幽不至無遠不尋, 為我相收, 當以十年為期, 愼無欲速焉." 三老曰, "唯."
凡六涉寒暑, 始得之於京城西湖邊, 走報公曰, "旣得之矣. 三殤可返, 冀煩玉

趾, 一往觀焉." 遂相與登臨之, 喜見眉鬚曰, "且南朝甘露寺, 雖奇麗無比, 然
但營構繪飾之工特勝耳, 至於天生地作自然之勢, 與此相去真九牛之一毛也."
即捐金帛庀材瓦, 凡樓閣池臺之制度, 一倣中朝甘露寺. 及斷手, 用題其額,
亦曰甘露, 措畫經營既得宜, 萬像不鞭而自至. 後詩僧惠素唱之, 而金侍中富
軾斷之, 聞者皆和幾千餘篇, 遂成鉅集.

[譯文]

창화공[1] 이자연[2]이 남조[3]에 사신으로 가서 윤주 감로사[4]에 올
라 호산[5]의 빼어난 경치를 사랑하여 따라간 삼로(三老)[6]에게 말하
기를, "너는 마땅히 산천과 누각의 형세를 살펴 모두 마음속에 담아
두어 아주 작은 것도 빠뜨리지 않도록 하라."라고 하니 주사(舟
師)[7]가 답하기를, "삼가 시키는 대로 하겠습니다."라고 하였다. 환
조하게 되자 뱃사공과 함께 약속하기를, "대체로 천지간에 모든 형
체가 있는 것은 서로 비슷하지 않은 것이 없으니, 이런 까닭에 상강
가에는 서로 닮은 아홉 산[8]이 있어 지나는 이들이 의심하였고, 하
류에는 구곡이 있는데 남해 또한 아홉 번 꺾어지는 물굽이가 있다.
이로써 보면 산의 모양과 물의 형세는 사람의 얼굴생김과 같아서 비
록 천만 가지로 다르다 할지라도 그 중에 반드시 서로 비슷한 것이
있다. 하물며 우리나라는 봉래산[9]과 거리가 멀지 않고, 산천이 맑고
준수한 것이 중국보다 많으니, 그 풍경의 뛰어남이 어찌 경구(京
口)[10]와 서로 닮은 것이 없겠는가. 너는 마땅히 작은 배를 타고 오
리와 기러기처럼 보고 떠다니며 아득하고 먼 곳에 다다르지 않음이
없으니, 나를 위해 자세히 보되 마땅히 10년으로 기한을 삼아 삼가
서두르지는 말아라."라고 하였다. 삼로가 "예."라고 답한 지, 무릇 6
년이 지나고서야 비로소 경성의 서호 근처에서 그것을 얻어 달려와
(창화)공에게 보고하기를, "이미 그러한 곳을 찾았습니다. 하루면
돌아올 수 있으니, 바라건대 어려운 발걸음[玉趾]이더라도 한번 가

서 보시지요."라고 하였다. 드디어 (이자연이) 함께 올라 (그곳을)
보고는 눈과 입가[眉鬚]에 기쁜 (빛)을 보이며 말하기를, "남조의
감로사가 비록 비할 데 없이 뛰어나게 아름다우나, 다만 건물을 짓
고 그림을 그리는 기교가 특별히 뛰어날 뿐이지 하늘이 낳고 땅이
만든 자연의 형세는 이와 더불어 서로 차이가 진실로 아홉 마리 소
의 털 한 가닥[11]에 지나지 않는다."라고 하였다. 곧 금과 비단을 내
어 재목과 기와를 갖추어 무릇 누각과 지대(池臺)의 제도는 모두
중국의 감로사를 본떴다. 일을 마치고 그 편액에 글을 쓰니 역시
'감로'[12]라고 하였다. 지휘하고 가르치는 것과 계획하는 것이 이미
마땅함을 얻으니 온갖 사물은 채찍질하지 않아도 저절로 이르는 것
이다. 후에 시에 능한 승려 혜소[13]가 먼저 음송하고 시중 김부식이
그것을 마치니 듣는 이들이 모두 화답한 것이 천 여 편[14]이나 되어
마침내 큰 시집이 되었다.

　[註解]
　1) 昌華公: 『高麗史』와 「李子淵墓誌銘」 등에는 이자연의 시호
　가 章和로 되어 있고, 『破閑集』을 비롯한 『春亭集』과 『新增東國輿
　地勝覽』에는 昌華公으로 실려 있으며, 1149년(의종 3)에 지어진 「李
　子淵女李氏墓誌銘」에는 '門下侍中昌和公子淵'이라고 하여 昌和 등
　으로 다양하게 기록되어 있다.
　　　『高麗史』 권95, 列傳8 李子淵.
　　　『春亭集』 追補 「甘露寺重創願文」.
　　　『新增東國輿地勝覽』 권4, 開城府上 佛宇 甘露寺.
　　　『高麗墓誌銘集成』, 「李子淵墓誌銘」·「李子淵女李氏墓誌銘」.
　2) 李子淵: 1003~1061. 자는 若冲, 본관은 慶源이다. 邵城伯
　에 봉해지고 尙書左僕射·太子太傅로 추증된 李許謙의 손자이며, 尙
　書左僕射·太子太保로 추증된 翰의 아들이다. 1024년에 劉徵弼이

지공거가 되어 주관한 과거에서 장원으로 급제하였다. 이후 右補闕,
給事中, 中樞院副事, 吏部尙書·叅知政事, 內史門下平章事 등을 역
임하였으며, 推誠佐世保社功臣에 봉해지고 開府儀同三司·守太師兼
中書令·監修國史·上柱國·慶源郡開國公이 되었다. 사후 문종 묘정
에 배향되었다(①). 문종의 妃인 仁睿太后, 仁敬賢妃, 仁節賢妃는
이자연의 딸이며, 이중 인예태후는 순종, 선종, 숙종을 낳았다. 이로
인해 이자연의 집안과 왕실은 중첩된 혼인 관계를 맺으면서 고려의
최대 문벌귀족으로 자리하게 되었다(②).

> ① 『高麗史』 권5, 世家5 顯宗 15년 3월 辛卯.
> 『高麗史』 권73, 志27 選擧1 科目1 選場.
> 『高麗史』 권95, 列傳8 李子淵.
> 『高麗墓誌銘集成』, 「李子淵墓誌銘」·「李頲墓誌銘」.

이자연과 그의 가계에 관련된 연구로는 다음이 참고 된다.

> ② 尹庚子, 1965, 「高麗王室과 仁州李氏와의 關係」, 『淑大史論』 2.
> 金潤坤, 1976, 「李資謙의 勢力基盤에 對하여」, 『大丘史學』 10.
> 李萬烈, 1980, 「高麗 慶源李氏 家門의 展開過程」, 『韓國學報』 21.
> 朴龍雲, 1999, 「高麗는 貴族社會임을 다시 논함」(下), 『韓國學報』
> 94 ; 2003, 『高麗社會와 門閥貴族家門』, 景仁文化社, 53쪽.
> 金塘澤, 2001, 「고려 文宗~仁宗朝 仁州李氏의 정치적 역할」, 『韓國
> 中世社會의 諸問題-金潤坤敎授定年紀念論叢-』, 韓國中世
> 史學會.
> 김창현, 2003, 「고려 11세기의 정치와 인주 이씨」, 『인천학연구』 2
> -1.

3) 杖節南朝: 고려시대에는 宋을 南朝, 遼를 北朝로 기록하였고
아울러 遼 또한 宋을 南朝라 칭하기도 하였다. 한편 본문에서 이자연
이 송에 사신으로 갔던 내용이 나오는데 『高麗史』와 『宋史』 및 그의
墓誌銘 등에서는 정확한 시기나 구체적인 내용이 나오지 않는다.

> 『高麗史』 권8, 世家8 文宗 12년 8월 庚戌.
> 『高麗史』 권97, 列傳10 劉載.

4) 潤州甘露寺: 潤州는 지금의 중국 江蘇省 鎭江縣으로, 隨代에

처음으로 潤州를 설치하였다가 폐하였다. 이후 唐代에 다시 두고 이름을 丹陽郡으로 하였다가 다시 潤州로 고쳤다. 宋代에는 潤州丹陽郡이라 하였다(①). 北宋代에 郭若虛가 저술한 『圖畵見聞志』에 의하면 '於潤州建功德 佛宇曰甘露寺'라고 하여 당시 潤州에 甘露寺가 있었다고 한다(②).

　　① 戴均良 외 주편, 2005, 「潤」, 『中國古今地名大辭典』 上, 1177쪽.
　　②『圖畵見聞志』.
　　　　漢語大辭典編纂委員會, 1990, 「甘」, 『漢語大辭典』 7, 漢語大辭典出版社, 976쪽.

　5) 湖山: 지금의 중국 江蘇省 江寧縣의 30리 지점에 있는 산으로 위에는 호수가 있는데 오랜 가뭄에도 마르지 않았다고 한다.

　　　　戴均良 외 주편, 2005, 「湖」, 『中國古今地名大辭典』 下, 上海古籍出版社, 2928쪽.

　6) 三老: 사전적 의미는 長老, 혹은 사공의 뜻이 있는데 여기서는 문맥으로 보아 후자로 보인다. 남송의 陸游가 저술한 『入蜀記』에 '問何謂長三老 云梢工是也.'라는 기록이 있어서 삼로가 뱃사공[梢工]임을 알 수 있다. 우리나라의 기록인 『東國李相國後集』이나 『續東文選』 등에도 마찬가지로 노를 젓는 뱃사공으로 나오고 있다.

　　　　『入蜀記』 권5.
　　　　『東國李相國後集』 권6, 古律詩 「次韻英上人見和瀟湘夜雨」.
　　　　『續東文選』 권5, 七言古詩 「廣津渡風雨甚惡力棹泊三田渡晚來波濤稍安乘
　　　　　　月下棹子島宿狎鷗亭下曉到漢江下岸」.
　　　　檀國大學校 東洋學研究所, 1991, 「三」, 『漢韓大辭典』 1, 檀國大學校出版
　　　　　　部, 168쪽.

　7) 舟師: 배를 운항하는 선원이나 수상에서 활동하는 군대를 의미한다.

　　　　檀國大學校 東洋學研究所, 2007, 「舟」, 『漢韓大辭典』 11, 檀國大學校出
　　　　　　版部, 681쪽.
　　　　이창섭, 2005, 「高麗 前期 水軍의 運營」, 『史叢』 60, 10쪽.

8) 九山: 중국의 湖南 寧遠縣의 남쪽 60리 지점에 위치하는 산으로, 朱明·石城·石樓·娥皇·舜源·女英·蕭韶·桂林·梓林 등 아홉 산의 모양이 비슷하여 보는 이들로 하여금 의심이 들도록 하였기 때문에 九疑山으로도 불렀다(①). 한편 『史記』 五帝本紀에 의하면 舜을 江南의 九疑에서 장례하였다고 한다(②).

① 戴均良 외 주편, 2005,「九」,『中國古今地名大辭典』上, 51쪽.

②『史記』권2, 五帝本紀1.

9) 蓬萊山: 중국 동해에 신선들이 사는 곳을 말한다. 지리적으로 고려와 동일한 방향이라서 봉래산과 고려가 가깝다고 보았으며, 그로 인해 고려에 봉래산과 같은 경승이 많을 것이라는 의미로 사용하였다.

漢語大辭典編纂委員會, 1990,「蓬」『漢語大辭典』9, 漢語大辭典出版社, 512쪽.

10) 京口: 중국 江蘇省 丹徒縣의 말하는 것으로, 京峴山 또는 京江의 입구이라고도 불린다.

戴均良 외 주편, 2005,「京」,『中國古今地名大辭典』下, 上海古籍出版社, 1888쪽.

11) 九牛之一毛: 아홉 마리 소에서 털 한 가닥이 빠진 정도라는 뜻으로, 많은 가운데서 매우 하찮고 보잘 것 없는 것을 비유한 말이다(①). 이는 司馬遷이 흉노와의 전쟁에서 패하여 흉노에 귀순한 李陵을 변호하다 宮刑을 당하고 나서, 당시 자신의 심정으로 담아 친구 任安에게 보낸 편지에 '假令僕伏法受誅 若九牛亡一毛'라고 한 데서 유래하였다고 한다(②).

① 檀國大學校 東洋學研究所, 1991,「九」,『漢韓大辭典』1, 檀國大學校 出版部, 550·551쪽.

②『漢書』권62, 列傳32 司馬遷.

12) 甘露: 甘露寺를 말한다. 개경 부근 五鳳峯 아래에 위치한다(①). 李子淵이 宋의 감로사에 갔다가 그곳의 경치를 사랑하여 윤

주의 감로사와 비슷한 곳을 물색한 끝에 개성 인근을 선정하여 창건
하였다(②). 감로사의 중창 연혁은 卞季良의 「甘露寺重創願文」에
전한다. 이규보를 비롯한 고려시대의 문인들도 감로사의 경치를 감
상하며 많은 시를 남겼을 뿐만 아니라 조선시대의 문인인 兪好仁과
潛谷 金堉 등도 감로사와 이자연에 대한 글을 남겼다(③).

    ① 『新增東國輿地勝覽』 권4, 開城府上 佛宇 甘露寺.

    ② 韓基汶, 1998, 『高麗寺院의 構造와 機能』, 民族社, 291·317쪽.

    ③ 『春亭集』 追補 「甘露寺重創願文」.

      『東國李相國集』 권11, 古律詩 甘露寺.

      『續東文選』 권21, 錄 遊松都錄[兪好仁].

  13) 惠素: 그에 대해서는 중권 11, 주해1) 참고; 본서 215쪽.

  14) 而金侍中富軾斷之 聞者皆和幾千餘篇: 본문에 의하면 詩僧
혜소가 처음 시를 짓고 이에 金富軾이 끝을 맺고, 또 이를 듣는 이
들이 모두 화답을 하였다고 하는데, 이와 관련된 김부식의 시[俗客
不到處 登臨意思淸 山形秋更好 江色夜猶明 白鳥孤飛盡 孤帆獨去
輕 自慚蝸角上 半世覓功名]가 『東文選』과 『新增東國輿地勝覽』에
전한다. 특히 『新增東國輿地勝覽』에는 본문에서 언급된 이자연의
감로사 창건 경위와 과정이 고스란히 기록되어 있다(①). 아울러 이
에 화답한 여러 인물 중 李奎報의 시 또한 『東國李相國集』과 『新
增東國輿地勝覽』에 남아 있으며, 이 외에 李穡, 權近 등의 시 역시
『新增東國輿地勝覽』에 전한다(②).

    ① 『東文選』 권9, 五言律詩 「次惠遠韻」.

      『新增東國輿地勝覽』 권4, 開城府上 佛宇 甘露寺.

    ② 『東國李相國集』 권3, 古律詩 「次韻同年文員外題甘露寺」.

      『新增東國輿地勝覽』 권4, 開城府上 佛宇 甘露寺.

中19.

[原文]

鳳城北洞安和寺本睿王所剙也. 盖睿王以神聖至德, 事大宋無違禮, 顯孝皇帝優加褒賞, 別賜法書名畫珎奇異物, 不可勝計. 聞其剙是寺, 特遣使人, 以殿財像設送之, 宸翰親題殿額, 命蔡京榜扵門, 其冊靑營構之巧, 甲於海東. 出寺門至御花園, 幾六七里, 冊崖碧嶺橫張側展, 有溪沿石徑而流, 如環珊之鳴, 四畔唯松栢叅天, 雖盛夏常若早秋. 徃来者如在畫屛中, 世以謂烟霞洞仙真所居. 昔相國彦頤齋宿扵是, 夢見學士胡宗旦, 乘一葉泛泛而来, 會紫翠門作一絶云, 「五雲深處是吾鄉, 烟鏁樓臺日月長, 回首昔年交件者, 如今役役夢魂塲.」 寺有紫翠門.

[譯文]

봉성[1] 북동 안화사[2]는 본래 예종[3]이 창건하였다. 대개 예종은 신성하고 지극한 덕으로 송을 사대하여 예에 어긋남이 없었으니 현효황제[4]가 포상을 후히 더하고 특별히 법서·명화·진기·이물을 내려주었는데 셀 수가 없었다. 이 절을 창건한다는 말을 듣고 특별히 사신을 파견해 재목과 불상을 보냈으며 어필[宸翰]로 친히 전액을 짓고 채경[5]에게 명하여 문액을 쓰게 하였으니[6] 그 단청과 건축의 아름다움이 해동에 으뜸이었다. 사문을 나와 어화원에 이르기까지는 거의 6~7리인데, 붉은 벼랑과 푸른 산줄기가 옆으로 펼쳐져 있고 시내는 돌길을 따라 흘러서 마치 패옥 소리가 나는 듯했으며, 사방에는 소나무와 잣나무만이 하늘을 찌를 듯해 비록 한여름이라도 항상 초가을과 같았다. 왕래하는 사람들이 마치 병풍 그림 속에 있는 것과 같아서 세간에 연하동[7]은 선인과 진인이 사는 곳이라고 하였다. 예전에 상국 윤언이[8]가 여기에서 재숙하다가 꿈에 학사 호종단[9]

이 나뭇잎 한 장[一葉]을 유유히 타고 오더니 자취문[10]에서 만나시 한 절을 지었다.

> 「오색구름 깊은 곳이 바로 내 고향
> 안개가 누대를 감싼 세월은 기네[11]
> 돌이켜보니 옛날의 벗은
> 지금 꿈결 속에서 허덕이고 있구나.」

절에는 자취문이 있다.

[註解]

1) 鳳城: 丹鳳城의 줄임말로 京都의 城을 뜻하는데, 여기에서는 開京의 大闕을 가리킨다.

諸橋轍次, 1986, 「鳳」, 『大漢和辭典』12, 大修館書店, 793쪽.

2) 安和寺: 지금의 북한 개성특급시 송악산 남쪽 기슭 紫霞洞에 있었던 사찰이다. 930년(태조 13)에 태조의 아우로 견훤에게 인질로 있다가 죽임을 당한 王信의 명복을 빌기 위하여 安和禪院이라는 이름으로 창건되었다. 이후 예종이 중수하여 대찰의 면모를 갖추게 되었고 예종과 원종의 願堂으로 많은 왕들이 行香하는 사찰이었다. 또한 『宣和奉使高麗圖經』에는 1123년 7월에 송의 사신 徐兢이 사찰을 방문하여 보고 들은 바를 기록한 것이 남아 있어서 고려시대 사찰구조를 연구하는데 중요한 자료가 되고 있다. 이에 의하면 사찰에는 無量壽殿, 陽和閣, 重華閣, 能仁殿, 善法堂, 彌陀堂 등의 전각과 安和門, 紫翠門, 神護門, 神翰門, 善法門, 孝恩門 등의 문이 있었다. 사찰의 서편에는 왕이 머무르는 齋宮이 있어서 仁壽殿, 齊雲閣 등의 전각과 凝祥門, 嚮福門 등의 문이 있었다. 안화사는 고려가 멸망한 뒤에 폐사되었고 1930년에 이르러서야 중창되었다(①).

한편 안화사의 중수 과정을 두고 예종이 왕권을 강화하기 위한 일환으로 보는 견해가 있다(②). 이에 따르면 예종이 안화사의 중수에 큰 관심을 갖고 있던 이유에 대해서는 정확히 알 수 없으나, 그가 선종에 대해 적지 않은 관심을 두고 있었으며 안화사가 선종 사찰로는 처음으로 眞殿寺院이 되었고 총애하는 禪僧 學一을 주지로 임명한 점이 정치적으로 의미 있는 일이라고 지적하였다. 또한 안화사의 중수 과정에서 공역을 중지하라는 대간의 반대가 있었는데, 예종이 송 황제로부터 편액을 받아 자신의 정책과 조치에 반발하는 대간의 공격을 송 황제의 권위로 무마함으로써 왕실의 권위 회복을 도모하였다고 한다.

① 『宣和奉使高麗圖經』 권17, 祠宇 靖國安和寺.
　　『新增東國輿地勝覽』 권4, 開城府上 佛宇.
　　權相老 編, 1979, 『韓國寺刹全書』, 東國大學校出版部.
　　韓基汶, 1998, 「寺院의 願堂으로서 機能」, 『高麗寺院의 構造와 機能』, 民族社, 230~231쪽.
② 金秉仁, 2003, 「'東宮僚佐' 勢力의 構成과 役割」, 『高麗 睿宗代 政治勢力 研究』, 景仁文化社, 68·95~96쪽.

3) 睿王: 睿宗(1105~1122)을 말한다. 그에 대해서는 상권 18, 주해1) 참고; 본서 95쪽.

4) 顯孝皇帝: 宋 徽宗(1110~1125)을 말한다. 그에 대해서는 중권 2, 주해10) 참고; 본서 150쪽.

5) 蔡京: 1047~1126. 북송 말의 관인이자 유명한 서예가로 자는 元長이고 興化郡 仙游縣 - 현재 중국의 福建省 仙游縣 - 사람이다. 1070년에 급제하였고 여러 관직을 두루 거쳐 1107년에 太師가 되었다. 그는 권력에 대한 집착이 강하여 자주 부정을 저질렀고 지조가 없었기 때문에, 구법파와 신법파로부터 모두 비판을 받았을 뿐만 아니라 무리한 증세와 토목공사의 강행 등으로 원성을 샀다. 金이 침입하고 欽宗이 즉위하자 국난을 초래한 6賊의 수괴로 몰려 실

각하였으며 유배를 가는 도중에 80세로 병사하였다.

『宋史』 권472, 列傳231 姦臣2 蔡京.

6) 聞其刱是寺 … 榜於門: 『高麗史』에 의하면 고려가 먼저 송으로 사신을 보내어 편액을 요구하였으며, 이에 徽宗이 佛殿扁額으로 '能仁之殿'을 쓰고 太師 蔡京이 門額으로 '靖國安和之寺'를 써서 十六羅漢塑像과 함께 전해준 일이 확인된다.

『高麗史』 권14, 世家14 睿宗 13년 4월 丁卯·庚午·壬申.

7) 烟霞洞: 송악산 남쪽 기슭에 安和寺가 위치한 지역을 말한다. 紫霞洞으로 부르기도 하였다.

『世宗實錄地理志』 舊都開城留後司.

『新增東國輿地勝覽』 권4, 開城府上 佛宇.

8) 彦頤: ?~1149. 門下侍中 尹瓘의 아들인 尹彦頤를 말한다. 호는 金剛居士이다. 인종대에 급제하여 起居郎, 國子司業, 寶文閣 直學士 등을 역임하였으며, 1128년(인종 6)에는 禮部侍郎으로 사신이 되어 송에 가서 국교를 청하고 돌아왔다. 윤언이는 大覺國師碑 文의 개찬과 경연에서 『周易』의 해석을 놓고 金富軾과 대립하였는데, 그 결과 妙淸의 난을 맞아 김부식의 휘하에서 공을 세웠으나 김부식이 鄭知常과 내통하였다고 보고하여 梁州防禦使로 강직되었다. 이후 廣州牧使에 임명되었으나 사퇴하면서 자신의 억울함을 해명하는 글을 써서 왕에게 올리기도 하였다. 1148년(의종 2)에 政堂文學이 되었다가 이듬해에 사망하였고 시호는 文康이다. 윤언이는 문장으로 이름이 높았고 특히 『周易』에 밝아 『易解』를 지었으며, 말년에는 坡平에 살면서 불교에 심취하여 승려 貫乘 등과 교유하였다.

『高麗史』 권96, 列傳9 尹瓘 附彦頤.

『高麗墓誌銘集成』, 「咸脩墓誌銘」.

金秉仁, 1995, 「金富軾과 尹彦頤」, 『歷史學研究』 9.

9) 胡宗旦: 생몰년 미상. 宋 福州－현재 중국의 福建省 福州市 － 사람으로 고려에 귀화한 인물이다. 본래 太學 上舍生으로 상선

을 타고 고려에 건너왔다가 예종의 총애를 받아서 左右衛錄事, 權
直翰林院, 寶文閣待制 등을 역임하였다. 당시 國學生 高孝冲이 왕
의 총애를 받는 기생을 두고 시로 풍자하였다가 과거를 보러 왔을
때 하옥되었는데, 호종단이 글을 올려 구명한 결과 석방되었다는 일
화가 전한다. 그는 성품이 총명하여 박학하고 글을 잘 지었으며, 주
술에도 능해 자주 왕을 현혹시켰다고 한다.

　　　『高麗史』 권97, 列傳10 劉載 附胡宗旦.

　10) 紫翠門: 『宣和奉使高麗圖經』에 왕성의 동쪽으로 숲과 계곡
을 따라 몇 리를 올라가면 安和門이 있는데, 이로부터 사찰이 시작
되어 북쪽으로 조금 들어가다 보면 紫翠門이 나온다고 한다. 여기에
서 다시 神護門을 지나면 無量壽殿 등 여러 전각이 있었다고 기록
되어 있다.

　　　『宣和奉使高麗圖經』 권17, 祠宇 靖國安和寺.

　11) 烟鑣樓臺日月長: 골짜기 이름이 안개란 의미의 연화동이기
때문에 세월이 길다고 말한 것이다.

中20.

[原文]

　京城東天壽寺去都門一百步, 連峯起於後, 平川瀉於前, 野桂數百株夾道成
陰, 自江南赴皇都者必憩於其下. 輪蹄闐咽, 漁歌樵笛之聲不絶, 而冊樓碧閣
半出松杉烟靄之間. 王孫公子携珠翠引笙歌, 迎餞必於寺門. 昔睿王時畫局
李寧尤工山水, 爲其圖附宋商. 久之上求名畫於宋商, 以其圖獻焉. 上召衆史
示之, 李寧進曰, "此臣所畫天壽寺南門圖也." 折背觀之, 題誌甚詳, 然後知
其爲名筆.

[譯文]

경성[1] 동쪽의 천수사[2]는 거리가 도성문에서 백 보인데, 뒤로는 잇달아 봉우리가 일어나고 앞에는 평탄하게 냇물이 흐르며, 계수나무 수백 그루가 길가에 그늘을 이루고 있어 강남에서 황도에 이르는 자들은 반드시 그 아래에서 쉰다. (이로 인해) 수레와 말굽이 길을 메우고 어부의 노래와 나무꾼의 피리소리가 끊이지 않고, 붉은 누대와 푸른 전각이 소나무·삼나무와 안개 사이로 반쯤 나와 있다. 왕손 공자들은 구슬과 비취를 차고 풍악을 울리며, 맞이하고 보내는 일을 반드시 절 문 앞에서 하였다.[3] 옛날 예종 때에 화국[4]에 있던 이영[5]은 산수를 잘 그리므로 그 곳을 그려서 송상에게 주었다. 오랜 뒤에 임금께서 송상에게 명화를 구하자, 그 그림을 바쳤다. 임금께서 여러 화사를 불러 보이니 이영이 나아가 말하기를, "이는 신이 그린 천수사남문도입니다."라고 하였다. 뒤를 뜯어서 보니, 표제를 기록한 것이 매우 상세하므로 그런 뒤에야 그가 훌륭한 화가임을 알게 되었다.[6]

[註解]

1) 京城: 이에 대해서는 상권 3, 주해1) 참고; 본서 18쪽.

2) 天壽寺: 천수사에 대해서는 상권 13, 주해3) 참고; 본서 66쪽.

3) 迎餞必寄於寺門: 천수사와 그 부근의 모습을 묘사한 부분으로 동일한 내용이 『新增東國輿地勝覽』에도 있다. 천수사는 교통의 요지로 개경을 드나드는 많은 방문객들이 이곳을 지나다녔다고 한다. 이에 대한 자세한 내용은 상권 13, 주해3) 참고; 본서 66쪽.
　　『新增東國輿地勝覽』 권4, 開城府上 驛院 天壽院.

4) 畵局: 화원 양성을 위해 설치한 圖畵院을 일컫는다. 고려시대 도화원에 대해서는 설치경위 및 조직 등 구체적인 내용을 전하는 사료가 없다.

『高麗史』 권77, 志31 百官2 外職 西京留守官.

高裕燮, 1935, 「高麗畫跡에 關하야」, 『震檀學報』 3, 110쪽.

5) 李寧: 생몰년 미상. 예종~의종대의 인물로 본관은 전주이며, 당대의 유명한 화원이었다. 인종조에 樞密使 李資德을 따라 宋에 갔다가 徽宗에게 禮成江圖를 그려주자 휘종이 크게 감탄했다는 일화는 잘 알려져 있다. 의종대에는 회화와 관련된 모든 일을 주관하였다(①).

한편 그가 그렸다고 하는 禮成江圖와 天壽寺南門圖를 통해 이 시기 고려회화에서 실경산수화가 자리 잡고 있었음도 알 수 있다(②).

① 『高麗史』 권122, 列傳35 方技 李寧.

② 안휘준, 1999, 「이녕(李寧)과 고려의 회화」, 『美術史學研究』 221·222, 37~38쪽.

6) 昔睿王時畵局李寧尤工山水 … 然後知其爲名筆: 동일한 일화가 『高麗史節要』와 『高麗史』 李寧傳에 보이는데, 시기는 인종대로 되어 있어 본문에 '睿宗時'로 표현한 것과 차이가 있다.

『高麗史』 권122, 列傳35 方技 李寧.

『高麗史節要』 권13, 明宗 15년 3월.

中21.

[原文]

神王七年, 僕出守孟城, 兒子阿大赴官琓洞. 吾友湛之謂咸子真曰, "李玉堂之子剖竹南州, 而其儀適在孟城, 宜吾二人往餞焉." 各携己[10]子到天壽寺西峯. 班荊語離酒八九巡, 子真呼兒梵郞, 宜以一句贐行, 即云, 「歸程紅樹童童立.」 阿大續之曰, 「故國青山點點遥.」 及日斜黮[11]然而罷. 阿大到官, 叙

---

10) 己: 조종업본에는 已로 되어 있으나 의미상 己가 맞다.

始末甚詳, 千里寄孟城. 菽書, 不覺失笑. 雖家僮州吏, 無不抃聳爲快. 其京洛山川之態, 故人親友之笑語, 祖席盃觴之交錯, 歷歷然無不在吾目前. 羈愁旅況如湯沃雪, 須鬢間有一莖兩莖還黑者. 遂書日月以志喜.

[譯文]

신종[1] 7년에 내가 맹성[2]의 수령으로 나갔을 때 아들 아대[3]가 진동[4]으로 부임하였다. 나의 벗 담지[5]가 함자진[6]에게 이르기를, "이 옥당의 아들이 남주로 부임하는데 그 아버지는 멀리 맹성에 있으니 마땅히 우리 두 사람이 가서 전송해야하오."라고 말하고는 각자 자신의 아들을 데리고 천수사 서봉에 이르렀다. 자리를 깔고 이야기하며 이별주가 8, 9 순배 정도 돌자 자진이 아들 범랑[7]을 불러서 한 구의 전별시를 짓게 하니 바로, 「가는 여정 중에 단풍나무 우뚝이 서 있네.」라고 하였다. 아대가 잇기를, 「고국의 푸른 산 점점 멀어지네.」라고 하였다. 해가 기울어 어둑해지자 자리를 파하였다. 아대가 부임하여 사정을 매우 상세히 서술하여 천리 밖 맹성으로 부쳐왔다. 편지를 뜯어보고서 절로 웃음이 나왔다. 비록 가동이나 고을 관리라고 하더라도 손뼉 치며 유쾌하게 여기지 않음이 없었다. 서울에 있는 산천의 모습과 친구들이 웃고 떠드는 것, 조석[8]에서 술잔이 오가는 것이 선명하게 내 눈 앞에 있지 않음이 없었다. 나그네의 시름과 형편이 마치 끓는 물에 눈이 녹는 듯하고 수염과 귀밑머리 사이에 있는 희끗한 한 두 가닥이 도로 검어지는 듯하였다. 마침내 일월을 써서 기쁨을 표한다.

[註解]

1) 神王: 고려의 제20대 왕 神宗(1144~1204)을 말한다. 재위

---

11) 조종업본에는 글씨가 잘 보이지 않는다. 국도본에 黯으로 되어 있어 이에 따른다.

기간은 8년(1197~1204)이다. 휘는 晫, 자는 至華이다. 인종과 恭睿太后 任氏의 다섯째 아들이자 의종과 명종의 동생이다. 江陵公 王溫의 딸인 宣靖王后 金氏와 혼인하였고 희종을 비롯하여 2남 2녀를 두었다.

『高麗史』 권21, 世家21 神宗.

2) 孟城: 맹성에 대해서는 상권 3, 주해2) 참고; 본서 18쪽.

3) 阿大: 생몰년 미상. 『高麗史』에는 이인로의 아들이 程·穡·□ 3명으로 되어 있고(①), 『氏族源流』에는 여기에 孽子 世黃을 추가하고 있다(②). 阿大라는 이름으로 보아 첫째인 李程일 것이다.

①『高麗史』 권102, 列傳15 李仁老.
②『氏族源流』 仁川李氏.

4) 珎洞: 지금의 충청남도 금산군 진산면 지역을 가리킨다. 백제 때는 珍同縣이었고 신라 때 黃山郡의 領縣이 되었다. 고려 때에 進禮縣에 속하였으며 별호로 玉溪라고도 한다.

『高麗史』 권57, 志11 地理2 全羅道 進禮縣 珍同縣.
박종기, 2005, 「『高麗史』 地理志 譯註 全羅道編(1)」, 『고려시대연구』 Ⅷ, 한국학중앙연구원, 117~118쪽.

5) 湛之: 李湛之를 가리킨다. 그에 대해서는 상권 7, 주해4) 참고; 본서 43쪽.

6) 咸子眞: 咸淳을 가리킨다. 자진은 함순의 자이다. 그에 대해서는 상권 5, 주해2) 참고; 본서 34쪽.

7) 梵郎: 생몰년 미상. 咸淳의 아들이다. 咸淳은 묘지명에 따르면 閔志寧의 딸과 혼인하여 3남 3녀를 두었다(①). 『氏族源流』에는 아들이 梵郎 하나만 나타난다(②).

①『高麗墓誌銘集成』, 「咸脩墓誌銘」.
②『氏族源流』 楊根咸氏 咸淳.

8) 祖席: 작별의 연회라는 뜻으로 떠나는 사람을 위해 베풀어지는 송별자리를 의미한다.

漢語大詞典編輯委員會, 2001, 「祖席」, 『漢語大詞典』, 463쪽.

中22.

[原文]

西都永明寺南軒天下絶景, 本興上人所刱. 南臨大江, 江外曠野茫然, 不見
際畔, 唯東極一涯遥岑出没有無中. 昔睿王西巡, 與群臣宴, 飲唱酬篇什尤多,
無不鏤金石播絲竹以傳樂府. 吾祖平章李頲適在玉堂, 扈従登臨. 命名浮碧寮,
作詩叙其始末甚備, 山川氣勢與中朝滌暑亭相甲乙, 而秀麗過之. 學士金黃
元弭節西都, 登其上, 命吏悉取古今群賢所留詩板焚之, 憑欄紹吟至日斜, 其
聲正苦, 如叫月之猿. 只得一聯, '長城一面溶溶水, 大野東頭點點山.' 意涸不
復措辞, 痛哭而下. 後數日, 足成一篇, 至今以為絶唱. 時人語曰, "昔聞宋玉
悲秋氣, 今見黃元哭夕陽."

[譯文]

서도 영명사[1] 남헌은 천하의 절경으로 본래 홍상인[2]이 창건한
것이다. 남으로는 큰 강에 임해 있으며 강 밖으로는 탁 트인 들이
아득하여 그 끝이 보이지 않고, 오직 동쪽 한 쪽 끝으로 아득히 산
봉우리가 보일 듯 말 듯 하였다. 옛날 예종이 서도로 순행할 때 군
신과 더불어 잔치를 벌여 서로 시문을 주고받은 것이 매우 많았는
데, 금석에 새기고 사죽[3]으로 연주하여 악부[4]에 전하지 않은 것이
없었다. 우리 선조 평장사 이오[5]가 마침 옥당에 있어 (왕을) 호종
하여 (영명사 남헌에) 올랐다.[6] 부벽요라 이름하고, 시를 지어 (남
헌의) 그 처음과 끝을 모두 갖추어 서술하니 산천의 기세가 중조의
척서정과 우열을 다툴 만하나 수려함은 그보다 나았다. 학사 김황원
이 서도에 잠시 머물며[7] 그 (남헌) 위에 올랐는데 이속에게 고금의

현인들이 남긴 시판을 거두어 불사르게 하고, (남헌) 난간에 기대
어 내키는대로 (시를) 읊조리는데 해질녘이 되자, 그 소리가 정말
괴로워서 마치 달밤에 부르짖는 원숭이 같았다. 다만 한 시구를 얻
었으니, 「장성 한 쪽은 질펀하게 흘러가는 물이요, 큰 들 동쪽 끝에
는 점점이 솟아 있는 산이다.」라고 하였는데 시상이 다하여 다시
말을 잇지 못하고 통곡하며 내려왔다. 며칠이 지난 후에야 한 편을
완성하니 지금에 이르기까지 (이를) 절창[8]이라고 하였다. 당시 사
람들이 말하기를, "옛날에 송옥[9]이 가을의 기운을 슬퍼하였다고 들
었는데, 지금은 김황원이 석양에 통곡하는 것을 보는구나."라고 하
였다.

[註解]

1) 永明寺: 서경의 금수산에 위치한 절로 東明王의 九梯宮이다.
정확한 창건연대는 알 수 없지만 고구려의 시조 주몽을 추모하는 사
찰이라는 점에서 고구려 때에 개창된 사찰로 여겨지며 적어도 고구
려 계승을 천명한 태조 왕건 때는 존재했을 것으로 추정된다. 영명
사에 연해 있는 大江은 대동강을 이르는 것으로 『高麗史』에 왕이
서경에 행차했을 때 영명사에 들러 신하들과 대동강에서 뱃놀이를
즐기는 기사가 자주 나타난다.
　　『高麗史』 권58, 志12 地理3 西京留守官.
　　김창현, 2005, 「고려 서경의 사원과 불교신앙」, 『韓國史學報』 20, 24쪽.
2) 興上人: 생몰년 미상. 영명사의 남헌-부벽루-을 만든 인물
로 전한다. 上人은 스님을 높여 부르는 말로 『釋氏要覽』에 의하면
"안으로 덕과 지혜가 있고, 밖으로는 바른 행동을 하며 사람의 위에
있는 사람을 上人이라고 한다[內有德智 外有勝行 在人之上 名上
人]."라는 기록이 있다.
　　『宛丘遺集』 권4, 記 「浮碧樓重修記」.

『海東繹史』 권29, 宮室志 城闕.

『釋氏要覽』 上, 上人.

『錦繡萬花谷』 권29, 浮圖名議.

3) 絲竹: 絲는 거문고와 비파와 같은 현악기를, 竹은 생황과 피리와 같은 관악기를 의미하는 것으로, 음악을 총칭하기도 한다. 『禮記』에는 金石絲竹을 樂의 도구라고 하였다[金石絲竹樂之器也].

『禮記』 권38 樂記.

諸橋轍次, 1985, 「絲」, 『大漢和辭典』 8, 大修館書店, 1060쪽.

4) 樂府: 樂府는 본래 중국 漢의 武帝 때 음악을 관장하는 관서의 명칭으로 이 악부에서 채록한 시가는 樂府詩歌 또는 樂府라고도 하였다. 악부는 음악에 맞추어 詩作된 것으로 字數나 句法, 韻法 등의 형식적인 규제가 없었고, 그 대상으로 한 소재가 대부분 민간고사에서 유래되었다. 이러한 악부 문학이 우리나라에 수용된 시기는 언제인지 모르나 고려 중기 이후 문헌에 악부라는 명칭이 나타나며 중국의 악부의 영향을 받은 것으로는 고려 李齊賢의 『小樂府』와 조선 金宗直의 『海東樂府』를 비롯하여 海東·東國·大東 등 중국의 악부와 구별되는 한국의 악부임을 표제에 내세운 작품들이 있다. 이들 악부는 그 소재가 우리나라의 說話와 史話 등이 주가 되고 있다는 것이 특징이다.

李慧淳, 1981, 「韓國樂府研究(1)」, 『한국문화연구원 논총』 39.

김세종, 2008, 「해양음악으로 본 〈동동〉의 고려악부 유입과 음악사적 의의」, 『古詩歌研究』 22.

5) 平章李頔: 1042~1110. 본관은 경원이다. 李子淵의 아우인 李子祥의 아들이다. 급제하여 초직으로 直翰林院을 지내고, 문종~예종의 6代 동안 관직에 있었다. 1110년에 門下侍郎平章事를 지내다 69세의 나이로 졸하여 文良이라는 시호를 받았다. 성품이 차분하고 욕심이 적어 봉록 외의 재산을 모으려 하지 않았으며 불도를 믿어 각종의 불경을 많이 읽고 특히 金剛經을 좋아하여 자신의 호

를 金剛居士라 하였다.

『高麗史』 권95, 列傳8 李子淵 附頏.
『新增東國輿地勝覽』 권9, 京畿 仁川都護府.

6) 適在玉堂扈從: 1110년(예종 5)에 李頏가 졸하기 전까지 『高麗史』에 나타난 예종의 서경 행차 기록은 1107년에 단 한차례이다. 당시 이오의 관직은 中書侍郎平章事였으며 玉堂의 관원을 역임한 구체적인 내용은 나타나지 않는다. 玉堂에 대하서는 상권 6, 주해2) 참고; 본서 39쪽.

『高麗史』 권12, 世家12 睿宗 2년 11월.

7) 學士金黃元弭節西都: 金黃元(1045~1117)의 자는 天民이며 光陽縣 사람이다. 弭節은 節을 멈추었다는 뜻으로 왕명을 받고 西京에 간 듯한데, 김황원이 서경에 간 내용과 관련해서는 정확히 알 수 없다. 그에 대해서는 중권 17, 주해1) 참고; 본서 232쪽.

8) 絶唱: 뛰어나게 잘 지은 시를 의미한다.

諸橋轍次, 1985, 「絶」, 『大漢和辭典』 8, 大修館書店, 1043쪽.

9) 宋玉悲秋氣: 宋玉(생몰년 미상)은 戰國時代 楚나라 鄢사람으로 시인이다. 송옥의 작품으로는 「九辯」, 「招魂」과 「高唐賦」, 「神女賦」, 「登徒子好色賦」 등이 있다. 그의 작품은 자연풍경의 묘사에 있어 소리와 색깔의 표현이 뛰어났으며 개성의 표출이 이전의 문학에 비하여 많이 향상되었다는 평가를 받는다. 그의 스승인 屈原과 함께 屈宋이라 병칭되며 후대의 문학발전에 큰 영향을 주었다 한다. 송옥이 가을의 기운을 슬퍼하였다는 것은 「九辯」의 '悲哉秋之爲氣也'를 인용한 것이다.

『屈宋古音義』 권3, 九辯.
朴雲錫, 1984, 「宋玉의 〈高唐賦〉 考釋」, 『中國語文學』 8.
張撝之 외 주편, 1999, 『中國歷代人名大辭典』 上, 上海古籍出版社, 1179쪽.

中23.

[原文]

文昌公崔致遠字孤雲, 以賓貢入中朝擢第, 遊高騈幕府. 時天下雲擾, 簡檄皆出其手. 及還鄉, 同年顧雲賦孤雲篇以送之, 云,「因風離海上, 伴月到人間, 徘徊不可住, 漠漠又東還.」公亦自叙云,「巫峽重峯之歲, 絲入中華, 銀河列宿之年, 錦還東國.」預知我太祖龍興, 獻書自達, 然灰心仕宦, 卜隱伽倻山. 一旦早起出戶, 莫知其所歸, 遺冠履於林間, 盖上賓也. 寺僧以其日薦冥禧. 公雲鬐玉腋, 常有白雲蔭其上. 寫真留讀書堂, 至今尚存. 自讀書堂至洞口武陵樓, 幾十里, 册崖碧嶺, 松檜蒼蒼, 風水相激, 自然有金石之聲. 公嘗題一絶, 醉墨超逸, 過者皆拮之, 曰崔公題詩石. 其詩曰,「狂噴疊石吼重巒, 人語難分咫尺間, 常恐是非聲到耳, 故敎流水盡籠山.」

[譯文]

문창공 최치원[1]의 자는 고운으로 중조에 들어가서 빈공으로 급제하였고[2] 고변[3]의 막부에서 벼슬하였다. 당시 천하가 어지러웠는데[4] (고변 막부의) 서찰과 격서가 모두 그의 손에서 나왔다.[5] 고국에 돌아오게 되자[6] 동년 고운[7]이 「고운」편을 지어 그를 전송하면서 이르기를,「바람을 따라 바닷가를 떠나 달을 벗삼아 인간 세상에 이르네. 배회하며 머무를 수 없어서 막막히 동쪽으로 돌아가네.」라고 하였다. 공 역시 스스로 서(叙)를 쓰기를,「무협중봉의 나이에[8] 포의 입고 중화에 들어갔다가 은하열수의 나이에[9] 비단옷 입고 동국으로 돌아가네.」라고 하였다.

미리 우리 태조께서 왕이 되실 줄을 알고 글을 올려 스스로 전하였으나,[10] 관직에 뜻이 없어서 가야산을 택하여 은거하였다.[11] 어느날 아침 일찍 일어나 문을 나선 뒤에는 (그가) 간 곳을 (아무도) 알지 못하였고, 관과 신이 수풀 사이에 남아 있었으니 아마도 하늘

의 손님이 되었을 것이다. 절의 중이 그날로써 명복을 빌었다. (최)
공은 구름 같은 수염과 옥 같은 뺨에 항상 흰 구름 그림자가 머리
위에 드리워 있었다. 진상을 그려 독서당[12]에 두었는데 지금까지 남
아 있다. 독서당에서 동구 무릉루[13]에 이르기까지 거의 십 리인데
붉은 벼랑과 푸른 고개에는 소나무와 전나무가 울창하고 바람과 물
이 서로 부딪치니 자연히 금석의 소리를 내었다. 공이 일찍이 시 한
절을 지었는데 취중에 쓴 글씨가 초연하여 지나가는 사람들이 모두
그것을 가리키며 이르기를 '(최)공이 시를 쓴 바위'라고 하였다. 그
시는 다음과 같다.

「첩첩한 돌에서 사납게 뿜어내어 큰 산을 울리니
사람의 말을 지척 사이에도 분간하기 어렵네
항상 시비소리가 귀에 이를까 두려워
흐르는 물로 산을 휘감게 했네.」[14]

[註解]

1) 文昌公崔致遠: 857~?. 자는 孤雲, 신라 沙梁部 사람이다.
868년(경문왕 8)에 당으로 유학을 갔으며 874년에 禮部侍郎 裴瓚
이 주관한 과거에서 급제하였다. 관직에 올라 宣州 溧水縣尉가 되
었지만 1년 만에 관직을 내놓았다. 이후 高騈에게 투탁하여 종사관
으로 서기의 임무를 맡아 일하였다. 885년(헌강왕 11)에 신라로 귀
국하여 侍讀兼翰林學士·守兵部侍郎·知瑞書監事가 되었다. 그 후
太山郡 太守가 되었고 894년(진성왕 8)에 시무 10여 조를 올리자
그를 아찬으로 삼았다. 하지만 곧 가족을 이끌고 가야산으로 들어가
서 은거하여 살다가 죽었다. 1020년(현종 11)에 최치원을 내사령
으로 추증하고 공자묘에 배향하였으며 1023년에는 文昌侯로 추증
하였다. 저서로 『桂苑筆耕集』, 『中山覆簣集』, 『文集』, 『帝王年代

曆』, 『法藏和尙傳』, 『釋利貞傳』, 『四山碑銘』 등이 있는데, 현재 『桂苑筆耕集』, 『四山碑銘』, 『法藏和尙傳』 등이 전하고 있다.

『三國史記』 권11, 新羅本紀11 眞聖王 8년 2월.
『三國史記』 권46, 列傳6 崔致遠.
『高麗史』 권4, 世家4 顯宗 11년 8월 丁亥·권5 世家5 顯宗 14년 2월 丙午.
『桂苑筆耕集』 序.

최치원에 대해서는 다음의 연구를 참조할 수 있다.

成均館大學校 大東文化硏究院 편, 1972, 『崔文昌侯全集』, 成均館大學校 大東文化硏究院.
韓鍾萬 외 편, 1989, 『孤雲 崔致遠』, 民音社.
李在云, 1999, 『崔致遠 硏究』, 백산자료원.
崔英成, 2001, 『崔致遠의 哲學思想』, 아세아문화사.
한국사학회·동국대학교 신라문화연구소 편, 2001, 『신라 최고의 사상가 최치원 탐구』, 주류성.
장일규, 2008, 『최치원의 사회사상 연구』, 신서원.
何振華 외, 2009, 『중국의 최치원 연구』, 심산.

2) 以賓貢入中朝擢第: 최치원이 당으로 유학을 가서 급제한 것은 874년의 일로 최치원은 賓貢으로 급제했다. 賓貢에 대해서는 唐에서 외국인을 위해 특별히 설치한 賓貢科를 말하는 것으로 보는 견해와(①) 외국인 응시자라는 출신을 나타낸 말일뿐 특별히 설치한 과목은 아니었다고 보는 견해가 있다(②). 후자에 따르면 賓貢科라는 과목은 없었고, 賓貢으로 科試에 응시한 경우를 마치 選擧의 한 과목으로 잘못 이해하여 표현한 것이 賓貢科라고 한다.

한편 『桂苑筆耕集』 등 최치원의 글을 통해 唐代 賓貢의 入唐 방식, 체류연한, 합격자 발표 방식을 밝힌 연구가 있어 주목된다(③).

① 嚴耕望, 1969, 「新羅留唐學生與僧徒」, 『唐史硏究論稿』, 新亞硏究所, 432쪽.
② 장일규, 2003, 「최치원의 入唐 修學과 활동」, 『정신문화연구』 91, 120쪽.
    黨銀平, 2009, 「당대 빈공(賓貢) 및 빈공과(賓貢科) 고찰」, 『중국의

최치원 연구』, 심산, 801~814쪽.

③ 黨銀平, 2009, 「최치원과 당대 빈공 진사의 특수 체제 고찰」, 『중국의 최치원 연구』, 심산.

3) 高騈: ?~887. 자는 千里. 唐 幽州 사람이다. 어려서부터 학문을 좋아하여 儒者들과 함께 노닐었다고 한다. 黨項과 南詔의 토벌에 공을 세웠다. 877년에 諸道兵馬都統·江淮鹽鐵轉運使가 되었고 879년에 淮南節度副大使知節度事가 되었으며 880년에 諸道行營兵馬都統에 올랐다. 하지만 황소의 난을 진압하는 과정에서 고변이 출병하고자 하는 의지가 없다고 하여 882년에 諸道行營兵馬都統 직을 파하였다. 이후 회남 관할 하의 장수들이 반란을 일으키자 군무를 呂用之에게 맡기고 도교에 심취하였다. 畢師鐸에게 죽임을 당하였다.

『舊唐書』 권182, 列傳132 高騈.

『新唐書』 권224下, 列傳149下 叛臣下 高騈.

4) 時天下雲擾: 최치원이 고변의 막부에 들어갔을 당시는 황소의 난이 일어나고 있는 시기였다. 당 景宗 이후 환관이 정권을 장악하면서 정치가 문란해졌고, 懿宗 이래 관동에서 흉년이 계속되면서 반란이 곳곳에서 일어났다. 874년에 濮州의 소금밀매업자인 王仙芝가 농민들을 규합하여 난을 일으키고 黃巢 역시 난을 일으켜 왕선지와 세력을 합하여 하남과 회남 일대를 장악하였다. 왕선지가 죽은 후 황소가 중심이 되어 낙양과 장안을 함락시키자 僖宗은 사천으로 달아났다. 황소는 국호를 大齊라고 하고 황제에 즉위하였다. 희종은 돌궐족 李克用에게 원병을 요청하여 장안을 수복하였고 황소는 태산으로 도망가다 살해되었다. 황소의 난이 진압된 후 번진의 싸움이 치열해졌고 당 멸망의 계기가 되었다.

이춘식, 2005, 『중국사서설』, 교보문고, 293~295쪽.

松井秀一, 김정희 역, 2005, 「당말의 민중반란과 오대(五代)의 형세」, 『세미나 수당오대史』.

5) 遊高騈幕府 … 簡檄皆出其手: 최치원이 고변에게 「初投獻太

尉啓」 등의 글을 보내어 879년에 그에게 투탁하였다. 고변은 최치원을 館驛巡官으로 삼았고 고변이 諸道行營兵馬都統이 되자 都統巡官으로 임명되었다. 최치원은 서기의 임무를 담당하여 表·狀·書·啓를 지었는데 최치원 스스로 4년 동안 1만 여 수를 지었다고 한다 (①). 특히 고변의 막하에 있으면서 지은 「檄黃巢書」는 뛰어난 문장으로 평가받고 있다. 또 『三國史記』 최치원전에 承務郎·侍御史內供奉에 오르고 紫金魚袋를 하사받았다는 기록을 이 격문을 쓴 공로라고 보는 견해도 있다(②).

    ① 『三國史記』 권46, 列傳6 崔致遠.
       『桂苑筆耕集』 권17, 「初投獻太尉啓」.
       李在云, 1999, 「고운의 생애와 정치활동」, 『崔致遠 研究』, 백산자료원, 29~30쪽.
       朴炳仙, 2007, 「唐代 韓中 文人의 교류에 관한 연구」, 『중국어문학논집』 46, 452~454쪽.
       장일규, 2008, 「최치원의 생애와 저술」, 『최치원의 사회사상 연구』, 신서원, 101~110쪽.
    ② 『桂苑筆耕集』 권11, 「檄黃巢書」.
       李在云, 1999, 「고운의 생애와 정치활동」, 『崔致遠 研究』, 백산자료원, 30쪽.
「檄黃巢書」에 대한 분석과 평가는 다음의 연구를 참조할 수 있다.
       金重烈, 1994, 「崔孤雲의 「檄黃巢書」 研究」, 『東洋古典研究』 3.
       金血祚, 2006, 「崔致遠의 「檄黃巢書」에 대한 一考」, 『동아인문학』 9.
6) 及還鄕: 최치원이 신라로 돌아온 것은 885년이다. 최치원의 귀국에 대해 당의 정치적 혼란과 고변의 실권, 고향에 대한 향수, 외국인에 대한 차별, 헌강왕의 유학지식인을 중심으로 한 왕권강화 정책 등이 원인이라는 견해가 있다.

       崔敬洙, 1981, 「崔致遠研究」, 『釜山史學』 5, 18쪽.
       金仁宗, 1989, 「孤雲의 生涯」, 『孤雲 崔致遠』, 民音社, 23쪽.
       李在云, 1999, 「고운의 생애와 정치활동」, 『崔致遠 研究』, 백산자료원, 34~37쪽.

7) 同年顧雲: 생몰년 미상. 자는 垂象이다. 874년(경문왕 14)에 최치원과 함께 급제하여 同年이라고 표현한 것이다. 878년에 고변의 막부에서 들어가 종사하다가 고변이 죽은 후에 물러나서 雪川에 거하였다. 昭宗 大順 연간에 『宣懿僖三朝實錄』을 지었는데, 완성된 후에 虞部員外郎이 되었다. 최치원이 고변의 막부에 들어가는데 고운의 도움이 있었고 시를 주고받으며 교우하였다. 한편 『三國史記』에는 최치원이 귀국할 때 고운이 써준 시가 전하는데 본문에 나오는 시와는 다르다. 『三國史記』에 '我聞海上三金鼇 金鼇頭戴山高高 山之上兮 珠宮貝闕黃金殿 山之下兮 千里萬里之洪濤 傍邊一點林碧 鼇山孕秀生奇特 十二乘船渡海來 文章感動中華國 十八橫行戰詞苑 一箭射破金門策.'라는 시가 전한다.

　　『三國史記』 권46, 列傳6 崔致遠.
　　『登科記考』 권23, 咸通 15년.
　　張撝之 외 주편, 1999, 『中國歷代人名大辭典』下, 上海古籍出版社, 1883쪽.
　　朴炳仙, 2007, 「唐代 韓中 文人의 교류에 관한 연구」, 『중국어문학논집』
　　　　46, 454~458쪽.
　　장일규, 2008, 「최치원의 생애와 저술」, 『최치원의 사회사상 연구』, 신
　　　　서원, 104~105쪽.
　　黨銀平, 2009, 「신라 문인 최치원과 당 말 문사의 교유」, 『중국의 최치
　　　　원 연구』, 심산, 895~903쪽.

8) 巫峽重峯之歲: 巫峽은 중국 四川省과 湖北省 사이에 위치한 협곡으로 12봉이 있다. 최치원이 12살에 당에 유학한 것을 巫峽의 12봉우리에 빗댄 것이다.

9) 銀河列宿之年: 銀河列宿는 하늘의 28별자리를 말한다. 최치원이 28세에 신라로 돌아온 것을 별자리에 빗대어 표현하였다.

10) 豫知我太祖龍興獻書自達: 『三國史記』에 최치원이 왕건이 일어날 때 그 비상함을 알고 편지를 보내 문안을 드렸는데 그 글 중에 '계림은 누런 잎이고 곡령－송악－은 푸른 소나무라[鷄林黃葉

鵠嶺靑松].'라는 구절이 있었다고 전한다(①). 본문에서는 이 내용을 일컫는 것이다.

　이 사실에 대해 부정하는 견해가 많다. 최치원이 은퇴한 시점(898년)과 왕건이 왕위에 오른 시점(918년)이 20년의 차이가 나 시기 상으로 맞지 않고 최치원이 왕명에 의해 신라 정부를 대신하여 지은 表가 4편이 되는 것을 볼 때 왕건에게 글을 전달하지 않았을 것이라고 보고 있다(②). 이런 설이 있게 된 것은 최치원의 문인이 고려에 와서 벼슬하면서 최치원의 이름에 가탁한 것이거나(③) 최치원과 친교를 맺었던 希郞이 왕건에게 투탁하였는데 이 삼자의 관계가 후세인들에 의해 윤색된 것이라는 견해들이 제시되고 있다(④).

　　① 『三國史記』 권46, 列傳6 崔致遠.
　　② 李在云, 1999, 「고운의 생애와 정치활동」, 『崔致遠 硏究』, 백산자료
　　　　원, 42～45쪽.
　　③ 李丙燾, 1980, 「太祖와 圖讖」, 『改訂版 高麗時代의 硏究－特히 圖讖
　　　　思想의 發展을 中心으로－』, 亞細亞文化社, 36～37쪽.
　　④ 崔敬淑, 1981, 「崔致遠硏究」, 『釜山史學』 5, 23쪽.

　11) 卜隱伽倻山: 가야산은 현재 경상남도 합천군과 경상북도 성주군 경계에 있는 산이다. 『三國史記』에는 최치원이 가족을 이끌고 가야산 해인사에 은거하였다고 한다.

　　『三國史記』 권46, 列傳6 崔致遠.

　12) 讀書堂: 『新增東國輿地勝覽』에 의하면 해인사 서쪽에 독서당의 터가 남아있다고 한다.

　　『新增東國輿地勝覽』 권30, 慶尙道 陜川郡 古蹟 讀書堂.

　13) 洞口武陵樓: 『新增東國輿地勝覽』에 의하면 홍류동 입구에 武陵橋가 있고 다리를 건너 5～6리를 가면 최치원이 시를 쓴 바위가 있는데 사람들이 '致遠臺'라고 부른다고 전한다.

　　『新增東國輿地勝覽』 권30, 慶尙道 陜川郡 橋梁 武陵橋·古蹟 題詩石.

　14) 狂噴疊石吼重巒 … 故敎流水盡籠山: 이 시는 『동문선』에도

전하고 있다. 1579년에 鄭逑가 쓴 「遊伽倻山錄」에 의하면 홍류동 폭포 곁의 바위에 최치원의 시가 새겨져 있었다고 한다.

『東文選』 권19, 七言絶句 「題伽倻山讀書堂」.

『寒岡先生文集』 권9, 雜著 「遊伽倻山錄」.

이종묵, 1997, 「최치원이 가야산 독서당에 붙인 시」, 『문헌과 해석』 1.

中24.

[原文]

金庾信鷄林人, 事業赫赫布在國史中. 為兒時母夫人日加嚴訓, 不妄交遊. 一日偶宿女隷家, 其母面數之曰, "我已老, 日夜望汝成長, 立功名為君親榮, 今乃爾與屠沽小兒, 遊戲婬房酒肆耶." 號泣不已. 即於母前自誓不復過其門. 一日被酒還家, 馬遵舊路, 誤至倡家. 且欣且怨, 垂泣出迎. 公旣悟, 斬所乘馬棄鞍而返, 女作怨詞一曲傳之. 東都有天官寺, 即其家也. 李相國公升甞赴東都管記, 作詩云, 「寺號天官昔有緣, 忽聞經始一悽然, 多情公子遊花下, 含怨佳人泣馬前, 紅鬣有情還識路, 蒼頭何罪謾加鞭, 唯餘一曲歌詞妙, 蟾兎同眠萬古傳.」 天官即其女號.

[譯文]

김유신[1]은 계림사람으로 업적이 혁혁하여 국사 속에 널리 전한다. 어린 시절 어머니[2]가 날마다 더욱 엄하게 훈계하여 함부로 교유하지 못하였다. 하루는 우연히 여종[女隷]의 집에서 묵었더니 어머니가 책망하며 말하기를, "나는 이미 늙어 밤낮으로 네가 성장하여 임금과 부모를 위해 공명 세우기를 바라는데 지금 네가 천한 아이들[3]과 어울려 술집에서 방탕하게 노느냐." 하고는 소리 내어 울기를 그치지 않았다. (김유신이) 바로 어머니 앞에서 다시는 그 문을 지나지 않겠다고 스스로 맹세하였다. 어느 날 술에 취해 집으로

돌아오는데, 말이 옛길을 따라 창가(倡家)에 잘못 이르렀다. (여자
가) 기쁘기도 하고 원망스럽기도 하여 눈물을 흘리며 나와 맞이하
였다. 공이 곧 깨닫고 타고 있던 말을 베고는 안장까지 버리고 돌아
가자, 그녀가 원사(怨詞) 한 곡을 지었으니 (지금도) 전한다.[4] 동
도[5]에 천관사[6]가 있으니, 바로 그 집이다. 상국 이공승[7]이 일찍이
동도관기[8]로 부임하여 시를 지었다.

> 「절 이름 천관은 옛적의 사연이 있는데
> 문득 새로 짓는단 얘기 들으니 처연한 생각나네
> 다정한 공자는 꽃 아래에서 놀았고
> 원망 머금은 가인은 말 앞에서 울었네
> 붉은 갈귀[紅鬣] 말은 정이 있어 돌아갈 길을 아는데
> 노복은 무슨 까닭으로 채찍질을 게을리하였는가
> 오로지 한곡의 오묘한 가사만 남아
> 달[蟾兔][9]과 함께 잠들어 만고에 전하네.」

천관은 바로 그녀의 별호이다.

[註解]

1) 金庾信: 595～673. 증조부는 532년(법흥왕 19) 신라에 귀
부한 금관가야의 仇亥王이고, 조부는 武力이며, 아버지는 舒玄이고,
어머니는 萬明夫人이다. 그는 신라의 삼국통일에 중심적인 역할을
한 인물로, 629년에 고구려와의 낭비성 전투에서 단신으로 출전하
여 신라군의 승리에 크게 기여하였고, 644년에는 상장군이 되어 백
제와의 전투에서도 혁혁한 성과를 올렸다. 647년(선덕왕 16)에는
비담의 반란이 일어나자 그를 제거하여 신라왕실의 안정을 찾는데
기여하였다. 이후 654년에 무열왕이 즉위하자, 그의 정치적 비중은
더욱 높아져 대각간에 이르렀다. 같은 해 무열왕의 셋째 딸 지소와

혼인하였다. 660년에는 상대등이 되어 삼국통일 전쟁과정에서 중추
적 역할을 하였으며, 고구려를 평정한 후에는 太大舒發翰에 제수되
었다. 그가 죽자 文武王은 金山原에 장사지내고 비를 세워 공적을
기록하였으며, 후에 興德王은 그를 흥무대왕으로 추봉하였다(①).

한편 본문의 김유신과 천관녀 사이에 있었다는 이야기는 『三國史
記』나 『三國遺事』에 실려 있는 김유신에 관한 기록에는 천관녀가
등장하지 않는다. 다만 『三國史記』 列傳에 김유신이 천관신으로부
터 보검에 영기를 받았다는 기록이 전할 뿐이다. 이때의 천관신과
천관녀 사이의 연관성은 알 수 없다.

　① 『三國史記』 권41·42·43, 列傳1·2·3 金庾信 上·中·下.
　　　申瀅植, 1983, 「金庾信家門의 成立과 活動」, 『梨花史學研究』 13·14
　　　　合輯, 117~122쪽.
　　　文暻鉉, 2007, 「金庾信의 婚姻과 家族」, 『文化史學』 27, 360~362쪽.

　2) 母夫人: 김유신의 어머니 萬明夫人을 말한다. 葛文王 立宗의
손녀이자 眞興王의 아우 肅訖宗의 딸이다.
　　　『三國史記』 권41, 列傳1 金庾信 上.
　　文暻鉉, 2007, 「金庾信의 婚姻과 家族」, 『文化史學』 27, 372쪽.

　3) 屠沽小兒: 屠殺이나 賣酒를 하는 사람들을 일컫는 말이며,
미천한 출신을 업신여겨 부를 때에 쓰는 말이기도 하다.
　　　檀國大學校 東洋學研究所, 2001, 「屠」, 『漢韓大辭典』 4, 檀國大學校出版
　　　　部, 705쪽.

　4) 女作怨詞一曲傳之: 천관녀가 원망하는 마음을 담아 지었다하
여 天官怨詞라고도 부른다. 현재 이 怨詞의 가사는 전하지 않으며,
다만 『新增東國輿地勝覽』 고적 부분에 그 유래와 歌名만 전한다.
　　　『新增東國輿地勝覽』 권21, 慶尙道 慶州府.

　5) 東都: 지금의 경상북도 경주시를 말한다. 신라의 수도로 徐羅
伐, 金城 등으로도 불렀다. 935년(태조 18)에 敬順王 金傳가 와서
항복한 후에 경주라 하였다. 940년에는 大都督府로 승격시켰다.

987년(성종 6)에는 東京留守로 고쳤다. 1012년(현종 3)에는 낮추어서 慶州防御使로 하였으며, 1030년에 다시 동경유수로 고쳤다.

『高麗史』 권57, 志11 地理2 慶尙道.

朴龍雲, 1997, 「고려전기 慶州의 위상에 대한 고찰」, 『慶州史學』 16.

6) 天官寺: 지금의 경상북도 경주시 교동에 위치했던 사찰이다. 『新增東國輿地勝覽』에는 천관사가 五陵 동쪽에 있는 사찰임을 밝히고, 그 유래에 관하여 대체로 위와 비슷한 내용을 전하고 있다.

『新增東國輿地勝覽』 권21, 慶尙道 慶州府.

7) 李相國公升: 1099∼1183. 본관은 淸州이고, 자는 達夫이다. 그의 6대조 希能과 5대조 謙宜는 태조대 공신이었다. 인종 때에 과거에 급제하여 直翰林院을 거쳐 右正言이 되었다. 1148년(의종 2)에 殿中侍御史로서 사신이 되어 금나라에 다녀왔다. 당시 금나라로 가는 사람은 군인으로부터 銀을 일인당 한 근씩 받는 것이 상례였으나 이공승은 전혀 거두지 않는 청렴함을 보였다. 이어 樞密院左副承宣, 右承宣·左諫議大夫, 知御史臺事를 역임하는 등 의종의 총애를 받았다. 後에 同知樞密院事·吏部尙書로 재직하다가 1168년에 叅知政事·判工部事로 치사케 하였다. 1170년에 일어난 무신난에는 화를 모면하였으나 1173년(명종 3)에 李義方 등에 의해 문관 탄압이 재개되자 佛日寺에 숨어 있다가 붙잡혔다. 이때 延福亭의 대역사를 일으킨 장본인으로 그를 원망하는 사람이 많은 까닭에 이의방이 죽이려 하였으나, 문생 文克謙의 힘으로 화를 모면하였다. 이후 1175년에 中書侍郞平章事로 치사하였다. 1183년에 85세로 죽었으며, 시호는 文貞이다(①). 한편 『東文選』에는 본문에 나온 이공승이 지었다는 시 「天官寺」가 남아 있으며, 『新增東國輿地勝覽』에는 그의 시와 김유신과 천관의 유래가 전한다(②).

① 『高麗史』 권99, 列傳12 李公升.

『高麗史』 권74, 志28 選擧2 科目2 國子監試之額.

『高麗史』 권17, 世家17 毅宗 2년 11월 癸卯.

朴龍雲, 1990, 「資料: 科試 設行과 製述科 及第者」, 『高麗時代 蔭敍
制와 科擧制 硏究』, 一志社. 377쪽.

② 『東文選』 권12, 七言律詩 「天官寺」.

『新增東國輿地勝覽』 권21, 慶尙道 慶州府.

8) 管記: 외관의 속관 중의 하나인 掌書記를 말한다. 군현에서
조정에 올리는 表文이나 賀表를 작성하고, 또 조정을 대신하여 주변
의 명산·대천이나 성황당 등에 올리는 제문을 작성하는 일을 수행
하였다. 이들 관속은 군현의 단위에 따라 정원과 품질에 차등이 있
었는데, 본문에서 이공수가 부임했었던 東京留守官의 정원은 1인이
고, 품질은 7품 이상이었다. 한편 본문에는 이공승이 동경에 장서기
로 부임한 것이 나오는데, 이와 관련한 내용은 찾아지지 않아 정확
한 시기는 알 수가 없으나, 인종대인 것으로 추정된다.

『高麗史』 권77, 志31 百官2 外職 東京留守官.

박종기, 2002, 「지방지배기구-속관제와 속관」, 『지배와 자율의 공간, 고
려의 지방사회』, 푸른역사, 293~298쪽.

朴龍雲, 2009, 「外職」, 『『高麗史』 百官志 譯註』, 신서원, 702·711쪽.

9) 蟾兔: 두꺼비와 토끼 또는 달의 별칭이다.

檀國大學校 東洋學硏究所, 2007, 「蟾」, 『漢韓大辭典』 12, 檀國大學校出
版部, 214쪽.

中25.

[原文]

明皇時, 大叔僧統寥一出入禁宇間, 不問左右二十餘年. 常作乞退詩進呈,
云, 「五更殘夢寄松開, 十載低徊紫禁間, 早茗細含鸞鳳影, 異香新屑鷓鴣斑,
自憐瘦鶴翔冊漢, 久使寒猿怨碧山, 預把殘陽還舊隱, 不敎巖畔白雲閑.」 上
大加稱賞, 謂師曰, "昔人云, '莫訝杖藜歸去早 故山閑却一溪雲.' 可謂先得

師之奇趣." 因和其詩以賜之, 曰,「祖師心印製機開, 即悟真空一瞬間, 宴坐
爐添沉水瓣, 迎賓筇破紫苔斑, 好將經論傳緇侶, 莫以行藏憶舊山, 夕磬晨香
勤禮念, 須令愚俗得安閑.」歷觀古今, 名緇秀衲得被君王寵, 賜以篇章者多
矣. 未有特次其的叙其意, 如此欵密. 昨詣大叔丈室, 示以御製此篇, 宸翰飛
動, 蘭麝郁然. 正冠肅容跪而讀之, 若瞻天日於雲表, 祥光瑞色爛然溢目, 誠
可佈也.

[譯文]

명종[1] 때에 (이인로의) 대숙인 승통[2] 요일[3]이 대궐을 드나드는
동안, 좌우에 (정사를) 묻지 않은 것이 20여년이었다.[4] 일찍이 물
러나기를 청하는 시를 지어 올렸다.

「오경(五更)의 잔몽(殘夢)이 송관(松關)[5]에 의지했는데
십년이나 자금[6] 사이에서 노닐고 있네
새벽 차에는 적게나마 난봉의 그림자를 머금었고
기이한 향은 가루로 된 자고반[7]일세
가련한 야윈 두루미는 하늘로 날아가고
원숭이는 오래도록 푸른 산을 원망하게 하였네
한 줌 남은 여생, 예전의 은둔처로 돌아가고자 하니
원컨대 바위언덕의 흰 구름이 심심하지 않게 해주소서.」

왕이 크게 칭찬하며 요일에게 이르기를, "옛 사람의 시에, 「지팡이
짚고 일찍 돌아간다고 놀라지 마라. 고산이 한 줄기 흘러가는 구름을
막는구나.」라고[8] 하였으니, 그가 스님보다 먼저 기이한 향취를 얻었
음을 알겠구나."라고 하였다. 이어서 그 시에 답하여 하사하였다.

「조사의 깨달음(心印)이 기관(機開)[9]을 만드니
곧 진리를 깨닫는 것은 한순간이로다

> 연좌 중에는 향로에 침향 조각을 더 넣고
> 손님 맞이하니 지팡이가 자색 이끼를 깨뜨리는구나
> 경론을 가지고 승도에게 전하기 좋아하나
> 행장(行藏)[10] 꾸려 옛 산을 생각하지 마오
> 아침저녁으로 부지런히 예불과 염불을 하여
> 원컨대 세상[愚俗][11]이 평안을 얻게 할지어다.」

고금을 두루 살피건대 이름난 승려들이 임금의 총애를 받아 글을 하사받은 일은 많다. (그러나) 특별히 그 시의 운에 차운하여 뜻을 지은 것이 이와 같이 정성이 깊은 것은 없었다. 어제 대숙의 방장실에 갔다가 왕께서 지으신 이 편을 보니, 직접 쓰신 글씨가[12] 하늘을 나는 듯 움직이고 난초와 사향 같은 좋은 향기가 풍기는 듯하였다. (그래서) 의관을 바로하고 꿇어앉아 읽으니, 해를 구름 밖에서 보는 듯 상서로운 광채가 눈에 넘치니, 진실로 우러러 볼만하다.

　　[註解]
　1) 明宗: 명종에 대해서는 상권 8, 주해5) 참고; 본서 48쪽.
　2) 僧統: 敎宗 계통의 僧階 중 가장 높은 것으로, 禪宗 계통의 大禪師에 해당한다. 광종대 무렵 승계가 정비된 이후에는 대체로 王師나 國師가 승통·대선사에서 임명되었다. 특히 승통 중에서 특별히 소수를 선발해 都僧統으로 임명하기도 하였다.

　　　許興植, 1986, 「佛敎界의 組織과 行政制度」, 『高麗佛敎史硏究』, 一潮閣, 325~327쪽.
　　　朴胤珍, 2006, 「王師·國師의 자격과 대우」, 『歷史學報』 190 ; 2006, 『高麗時代 王師·國師 硏究』, 景仁文化社, 167~173쪽.

　3) 寥一: 생몰년 미상. 경원이씨 가문 출신으로, 화엄종 계통의 승려이다. 이인로의 '대숙'이라고 한 것으로 미루어 그와 3촌 정도의 近親임을 짐작할 수 있는데, 실제로 이인로는 무신정변의 와중에 요

일의 밑에서 승려가 되어 몸을 피한 바 있으며, 이인로가 어려서 요
일에게 학문과 보살핌을 받은 사실이 『破閑集』의 跋文에 적혀 있다
(①). 요일은 1197년(명종 27)에 홍왕사에 가려던 최충헌을 제거
하려 한다는 혐의(②)로 유배된 듯하며, 고령에서 반룡사를 창건하
였다(③). 무신정권기 불교계의 특징은 왕실과 밀접한 관계에 있던
기존의 교종이 쇠퇴하고 무신들의 후원에 힘입어 선종이 대두하였
다는 점이다. 무신정변 이전 왕실의 비호를 받으며 불교계를 장악하
고 있던 교종세력은 문신귀족들과 결탁하여 무신정권의 폭압정치에
조직적으로 대항하였다. 교종세력의 반무신정권운동이 점차 무신정
권과의 전면전으로 확대되면서 양자 간에 수많은 희생과 불교사원
이 파괴되는 결과를 초래했다. 무신정권의 철저한 탄압에 교종세력
은 쇠퇴하였고, 반면 선종은 무신정권의 적극적인 지지와 후원을 받
게 되면서 새롭게 대두하였다(④).

① 『高麗史』 권102, 列傳15 李仁老.
　　李萬烈, 1980, 「高麗 慶源李氏 家門의 展開過程」, 『韓國學報』 21, 一
　　　志社, 23쪽.
　　許興植, 1986, 「佛敎界의 새로운 傾向」, 『高麗佛敎史硏究』, 一潮閣,
　　　447쪽.
② 『高麗史』 권129, 列傳42 崔忠獻.
　　『高麗史節要』 권13, 明宗 27년 9월.
③ 『東文選』 권84, 序 「送盤龍如大師序」.
　　金晧東, 1986, 「高麗 武臣政權時代 繪畫에 나타난 文人知識層의 現實
　　　認識論」, 『慶大史論』 2 ; 2003, 「文人知識層의 現實認識」, 『고
　　　려 무신정권시대 文人知識層의 현실대응』, 景仁文化社, 27
　　　8〜279쪽.
④ 진성규 외, 1996, 「불교사상의 변화와 동향」, 『한국사』 21, 국사편찬
　　　위원회.

　4) 不問左右二十餘年: 요일이 명종대에 궁궐을 드나들었다는 언
급에서 그가 명종의 신임을 받고 있었음이 짐작된다(①). 그러나

그가 명종과 맺은 인연이라든가, 명종과 화엄종을 중심으로 한 당시 불교계와의 관계에 대해서는 잘 알 수 없다. 다만 명종의 동생으로 역시 화엄종인 흥왕사의 승통이었던 冲曦가 1180년(명종 10) 무렵에 궁궐을 자유로이 드나들었던 사실(②)과 연관이 있을 것이다.

① 金晧東, 2003, 「文人知識層의 現實認識」, 『고려 무신정권시대 文人知識層의 현실대응』, 景仁文化社, 278~279쪽.

② 『高麗史』 권90, 列傳3 宗室1 元敬國師冲曦.

5) 五更殘夢寄松開: 五更殘夢은 날 샐 무렵에 꾸는 자투리꿈이다. 송관은 자연 그대로의 소나무 門이란 뜻으로 절을 의미한다. 본 구절은 불교에 귀의한 지가 일천하다는 의미이다.

諸橋轍次, 1985, 「松」, 『大漢和辭典』 6, 大修館書店, 209쪽.

漢語大詞典編輯委員會, 2001, 「松」, 『漢語大詞典』 4, 877쪽.

6) 紫禁: 『晋書』 天文志에 紫宮은 紫微라고도 하였는데, 자미는 북극의 북쪽에 위치하여 大帝의 자리이자 天子가 항상 거처하는 곳을 말한다(①). 또한 李善은 『文選』 宋孝武宣貴妃誄의 자금에 대한 註에서 자금은 자미성을 형상화한 것이므로 궁 안에 자금을 만들었다고 하였다(②). 따라서 여기서의 자금도 궁궐을 의미할 것이다.

① 『晋書』 권21, 志1 天文志上.

② 『文選』 권57, 宋孝武宣貴妃誄.

諸橋轍次, 1985, 「紫」, 『大漢和辭典』 8, 大修館書店, 996쪽.

7) 鷓鴣斑: 자고새는 중국 남부 지역에 서식하는 꿩과의 새로, 메추라기 비슷하다. 자고반은 자고새의 가슴처럼 흰 반점이 박혀 있는 흑갈색의 향 이름이다.

漢語大詞典編輯委員會, 2001, 「鷓」, 『漢語大詞典』 12, 1158쪽.

8) 莫訝杖藜歸去早 故山閑却一溪雲: 方城에 살던 范致虛라는 선비의 일화에서 나왔다. 그는 원래 백발이 성성한 노인이었으나, 어느 날 神藥의 비법을 배워 아기 피부와 같이 젊어졌다고 한다. 그가 시를 지었는데, 마지막 구절이 명종이 인용한 '莫訝杖藜歸去早 舊山閑

却一溪雲'이다. 여기에서는 요일이 속세를 떠나 聖所인 절로 돌아갈 것을 청하였으나, 명종이 속세에서도 도를 닦을 수 있음을 넌지시 말한 것이다. 다시 말해 깨달음이란 어느 곳에서도 가능한 것이므로 홀로 구산으로 돌아가 은거하기 보다는 궁궐에 남아 세상을 위해 불법을 전파하기를 바라는 명종의 의지가 담겨 있는 표현이다.

『詩話叢龜』 後集40, 神仙門.

9) 祖師心印製機關: 心印은 佛心을 중생의 마음 속에 심는다는 뜻이고, 機關은 세상에 대해 어떻게 해볼까하는 마음이다.

漢語大詞典編輯委員會, 2001, 「機」, 『漢語大詞典』 4, 1334쪽.

10) 行藏: 行은 세상에 나아가는 것, 藏은 물러나 숨는다는 불교 용어로 出處와 같은 뜻이다.

11) 愚俗: 世俗, 또는 우매한 일반 사람들이 사는 곳을 의미한다.

漢語大詞典編輯委員會, 2001, 「愚」, 『漢語大詞典』 7, 620쪽.

12) 宸翰: 宸은 제왕의 거처를 의미하여 제왕 자체를 가리키며, 宸翰은 임금이 직접 쓴 글씨 등을 의미한다.

漢語大詞典編輯委員會, 2001, 「宸」, 『漢語大詞典』 3, 1457쪽.

『破閑集』 卷下

역주

下1.

[原文]

雞林舊俗擇男子美風姿者, 以珠翠飾之, 名曰花郞, 國人皆奉之. 其徒至三千餘人, 若原嘗春陵之養士, 取其穎脫不群者, 爵之朝, 唯四仙門徒最盛, 得立碑. 我太祖龍興, 以爲古國遺風, 尙不替矣. 冬月設八關盛會, 選良家子四人, 被霓衣列舞于庭. 郭待制東珣, 代作賀表云,「自伏羲氏之王天下, 莫高太祖之三韓, 邈姑射山之有神人, 宛是月城之四子.」又云,「桃花流水杳然去, 雖眞跡之難尋, 古家遺俗猶有存, 信皇天之未喪.」又云,「匪高之庭得詰百獸率舞之列, 凡周之士皆歌小子有造之章.」東珣卽郭處士猶子也, 少有才名. 時處士入處大內山呼亭, 東珣往謁淸談從容, 會日晩留宿焉. 迨夜半月色如練, 上步至山呼亭, 處士命東珣出拜. 上曰, “是何人耶.” 對曰, “臣兄子某久不得面, 今幸得叙契闊, 及將還而金鑰已下, 死罪死罪.” 上曰, “朕亦聞之久矣.” 處士獻壽口占云,「月影偏尋天子座.」命東珣續之, 卽跪奏云,「露花還濕侍臣衣.」上大加稱賞曰, “有才如是, 雖明皇豈忍放耶.” 是夕入直金門.

[譯文]

계림[1]의 옛 풍속에는 남자로 풍채가 아름다운 자를 택하여 구슬과 비취로 꾸미고 화랑[2]이라 이름 하였으니 나라 사람들이 모두 받들었다. 그 무리가 3천여 명에 달하여 마치 평원군·맹상군·춘신군·신릉군[3]이 선비를 양성한 것과 같았는데, 남달리 뛰어난 자를 가려서 조정에 벼슬을 시키니 오직 사선문도[4]만이 가장 번성하여 비석을 세울 수 있게 되었다.[5] 우리 태조께서 등극하시어 신라[古家]의 유풍이라고 하며 여전히 바꾸지 않았다. 겨울에 팔관성회[6]를 베풀어 양가의 자제 네 명을 뽑아 예의[7]를 입히고 뜰에 세워서 춤추게

하였다. 대제 곽동순[8]이 하례하는 표를 대신 지었다.[9]

> 「복희씨가 천하의 왕이 되고부터
> 태조의 삼한을 통일한 것보다 높음이 없었고
> 막고야산[10]에 신인이 있었다 하니
> 이야말로 월성의 네 분[11]일 것이다.」

또 말하였다.

> 「복사꽃 흐르던 물은 아득히 떠내려가버려
> 비록 진적은 찾기 어려우나
> 신라[古家]가 남긴 풍속이 오히려 남아 있으니
> 진실로 하늘이 잃어버리지 않게 한 것이다.」

또 말하였다.

> 「요(堯)[12]의 뜰이 아니라도 백수솔무(百獸率舞)[13]의 열에 나아갔고
> 주(周)의 선비들은 모두 소자유조(小子有造)[14]의 장을 노래하였네.」

곽동순은 바로 곽처사[15]의 조카[猶子][16]로 젊어서부터 재주로 이름이 났다. 당시 처사가 대내 산호정[17]에 거처하니 동순이 가서 뵙고 조용히 청담을 나누다가 마침 날이 저물어 유숙하게 되었다. 야반에 달빛이 밝아 임금[18]께서 걷다가 산호정에 이르니 처사가 곽동순에게 명하여 나가서 절하게 하였다. 임금께서 "이 사람은 누구인가?"라고 물었다. (처사가) 대답하기를, "신의 조카 아무개로 오랫동안 보지 못하다가 지금 다행히 떨어져 지낸 회포를 이야기하였는데, 돌아가려던 차에 궁문의 자물쇠가 이미 채워졌으니 죽을 죄를 지었습니다."라고 하였다. 임금께서 이르시기를, "짐 역시 그 이름을 들은 지가 오래되었다."라고 하였다. 처사가 헌수하고 구점[19]하

기를, 「달빛이 천자의 자리를 유난히 찾는다.」라고 하였다. 곽동순
에게 명하여 잇도록 하니 바로 꿇어앉아 아뢰기를, 「이슬 꽃은 시신
의 옷을 두루 적시도다.」라고 하였다. 임금께서 크게 칭찬하시기를,
"재주가 이와 같으니 비록 명황[20]일지라도 어찌 차마 내치겠는가."
라고 하며 이날 밤에 금문[21]에 입직시켰다.

[註解]

1) 雞林: 일반적으로 新羅 또는 그 도읍인 慶州를 지칭하는 말
이다. 65년(탈해왕 9) 3월에 왕이 金城 서쪽의 始林에서 닭이 우는
소리를 듣고 살펴보게 하였더니 흰 닭이 울고 있는 곳에 금빛 궤가
나뭇가지에 걸려 있고 그 안에 金閼智가 있었다. 이에 시림을 계림
으로 개칭하고 그대로 나라이름으로 삼았다고 한다(①). 신라는 초
기에 新羅·斯盧·雞林 등의 국호가 사용되었고 지증왕대에 이르러서
야 비로소 국호가 신라로 확정되었으며, 고려시대에는 慶州나 東京
같은 행정적인 명칭 외에도 月城, 雞林, 樂浪 등으로 불렸다(②).

　　① 『三國史記』 권1, 新羅本紀1 脫解尼師今.
　　　李丙燾, 1976, 『韓國古代史研究』, 博英社.
　　② 盧重國, 1990, 「雞林國攷－初期新羅史의 再檢討를 위한 一試論－」,
　　　『歷史敎育論集』 13·14, 174쪽.
　　　김창현, 2008, 「고려시대 동경의 위상과 행정체계」, 『新羅文化』 32,
　　　3쪽.

2) 花郞: 삼국시대 신라에서 청소년의 수련을 위한 단체 혹은 집
단의 중심인물을 말한다. 화랑은 삼한사회의 청년집회로부터 시원하
여 발전하고 법제화되었는데, 그 조직은 화랑집단마다 진골출신의
화랑 1명과 그를 지도하는 승려 낭도 1명, 진골 이하 평민에 이르는
천여 명의 낭도들로 구성되었다. 화랑은 원칙상 3년을 수련기간으로
정하고 적령은 대체로 15～18세까지로 추정된다. 이들은 忠과 孝
등의 덕목을 수련하고 산수를 유람하며 집단의식과 인성을 배양하

였다.

三品彰英, 1943, 『新羅花郎の研究』, 三省堂.

李基東, 1976, 「新羅 花郎徒의 起源에 대한 一考察」, 『歷史學報』 69 ; 1984, 『新羅 骨品制社會와 花郎徒』, 一潮閣.

李基東, 1979, 「新羅 花郎徒의 社會學的 考察」, 『歷史學報』 82 ; 1984, 『新羅 骨品制社會와 花郎徒』, 一潮閣.

3) 原嘗春陵: 전국시대 趙의 平原君 趙勝, 齊의 孟嘗君 田文, 楚의 春申君 黃歇, 魏의 信陵君 魏無忌를 가리킨다. 이들은 모두 어질고 사람 사귀기를 좋아하여 문객이 수천 명에 이르렀다고 전한다.

『史記』 권75·76·77·78, 列傳14·16·17·18 孟嘗君·平原君虞卿·魏公子·春申君.

4) 四仙門徒: 四仙은 4명의 花郎으로 述郎·南郎·永郎·安詳을 말하고, 門徒는 그들에게 속한 郎徒를 말한다. 이에 대해서는 중권 12, 주해3) 참고; 본서 218쪽.

5) 立碑: 李穀(1298~1351)이 지은 「東遊記」에 江陵 文殊堂의 동쪽에 四仙碑가 있었으나 胡宗旦이 물속에 넣어버리고 오직 龜趺만이 남아 있을 뿐이라는 기록이 있다. 문수당 근방의 寒松亭은 四仙이 노닐던 곳으로 전해지므로 立碑는 四仙碑를 말하는 것으로 생각된다.

『稼亭集』 권5, 「東遊記」.

6) 八關盛會: 八關會는 본래 속인들이 一日一夜 동안 不殺生·不偸盜·不飮酒 등의 8계를 지키는 불교의식이다. 고려시대에는 태조대부터 예불과 함께 토속신에 대한 제례를 행하였는데, 아울러 연회를 베풀어서 국가의 태평과 왕실의 안녕을 기원하였다. 개경에서는 11월 15일에 베풀었고 서경에서는 한 달 전인 10월 15일에 시작하였다.

팔관회에 대해서는 대표적으로 다음과 같은 논문이 참고된다.

安啓賢, 1956, 「八關會攷」, 『東國史學』 4.

二宮啓任, 1956, 「高麗の八關會について」, 『朝鮮學報』 9.

奧村周司, 1979, 「高麗における八關會的秩序と國際環境」, 『朝鮮史研究
會論文集』 16.

李敏弘, 1995, 「高麗朝 八關會와 禮樂思想」, 『大東文化研究』 30.

안지원, 2005, 「팔관회의 의례 내용과 사회적 성격」, 『고려의 국가 불교
의례와 문화』, 서울대출판부.

7) 霓衣: 신선이 입는 옷을 말한다(①). 한편 唐 開元～天寶
연간에 「霓裳羽衣」라는 악곡이 성행하였는데, 궁녀가 구슬과 비취
로 장식하고 수놓은 붉은 비단옷을 입고서 대오를 이루어 가무를 하
였음이 참고된다(②).

① 諸橋轍次, 1986, 「霓」, 『大漢和辭典』 12, 大修館書店, 60쪽.

② 呂承煥, 2001, 「唐代 大曲〈霓裳羽衣〉考」, 『중국문화연구』 22, 148·
164쪽.

8) 郭待制東珣: 생몰년 미상. 郭東珣에 대해서는 구체적으로 알
려진 것이 없고 각종 기록에서 단편적으로 나타나고 있다. 『高麗史』
郭尙傳을 보면 郭尙의 아들로 垣과 輿가 확인되는데, 본문에서 곽여
가 곽동순을 형의 아들이라고 한 점(①)으로 보아 곽원의 아들이었
다고 생각된다. 그는 주로 인종대에 활동하였고 太學博士, 貝外郎,
秘書監 등을 역임하였으며(②), 『東文選』에 그가 지은 다수의 작
품이 전해지고 있다(③).

待制는 經書의 강론과 典籍의 보관 등을 관장하는 寶文閣의 관직
이다. 1116년(예종 11) 8월에 淸燕閣을 짓고 학사를 배치하여 경
서를 강론하게 하였는데, 다시 11월에 청연각을 보문각으로 고치면
서 待制를 추가로 설치하였다(④). 대제의 반열은 中書門下省의 종
4품인 給事中·中書舍人과 같게 설정하고 있지만, 한편으로는 金魚
袋와 紫服을 내리는 우대 조치가 있기도 하였다(⑤).

① 『高麗史』 권16, 世家16 仁宗 10년 3월 癸卯·13년 11월 甲申.

② 『高麗史』 권17, 世家17 仁宗 22년 12월 癸未.
　『高麗史』 권97, 列傳10 郭尙.

③『東文選』권23, 教書「故門下侍中魏繼廷配享睿宗教書」; 권25, 制誥「賜任元厚授門下侍郎同中書門下平章事」·「除任元厚門下平章崔湊中書平章李之氏政堂文學」·「尹彦植可工部尙書」; 권31, 表箋「八關會仙郎賀表」; 권36 表箋「諸生謝巡齋表」·「又謝幸學表」·「謝回付逃背人表」·「代金仁存謝門下侍中表」·「代文公美謝禮部尙書表」; 권41, 表箋「代門下侍中李公壽請老表」.

④『高麗史』권76, 志30 百官1 寶文閣.
　『高麗史節要』권8, 睿宗 11년 8·11월.

⑤ 朴龍雲, 2004,「譯註 高麗史 百官志(3)」,『고려시대연구』Ⅶ, 한국정신문화연구원 ; 2009,『『高麗史』百官志 譯註』, 신서원, 227쪽.

周藤吉之, 1979,「高麗前期の寶文閣－宋の諸閣學士·直學士·待制などとの關連において－」,『朝鮮學報』90 ; 1980,『高麗朝官僚制の研究』, 法政大學出版局, 333·336쪽.

9) 代作賀表云: 위에 제시된 내용은 일부를 발췌한 것으로 전문은 『東文選』에 전하고 있다.

　『東文選』권31, 表箋「八關會仙郎賀表」.

10) 邈姑射山: 신선이 산다고 하는 전설 속의 산으로 妙姑射山·列姑射山이라고도 한다. 『莊子』를 보면 신선인 肩吾와 連叔이 막고야산에 살고 있는 神人에 대해 이야기하고 있다. 이에 따르면 신인은 피부가 눈처럼 희고 몸이 처녀같이 부드러운데, 오곡을 먹지 않고 바람과 이슬을 빨아들이며 구름의 정기를 타면서 용을 부린다고 한다.

　『莊子』逍遙遊.

11) 月城之四子: 月城은 삼국시대 신라의 都城으로 在城, 新月城, 半月城이라고도 한다. 지금의 경북 경주시 인왕동과 교동에 걸쳐 있는 자연 구릉에 위치해 있으며 둘레는 1,841m로 형태가 반월과 같다. 원래 大輔 瓠公이 살던 곳이었으나 脫解가 빼앗아 살았으며, 101년에 破娑尼師今이 처음으로 성을 축조하고 移居함으로써 신라의 도성이 되었다. 여기에서 월성은 신라를 대신하는 말로 쓰였

으며 4子는 바로 4仙을 높여 부르는 말이다.

『三國史記』권1, 新羅本紀 脫解尼師今.

『新增東國輿地勝覽』권21, 慶州府 古跡條.

李元根, 1985, 「統一新羅 都城」, 『韓國史論』15, 國史編纂委員會, 562쪽.

12) 高: 堯의 代字. 定宗의 이름이 堯이므로 避諱하여 뜻이 비
슷한 高를 대신 쓴 것이다. 이와 동일한 용례는 『三國遺事』에서도
확인되고 있다[號曰壇君王儉 以唐高卽位五十年庚寅 都平壤城 始
稱朝鮮].

『三國遺事』권1, 紀異1 古朝鮮 王儉朝鮮.

13) 百獸率舞: 온갖 짐승이 춤춘다는 뜻이다. 舜이 夔를 典樂으
로 삼고 자제들을 가르치게 하면서 樂敎의 중요성을 말하였는데, 夔
가 "磬石을 치고 두드리니 온갖 짐승들이 다 같이 춤을 추었고 여
러 官長들이 진실로 화합하게 되었다[予擊石石 百獸率舞 庶尹允
諧]."라고 말한 것에 의거하여 표현한 것이다. 여기에서는 堯의 치
세가 아니어도 온갖 짐승이 춤추었다는 뜻으로 당시 임금의 덕을 노
래하고 있다.

『書經』舜典·益稷.

14) 小子有造: 周文王의 聖德을 찬양하는 노래로 "어른들은 덕
이 있고 아이들은 이룬 것이 있으며, 거리낌 없이 훌륭한 선비를 등
용했다[肆成人有德 小子有造 古之人無斁 譽髦斯士]."라는 구절에
의거한 것이다. 여기에서는 주문왕의 치세를 들어서 당시 임금의 덕
을 노래하고 있다.

『詩經』大雅 文王之什.

15) 郭處士: 郭璵(1058~1130)를 말한다. 그에 대한 자세한
설명은 중권 8, 주해13) 참고; 본서 195쪽. 처사는 일반적으로 재
력이 있으면서도 벼슬하지 않고 은거한 선비를 말한다.

檀國大學校 東洋學研究所, 2007, 「處」, 『漢韓大辭典』12, 檀國大學校出
版部, 19쪽.

16) 猶子: 형제의 자녀로 조카를 뜻한다. '자식과 같다'라는 말인
데, "조카를 자기 자식처럼 여긴다[猶子比兒]."라는 말이 있다.

檀國大學校 東洋學硏究所, 2006, 「猶」, 『漢韓大辭典』 9, 檀國大學校出版
部, 244쪽.

17) 山呼亭: 개경 궁성의 禁苑 지역에 있는 정자로 황제를 찬양
하는 의식인 '山呼'에서 명칭이 유래하였다. 산호정은 유희용 정자이
면서도 불교와 도교의 행사가 열리거나 기우제가 지내졌으며, 궁성
북쪽 구석에 깊숙이 위치하여 대궐에 대화재가 일어났을 때 仁宗과
明宗이 피신처로 사용하기도 하였다.

金昌賢, 2002, 『고려 개경의 구조와 그 이념』, 신서원, 254~255·285~
286쪽.

18) 上: 睿宗(1105~1122)을 말한다. 예종은 곽여를 궁성의
純福殿에 거처하게 하고 선생이라 부르면서 수시로 詩話를 주고받
았으며, 그가 은거한 뒤에는 직접 山齋를 방문하는 등 총애를 두터
이 하였다. 이로 보아 上은 예종을 가리키는 것이다.

『高麗史』 권97, 列傳10 郭尙 附郭輿.

19) 口占: 시문을 지을 때 초고를 쓰지 않은 채 즉석에서 짓는
것을 말한다.

檀國大學校 東洋學硏究所, 1999, 「口」, 『漢韓大辭典』 2, 檀國大學校出版
部, 1104쪽.

20) 明皇: 唐의 제6대 황제인 玄宗 李隆基(685~762)를 말한
다. 후세 사람들이 시문을 지을 때에 현종의 시호인 至道大聖大明
孝皇帝를 明皇으로 약칭하여 별호처럼 많이 썼다.

21) 金門: 궁궐을 말한다. 이에 대해서는 중권 9, 주해8) 참고;
본서 205쪽.

下2.

[原文]

睿王尤重儒士, 每間歲親策賢良, 先閱所納卷子, 以知其才. 擧子高孝冲名士也, 作四無益詩, 以斥君非, 雖聖主不胲虛懷. 及關春闈, 命侍臣林敬淸就試席, 黜高孝冲[1]然後放題, 而學士胡宗旦詣闕上箚子, 得叙其罪. 後復應擧, 納卷子春官, 其首題曰,「寄語卷中詩賦論, 與君相別在明春, 汝爲秘閣千年寶, 我作靑雲第一人.」果擢龍頭, 翶翔省闈, 諤諤有諍臣風. 所至人皆指之曰,‘是嘗作四無益詩者.’

[譯文]

예종[1]은 유사를 매우 중요하게 여겨 격년마다 친히 어질고 좋은 선비[賢良]를 선발했는데,[2] 먼저 제출한 권자[3]를 열람하여 그 재주를 알아보았다. 거자[4] 고효충[5]은 이름난 선비인데「사무익시」[6]를 지어 임금의 잘못을 지적하니, 비록 성군(聖主)이라도 참을 수가 없었다. 과거를 열자[關春闈][7] 시신 임경청[8]에게 시험장에 나아가서 고효충을 내친 뒤에 시제를 걸게 하였는데, 학사 호종단[9]이 대궐에 나와 차자[10]를 올려서 그 죄를 용서받을 수 있었다. (고효충은) 뒤에 다시 과거에 응시하여 권자를 춘관[11]에 바쳤는데, 그 첫머리에 이르기를,「권중의 시·부·론에 말을 전하니, 그대와 서로 이별하는 것은 내년 봄일 것이네. 그대는 비각[12]의 천년 보물이 될 것이고, 나는 청운의 제일인이 될 것이네.」[13]라고 하였다. 과연 장원[龍頭]으로 뽑혔는데,[14] 성달(省闥)[15]에 있으면서 곧은 말을 하여 간언하는 신하의 풍모가 있었다. 이르는 곳마다 사람들이 그를 가리켜 말하길, "일찍이「사무익시」를 지은 자다."라고 하였다.

---

1) 冲: 조종업본에는 글씨가 잘 보이지 않는다. 국도본에 冲으로 되어 있어 이에 따른다.

[註解]

1) 睿王: 고려의 제16대 왕 睿宗(1079~1122)이다. 그에 대해서는 상권 18, 주해1) 참고; 본서 95쪽.

2) 每間歲親策賢良: 고려시대의 科擧는 시험과목에 따라 製述科·明經科·雜科로 나뉘었는데, 보통 과거라고 하면 製述科를 뜻한다. 製述科에는 본고시-禮部試-와 예비고시-國子監試-가 있었다. 예종대에는 현재 찾아지는 기록으로 원년·2·3·4·7·9·10·11·13·15·17년에 예부시가 치러졌음이 확인된다. 그런데, 예부시에는 親試·覆試가 있었는데, 이것은 국왕이 급제자들을 재시험하여 급제순위를 결정하는 것으로 常設은 아니었으며, 간헐적으로 실시되었다. 본문의 내용은 왕이 친히 인재를 선발한다는 것으로 보아 바로 親試를 의미한다. 예종대에는 3·4·9·10·11·15년에 친시가 있었는데, 정확히 격년은 아니어도 15년간 6회 정도 실시되었으므로 이인로가 '每間歲'라고 표현한 것은 타당하다.

> 許興植, 1974, 「高麗 科擧制度의 成立과 發展」, 『韓國史研究』 10, 35~37쪽; 1981, 『高麗科擧制度史研究』, 一潮閣, 22~23쪽.
> 柳浩錫, 1984, 「高麗時代의 覆試」, 『全北史學』 8, 45쪽.
> 朴龍雲, 1990, 「〈資料〉 科試 設行과 製述科 及第者」, 『高麗時代 蔭敍制와 科擧制 研究』, 一志社, 363~368쪽.
> 허흥식, 2005, 「〈부록 2〉 고려 예부시 동년록」, 『고려의 과거제도』, 일조각, 490~492쪽.

3) 卷子: 行卷을 뜻한다. 고려시대 과거응시자는 禮部의 貢院에 行卷과 家狀을 제출하였다. 이 중 行卷은 응시자가 평소에 학업을 닦으며 지은 詩·賦 등을 모아서 엮은 卷軸이었다. 응시자는 이것을 주로 유력한 정치인과 사회적으로 명망이 있거나 文翰으로 명성이 있는 자들에게 증정하였는데, 이는 과거를 주관하는 고시관에게 본인을 추천하게 함으로써 과거급제에 유리하게끔 한 것이다.

> 朴龍雲, 2010, 「고려시기 科擧에서의 行卷과 家狀」, 『韓國史研究』 148

: 2010, 『고려시기 역사의 몇 가지 문제』, 일지사.

4) 擧子: 예부시에 응시하는 사람을 말한다.

　　허흥식, 2005, 「고려 과거제도의 성립과 발전」, 『고려의 과거제도』, 일
　　조각, 44쪽.

5) 高孝沖: 생몰년 미상. 예종 때 國學生으로 왕이 풍악을 좋아
하고 기생 영롱과 알운이 노래를 잘 한다고 하여 자주 상을 내리자
'感二女詩'를 지어 이를 풍자하였다. 中書舍人 鄭克永이 이를 예종
에게 고하자 예종은 불쾌한 마음을 갖고 있다가 마침 고효충이 과거
에 응시하자 내쫓고 감옥에 가두었다. 그 뒤 胡宗旦의 도움으로 석
방되었으나 끝내 睿宗代에는 급제하지 못하다가 1124년(인종 2)에
장원으로 급제하였다. 이후의 관력에 대해서는 알 수 없다.

　　『高麗史』 권73, 志27 選擧1 科目1 仁宗 2년 4월
　　『高麗史』 권97, 列傳10 劉載 附胡宗旦.
　　朴龍雲, 1990, 「〈資料〉 科試 設行과 製述科 及第者」, 『高麗時代 蔭敍制
　　와 科擧制 研究』, 一志社, 371쪽.

6) 四無益詩: 『破閑集』 외에 찾아지지 않아 어떤 내용의 시인지
알 수 없다. 詩題로 보아 네 가지 무익한 것에 대한 시로 추정된다.
고효충이 예종에게 미움을 받아 과거를 볼 수 없게 된 사연은 『高
麗史』(위의 주해5) 참조)와 『高麗史節要』에 전하는데, 그 때 고효
충이 쓴 것은 '感二女'라는 詩였다.

　　『高麗史節要』 권8, 睿宗 15년 5월.

7) 春闈: 春은 春官, 즉 예부이므로, 춘위는 예부시를 의미한다.
周에서 天地春夏秋冬을 六部에 배치하였기 때문에 비롯된 말이다.
따라서, 闢春闈는 과거를 시행한다는 뜻이다. 이에 대한 설명은 상
권 15, 주해10) 참고; 본서 78쪽.

8) 林敬淸: 생몰년 미상. 예종대 內侍로 있었으며, 1131년(인종 9)
에 知樞密院事가 되어 妙淸의 건의로 짓고 있던 西京 大華宮의 축조
를 감독하였다. 일찍이 妙淸의 서경천도 논의를 적극 지지하였는데,

1135년에 妙淸이 서경천도의 실패로 반란을 일으키자, 그 당여로
지목되어 강제 퇴임 당했다.

『高麗史』 권14, 世家14 睿宗 10년 4월 壬寅·권16, 世家16 仁宗 9년 5월
甲辰·13년 11월 癸酉.

9) 胡宗旦: 생몰년 미상. 본래 宋 福州人으로 太學에 입학하여
上舍生이 되고, 뒤에 浙江에 있다가 商舶을 타고 고려에 들어와 귀
화하였다. 그에 대해서는 중권 19, 주해9) 참고; 본서 243쪽.

10) 箚子: 관료가 국왕에게 올리는 간단한 서식의 상소문을 말
한다(①). 『成宗實錄』에 徐居正이 차자에 대해 설명한 부분이 있
는데, 간단하면서도 말하고자 하는 것을 모두 표현할 수 있는 장점
이 있다고 하였다(②). 고려시대에도 箚子를 사용한 사례가 찾아진
다(③).

① 崔承熙, 1989, 『(改正增補版) 韓國古文書硏究』, 지식산업사, 148쪽.
② 『成宗實錄』 권26, 成宗 4년 정월 壬子.
③ 『高麗史』 권14, 世家14 睿宗 11년 8월 庚辰·권78, 志32 食貨1 田制
經理 恭愍王 11년.

11) 春官: 예부시를 주관하는 尙書禮部를 말한다. 정확하게는 禮
部 아래에 貢院을 뜻한다. 이에 대해서는 상권 15, 주해10) 참고;
본서 78쪽.

12) 秘閣: 秘書閣을 말한다. 秘書省의 藏書庫로서 書籍 및 板本
의 보관을 담당했던 곳으로 추정된다.

裵賢淑, 1980, 「高麗時代의 秘書省」, 『도서관학논집』 7.

13) 寄語卷中詩賦論 … 我作靑雲第一人: 詩·賦·論은 製述業의
고시과목인데(①), '卷中詩賦論'이라 한 것은 고효충이 제출한 行卷
에 적혀 있는 詩·賦·論을 말한다. 行卷은 과거 응시자가 禮部의 貢
院에 제출하는 것으로(앞의 주해3) 참조) 그 안에는 응시자가 평소
자신의 실력을 증명하기 위해 연습한 詩·賦·論이 있다. 고효충은
詩·賦·論을 의인화시켜 이들과 내년 봄에 이별한다고 하여 곧 과거

에 급제할 것임을 드러낸 것이다. 즉, 과거에 합격하면 더 이상 詩·賦·論을 적은 行卷을 제출할 일이 없으므로 이것을 이별이라고 표현한 것이다. 한편, 같은 시구가 『林下筆記』에도 소개되어 있다(②).

① 朴龍雲, 1990,「高麗時代의 科擧－製述科의 運營－」,『高麗時代 蔭敍制와 科擧制 硏究』, 一志社, 252~253쪽.

② 『林下筆記』 권12, 文獻指掌編「高孝冲諷詩」.

14) 果擢龍頭: 고효충이 장원급제한 것은 1124년(인종 2)의 일로 당시 知貢擧는 中書侍郞平章事 金若溫, 同知貢擧는 兵部侍郞 金富軾이었다(①). 龍頭는 장원을 의미하는 말로 함께 합격한 同年의 우두머리로서 同年會를 주관하였다. 이들은 별도로 龍頭會를 만들었는데, 오직 장원급제자만 참여하는 모임으로서 그 자부심이 대단하였고, 당시 사람들의 선망의 대상이 되었다(②).

① 『高麗史』 권73, 志27 選擧1 科目1 仁宗 2년 4월.

② 허흥식, 2005,「고려 과거제도의 성립과 발전」,『고려의 과거제도』, 일조각, 66쪽.

15) 省闥: 사전적인 의미로는 궁궐 안을 말한다. 그러나 고효충이 성달에 있으면서 간언을 한 것으로 보아 諫官이 일을 보던 中書門下省의 郎舍와 관련되었을 것으로 짐작된다.

諸橋轍次, 1985,「省」,『大漢和辭典』8, 大修館書店, 184쪽.

邊太燮, 1967,「高麗의 中書門下省에 대하여」,『歷史敎育』10 ; 1971,『高麗政治制度史硏究』, 一潮閣, 37~43쪽.

朴龍雲, 1971,「高麗朝의 臺諫制度」,『歷史學報』52 ; 1980,『高麗時代 臺諫制度 硏究』, 一志社, 65~77쪽.

下3.

[原文]

士子朴元凱少穎悟不群. 年甫十一作啓事, 上冢宰崔允儀, 乞叙父官. 云, 「有

一夫不被其澤, 惟我父方, 使萬物咸得其宜, 實惟公耳.」相國讀之, 疑其倩人,
欲面試之, "今我欲飮茶一椀, 飮未及盡, 児宜賦庭中芍藥, 採韻香王." 即應
聲曰,「芍藥留春色, 軒前吐異香, 牡丹如在側, 應愧百花王.」相國驚嘆不已
曰, "必爲後生袖領." 及長赴司馬試, 放題, 國者至公之器詩. 乃曰,「高舜難
傳子, 商周得以功.」使事精妙如此, 果擢第, 爲一時聞人.

[譯文]

사자[1] 박원개[2]는 어려서부터 영특하고 남달리 뛰어났다. 나이 겨
우 11세에 계사를 지어 총재[3] 최윤의[4]에게 올렸으니, 그의 아버지
에게 관직을 베풀 것을 바라는 것이었다. (계문에) 이른 것은 다음
과 같았다.

> 「은택을 입지 못한 유일한 이는 바로 내 아버지이고,
> 만물로 모두 마땅함을 얻게 하는 이는 실로 오직 공뿐입니다.」

상국이 읽고서는 다른 사람의 손을 빌렸다고 의심하여 면전에서
시험하고자, "이제 내가 차 한 잔을 마실 것이니, 다 마시기 전에
너는 뜰 안의 작약으로 글을 짓되 운(韻)은 향(香)과 왕(王)으로
하라."라고 하였다. 곧 바로 성운에 맞춰 지으니, 다음과 같았다.

> 「작약에 봄빛이 머무니
> 난간 앞에서 좋은 향을 내뿜네,
> 모란이 옆에 있었다면
> 꽃 중의 왕이 된 것을 부끄러워하리.」

상국이 놀라 감탄하기를 마지않으며,[5] "반드시 후생의 우두머리
가 될 것이다."라고 말하였다. 자라서 사마시[6]에 나아가니, 시험의
제목이 '나라는 지극히 공정한 그릇이다.'[7]라는 시였다. 이에 다음과

같이 지었다.

> 「요임금[8]과 순임금은 아들에게 (천하를) 전하기 어려웠고,[9]
> 상과 주는 공으로 (천하를) 얻었도다.[10]」

고사를 쓰는 정묘함이 이와 같았으니, 과연 급제하여 당대의 이름
난 인물이 되었다.

[註解]

1) 士子: 사자의 字典的 용례를 살펴보면 남녀의 미칭, 士大夫
관료계층, 學者나 독서인, 豪族 가문 士族의 자제, 壯士 가문의 자
제 등의 의미로 나누어 볼 수 있다(①). 그러나 고려시대의 관찬사
료에는 '사자'의 용례가 찾아지지 않는다. 다만 고려전기부터 사용되
었던 士大夫·士林·士族·士類 등의 용어를 통해 그 의미를 추측해
볼 수 있는데, 다소 차이는 있지만 대개 文武 官僚를 뜻하는 의미로
사용되었다. 여기서 '士'는 넓은 의미로는 대체로 관직을 지향하는
독서인을 뜻하며, 좁은 의미로는 仕路에 올라 문무관직에 종사하는
사람으로서 신분적 하자가 없는 대상을 뜻한다고 할 수 있다(②).
한편, 조선시대의 자료이긴 하지만 崔岦(1539~1612)의 『簡易集』
에 '國制士子中司馬試 得入太學上舍 蓋匪釋褐而占科 榮也 … 抑
又年華芳而可樂也.'라는 기록이 있어, 사자는 사마시에 합격한 비교
적 젊은 독서인을 의미하는 것이라는 이해가 가능하다(③). 본문의
내용이 박원개가 급제하기 이전의 문학적 재능에 대한 일화라는 점
을 고려하면, 여기서의 '사자'는 관직을 지향하는 젊은 독서인의 의
미로 추측된다.

> ① 漢語大詞典編纂委員會, 1990, 「士」, 『漢語大詞典』 10, 漢語大詞典出
> 版社, 1162쪽.

② 김난옥, 1997,「高麗時代 土庶의 用例와 신분적 의미」,『史叢』46 ;
　　　2001,『高麗時代 賤事·賤役良人 硏究』, 신서원.

③『簡易集』권3, 跋 辛丑司馬會帖跋.

2) 朴元凱: 생몰년 미상. 한 때 이름을 날렸다는 위 기사와 달리,
家系나 활동상 등 그에 대한 기록은 찾아지지 않는다. 여기서는 그
가 司馬試에 합격한 사실을 알 수 있을 뿐, 科擧와 관련해서도 더
이상의 기록은 보이지 않는다. 다만 무신정권시기에 문장으로 유명
했던 蔡寶文이 을유년에 나주에 들렀을 때, 박원개라는 인물이 그곳
의 書記였다는 기록이 있을 뿐이다. 당시 채보문이 박원개를 만났다
는 을유년은 1165년(의종 19)과 1225년(고종 12)을 상정해 볼
수 있다.『高麗列朝登科錄』에 의하면 채보문은 1163년에 급제하였
다. 또 본문에서 11세의 박원개가 최윤의를 만난 시기는 최윤의
(1102~1162)가 총재로 불리던 때였으므로 그가 中書侍郎同中書
門下平章事·判尙書吏部事에 임명된 1155년에서 그가 졸한 1162년
사이로 추정된다. 이러한 사실을 종합하면, 채보문이 박원개를 만났
다는 을유년은 1165년일 개연성이 높다. 박원개가 書記로 있을 때
의 나이는 많이 잡아야 21세가 넘지 않는다.

　『東文選』권13, 七言律詩「題羅州館」.
　李鎭漢, 1996,「高麗 前期 官人의 初入仕와 土地分給」,『民族文化硏究』
　　　29.

3) 冢宰: 班次 제1위의 宰臣을 말한다. 이에 대해서는 상권 15,
주해19) 참고; 본서 81쪽.

4) 崔允儀: 1102~1162. 본관은 해주. 初名은 天祐이고 崔沖의
玄孫이다. 父는 左僕射·叅知政事·判工部事에 贈職된 崔湧이다.
1128년(인종 6)에 급제한 이후 御史大夫, 同知樞密院事 등을 거쳐
1155년(의종 9)에 中書侍郎同中書門下平章事·判尙書吏部事로 首
相이 되었고, 毅宗廟廷에 배향되었다.

　『高麗史』권95, 列傳8 崔沖 附允儀.

『高麗墓誌銘集成』, 「崔允儀墓誌銘」.

朴龍雲, 1977, 「고려시대 海州崔氏와 坡平尹氏 家門 분석」, 『白山學報』23
        ; 2003, 『高麗社會와 門閥貴族家門』, 景仁文化社, 187·188쪽.

 5) 相國驚嘆不已: 최윤의가 경탄을 금치 못한 것은 11세의 박원
개가 짧은 시간이었음에도 정확하게 운을 맞추어 시를 지었을 뿐 아
니라 모란과 작약에 대한 故事를 이해하고 있었기 때문이었다. 당시
모란은 부귀를 상징하며 모든 꽃 중의 왕으로 칭송 받고 있었다. 그
리하여 모란은 '花王'이라 하여 제일로 여겼고, 작약은 '花相'이라
하여 그 다음으로 삼았다고 한다. 또한 唐의 시인 皮日休는 牡丹詩
에서 모란을 '모든 꽃 중의 왕[百花王]'으로 비유한 바 있었다. 박
원개는 최윤의가 제시한 詩題인 작약을 강조하기 위해 향기 없는
모란보다는 집 안으로 향기를 전해주는 작약이 보다 훌륭하다고 평
가했다. 모란은 향기가 없는 꽃이지만, 작약은 향기가 있을 뿐 아니
라 그 뿌리는 모란 뿌리처럼 약재로 쓰였다. 따라서 박원개는 작약
과 모란에 대한 고사의 이해를 바탕으로 芍藥詩를 지었던 것이다.

『埤雅』 권18, 釋草 芍藥.

『湖廣通志』 권98, 藝文志 愛蓮說 周惇頤.

『御定淵鑑類函』 권405, 花部1 牡丹5.

『陸氏詩疏廣要』 권上之上, 釋草 贈之以芍藥.

 6) 司馬試: 科擧의 예비고시로, 國子(監)試, 進士試, 成均試, 南
省試, 南宮試 등 다양한 명칭으로도 불렸다. 또 본고시와 마찬가지
로 科業에 따라 제술업감시, 명경업감시, 잡업감시 등으로 세분화하
여 이르기도 했다. 이 시험은 科擧에 응시하기 위해 기본적으로 거
쳐야 하는 과정이었지만, 在官者·國子監生徒로 考藝試에서 우수한
성적을 얻은 자, 12도생 등은 예비고시를 거치지 않고 본고시인 예
부시를 치를 수 있었다. 그리고 『高麗史』 「選擧志」에는 국자감시의
시행회수가 예부시보다 적게 기록되어 있지만, 실제는 예부시에 짝
하여 1~2개월에서 1년 전에 시행되어 실제 회수는 비슷했을 것으

로 추정된다.

> 朴龍雲, 1988, 「高麗時代 科擧의 考試와 體系에 대한 檢討」, 『韓國史硏
> 究』 61·62 ; 1990, 『高麗時代 蔭敍制와 科擧制 硏究』, 一志社,
> 149~207쪽.

7) 國者至公之器: 원래 天下 또는 天理가 지극히 공정하다는 의미인데, 여기에서는 '나라[國]'로 바뀌어 있다. 『尙書』의 堯典과 舜典에서 왕위를 부자계승이 아닌 각기 舜과 禹라는 현인에게 선위한 것에 대한 후대의 평가에서 비롯된 언급이다.

> 『書集傳或問』, 堯傳·舜傳.
> 『文苑英華』, 甘誓.
> 『孟子說』 권4, 離婁上.
> 『晦菴集』 권4, 書 答何叔京.

8) 高: 堯 임금을 뜻한다. 이에 대해서는 앞의 하권 1, 주해12) 참고; 본서 279쪽.

9) 高舜難傳子: 堯는 70여 년 동안 나라를 다스렸으나 아들 丹朱의 덕이 부족하다고 여겨서 효성으로 이름난 舜에게 선양하였다. 또 舜도 아들 商均 대신 황하 치수에 성공하여 능력을 보인 禹에게 왕위를 넘겼다. 이 시구는 聖君의 대표인 堯와 舜이 국가는 지극한 공기(公器)이므로 사사롭게 왕위를 넘겨줄 수 없어서 아들이 아닌 다른 이에게 왕위를 넘긴 사실을 표현한 것이다.

> 『史記』 권1, 五帝本紀1.

10) 商周得以功: 商은 夏의 마지막 왕인 폭군 桀王을 湯이 토벌하고 세운 나라이며, 周는 商의 마지막 왕인 폭군 紂王을 당시 西伯이었던 武王이 쫓아내고 세운 나라이다. 여기서 말하는 功이란 걸왕이나 주왕같은 폭군을 몰아내고 평안한 세상을 만들었다는 것을 의미한다. 따라서 본문의 내용은 그러한 功이 있었기에 지극한 공기(公器)인 국가를 자손에게 전할 수 있었다는 말로 堯와 舜이 자손에게 넘겨주지 못한 것과 대구를 이루고 있다.

『史記』권2, 夏本紀2·권3, 殷本紀3.

下4.

[原文]

詩家作詩多使事, 謂之點鬼簿, 李商隐用事險僻, 號西崑體, 此皆文章一病. 近者蘇黃崛起, 雖追尚其法, 而造語益工, 了無斧鑿之痕, 可謂靑於藍矣. 如東坡「見說騎鯨遊汗漫, 憶曾捫蝨話悲辛」「永夜思家在何處, 殘年知尓遠來情」 句法如造化生成, 讀之者莫知用何事. 山谷云,「語言少味無阿堵, 氷雪相看只此君, 眼看人情如格五, 心知世事荂朝三」類多如此. 吾友耆之亦得其妙, 如「歲月屢驚羊胛熟, 風騷重會鶴天寒, 腹中早識精神滿, 胸次都無鄙吝生」皆播在人口, 真不愧於古人.

[譯文]

시인들이 시를 짓는데 고사를 많이 사용하는 것을 일러 점귀부[1]라 하였고, 이상은[2]은 험벽한 고사를 사용하여 서곤체[3]라 불렀는데, 이는 모두 문장의 한 병폐이다. 근래에 소동파와 황산곡[4]이 우뚝 일어나 그 법을 좇아 숭상하면서도 말을 만들어 내는 것이 더욱 공교하여 조금도 부착의 흔적[5]이 없었으니 청어람[6]이라 하겠다. 동파가 「고래를 타고[7] 한만한[8] 곳에서 노닌다는 말을 들었고, 일찍이 이(蝨)를 만지면서[9] 슬픔을 이야기하던 것을 떠올리네.[10]」, 「긴 밤 집은 어디에 있는지를 생각하고, 늘그막에 네가 멀리서 찾아온 마음을 알겠다.[11]」라고 한 것처럼 구법이 조화가 생성하는 듯하지만, 읽는 사람은 어떤 고사를 사용했는지 알 수가 없다. 황산곡이 「언어의 맛이 떨어지는 것은 아도[12]가 없어서이고, 빙설에서도 서로 차군[13]을 바라볼 뿐이네.[14]」「눈으로 인정을 보면 격오[15]와 같지만, 마음은 세상 일이 조삼[16]에 불과함을 알고 있네.[17]」라고 한 것 등도 모두 이와 같다. 나의 벗인 기지[18]도 그 묘법을 체득하여, 이를테면 「세월은 종종 양의 어깨뼈가 익는 것[19]에 놀라고, 풍소[20]는 다시 학천[21]의 추위를 만났네. 뱃속이 정신의 충만함을 일찍 알게 되니, 가슴 속의 비루하고 인색한 것은 모두 사라지네.」라고 하였다. 모두가 사람과 사람의 입에서 입으로 전파되었으니 진실로 고인에게 부끄러울 게 없다.

  [註解]

  1) 點鬼簿: 죽은 자의 성명을 기록한 장부라는 의미로, 唐 楊烱이 그의 글에서 옛사람의 이름을 인용하는 것을 좋아하여 그것을 點鬼簿라 한 것에서 유래했다. 옛사람의 이름이나 고사를 많이 이용한 시문을 가리킨다.

   『古今事文類聚』 別集5 號點鬼簿.

  2) 李商隱: 812~858. 唐의 시인으로 懷州 河內 사람이다. 字는 義山, 호는 玉谿生이다. 그의 작품은 비유와 상징의 수법이 두드러지며, 典故의 수법을 정교하고 적절하게 사용하는 특징을 지녔다 한다. 당대의 시인 이백·두보만큼 깊은 영향을 미치지는 못했지만, 북송 초 楊億·劉筠으로 대표되는 영향력 있던 유파인 서곤체파와 王安石(1021~1086) 등이 그의 시풍을 답습하였다.

   『新唐書』 권203, 列傳128 文藝下 李商隱.
   이종진, 2001, 『李商隱詩選』, 민미디어.

  3) 西崑體: 北宋 초기에 유행한 詩壇이다. 宋 眞宗代 唱和에 참여했던 楊億이 당시 唱和된 작품을 모아 『西崑酬唱集』을 편찬하였는데 여기에 실려 있는 작품과 그 유사한 풍격의 詩作을 일러 '西崑體'라 한 데서 유래했다. 이들 시파는 유미주의 시인인 이상은의 작법을 본받아 화려함과 정교함, 우아한 풍격을 주로 표현하였다. 또

한 옛날 서적이나 역사적인 사건 및 신화나 전설 속의 이야기 등을 인용하여 자신이 전달하고자 하는 뜻을 함축적으로 표현해내는 典故의 기법을 중시하였다.

김민나, 2002, 『西崑體詩選』, 문이재.

박민정, 2007, 「西崑體의 詩史的 位相에 대한 재고찰」, 『중국어문논총』 35.

4) 蘇黃: 蘇는 蘇軾(1036～1101), 黃은 黃庭堅(1045～1105)을 말한다. 蘇軾에 대해서는 상권 10, 주해9) 참고; 본서 57쪽, 黃庭堅에 대해서는 상권 20, 주해6) 참고; 본서 113쪽.

5) 斧鑿之痕: 시문이나 서화를 짓는데 자연스럽지 못한 것이 마치 나무에 도끼자국이 있는 것과 같다는 비유이다. 이에 대해서는 중권 5, 주해13) 참고; 본서 173쪽.

6) 靑於藍: 『荀子』 勸學의 '靑取之於藍 而靑於藍'에서 나온 것으로 제자가 스승보다 더 나음을 의미한다.

『荀子』 勸學.

7) 騎鯨: 唐의 시인 李白이 술에 취해 고래를 탔다가 바닷물에 빠져 죽었다는 고사를 인용한 것이다.

『淸蓮集』.

8) 汗漫: 광활하게 넓은 모양 또는 단속할 사람 없이 자유로운 모습을 의미한다.

諸橋轍次, 1986, 「汗」, 『大漢和辭典』 6, 大修館書店, 910쪽.

9) 捫蝨: 이를 잡는다는 뜻으로, 전의되어 주위 사람을 안중에 두지 않는 대범함을 이른다. 晉의 王猛이 桓溫을 만나 당시의 형세에 대해 말하면서 몸의 이를 잡으니 그의 태도가 마치 옆에 아무도 없는 듯하였다는 고사에서 유래한 것이다.

『晉書』 권114, 載記14 符堅下 王猛.

10) 見說騎鯨遊汗漫憶曾捫蝨話悲辛: 『東坡全集』에는 "聞道騎鯨遊汗漫 曾捫蝨話悲辛"으로 되어 있다.

『東坡全集』 권14, 「和王斿二首」.

11) 永夜思家在何處殘年知尒遠來情: 『東坡全集』에 실려 있는 내용으로, 『東坡全集』에는 본문의 '尒'자가 '汝'로 되어 있다[永夜思家在何處 殘年知汝遠來情].

『東坡全集』 권12, 「姪安節遠來夜坐三首」.

12) 阿堵: 이, 이것이라는 의미로 육조시대의 구어이다. 또한 晉의 王衍이 돈[錢]이라는 말을 입에 담지 않자 그의 부인이 시험 삼아 여종으로 하여금 그의 침상 주위에 돈을 두었는데, 왕연은 돈을 보고도 돈이라 하지 않고 이 물건[阿堵物]이라고 했다는 고사에서 유래되어 돈을 가리키는 말로 쓰이기도 한다.

『晉書』 권43, 列傳13 王戎 從弟衍.
『蘆浦筆記』 권1, 阿堵

13) 此君: 대나무를 의미한다. 이와 관련한 고사는 중권 13, 주해2) 참고; 본서 220쪽.

14) 語言少味無阿堵氷雪相看只此君: 『山谷集』에는 "語言少味無阿堵 冷(一作氷)雪相看有此君"으로 되어 있다. 왕연이 돈을 이것[阿堵]이라고 했던 고사와 왕휘지가 대나무를 이 님[此君]이라고 한 고사를 인용하여 대구를 만들어낸 황정견의 「至襄陽捨驛馬就舟見過三首」라는 시에서 인용한 것이다.

『山谷外集』 권6, 「至襄陽捨驛馬就舟見過三首」.
『山谷外集詩注』 권2, 「舍驛馬就舟見遇三首」.

15) 格五: 바둑알을 가지고 하는 놀이의 일종으로 주사위의 4면에 塞·白·乘·五를 그리고 던져서 바둑알을 움직이고, 五가 나오면 멈추고 나아가지 않는 놀이이다.

『漢書』 권64上, 嚴朱吾丘主父徐嚴終王賈傳34上 吾丘壽王.

16) 朝三: 朝三暮四의 줄임말로 눈앞의 이익만 아는 어리석음을 의미하거나 간사하고 얕은 꾀로 남을 속이거나 농락함을 이른다. 狙公이라는 자가 기르던 원숭이들에게 도토리를 아침에 3개 저녁에 4

개만 주겠다고 하자 원숭이들이 화를 내며 반발하였는데 아침에 4
개 저녁에 3개를 주겠다고 하자 원숭이들이 좋아했다는 고사에서
유래한 것이다.

　　『列子』黃帝.

　　17) 眼看人情如格五 心知世事荇朝三: 황정견의 「漫書呈仲謀」
라는 시에서 인용한 것이다. 『山谷外集』에는 '看'자가 '見'으로 '世
事'는 '外物'로 되어 있다[眼見人情如格五 心知外物等朝三]. 이 시
구는 남송의 위경지가 「言其用而不言其名」에서 고사를 인용하여
조탁하는 법의 대표적인 사례로 제시한 시이다. 여기서는 고사 인용
의 묘법을 황정견의 시로써 예시한 듯하다.

　　『山谷外集』 권13, 律詩 「漫書呈仲謀」.

　　『詩人玉屑』 권10, 含蓄 「言其用而不言其名」.

　　18) 耆之: 林椿(생몰년 미상)의 자이다. 그에 대해서는 상권
21, 주해6) 참고; 본서 117쪽.

　　19) 羊胛熟: 양의 어깨뼈를 삶아 익힐 만한 시간을 의미하는 것
으로 짧은 시간을 비유하는 말이다. 瀚海의 북쪽에 있는 骨利幹에서
더 북쪽으로 바다를 건너면 그 곳은 낮이 길고 밤이 짧은데 해가 질
때 羊胛을 삶아 익히면 동방이 이미 밝아져 있다는 고사에서 유래
한 것이다. 이후 '羊胛熟'은 '歲月纔驚羊胛熟'이라고 하거나 '羊胛熟
時宜便來', '百年不待羊胛熟'이라고 하여 대체로 시간이 빠르고 짧
다는 의미로 사용되었다.

　　『新唐書』 권217下, 列傳142下 回鶻下 骨利幹.

　　『丹陽集』 권21, 七言律詩.

　　『屛山集』 권13, 詩 「少稷賦十二相屬詩戱贈一篇」.

　　『懷淸堂集』 권9, 「次韻答焦飮」.

　　20) 風騷: 『詩經』의 國風과 楚辭의 離騷를 가리키는 말로 詩歌
와 詩文을 의미하기도 하며, 풍류를 즐기고 방탕함, 혹은 그런 사람
을 의미하기도 한다.

諸橋轍次, 1986, 「風」, 『大漢和辭典』 12, 大修館書店, 181쪽.

檀國大學校 東洋學研究所, 2008, 「風」, 『漢韓大辭典』 15, 檀國大學校出
版部, 335쪽.

21) 鶴天寒: 唐의 시인 杜牧(803~852)은 「雪晴訪趙嘏街西所
居三韻」에서 '지금의 뛰어난 시인 중에 장차 누가 李·杜의 문단에
오르겠는가. 소릉은 바다에서 고래를 움직였고, 한원은 하늘을 나는
학을 떨게 했네[命代世風騷將誰登李杜壇 少陵鯨海動 翰苑鶴天寒]'
라고 하였는데, 소릉은 杜甫를 한원은 李白을 가리킨다. 여기서는
林椿이 蘇軾이나 黃庭堅 못지않게 고사에 밝았음을 언급한 것이다.

『御定全唐詩』 권521, 「雪晴訪趙嘏街西所居三韻」.

『杜詩補註』 권상, 「雪晴訪趙嘏街西所居」.

下5.

[原文]

僕爲兒時, 登京城北天磨山, 探奇摘異無遺, 見一蕭寺壁上留詩. 云, 「誰號天
磨嶺, 淩空積翠浮, 去天纔一握, 掛月幾多秋, 踥跰垂猿臂, 詩偏側鶴頭」 下一
句漫滅不可讀. 無作者之名, 然此必嵩谷問²⁾避世養道者, 亦題其語清而苦.

[譯文]

내가 어렸을 때에 경성 북쪽의 천마산¹⁾에 올라가 기이하고 특이
한 것을 찾았지만 남아있는 것이 없었는데, 외딴 절[蕭寺]²⁾의 벽
위에 남겨진 시를 보았다.

　　「누가 천마령이라 불렸는가
　　　하늘을 찌를 듯이 푸른빛[積翠]³⁾이 떠있네.

---

2) 내용상 間이 옳다.

하늘과 떨어진 것이 겨우 한 뼘인데
달을 걸어둔 것이 몇몇 해나 되었는가.
길이 험하여 원숭이 팔처럼 드리우고[4]
시는 치우쳐 학 머리처럼 기울이네[5]」

아래 한 구는 많이 마멸되어 읽을 수 없었다. (시를) 지은 자의
이름을 모르지만 이는 필시 깊은 산 속에서 속세를 피하여 도를 닦
는 자일 것이니, 그 시를 지은 것이 맑고 깊었다.

[註解]

1) 天磨山: 송악산 북쪽에 있는 산으로, 현재 경기도 개풍군 영
북면에 있는 산이다. 자세한 내용은 상권 21, 주해8) 참고; 본서
118쪽.

2) 蕭寺: 사찰을 일컫는 말이다. 南朝 梁 武帝가 사찰을 지은 다
음 자신의 성인 蕭를 쓰게 한 일이 전의된 것이다.

　　檀國大學校 東洋學硏究所, 2007,「蕭」,『漢韓大辭典』11, 檀國大學校出
　　　　版部, 1192쪽.

3) 積翠: 푸른색이 겹겹이 쌓여있는 것, 또는 푸른 산을 가리키
는 말이다.

　　檀國大學校 東洋學硏究所, 2007,「積」,『漢韓大辭典』10, 檀國大學校出
　　　　版部, 725쪽.

4) 垂猿臂: 猿臂는 원숭이 팔로 팔이 길어서 활을 잘 쏘는 사람
(①)이나 용맹함(②)을 비유하는 말이다. 하지만, 본문의 내용은
길이 험한 것을 뜻하므로 사전적 의미와는 거리가 있다. 아마도 이
는 杜詩의 "만 길 벼랑엔 학의 둥지가 걸려 있고[萬尋掛鶴巢] 천
길 높은 산 나뭇가지는 원숭이가 팔을 늘어뜨린 듯하네[千丈垂猿
臂]"에서 따온 듯하다(③). 따라서 험중한 산길에 칡넝쿨 따위가
길게 늘어져 있는 모양이 원숭이 팔과 같아 그렇게 표현한 것이다.

① 諸橋轍次, 1986, 「猿」, 『大漢和辭典』 7, 大修館書店, 727쪽.
② 檀國大學校 東洋學研究所, 2006, 「猿」, 『漢韓大辭典』 9, 檀國大學校
　　出版部, 256쪽.
③ 『全唐詩』 권62, 南海亂石山作.

5) 側鶴頭: 소식의 시 「宿望湖樓再和」 중에 '그대 와서 시험 삼
아 시를 읊거든, 학이 머리 기울인 모양 될 것이네[君來試吟咏 定
作鶴頭側]'를 인용하였다. 머리를 숙여 시상을 떠올리는 것을 학이
머리를 기울이는 모양에 비유한 것이다.
　　『東坡全集』 권3, 「宿望湖樓再和」.

下6.

[原文]

南州樂籍有倡, 色藝俱絶. 有一郡守忘其名, 属意甚厚. 及瓜将返轅, 忽大
醉謂傍人曰, "若我去郡數步, 輒爲他人所有." 即以蠟炬燒灼其兩頰, 無完肌.
後榮陽襲明杖莭来過, 見其妓悵怏不已, 出一幅雲藍, 手寫一絶贈之. 「百花叢
裡淡丰容, 忽被狂風減却紅, 瀕髓未能醫玉頰, 五陵公子恨無窮.」 因嘱云,
"若有使華来過, 宜出此詩示之." 妓謹依其敎, 凡見者輒加賙恤, 欲使榮陽公
聞之. 因得其利, 富倍於初.

[譯文]

남주[1]의 악적[2]에 어떤 창기가 있었는데 자색과 기예가 모두 뛰어
났다. 그 이름은 잊어버렸으나 한 군수가 있었는데 (그 창기에게) 마
음을 둠이 매우 두터웠다. 임기가 다하여[3] 장차 돌아감에 미쳐서 홀
연히 크게 취하여 옆에 있던 사람에게 일러 말하기를, "만약 내가 군
을 떠나 몇 걸음만 가면 바로 다른 사람의 소유가 될 것이다."라고
하고는 곧 밀랍(으로 만든) 촛불로 (그녀의) 두 뺨을 지져 성한 살

이 없었다. 후에 영양 습명[4]이 사명을 받고[杖節] (이곳을) 지나다
가[5] 그 기녀를 보고 슬퍼하고 원망하기를 그치지 않다가, 운람[6] 한
폭을 내어 손수 (시) 한 구절을 써서 주었으니 다음과 같았다.

「여러 꽃떨기 속에 맑고 어여쁜 얼굴,
갑자기 광풍을 만나 붉은빛을 덜었도다,
달수[7]로도 옥 같은 뺨을 고치지 못하니,
오릉공자[8]의 한이 끝이 없네.」[9]

그리고는 당부하여 이르기를, "만일 사신이 지나가거든 반드시
이 시를 내보이거라."라고 하였다. 기녀가 삼가 그 가르침을 따랐더
니, 보는 이는 모두 번번이 도와주기를 더하였고, 영양공으로 하여
금 그것을 알게 하였다. 이로 인해 (그 기녀는) 이익을 얻어 처음보
다 갑절이나 재물이 넉넉해졌다.

[註解]
1) 南州: 『高麗史』와 『高麗史節要』에 '견훤이 남주를 근거지로
반란하였다'거나 '前王이 남주에서 요양한다.'는 용례가 있음을 볼
때, 남쪽 고을을 뜻한다. 유사한 용례는 상권 7, 주해11) 참고; 본
서 45쪽.
『高麗史』 권1, 世家1 太祖.
『高麗史節要』 권14, 神宗 원년 6월.
2) 樂籍: 관기의 名簿 또는 樂戶나 관기를 가리킨다(①). 고려
시대에는 妓女를 주로 倡妓라 하였으며, 이들은 관청에 속한 官妓
와 개인 소유의 私妓로 대별된다. 官妓는 본문의 언급처럼 樂籍에
기재되어 관리되었다(②).
① 諸橋轍次, 1986, 「樂」, 『大漢和辭典』 6, 大修館書店, 513쪽.

② 김창현, 2007, 「고려 기녀의 지위와 삶」, 『고려의 여성과 문화』, 신
서원.

3) 瓜: 瓜時의 약칭으로, 관리의 임기가 끝난 때를 가리킨다. 이
는 齊 양공이 연칭과 관지보를 규구로 보내면서 "齊候使連稱管至父
戌葵丘 瓜時而往 曰及瓜而代"라고 하여 瓜가 익을 때에 보내고, 그
다음해 瓜가 익을 때에 교대시키겠다고 한 고사에서 유래한다. 한
편, 고려시대 수령의 임기는 3년이었다.

『左傳』 莊公 8년.
檀國大學校 東洋學硏究所, 2006, 「瓜」, 『漢韓大辭典』 9, 檀國大學校出版
部, 672쪽.
朴龍雲, 1995, 「高麗時代 官員의 陞黜과 考課」, 『歷史學報』 145 ; 1997,
『高麗時代 官階·官職 硏究』, 고려대학교출판부, 125~132쪽.

4) 榮陽襄明: 鄭襄明(?~1151)을 말한다. 榮陽은 중국 정씨의
貫鄕으로 여기서는 정습명의 성인 鄭을 나타내기 위해 빌려 쓴 표
현으로 생각된다. 이에 대해서는 상권 1, 주해6) 참고; 본서 12쪽.
정습명의 본관은 迎日. 鄕貢을 거쳐 급제하고 內侍가 된 이후 인종
때에 여러 번 벼슬이 올라 禮部侍郎이 되었다. 오랫동안 간관직에
있으면서 바른말로 간언하니, 인종이 그를 아껴 승선으로 발탁하여
동궁의 스승으로 삼았으며, 죽을 때 의종을 잘 보위하라는 유언을
남기기도 하였다. 이후 선왕의 유지를 받들어 의종의 잘못을 간하다
가 미움을 샀고, 또 김존중, 정함의 무리로부터 비방을 받았다. 당시
에 그가 병이 들자 김존중으로 대신하게 하자 왕의 의도를 짐작하고
자살하였다.

『高麗史』 권17, 世家17 毅宗 5년 3월.
『高麗史』 권74, 志28 選擧2 科目2 國子監試 毅宗 3년 5월.
『高麗史』 권98, 列傳11 鄭襄明.

5) 杖䇿來過: 정습명이 사명을 받고 본문에서 말하는 南州를 지
나간 일이 있음을 뜻한다. 정습명의 外官 경험은 확인되지 않는데,

內侍로서 洪州(지금의 충청남도 홍성군) 지역에 파견되어 굴착공사를 주관한 일이 있다. 이 때 거쳐 간 고을이 南州로 생각된다. 더 이상 구체적인 내용은 알 수 없다.

『高麗史』권16, 世家16 仁宗 12년 7월.

6) 雲藍: 雲藍紙의 약칭으로, 宋代 문신 蘇易簡의 『文房四譜』에 의하면 "唐段成式在九江 出意造紙 名雲藍紙 以贈溫飛卿"이라 하여, 唐의 段成式이 九江에 있을 때 만든 종이를 말한다.

『文房四譜』.

檀國大學校 東洋學研究所, 2008, 「雲」, 『漢韓大辭典』14, 檀國大學校出版部, 1155쪽.

7) 獺髓: 수달의 골수로, 흉터를 없애는 약재로 쓰인다고 한다.

檀國大學校 東洋學研究所, 2006, 「獺」, 『漢韓大辭典』9, 檀國大學校出版部, 299쪽.

8) 五陵公子: 五陵은 중국의 西安 부근에 위치한 漢의 高帝 이하 五帝의 능묘인 長陵, 安陵, 陽陵, 茂陵, 平陵을 말한다. 이 오릉이 모두 서안에 있었고 또 이 근방에는 부귀한 사람들이 살았었기 때문에 부귀한 공자를 이르러 오릉공자라 하였다.

檀國大學校 東洋學研究所, 1991, 「五」, 『漢韓大辭典』1, 檀國大學校出版部, 679쪽.

9) 百花叢裡淡丰容 … 五陵公子恨無窮: 같은 내용의 시가 『東文選』과 『櫟翁稗說』에도 남아 있다.

『櫟翁稗說』後集2.

『東文選』권19, 七言絶句 「贈妓」.

下7.

[原文]

黃公純益有奇才. 少遊大學讀書, 患口焦, 從人求建茶, 以啓事謝之云, 「孟

諫議之寄盧仝, 習習淸風生兩腋, 王相國之贈平甫, 團團碧月墮九天.」 又和人
鶴詩,「踏破逕苔松脚健, 舞翻庭月雪衣涼.」 其俊逸如是, 士林皆敬畏之. 常
謁樞府金存中, 適有獻松芝者, 相國請賦之, 立書云,「昨夜食指動, 今朝異味
嘗, 元非培塿質, 尙有茯苓香.」 嗜酒少檢束, 低佪薄宦久不得遷轉. 忽一夕天
寒痛飮, 憑机而睡. 其鄰人夢見先生張素盖, 將返白頭山舊居, 及曉訪之, 已
寂矣. 世號白頭精.

[譯文]

황순익¹⁾은 뛰어난 재주가 있었다. 어려서부터 태학²⁾에 들어가 독
서하였는데, 입이 마르는 병을 앓아서 남에게 건차³⁾를 구하고 계문
으로 사례하였다.

> 「맹간의⁴⁾가 노동⁵⁾에게 보내니
> 시원하고 맑은 바람이 두 겨드랑이에서 일고⁶⁾
> 왕상국⁷⁾이 평보⁸⁾에게 보내니
> 둥글고 푸른 달이 하늘 위에서 떨어진 듯하네.⁹⁾」

또한 어떤 사람의 학을 두고 지은 시에 화답하였다.

> 「이끼 낀 길을 쏘다니니 소나무 같이 다리가 튼튼하고
> 뜰에 비치는 달빛에 춤추니 눈 같은 흰 옷이 서늘하다.」

그 뛰어난 재주가 이와 같으니 선비들이 모두 경외하였다. 일찍이
추부 김존중¹⁰⁾을 뵈었을 때에 마침 송이를 바치는 사람이 있어서
상국이 글을 지어주기를 청하니 바로 썼다.

> 「어제 밤에 식지가 움직이더니¹¹⁾
> 오늘 아침에 기이한 맛을 보네
> 원래 작은 언덕에서 나는 성질은 아니지만

　　오히려 복령의 향기를 지녔네.」

　　술을 좋아하고 구속함이 적어서 낮은 벼슬을 돌며 오래도록 승
진을 못하였다. 문득 어느 날 저녁에 날씨가 찬데 술을 많이 마시
고 책상에 기대어 졸았다. 그 이웃사람이 꿈에서 선생이 하얀 일
산을 펴고 백두산 옛집으로 돌아가려는 것을 보았는데, 새벽에 찾
아가니 이미 죽어 있었으므로 세상에서 백두정(白頭精)이라고 부
른다.

　　[註解]
　1) 黃公純益: 순익이 이름인지 확실치 않으나 각종 문헌에서 황순
익으로 찾아지는 인물은 없다. 아마도 본문에 나와 있듯이 낮은 관직
에 머물러 있었기 때문에 관련 기록이 거의 남아 있지 않은 것으로
생각된다. 후술하겠지만 김존중은 1151년(의종 5) 이후 추부에 있는
것이 확인되고 1156년에 사망하였으므로 위의 일화는 대략 1151년
부터 1156년 즈음이며 황순익은 인종·의종대의 인물로 추정된다.
　2) 大學: 고려시대의 가장 대표적인 교육기관인 國子監의 學部
가운데 하나인 太學을 말한다. 국자감 내에는 京師6學이라고 하여
國子學·太學·四門學 등의 儒學部와 書學·算學·律學 등의 기술학
부가 있었다. 그 중 태학은 인종대에 상정된 學式에 의하면 文·武
官 5品 이상의 子·孫과 正·從3品의 曾孫 및 勳官 3品 이상 有封
者의 子가 입학할 수 있었다. 주로 경학에 뛰어나고 언행이 독실하
여 사범이 될 만한 인물을 博士·助敎로 삼아 각종 경서를 가르치도
록 하였다고 전한다.
　　　『高麗史』권74, 志28 選擧2 學校.
　　　閔丙河, 1957,「高麗時代의 敎育制度－特히 國子監을 中心으로－」,『歷
　　　　史敎育』2.

申千湜, 1983, 「高麗前期 學制 成立과 儒學理念」, 『高麗敎育制度史硏究』, 螢雪出版社.

朴贊洙, 1991, 「高麗學式에 대한 再檢討 - 儒學部를 中心으로 - 」, 『國史 館論叢』21 ; 2001, 『高麗時代敎育制度史硏究』, 景仁文化社.

3) 建茶: 중국 福建省 建州에서 생산된 차이다. 복건지역은 자연 지리적으로 기후가 온화하고 강수량이 넉넉하여 차의 재배에 적합한 곳이다. 그리고 사회 경제적으로는 경지부족에 따른 농업경제 발전의 한계로 인해 수공업과 상업이 발달하였고 불교가 융성하여 승려들의 활동이 많았으며 송대 대표적인 무역항인 泉州가 가까워져 차의 수요가 높은 편이었다. 이로 인해 차에 대한 관심과 선호도가 높고 재배와 제조 기술을 발전시켜 품질이 우수한 차를 많이 생산해 '天下第一'이라는 명성을 얻었으며 가장 넓은 판매망을 확보하게 되었다.

徐銀美, 2003, 「宋代 福建地域 茶 生産의 特徵과 地域文化」, 『中國史硏究』24.

4) 孟諫議: 唐의 孟簡(?~823)을 말하며 諫議는 당시 맡고 있었던 관직이다. 맹간은 자가 幾道이고 平昌 사람으로 성품이 의로웠으며 재주가 뛰어나고 시를 잘 지어 명성이 있었다고 전한다. 과거에 급제하고 여러 번 승진하여 809년에 諫議大夫에 임명되었다.

『舊唐書』 권163, 列傳113 孟簡.

『新唐書』 권160, 列傳85 孟簡.

5) 盧仝: 795~835. 唐의 유명한 시인으로 盧同이라고도 쓰며, 호가 玉川子이고 河南 東都 - 洛陽 - 사람이다. 그는 일찍이 관직에 뜻이 없어 少室山에 은거하였고 시를 잘 지었는데 당대의 문장가인 韓愈도 그의 시에 매료되었다고 전한다. 주요 작품으로 『玉川子詩集』 1권이 남아 있다.

『新唐書』 권176, 列傳101 盧仝.

6) 習習淸風生兩腋: 盧仝이 지은 「走筆謝孟諫議寄新茶」(七碗

茶歌)의 내용 중에서 '七碗喫不得 惟覺兩腋習習輕風生'을 인용한
것이다. 노동은 차를 좋아하여 많은 茶詩를 남겼는데, 그의 작품 가
운데 특히 위의 시는 후대의 차인과 시인들에 의해 가장 많이 즐겨
읊어졌다고 전한다.

　　『全唐詩』권588, 盧仝詩集「走筆謝孟諫議寄新茶」.

　7) 王相國: 宋의 王安石(1021~1086)을 말한다. 왕안석은 자
가 介甫이고 호는 半山으로 撫州 臨川 사람이다. 1042년에 과거에
합격하였고 중앙과 지방의 여러 관직을 역임하였다. 1069년에 神宗
(1067~1085)의 신임을 얻어 參知政事에 임명되고 新法을 추진하
였으나 반발에 부딪혀 1076년에 관직에서 물러나 은거하였다. 그는
유명한 시인이자 문장가로 많은 작품을 남겨 唐宋 8大家 중의 하나
로 손꼽힌다.

　　『宋史』권327, 列傳86 王安石.

　8) 平甫: 왕안석의 동생인 王安國(1028~1074)을 말하며 平甫
는 그의 字이다. 어려서부터 학문에 뛰어났고 문장으로 유명했다고
전한다. 1068년에 41세로 과거에 급제하여 관직에 올랐으나 형인
왕안석이 재상에서 물러나자 모함을 받아 관직을 잃고 귀향하게 되
었다.

　　『宋史』권327, 列傳86 王安國.

　9) 團團碧月墮九天: 王安石이 지은「寄茶與平甫」의 내용 중에
서 '碧月團團墮九天'을 인용한 것이다.

　　『王文公文集』권59,「寄茶與平甫」.

　10) 樞府金存中: 김존중이 樞府－樞密院－의 관직에 임명된 시
기가 언제인지는 정확하지 않다.『高麗史』金存中傳을 보면 鄭襲明
이 사망한 1151년(의종 5) 이후에 刑部郎中·起居注·寶文閣同提學
에서 右承宣으로 임명되었다. 또한『高麗史』選擧志를 보면 1154
년에 이미 左承宣의 관직을 맡은 것으로 확인되고 있다. 金存中에

대한 자세한 내용은 중권 3, 주해13) 참고; 본서 159쪽.

　　『高麗史』 권123, 列傳36 嬖幸1 金存中.

　　『高麗史』 권73, 志27 選擧1 科目1 毅宗 8년 4월.

　11) 食指動: 무엇이 먹고 싶을 때마다 집게손가락이 저절로 움직인다는 뜻이다. 춘추시대에 鄭靈公은 楚人이 진상한 큰 자라를 죽을 끓여서 신하들에게 나누어 주려고 하였는데, 마침 公子인 子宋이 子家와 함께 배알하기 위해서 궁궐로 들어오다가 자송의 둘째손가락이 저절로 움직였다. 이를 보고 두 사람이 웃으니 영공은 까닭을 물었고 자가가 사실대로 답했다. 영공은 大夫들에게 요리를 대접하면서도 자송에게는 먹으라고 하지 않았고, 자송은 화가 나서 손가락을 솥에 넣어 맛을 보고 나와 버렸다. 이에 영공은 자송을 죽이려 하였으나 오히려 자송이 자가와 함께 영공을 죽인 일이 전한다.

　　『春秋左氏傳』宣公 4년.

下8.

[原文]

　西河耆之倦遊, 僑泊星山郡, 郡倅飽聞其名, 送一妓薦枕, 及晚逃歸. 耆之悵然作詩曰, 「登樓未作吹簫伴, 奔月空爲竊藥3)仙, 不怕長官嚴號令, 謾眞行客惡因緣.」 其用事甚精, 此古人孖謂蹙金結繡而無痕迹.

[譯文]

　서하 기지[1]가 유람에 싫증이 나서 잠시 성산군[2]에 머무르게 되었는데,[3] 고을 수령이 그 이름을 익히 듣고 한 기녀를 보내어 잠자리를 모시게[薦枕] 하였으나 해가 지자 달아나 버렸다. 기지는 섭

---

3) 조종업본에는 글씨가 잘 보이지 않는다. 국도본에 藥으로 되어 있어 이에 따른다.

섭하여 시를 지어 말하였으니, 「누각에 올라서는 퉁소를 부는 짝[4]
이 되어주지 못했고, 달로 달아나 헛되이 약을 훔친 신선이 되었
네.[5] 장관의 엄한 호령은 두려워하지 않고, 나그네와의 궂은 인연을
탓하며 성내네.」라고 하였다.[6] 그 고사를 사용한 것이 매우 정교하
니 이것이 옛 사람이 이른 바 금실로 수를 놓았으나 (그런) 흔적이
없다[7]는 것이다.

[註解]

1) 西河耆之: 林椿을 말한다. 그에 대해서는 상권 21, 주해6)
참고: 본서 117쪽.

2) 星山郡: 지금의 경상북도 성주군 일대이다. 본래 신라의 本彼
縣으로 신라 경덕왕때 星山郡이 되었고 뒤에 碧珍郡이라 하였다.
고려 태조가 京山府라 하였으며, 조선 태종 때에 御胎를 府의 祖谷
山에 묻었다고 하여 승격시켜 星州牧이 되었다. 林椿이 활동하던
시기에는 京山府가 읍호인데, 여기서는 신라 경덕왕 때 지명인 星山
郡을 사용하고 있다.

『高麗史』 권57, 志11 地理2 京山府.
『新增東國輿地勝覽』 권28, 慶尙道 星州牧.
朴宗基, 2008, 「『高麗史』 地理志 譯註(8)−京山府 安東府 編−」, 『韓國
　　　　學論叢』 30, 526∼527쪽.

3) 僑泊星山郡: 『西河集』과 『新增東國輿地勝覽』에 본문과 유
사한 시구가 있는데, 『西河集』에는 詩題가 「戱密州倅」이며 細註에
서 '勝覽載星州恐誤'라고 하여 당시 임춘이 머문 곳은 星山郡이 아
니라 密州인 것으로 되어 있다. 『東文選』에도 마찬가지로 密州에서
있었던 일로 적혀 있으나, 『新增東國輿地勝覽』 慶尙道 星州牧 樓
亭에 관련기록이 있으므로 성산군일 가능성도 배제할 수 없다. 密州
는 지금의 경상남도 밀양시이다.

『西河集』 권2, 古律詩「戲密州倅」.
『東文選』 권13, 七言律詩「戲贈密州倅」.
『新增東國輿地勝覽』 권28, 慶尙道 星州牧 樓亭 靑雲樓.

　4) 吹簫伴: 춘추시대에 蕭史는 퉁소를 잘 불어서 퉁소로 白鶴·孔雀이 우는 소리도 냈다고 한다. 이런 그에게 秦 穆公의 딸 弄玉이 시집을 왔는데, 농옥에게 소사가 퉁소를 가르쳐주자 후에 농옥이 鳳凰을 불러 부부가 봉황을 타고 하늘로 올라갔다고 한다. 여기서는 기녀가 농옥처럼 좋은 짝이 되지 못한 것을 비유하여 표현하였다.

　　　『古今事文類聚』 前集 권34, 蕭史吹笙.

　5) 奔月空爲竊藥仙: 중국 전설상에 나오는 활의 명수 羿의 아내 姮娥가 남편인 羿가 西王母로부터 얻어 온 불사약을 몰래 훔쳐서 먹고 신선이 되어 하늘로 달아났다는 고사를 말한다. 여기서는 기생이 달아난 것을 항아의 고사에 빗대어 표현한 것이다.

　　　『文獻通考』 권280.

　6) 登樓未作吹簫伴 … 謾嗔行客惡因緣: 동일한 詩가 『西河集』과 『東文選』 및 『新增東國輿地勝覽』에 전하는데, 본문의 내용보다 자세하며 일부 다른 글자도 있다[紅粧待曉帖金鈿 爲被催呼上綺筵 不怕長官嚴號令 謾嗔行客惡因緣 乘樓未作吹簫伴 奔月還爲竊藥仙 寄語靑雲賢學士 仁心不用示蒲鞭].

　　　『西河集』 권2, 古律詩「戲密州倅」.
　　　『東文選』 권13, 七言律詩「戲贈密州倅」.
　　　『新增東國輿地勝覽』 권28, 慶尙道 星州牧 樓亭 靑雲樓.

　7) 蹙金結繡而無痕迹: 蹙金은 자수방법의 하나로 금실로 수를 놓아 그 무늬가 오그라든 것이다. 금실로 수를 놓았는데, 그 흔적이 없다는 것은 天衣無縫과 통한다. 天衣無縫은 천사의 옷은 꿰맨 흔적이 없다는 말로, 일부러 꾸민 데 없이 자연스럽고 아름다우면서 완전함을 이른다. 여기서는 林椿의 詩에서 故事의 사용이 자연스러워 조금도 흠이 없다는 것을 은유적으로 비유한 것이다.

民衆書林編輯局, 2004, 『漢韓大字典』, 民衆書林, 507·2010쪽.

下9.

[原文]

白雲子神駿掛冠神虎, 歸隐公州山莊, 郡守遣其子受業有年. 應擧京師, 以一絶送之,「信陵公子統精兵, 遠赴邯鄲立大名, 天下英雄皆法從, 可憐揮涕老侯嬴.」

[譯文]

백운자 신준[1]이 신호문에 관을 걸고[掛冠][2] 공주 산장으로 돌아가 은거하였는데 군수가 그의 아들을 보내어 수업을 받은 지 몇 년이 되었다. (군수의 아들이) 개경에 과거보러 갈 때에 시 한 구절을 지어 전송하였다.

「신릉공자[3]가 훈련된 병사를 통솔하고
　멀리 한단[4]으로 가 큰 이름을 세우려 하네
　천하의 영웅들은 모두 (신릉군을) 따르는데
　가련하구나, 눈물을 흘리는 늙은 후영(侯嬴)[5]이여.」

[註解]

1) 白雲子神駿: 생몰년 미상. 성명은 알 수 없고, 백운자는 신준의 법명이다. 『역옹패설』과 『고려사』에 의하면, 무신정변 때에 화를 피해 불교에 귀의한 인물의 대표적인 사례로 기록되어 있다.
　　『櫟翁稗說』前集1.
　　『高麗史』권110, 列傳23 李齊賢.
2) 掛冠神虎: 관직을 사양하거나 버린다는 뜻이다. 掛冠은 漢代

에 逢萌의 아들 宇가 王莽에게 간언을 하다 죽임을 당하자 봉맹은 의관을 벗어 洛陽城門에 걸어두고는 가솔을 이끌고 요동으로 떠나 버렸다는 고사에서 나온 말이다(①). 南朝의 梁 때에 陶弘景 역시 뜻을 이루지 못하게 되자 朝服을 벗어 神武門에 걸어두고 떠났다 (②). 본문의 '관을 신호(문)에 걸다'라는 말은 이 두 고사가 복합적으로 인용된 표현이다. 한편 신무문을 신호(문)으로 판각한 것은 고려 제2대 왕인 혜종의 휘가 武이기 때문에 피휘한 것이다.

　①『後漢紀』光武帝紀5.
　　『後漢書』권83, 逸民列傳73 逢萌.
　②『南史』권76, 列傳66 隱逸下 陶弘景.

　3) 信陵公子: 魏公子 信陵君(?~B.C. 243)을 말한다. 신릉군은 戰國時代 魏 安釐王의 異母弟로, 이름은 無忌이다. 재주가 있는 문사들을 예로 대우하였기 때문에 食客이 3천명에 달했다고 한다. 信陵君과 관련하여 하권 1, 주해3) 참고: 본서 276쪽 및 하권 9, 주해5) 참고: 본서 310쪽.

　　『史記』권77, 列傳17 魏公子.

　4) 邯鄲: 지금의 중국 河北省 邯鄲市. 戰國時代 趙의 수도였다.
　　戴均良 외 주편, 2005,『中國古今地名大辭典』中, 上海辭書出版社, 1405쪽.

　5) 侯嬴: ?~B.C. 257. 戰國時代 魏의 隱士로 信陵君과의 일화가 전한다. 신릉군은 당시 大梁 ― 지금의 중국 河南省 開封市 ― 지역 夷門의 監者였던 侯嬴이 현명하다는 것을 알고 자신의 수레 왼쪽 좌석을 비워두고 직접 그를 맞이하여 데려왔다고 한다. 魏 安釐王 20년 (B.C. 257)에 秦이 趙의 수도인 邯鄲을 포위하자 趙가 魏에 도움을 청한 일이 있었는데, 신릉군은 趙를 도우려 하였으나 위왕이 이를 허락하지 않았다. 이에 신릉군은 후영의 계책을 채택하여 합법적으로 군사를 움직여 趙를 구했다. 이 때 후영은 늙었기 때문에 종군하지 못함을 한스러워하며 스스로 목을 매었다. 본문의 詩는 신준 자신이

재주는 뛰어나지만 출세하지 못한 것을 후영에 처지에 빗대어 표현한 것으로 즉, 후영이 비상한 계책을 내놓았으나 종군하지 못했던 것과 신준이 文才는 있으나 과거를 보러 가지 못하는 것을 비유한 것이다.

『史記』 권77, 列傳17 魏公子.

下10.

[原文]

僕先祖世以文章相繼, 紅紙相傳 今已八葉矣. 僕以不才, 偶居多士之先, 而長子裎第四人, 次讓第三, 次楯第二. 雖嶄然露頭角, 科級巍, 而未有能卓然處狀頭, 得與父同科者. 高陽月師作詩賀曰.「三子聯珠繼父風, 四枝仙桂一家中, 連年雖占黃金牓, 尙避龍頭讓老翁.」

[譯文]

우리 선조가 대대로 문장으로써 서로 계승하여 홍지[1]를 전한 지 지금 이미 8대나 되었다. 내가 재주는 없으나 우연히도 많은 선비의 앞에 있었고,[2] 장자 이정은 4등으로, 다음 아들 이양은 3등으로, 그 다음 아들인 이온은 2등으로 급제하였다.[3] (아들들은) 비록 높이 두각을 나타내고 등수도 높았지만, 탁월하게 장원[狀頭]을 차지하지는 못하고 아비와 같은 과를 얻었다.[4] 고양월사[5]가 시를 지어 축하하였다.

> 「세 아들이 꿴 구슬[聯珠][6]처럼 아버지의 기풍을 이으니
> 네 가지의 선계[7]가 한 집안에 있네.
> 비록 해마다 황금방[8]을 차지하였으나
> 오히려 장원[龍頭][9]을 피하여 노옹에게 사양하였네.」

[註解]

1) 紅紙: 科擧及第者에게 주는 증서인 紅牌를 말한다. 붉은 바탕의 종이에 급제자의 성명과 응시자격, 급제 등급, 科試의 施行·放榜 年月 등이 기재되었다. 紅牌의 사용과 관련하여 『高麗史』의 최초 기록은 숙종대에 나타난다. 홍패를 사급하는 제도는 광종대 과거제의 도입 이후 중국 문물의 수용에 가장 적극적이었던 성종대로 추정되며, 숙종 연간에 널리 시행 되었다. 홍패는 국왕이 직접 수여하거나 특정장소에서 賜給하는 경우를 제외하고는 使令이 급제자의 집으로 가서 직접 사급하였다.

　　朴龍雲, 1990, 「高麗時代의 紅牌에 관한 一考察」, 『高麗時代 蔭敍制와 科擧制연구』, 一志社.

2) 偶居多士之先: 李仁老 - 초명 李得玉 - 가 장원 급제한 시기는 1180년(명종 10) 6월이다. 당시 지공거는 門下平章事 閔令謨이고 동지공거는 國子祭酒 尹宗諴이다.

　　『高麗史』 권20, 世家20 明宗 10년 6월 丁亥.
　　『高麗史』 권73, 志27 選擧1 科目1.
　　朴龍雲, 1990, 「〈資料〉: 科試 設行과 製述科 及第者」, 『高麗時代 蔭敍制와 科擧制연구』, 一志社, 392쪽.

3) 長子裎第四人 次讓第三 次樌第二: 이인로의 아들 李裎, 李讓, 李樌의 구체적인 급제 시기나 활동은 잘 나타나지 않지만, 이들 모두 희종대에 급제하였다고 보는 연구가 있다.

　　朴龍雲, 1990, 「〈資料〉: 科試 設行과 製述科 及第者」, 『高麗時代 蔭敍制와 科擧制연구』, 一志社, 408쪽.

4) 得與父同科者: 고려시대 과거급제자는 甲科·乙科·丙科·同進士로 구분되었는데, 甲科及第가 고시에서 가장 우수한 성적을 받은 사람이었고, 다음이 을과, 그 다음이 병과·동진사 순이었다. 하지만 1026년(현종 17) 이후로 갑과는 더 이상 찾아지지 않고, 을과·병과·동진사로 구분하였으며, 乙科第一人이 장원급제자가 되

었다. 고려전기에 을과는 대체로 3·4인 내지 6·7인이, 후기에 3인
이 뽑혔다. 이인로는 장원이었으니 을과 제1인으로 급제하였던 것
이고, 그의 아들들 역시 2~4등으로 급제하였으므로 모두 을과에
해당하였다. 때문에 아비인 이인로와 같은 과[同科]라는 표현을
한 것이다.

  朴龍雲, 1990,「高麗時代의 科擧 - 製述科의 運營 -」,『高麗時代 蔭敍制
      와 科擧制 研究』, 261~268쪽.

  5) 高陽月師: 고려시대 화엄종 승려인 覺訓으로, 華嚴月師라고
도 한다. 자세한 내용은 중권 15, 주해1) 참고; 본서 226쪽.

  6) 聯珠: 꿰어 놓은 구슬이라는 의미이다. 전의되어 아름다운
시문 또는 그런 시문을 짓는 것을 비유하는 말이 되었다. 여기서는
이인로의 세 아들이 꿰어있는 구슬처럼 연달아, 혹은 세 아들 모두
아름다운 시문을 지어서, 이인로처럼 급제하였다는 것을 의미하고
있다.

  諸橋轍次, 1985,「聯」,『大漢和辭典』9, 大修館書店, 220쪽.

  7) 仙桂: 과거에 급제하는 것을 비유하는 말이다. 여기서는 이인
로와 그의 세 아들이 과거에 급제한 것을 가리킨다.

  檀國大學校 東洋學研究所, 1991,「仙」,『漢韓大辭典』1, 檀國大學校出版
      部, 850·858쪽.

  8) 黃金牓: 과거의 급제자를 알리는 牓文인 黃牓을 말하는 것으
로 과거에 급제했음을 의미한다. 이에 대해서는 상권 9, 주해4) 참
고; 본서 51쪽.

  諸橋轍次, 1986,「黃」,『大漢和辭典』12, 大修館書店, 974쪽.

  9) 龍頭: 과거의 장원 급제자를 뜻한다. 이에 대해서는 중권 5,
주해17) 참고; 본서 174쪽.

下11.

[原文]

京城西十里許有安流慢波. 澄碧澈底, 遥岑遠岫相與際天, 實與蘇黃集中所說西興秀氣無異. 士子盧永綏有才調, 嘗日暮泛一葉, 泝流而行, 欲抵宿湖邊寺. 中流長嘯, 怳若有得云, 「風蕭蕭芳易水寒, 孤舟獨往.」 放聲吟諷, 恨未有續之者. 忽於蘆葦間, 烟霏掩昧中, 即應聲曰, 「靄沉沉芳楚天闊, 遊子何之.」 盧公聞之, 驚愕不自乞, 乃曰, "此間無人居, 是必仙真也." 停棹不得去. 夜將午四顧無人聲, 唯殘星缺月倒影霜濤間, 遂還. 明日都下喧傳, "有天仙降西湖." 後蹤月聞之, 乃及第柳脩寄宿於漁舟.

[譯文]

경성 서쪽 십 리 쯤에 (물이) 잔잔히 흐르고 느리게 물결치는 곳이 있다. (그곳 물이) 깨끗하고 푸르러 바다까지 보이고 먼 산봉우리들이 서로 함께 하늘에 닿아 있어서, 실로 소식과 황정견[1]의 문집 중에서 말한 서흥[2]의 빼어난 기세와 다름이 없었다. 사자[3] 노영수[4]는 글을 잘 지었는데, 일찍이 해질녘에 조각배 하나를 띄워 물을 거슬러 가다가 호숫가 절에 도달하여 유숙하고자 하였다. 중류에서 길게 휘파람 불다가 얼핏 시구를 얻을 듯하여 이르기를, 「바람은 쓸쓸하고 역수는 찬데[5] 외로운 배 홀로 가네.」라고 소리 내어 읊조렸으나 화답해 줄 이가 없음을 한탄하였다. 홀연히 갈대 사이 안개에 가려 어둑한 속에서 응답하는 소리가 있어, 「안개가 침침하고 초나라 하늘은 넓은데[6] 노니는 자 어디로 가는가.」라고 하였다. 노공이 듣고 깜짝 놀라서 스스로 진정하지 못하고 곧 말하기를, "이곳은 사람이 살지 않으니, 이는 반드시 신선[仙眞]일 것이다."라 하고 노를 멈추고 떠나지 못하였다. 밤에 자정이 되어서 사방을 둘러보아도 사람 소리는 없고 오직 지는 별과 이지러진 달이 찬 물결 사이에 거꾸로 비치고 있어 드디어 돌아왔다. 다음날 도성에 떠들썩하게 전하기를, "하늘의 신선이 서호⁷⁾에 내려왔다."라고 하였다. 뒤에 한 달이 지나서 들으니 급제한 유수⁸⁾가 고기잡이배에서 기숙(寄宿)했다고 한다.

[註解]

1) 蘇黃: 蘇는 蘇軾, 黃은 黃庭堅을 가리킨다. 소식에 대해서는 상권 10, 주해9) 참고; 본서 57쪽. 황정견에 대해서는 상권 20, 주해6) 참고; 본서 113쪽.

2) 西興: 지금의 중국 浙江省 杭州市 錢塘江 남쪽에 위치한다. 본래 이름은 固陵으로 5대 10국의 하나인 吳越 때에 서흥으로 바꾸었다. 소식의 시 중에 석양이 지는 서흥의 아름다움을 표현한 것이 있다.

　　『東坡詞』八聲甘州.

　　戴均良 외 주편, 2005, 『中國古今地名大辭典』中, 上海辭書出版社, 1078쪽.

3) 士子: 이에 대해서는 하권 3, 주해1) 참고; 본서 287쪽.

4) 盧永綏: 어떤 인물인지 자세히 알 수 없다. 다만 『東文選』에 盧永綏가 지은 投某官이라는 시가 전한다.

　　『東文選』권9, 五言律詩 「投某官」.

5) 風蕭蕭兮易水寒: 荊軻가 秦王을 죽이려고 갈 때 태자 丹이 易水 가에서 형가를 전송하였는데, 이 때 형가가 화답하며 부른 노래인 '風蕭蕭兮易水寒 壯士一去兮不復還'을 인용한 것이다.

　　『史記』권86, 列傳26 荊軻.

6) 靄沉沉兮楚天濶: 송 柳永의 시 雨霖鈴의 한 구절인 '暮靄沈沈楚天濶 多情自古傷離別'에서 인용한 것이다.

　　『樂章集』雨霖鈴.

7) 西湖: 정확히 어느 곳인지는 알 수 없으나, 본문 첫 구절에 '경성 서쪽 십 리쯤에 물이 잔잔히 흐르고 느리게 물결치는 곳'이라고 하였으므로 개경 근방이라고 생각된다. 한편 중국 浙江省 杭州

市에 西湖가 있는데, 이곳에 蘇軾이 부임하여 제방을 만들고 시를
남겼으므로 蘇軾과 관련하여 西湖를 언급했을 수도 있다.

8) 柳脩: 이 외에 기록이 없어 어떤 인물인지 자세히 알 수 없다.
다만 이 기록을 통해 유수가 과거에 급제하였다는 것이 확인된다.

下12.

[原文]

朴君公襲居貧嗜酒. 客至無以飮, 求酒於靈通寺僧, 用蟠腹山罇, 盛以泉水,
封縷甚牢固送之. 朴公初見喜曰, "此器可受二斗許. 昔陳王酒十千宴於平
樂. 杜子美亦曰, '還須相就飮一斗, 恰有三百靑銅錢.' 今吾二人不費一錢, 而
得美酒, 各飮一斗則醺適之興不減於古人." 開視之乃水也. 恨眼目不長, 落老
胡計中, 作詩寄之日, 「有客来相過, 囊中欠一錢, 分無廬岳酒, 浪得惠山泉,
似虎林中石, 如蛇壁上弦, 屠門猶大嚼, 何況對樽前.」 僧見詩, 更以美酒酬之.

[譯文]

박군 공습[1]은 가난하게 살면서도 술을 좋아하였다. 손님이 왔는
데 마실 술이 없어 영통사[2] 중에게 술을 구하였더니, 배가 산처럼
불룩한 술 단지에 샘물을 채우고 끈으로 단단히 봉하여 보냈다. 박
공이 처음에 보고 좋아하며 말하기를, "이 그릇에 두 말 정도는 채
울 수 있겠구만. 옛날 진왕[3]은 두주 십천으로 평락에서 연회를 하
였네.[4] 두자미[5] 또한 말하기를, '돌아가 마땅히 서로 한 말을 마시
세. 마침 청동전 삼백이 있으니.'라고 하였네.[6] 지금 우리 두 사람은
일전도 쓰지 않고 맛있는 술을 얻었으니, 각각 한 말씩 마신다면 곧
적당하게 취하여 흥이 옛 사람보다 덜하지는 아니할 걸세."라고 하
고는 열어보니 물이었다. (박공이) 안목이 길지 못하여 늙은이의 꾀

에 빠졌다고 한탄하고 (중에게) 시를 지어 보냈는데 다음과 같았다.

> 「지나다 들린 손님이 찾아왔으나
> 주머니에는 동 한 푼 없어
> 여악주[7]를 나누려다가
> 헛되이 혜산의 물[8]을 얻었네
> 범을 닮은 것은 숲 속의 돌이고[9]
> 뱀 같은 것은 벽에 걸린 활이었네[10]
> 푸줏간 문 앞에서도 오히려 크게 씹었으니[11]
> 하물며 술 단지를 대하고서야 어떠했으랴.」

중이 (그) 시를 보고 다시 미주로 갚았다.

[註解]

1) 朴君公襲: ?~1196. 명종 때의 인물로, 최충헌이 정변을 일으켰을 때 장군으로 길인, 유광 등과 함께 군을 이끌고 최충헌에 맞서 저항하다 패전하여 자결하였다.

『高麗史』 권129, 列傳42 崔忠獻.
『高麗史節要』 권13, 明宗 12년 4월.

2) 靈通寺: 지금의 개성특급시 용흥동 오관산에 위치한 절이다. 『高麗史』 地理志에는 臨江縣에 위치하는 것으로 기록되어 있으며 (①), 『新增東國輿地勝覽』에는 京畿 加平縣에서 30리 지점에 있는 花岳山에 위치했던 것으로 기록되어있다(②). 한편 영통사의 창건 시기에 관해서는 1027년(현종 18)으로 보는 견해가 있으며, 太祖代에 세워진 10사 중의 하나일 것으로 추정하는 견해도 있다.(③)

① 『高麗史』 권56, 地理志1 王京開城府.
② 『新增東國輿地勝覽』 권11, 京畿 加平縣 佛宇.
③ 韓基汶, 1998, 「寺院의 創建과 重創」, 『高麗寺院의 構造와 機能』, 民族社, 35·36쪽.

3) 陳王: 삼국시대 魏 曹植(192~232)을 말한다. 자는 子建이고, 曹操의 셋째아들이며, 文帝의 아우이다. 일찍이 조조의 총애를 받았으나, 그의 재주와 인품을 싫어한 문제의 시기로 인해 해마다 새 封地에 옮겨 살기를 강요당하며 불우한 나날을 보냈다. 이후 229년에 동아왕이 되었다가 다시 진왕에 봉해졌다. 그는 시문을 잘 지어 조조, 조비와 함께 三曹로 불린다. 「七步詩」를 포함하여 약 80여 수의 시가 전하며, 이외에 사부 및 산문 40여 편이 남아 있다.

張撝之 외 주편, 1999, 「曹植」, 『中國歷代人名大辭典』 下, 上海古籍出版社, 2128쪽.

4) 斗酒十千 宴於平樂: 당의 시인 李白이 지은 「將進酒」의 한 구절이다.

『李太白集』 권2, 將進酒.

5) 杜子美: 子美는 杜甫의 자이다. 두보에 대해서는 상권 20, 주해1) 참고; 본서 112쪽.

6) 還須相就飮一斗 恰有三百靑銅錢: 杜甫가 지은 「偪仄行贈畢曜」의 끝 구절이다. 본문에서 박공습은 이백과 두보의 시 한 부분씩을 들어 좋은 술을 얻은 기쁨을 표현하였다.

『全唐詩』 권217, 杜甫.

7) 廬岳酒: 廬岳은 지금의 중국 강서성 구강시 남쪽에 위치하는 廬山을 말한다. 東晉 때의 승려 혜원선사가 여산에서 염불결사를 결성하고 陶淵明에게 입사를 청하였는데, 이때 도연명이 대답하기를 "술 마시기를 허락하면 들어가겠다."라고 한 고사가 있다.

戴均良 외 주편, 2005, 『中國古今地名大辭典』 中, 上海辭書出版社, 1537~1538쪽.

8) 惠山泉: 惠山은 중국의 강소성 무석현에 있는 산이다. 혜산 밑에는 세 연못이 있는데 물이 맑고 맛이 좋아 이를 이용해 술을 많이 담그는데, 이를 惠泉酒라고 부른다.

戴均良 외 주편, 2005, 『中國古今地名大辭典』 下, 上海辭書出版社, 2848쪽.

9) 似虎林中石: 漢 李廣이 사냥 나갔다가 수풀 속의 돌이 범이

엎드린 줄 알고 쏘았더니 화살이 박히기에 가서 보니 돌이었다는 고
사이다.

『漢書』 권54, 列傳24 李廣.

10) 如蛇壁上弦: 晉(265~316)의 樂廣이 남의 집에 초대되어
술을 마시다가 술잔에 비친 그림자를 뱀으로 알고 병이 났으나, 사
실은 뱀이 아니라 벽에 걸린 활의 손잡이였다는 고사이다. 여기서
는 영통사 중에게 속아 물이 든 단지를 술 단지로 착각했음을 의미
한다.

『晉書』 권43, 列傳13 樂廣.

11) 屠門猶大嚼: 漢 桓譚의 『桓子新論』에 "사람들이 장안이 즐
겁다는 말을 들으면 문에 나가서 서쪽을 향해 웃고, 고기 맛이 좋다
고 하면 고깃집 문간을 대하여 씹는다."라는 내용으로, 여기서는 술
단지를 앞에 두고 물로써 술 단지를 대신하였으니 술이 아쉽다는 뜻
을 담고 있다.

『桓子新論』.

下13.

[原文]

學士彭祖逖有貪書之癖, 茅茨數椽風雨四至, 買桂炊玉常晏如也, 爲文章必
有根柢, 讀者至於難句. 毅王末年相國李光縉, 謙恭謹愼不及於難. 公在綸苑
作誥云, 「隘阻艱難備嘗矣, 亦曰殆犹, 溫良恭儉以得之, 終無咎也.」 明王初
宗伯韓彦國, 引新榜諸生謁恩門崔相國作詩謝之, 公和其詩引云, 「君子人君
子繼得英才, 門生下門生共陳禮謝.」 又云, 「師子窟中師子同一吼音, 桂枝林
下桂枝無二熏氣.」 其奇險如是. 晚年尤嗜內典, 與華嚴師壯觀學法界觀, 作
百韻謝之, 世號祖逖菩薩頌.

[譯文]

학사¹⁾ 팽조적²⁾은 책을 탐독하는 버릇이 있어서 모옥 몇 칸에 비바람이 사방으로 들이치고 쌀과 나무를 얻기 어렵더라도[買桂炊玉]³⁾ 항상 편안했으며, 문장을 지을 때는 반드시 근거가 있어서 읽는 사람들이 구절을 따르기 어려워하였다. 의종⁴⁾ 말년에 상국 이광진⁵⁾은 겸손하고 근신하여 환난을 당하지 않았다. 공이 윤원⁶⁾에 있을 때 (이상국에게 내리는) 고(誥)를 지어 이르기를, 「험하고 괴로운 일을 두루 겪었으니 역시 위태했다고 말할 것이나 온량공검(溫良恭儉)⁷⁾함으로써 얻었으니 마침내 허물이 없었도다.」라고 하였다. 명종⁸⁾ 초년에 종백⁹⁾ 한언국¹⁰⁾이 새로 급제한 여러 문생을 이끌고 은문¹¹⁾ 최상국¹²⁾을 뵙고는 시를 지어 사례했는데 공이 그 시에 화답하여 이르기를, 「군자 아래 군자이니 이어서 영재를 얻고, 문생 아래 문생이니 함께 사례를 올리네.」라고 했다. 또 이르기를, 「사자굴 속의 사자이니 울부짖는 소리가 같고, 계수나무 숲 아래 계수나무이니 두 가지 향기가 다르지 않네.」¹³⁾라고 했으니 그 기이함이 이와 같았다. 만년에는 불경을 더욱 좋아해 화엄승 장관¹⁴⁾에게 법계관¹⁵⁾을 배우고 백운시를 지어 사례하니 (이것을) 세상에서는 조적의 보살송(菩薩頌)이라고 불렀다.

[註解]

1) 學士: 고려시대에 학사직이 두어진 관사는 한림원과 보문각 등이다. 그런데, 彭祖逖은 한림원과 보문각에 재직했던 구체적인 官歷이 확인되지 않는다. 하지만 이하 14·15번 주해에서 김황원과 인빈을 學士라고 했으며, 그들이 한림원에 있었던 사실이 확인되므로 『破閑集』에서 學士로 칭해진 인물은 실제로 文翰職에 임명되었을 가능성이 높다. 그렇다면, 彭祖逖은 어느 시기인가 한림원이나 보문

각에 재직한 것으로 볼 수도 있다. 한편, 한림원에 대해서는 상권 6,
주해2) 참고; 본서 39쪽.

2) 彭祖逖: 생몰년 미상. 기록이 미비하여 자세한 사항을 알기
어렵다. 1172년(명종 2) 7월에 한언국이 右諫議大夫로서 同知貢擧
가 되어 知貢擧 同知樞密院事 金闡과 함께 張聞慶 등 29인을 선발
한 기록이 있다. 이듬해에 한언국이 사망하였으므로 명종 초년에 한
언국이 주관한 과거에서 팽조적이 급제했다면 분명히 그 29인 중에
포함되었을 것이다. 또한 『三國遺事』를 보면 팽조적이 金 世宗 大
定(1161~1189) 연간에 漢南管記로 있으면서 普耀禪師가 海龍王
寺를 개창한 것과 관련하여 지은 시와 발문이 전한다(①). 대개 급
제자들이 初職으로 지방의 司祿, 書記, 判官, 縣尉, 鎭副將 등을 맡
는 것이 하나의 관례처럼 되어 있었기 때문에(②), 팽조적은 1172
년에 급제한 이후 1189년 사이의 어느 시기엔가 초직으로 書記인
漢南管記를 맡은 것으로 보인다.

　① 『三國遺事』 권3, 塔像4 前後所將舍利.
　② 朴龍雲, 1990, 「高麗時代의 科擧 – 製述科의 運營」, 『高麗時代 蔭敍
　　　制와 科擧制研究』, 一志社, 280쪽.

3) 買桂炊玉: 생활이 어렵고 고생스러움을 나타내는 말이다. 戰
國時代 蘇秦이 초에서 타관살이를 하면서 "밥은 옥보다 귀하고 땔
나무는 계수나무보다 귀하다"라고 말한 것에서 비롯되었다.

　　『戰國策』 楚策.

4) 毅王 : 고려 제18대 왕인 毅宗(1127~1173)으로 재위기간은
24년(1146~1170)이다. 이에 대해서는 상권 4, 주해7) 참고; 본서
29쪽.

5) 李光縉: ?~1178. 본관은 慶源으로 초명은 元休이고 시호는
貞懿이다. 蔭補로 良醞丞이 되었고 工部郎中, 試兵部尙書, 叅知政
事, 中書侍郎平章事 등을 역임하였다. 그는 성품이 온순하고 근신하

여 武臣亂으로 많은 문신들이 주살되었을 때에도 목숨을 보존할 수 있었다고 한다.

『高麗史』 권18, 世家18 毅宗 11월.

『高麗史』 권19, 世家19 毅宗 23년 12월 壬午.

『高麗史』 권95, 列傳8 李子淵 附光縉.

6) 綸苑: 綸은 벼리를 뜻하는 글자로서 전하여 天子의 말이라는 의미로도 사용된다. 이는 천자의 말이 처음에는 실과 같이 가늘지만 한번 내려지면 벼리처럼 굵어진다는 의미에서 비롯되었다. 따라서 綸苑은 임금의 명령을 짓는 곳으로 誥院의 이칭이라고 생각된다. 고려에는 詞命의 制撰을 직접 담당한 관원을 知制誥라고 하였는데, 그들이 업무를 보는 관서가 바로 고원이었다. 고원에 대해서는 중권 3, 주해12) 참고; 본서 159쪽.

諸橋轍次, 1985, 「綸」, 『大漢和辭典』 8, 大修館書店, 1105쪽.

7) 溫良恭儉: 원만한 인격자의 덕성을 가리키는 말. 溫은 매우 어질고[和厚], 良은 고상하고 순수함이며[易直], 恭은 마음속의 공경심이 밖으로 나타나서 정중한 것이고[莊敬], 儉은 마음에 절제가 있어 방종하지 않은 덕[節制]을 가리키는 것이다. 子貢이 孔子의 인격과 행동을 평할 때 쓴 말인 '溫良恭儉讓'에서 비롯되었다.

『論語集註』 學而.

8) 明王: 고려 제19대 왕인 明宗(1131~1202)으로 재위기간은 28년(1170~1197)이다. 이에 대해서는 상권 8, 주해5) 참고; 본서 48쪽.

9) 宗伯: 과거를 주관하는 知貢擧를 의미한다. 이에 대해서는 상권 15, 주해2) 참고; 본서 76쪽.

10) 韓彦國: 「崔惟淸墓誌銘」에는 韓楹으로도 기록되었다. 1172년(명종 2)에 右諫議大夫로 同知貢擧를 지냈다. 이에 대해서는 상

권 15, 주해14) 참고; 본서 79쪽.

　　『高麗墓誌銘集成』,「崔惟淸墓誌銘」.

　11) 恩門: 고려시대에는 과거급제자들이 자신의 고시관인 知貢
擧·同知貢擧를 座主 또는 恩門이라고 불렀을 뿐만 아니라 그 門生
과 더불어 父子처럼 지내면서 서로 당기고 밀어주었다.

　　『高麗史』 권74, 志28 選擧2 科目2 試官 忠肅王 2년.
　　『高麗史』 권110, 列傳23 李齊賢.
　　朴龍雲, 1990,「高麗時代의 蔭叙制와 科擧制에 대한 比較 檢討」,『高麗
　　　　時代 蔭敍制와 科擧制硏究』, 一志社, 650쪽.

　12) 崔相國: 崔惟淸을 말한다. 이에 대해서는 상권 15, 주해15)
참고; 본서 80쪽. 한편 1144년(인종 22) 5월에 최유청은 禮部侍郎
左諫議大夫로 同知貢擧가 되어 知貢擧 韓惟忠과 함께 과거를 주관
하였는데, 당시 한언국을 비롯하여 金敦中, 閔光文, 崔孝溫 등 26인
을 선발하였다.

　　『高麗墓誌銘集成』,「崔惟淸墓誌銘」.
　　『高麗史』 권73, 志27 選擧1 科目1 凡選場 仁宗 22년 5월.

　13) 師子窟中 … 無二熏氣: 바로 앞에 나온 '군자 아래 군자이
니 이어서 영재를 얻고'에 대한 대구로 뛰어난 사람에게서 뛰어난
사람이 나온다는 의미이다.

　14) 壯觀: 생몰년 미상. 화엄종 승려로 추정된다.『破閑集』 외의
문헌에서는 거의 찾아지지 않고 있으므로 어떠한 인물인지 자세히
알 수 없다.

　15) 法界觀: 불교에서 의식의 대상인 모든 사물을 法界라고 하
며, 그 구조를 논하는 것을 法界觀이라고 한다.

　　諸橋轍次, 1985,「法」,『大漢和辭典』6, 大修館書店, 1045쪽.

下14.

[原文]

學士金黃元拜大諫, 屢陳藥石, 未得回天之力. 出守星山, 路出分行驛, 適會天院李載. 自南國還朝, 邂逅於是驛, 以詩贈之.「分行樓上豈無詩, 留與皇華寄所思, 蘆葦蕭蕭秋水國, 江山杳杳夕陽時, 古人不見今空嘆, 徃事難追只自悲, 誰信長沙左遷客, 職卑年老鬂毛衰.」 縉紳皆属和幾一百首, 目之曰分行集. 學士朴昇冲為序, 皇大弟大原公鏤板以傳之. 公平生作詩, 必使夕陽二字, 金相國富儀誌於墓, 以為晩登淸要之識.

[譯文]

학사 김황원[1]이 대간(大諫)[2]이 되어 여러 번 옳은 말[藥石][3]을 하였으나 임금의 마음을 돌이키지는[回天] 못하였다. 성산[4]에 수령으로 나가는데,[5] 노정이 분행역[6]으로 가게 되어 마침 천원[7] 이재[8]를 만났다. (이재는) 남국[9]으로부터 조정으로 돌아오고 있었는데, 우연히 이 역에서 만났으므로 (이재에게) 시를 지어 주었다.

> 「분행루 위에서 어찌 시가 없으리오
> 사신에게 생각하는 것을 부쳐주네
> 갈대숲이 우수수하는 가을 물가요
> 강과 산이 아득한 석양무렵일세
> 옛 사람을 보지 못하니 지금은 덧없는 탄식뿐
> 지난 일 되돌릴 수 없으니 다만 서글프네.
> 누가 믿으랴 장사로 좌천된 나그네가[10]
> 벼슬 낮고 나이 들어 귀밑머리 쇠할 줄을.」[11]

선비들[縉紳]이 모두 (이 시에) 화답한 것이 거의 일백 수나 되었는데,[12] 제목을 붙여 이르기를 분행집[13]이라 하였다. 학사 박승중[14]

이 서문을 짓고 황태제 대원공[15)]이 판에 새겨 전하였다. 공이 평생에
시를 지음에 반드시 석양 두 자를 썼으므로 상국 김부의[16)]가 (공의)
묘지를 지으면서 만년에 청요직에 오를 참언이라고 하였다.[17)]

[註解]

1) 金黃元:『破閑集』권상에 등장하는 學士黃元을 말한다. 이에
대해서는 상권 21, 주해1) 참고; 본서 115쪽.

2) 大諫: 諫官을 의미한다. 고려시대에는 中書門下省에 郎舍라
고 하는 기구가 있었으며, 諫官은 그 구성원으로 諫諍과 封駁을 담
당하였다(①). 金黃元은 星山에 부임하기 전 右拾遺로 있었는데
(②), 이를 두고 大諫이라 칭한 것으로 보인다. 그런데, 金黃元이
역임한 右拾遺는 官品上 위로부터 散騎常侍－直門下－諫議大夫－
給事中·中書舍人－起居注·起居郎－補闕－拾遺로 이어지는 諫官
職의 말단이었다. 그런데 본문에서 大諫이라 한 것은 저자가 金黃
元을 높이기 위해서 또는 諫官職을 명예로운 것으로 여겨 그렇게
표현했다고 생각한다.

① 邊太燮, 1967, 「高麗의 中書門下省에 대하여」, 『歷史敎育』 10 ;
　　1971,『高麗政治制度史硏究』, 一潮閣, 38~41쪽.
　　朴龍雲, 1971, 「高麗朝의 臺諫制度」, 『歷史學報』52 ; 1980, 『高麗
　　　　時代 臺諫制度 硏究』, 一志社, 65~72쪽.
②『高麗史』권97, 列傳10 金黃元.

3) 藥石: 약과 침으로 병의 치료를 뜻하는데, 전하여 경계가 되
는 유익한 말을 의미한다(①). 본문에서는 金黃元이 諫官으로서 임
금에게 간언한 것을 표현한 것이다. 金黃元은 성품이 청렴·정직하
며 권세가에게 아부하지 않았다고 하는데(②), 본문의 표현은 이러
한 그의 성격을 잘 드러내준다.

① 民衆書林編輯局, 2004, 「藥」, 『漢韓大字典』, 民衆書林, 1799쪽.
②『高麗史』권97, 列傳10 金黃元.

4) 星山: 지금의 경상북도 성주군 일대이다. 자세한 내용은 하권 8, 주해2) 참고: 본서 307쪽.

5) 出守星山: 김황원은 星山에 수령으로 부임한 일이 있었는데, 그 때 지었던 것으로 생각되는 詩가 『破閑集』에 있다. 이에 대해서는 상권 21, 주해2) 참고: 본서 116쪽.

　　『高麗史』 권97, 列傳10 金黃元.

6) 分行驛: 지금의 경기도 안성시 죽산면 분행마을에 있던 驛이다. 고려시대 22驛道 가운데 廣州道에 속하여 개경에서 동남 방면으로 나아갈 때에 주로 이용하던 곳이었다. 金黃元은 星山－京山府－에 가기 위해 이 驛을 지나서 京山府道로 향했을 것이다.

　　『高麗史』 권56, 志10 地理1 廣州牧 竹州·권82, 志36 兵2 站驛.
　　鄭枓根, 2008, 「고려전기 驛路網의 형성과 지역공동체적 驛 운영」, 『高麗·
　　　　朝鮮初의 驛路網과 驛制 硏究』, 서울대 박사학위논문, 52·57쪽.

7) 天院: 翰林院의 이칭이다. 翰林院을 天院이라 부른 사례는 『東國李相國集』에 여럿 보인다. 翰林院에 대한 자세한 내용은 상권 6, 주해2) 참고: 본서 39쪽.

　　『東國李相國集』 권13, 古律詩 「白天院貴華家賦海棠 用樂天詩韻」·권16,
　　　　古律詩 「次韻劉大諫冲祺喜門生進士金允升一年連捷 仍召入天院」.

8) 李載: 생몰년 미상. 肅宗·睿宗代 文臣으로 金黃元과 함께 翰林院에 있으면서 文名을 날렸다. 諫議大夫, 刑部尙書, 翰林學士承旨 등을 지냈으며, 金仁存·崔璿·李德羽·朴昇中 등과 함께 음양·지리에 관한 서적인 『海東祕錄』을 편찬하였다.

　　『高麗史節要』 권7, 睿宗 원년 3월·권8 睿宗 12년 8월.
　　『高麗史』 권13, 世家13 睿宗 4년 2월 戊戌·9년 3월 己丑·12월 丁巳.

9) 南國: 李載는 南國을 다녀오는 것으로 표현되었는데, 『新增東國輿地勝覽』에는 李載가 南으로부터 돌아오다가[自南還] 金黃元을 만났던 것으로 기록되어 있다. 정확히 어디인지 알 수 없지만, 분행역을 거친 것으로 보아 충주, 청주 이남의 경상도 지역이었을

것이다.

『高麗史』 권11, 世家11 肅宗 5년 9월 丙戌.
『新增東國輿地勝覽』 권8, 京畿 竹山縣 驛院 分行驛.

10) 長沙左遷客: 漢의 賈誼(B.C. 200~B.C. 168)를 말한다. 賈誼는 일찍이 제도와 문물을 정비하도록 건의한 바가 있었는데, 여러 제후들의 미움을 사서 長沙王의 太傅로 좌천되었다. 여기서는 金黃元이 諫官으로서 임금에게 간언을 하다가 좌천되어 星山으로 가게 된 처지를 賈誼에 빗대어 표현한 것이다. 즉, 자신도 임금의 신임을 받지 못하고 미관말직으로 늙을까 우려한 것이다. 賈誼에 대해서는 중권 1, 주해5) 참고; 본서 137쪽.

11) 分行樓上豈無詩 … 職卑年老鬢毛衰: 같은 내용의 詩가 『新增東國輿地勝覽』에도 전하는데, 몇 글자가 다르다[分行路上豈無詩 留與皇華寄所思, 蘆葦蕭蕭秋水國, 江山杳杳夕陽時, 古人不見今空嘆, 往事難追只自悲 須信長沙坐遷客 職卑年老鬢毛衰].

『新增東國輿地勝覽』 권8, 京畿 竹山縣 驛院 分行驛.

12) 縉紳皆屬和幾一百首: 金黃元의 詩에 화답한 名士의 詩가 일부 남아있는데, 대표적으로 鄭知常과 李奎報의 것이 있다.

『東文選』 권12, 七言律詩「分行驛寄忠州刺史」.
『東國李相國集』 권10, 古律詩「分行驛樓上次金學士黃文詩韻」.

13) 分行集: 이 이외에 기록이 없어 정확히 알 수가 없다.

14) 朴昇冲: 본문은 朴昇冲으로 되어 있으나 朴昇中(생몰년 미상)이 옳다. 본관은 羅州 務安이며, 字는 子千이다. 睿宗 때에 翰林侍讀學士가 되었으며, 李載·朴景綽·金黃元 등과 詳定官으로 禮式을 정하고, 예종을 도와 淸讌閣·寶文閣에서 학문을 연구하기도 하였다. 仁宗이 즉위한 뒤 李資謙에게 아부하여 벼슬이 叅知政事를 거쳐 守太尉·中書侍郎平章事에 이르렀다. 1126년(인종 4)에 이자겸이 숙청되자 蔚珍에 유배되었으나, 累代에 文名이 높았다는 이유

로 고향인 務安縣에 옮겨졌다. 그가 남긴 册文과 表箋은 『東文選』
에 실려 있어 참고가 된다.

『高麗史』 권125, 列傳38 姦臣1 朴昇中.

15) 大原公: 肅宗의 5子인 王侾(1093~1161)를 말한다. 어머
니는 明懿太后 柳氏이다. 1110년(예종 5)에 大原公에 봉해졌으며,
인종의 叔父이므로 인종이 즉위하자 功臣號와 함께 식읍 4,000호·
식실봉 500호를 받았다. 이후 李資謙에게 모함을 받아 귀양갔다가
1129년(인종 7)에 소환되었다. 곧 이어 開府議同三司·檢校太師·
守太保·兼尚書令·上柱國·大原公이 되었으며, 1161년(의종 15)에
사망하자 莊平公이라 시호하였다.

『高麗墓誌銘集成』, 「王侾墓誌銘」.
『高麗史』 권90, 列傳3 宗室1 大原公侾.

16) 金相國富儀: 金富轍(1079~1136)을 말한다. 그에 대해서
는 중권 2, 주해1) 참고; 본서 147쪽.

17) 以爲晩登淸要之讖: 金黃元이 그의 詩에서 '夕陽'을 사용한
것에 대해 金富儀가 墓誌銘을 쓰면서 이것이 만년에 淸要職에 오를
예언[讖言]이라고 한 것이다. 夕陽은 인생에 비유하면 老年을 뜻한
다. 한편, 淸要職은 말 그대로 '맑고 요긴한' 관직으로 신분과 가문
이 우수한 인물들이 임명되었는데, 주로 臺諫·政曹·學士·知制誥의
관직이 여기에 포함되었다. 金黃元은 만년에 翰林侍講學士 등 청요
직을 역임하였으므로 金富儀가 金黃元의 老年 관직생활을 夕陽에
빗대어 표현한 것이다.

『高麗墓誌銘集成』, 「金黃元墓誌銘」.
『高麗史』 권13, 世家13 睿宗 7년 2월 甲寅.
『高麗史節要』 권8, 睿宗 12년 8월.
朴龍雲, 1980, 「臺諫의 身分」, 『高麗時代 臺諫制度 研究』, 一志社,
112~116쪽.
朴龍雲, 1997, 「고려시대의 淸要職에 대한 고찰」, 『高麗時代 官階·官職

研究』, 고려대학교출판부.

下15.

[原文]

「草堂秋七月, 桐雨夜三更, 欹枕客無夢, 隔窓虫有聲, 淺莎翻亂滴, 寒葉洒餘淸, 自我有幽趣, 知君今夜情.」此學士印份作也, 學士之名雷震海東者, 實由此篇. 僕昔佐桂陽府, 一日棹舟, 自孔巖縣至幸州南湖. 見斷岸如苽, 松杉八九株森立於側, 而遺垣壞堵猶在. 過者皆指之曰, "此印公草堂舊墟也." 僕艤舟不能去, 徘徊長嘯想見其人. 便尋小徑登小華寺南樓, 見壁上有詩, 莓苔暗淡墨痕僅存. 迫而視之, 乃印公亦題也. 「蕉鳴箔外知山雨, 帆出峰頭見海風.」可謂名下無虛士矣.

[譯文]

　　「초당에서 맞이한 가을 칠월
　　오동 잎에 비 내리는 삼경이로다.
　　베개에 기댄 객은 잠 못 이루는데
　　창을 사이하여 벌레 소리 들려오네
　　짧은 잔디에는 어지러이 물방울이 번뜩이고
　　차가운 잎은 맑은 기운 뿌리는구나
　　내개도 그윽한 풍취가 있어
　　그대의 오늘 밤 심정을 알겠네.」

이것은 학사 인빈[1]이 지은 것으로, 학사의 이름이 해동에 떨친 것은 실로 이 글 때문이다. 내가 옛날에 계양부의 속관[佐]일 때,[2] 하루는 배를 저어 공암현[3]에서 행주[4]의 남호까지 갔다. 끊어진 언덕을 보니 오이와 같고 소나무·삼나무 여덟아홉 그루가 빽빽하게

옆에 서있는데 무너진 담이 여전히 남아 있었다. 지나가는 사람들이
모두 가리키면서, "이곳은 인공의 초당 옛 터입니다."라고 말했다.
나는 작은 배를 타고 갈 수 없어서 배회하며 길게 읊조리면서 그 사
람을 상상해 보았다. 문득 좁은 길을 찾아 소화사[5] 남루에 오르니,
벽면에 시가 있는데 이끼가 끼어 어둡고 먹의 흔적도 흐려져 겨우
남아 있는 것이 보였다. 가까이에서 살펴보니 바로 인공이 지은 것
이었다.

「파초가 발 밖에서 우니, 산에 비오는 것을 알겠고
　　돛대가 산봉우리에서 나오니, 바닷바람 부는 것이 보이는구나.」

가히 명성 아래 헛된 선비가 없다고 이를만하겠다.

　[註解]
　1) 印份: 생몰년 미상. 관련 기록이 거의 없어 행적을 알 수 없다.
다만 崔滋가 남긴 「續破閑集序」에 의하면 문종대 이래 최자의 當代
까지 文翰을 담당한 이들이 열거되어 있는데, 그 안에 인빈도 들어
있다. 따라서 그는 科擧 출신으로 문장에 재주가 있었다고 생각된다.
또 인빈의 이름을 전후하여 金緣·金富軾·權迪·高唐愈·金富佾·金富
轍·洪灌을 비롯해 崔允儀·劉羲·鄭知常 등의 인물이 기록되어 있는
것으로 보아 그가 숙종에서 인종대 사이에 주로 활동하였을 것이다.
　　『東文選』 권84, 序 「續破閑集序」.
　2) 僕昔佐桂陽府: 李仁老가 일찍이 桂陽管記로 임명된 일을 말
한다. 이에 대해서는 상권 23, 주해1) 참고; 본서 123쪽.
　3) 孔巖縣: 지금의 서울시 강서구 방화동을 중심으로 한 강서구,
양천구 일대이다. 고구려 때 齊次巴衣縣이었다가 신라 경덕왕대 공
암현으로 이름을 고쳤다. 1018년(현종 9)에 樹州의 속현이 되었다.

이 현의 孔巖津은 고양의 幸州津과 마주하고 있었다.

　　『高麗史』 권56, 志10 地理1 安南都護府 樹州 孔巖縣.
　　『新增東國輿地勝覽』 권9, 京畿 陽川縣.
　　박종기, 2002, 「『高麗』 地理志 譯註－楊廣道編(1)－」, 『고려시대연구』
　　　　Ⅴ, 한국정신문화연구원, 218쪽.

　4) 幸州: 지금의 경기도 고양시 덕양구 일대로 고구려 때 皆伯
縣이었다가 고려 초에 행주로 바뀌었다. 1018년(현종 9)에 楊州－
후의 남경유수관－의 속현이 되었다. 한편 이인로가 배를 타고 행주
의 절벽으로 갔다는 언급으로 미루어, 현재 행주산성이 위치한 곳의
한강변 절벽이 그곳이라고 생각된다.

　　『高麗史』 권56, 志10 地理1 南京留守官 幸州.
　　『新增東國輿地勝覽』 권11, 京畿 高陽郡.
　　박종기, 2002, 「『高麗史』 地理志 譯註－楊廣道編(1)－」, 『고려시대연구』
　　　　Ⅴ, 한국정신문화연구원, 210쪽.

　5) 小華寺: 『新增東國輿地勝覽』에는 고양의 호숫가에 있던 사
찰이라고 한다. 여기에서 이인로가 행주의 절벽 인근에서 찾아 간
것으로 보아, 한강변 근처에 위치한 사찰이었을 것이다.

　　『新增東國輿地勝覽』 권9, 京畿 陽川縣.

下16.

[原文]

皆骨關東名山也. 峯巒洞壑無非石, 望之如菽墨. 嵓棲者, 皆以客土塡磚隙,
然後得種蒔苽菓以食之. 玉堂田致儒杖蒟絰是山, 即題云.「草木微生禿首髮,
烟霞半卷袒肩衣, 兀然皆骨獨孤潔, 應笑肉山都大肥.」

[譯文]

개골¹⁾산은 관동의 명산이다. 봉우리와 골짜기는 돌이 아닌 것이

없어, 바라보면 마치 먹물을 뿌려 놓은 것과 같다. 산에 사는 사람
들은 모두 객토로 틈을 메우고, 그러한 후에 오이²⁾와 과실을 심어
서 먹는다. 옥당³⁾ 전치유⁴⁾가 사명을 받고 이 산을 지나다 시를 지
으니 다음과 같다.

「초목이 적게 나니 대머리에 털난 것이오
 안개가 반쯤 걸치니 어깨를 드러낸 듯
 우뚝한 모양의 개골은 외로이 홀로 깨끗하니
 응당 육산⁵⁾들의 크고 살찜을 비웃네.」

[註解]
1) 皆骨: 金剛山의 이칭으로 겨울의 金剛山을 말한다. 金剛山은
고려시대에 交州道 長楊郡에 속해 있었다. 강원도 회양군과 통천군,
고성군에 걸쳐 있으며 높이는 최고봉인 비로봉이 1638m이며, 면적
은 약 530㎢에 이른다. 금강산의 金剛은 『華嚴經』에 "해동에 보살
이 머물던 곳의 이름을 금강산이라 한다."라는 데서 유래하였다.
　　『高麗史』 권58, 志12 地理3 交州道 長楊郡.
　　『續東文選』 권21, 錄 「遊金剛山記」.
　　『新增東國輿地勝覽』 권47, 江原道 淮陽都護部.
　　『芝峯類說』 권2, 地理部 山.
2) 苽: 벼과에 속하는 다년생의 수초인 줄풀로, 잎은 자리를 만
드는데 쓰고 열매인 오이와 어린 싹은 식용으로 쓴다. 『周禮』에 기
록된 식용으로 쓰이던 六穀 즉 稌·黍·稷·粱·麥·苽 중의 하나이다.
　　『周禮』 天官 膳夫.
　　檀國大學校 東洋學研究所, 2007, 「苽」, 『漢韓大辭典』 11, 檀國大學校出
　　　版部, 783쪽.
3) 玉堂: 翰林院의 별칭이다. 여기서는 田致儒가 直翰林院이었기
때문에 이같이 표현한 듯하다. 이에 대해서는 상권 6, 주해2) 참고: 본
서 39쪽.

4) 田致儒: ?～1170. 毅宗代의 문신으로 1169년(의종 23)에 直翰林院으로 內侍에 배속되었고, 1170년 奉御로 있다가 무신정변 때 살해당하였다. 전치유가 使命으로 금강산을 지난 시기는 구체적으로 나타나지 않으나, 이 시는 『新增東國輿地勝覽』에도 보인다.

『高麗史』권19, 世家19 毅宗 23년 正月 戊午.

『高麗史』권128, 列傳41 叛逆2 鄭仲夫.

『新增東國輿地勝覽』권47, 江原道 淮陽都護部.

5) 肉山: 평범한 흙산을 말한다.

檀國大學校 東洋學硏究所, 2007, 「肉」, 『漢韓大辭典』11, 檀國大學校出版部, 356쪽.

下17.

[原文]

東館是蓬萊山, 玉堂號鼇頂, 皆神仙之職. 本朝舊制雖天子莫得擅其升黜. 苟有缺, 必須禁署諸儒薦引, 然後用之. 非有三多之譽七步之才, 則世皆謂之, "處必未免血指汗顏之誚." 睿王時, 江南措大鄭襲明抱奇才偉量, 涉世無津, 嘗賦石竹花. 「世愛牡丹紅, 栽培滿院中, 誰知荒草野, 亦有好花叢, 色透村塘月, 香傳隴樹風, 地偏公子少, 嬌態屬田翁.」 時有大閣誦此詩, 達宸聰. 上曰, "非狗監, 何以知相如之尚在耶." 卽令補玉堂. 毅王初, 賢良皇甫倬十擧擢上第, 會上遊上林, 賞芍藥 遂成一什, 侍臣莫賡載. 賢良亦進一篇. 「誰導花無主, 龍顏日賜親, 也應迎早夏, 獨自殿餘春, 午睡風吹覺, 晨粧雨洗新, 宮娥莫相妬, 雖似竟非真.」 上大加稱賞. 其後選部進擬, 補館職者, 上觀姓名曰, "莫是嘗進應制芍藥者耶." 卽以宸翰點之, 直東館. 鄭公後入樞掖, 居喉舌, 受遺輔主, 謇謇有王臣風. 皇甫公亦掌綸誥, 出入臺閣十餘年. 噫風雲際會, 古人謂之千載, 今觀二公, 唯以一篇見知, 不煩夢卜, 自然而合, 明良相值, 豈偶然㦲.

[譯文]

동관[1]은 봉래산[2]이고 옥당[3]은 오정(鼇頂)[4]이라고 부르는데, 모두 신선 같은 관직이다. 본조의 옛 제도는 비록 천자라도 승진과 폄출을 함부로 하지 못하였다. 만약 결원이 있으면 반드시 궁궐 내의 여러 유사들[5]의 천거를 받은 후에 서용하였다.[6] 삼다(三多)의 명예[7]와 칠보(七步)의 재주[8]가 있지 않으면 세상에서 모두 이르기를, "처지가 반드시 손가락에 피가 나고 얼굴에 땀을 흘리는[血指汗顏][9] 책망을 면하지 못할 것이다."라고 하였다. 예종[10] 때 강남[11] 선비[措大] 정습명[12]이 기이한 재주와 큰 도량이 있었지만 세상을 떠돌며 머무를 곳이 없었다. 일찍이 석죽화라는 시를 지었다.

> 「세상에서 붉은 모란꽃을 사랑하여
> 뜰에 가득 심어두었지만
> 누가 알겠는가 황량한 들판에도
> 또한 좋은 꽃떨기가 있다는 것을
> 빛깔은 시골 연못의 달을 꿰뚫고
> 향기는 언덕 나무의 바람에 풍겨오네
> 땅이 외지고 공자가 적어서
> 아름다운 자태는 밭가는 늙은이에게 붙이네.」[13]

당시에 대혼[14]이 있어 이 시를 외어 (이 시가) 임금[宸聰]의 귀에 들어갔다. 임금께서 말하기를 "구감(狗監)이 아니었다면 어찌 상여가 지금도 존재한다는 것을 알겠는가."[15]라고 하고, 곧 명하여 옥당에 제수하였다.

의종[16] 초에 현량 황보탁[17]이 열 번 과거를 보아 장원[上第]으로 급제하였다. 마침 왕이 궁궐의 정원에서 놀면서 작약을 감상하고 드디어 (시) 한 수를 완성하였는데, 시신이 화답[賡載]하지 못하였으나 현량이 역시 한 편을 지어 바쳤다.

「누가 꽃에 주인이 없다고 하였는가
　임금께서 날마다 친히 보는네
　응당 이른 여름을 맞아서
　혼자서 남은 봄을 지키네
　바람이 불어 낮잠을 깨우고
　새벽 단장을 비가 씻어 새롭게 하네
　궁녀들아 서로 시기하지 말아라
　비록 비슷하지만 결국 실물은 아니네.」[18]

　임금께서 크게 칭찬하고 상을 주었다. 그 뒤에 선부[19]에서 (그를) 문한관에 보임할 자로 추천하여 아뢰니, 임금께서 성명을 보고 말하기를, "이는 작약으로 응제한 자가 아닌가."라고 하고, 곧 손수[宸翰] 낙점하여 동관에 두었다.

　정공은 후에 추액[20]에 들어가서 승선[喉舌][21]에 있었는데 유지를 받들어 (새로운) 임금을 보필하며 옳은 말을 하여 왕신의 풍모가 있었다.[22] 황보공 역시 사명[綸誥]을 관장하고 대각[23]을 10여 년 동안 출입하였다. 아! 풍운이 때를 만나는 것[24]을 고인들은 천 년에 한번 만나는 것이라고 하였다. 그런데 지금 두 공은 오직 (시) 한 편으로 (임금께서) 알아주시어 번거로이 꿈꾸거나 점치지[25] 않아도 자연스럽게 만났으니, 밝은 임금과 현명한 신하가 서로 만나는 것이 어찌 우연이겠는가.

　　[註解]
　1) 東館: 본문의 내용상 문한관서인 한림원으로 추정되지만, 정확한 것은 알 수 없다. 이에 대해서는 상권 19, 주해4) 참고; 본서 107쪽.
　2) 蓬萊山: 신선이 산다는 신령스러운 산을 말한다. 여기서는 동관이 신선의 관직이라는 것을 봉래산에 비유한 것이다.

檀國大學校 東洋學硏究所, 2007,「蓬」,『漢韓大辭典』11, 1098쪽.

3) 玉堂: 한림원이다. 이에 대해서는 상권 6, 주해2) 참고; 본서 39쪽.

4) 鼇頂: 鼇頭와 같은 뜻으로 한림원을 가리키는 말이다.

檀國大學校 東洋學硏究所, 2008,「鼇」,『漢韓大辭典』15, 1323~1324쪽.

5) 禁署諸儒: 궁중에 있는 여러 관서의 문인들을 뜻하는 것으로 생각된다. 이에 대해서는 상권 18, 주해6) 참고; 본서 97쪽.

6) 苟有缺 … 然後用之: 문한관은 詞命을 작성하는 임무를 지녔기 때문에 문필에 능한 사람이 임명되었다. 翰林院官의 경우 대체로 과거에 급제하고 3년 동안 外官으로 근무한 뒤에 館翰諸儒의 천거를 받아 중서문하성의 서경을 거친 이후에 임명되었다.

崔濟淑, 1983,「高麗翰林院考」,『韓國史論叢』4, 30~41쪽.

7) 三多之譽: 歐陽脩는 文에 三多가 있는데, 글을 많이 보고 글을 많이 짓고 생각을 많이 하는 것이라고 하였다. 三多의 명예는 글을 잘 짓는 세 가지 조건을 가지고 있는 것을 의미한다.

『詩人玉屑』권5, 三多.

檀國大學校 東洋學硏究所, 1999,「三」,『漢韓大辭典』1, 160쪽.

8) 七步之才: 중국 魏 文帝의 親弟 曹植이 재주가 있는 것을 문제가 시기하여 일곱 걸음을 걸을 동안 시를 지으라고 명하자, 조식이 바로 시를 완성했다는 고사에서 유래한 것이다. 七步의 재주는 시를 짓는 민첩한 재주를 의미한다.

『雜纂之屬』권12下, 七步之才.

檀國大學校 東洋學硏究所, 1999,「三」,『漢韓大辭典』1, 121쪽.

9) 血指汗顏: 일에 능숙하지 못하여 손가락에는 피가 나고 얼굴에서는 땀이 흐른다는 것을 뜻한다. 여기서는 글을 잘 짓지 못하는 것을 비유한 것이다.

檀國大學校 東洋學硏究所, 2007,「血」,『漢韓大辭典』12, 268쪽.

10) 睿王: 고려 16대 임금인 예종을 가리킨다. 예종에 대해서는

상권 18, 주해1) 참고; 본서 95쪽.

11) 江南: 『高麗史』에서 강남의 용례를 살펴보면 10道 중 하나
인 江南道가 있다. 강남도는 全州, 瀛州, 淳州, 馬州 등 9개의 현이
편성되어있다. 하지만 정습명의 본관은 迎日縣(지금의 경상북도 포
항시 북구 일대)이므로 그는 강남도와는 관련이 없다. 여기서의 강
남은 개경이남 지역을 지칭하는 것이다.

　　『高麗史』권57, 志11 地理2 全羅道 成宗 14년.
　　尹京鎭, 2006,「고려초기 10道制의 시행과 운영체계」,『震檀學報』101,
　　117쪽.

12) 鄭襲明: 인종대 禮部侍郎을 지내고 간관을 역임한 인물이
다. 정습명에 대해서는 하권 6, 주해4) 참고; 본서 300쪽.

13) 世愛牡丹紅 … 嬌態屬田翁: 이 시는 『東文選』에도 수록되
어 있다.

　　『東文選』권9, 五言律詩「石竹花」.

14) 大閽: 궁문이나 성문을 지키는 관직을 의미한다. 여기서는
守宮令이나 궁궐의 숙위를 담당하는 관직과 관련된 것이다.

　　檀國大學校 東洋學研究所, 2000,「大」,『漢韓大辭典』3, 907쪽.

15) 非狗監 何以知相如之尙在耶: 한 무제가 狗監으로 있던 內
官 楊得意의 추천으로 司馬相如를 만나게 된 사실을 말한다. 대혼
에 의해 정습명의 재주를 알게 된 것을 사마상여의 고사에 빗대어
한 말이다.

　　『史記』권117, 司馬相如列傳57.
　　『漢書』권57上, 列傳27上 司馬相如.

16) 毅王: 고려 18대 임금인 의종을 가리킨다. 의종에 대해서는
상권 4, 주해7) 참고; 본서 29쪽.

17) 皇甫倬: 1154년(의종 8)에 과거에 장원으로 급제하였다.
1178년에 찰방사로 春州道에 파견되어 백성의 질고를 위문하고 관
리들을 출척하였다. 1186년에 동지공거가 되어 宋惇光 등을 선발하

였고, 같은 해에 大司成으로 국자감시를 주관하였다.

『高麗史』 권18, 世家18 毅宗 2년 5월.

『高麗史』 권19, 世家19 明宗 8년 정월 丁巳.

『高麗史』 권73, 志27 選擧1 科目1 明宗 16년 4월.

『高麗史』 권74, 志28 選擧2 科目2 國子監試 明宗 16년 윤7월.

18) 誰導花無主 … 雖似竟非眞: 이 시는 『東文選』에는 趙通의
시로 되어있다.

『東文選』 권9, 五言律詩 「芍藥」.

19) 選部: 文選을 담당한 이부를 가리킨다. 이부는 문관의 인사
이외에도 考課·勳勞·封爵의 일을 관장하였다. 또 인사 관련 규정을
제정하고 또 이들 규정의 준수 여부를 점검하는 일 등에 관한 政令
을 담당하였다.

朴龍雲, 2000, 「高麗時代의 尙書6部에 대한 檢討」, 『高麗時代 尙書省 硏
究』, 景仁文化社, 230~233쪽.

朴龍雲, 2010, 『『高麗史』 百官志 譯註』, 신서원, 144~151쪽.

20) 樞掖: 중추원을 가리킨다. 이에 대해서는 상권 4, 주해3) 참
고: 본서 27쪽.

21) 喉舌: 承宣을 말한다. 이에 대해서는 상권 24, 주해 2) 참
고: 본서126쪽 및 중권 1, 주해15) 참고: 본서 135쪽. 정습명은
1149년 3월에 左承宣으로 국자감시를 주관하고 知奏事에 임명된
것이 확인되는데, 모두 의종대의 일이다.

『高麗史』 권74, 志28 選擧2 科目2 國子監試 毅宗 3년 5월.

『高麗史』 권98, 列傳11 鄭襲明.

22) 受遺輔主謇謇有王臣風: 정습명은 오랫동안 諫官職에 있으
면서 諍臣으로서의 풍모가 있었다고 한다. 또 인종의 유명을 받아
바른말을 하여 의종이 꺼릴 정도였다고 한다.

『高麗史』 권98, 列傳11 鄭襲明.

23) 臺閣: 어사대를 가리킨다. 이에 대해서는 상권 10, 주해7)
참고: 본서 57쪽. 황보탁에 대한 자세한 관력이 찾아지지 않는데,

이를 통해 황보탁이 어사대의 관직을 지냈음을 확인할 수 있다.

24) 風雲際會: 『周易』 乾卦의 '구름은 용을 따르고 바람은 범을 따른다'에서 나온 말로 훌륭한 임금과 좋은 신하가 서로 만나는 것을 뜻한다. 인종과 정습명, 의종과 황보탁이 만나는 것을 빗댄 표현이다.

　　『周易』 周易上經 乾.

25) 夢卜: 제왕이 훌륭한 정승을 얻는 일을 말한다. 商 高宗이 꿈에서 성인을 보았는데 현실에서 만난 부열이 꿈에서 본 인물과 같아서 고종은 부열을 재상으로 삼았다(①). 또 周 文王이 사냥을 가기 전에 점을 치자 覇王을 도울 사람을 얻을 것이라는 점괘를 얻었고 사냥에서 呂尙－太公望－을 만나 등용하였다(②). 본문의 표현은 인종과 정습명, 의종과 황보탁이 만난 것이 중국의 경우처럼 君臣이 비현실적인 꿈이나 점괘를 통해 만난 것이 아니라 詩文을 통해 가능했다는 것을 통해 인재등용에 있어 고려가 중국보다 더 나은 점이 있음을 드러낸 것으로 생각된다.

　　① 『史記』 권3, 殷本紀3.
　　② 『史記』 권32, 齊太公世家2.

下18.

[原文]

　白雲子棄儒冠學浮屠氏教, 包腰遍遊名山. 途中聞鶯感成一絶, 「自矜絳觜黃衣麗, 宜向紅墻綠樹鳴, 何事荒村寥落地, 隔林時送兩三聲.」 吾友者之失意遊江南, 聞鶯亦作詩云, 「田家椹熟麥将稠, 緑樹初聞黃栗留, 似識洛陽花下客, 殷勤百囀未曾休.」 古今詩人託物寓意, 多類此. 二公之作初不與之相期, 吐詞悽惋若出一人之口. 其有才不見用, 流落天涯羈遊旅泊之狀, 了了然皆見於數字間 則歾謂詩源乎心者信哉.

[譯文]

백운자[1])가 유학을 버리고 불교[2])를 배워, 괴나리 봇짐으로[包腰]
명산을 두루 유람하였다. 도중에 꾀꼬리울음 소리를 듣고 느낀 바가
있어 한 구절을 지었다.

「진홍 부리 노란 옷의 고움을 스스로 자랑하니
붉은 담장 푸른 나무에서 우는 것이 마땅한데
무슨 일로 황폐한 마을 쓸쓸하고 외진 곳
숲에서 격리되어 때때로 두어 마디 울음소리 보내는가.」

나의 벗인 기자[3])가 뜻을 잃고 강남[4)]을 여행하다 꾀꼬리 소리를
듣고 또한 시를 지었다.

「농가에 오디 익고 보리 이삭 막 고르려는 때
푸른 나무에서 꾀꼬리[5)] 소리 처음으로 들리네
서울의 꽃 아래 놀던 손님[6)] 알기라도 하는지
은근히 무수히 지저귀며 조금도 쉬지를 않네.」

고금의 시인이 사물에 의탁하여 뜻을 표현하니 이와 같은 것이
많다. 두 공이 지은 것이 처음부터 서로 기약한 것은 아니었으나,
슬픔과 탄식을 시에 드러냄이 한 사람의 입에서 나온 것과 같다. 재
주가 있으나 쓰이지 못하고, 홀로 타향을 떠도는 궁박한 나그네의
모습이 명백하게 몇 자 사이에 모두 보이니, 이른바 시는 마음에서
근원한다는 것이 믿을만하구나.

[註解]

1) 白雲子: 승려 神駿(생몰년 미상)을 말한다. 하권 9, 주해1)
참고: 본서 309쪽.

2) 浮屠氏: 불교를 의미한다. 이와 관련해서는 중권 14, 주해6)
참고; 본서 223쪽. 한편 본문에서는 백운자 신준이 무신정변 때에
화를 피해 불교에 귀의했던 일을 말한다.

　　『高麗史』권110, 列傳23 李齊賢.

　　檀國大學校 東洋學硏究所, 2007, 「浮」, 『漢韓大辭典』8, 檀國大學校出版
　　　　部, 419쪽.

3) 耆之: 林椿(생몰년 미상)을 말한다. 상권 21, 주해6) 참고;
본서 117쪽.

4) 江南: 백운자 신준이 무신정변 때에 화를 피해 여행을 하던
곳 중의 하나로 추정된다. 그런데『櫟翁稗說』과『高麗史』에 의하면
신준이 불교에 귀의해 명산을 두루 방랑했다고는 하나, 이후의 행적
이 드러나지 않아 본문에 나오는 강남이 어느 곳을 말하는지는 알
수 없다.

　　『高麗史』권110, 列傳23 李齊賢.

　　『櫟翁稗說』前集1.

5) 黃栗留: 꾀꼬리를 말한다. 『詩經』의 "葛之覃兮 施于中谷 維
葉萋萋 黃鳥于飛"라고 한 것에서 유래한다.

　　『詩經』國風, 周南 葛覃.

　　檀國大學校 東洋學硏究所, 2007, 「黃」, 『漢韓大辭典』15, 檀國大學校出
　　　　版部, 1200쪽.

6) 洛陽花下客: 歐陽脩가 호북성 의창현으로 좌천되었을 때, 그
의 친구 丁寶臣이 그를 위로하기 위해 보낸「花時久雨」에 답하여
보낸 시「戱答元珍」에서 "春風疑不到天涯 二月山城未見花 … 曾
是洛陽花下客 野芳雖晩不須嗟"라고 하여 오지로 좌천되어 낙양을
그리워하는 마음을 담아 시로 표현하였는데, 본시의 내용 역시 耆之가
뜻을 잃고 개경을 떠나 여행을 하며 자신이 떠나 온 곳을 그리워하
는 마음을 이처럼 표현한 듯하다.

　　「戱答元珍」.

下19.

[原文]

雞林人金生筆法奇妙, 非晉魏時人所政望. 至本朝, 唯大鑑國師學士洪灌擅其名, 凡寶殿花樓額題及屛障銘戒, 皆二公筆也. 淸平眞樂公卒, 西湖僧惠素撰祭文, 而國師書之, 尤盡力刻石以傳, 世謂之三絶. 固非崔楊輩豐肌脆骨者之所及. 當有評者曰, "引鐵爲筋, 摧山作骨, 力可伏輈, 利堪穿札." 宋人有以精嫌妙墨, 求國師筆跡者, 請學士權迆作二絶, 駡以附之. 「蘇子文章海外聞, 宋朝天子火其文, 文章可使爲灰燼, 落落雄名安可焚.」 亡其一篇.

[譯文]

계림사람 김생¹⁾은 필법이 기묘해서 진(晉)·위(魏)시대 사람이 아니면²⁾ 발돋움하여 바라볼 바가 아니었다. 본조에는 오직 대감국사³⁾와 학사 홍관⁴⁾이 그 이름을 떨쳐서 무릇 보전과 화루의 편액 및 병풍의 명계는 모두 두 공의 글씨이다. 청평 진락공⁵⁾이 죽으니 서호승 혜소⁶⁾가 제문을 짓고 국사가 글을 썼는데, 더욱 힘을 다해 돌에 새겨서 전하게 하니 세상에서 삼절(三絶)이라고 불렸다. 진실로 최·양⁷⁾의 무리처럼 (글씨가) 살만 찌고 뼈가 무른 것이 미칠 바가 아니다. 당시에 어떤 사람이 있어 평하기를, "쇠를 끌어다가 힘줄을 삼고 산을 꺾어서 뼈를 만드니 힘은 수레채를 엎을 수 있고 예리하기는 갑옷을 뚫을 만하다."라고 하였다. 송나라 사람으로 고운 비단과 좋은 먹으로써 국사의 필적을 구하는 자가 있었는데, 학사 권적⁸⁾에게 청하여 (시) 두 편을 짓게 하고 그것을 써서 부쳤다.

「소자-蘇東坡-의 문장이 바다 밖에 알려졌으나
　송조의 천자는 그 글을 불살랐다네
　문장은 재가 되어 없어지게 할 수 있지만

드높고 뛰어난 이름을 어찌 태울 수 있으리.」

그 한 편은 없어졌다.

[註解]

1) 金生: 711~791. 신라의 명필로 예서·초서·행서에 모두 능하였다. 상권 4, 주해1) 참고; 본서 26쪽.

2) 非晉魏時人: 魏·晉時代는 서예에 필자의 성정이 나타나는 것을 요구함과 동시에 법도와 풍격적인 면을 더욱 자각하였으므로 심미 의식이 풍부하게 발전하였다. 이로 인해 서예가 사회적으로 보편화되고 독자적인 예술의 지위를 확립하게 되었으며, 대표적으로 王羲之와 같은 걸출한 서예가를 배출하는 등 서예가 크게 발달하던 시기였다. 여기에서는 김생의 필법이 오묘해서 서예가 발달한 위·진 시대의 사람이 아니면 따르기 어렵다는 의미로 쓰였다.

　　오후규, 2005, 「魏晉代에서의 서예창작 이상」, 『서예학연구』 7, 174~175쪽.

3) 大鑑國師: 1069~1158. 坦然을 말하며 大鑑은 그의 諡號이다. 속성은 孫氏로 校尉 孫肅의 아들이다. 1087년에 승려가 되었고 1145년에 왕사로 책봉되었다. 중권 8, 주해8) 참고; 본서 193쪽.

4) 洪灌: ?~1126. 본관은 唐城－남양－으로 字는 無黨이고 시호는 忠平이다. 이름을 瓘으로도 쓰는 경우가 있는데, 韓致奫의 『海東繹史』에 의하면 글자의 偏旁이 다르지만 동일인으로 보았다. 과거에 급제하여 예종 때에 御史中丞, 禮部尙書, 文德殿學士 등을 역임하였고 왕명으로 삼한 이래의 사적을 모아 『編年通載續編』을 편찬하였다. 이자겸의 난이 일어났을 때에는 守司空·尙書左僕射로 都省에서 직숙하다가 변고를 듣고 입궁하여 왕을 시위하였으며, 왕이 延德宮으로 옮기게 되자 老病으로 뒤쳐져 결국 척준경에게 살해되었다. 홍관은 김생의 필법을 본받아 글씨를 잘 썼는데, 청연각의 기

문을 쓰고 편액하기도 하였다.

　　『高麗史』 권13, 世家13 睿宗 8년 10월 庚午.
　　『高麗史』 권73, 志27 選擧1 科目1 仁宗 원년 4월.
　　『高麗史』 권121, 列傳34 忠義 洪灌.
　　『高麗圖經』 권6, 宮殿2 延英殿閣.
　　『海東繹史』 권68, 人物考 高麗.

　5) 眞樂公: 李資玄(1061~1125)을 말하며 眞樂은 그의 諡號
이다. 그에 대해서는 중권 8, 주해1) 참고; 본서 191쪽.

　6) 惠素: 생몰년 미상. 慧素로 기록되기도 하였으며 見佛寺의 주
지로 승계는 重大師였다. 그에 대해서는 중권 11, 주해 1) 참고;
본서 215쪽.

　7) 崔楊: 현재 기록이 미비하여 본문의 최·양 성을 가진 자가
누구인지 알 수 없다.

　8) 權廸: 1094~1147. 본관은 安東으로 字는 得正이다. 『高麗
史』 世家에 權適, 選擧志에는 權廸으로 기록되어 있는데, 두 기사
가 동일한 사건임을 감안한다면 같은 인물이다. 과거에 급제하여 右
正言, 禮部侍郞, 國子祭酒, 翰林學士 등을 역임하였다. 1115년(예
종 10)에 金端, 趙奭, 甄惟底, 康就正 등과 함께 진사로서 송 태학
에 입학하였는데, 송 황제는 이들을 集英殿에서 親試하여 급제를 내
렸고 특별히 권적에게는 중국의 貫籍을 주었다고 한다. 1117년에
권적, 김단, 조석은 李資諒과 함께 귀국하였고 강취정과 견유저는
송에서 사망하였다.

　　『高麗史』 권14, 世家14 睿宗3 10년 7월·12년 5월 丁巳.
　　『高麗史』 권17, 世家17 仁宗 19년 4월 癸酉·毅宗 卽位年 12월 乙卯.
　　『高麗史』 권74, 志28 選擧2 科目2 制科 睿宗 10년 7월.
　　『高麗史』 권96, 列傳9 尹瓘.

下20.

堂弟尚書惟卿相門子, 少以風流自命, 與之遊者, 若近玉山行. 嘗中酒入賞
春亭, 吟賞木芍藥, 樞府李陽實從傍見之, 愛其風韻, 贈詩云.「一片隴西月,
飛来照洛城, 別時如久雨, 逢處若新晴.」韻多不載. 昔山谷論詩, 以謂不易古
人之意而造其語, 謂之換骨, 規模古人之意而形容之, 謂之奪胎. 此雖與夫活
剥生呑者, 相去如天淵, 然未免剽掠潛竊以爲之工. 豈亦謂出新意於古人亦不
到者之爲妙哉. 僕得是詩, 以謂此古人得意句. 昨雙明齋見李樞密論詩, 語及
此詩, 李相俊昌愀然變容曰, "此先公贈某詩也." 僕驚嘆不已, 謂座客曰, "若
以此詩編小杜集中, 孰知其非."

[譯文]

당제 상서 유경[1]은 재상가문의 자손으로 젊어서부터 풍류를 자처
했는데, 그와 더불어 노는 자들은 옥산에 가까이 가는 듯 했다.[2] 일
찍이 술에 취해 상춘정[3]에 올라 목작약[4]을 감상하는데, 추부 이양
실[5]이 따라와 곁에서 보고 그 풍류와 운치를 사랑하여 시를 지어
주었다.

> 「한 조각 농서[6]의 달이
> 날아와 낙성을 비추네.
> 헤어졌을 때에는 오랫동안 비 내리는 듯 하더니
> 만나는 곳에서는 새로 갠 듯하네.」

운이 많아 다 기재하지 못한다.

옛날에 산곡[7]이 시를 논하면서, 고인의 뜻을 바꾸지 않으면서 말
을 만드는 것을 환골이라 하고, 고인의 뜻을 모범으로 삼아 형용한
것을 탈태라고 하였다.[8] 이는 비록 (고인의 문장을) 그대로 따라
쓴[活剥生呑][9] 것과는 천양지차이지만 그대로 베끼는 것을 재주로

삼는 것에서는 벗어나지 못한 것이다. (그러므로) 어찌 이른바 고인
이 이르지 못한 곳에서 새로운 뜻을 내는 신묘함이 될 수 있으랴.
나는 이 시를 얻고는 이것이 고인의 뜻을 얻은 시구라고 생각했다.
어제 쌍명재[10]가 이추밀을 만나 시를 논하다가 말이 이 시에 미치
자 이준창[11]이 슬픈 기색으로 말하기를, "이것은 선공께서 저[某]
에게 준 것입니다."라고 하였다. 나는 경탄하기를 마지않으며 좌중
에게 말하기를, "만약 이 시를 소두집[12] 가운데 넣더라도 누가 그것
이 잘못인 것임을 알겠소."라고 하였다.

[註解]

1) 堂弟尚書惟卿: 생몰년 미상. 경원이씨 李子祥의 玄孫으로 中
書侍郎門下平章事를 지낸 李光瑨의 아들 李惟卿을 말한다. 그가 언
제 尚書(정3품)였는지에 대해서는 자료가 미비하여 알 수 없다. 李
奎報가 지은 祭文에는 太府卿(종3품)으로 되어 있으므로 사망한 얼
마 뒤까지도 太府卿이었다가 나중에 尚書로 추증된 것으로 생각된다.
한편, 본문을 통해 李仁老가 그의 從兄이었음을 확인할 수 있다.

『東文選』 권109, 祭文 「祭大府卿李公惟卿文」.

李萬烈, 1980, 「高麗 慶源李氏 家門의 展開過程」, 『韓國學報』 21, 23쪽.

2) 若近玉山行: 玉山은 준수한 용모를 가리키는 말이다. 晉의
裴楷가 풍채가 좋고 용모가 뛰어나며 여러 서책에 통달하였으므로,
당시 사람들이 그를 보면 마치 옥산에 가까이 있는 것처럼 사람을
비춘다고 칭찬했다. 여기서는 李惟卿을 玉山에 비유한 것이다.

『晉書』 권35, 裴楷.

3) 賞春亭: 봄을 감상한다는 의미의 정자로 궁궐 북쪽 禁苑에
있었다. 주로 연회의 장소로 이용되었으며, 醮祭나 道場을 열기도
했다. 1126년(인종 4)에 일어난 李資謙의 亂으로 궁궐이 대부분
소실되었으나 상춘정은 그대로 남아 있었다.

『高麗史』권127, 列傳40 叛逆1 李資謙.

金昌賢, 2002,「개경 궁성 안 건물의 배치와 의미」,『고려 개경의 구조
와 그 이념』, 신서원, 285쪽.

4) 木芍藥: 모란을 말한다. 자세한 내용은 상권 18, 주해5) 참
고; 본서 96쪽.

5) 李陽實: 생몰년 미상. 본관은 永州이며, 아버지는 允卿이다.
知中樞院事를 지냈다.

朴龍雲, 1990,「資料 : 科擧 設行과 製述科 及第者」,『高麗時代 蔭敍制
와 科擧制 研究』, 一志社, 525쪽.

6) 隴西: 지금의 중국 甘肅省 隴山·六山 일대를 말한다. 隴西는
중국에서 李氏의 관향으로 쓰이는데, 여기서는 李惟卿이 李氏이므
로 그를 비유해서 사용한 시구로 보인다. 이에 대해서는 상권 7, 주
해4) 참고; 본서 43쪽.

7) 山谷: 黃庭堅을 말한다. 山谷은 그의 호이다. 黃庭堅에 대해
서는 상권 20, 주해6) 참고; 본서 113쪽.

8) 以謂不易古人之意而造其語 … 謂之奪胎: 시나 문장을 지을
때, 다른 사람이 지은 좋은 구절을 적절히 이용하여 더 아름답고 새
로운 뜻의 글을 만들어 내는 것을 일컫는다. 본문의 내용은 南宋의
승려 惠洪이 쓴『冷齋夜話』의 구절을 인용한 것인데, 다음과 같다.
"山谷이 말하였다. 시의 뜻은 무궁한데 사람의 재주는 한이 있다.
유한한 재주로 무궁한 뜻을 쫓는다는 것은 비록 연명－陶潛－과 소
릉－杜甫－이라도 불가능한 일이다. 그러나 그 뜻을 바꾸지 않고
말을 만드는 것을 換骨法이라 하고, 그 뜻을 본받아 형용하는 것을
일러 奪胎法이라 한다[山谷云 詩意無窮而人之才有限 以有限之才
追無窮之意 雖淵明少陵不得工也 然不易其意而造其語 謂之換骨法
窺入其意而形容之 謂之奪胎法]."

『冷齋夜話』권1, 換骨奪胎法.

9) 此雖與夫活剝生吞者: 원문을 그대로 번역하면, 살아있는 것

의 가죽을 벗겨서 생채로 삼킨다는 뜻이다. 여기서는 古人의 문장을
있는 그대로 도용한다는 의미이다.

10) 雙明齋: 崔讜(1135~1211)의 齋號이다. 崔讜은 관직에서
물러난 뒤 張自牧·李俊昌·白光臣·高瑩中·李世長·玄德秀·趙通 등
과 耆老會를 만들어 이곳에서 시를 지으며, 한가롭게 즐겼다고 한
다. 崔讜에 대해서는 상권 4, 주해10) 본서 30쪽.

> 『東文選』 권65, 記 「雙明齋記」·권83, 序 「雙明齋詩集序」.
> 『高麗史節要』 권14, 熙宗 7년 9월.

11) 李相俊昌: 생몰년 미상. 李俊昌의 家系를 상세히 알 수 없
으나, 母親은 睿宗의 宮人이었다가 出宮된 인물이다. 벼슬이 樞密
院使에 이르렀다. 일찍이 그가 종3品 太僕卿에 임명될 당시 宮人의
자손은 7品에 限品되고 과거에 급제한 경우에도 5品을 넘지 못하도
록 되어 있었던 國制가 문제가 되었으나, 諫官이 두려워하여 반대하
지 못하였다는 일화가 있다(①). 이와 관련된 내용은 다음의 연구
성과가 참고된다(②).

> ① 『高麗史節要』 권13, 明宗 15년 12월.
> 『高麗史』 권100, 列傳13 李俊昌.
> ② 權斗奎, 1994, 「高麗時代 限品制와 世系 推尋範圍」, 『한국중세사연구』 1.
> 朱雄英, 1994, 「高麗朝의 限職體系와 社會構造」, 『國史館論叢』 55.
> 金昌賢, 2001, 「고려시대 限職 제도」, 『國史館論叢』 95.
> 李貞蘭, 2003, 『高麗時代 庶孽 研究』, 고려대 박사학위논문.

12) 小杜集: 唐의 詩人 杜牧(803~853)의 詩文集을 말한다.
杜牧의 字는 牧之이며, 『通典』을 지은 杜佑(735~812)는 그의 祖
父이다. 杜牧은 26세에 급제하여 弘文館校書郎이 되었으며, 벼슬이
中書舍人까지 올랐다. 그는 시에 뛰어났는데, 세상에서는 그를 杜甫
와 구별하여 小杜라 불렀다.

> 『舊唐書』 권147, 列傳97 杜佑 從郁子牧.
> 『新唐書』 권166, 列傳91 杜佑 孫牧.

盧在俊, 1998, 「杜牧詩의 用韻 硏究」, 『중국어문학논집』 10.

朴敏雄, 1999, 「杜牧詩板本小考」, 『중국어문학논집』 11.

下21.

[原文]

石鼓在岐陽孔子廟中, 自周至唐幾二千載, 詩書歹傳, 及諸史百子中, 固無歹傳. 且韋韓二公, 皆博古者, 何以卽謂周宣王鼓, 著於歌詞剖析無遺. 歐陽子亦以爲有三疑焉. 昨在書樓, 偶讀其文, 有會於予心者, 吟成二十韻, 以待後世君子云, 「木履傳爲萬世玩, 繋絰亦鼓諸儒舌, 窮隆石鼓古稱奇, 況是夫子玄宮物, 周宣昔日啓中興, 方召聯翩揮將鉞, 戎車三千若隼飛, 垁征玁狁南羈越, 拓境已復文虎基, 盛業宜將搯琴瑟, 振旅闐闐歌來来苣, 愼微亦得陳吉日, 應念當時將帥勤, 幾年刀䚉生蟣虱, 山河作誓可無亡, 粉壁圖形亦不滅, 豈如月斧隆雲根, 科斗竒文勒勳伐, 其辭渾芳簡而淳, 奧理宜當載風什, 胡奈詩官見不收, 滄海側畔遺明月, 嗟㐪去周千載餘, 雨打風催多壞缺, 歹留一行十數字, 蛇龍片甲誰復惜, 我車既攻馬亦同, 此語廼與詩相涉, 韓公固亦深於詩, 一讀卽認周宣烈, 風雲入筆騁雄詞, 剖析不肯遺毫髮, 不然斯文成寒灰, 豈與崇高得並列, 有如夢中遊帝歹, 暫聽鈞天悉清越, 我今吟哦欲補之, 毛錐已鈍難緝綴, 染拮雖知九鼎味, 飛鳥豈補一字朒.」

[譯文]

석고[1]는 기양[2]의 공자묘 안에 있는데,[3] 주에서 당에 이르기까지 대략 2천년 동안 시서로 전해졌으나, (이후) 모든 역사와 백가[百子] 중에는 실로 전하는 것이 없다. 또한 위응물[4]과 한유[5] 두 공은 모두 옛 글[古事]에 박식한 분들인데, 어찌 (이것을) 곧 주선왕[6]의 석고문이라 하면서도 가사에 드러내어(인용하여) 남김없이 분석[剖析]했단 말인가. 구양자[7]도 세 가지 의문[8]이 있다고 여겼다. 어

제 서루에서 우연히 그 글을 읽다가 내 마음 속에 맞는 것이 있어
20운을 지어 읊고, 후세의 군자를 기다리련다.

> 「나막신은 만세의 보물이 되어 전해지고
> 벽경[9] 또한 여러 유자의 혀를 부추겼네
> 우뚝한 석고 예부터 기이하다 하였는데
> 하물며 이것이 공자[10] 사당[11]의 물건임에랴
> 주 선왕이 옛날의 중흥을 열어갈 때
> 바야흐로 방숙[12]과 소호[13]는 연이어 장수의 부월을 휘둘렀네
> 융거 삼천은 매가 나는 듯
> 북으로 험윤을 치고 남으로 월을 속국으로 만들었네
> 지경을 넓혀 이미 문·무왕의 기업을 회복하였으니
> 성대한 왕업은 마땅히 거문고와 비파로 퍼뜨리네
> 북소리 따라 군대를 정돈하며 채기[14] 노래하고
> 삼가고 조심하여 다시 길일을 진설하였네
> 응당 그때 장수의 고생을 생각하니
> 몇 해나 활집에 이가 슬었던가
> 산하에 맹세하여 잊지 않고
> 벽상에 그려진 화상 역시 사라지지 않으리니
> 어찌 달 도끼[月斧]로 돌을 파내는 것이
> 과두[15]의 기문으로 훈공을 새기는 것과 같겠는가
> 그 문장은 매우 아름다우면서 간결하고 순박하니
> 오묘한 이치는 마땅히 풍아에 실릴만한데[16]
> 어찌 시관은 수록치 않고
> 창해가에 명월주(明月珠)를 빠트렸는고
> 아, 주와의 거리가 천 여 년이다
> 비바람에 깨어지고 마모되어
> 남은 건 한 줄에 열두어자이네
> 사룡의 편갑[17]을 누가 다시 아껴주리
> 우리 수레 이미 견고하고 군마 또한 그러하네[18]

이 말은 시경과 서로 연관되니[19]

한유도 진실로 시에 조예가 깊어

한번 읽고 바로 주선왕의 공적임을 알았네

풍운의 기세로 붓을 휘둘러 웅장한 글을 구사하여

부식하여 조금도 남김이 없었네

그렇지 않았다면 이 글은 차가운 재가 되었으리니

어찌 숭고장[20]과 나란히 놓일 수 있겠는가

꿈속에 천제의 궁궐에서 노닐며

잠시 균천악[21]을 들으니 모든 것이 맑아졌네

내 이제 시를 읊어 보태고자 하나

붓 끝은 이미 둔감하여 집철하기 어렵네

손가락을 찍어보면 구정[22]의 맛은 알겠네만

비조 구절에 어찌 한 글자 탈락을 보충하리오.[23]」

[註解]

1) 石鼓: 石鼓는 북의 모양을 하고 있는 돌을 말하며, 상단에는 石鼓文이라고 하는 四言詩가 새겨져 있다. 唐代에 비로소 발견되어 위응물, 한유, 구양수 등의 시에 인용되면서 널리 알려지기 시작했다. 마멸이 심하고 결문이 많아 정확한 내용을 알기는 어렵지만, 先秦 시기 군주의 遊獵에 대한 정황을 묘사하고 있으며 그로 인해 '獵碣'이라고도 불리었다. 현재 중국 북경시 古宮博物院에 소장되어 있다.

『陝西通志』권90, 藝文10 石鼓文.
『古今事文類聚別集』권12, 古今文集 古詩 石鼓歌.
『古今事文類聚別集』권12, 古今文集 雜著 跋石鼓文.

2) 岐陽: 지금의 중국 陝西省 岐山의 남쪽 일대를 말한다. 周의 成王이 제후들과 사냥했던 곳이다. 기산 아래에서는 古公亶父가 처음으로 周를 일으켰다 한다.

『史記』권4, 周本紀4.
『史記』권40, 楚世家10.

『詩地理攷』 권3, 周原.

3) 石鼓在岐陽孔子廟中: 石鼓의 조성시기에 대해 韋應物은 周文王의 鼓라고 하였고, 韓愈는 周 宣王의 鼓이며 공자의 묘 안에 있다고 하였다. 이인로가 석고의 소재지를 岐陽이라고 한 것은 한유의 견해를 수용한 것이다.

『古今事文類聚別集』 권12, 古今文集 雜著 跋石鼓文.

4) 韋應物: 737~786. 唐 京兆 사람으로 호는 蘇州이다. 比部員外郞, 左司郞中, 蘇州刺史등을 역임하였고 文宗 太和年間(827~835)에 太僕少卿, 御史中丞 등을 지냈다. 陶淵明과 함께 자연을 관조하는 詩風이 비슷하여 흔히 陶韋로 일컬어진다. 시집으로 『韋蘇州集』 10권이 있다.

『韋蘇州集』 別集類1 提要.

5) 韓愈: 768~824. 唐 昌黎 사람으로 字는 退之이고 시호는 文公이다. 그에 대해서는 상권 18, 주해14) 본서 99쪽.

6) 周宣王: ?~B.C.782. 周의 제11대 왕으로 휘는 靜 또는 靖이며, 厲王의 아들이다.

『史記』 권4, 周本紀4.

7) 歐陽子: 歐陽脩(1007~1072)를 말한다. 상권 18, 주해12) 본서 99쪽.

8) 三疑: 歐陽脩는 「跋石鼓文」에서 석고의 조성시기에 대한 韋應物과 韓愈의 說을 소개하면서 세 가지의 의문이 있다고 하였다. 첫 번째는 石鼓가 만들어졌다는 周 共和 元年(B.C.841)에서 嘉祐 8년(1063)까지는 1914년이 흘렀음에도 가는 글자가 엷게 남아 있는 것은 이치상 납득하기 어렵다고 하였다. 둘째는 새겨진 글자는 法式을 갖춘 옛 글자인데 言辭가 雅頌의 형식을 취하고 있으므로 詩書로 전해진 것 외에 다른 三代文章에도 그 자취가 있을 법한데 오직 이것뿐이며, 漢 이후의 博文好學者들도 모두가 생략하고 말하

지 않았다는 점이다. 셋째로는 隋의 장서가 가장 많아 그 志에 진시
황의 石刻 婆羅門과 그 밖의 圖書들도 다 있는데 石鼓文은 수록되
지 않았다는 점을 들고 있다.

『古今事文類聚別集』 권12, 古今文集 雜著 跋石鼓文.

9) 壁經: 漢 武帝 때에 魯 共王이 궁궐을 확장하기 위해 공자의
집을 헐었을 때 발견된 경전을 말한다. 당시 벽 속에서는 『尙書』를
비롯하여 『禮記』·『論語』·『孝經』 등의 수 십 편이 발견되었다.

『漢書』 권30, 藝文志10.

10) 夫子: 孔子(B.C.551∼B.C.479)를 말한다. 『史記』 孔子世
家에 의하면 본명은 丘이고, 자는 仲尼이며, 孔夫子라고도 한다. 그
의 선대는 宋 사람으로 아버지는 叔梁紇이고, 어머니는 顔氏이며,
B.C.551년에 魯 昌平鄕 鄹邑에서 출생하였다. B.C.517년부터 齊·
衛·陳·宋·晉·蔡·魯 등의 여러 나라를 두루 다녔으나, 魯에서 1년
간 大司寇에 임명된 것 외에 다른 곳에서는 등용되지 못하였다.
B.C.481년에 魯로 돌아와 제자양성과 저술활동에 전념하여 詩·書·
禮·樂·周易을 정리하고 『春秋』를 편찬하였다. 그의 언행을 기록한
『論語』가 세상에 전한다.

『史記』 권47, 孔子世家17.
『漢書』 권30, 藝文志10.

11) 玄宮: 북쪽 방향이나 그 방향의 宮을 의미하거나 제왕의 사
당 등을 의미하였다. 여기서는 공자의 묘 안에 석고가 있었다는 내
용으로 보아 공자의 祠堂을 의미한다.

『莊子注』 권3, 大宗師6.
『晉書』 권8, 列傳53 江逌.
『梁書』 권8, 列傳2 昭明太子.

12) 方叔: 생몰년 미상. 周 宣王의 장수로 3천 수레를 통솔하여
蠻荊을 정벌하였다고 한다.

『詩經』 小雅 采芑.

『論語』微子.

『詩集傳』권10, 南陔之什 小雅 六月六章章八句.

13) 召虎: 생몰년 미상. 周 宣王의 명으로 淮水를 건너 淮夷를 정벌하였다고 한다.

『詩經』大雅 江漢.

14) 采芑: 기나물을 뜯는다는 말이다. 『詩經』小雅 采芑에 方叔이 군대를 이끄는 내용이 전하는데, 그 첫머리에 '지난번 새로 만든 밭에 가서 나물을 뜯는다[薄言采芑 于彼新田].'라고 한 것에서 비롯된 말이다. 水草가 있는 곳에 군대와 군마를 머물게 할 수 있고, 군대가 정돈되고 여유가 있어야만 나물을 캘 수가 있음을 나타난 것이다. 따라서 여기서는 정돈된 군대가 돌아와 머무르는 것을 의미한다.

『詩經』小雅 采芑.

『毛詩名物解』권17, 雜解 草木總解 采芑.

『詩集傳』권10, 南陔之什 小雅 六月六章章八句.

『弘齋全書』권85, 經史講義22 詩2 彤弓之什.

15) 科斗: 중국 고대의 문자체이다. 붓이 발명되기 전에 대나무 끝을 두드려 필기도구로 썼으므로 字形이 올챙이와 비슷하여 붙여진 이름이며, 科斗文字·科斗書·科斗篆 등의 명칭으로 불리기도 한다.

漢語大辭典編纂委員會, 1991, 「科斗」, 『漢語大辭典』8, 漢語大辭典出版社, 49쪽.

16) 載風什: '풍십에 싣는다.'는 것은 詩經의 風雅에 수록될 만하다는 뜻으로 이해된다.

17) 蛇龍片甲: 蛇龍은 뱀과 용을 말하는데, 여기서는 용을 뜻한다. 편갑은 용이 허물을 벗고 남은 껍질 조각을 말하는 것으로 석고에 남아 있는 科斗文을 가리킨다.

『史記』권49, 外戚世家49.

18) 我車旣攻馬亦同: 石鼓文의 명문 중에 비교적 마멸이나 결락이 심하지 않은 여덟 번째 행의 문장을 인용한 것이다. 즉 『周秦刻

石釋音』의 石鼓文에는 "邀車旣工邀馬旣同"으로, 또 『詩經』 車攻章에는 "我車旣攻 我馬旣同"이라고 되어 있다. 이인로는 한유가 이 문장에 근거하여 석고문을 주선왕의 공적이라고 보았다고 판단하여 인용한 듯하다.

　　『周秦刻石釋音』 石鼓文.
　　『詩經』 小雅 南有嘉魚之什 車攻.

　　19) 此語迺與詩相涉: '此語'는 앞의 시구를 가리키는데, 『詩經』 小雅 車攻章에도 "我車旣攻我馬旣同"이라는 비슷한 시구가 있다. 石鼓文에도 "邀車旣工邀馬旣同"이라는 문장이 확인되므로, 기양의 석고는 주선왕의 석고라고 보는 듯하다. 여기서 '攻'은 堅固하다는 뜻이고, '同'은 齊와 같다는 의미이다. 그러나 대체로 결자가 많아 周 宣王의 공적을 기리는 석고인지는 명확하지 않다. 또한 구양수는 이미 주선왕의 石鼓라고 판단할만한 근거가 부족하다고 지적한 바 있다.

　　『古今事文類聚別集』 권12, 古今文集 雜著 跋石鼓文.
　　『毛詩注疏』 권17, 小雅 南有嘉魚之什 采芑四章章12句.
　　『詩集傳』 권10, 南陔之什 小雅 采芑四章章12句.

　　20) 崇高: 『詩經』 大雅의 崇高章을 말한다.

　　『詩經』 大雅 崇高章.

　　21) 釣天: 천계에서 연주되는 釣天樂을 말한다. 『史記』 趙世家에 의하면 趙簡子가 꿈속에서 하늘의 신들과 노닐며 웅장한 음악을 들었다고 술회하였는데, 여기서도 하늘에서나 들을 수 있는 웅장하고 아름다운 음악을 의미하는 것으로 생각된다.

　　『史記』 권43, 趙世家13.

　　22) 九鼎: 夏禹가 九州의 쇠를 징수하여 아홉 개의 정을 만들어, 추수 후에 송아지를 삶아 祭天儀式에 사용하였다고 한다.

　　『史記』 권28, 封禪書6.

　　23) 飛鳥豈補一字脫: 宋의 陳從易가 舊本의 杜甫詩集을 구해

읽다가 「送蔡都尉詩」의 "身輕一鳥○"라는 구절에서 '一鳥' 다음 글자가 탈락되어 있었다. 여러 빈객들이 각각 '疾, 落, 起, 下' 등의 글자로 시구를 보완하였으나 마지막 한 글자를 정하지는 못하였다. 나중에 善本을 얻어 확인해 보니 '過'자로 밝혀졌다. 즉 두보는 채도위의 위풍을 "몸이 민첩한 한 마리 새가 지나는 듯"이라고 묘사하였던 것이다. 여기서 이인로는 한유의 견해에 동의하여 주선왕의 석고라고 이해했다가, 구양수의 발석고문을 구해 읽고 석고에 대한 의문이 해소된 감흥을 시로 표현하면서, 종국에는 진종이의 고사를 들어 자신도 石鼓文의 결문에 대해 보충할 방법이 없음을 비유적으로 표현하였다.

『文忠集』 권128, 詩話 「居士退居汝陰而集以資閒談」.

下22.

[原文]

天下之事, 不以貴賤貧富爲之高下者, 唯文章耳. 盖文章之作, 如日月之麗天也, 雲烟聚散於大虛也, 有目者無不得覩, 不可以掩蔽. 是以布葛之士, 有足以垂光虹霓. 而趙孟之貴, 其勢豈不足以富國豊家, 至於文章, 則蔑稱焉. 由是言之, 文章自有一定之價, 富不爲之減. 故歐陽永叔云, "後世苟不公, 至今無聖賢." 濮陽世材才士也, 累擧不得第. 忽病目作詩, 「老與病相隨, 窮年一布衣, 玄華多掩映, 紫石少光輝, 怯照燈前字, 羞看雪後暉, 待看金牓罷, 閉目坐忘機.」 三娥輒棄去, 無兒息托錐之地, 簞瓢不繼. 年至五十得一第, 客有東都以沒. 至其文章, 豈以窮躓而廢之.

[譯文]

천하의 (모든) 일에 귀천과 빈부로써 고하를 삼지 않는 것은 오직 문장뿐이다. 대개 문장을 짓는 것은 해와 달이 하늘에 빛나고, 구름과 연기가 우주[太虛]에서 모이고 흩어지는 것과 같아, 눈이 있는 자라면 보지 못하는 것이 아니라서 가리고 숨길 수 없는 것이다. 이로써 포갈[1]의 선비라도 충분히 무지개처럼 빛을 드리울 수 있었다. 조맹[2]의 귀함은 그 세력이 어찌 나라를 부강하게 하고 집안을 풍요롭게 하는데 부족하겠느냐 만은 문장에 이르러서 만큼은 칭찬할 수 없는 것이다. 이러하므로 말하자면 문장은 스스로 일정한 가치를 지니고 있어서 부유하다 하여 줄어드는 것은 아니다. 그러므로 구양영숙[3]이 이르기를, "후세에 진실로 공정하지 못했다면, 지금 성현은 없을 것이다."라고 하였다. 복양 세재[4]는 재주 있는 선비였으나, 누차 과거에 급제하지 못하였다. 갑자기 눈병이 나니 시를 지었다.

> 「늙음과 질병이 서로 따르는
> 만년토록 포의의 신세로다
> 얼굴[玄華][6]에는 어두운 그림자 많고
> 눈동자[紫石][7]엔 광채가 적네
> 등 앞에서 글자 보기 겁을 내고
> 눈 온 후에 햇빛 보기 부끄러워라
> 금방[8]이 끝나기를 기다려 보고
> 눈 감고 기심[機] 잊는 것을 배우리.」[9]

세 번 장가들었으나 (처가) 문득 버리고 떠나니 자식이나 의탁할 송곳 꽂을 만한 땅도 없어서 한 그릇의 밥과 한 바가지의 물도 이어가지 못하였다. 나이 오십에 이르러 급제하였으나 동도[10]에서 떠돌다 죽었다. 그 문장에 있어서 어찌 곤궁하다 하여 폐할 수 있겠는가.

[註解]
1) 布葛: 베로 만든 옷을 말한다. 이는 벼슬하지 못한 사람들이

주로 입었기 때문에 庶人을 의미하는 용어로 사용되었다. 布葛에 대해서는 상권 15, 주해26) 본서 38쪽.

　2) 趙孟: 생몰년 미상. 춘추시대 晉의 大夫이다. 孟子는 조맹에 대해 "조맹의 귀한 바가 조맹을 천하게 만들 수 있다[趙孟之所貴 趙孟能賤之]."라고 하였다.

　　『孟子』 告子上2.

　3) 歐陽永叔: 歐陽脩(1007~1072)를 말한다. 상권 18, 주해 12) 본서 99쪽.

　4) 濮陽世材: 吳世才(생몰년 미상)를 말한다. 濮陽-지금의 중국 河南省 濮陽市-은 중국 오씨의 관향인데, 고려에서도 오씨를 뜻하는 별칭으로 사용되었던 듯하다. 吳世才의 字는 德全이고 高敞縣 사람이다. 그의 조부는 翰林學士 吳學麟이고 吳世功과 吳世文이 그의 형제이다. 오세재는 젊어서부터 六經에 능했으며, 詩와 文이 韓愈와 杜甫의 체를 본받아 뛰어났다 한다. 李仁老, 林椿, 趙通, 皇甫抗, 咸淳, 李湛之 등과 친교를 맺어 七賢이라 자칭하였다. 명종 때에 과거에 급제하였는데 성품이 소탈하고 조심성이 부족하여 추천되지 못했다. 이인로가 세 번이나 글을 올려 천거하기도 하였으나 끝내 관직에 나아가질 못했다. 이에 외조의 고향인 동경에서 곤궁한 생활을 하다가 졸하였다. 이규보와 망년의 교분이 있어 이규보가 그에게 玄靜先生이라는 諡號를 주었으며, 『東國李相國集』에는 오세재에 대한 哀詞가 남아있다.

　　『東國李相國集』 권37, 哀詞·祭文 「吳先生德全哀詞」.
　　『高麗史』 권102, 列傳15 李仁老 附吳世才.

　6) 玄華: 눈동자와 얼굴이 조화를 이루는 것으로 빛나고 아름다운 얼굴색을 의미한다.

　　漢語大辭典編纂委員會, 1988, 「玄華」, 『漢語大辭典』 2, 漢語大辭典出版社, 313쪽.

7) 紫石: 紫石英, 즉 紫水晶을 말한다. 巂州 지역의 산에서 많이
나는 것으로 그 색은 옅은 자줏빛이며, 끝이 뾰족한 오각형으로 되
어 있다. 그 재질이 투명하다 하여 깨끗하고 맑은 눈동자를 표현할
때 자주 쓰인다.

　　漢語大辭典編纂委員會, 1992, 「紫石」, 『漢語大辭典』 9, 漢語大辭典出版
　　社, 814쪽.

8) 金牓: 과거의 급제를 알리는 합격자 명단이 기록되어 있는 牓
文을 말한다. 이에 대해서는 상권 9, 주해 4) 참고: 본서205쪽 및
하권 10, 주해 8) 참고: 본서 313쪽.

9) 老與病相隨 … 閉目坐忘機: 오세재가 지은 이 시는 『東文選』과
『櫟翁稗說』에도 수록되어 있다. 機心은 무엇을 말하겠다는 의도적
인 마음을 말한다.

　　『東文選』 권9, 五言律詩 「病目」.

10) 東都: 고려시대 東京의 이칭으로 지금의 경상북도 경주시이
다. 이에 대해서는 중권 24, 주해5) 참고: 본서 262쪽.

下23.

[原文]

世以科第取士尚矣. 自漢魏而下縣歷六朝, 至唐宋最盛. 本朝亦遵其法, 三年
一比, 上下數千載以文拾靑紫者不可勝紀. 然先多士而後大拜者甚鮮. 盖文章得
於天性, 而爵禄人之所有也. 苟求之以道, 則可謂易矣. 然天地之於萬物也, 使
不得專其美, 故角者去齒, 翼則兩其足, 名花無實, 彩雲易散. 至於人亦然, 畀
之以奇才茂藝, 則革功名而不與, 理則然矣. 是以自孔孟荀揚, 以至韓柳李杜,
雖文章德譽足以聳動千古, 而位不登於卿相矣. 旀以龍頭之高選得躍台衡者,
實古人所謂楊州駕鶴也, 豈可以多得扰. 本朝以狀頭入相者十有八人. 今崔洪胤
琴克儀相繼, 已到黃扉, 而僕與金侍郞君綏並遊詞苑, 其餘得列於淸華亦十五

人, 何其盛也. 今上即阼六年己巳, 金公出守南州, 諸公會于檜里以餞之, 世謂
之龍頭會, 望之若登仙. 僕作一篇記之. 「龍飛位九五, 下有群龍聚, 呑吐明月
珠, 騰躍靑雲路, 旣登李膺門, 當需殷相雨, 但貴華歆頭, 腰尾奚足數.」 詞語雖
蕪拙, 庶幾使後世, 皆得知本朝得人之盛, 雖唐虞莫能及也.

[譯文]

세상에서 과거로 선비를 취한 것은 오래되었다. 한·위로부터 육
조를 거치고 당·송에 이르러 가장 성하였다. 본조 또한 그 법을 따
라 3년에 한 번 실시하였으니[1] 상하 수천 년에 문장으로써 관리[靑
紫][2]를 취한 것을 이루 다 기록할 수 없다. 그러나 많은 선비들의
앞에 있다가 후에 높은 벼슬에 임명된 자는 매우 적었다. 대개 문장
은 천성으로 얻어지는 것이고 작록은 사람이 가지는 바이기 때문이
니 진실로 도로써 구하면 쉽다고 이를 수 있다. 그러나 천지가 만물
에게 그 아름다움을 완전하게 갖지 못하게 하여서, 뿔이 있으면 이
가 없고 날개가 있으면 발이 두 개이며,[3] 이름 있는 꽃은 열매가 없
고 고운 구름은 쉽게 흩어진다. (이것은) 사람에게도 또한 그러하
니, 기이하고 뛰어난 재예를 주면 빛나는 공명을 허여(許與)하지 않
으니 이치가 그러한 것이다. 이 때문에 공자[4]·맹자[5]·순자[6]·양자[7]
로부터 한유[8]·유종원[9]·이백[10]·두보[11]에 이르기까지는 비록 문장
과 덕예가 천고토록 세상을 울리기에 충분하였지만, 지위는 경상에
오르지 못하였다. 장원[龍頭]으로 높이 선발되어 재상[台衡]에 올
랐다는 것은 실로 옛 사람이 말한 양주에서 학을 탔다[楊州駕鶴][12]
라는 것이니, 어찌 많이 얻을 수 있겠는가. 본조에서 장원으로 (급제
한 후) 재상이 된 자는 18인이다. 지금 최홍윤[13]·금극의[14]가 서로
이어 이미 황비[15]에 이르렀고 나와 시랑 김군수[16]가 함께 고원[17]에
노닐고 그 나머지도 청화[18]의 반열을 얻은 자가 또한 15인이니, 얼
마나 많은가. 지금 임금께서 즉위하신지 6년째인 기사년에 김공이

남주의 수령으로 나가게 되니[19] 여러 공들이 회리에 모여 전별하였
다. 세상에서는 이를 용두회[20]라고 이르며 신선이 되는 것처럼 바라
보았다. 내가 한 편을 지어 기록한다.

「용은 날아 구오[21]에 자리하고
아래에 여러 용이 모였네
명월주를 삼켰다 토하고
청운의 길에 뛰어 올랐네
이미 이응의 문에 올랐고[22]
마침 은상우[23]가 내렸네
단지 화흠[24]의 머리가 귀하니
허리와 꼬리를 어찌 족히 세겠는가.」

시어는 비록 거칠고 졸렬하지만 후세 사람들이 본조에서 재주 있
는 선비를 많이 얻은 것이 비록 당우[25]시대라도 미칠 수 없음을 모
두 알게 되기를 바란다.

[註解]
1) 三年一比: 周代에 3년마다 관리와 처사의 재능을 겨루어 등용
하는 ‘三年大比’에서 유래하였고, 式年試가 여기서 나왔다(①). 『高
麗史』選擧志1 科目1 選場條를 정리해보면 고려시대의 과거는 모두
250회가 시행되었다(②). 따라서 이를 바탕으로 계산해보면 과거
는 대략 2년에 한 번씩 시행된 셈이다(③).
　①『周禮』地官 鄕大夫.
　② 朴龍雲, 1990, 「〈資料〉科試 設行과 製述科 及第者」, 『高麗時代 蔭敍
　　　制와 科擧制研究』, 一志社, 325쪽.
　③ 曺佐鎬, 1958, 「麗代의 科擧制度」, 『歷史學報』10, 128~135쪽.
2) 靑紫: 본래 公卿의 服飾을 가리키는 말이며, 공경의 지위를
의미하기도 한다. 여기서는 관리를 뜻하는 말로 쓰였다.

『周書』 권45, 列傳37 儒林.

檀國大學校 東洋學研究所, 2002, 「拾」, 『漢韓大辭典』 5, 檀國大學校出版
部, 1186쪽.

3) 故角者去齒翼則兩其足: 『漢書』 董仲舒傳에 "하늘은 나주어
주는 바가 있으니, 이를 준 것에는 뿔이 없고, 날개가 있는 것에는
발이 두 개이다."라는 고사를 인용한 것이다. 하늘은 공평하여 편애
하지 않는다는 것을 의미한다.

『漢書』 권56, 列傳26 董仲舒.

4) 孔: 孔子(B.C.551~B.C.479)를 말한다. 그에 대해서는 하권
21, 주해10) 참고; 본서 353쪽.

5) 孟: 孟子(B.C.372~B.C.289)를 말한다. 이름은 軻, 자는 子
輿이다. 공자의 손자인 子思의 문인에게 배웠다. 齊·宋·膝·魏 등의
나라를 주유하였지만 등용되지 못하고 고향으로 돌아와 문인과 함께
유가의 저서들을 모았다. 맹자의 말을 모은 『孟子』가 남아있다.

『史記』 권47, 孔子世家17.

6) 荀: 荀子(B.C.313?~B.C.238)를 말한다. 이름은 況, 자는
卿이다. 50세에 齊에 유학하여 3번 祭酒를 지냈지만 참소를 받아
제나라를 떠났다. 楚의 재상 春申君의 천거로 蘭陵令이 되었으나
춘신군이 죽자 벼슬에서 물러나서 난릉에 머물며 저술활동을 하다
가 죽었다.

『史記』 권47, 孔子世家17.

7) 揚: 揚雄(B.C.53~A.D.18)을 말한다. 姓을 揚으로도 쓰지
만 楊이 옳다. 양웅에 대해서는 상권 4, 주해12) 참고; 본서 31쪽.

8) 韓: 韓愈(768~824)를 말한다. 그에 대해서는 상권 18, 주
해14) 참고; 본서 99쪽.

9) 柳: 柳宗元(773~819)을 말한다. 唐 河東 사람이고, 자는
子厚이다. 793년 급제하였고 王叔文에게 발탁되어 禮部員外郎이
되었고 왕숙문의 개혁정치에 참여하였다. 왕숙문이 실권하자 좌천당

하여 召州刺史, 永州司馬가 되었으며 815년에 柳州刺史에 임명되었다. 그의 문장은 정밀하고 세련된 것으로 평가되며 한유와 더불어 '韓柳'로 불리었다.

『舊唐書』 권160, 列傳110 柳宗元.

『新唐書』 권168, 列傳93 柳宗元.

10) 李: 李白(701~762)을 말한다. 唐 山東 사람이고, 자는 太白이다. 天寶(741~756) 연간 초에 吳筠과 떠돌며 剡縣에 은거하였다가 오균이 먼저 경사로 간 후 그에 의해 천거되어 翰林學士가 되었지만 高力士의 미움을 받아 배척당하여 유랑하였다. 안록산의 난 때 永王 璘이 거병하자 그의 막료가 되었지만, 영왕이 숙종에게 패하자 이백은 夜郞으로 유배되었다.

『舊唐書』 권190下, 列傳140下 文苑下 李白.

『新唐書』 권202, 列傳127 文藝中 李白.

11) 杜: 杜甫(712~770)를 말한다. 그에 대해서는 상권 20, 주해1) 참고: 본서 112쪽.

12) 楊州駕鶴: 蘇軾의 「於潛僧綠筠軒可」에 의하면 사람들이 각자 욕망을 말하는데 혹자는 양주자사가 되기를 원하고 혹자는 재물이 많기를, 혹자는 학을 타고 하늘을 오르기를 원하였다. 이때 한 사람이 허리에 10만 관의 황금을 차고 학을 타고 양주 위를 날고 싶다고 하여 세 사람이 원하는 것을 합하여 말하였다. 여기서는 하나도 이루기 힘든 소원 3가지를 양주가학이라는 말로 표현한 고사에 빗대어서 과거에 장원으로 급제하고 재상의 지위에 오르는 것이 매우 어려운 일임을 표현한 것이다.

『東坡詩集註』 권29, 於潛僧綠筠軒可.

13) 崔洪胤: ?~1239. 과거에 장원으로 급제하고, 1212년에 政堂文學이 되었으며 고종 때 평장사가 되었다. 3차례에 걸쳐 과거를 주관하여 馬仲奇, 田慶成, 廉珝 등을 선발하였다.

『高麗史』 권21, 世家21 康宗 원년 12월 乙未.

『高麗史』 권73, 志27 選擧1 科目1 熙宗 원년 7월·康宗 원년 6월·高宗 2년 5월.

『東國李相國集』 권14 古律詩 次韻崔相國洪胤和琴相國題中書壁上之什奉呈兩相.

14) 琴克儀: 1153~1230. 자는 節之, 초명이 극의이고 후에 儀로 개명하였다. 1184년에 장원으로 급제하여 내시가 되었다. 최충헌 집권기 때 문사로 등용된 이후 간관직과 승선직을 지냈고, 1212년에 簽書樞密院事·左散騎常侍·翰林學士承旨를, 1215년에 政堂文學·左僕射·寶文閣大學士·修國史를, 1217년에 守太尉·中書侍郎平章事 등을 역임하고, 1220년에 守太保·門下侍郎同中書門下平章事·判吏部事로 치사하였다.

『高麗史』 권102, 列傳15 琴儀.

『高麗墓誌銘集成』, 「琴儀墓誌銘」.

15) 黃扉: 재상 또는 재상이 정무를 처리하는 관서를 가리키며, 문을 누렇게 칠하여서 황비라고 부른다. 여기서는 中書門下省의 宰臣을 의미하는 말로 쓰였다. 본문에서 금상이 즉위한 지 6년째이고 그 해가 기사년이라고 하였는데, 이는 희종 5년인 1209년을 가리킨다. 최홍윤과 금극의가 황비에 이르렀다고 하였으므로 이때에 이미 宰臣職을 역임하였을 것으로 생각된다.

檀國大學校 東洋學研究所, 2008, 「黃」, 『漢韓大辭典』15, 檀國大學校出版部, 1208쪽.

16) 金侍郎君綏: 생몰년 미상. 김군수는 1194년에 급제하여 直翰林院이 되었고, 1216년에 禮部侍郎兼兵馬副使가 되었다. 그에 대해서는 상권 9, 주해12) 참고; 본서 52쪽.

17) 誥苑: 誥院을 말한다. 이를 통해 김군수가 지제고에 임명되었음을 알 수 있다. 이에 대해서는 중권 3, 주해12) 참고; 본서 159쪽.

18) 淸華: 淸切·淸望·淸顯·華要 등과 함께 淸要職을 의미하는
말로 쓰였다. 청요직은 청직과 요직이 합쳐져서 이루어진 용어로 글
자 그대로 '깨끗하면서 중요한 관직'이라는 의미를 지니고 있었다.
주로 국왕과 직접 관련되거나 유교정치이념의 구현과 깊은 연관성
을 맺고 있는 업무를 주로 담당하였다. 청요직으로 대우를 받은 직
위는 御史臺와 中書門下省 郎舍 소속의 臺諫職, 政曹인 吏部와 兵
部의 관원, 翰林院官과 誥院의 知制誥, 寶文閣과 史館의 관원, 國
子監의 祭酒와 中樞院의 承宣 등이었다. 여기에는 풍부한 학식과
함께 문장력이 뛰어나면서도 견실한 생활을 영위하는 사람들이 발
탁되었다.

　　　박용운, 1997,「고려시대의 淸要職에 대한 고찰」,『高麗時代 官階·官職
　　　　　硏究』, 고려대학교 출판부, 214~215·235~236쪽.

19) 今上卽阼六年己巳 金公出守南州: 금상은 희종이고 기사년
은 1209년, 곧 희종 5년이다. 하지만 이 해 김군수가 지방관으로
파견된 기사는 확인되지 않는다.

20) 龍頭會: 과거의 장원급제자들이 갖는 모임으로 선망이 대상
이 되었다고 한다.

　　　許興植, 1979,「高麗의 科擧와 門蔭制度와의 比較」,『韓國史硏究』27,
　　　　　698쪽.

21) 九五: 易卦 六爻 중 밑에서 다섯 번째의 陽爻를 말하는 것
으로 임금의 자리를 상징한다.

　　　檀國大學校 東洋學硏究所, 1991,「九」,『漢韓大辭典』1, 檀國大學校出版
　　　　　部, 550쪽.

22) 旣登李膺門: 이응(110~169)은 後漢의 관리이다. 당시 정
치가 문란해져서 기강이 무너졌는데 이응만이 홀로 風裁를 지니고
있어 명성이 높아졌고, 당시 선비들은 이응과 교제하는 것을 登龍門
으로 여겼다고 한다. 그러므로 이응의 문에 올랐다는 것은 과거에
급제하였다는 것을 의미한다.

『後漢書』 권67, 黨錮列傳57 李膺.

23) 殷相雨: 殷 高宗이 傅說을 재상으로 발탁하면서 "만약 금이
면 당신을 써서 숫돌을 삼고, 만약 큰 내를 건넌다면 당신을 써서
배와 노를 삼으며, 만약 해에 큰 가뭄이 든다면 당신을 써서 장마
비를 삼을 것이다."라고 말한 것에서 유래하였다. 여기서는 부열과
같은 고사를 인용하여 재상의 관직에 오르는 것을 표현하였다.

『書經』 商書 說命上.

24) 華歆: 157～231. 삼국시대 魏 平原 高唐 사람으로 孫策을
섬겼다가 曹操의 부름을 받고 議郎이 되었고 다시 尙書令에 임명되
었다. 文帝 때 司徒에, 明帝 때 太尉가 되었다. 화흠은 邴原·管寧과
함께 교우하였는데, 당시 사람들이 화흠을 龍頭, 병원을 龍腹, 관영
을 龍尾라고 불렀다. 그러므로 華歆頭는 뛰어난 사람 가운데 으뜸이
라는 의미로 장원 급제를 말한다.

『三國志』 권13, 魏書13 華歆.

25) 唐虞: 중국 고대의 전설적 임금인 陶唐氏 堯와 有虞氏 舜을
함께 이르는 말로 중국의 이상적 태평시대인 요순시대를 일컫는다.
이에 대해서는 중권 8, 주해18) 참고; 본서 197쪽.

下24.

[原文]

傳曰,「在南爲橘, 在北爲根.」 盖草木非其土莫遂其性. 昨出金閨至御花苑,
見橘樹高一丈, 結實甚多. 問苑吏云, "南州人亦獻, 旦旦以塩水沃其根, 故得
盛茂." 噫草樹固無知物也, 猶資灌漑栽培之力, 得致於斯. 況人主之用人, 毋
論遠近踈戚, 結之以恩愛, 養之以祿秩, 則安有不盡忠竭誠, 以補國家歟. 因
書十二韻, 庶幾採詩者, 用塵乙覽. 「誰把炎州種, 移栽禁御傍, 脫身辭瘴海,
托地近宮墻, 玉瘦叢多刺, 雲繁葉有芒, 春葩渾帶白, 秋實漸含黃, 浩露凝爲

腦, 生綃用隔甗, 摘宜煩素手, 熟必待淸霜, 噀霧沾衣袖, 飛泉沃肺腸, 縱經淮
水遠, 不減洞庭香, 氣味含仙界, 音塵隔古鄕, 雖云非土性, 只爲被恩光, 恥與
千奴並, 唯容四皓藏, 君看圯上老, 去楚佐高皇.」

[譯文]

전하기를, 「남쪽에 있으면 귤이 되고 북쪽에 있으면 탱자[枳]가
된다.」¹⁾라고 하였다. 대개 초목은 적합한 토양이 아니면 그 성질을
이을 수 없다. 어제 금규²⁾에서 나와 어화원³⁾에 이르러 높이가 한
길이나 되는 귤나무를 보니, 열매 맺힌 것이 매우 많았다. 원리에게
물어보니, "남쪽지방 사람이 바친 것으로 아침마다 염수로 뿌리를
비옥하게 했더니 그 까닭에 무성하게 되었습니다."라고 하였다. 아!
초목은 진실로 지각이 없는 것인데, 오히려 물을 대고 기르는 힘의
도움으로 이에 이를 수 있었다. 하물며 임금이 인재를 씀에 원근과
친소를 따지지 않고 은혜와 사랑으로 맺고 벼슬로 기른다면, (인재
가) 어찌 충성을 다하여 국가를 돕지 않겠는가. 이로 인해 12운을
가지고 지었으니, 시를 수집하는 자가 하찮은 것이지만 을람⁴⁾에 써
주기를 바란다.

「누가 염주⁵⁾의 종자를 가져다가
궁궐 곁에 옮겨 심었는가
자유로운 몸으로 남쪽 바닷가⁶⁾를 떠나서
의탁한 곳이 궁성에 가까웠네
옥처럼 여윈 떨기에 가시가 많고
구름 같이 무성한 잎에는 까락이 있네
봄꽃은 전부 흰 빛을 띠고
가을 열매는 점차 누른 빛을 머금네
이슬은 엉기어 마뇌[腦]처럼 커지고
생초를 써서 속을 나누었네

딸 때는 마땅히 흰 손을 번거롭게 해야 하고

익는 것은 반드시 맑은 서리를 기다려야 하네

안개를 내뿜어 옷소매가 젖고

샘이 솟아 폐와 장을 적시네

비록 회수[7]를 멀리 건넜으나

동정의 향[8]은 줄어들지 않았으니

냄새와 맛은 선계를 머금었고

소식[音塵]은 고향을 멀리 하였네

비록 토성은 아니라고 하나

다만 은혜로운 빛을 입어서라네

천노[9]와 함께하기가 부끄러워

오로지 사호[10]에 숨는 것을 용납하였네

그대는 보았는가 다리 위의 노인이

초나라를 버리고 고황제를 돕는 것을[11].」

[註解]

1) 在南爲橘 在北爲根: 『周禮』에 "회남의 귤을 회북에 옮겨 심으면 탱자가 된다."라고 한 기록에서 비롯하였다. 이는 사람의 경우를 귤의 성질 변화에 빗대어 표현한 것이다.

　　『周禮』 考工記 권상.

2) 金閨: 翰林院을 말한다. 이에 대해서는 중권 8, 주해2) 참고; 본서 191쪽.

3) 御花苑: 궁궐 북쪽 禁苑 지역에 위치하는 화원을 말한다. 이곳은 연회의 장소로 이용되거나 醮祭, 道場 등 종교행사의 장소로도 이용되었다.

　　金昌賢, 2011, 「고려 개경의 대궐과 행사」, 『고려 개경의 편제와 궁궐』, 景仁文化社, 111~114쪽.

4) 乙覽: 乙夜覽의 준말이다. 이는 왕이 책을 보는 것으로 왕이 정무를 마치고 취침 전에 책을 보았기 때문에 붙여진 명칭이다.

『杜陽雜編』 권중.

檀國大學校 東洋學硏究所, 1991,「乙」,『漢韓大辭典』1, 檀國大學校出版
部, 520쪽.

5) 炎州: 따뜻한 남쪽지역을 가리킨다.『楚辭』에 의하면 아름다운
남방은 더워서 겨울에도 계수에 꽃이 핀다는 기록이 있다.

『楚辭』 권5, 遠遊.

檀國大學校 東洋學硏究所, 2005,「炎」,『漢韓大辭典』8, 檀國大學校出版
部, 1056쪽.

6) 瘴海: 중국 남쪽의 열대 산림 지역에서 지열과 습기에 의해
발생하는 독기인 瘴氣가 있는 지역을 말한다. 본문에서 장해를 사양
했다고 한 것은 귤이 중국의 따뜻한 남쪽 바닷가 지방에서 왔음을
의미한다.

檀國大學校 東洋學硏究所, 2006,「瘴」,『漢韓大辭典』9, 檀國大學校出版
部, 1037쪽.

7) 淮水: 강의 이름이다. 중국의 하남성 桐柏山에서 발원하여 안
휘성과 강소성을 지나 바다로 흘러든다. 여기서 회수를 건넜다고 표
현한 것은 귤이 남쪽을 떠나 멀리 개경으로 들어왔음을 의미한다.

檀國大學校 東洋學硏究所, 2005,「淮」,『漢韓大辭典』8, 檀國大學校出版
部, 627쪽.

8) 洞庭香: 洞庭은 중국 호남성 북부에 있는 담수호이며, 여기서
생산되는 귤을 洞庭柑이라고 한다. 본문에서 동정향이라고 칭한 것
은 질 좋은 귤의 향기를 말하는 것으로 보인다.

檀國大學校 東洋學硏究所, 2005,「洞」,『漢韓大辭典』8, 檀國大學校出版
部, 333쪽.

9) 千奴: 千頭木奴의 준말로 귤나무를 의미한다. 이는 吳의 李
衡이 귤나무 천 그루를 심고 木奴라고 한 것에서 비롯한다.

『吳書』 권48, 三嗣主 孫休.

10) 唯容四皓藏: 四皓는 秦 말엽에 난세를 피해서 藍田山에 은
거하였던 東園公·綺里季·夏黃公·甪里先生을 말한다. 이들 네 노인

은 모두 눈썹과 수염이 하얗기 때문에 四皓라고 불리었다. 이들은 漢高祖의 마음을 돌려 惠帝의 太子 자리를 보존케 하였다. 한편 본문에서 "사호에 숨는 것을 용납하였다."라는 말은 귤의 속살이 하얀 속껍질 속에 들어있는 모양을 은유적으로 표현한 것이다.

> 檀國大學校 東洋學硏究所, 2000, 「四」, 『漢韓大辭典』 3, 檀國大學校出版部, 420쪽.

11) 君看圯上老 去楚佐高皇: 圯上老는 漢의 張良이 圯橋 위에서 만났다는 노인 즉 黃石公을 말한다. 한편 본문에서 "이상노인이 楚를 버리고 高皇을 도왔다."라고 한 것은 장량이 黃石公에게서 兵書를 받아서 읽고 漢의 高皇帝, 즉 劉邦을 도와 천하를 통일한 것을 이른다.

> 『史記』 권55, 留侯世家25.
> 檀國大學校 東洋學硏究所, 2000, 「圯」, 『漢韓大辭典』 3, 檀國大學校出版部, 511쪽.

下25.

[原文]

耆之避地江南幾十餘載, 携病妻還京師, 無托錐之地. 偶遊一蕭寺, 岸幅巾兀坐長嘯. 僧問, "君是何人放傲如是." 卽書二十八字. 「早把文章動帝京, 乾坤一介老書生, 如今始覺空門味, 滿院無人識姓名.」

[譯文]

기지¹⁾가 강남²⁾에서 몇 십여 년을 은거하다가 병든 아내를 데리고 서울에 돌아오니 송곳 꽂을 땅도 없었다. 우연히 어느 한적한 절에서 노닐며 복건을 젖혀 쓰고 가만히 앉아 길게 목청을 뽑아 시를 읊조렸다. 중이 묻기를, "그대가 누구이기에 방자하고 오만하기가 이와 같은가."라고 하니 곧 (시) 스물여덟 자를 썼다.

> 「일찍이 문장으로 서울에 떨쳤더니
> (지금은) 세상에 한낱 늙은 서생이네
> 이제야 비로소 공문³⁾의 이치를 깨달았으나
> 온 절에 성명을 아는 이가 없네.」

[註解]

1) 耆之: 林椿(생몰년 미상)을 말한다. 耆之는 그의 字이다. 그에 대해서는 상권 21, 주해6) 참고: 본서 117쪽.

2) 避地江南: 李仁老가 지은「西河先生集序」를 보면 의종 말년에 林椿은 武臣亂으로 가문이 화를 당하자 겨우 목숨을 보전해 은거하였다고 전한다. 또한 江南은 '江之南'으로 기록되어 있는데 漢江의 이남 지역을 대개 그렇게 불렀다. 임춘은 경상도 醴泉에 정착하여 醴泉林氏의 시조가 되었으니 醴泉을 말하는 것인지도 모르겠다.

　『西河集』, 序 西河先生集序.

3) 空門: 불교를 말한다. 모든 집착을 버리는 空法을 궁극의 경지로 여기고 열반에 들어가는 문으로 삼기 때문에 불교를 가리켜 그와 같이 일컫기도 한다.

　諸橋轍次, 1985,「空」,『大漢和辭典』8, 大修館書店, 651쪽.

下26.

[原文]

　白學士光臣掌貢籍及鮮鑠, 新牓諸生共設齋筵, 祝壽祺. 便謁學士於玉筍亭, 設小飮, 以一絶示之.「壽夭由来稟自天, 不因祈禱更延年, 醉眠昨夜有竒夢, 知是叢誠㪻感然.」

[譯文]

학사 백광신[1]이 과거를 관장했다가[2] 끝마치자 새로 급제한 여러 생도가 함께 재연을 베풀고 (학사의) 장수를 기원하였다. 곧 학사를 옥순정[3]에서 뵙고 작은 술자리를 여니 (학사가) 절구 한 수를 지어 보였다.

「장수와 요절은 본래 하늘로부터 받는 것이니
기도로 나이를 연장시킬 수는 없다네
어젯밤 취해 잠들어 기이한 꿈을 꾸었으니
정성이 모여 감동한 것임을 알겠도다.」

[註解]

1) 白學士光臣: 생몰년 미상. 시문에 능하여 崔忠獻이 茅亭을 짓고 여러 문사들로 하여금 문장을 겨루게 하는 자리에 초빙되어 심사를 맡기도 하였다. 관직에서 물러난 뒤에는 崔讜이 만든 海東耆老會의 일원이 되어 地上神仙이라고 불리기도 하였다.

　　『高麗史』 권73, 志27 選擧1 科目1 神宗 3년.
　　『高麗史』 권129, 列傳42 叛逆3 崔忠獻.
　　『東文選』 권84, 序 「海東後耆老會序」.

2) 掌貢籍及解鏁: 白光臣이 과거를 주관한 것은 1200년(신종 3)의 일로 任濡가 知貢擧였으며, 白光臣은 同知貢擧로 趙文拔 등을 선발했다.

　　『高麗史』 권73, 志27 選擧1 科目1 神宗 3년.

3) 玉筍亭: 어디에 있었던 정자인지 알 수 없다. 다만 玉筍이라는 명칭은 급제자를 의미하므로 과거 급제자들이 모여 연회를 베풀었던 장소로 짐작된다.

下27.

[原文]

昔元曉大聖混迹屠沽中, 嘗撫玩曲項葫蘆, 歌舞於市, 名之曰無㝵. 是後好事者, 綴金鈴於上, 垂彩帛於下, 以爲飾, 拊擊進退, 皆中音節, 廼摘取經論偈頌, 號曰無㝵歌. 至於田翁亦效之以爲戲. 無㝵智國嘗題云, 「此物久將無用用, 昔人還以不名名.」近有山人貫休作偈云, 「揮雙袖丙以斷二障, 三擧足丙以越三界.」皆以眞理比之. 僕亦見其舞作讚, 「腹若秋蟬, 頸如夏鼈, 其曲可以從人, 其虛可以容物, 不見窒於密石, 勿見笑於葵壺, 韓湘以之藏世界, 莊叟以之泛江湖, 孰爲之名, 小性居士, 孰爲之讚, 隴西駝李.」

[譯文]

옛날에 원효[1]대성이 천한 사람들 속에 있으면서, 일찍이 목 굽은 조롱박을 두드리며 저자에서 노래하고 춤추는 것을 이름하여 무애라고 하였다. 그 뒤로 호사가들이 금방울을 위에 달고 채색 비단을 아래로 늘여서 장식하고는 앞뒤로 움직이며 두드리니 모두 음절에 맞았다. 이에 경론의 게송[2]을 뽑아 모아서 무애가라고 불렀으며, 농부들 또한 본받아서 오락으로 삼았다. 무애지국사[3]가 일찍이 제를 지었다.

　　「이 물건은 오랫동안 쓰임 없는 것으로서 쓰였고,
　　　옛 사람은 도리어 이름 없는 것으로 이름 하였네.」

근래에 산인 관휴[4]가 게송을 지었다.

　　「양쪽 소매를 휘두르니, 이장[5]을 끊었기 때문이요
　　　세 번 다리를 드니, 삼계[6]를 초월했기 때문이네.」

모두가 진리를 비유한 것이다. 나 또한 그 춤을 보고서 찬을 지었다.

「배는 가을 매미 같이 비었고
목은 여름 자라 같이 굽었네
굽은 것은 남을 따를 수 있고
빈 것은 사물을 용납할 수 있네
밀석[7]에 막히지 않고
규호[8]같이 비웃음 받지 말기를
한상은 세상에서 숨었고[9]
장자는 강호에 떠다니는구나[10]
누가 이름을 지었는가 하니
소성거사[11]요
누가 찬을 지었는가 하니
농서의 타이[12][李仁老]로다.」

[註解]

1) 元曉: 617~686. 신라의 승려. 성은 薛氏이고 원효는 法名이다. 그는 특정 종파에 소속되거나 사상적으로 치우치지 않고 독자적인 사상체계를 확립한 것으로 유명하다. 이러한 면은 불교의 여러 종파를 하나의 진리에 귀납하고 종합 정리하여 자기 분열이 없는 보다 높은 입장에서 불교의 사상체계를 정리하고자 한 화쟁사상이나 '일체의 걸림이 없는 사람은 단번에 생사에서 벗어난다.'라는 무애사상에서 쉽게 찾을 수 있다. 또한 매사에 자유분방하게 행동하였고 대중 속에서 불교를 전파하고자 노력하였다.

金鍾宜, 1988, 「元曉의 無碍思想(Ⅱ)」, 『東義論集』 15(人文·社會科學篇).

2) 偈頌: 본래는 應頌－geya; 祗夜－으로 契經－sūtra; 修多羅－에서 산문으로 길게 내려쓰고 운문－게송－으로 그 뜻을 거듭 말한 것을 의미한다. 이로 인해 重頌이라고도 하는데, 산문을 운문

으로 거듭 요약하거나 부연한다는 뜻이다. 이에 대해서는 중권 14,
주해7) 참고: 본서 223쪽.

3) 無㝵智國: 생몰년 미상. 고려중기의 승려로 無㝵智國師로 추
증된 戒膺을 말한다. 그에 대해서는 중권 10, 주해1) 참고; 본서
210쪽.

4) 貫休: 생몰년 미상. 기록이 소략하여 정확히 어떠한 인물인지
알기 어렵다.

5) 二障: 불교에서 깨달음을 얻기 위해 극복해야 하는 煩惱障과
所知障을 말한다. 번뇌장은 집착으로 인해 정신이 어지러워져서 열
반의 경지에 이르는 것을 가로막는 장애를 말하며, 소지장은 어리석
음으로 인해 본성과 진리를 제대로 보지 못하는 것을 말한다. 따라
서 이장을 끊었다는 표현은 불교의 깨달음을 얻었다는 의미가 된다.
　　金吉祥 編著, 1998,「二障」,『佛教大辭典』下, 弘法院, 2082쪽.

6) 三界: 불교에서 중생이 살고 있는 欲界, 色界, 無色界를 말하
는데, 온 세상이란 의미 정도가 될 듯하다. 삼계를 초월했다는 것은
깨달음을 얻어 윤회의 고리에서 벗어났음을 의미한다.
　　金吉祥 編著, 1998,「三界」,『佛教大辭典』上, 弘法院, 1159쪽.

7) 密石: 잘 다듬어 결이 치밀한 돌을 말한다. 조롱박은 속이 텅
빈 반면, 밀석은 꽉 막힌 것을 말한다.
　　檀國大學校 東洋學硏究所, 2001,「密石」,『漢韓大辭典』4, 檀國大學校出
　　　版部, 364쪽.

8) 葵壺: 해바라기 꽃처럼 머리가 굽은 병을 말한다. 꼬부라진
조롱박이 규호처럼 비웃음 당하지 말라는 의미로 생각된다.

9) 韓湘以之藏世界: 韓湘(생몰년 미상)은 韓愈의 조카이며 大
理丞을 지냈다.『韓仙傳』등 후세의 소설이나 민간의 야사에 8仙의
하나로 묘사되고 있다. 여기서는 불교의 깨달음을 한상이 속세를 떠
나 신선이 된 일에 빗대어 표현하였다.

『五百家注昌黎文集』 권35, 「韓滂墓志銘」.

10) 莊叟以之泛江湖: 莊叟는 莊子(B.C.369~B.C.289?)를 말한다. 『莊子』에 惠子가 장자에게 큰 호박의 씨를 심었더니 열린 호박이 크기만 하고 쓸 데가 없다고 하자, 장자가 그만큼 큰 호박이면 큰 통으로 만들어 강호에 띄우면 좋겠다고 하였다. 여기서는 도가로써 불교의 원리를 비유한 것으로 깨달음을 얻어 윤회의 고리에서 벗어난 자유로운 상태를 표현하였다.

　　『莊子』 逍遙遊.

11) 小性居士: 원효의 別號인데, 『三國遺事』에는 '小姓居士'로 되어 있다.

　　『三國遺事』 義解5 元曉不羈.

　　최광식 외, 2008, 「『三國遺事』 點校(4)」, 『韓國史學報』 32, 456쪽.

12) 駝李: 後魏의 孝文帝가 四大姓氏를 정하려고 하자 당시 大姓인 隴西李氏가 그에 들어가지 못할까 걱정하여 한밤에 낙타를 타고 洛陽까지 이르렀는데, 이미 일이 끝났으므로 후에 사람들이 이를 가리켜서 '駝李'라고 불렀다는 고사가 있다. 여기서는 이인로가 중국의 농서이씨에 자신을 빗대어 표현한 것이다.

　　『朝野僉載』 권1.

下28.

[原文]

　僕八九歲, 隨一老儒習讀書. 嘗敎讀古人警句云, 「花笑檻前聲未聽, 鳥啼林下淚難看.」 僕曰, "終不若, 「柳嚬門外意難知.」" 詞甚的語意俱妙, 老儒愕然.

[譯文]

내가 여덟아홉 살 때, 어느 늙은 선비[儒者]를 따라 책 읽는 것을 배웠다. 일찍이 고인의 경구를 읽는 것을 가르쳐 주며 읊기를, 「꽃은 난간 앞에서 웃는데 그 소리는 들을 수가 없고, 새는 숲속에서 우는데 눈물은 볼 수가 없네.」[1]라고 하였다. 내가 말하기를, "마치는 구절은 「버들이 문 밖에서 찡그리는데 그 뜻은 알기 어렵네.」만 같지 못합니다."라고 하였다. 시어(詩語)가 매우 분명하고 말의 뜻이 모두 교묘하였으므로 늙은 선비가 매우 놀라워하였다.

[註解]

1) 花笑檻前聲未聽, 鳥啼林下淚難看: 이 시에 대한 정확한 찬자와 출전은 알 수 없으나, 조선 명종대 金麟厚에 의해 편저 및 언해된 것으로 알려진 『百聯抄解』에 이 시가 전해진다. 『百聯抄解』에는 한시의 원리와 묘미를 터득하기 좋은 수준 높은 동양의 名詩와 名句만을 골라 수록하고 있어, 초학자들의 한시를 익히는데 좋은 교육서가 되었다고 한다. 따라서 고려시대에도 이 시가 초학자들에게 한시를 익히는데 있어 많이 읽혀졌을 것이다.

안봄, 2001, 「『百聯抄解』 한시의 교육적 가치」, 『한국언어문학』 46.

下29.

[原文]

毅王詔五道及東西兩界, 分遣吏, 悉録諸院宇郵置丐題詩, 悉納御府. 察其風謡及民物利病, 因擇名章俊語編上, 以爲詩選. 有措大題驛壁云, 「終日曝背耕, 而無一斗粟, 換使坐廟堂, 食穀至萬斛.」金尚書莘尹出鎭龍灣幕, 亦作詩. 「割民媚上成風久, 擧國滔滔盡詭隨, 厚禄高官雖可戀, 青天白日固難欺, 齊王疾病如胅瘝, 摰烹醢[4]豈敢辭, 寄語友朋莫相笑, 正而不足是男兒.」 及是

---

4) 이체자 정보 없음.

吏録此兩篇進呈. 上閱詩恨讀, 至此黙然久之, 左右咸懼不測. 及秋命公移鎭
東藩 又明年還赴龍灣幕. 三受擁旄之命, 朝紳罕比.

[譯文]

　의종[1]께서 5도 및 동서 양계[2]에 조서를 내려 관리를 나누어 보
내 모든 원우·역원에 쓰여 있는 시를 기록하여 모두 어부[3]에 바치
게 하였다. (이후) 풍속을 읊은 노래 및 민간의 이익과 병폐를 살피
고 이름난 문장과 뛰어난 말을 가려 엮어서 시선을 만들도록 하였
다. 어떤 선비[措大]가 역의 벽에 시를 썼다.

　　「종일토록 뙤약볕을 등지고 농사를 지어도
　　한 말 겉곡식이 없네
　　바꾸어 묘당에 앉게 한다면
　　먹을 곡식 만 곡에 이르리.」

　상서 김신윤[4]이 용만[5]의 군막에 출진하여 또한 시를 시었다.

　　「백성을 약탈하여 위에 아부하는 풍속 오래되어
　　온 나라가 질펀하게 그릇됨을 따르네
　　비록 후한 녹 높은 관직 그리워하지만
　　밝은 태양 아래 진실로 속이기 어렵네
　　제나라 왕의 병이 만약 낫는다면
　　팽혜[6]에 이르는 것 감히 사양하리오
　　말을 벗에게 부치노니 서로 웃지 말게나
　　옳은 일 하다 부족해도 이것이 남아이네.」

　이때에 관리가 이 두 편을 기록하여 올렸다. 임금께서 시를 보고
감탄하며 읽다가 이 시에 이르러 묵묵히 오래도록 있으니 좌우가 모
두 두려워서 어쩔 줄을 몰랐다. 가을에 이르러 공에게 명하여 동번

으로 진을 옮기게 하고, 또 이듬해에 용만의 군막에 다시 부임하게
하였다. 세 번 옹모[7]의 명을 받으니 조관에게 드문 일이었다.

[註解]

1) 毅王: 고려의 제18대 왕인 毅宗을 말한다. 그에 대해서는 상
권 4, 주해7) 참고; 본서 29쪽.

2) 五道及東西兩界: 5도 양계는 고려의 지방행정구획이다. 먼저 5
도의 경우 명칭의 변화가 있긴 하지만 인종 때 楊廣忠淸州道·慶尙晉
州道·全羅州道·西海道·春州道의 5道按察使가 성립되었다(①). 양계
는 서북면·동북면으로 나뉘었는데 변경지대이기 때문에 일찍부터
외관제가 발달하였고 兵馬使가 파견되어 군사·행정의 임무를 수행
하였다(②).

　① 邊太燮, 1968,「高麗按察使考」,『歷史學報』40 ; 1971,「高麗按察使
　　　考」,『高麗政治制度史研究』, 一朝閣.

　② 邊太燮, 1971,「高麗兩界의 支配組織」,『高麗政治制度史研究』, 一朝閣.
　　　金南奎, 1989,「兩界의 兵馬使와 그 機能」,『高麗兩界地方史研究』,
　　　새문사.

3) 御府: 御府가 정확히 어떠한 기구를 말하는 것인지 확실치는
않으나 기능상 아마도 御書院을 가리킨다고 추정된다. 御書院은 禁
內六官 중의 하나로 궁궐 내의 귀중한 서책과 문서를 보관한 일종
의 王立圖書館과 유사한 기구였다.

　朴龍雲, 2005,「『高麗史』百官志 譯註(4)」,『고려시대연구』IX, 한국학중
　　　앙연구원 ; 2009,『『高麗史』百官志 譯註』, 신서원, 257~259쪽.

4) 金尙書莘尹: 생몰년 미상. 이를 통해 김신윤이 의주의 지방관
에 임명되었음을 알 수 있다. 그에 대해서는 중권 3, 주해22) 참고;
본서 163쪽.

5) 龍灣: 지금의 평안북도 의주시 일대이다. 이에 대해서는 중권
6, 주해12) 참고; 본서 182쪽.

6) 烹醢: 형벌 중의 하나로 팽은 삶아 죽이는 것이고 해는 젓을 담그는 것을 말한다. 춘추전국시대 齊 威王이 阿大夫를 삶아 죽여 신하들을 경계한 일이 있다. 여기서는 임금에게 간언하다가 처형되는 것을 팽해에 빗대어 표현하였다.

　　『戰國策』 趙策3.

7) 擁旄: 깃발을 잡는 것, 즉 군대를 통솔하는 것을 뜻한다. 여기서 조관에게 드문 일이라고 기록된 것은 문반인 김신윤이 양계지역의 수령에 연속해서 세 번이나 보임되었기 때문일 것이다.

　　檀國大學校 東洋學研究所, 2003, 「擁」, 『漢韓大辭典』 6, 檀國大學校出版部, 139쪽.

下30.

[原文]

西都古高勾麗亦都也. 控帶山河, 氣像秀異, 自古奇人異士多出焉. 睿王時有俊才姓鄭者, 忘其名. 垂髫時送友人詩云,「雨歇長堤草色多, 送君千里動悲歌, 大同江水何時盡, 別淚年年添作波.」 又作詩云,「桃李無言芳, 蝶自徘徊, 梧桐蕭洒芳, 鳳凰來儀, 無情物引有情物, 況是人不交相親, 君自遠方來此邑, 不期相會是良因, 七月八月天氣凉, 同衾共枕未盈旬, 我若陳雷膠漆信, 君今棄我如敗茵, 父母在芳不遠遊, 欲從不得心悠悠, 簷前巢燕有雌雄, 池上鴛鴦成雙浮, 何人驅此鳥, 使我解離愁.」 其後赴上都擢高第, 出入省闈, 謇謇有古諍臣風. 嘗扈從長源亭題詩云,「風送客帆雲片片, 露凝宮瓦玉鱗鱗, 綠楊閉戶八九屋, 明月倚樓三兩人.」 其語飄逸出塵皆類此. 及作東山齋眞静先生祭文, 上亦命作東山齋記. 作表云,「鶴背登真, 乘白雲於杳漠, 螭頭紀事, 披紫詔之丁寧.」 又云,「年踰七十, 不離中壽之徒, 功滿三千, 必被上清之召.」 又云,「而出入先生之門, 其来久矣, 況對揚天子之命, 無亦辭焉.」 至今皆膾炙不已焉.

[譯文]

서도[1]는 옛 고구려의 도읍이었다. 산과 강이 둘러있고 기상이 빼어나 예로부터 기이하고 뛰어난 사람이 많이 나왔다. 예종[2] 때에 재주 있는 이로 성이 정이란 자가 있었는데,[3] 그 이름은 잊었다. (그가) 젊었을 적에 벗을 보내는 시를 지었다.

「비개인 긴 둑엔 풀빛이 많은데
　먼 길에 그대를 보내자니 슬픈 노래가 나오네
　대동강 물이야 어느 때나 마르리
　이별의 눈물이 해마다 물결에 더해지네.」[4]

또 시를 지었는데,

「복숭아꽃 오얏꽃은 말이 없어도
　나비가 절로 와서 배회하고
　오동나무는 속되지 않고 고결해서
　봉황이 와서 춤을 추누나
　무정한 것도 유정한 것을 끄는데
　하물며 사람으로서 사귀어 친하지 않으랴
　그대가 먼 곳으로부터 이 고을에 와서
　기약 없이 만났으니 좋은 인연이로다.
　칠팔월 날씨 서늘한데
　잠자리를 함께한 지 열흘이 차지 않았으나
　나는 진중과 뇌의의 두터운 신뢰[膠漆][5]와 같다고 여겼는네
　그대는 지금 날 버리기를 못쓸 자리처럼 하네
　부모가 계시기에 멀리 가 놀지 못하니
　따르려 하나 따르지 못하니 마음만 아득하네
　처마 앞 제비집에도 암수가 있고
　못 위의 원앙도 쌍을 이루어 떠다니네
　어느 누가 이 새를 따라

나에게 이별의 수심을 풀어 줄거나.」

라고 하였다. 그 뒤 상도[6]에 와서 과거에 급제[7]하고 발탁되어 궁궐[省闈][8]에 출입하면서 곧은 말을 하니 옛 간쟁하는 신하의 풍모가 있었다. 일찍이 (임금을) 호종하여 장원정에 갔다가 시를 지었는데, 다음과 같다.

「바람은 돛단배를 구름조각처럼 보내고
　이슬엉긴 궁궐 기와엔 옥 빛이 아롱아롱
　푸른 버들숲엔 문 닫힌 여덟아홉 집
　달 밝은 누각에 기댄 사람 두세 명.」[9]

그 말이 뛰어나고 속세를 벗어난 것이 모두 이와 같았다. 동산재 진정선생[郭輿][10]의 제문을 지었더니, 상께서 또 동산재기(東山齋記)를 지으라고 명하셨다.[11] 표를 지었는데, "학을 타고 신선이 되어 하늘에 오르니 흰 구름은 아득하고 광막하네. 이수[12]에 이 일을 기록하니 자조[13]를 정중히 받드네."라고 하였다. 또 이르기를, "나이가 칠십을 넘었으니 중수[14]의 무리에서 떠나지 않았고, 공이 세상에 가득 찼으니 반드시 상의 맑은 부름을 입었던 것이다."라고 하였다. 또 이르기를 "선생의 문하에 출입한 내력이 오래되었고, 하물며 천자의 명을 받아 그 뜻을 천하에 널리 알리었으니 더 할 말이 없다."라고 하였으니, 지금까지 사람들 사이에 회자되기를 그치지 않는다.

[註解]
　1) 西都: 고려시대 西京의 이칭으로 지금의 북한 평양직할시 일대이다. 이에 대해서는 중권 5, 주해2) 참고; 본서 170쪽.
　2) 睿王: 고려의 제16대 왕 睿宗을 말한다. 그에 대해서는 중권

18, 주해1) 참고; 본서 235쪽.

　3) 有俊才姓鄭者: 鄭知常(?~1135)을 말한다. 그에 대해서는 상권 21, 주해7) 참고; 본서 117쪽.

　4) 垂髫時送友人詩云 … 別淚年年添作波.: 정지상이 지은 이 시는 『東文選』에도 수록되어 있다.

　　　『東文選』권19, 七言絶句「送人」.

　5) 陳雷膠漆信: 陳·雷는 陳重과 雷義을 말한다. 진중은 後漢의 豫章 宜春 사람으로 자는 景公이다. 雷義 역시 後漢의 豫章 鄱陽 사람으로 자는 仲公이다. 이들은 어려서부터 동향에서 자라고 수학하며 친한 벗이 되었다. 이후 진중이 뇌의와 함께 尙書郞이 되었을 때 뇌의가 쫓겨나자 진중이 병을 칭탁하고 벼슬에서 물러난 일이 있으며, 뇌의 또한 茂才로 뽑히자 이를 진중에게 양보하였는데, 그가 듣지 않자 미친 척하고 떠났다. 본문의 시에서는 이들의 우정이 매우 두터웠음을 膠漆 즉 아교와 옻칠이 서로 떨어지지 않는 것에 빗대어 이야기하였다.

　　　『後漢書』권45, 列傳71 陳重·雷義.

　6) 上都: 고려시대 수도인 開京의 이칭이다. 이에 대해서는 상권 7, 주해3) 참고; 본서 42쪽.

　7) 高第: 본래는 성적이 우수하여 서열이 높은 것을 의미하였으나, 뒤에는 보통 과거에 급제한 것을 이르는 말로 사용되었다.

　　　檀國大學校 東洋學硏究所, 2007, 「高」, 『漢韓大辭典』15, 檀國大學校出版部, 664쪽.

　8) 省闥: 궁궐 안을 말한다. 이에 대해서는 하권 2, 주해15) 참고; 본서 285쪽.

　9) 嘗扈從長源亭題詩云: 長源亭은 1056년(문종 10)에 창건한 離宮이다. 중권 9, 주해11) 참고; 본서 206쪽. 본문에서 정지상이 임금을 호종하고 장원정에 나갔을 당시 지었다는 시와 유사한 내용

의 「장원정」이라는 시가 『東文選』에도 전한다.

　　　『東文選』 권12, 七言律詩 「長源亭」.

　　10) 眞靜先生: 郭興(1058~1130)를 말한다. 眞靜은 곽여의 시호이고, 東山齋는 그의 齋號이다. 그에 관해서는 중권 8, 주해13) 참고: 본서 195쪽.

　　11) 及作東山齋眞靜先生祭文 上亦命作東山齋記: 『高麗史節要』에 의하면 곽여가 72세의 나이로 1130년(인종 8)에 죽자, 왕이 그의 부고를 받고 애석하게 여겨 근신을 보내 제사를 지내고 眞靜이란 시호를 내리고, 아울러 당시 지제고였던 鄭知常에게 명하여 山齋記를 지어 비석에 새기도록 하였다.

　　　『高麗史』 권97, 列傳10 郭尙 附興.
　　　『高麗史節要』 권9, 仁宗 8년 4월.

　　12) 螭頭: 螭首라고도 한다. 彝器, 碑額, 庭柱, 殿階, 印章 등의 표면과 머리 부분에 뿔 없는 용의 머리를 조각하여 장식한 것을 말한다. 여기서는 곽여의 山齋記가 새겨진 비석의 의미로 사용되었다.

　　　漢語大辭典編纂委員會, 2005, 「螭」, 『漢語大辭典』 8, 漢語大辭典出版社, 947쪽.

　　13) 紫詔: 紫泥詔의 준말로, 임금이 내린 조서를 말한다.

　　　檀國大學校 東洋學硏究所, 2007, 「紫」, 『漢韓大辭典』 10, 檀國大學校出版部, 1269쪽.

　　14) 中壽: 사람의 장수를 上·中·下의 단계로 나눌 때 사용하는 것으로, 『淮南子』에서는 70세 이상의 나이를 가리켜 中壽라고 하였다.

　　　『淮南子』 권1, 原道訓.

下31.

[原文]

紫薇雞林壽翁, 文章峻秀, 獨步一時, 素有人倫鑑識. 常出按南州到完山,

見一小吏名崔鈞, 鐵面嚴冷, 為人沉黙木訥, 有遠到器局. 携至京師養之如己子, 訓以書史及綴述之規, 斐然有成, 詞與筆俱遒勁. 及冠應舉中丙第, 遊石渠入金馬, 甞謇謇匪躬, 欲以循國家之惷. 甞和友人詠柳詩云,「西子眉長工作黛, 小蠻腰細不勝嬌.」又未開牡丹,「倚墻窺宋玉, 隔壁挑相如.」詞語流麗皆此類.

[譯文]

자미[1] 계림수옹[2]은 문장이 뛰어나 당시 독보적이었고 평소에 사람을 알아보는 식견이 있었다. 일찍이 남쪽 고을을 안찰하러 나가서 완산[3]에 이르러 최구[4]라는 이름의 한 아전을 보았는데, 얼굴이 검붉고 냉엄하였으며 사람됨은 침착하고 묵묵하여 멀리 내다보는 도량과 재간이 있었다. 서울로 데리고 와서 자기 아들처럼 길러 서사(書史)와 저술하는 법을 가르치니 빼어난 문체를 이루어 문장과 필법이 모두 굳세었다. 이십 세에 과거에 응시하여 병과[5]에 급제하였고 석거[6]와 금마[7]에 들어가 항상 직언하여 자신을 잊고 국가의 위급함을 돌보고자 하였다. 일찍이 벗에게 화답한 영류시(詠柳詩)[8]에 이르기를,「서자[9]는 눈썹이 가늘어 (눈썹을) 교묘히 그리고, 소만[10]은 허리가 얇아 교태를 이기지 못하네.」라고 하였다. 또 (아직) 피지 않은 모란을 두고 읊은 시에,「담에 의지하여 송옥[11]을 엿보고, 벽을 두고 사마상여[12]를 희롱하네.」라고 하였다. 시어[詞語]의 유려함이 모두 이와 같았다.

[註解]

1) 紫微: 中書門下省의 이칭이다. 해당 인물이 중서문하성의 관직을 맡은 것으로 보이는데, 정확히 어떠한 관직을 가리키는 것인지 알 수 없다. 이에 대해서는 상권 21, 주해3) 참고; 본서 108쪽.

2) 雞林壽翁: 雞林은 일반적으로 新羅 또는 慶州를 말한다. 이에

대해서는 하권 1, 주해1) 참고; 본서 275쪽. 壽翁은 기록이 소략하여 정확히 누구인지 알 수 없다. 『稼亭集』에 崔瀣(1287~1340)를 '雞 林崔壽翁'으로 부르는 사례가 있기는 하지만(②), 李仁老(1152~ 1220) 사후의 인물이기 때문에 시기적으로 맞지 않는다. 다만 이를 통해 雞林이 崔氏 내지는 慶州를 본관으로 하는 姓氏(金·李·朴 등) 를 가리키는 것이고 壽翁은 別號로 추측된다.

『稼亭集』 권11, 墓誌銘 「大元故將仕郎遼陽路盖州判官高麗國正順大夫檢 校成均大司成藝文館提學同知春秋館事崔君墓誌」.

3) 完山: 지금의 전라북도 전주시 지역에 있었던 고려시대 행정 구역인 全州牧의 별칭이다. 삼국시대에 完山州나 全州 등으로 칭해 졌고 후에 甄萱이 후백제의 도읍으로 삼았다. 고려 태조가 후백제를 평정하고 安南都護府를 두었다가 다시 전주로 고쳤다. 993년에 承 化節度安撫使가 되었고 995년에는 順義軍節度使가 되어 江南道에 소속되었다. 1018년에 安南大都護府로 승격되었고 1022년에는 다 시 전주로 고쳤다. 1개의 屬郡과 11개의 屬縣이 소속되어 있었고 莞山이나 甄城 등의 別號로도 칭해졌다.

『高麗史』 권57, 志11 地理2 全羅道 全州牧.

4) 崔鉤: 생몰년 미상. 이 기록 외에는 확인되지 않으므로 어떠 한 인물인지 알 수 없다.

5) 丙第: 고려시대 과거 중 제술업 급제자는 성적에 따라 甲科· 乙科·丙科·同進士 등으로 구분되는데, 오래지 않아 갑과는 폐지되 었고 을과 3인, 병과 7인, 동진사 23인을 선발하는 것이 보통이 되 었다. 그중 병과는 제술업 급제자 전체 33인 중 4등에서 10등까지 의 성적에 해당한다.

曺佐鎬, 1958, 「麗代의 科擧制度」, 『歷史學報』 10.
許興植, 1976, 「高麗 禮部試의 諸業別 出題와 及第者의 進出」, 『白山學 報』 20 : 1981, 『高麗科擧制度史研究』, 一潮閣.
朴龍雲, 1990, 「高麗時代의 科擧－製述科의 運營」, 『高麗時代 蔭敍制와

科擧制 研究』, 一志社.

6) 石渠: 漢의 蕭何가 秦의 圖籍을 보관하기 위해 지은 石渠閣을 말하는데, 諸儒와 함께 강론을 하거나 秘書를 보관하기도 하였다. 고려의 경우 秘書省－典校寺－이 經籍과 祝疏文을 관장하여 업무가 유사하지만, 정확히 어떠한 관청을 가리키는지 알 수 없다. 秘書省에 대해서는 상권 序, 주해2) 참고; 본서 6쪽.

　　諸橋轍次, 1985, 「石」, 『大漢和辭典』 8, 大修館書店, 305쪽.

7) 金馬: 金馬玉堂의 줄임말로 翰林院의 별칭이다. 본래 漢 武帝가 公孫弘 등의 학자들로 하여금 金馬門과 玉堂殿에서 詔書를 기다리게 하고 顧問에 대비하도록 한 일에서 유래하였다. 고려의 한림원에 대해서는 상권 6, 주해2) 참고; 본서 32쪽.

　　諸橋轍次, 1985, 「金」, 『大漢和辭典』 10, 大修館書店, 478쪽.

8) 詠柳詩: 버드나무를 대상으로 읊은 詠物詩를 말한다. 영물시는 禽·獸·蟲·魚·花·月·草·木 등의 사물을 소재로 삼아 지은 시를 말한다.

　　諸橋轍次, 1985, 「詠」, 『大漢和辭典』 10, 大修館書店, 438쪽.

9) 西子: 생몰년 미상. 춘추시대 越의 미녀인 西施를 말한다. 越이 吳에게 패하자 越王 勾踐의 신하인 范蠡가 서시를 데려다가 吳王 夫差에게 바쳐서 미인계로 정치를 태만하게 함으로써 吳를 멸망시켰다는 유명한 일화가 전한다. 버드나무 가지를 서시의 눈썹에 빗대어 표현한 것이다.

　　『吳越春秋』 권9, 句踐陰謀外傳.

10) 小蠻: 생몰년 미상. 白居易(772～846)에게는 樊素와 小蠻이라고 하는 두 명의 애첩이 있었는데, 이들은 기녀로 번소는 노래를 잘했고 소만은 춤을 잘 추었다고 전한다. 이에 대해 백거이는 「櫻桃樊素口, 楊柳小蠻腰」라고 하여 시를 지은 적이 있는데, 여기에서도 마찬가지로 하늘거리는 버드나무 가지를 소만의 허리에 비유하

고 있다.

潘愼, 1995,『唐五代詞鑒賞辭典』, 北京燕山出版社, 1997쪽.

11) 宋玉: 생몰년 미상. 전국시대 楚의 문인이다. 일찍이 大夫 登徒子가 楚襄王에게 송옥을 호색한이라고 헐뜯자 왕이 그를 불러 서 사실 여부를 물어 보게 되었다. 이때 송옥이 자신의 마을에 楚의 최고 미인이 있어서 성안이 혼란스러울 정도인데 그녀가 담장 너머 로 자신에게 삼년이나 추파를 흘려도 흔들리지 않았으며, 등도자는 부인이 심한 추녀인데도 오직 여자인 것을 기뻐하여 아들을 다섯이 나 낳았으니 누가 호색한이냐고 반문했다는 일화가 전한다. 이에 따 라 아직 피지 않은 모란을 송옥을 홀리는 楚의 미인에 빗대어 표현 하였다.

『文選』 권19, 登徒子好色賦.

12) 相如: 前漢의 저명한 학자이자 관료인 司馬相如(B.C.179~ B.C.117)를 말한다. 四川 成都 사람으로 字는 長卿이다. 과부가 된 미인 卓文君이 사마상여가 거문고를 타는 모습을 보고 한눈에 반하 여 밤에 함께 도주한 일이 전한다. 이에 따라 아직 피지 않은 모란 을 사마상여를 유혹하는 탁문군에 비유하였다.

『史記』 권117, 列傳57 司馬相如.

下32.

[原文]

士子徐文遠與權公惇禮, 自小相友愛. 俱儒門子弟也, 才與年相去伯仲間 爾. 屢以篇什相贈荅, 徐子作詩云.「權子和我篇, 脫略三四聯, 中有何等語, 思之空悵然, 比如中秋十六夜, 十分明月一分虧, 光彩最可憐, 又如太真初罷 溫泉浴, 鬢亂釵橫, 濃抹小搝, 態度有餘娟, 句句鏘鏘紙上動, 却恐飛去爲雲 烟, 不然謂我又客易感傷, 故令危辭苦語不盡傳云云.」夫鍾天歹賦生而有之, 不可以因物而遷. 故仲尼之生, 戱以俎豆, 文王之生, 在印不勞. 是皆因自然,

本不待於韋弦. 故曰, '非義襲而取之.' 是也.

[譯文]

　사인 서문원[1]은 권돈례[2]와 더불어 어려서부터 서로 매우 친했다. 모두 유문(儒門)의 자제로서 재능과 나이가 서로 우열을 가리기 힘들 정도였다. 여러 번 시를 서로 주고받았는데, 서문원이 다음과 같이 시를 지었다.

> 「권자가 내 시편에 화답하면서
> 　서너 연구(聯句)를 빠뜨렸네
> 　그 중에 어떤 말이 있는지
> 　생각하니 괜스레 슬프구나
> 　이는 마치 중추 열엿새 밤 같아서
> 　둥근 밝은 달이 조금 이지러져도
> 　광채는 가장 어여쁜 것과 같고
> 　또 태진[3]이 막 온천욕을 마친 것 같아
> 　머리털이 어지럽고 비녀는 비스듬하며
> 　짙은 화장이 다소 지워졌는데도
> 　모습은 여전히 아름다운 듯하네
> 　구절마다 (옥이) 쟁쟁 종이 위에서 울리니
> 　날아가 안개구름 되어 버릴까 걱정되네
> 　그렇지 않다면 내가 오랫동안 객으로 있어 쉬이 마음에 상처될까
> 　일부러 괴로운 말은 다 전하지 않은 것인가.」

　무릇 하늘이 부여해 준 것은 태어나면서 갖는 것이기에 사물로 인해 옮길 수는 없다. 그리하여 공자[4]는 태어나면서 제기(祭器)를 가지고 놀았으며, 문왕[5]은 나면서부터 스승을 수고롭지 않게 하였다. 이는 모두 저절로 그러한 것으로 본성은 고칠 수 없는 것이다.[6] 그러므로 '의(義)는 받아서 취하는 것이 아니다.'[7]라는 말이 바로

이것이다.

[註解]

1) 徐文遠: 생몰년 미상. 이 기록을 통해 무신정권기에 살았던 인물임이 확인되나 어떠한 인물인지 알 수 없다.

2) 權公惇禮: 생몰년 미상. 翰林學士를 지낸 權適(1094~1147)의 아들로 무신정권이 들어서자 原州에 은거했다고 한다. 그에 대해서는 林椿이 남긴 몇몇 단편적인 자료가 남아 있으나, 상세한 것은 알 수 없다.

　　『高麗墓誌銘集成』, 「權適墓誌銘」.
　　『西河集』 권4, 「答同前書」.
　　『東文選』 권58, 「代李湛之寄權御史敦禮書」.
　　류창규, 1989, 「高麗 武人政權 時代의 문인 朴仁碩 - 고문 존중·계승과
　　　　　　관련하여 - 」, 『東亞硏究』 17, 178~180쪽.
　　金晧東, 2003, 「對內外的 矛盾에 대한 文人知識層의 對應」, 『고려 무신
　　　　　　정권시대 文人知識層의 현실대응』, 景仁文化社, 335·337쪽.

3) 太眞: 唐 玄宗의 妃인 楊貴妃(719~756)를 말한다. 원래 玄宗의 18子인 壽王 李瑁의 妃가 되었는데, 후에 玄宗이 그 미모에 반하여 자신의 妃로 삼았다. 太眞은 양귀비의 道號이다.

　　『舊唐書』 권51, 列傳1 后妃上 玄宗楊貴妃.

4) 仲尼: 孔子(B.C.551~B.C.479)의 字이다. 공자에 대해서는 하권 21, 주해10) 참고; 본서 353쪽.

5) 文王: 생몰년 미상. 중국 周의 기초를 닦은 명군으로 이름은 昌이며, 商의 西伯이었다. 文王은 그의 아들인 武王이 商을 멸망시키고 周를 세운 뒤에 추존하여 붙인 것이다. 儒家의 이상적인 군주로 자주 언급되는데, 그의 德을 기리는 많은 詩가 『詩經』에 전한다.

　　『史記』 권4, 周本紀4.

6) 本不待於韋弦: 韋弦은 부드러운 가죽끈[韋]과 팽팽한 활시

위[弦]를 말한다. 『韓非子』에 의하면 西門豹는 성급해서 가죽끈을
갖고 다니며 마음을 가라앉혔고, 董安于는 느긋해서 활시위를 갖고
다니며 자신을 긴장시켰다고 한다. 즉 韋弦은 사람이 자신의 본성을
인위적으로 고치려고 노력하는 것을 뜻한다. 이에 따라 韋弦을 기다
리지 않는다는 말은 공자나 문왕의 훌륭한 본성이 자연스러운 것으
로서 억지로 고칠 필요가 없었음을 표현한 것이다.

　　『韓非子』 권8, 觀行24.

　7) 非義襲而取之: 孟子가 浩然之氣를 설명하는 구절의 하나로
호연지기는 사람의 내면에 義가 모여서 생겨나는 것이지, 義가 외부
로부터 엄습해 와서 구할 수 있는 것이 아니라는 말이다. 여기서는
韋弦의 고사와 함께 공자나 문왕과 같은 성인의 본성은 내면의 자
연스러운 것임을 강조하기 위해 사용하였다.

　　『孟子』 公孫丑章句上.

下33.

[原文]

　今司空某皇大弟襄陽公之冑子也. 自離乳臭, 翩翩然嘗以書史爲樂,
行吟坐諷, 目不掛於餘事. 及於壯學無不窺, 理無不通, 浩浩乎若望江
湖不可涯涘. 至於詞賦亦工, 用筆精妙, 若翹然而望場屋, 爭甲乙之名
者, 世以爲宗室標的也. 惜也, 天不與年, 奄然赴玉樓之召. 山人觀悟
嘗遊其邸, 搜遺彙得近體詩八九篇, 嘉其有二美也. 以示之飄飄然有
凌雲氣格. 將鏤板以傳於後, 故署爲序云云, 「自古宗室之親, 襲茅土
於襁褓中, 目耽珠翠, 耳悅絲竹, 罕有留意於文章者. 今司空某天性好
學, 自年未七八尤嗜書史, 雖臨飮食, 諷詠之聲不絶於外」云.

[譯文]

지금 사공[1] 아무개는 황태제 양양공[2]의 큰 아들[3]이다. 젖을 떼면서부터 하늘을 나는 새처럼 일찍이 서사(書史)로 즐거움을 삼아 거닐거나 앉거나 읊조리고 눈앞의 다른 일엔 관심을 두지 않았다. 장성해서는 학문을 살펴보지 않은 것이 없고 이치는 통달하지 않은 것이 없었으니, 훨훨 끝없이 펼쳐진 강호를 바라보는 듯했다. 사부(詞賦)에 대해서도 탁월하고 붓놀림이 정밀하고 현묘하였는데 빼어난 모습은 마치 과거 시험장에서 장원의 명성을 다투는 것처럼 보였으므로 세상에서 종실의 본보기[標的]라고 여겼다. 애석하구나, 하늘이 수명을 주지 않아 갑작스레 옥루의 부름[4]을 알려왔다. 산인 관오[5]가 일찍이 그의 저택에 머물다가 남겨진 글들을 찾아 근체시[6] 팔·구편으로 모아서 그 시에 두 가지 아름다움이 있음을 칭송하였다. 읽어보니 잔잔히 나부끼면서도 구름을 희롱하는 기품과 격조가 있었다. 장차 목판에 새겨 후세에 전하고자 간략하게나마 서를 지었다. 「예로부터 종실의 친족은 강보 속에서 모토[7]를 세습하였기에 눈으로는 구슬과 비취를 탐하고 귀로는 음악[8]을 좋아하여 문장에 대해 뜻을 두는 사람이 드물었다. 지금 사공 아무개는 천성이 학문을 좋아하여 나이가 7·8세가 되지도 않았는데 더욱 서사를 즐기니 비록 음식이 차려져도 읊고 외우는 소리가 집 밖에 끊이지 않았다.」

[註解]

1) 司空: 太尉·司徒와 함께 고려시대 三公의 하나이다. 『高麗史』 宗室傳에 의하면 고려에서는 종실 중에 어린 사람은 司徒나 司空으로 봉하고 諸王으로 총칭하였으며 모두 사무를 맡지 않게 함으로써 친척들을 친애하는 도의를 지켰다고 한다. 대개 王子·公·侯의 아들로서 司空 某로 기록된 사례가 많은데, 이는 사공이 그들의 初職으

로 이용되었음을 알려준다.

　　『高麗史』 권76, 志30 百官1 三師三公.

　　『高麗史』 권90, 列傳3 宗室1.

　　李熙德, 1969, 「高麗時代 祿俸制의 研究」, 『李弘稙回甲紀念 韓國史學論
　　　　叢』, 新丘文化史, 169쪽.

　　李鎭漢, 1999, 「高麗前期 樞密의 班次와 祿俸」, 『韓國學報』 96, 171~172쪽.

　　朴龍雲, 2002, 「『高麗史』 百官志 譯註(1)」, 『고려시대연구』 V, 한국정신
　　　　문화연구원 : 2009, 『『高麗史』 百官志 譯註』, 신서원, 64~65쪽.

　2) 襄陽公: 王恕(생몰년 미상)를 말하며 양양공은 그의 封爵號
이다. 신종(1144~1204)의 둘째 아들로 1200년(신종 3)에 德陽
侯에 봉해진 뒤 다시 襄陽公에 봉해졌다. 1211년(희종 7)에 熙宗
이 崔忠獻의 제거에 실패한 뒤 폐위되어 江華로 보내질 때 왕서도
喬桐縣으로 쫓겨났다.

　　『高麗史』 권91, 列傳4 宗室2 襄陽公恕.

　　『高麗史』 권21, 世家21 熙宗 7년 12월.

　　『高麗史節要』 권14, 熙宗 7년 12월.

　3) 冑子: 冑는 長의 뜻으로 冑子는 天子에서 卿大夫까지의 嫡子
를 의미한다. 『高麗史』 宗室傳에 의하면 襄陽公 恕의 아들 가운데
守司空 王瑋(?~1216)가 첫 번째로 거명되고 있다. 李奎報의 誄
詞에 의하면 그는 성격이 온화하고 너그러우며 어려서부터 문장과
서예에 관심이 있었고, 賢士를 좋아하여 賢王의 풍모가 있었으나 요
절하였다고 한다. 시호는 懷敬이다.

　　『書經集傳』 권1, 虞書 舜典.

　　『高麗史』 권91, 列傳4 宗室2 襄陽公恕.

　　『東國李相國集』 권36, 「宗室司空柱國誄詞」.

　4) 玉樓之召: 唐의 시인 李賀와 관련된 '白玉樓'의 古事를 인용
한 것이다. 李賀는 탁월한 시적 재능이 있었음에도 27세의 나이에
요절하였는데, 하늘의 上帝가 그를 데려간 것은 '白玉樓'를 지어 자
유롭게 글을 짓게 하기 위해서였다고 한다. 여기서 왕위의 죽음을

'백옥루의 부름'으로 표현한 것은 요절한 문사에 대한 예우라는 의미와 그의 문학적 재능이 李賀에 비견될 만큼 뛰어났다는 의미를 동시에 지니는 것으로 이해된다.

『昌谷外集』 「李長吉小傳」.

『唐才子傳』 권3, 李賀.

『新唐書』 권203, 列傳128 文藝下 李商隱.

5) 觀悟: 생몰년 미상. 觀悟가 성명인지 자인지 아니면 법명인지에 대해서는 위의 기록 외에 달리 찾아지지 않아 단정하기 어렵다. 다만 王璋가 일찍이 賢士와의 교유를 즐겼고, 관오가 왕위의 저택에 머물며 그의 유묵을 수집할 수 있었다는 점에서 이전부터 교유관계가 있었던 것으로 생각된다.

6) 近體詩: 詩體의 명칭으로 今體詩라고도 한다. 唐代를 전후하여 새롭게 등장한 한시 양식으로 絶詩와 律詩 두 종류로 나뉘며, 각각 5언과 7언이 있다.

漢語大詞典編纂委員會, 1992, 「近體詩」, 『漢語大詞典』 10, 漢語大詞典出版社, 739쪽.

程毅中, 1998, 『中國詩體流變』, 中華書局, 75쪽.

7) 茅土: 周代에 천자가 제후를 봉할 때 각기 중앙과 네 방면의 흙을 흰 보자기에 싸서 주었다고 하여 諸侯에 봉해지거나 宗室을 의미한다. 고려시대에는 종실에게 작위와 녹봉을 내려주어 왕족으로서의 삶을 영위하게 하였다. 이에 따라 강보 속에서 모토를 세습한다는 말은 어려서부터 봉작을 잇는다는 의미이다.

『高麗史』 권77, 志列31 百官2 爵.

『尙書要義』 권6, 禹貢.

金基德, 1998, 『高麗時代封爵制硏究』, 청년사, 132~138쪽.

8) 絲竹: 絲와 竹은 八音이라고 하는 金, 石, 絲, 竹, 匏, 土, 革, 木 등으로 만들어진 악기 종류 가운데 현악기와 관악기를 말하며 전하여 음악을 뜻하기도 한다.

『周禮注疏』 권23, 漢鄭氏注.

『樂書』 권96, 樂圖論 序樂.

諸橋轍次, 1985, 「竹」・「絲」, 『大漢和辭典』 8, 大修館書店, 730·1050쪽.

『破閑集』跋

역주

跋 1.

[原文]

南華篇曰, "親父不為子媒, 親父譽之, 不若非其父者也." 何則盖謂聽者惑[1]也. 子之於父亦猶是. 苟以父之㦿為推美於文翰之中, 則秖自招謗耳, 又不若非其子者也. 然戴綎云, "父作子述." 則昔童烏之紊玄是也. 又況魯論云, "父在觀其志, 父歿觀其行." 則之志也之行也, 豈他人㦿脉得其髣髴然. 惟子乃脉耳. 若以南華之親孅, 背戴綎魯論誡子之義, 而不錄先人志行而傳於不朽, 則觀父之義安在㦿.

我先人生大金天聽[2]四年壬申, 早喪考妣, 無㦿依歸, 有大叔華嚴僧統寥一撫養之. 常不離左右, 訓誨勤勤, 三墳[3]五典諸子百家莫不漁獵. 至乙未夏題名豹㮄[4], 翌[5]年秋月踵入賢關, 連捷考藝, 又庚子春塲, 首登龍門, 聲動士林. 及氷清司業崔公永濡為賀正使, 以書狀官預于一行. 是年臘念七, 行至漁陽鵝毛寺, 酒禄山鍊兵㦿也, 因留詩云, 「槿花相映碧山峯, 卯酒初酣白玉容, 舞罷霓裳猶未畢, 一[6]朝雷雨送猪龍.」 入燕都, 元日舘門額上題春帖子云, 「翠眉嬌展街頭柳, 白雪香飄嶺上梅, 千里家園知好在, 春風先自海東来.」 題未幾名遍中朝. 及還朝, 出為桂陽書記. 俄入補翰林, 凡諸詞疏皆出手下. 厥後中朝學士遇本朝使价, 則取誦前詩問云, "今為何官?" 不已.

[譯文]

장자[南華篇][1]에 이르기를, "친부가 아들을 위하여 중매를 하지

않는 것은 친부의 아들 칭찬은 그 아버지 아닌 자가 하는 것보다 못해서이다."라고 하였으니,[2] 왜냐하면 대개 듣는 자가 의심하기 때문이다. 아들이 아버지에게 하는 것 또한 이와 같다. 구차하게 아버지가 한 바를 글 속에서 아름답다고 기리는 것은 다만 비판을 자초하는 것일 뿐이며, 그 아들이 아닌 자가 하는 것만 못하다. 그러나 대경[3]에 이르기를, "아버지가 짓고 아들이 따라 쓴다."라고 하였으니,[4] 옛날에 동오가 태현경에 참여한 것이[5] 이것이다. 또 하물며 노론[6]에 이르기를, "아버지가 계실 때는 그 뜻을 보고, 아버지가 돌아가신 뒤에는 그 행실을 본다."라고 하였으니,[7] 아버지의 뜻과 행실을 어찌 다른 사람이 비슷하게라도 얻을 수 있겠는가. 오직 자식이라야 할 수 있을 뿐이다. 만약 장자가 친혐(親嫌)으로 대경과 노론에서 아들에게 경계하는 뜻을 어기고 돌아가신 아버지의 뜻과 행실을 기록하여 불후이 전하지 않는다면 아버지를 살피는 뜻이 어디 있겠는가.

나의 아버지는 대금 천덕 4년 임신[8]에 태어나셔서 일찍이 부모를 여의고 의지할 곳이 없었는데, 대숙인 화엄승통 요일[9]께서 아버지를 길러주셨다. 항상 좌우에서 떨어지지 않고 배우기를 열심히 하여 삼분·오전[10]·제자백가를 섭렵하지 않은 것이 없었다. 을미년 여름의 표방에 이름이 적히고[11] 다음해 가을에 국학에 들어가[12] 연달아 고예를 이루었다.[13] 또 경자년 과거에서 장원으로 급제하여[14] 명성이 사림에 떨쳤다. 장인어른인 사업[15] 최영유 공[16]이 하정사가 되니, 서장관으로 일행에 참여하였다. 이 해 섣달 27일에 일행이 어양 아모사에 이르니, 이곳은 안록산이 군대를 훈련시켰던 곳이므로[17] 인하여 시를 남겼다.

「무궁화가 피어 서로 푸른 산봉우리에 비치고
 아침술에 백옥 같은 얼굴이 달아오르네

춤은 끝났는데 예상곡[18]은 아직 마치지 않았고
어느 날 아침 뇌우에 저룡[19]을 보내네.」[20]

연도[21]에 들어가서 정월 초하루에 관문의 제액으로 춘첩자[22]를
썼다.

「푸른 눈썹처럼 교태부리는 길 가의 버들
흰 눈처럼 향기가 펼쳐진 고개 위의 매화
천 리 밖 고향 동산이 잘 있는 줄 아는데
봄바람 먼저 해동에서 오네.」[23]

제액이 얼마 되지 않아서 중국 조정에 두루 퍼졌다. 귀국해서는
나가서 계양서기[24]가 되었다. 곧 돌아와 한림으로 보임되니 무릇 여
러 사(詞)와 소(疏)가 모두 (선친의) 손에서 나왔다. 그 후 중국
학사들이 우리나라의 사신을 만나면 전에 지은 시를 외우면서 "지
금 무슨 벼슬을 하는가?"라고 묻기를 그치지 않았다.

[註解]
1) 南華篇: 南華眞經의 줄임말로 『莊子』의 다른 이름이다.
742년에 莊周에게 南華眞人의 호를 추중하고, 그의 저서인 『장
자』를 남화진경이라 하였는데, 이를 줄여서 南華 혹은 南華經이
라고 하였다.
　『舊唐書』 권9, 紀9 玄宗下 天寶 원년 2월 丙申.
2) 親父不爲子媒親父譽之不若非其父者也: 『莊子』 寓言편에서
인용한 말이다.
3) 戴経: 『禮記』를 말한다. 공자와 그 제자들의 예에 관한 기록
을 戴德이 85편으로 정리하여 『大戴禮記』를 지었다. 후에 戴聖이
46편으로 정리하여 『小戴禮記』를 지었고 馬融이 月令 1편, 明堂位

1편, 樂記 1편을 추가하였는데, 이것이 지금의 『예기』이다. 『예기』를 戴徑으로 표현한 것은 戴德과 戴聖의 戴氏에서 유래한 것이다.

『隋書』 권32, 志27 經籍1 經 禮.

4) 父作子述: 『禮記』 中庸편의 '無憂者其唯文王乎 以王季爲父 以武王爲子 父作之 子述之'에서 인용한 것이다.

『禮記』 권31, 中庸.

5) 童烏之叅玄: 童烏는 漢 揚雄의 아들이고, 玄은 『太玄經』을 의미한다. 동오는 어려서부터 총명하여 9세일 때 양웅이 『太玄經』을 저술하는 것에 참여하였다고 한다. 양웅에 대해서는 상권 4, 주해12) 참고; 본서 31쪽.

『古今事文類聚』 前集 권46, 九歲.

6) 魯論: 漢代 魯 사람이 전한 論語 판본의 하나를 말한다. 『漢書』 藝文志에 따르면 龔奮·夏侯勝·韋賢·魯扶卿·蕭望之·張禹 등에 의해서 『魯論語』가 전해졌다.

『經典釋文』 提要.

『漢書』 권30, 藝文志10 六藝略 論語.

7) 父在觀其志父歿觀其行: 『論語』 學而편에서 인용하였다.

8) 大金天聽四年壬申: 天聽은 天德의 오기로 판단된다. 天德은 金 帝亮(海陵王, 1122~1161)의 연호로 4년 임신은 1152년(의종 6)이다.

9) 寥一: 경원이씨 가문 출신으로, 화엄종 승려이다. 그에 대해서는 중권 25, 주해3) 참고; 본서 266쪽.

10) 三墳五典: 三墳五典은 고대의 典籍으로 三墳은 伏羲·神農·黃帝의 책을, 少昊·顓頊·高辛·唐·虞의 전적을 五典이라 한다.

『春秋左傳注疏』 권45.

11) 至乙未夏題名豹牓: 을미년은 1175년(명종 5)이며, 표방은 국자감시에 합격한 자의 이름을 적은 방문이다. 『高麗史』 選擧志에 의하면 명종 5년 6월에 국자감시가 실시되었다는 기사가 전하는데,

이때 이인로도 합격한 것 같다. 이에 대해서는 하권 3, 주해6) 참
고; 본서 289쪽.

> 『高麗史』 권74, 志28 選擧2 科目2 國子試 明宗 5년 6월.
> 許興植, 1981,「高麗 科擧制度의 成立과 發展」,『高麗科擧制度史研究』
> 一潮閣 ; 2005,『고려의 과거제도』, 일조각, 54쪽.

12) 翌年秋月踵入賢關: 入賢關은 升補試에 합격하여 國學에 入
學하는 것을 의미한다. 『高麗史』 選擧志에 의하면 명종 6년 10월
에 승보시가 실시되었다는 기록이 있는데, 이때 이인로도 승보시에
합격하였던 것 같다(①). 승보시는 國學 齋生을 선발하는 시험으로
1147년(의종 1)에 설치되었고 시험과목은 詩賦와 經義였다(②).

> ①『高麗史』 권74, 志28 選擧2 科目2 升補試 明宗 6년 10월.
> 허홍식, 1981,『高麗科擧制度史研究』一潮閣 ; 2005,「고려 과거제
> 도의 성립과 발전」,『고려의 과거제도』, 일조각, 54쪽.
> ② 朴龍雲, 1988,「高麗時代 科擧의 考試와 體系에 대한 檢討」,『韓國史
> 研究』 61·62 ; 1990,『高麗時代 蔭敍制와 科擧制研究』, 一
> 志社, 172~183쪽.

13) 連捷考藝: 고예는 국자감에서 시행되었던 考藝試이다. 국학
의 제생은 行藝에서 分數가 14분 이상은 第三場으로 直赴하고 14
분 이하 4분 이상은 詩·賦場부터 응시한다는 규정이 있다. 곧 고예
시에서 우수한 성적을 올리면 禮部試의 初場 또는 中場을 면제해
주는 특혜가 있었다. 이를 통해서 이인로가 고예시에서 좋은 성적을
받아 예부시에 응시하였음을 알 수 있다.

> 『高麗史』 권73, 志27 選擧1 科目1 仁宗 14년 8월.
> 허홍식, 1981,『高麗科擧制度史研究』一潮閣 ; 2005,「고려 과거제도의
> 성립과 발전」,『고려의 과거제도』, 일조각, 55쪽.
> 朴龍雲, 1988,「高麗時代 科擧의 考試와 體系에 대한 檢討」,『韓國史研
> 究』 61·62 ; 1990,『高麗時代 蔭敍制와 科擧制研究』, 一志社,
> 193쪽.

14) 又庚子春場首登龍門: 경자년은 1180년(명종 10)이고 춘장

은 과거의 本考試인 예부시의 별칭이다. 이때 이인로가 장원 급제하였다는 기사가 『高麗史』 李仁老傳에도 전한다.

『高麗史』 권102, 列傳15 李仁老.

朴龍雲, 1988, 「高麗時代 科擧의 考試와 體系에 대한 檢討」, 『韓國史研究』 61·62 ; 1990, 『高麗時代 蔭敍制와 科擧制研究』, 一志社, 133쪽.

15) 司業: 국자감의 종4품 관직으로 次官에 해당한다. 사업은 성종대 이래 국자감의 최고위직이었으나 현종 초에 국자감이 정비되고 享祀의 기능이 강화되면서 사업 위에 祭酒가 추가로 설치되었다.

朴贊洙, 1991, 「高麗前期 國子監의 成立과 興替」, 『民族文化』 14 ; 2001, 「고려전기의 國子監」, 『高麗時代 教育制度史 研究』, 景仁文化社, 64~69쪽.

朴龍雲, 2004, 「『高麗史』 百官志 譯註(3)」, 『고려시대연구』 Ⅶ, 한국정신문화연구원 ; 2009, 『『高麗史』 百官志 譯註』, 신서원, 244~246쪽.

16) 崔公永濡: 생몰년 미상. 1178년(명종 8)에 閣門祗候를 지냈다. 『高麗史』에는 崔永儒로 기록되어 있으며 1182년에 병부낭중으로 하정사가 되어 금에 갔는데, 이때 이인로도 사행에 따라 갔던 것이다.

『高麗史』 권20, 世家20 明宗 12년 11월 癸未.

『高麗史節要』 권12, 明宗 8년 9월.

17) 行至漁陽鵝毛寺酒祿山鍊兵夯也: 당 현종 때 范陽節度使 安祿山이 반란을 일으킨 곳인 漁陽에 도착한 것을 뜻한다. 어양은 唐 河北道 幽州 관할 하에 있었다.

『舊唐書』 권39, 志19 地理2 河北道 幽州大都督府.

『舊唐書』 권200上, 列傳150上 安祿山.

18) 霓裳: 唐의 악곡이다. 초명은 婆夢門曲이고 당 현종 때 河西節度使 楊敬忠이 바쳤다. 그 후 현종이 가사를 짓고 이름을 霓裳羽衣曲으로 하였다.

『新唐書』권22, 志12 禮樂12.

漢語大詞典編纂委員會, 1992, 「霓」, 『漢語大詞典』 11, 漢語大詞典出版
   社, 703쪽.

19) 猪龍: 안록산이 연회에서 술에 취해 잠을 자는데 몸이 변하
여 용이 되었지만 머리는 돼지였다. 현종이 이를 보고 안록산은 저
룡이니 하잘 것 없다고 말한 고사이다.

『楊太眞外傳』권하.

20) 槿花相映碧山峯 … 一朝雷雨送猪龍龍: 『東文選』에도 전하
는데 글자가 약간 다르다[槿花低映碧山峯 卯酒初酣白玉容 舞罷霓
裳歡未足 一朝雷雨送猪龍].

『東文選』권20, 七言絶句 「過漁陽」.

21) 燕都: 金의 수도로 지금의 중국 베이징 지역이다. 遼代에 南
京으로 삼고 燕京으로도 칭하였으며, 金代에는 연경으로 부르다가
1153년에 이곳으로 천도하면서 中都라고 개칭하였다.

張撝之 외 주편, 2005, 『中國古今地名大辭典』下, 上海辭書出版社, 3255쪽.

22) 春帖子: 宋代에 입춘일에 한림이 태평을 송축하거나 規諫하
는 문구를 써서 금중의 문짝에 붙이던 것에서 유래하였다.

『曲洧舊聞』권7.

檀國大學校 東洋學研究所, 2003, 「春」, 『漢韓大辭典』 6, 738~739쪽.

23) 翠眉嬌展街頭柳 … 春風先自海東來: 이 시와 관련된 일이
『熱河日記』에도 전한다.

『熱河日記』避暑錄 避暑錄補.

24) 出爲桂陽書記: 계양은 지금의 인천광역시 부평·계양구 지역
에 있었던 고려시대의 행정구역이다. 『高麗史』李仁老傳에는 그가
桂陽管記로 임명되었다고 했는데, 발문의 기록을 통해 계양관기로
나간 것은 금에 사행을 다녀온 1182년 이후라는 것을 알 수 있다.
이에 대해서는 상권 23, 주해1) 참고; 본서 123쪽.

『高麗史』권102, 列傳15 李仁老.

跋2.

[原文]

先人始自翰院至於誥院, 凡十有四載, 演綸餘暇, 遇景落筆, 詞若湧泉, 略無停滯, 時人指之曰腹藁. 日與西河耆之濮陽世材輩, 約爲金蘭, 花朝月夕, 未嘗不同, 世號竹林高會. 嘗酣相語曰, "麗水之濱, 必有良金, 荆山之下, 豈無美玉. 我本朝境接蓬瀛, 自古號爲神仙之國. 其鍾靈毓秀間生五百, 現美於中國者, 崔學士孤雲唱之於前, 朴叅政寅亮和之於後, 而名儒韻釋, 工於題詠聲馳異域者, 代有之矣. 如吾輩等, 苟不收録傳於後世, 則埋沒氷不傳決無疑矣." 遂收拾中外題詠可爲法者, 編而次之爲三卷, 名之曰破閑.

又謂儕輩曰, "吾所謂7)閑8)者9), 盖功成名遂, 懸車綠野, 心無外慕者. 又遁迹10)山11)林12), 飢食困眠者, 然後其閑可得而全矣. 然寓目於此, 則閑之全可得而破也. 若夫汩塵勞役名宦, 附炎借熱, 東鶩西馳者, 一朝有失, 則外貌似閑而中心洶洶, 此亦閑爲病者也. 然寓目於此, 則閑之病亦可得而醫也. 若然則不猶愈於博奕之賢乎." 當時聞者皆曰, "然."

集旣成, 未及聞于上, 而不幸有微恙, 卒于紅桃井第. 先是家有鴉頭孫女, 夢見靑衣童十五輩, 奉靑幢翠盖, 扣門叫喚, 家僮閉門力拒, 俄而門鎖自開, 靑衣踴躍直入相賀, 須臾而散去. 未幾而卒, 則安和不爲玉樓之記而召之耶. 上仙之夕, 有赤氣一條上衝牛斗間, 竟夜不滅, 望之者皆怪焉. 此盖先人之平昔也. 自負其文章聲勢而恨不得提衡, 居常鬱鬱. 及登左諫議大夫, 始受選錢之命, 未開試席, 天不假年, 奄然而逝, 則其胸中憤氣發而上衝者, 又未可知也.

---

7) 조종업본에는 글씨가 잘 보이지 않는다. 국도본에 謂로 되어 있어 이에 따른다.
8) 조종업본에는 글씨가 잘 보이지 않는다. 국도본에 閑으로 되어 있어 이에 따른다.
9) 조종업본에는 글씨가 잘 보이지 않는다. 국도본에 者로 되어 있어 이에 따른다.
10) 조종업본에는 글씨가 잘 보이지 않는다. 국도본에 迹으로 되어 있어 이에 따른다.
11) 조종업본에는 글씨가 잘 보이지 않는다. 국도본에 山으로 되어 있어 이에 따른다.
12) 조종업본에는 글씨가 잘 보이지 않는다. 국도본에 林으로 되어 있어 이에 따른다.

[譯文]

선친께서 처음 한림원[1]으로부터 고원[2]에 이르기까지 무릇 십 사년 동안 왕명을 짓던 여가에도 경치를 만나면 붓을 들어 쓰셨다. 시[詞]가 샘이 솟는 것과 같아 조금도 머뭇거리거나 막힘이 없었으니 당시 사람들이 이를 가리켜서 복고[3]라고 말하였다. 날마다 서하 기지[4]와 복양 세재[5] 등과 더불어 금란[6]이 되기를 약속하고 꽃 피는 아침이나 달 밝은 밤이면 일찍이 함께 하지 않은 적이 없었으니, 세상 사람들은 (이들을) 죽림고회[7]라고 불렀다. 술에 취하면 서로 말하기를, "여수(麗水) 가에 반드시 좋은 금이 있으니,[8] 형산 아래에 어찌 아름다운 옥이 없겠는가.[9] 우리나라는 땅이 봉래와 영주[10]에 접하여, 예로부터 신선의 나라로 불렀다. 신령한 것을 모으고 빼어난 것을 길러 오백 년 동안[11] 중국에서 아름다움을 드러낸 이로 학사 최고운[12]이 앞에서 수창하였고 참정 박인량[13]이 뒤에서 화답하였으니, 이름난 선비와 시를 짓는 승려[韻釋]로 제영[14]에 뛰어나 이역에 명성을 날린 이가 대대로 있었다. 만약 우리들이 진실로 모아 수록하여 후세에 전하지 않는다면 묻히고 물에 잠겨 전해지지 못할 것임은 결코 의심할 여지가 없을 것이다."라고 하였다. 드디어 중외의 글 중에 모범으로 삼을 만한 것을 모아 묶고 순서를 매겨 세 권으로 만들고 이름을 파한이라 하였다.

또한 동료들에게 이르기를, "내가 한(閑)이라고 한 것은 대개 공명을 이루고 벼슬에서 물러나[懸車綠野][15] 마음에 욕심이 없는 사람이다. 또한 산림에 은거하여 주리면 먹고 곤하면 자는 사람이야만 그 한의 온전함을 얻을 수 있다. 그러나 눈을 여기에만 붙이고 있으면 한의 온전함을 얻더라도 깨질 수 있다. 만약 속세에 빠지고 높은 벼슬에 얽매여서 권세를 따라 동서로 분주한 자들이 하루아침에 실세하면 외모는 한가로운 듯해도 마음속은 흉흉하니 이 역시 한이 병되는 것이다. 그러나 눈을 여기에만 붙이고 있으면 한이 병들더라도 치료할 수 있다. 만약 그렇다면 장기나 바둑을 두는 것보다 오히려 낫지 않겠는가.[16]"라고 하니 당시 듣는 자들이 모두 말하기를, "그렇다."라고 하였다.

문집이 이미 이루어졌으나 임금에게 알려 드리지도 못한 채 불행히 가벼운 병으로 홍도정의 집[17]에서 돌아가셨다. 이보다 앞서 집에 있는 어린 손녀가 꿈을 꾸기를 청의동자[18] 열다섯 명이 파란 기와 푸른 일산을 들고 문을 두드리며 소리 질러 불렀는데, 집종들이 문을 닫고 힘써 막았으나 갑자기 잠긴 문이 저절로 열리고 청의들이 곧장 뛰어 들어와 서로 축하하며 잠깐 있다가 흩어져서 갔다. 얼마 되지 않아 돌아가셨으니 어찌 옥루의 기[19]를 쓰기 위해 부른 것이 아니겠는가. 신선이 되어 하늘에 오른 날 저녁에 붉은 기운 한 줄기가 올라 견우와 북두 사이를 뻗쳐 밤새도록 없어지지 않으니 보는 사람들이 모두 괴이하게 여겼다. 이것은 대개 선친의 평소의 모습이었다. 문장의 명성을 자부하였음에도 시험을 주관하지 못한 것을 한스럽게 여겨서 항상 맺힌 채로 지내셨다. 좌간의대부[20]에 오르고 비로소 시관의 명[選錢之命]을 받았으나[21] 과장도 열지 못하였고, 하늘이 시간을 주지 않아 갑자기 돌아가셔서 선친의 마음에 원통한 기운이 발생하여 위로 뻗친 것인지 또한 알 수 없다.

[註解]
1) 入補翰林: 한림원의 관직에 보임된 것을 뜻한다.
   『高麗史』 권102, 列傳15 李仁老.
2) 誥院: 詞命의 制撰 등을 담당했던 관원인 知制誥, 특히 한림원의 관직이 아닌 다른 관직으로 지제고에 임명된 外知制誥가 일을 하는 곳이다. 이에 대해서는 상권 序, 주해4) 참고; 본서 6쪽 및 중권 3, 주해12) 참고; 본서 159쪽.

3) 腹藁: 腹稿라고도 하며 뱃속에 든 詩稿라는 뜻으로 시문을 지을 때 미리 생각해 둔 것처럼 막힘없이 쓰는 것을 말한다. 唐의 王勃이 글을 지을 때 먼저 먹을 몇 되 갈아놓고 이불을 덮고 자다가 갑자기 일어나 붓을 들고 쓰면 한 글자도 고치지 않았는데, 당시 사람들이 이를 가리켜 腹藁라고 했다는 고사에서 유래하였다.

『新唐書』 권201, 列傳126 文藝上 王勃.

4) 西河耆之: 林椿을 말한다. 그에 대해서는 상권 21, 주해6) 참고: 본서 117쪽.

5) 濮陽世材: 吳世才를 말한다. 그에 대해서는 하권 23, 주해4) 참고: 본서 362쪽.

6) 金蘭: 친한 벗과 우정을 맺는 것을 말한다. 『周易』 繫辭에 두 사람이 마음을 같이하면 단단한 쇠라도 끊을 수 있고, 마음을 함께한 말은 그 향기가 난초와 같다는 것에 빗대어 표현한 것이다.

『周易』 繫辭上.

7) 竹林高會: 晉代에 淸談思想이 풍미하여 阮籍·嵇康·山濤·向秀·劉伶·王戎·阮咸의 7인이 속세를 피해 竹林에 거처하며 世事를 잊고 교유하였는데, 고려시대에도 무신집권 이후 李仁老·吳世材·林椿·趙通·皇甫抗·李湛之 등이 함께 교유하면서 시와 술을 즐겼으므로 이들을 중국 江左七賢에 비유하였다. 江左七賢에 대해서는 상권 5, 주해2) 참고: 본서 34쪽.

허남욱, 2006, 「竹林高會의 作品世界 硏究」, 『漢文古典硏究』 13, 147~152쪽.

8) 麗水之濱 必有良金: 麗水는 현재 중국 浙江省에 있는 강을 말하며, 이곳에서는 좋은 금이 났다고 한다.

檀國大學校 東洋學研究所 編, 2008, 「麗」, 『漢韓大辭典』 15, 檀國大學校 出版部, 1134쪽.

9) 荊山之下 豈無美玉: 荊山은 현재 중국 湖北省 南漳縣의 서쪽에 있는 산이다. 이곳에 抱玉巖이 있는데, 춘추전국시대 楚人 卞

和가 좋은 박옥을 얻었다고 한다. 여기서 荊山은 고려를, 美玉은 훌륭한 인재 즉 竹林七賢을 뜻한다.

檀國大學校 東洋學研究所 編, 2007, 「荊」, 『漢韓大辭典』11, 檀國大學校 出版部, 874쪽.

10) 蓬瀛: 신선이 살고 있다는 蓬萊山과 瀛州山을 말한다. 이에 대해서는 상권 14, 주해11) 참고; 본서 73쪽.

11) 間生五百: 오백 년마다 성현이 난다는 말로, 『孟子』 盡心章句에 "堯舜으로부터 湯에 이르기까지 오백여 년이고, 湯으로부터 文王에 이르기까지가 오백여년이며, 文王으로부터 孔子에 이르기까지가 오백여년이다."라고 한 문장이 있다. 여기서는 崔致遠으로부터 李仁老에 이르기까지가 사백여 년임을 나타낸 것이다.

『孟子』 盡心章句.

12) 崔學士孤雲: 崔致遠을 말한다. 그에 대해서는 중권 23, 주해1) 참고; 본서 254쪽.

13) 朴叅政寅亮: ?~1096. 고려 개국공신 朴守卿의 현손으로, 본관은 平山이고, 자는 代天, 시호는 文烈이다. 1051년(문종 5) 4월에 과거에 급제한 이후 文翰의 여러 벼슬을 거쳤다. 일찍이 거란이 압록강을 건너와 保州에 시설물을 설치하자 고려에서는 여러 차례 이의 철거를 요구했으나 듣지 않았는데, 1075년에 그가 지은 陳情表가 거란황제를 감동시켜 철거한 일이 있다. 이후 1080년에는 예부시랑으로서 호부상서 柳洪과 함께 송에서 약재를 보내준 데 대한 사은사로 갔는데, 중간에 돌풍을 만나 대부분의 방물을 잃기도 하였다. 그가 지은 天牘·表·狀·詩 등은 송에 동행했던 金覲의 시문과 함께 『小華集』이라는 이름으로 송에서 간행되어 중국에까지 문명을 떨쳤다. 이후 그는 1089년(선종 6)에 同知中樞院事에 오르고 이어 右僕射·叅知政事를 지냈다. 저술로는 『古今錄』 10권과 『殊異傳』이 있다고 하나 현재는 전하지 않는다. 세 아들 景仁·景伯·景山

이 모두 급제하여 높은 관직에 올랐다.

『高麗史』 권9, 世家9 文宗 34년 3월·世家10 宣宗 6년 6월 庚申.

『高麗史』 권95, 列傳8 朴寅亮.

『高麗史』 권95, 列傳8 朴寅亮 附景仁·景伯·景山.

朴龍雲, 1990, 「〈資料〉 科試 設行과 製述科 及第者」, 『高麗時代 蔭敍制
와 科擧制 硏究』, 一志社, 344쪽.

14) 題詠: 주제나 제목을 미리 정해놓고 詩歌를 짓는 일을 말한다.

諸橋轍次, 1986, 「題」, 『大漢和辭典』 12, 大修館書店, 278쪽.

15) 懸車綠野: 懸車는 늙어서 벼슬을 그만두고 물러나는 일을
말한다. 漢의 薛廣德(생몰년 미상)이 관직에서 물러나기를 요청하
자 元帝가 그간의 노고를 치하하여 安車, 駟馬, 黃金 60근을 하사
하였는데, 그가 고향으로 돌아와 천자로부터 하사받은 安車를 집 앞
에 걸어놓고 광영을 자손들에게 전한 것에서 유래한 말이다. 綠野는
唐의 裵度(765~839)가 지은 별장을 말한다. 그는 河東 聞喜 사
람으로 字가 中立인데 치사한 후 河南省 洛陽縣의 남쪽에 別墅를
마련해 綠野堂으로 이름 짓고 白居易(772~846)와 함께 풍류를
즐겼다. 따라서 懸車와 綠野는 벼슬에서 물러나 한가로이 지내는 것
을 의미한다.

『漢書』 권71, 列傳41 薛廣德.

『舊唐書』 권170, 列傳120 裵度.

16) 博奕之賢: 공자가 하루 종일 아무런 일도 하지 않는 것보다
장기와 바둑이라도 두는 것이 낫다고 한 말[子曰 飽食終日 無所用
心 難矣哉 不有博奕者乎 爲之猶賢乎矣]에서 비롯되었다.

『論語』 陽貨.

17) 紅桃井第: 이인로가 開京의 紅桃井里에서 살던 집을 말한
다. 이에 대해서는 상권 5, 주해10) 참고; 본서 36쪽.

18) 靑衣童: 푸른 옷은 신분이 낮은 사람이나 종복을 뜻하며, 푸른
옷을 입은 동자는 천제나 신선의 시중을 드는 사내아이를 말한다.

諸橋轍次, 1986, 「靑」, 『大漢和辭典』 12, 大修館書店, 98·114쪽.

19) 玉樓之記: 李商隱의 白玉樓에 대한 古事로 재능 있는 문사
가 하늘의 부름을 받아 일찍 죽는 경우를 말한다. 이에 대해서는 하
권 33, 주해4) 참고; 본서 393쪽.

20) 左諫議大夫: 군왕의 과실에 대하여 간언하거나 부당한 처사
나 조칙을 바로잡는 기능 등을 맡았던 中書門下省 郞舍 중의 하나
로 정4품직이다. 이에 대해서는 상권 序, 주해1) 참고; 본서 5쪽.

21) 始受選錢之命: 選錢은 萬選錢의 줄임말로 靑錢學士를 선발
한다는 의미이다. 唐의 張鷟이 과거를 보기만 하면 급제하므로 員外
郞 員半千이 그의 글을 칭찬하여, '靑銅錢은 만 번 가려보아도 틀림
없이 돈인 것처럼 재주 있는 선비는 만 번 과거를 보아도 급제하니
만 번을 골라도 만 번 적중한다.'라고 한 것에서 유래하였다. 이인로
가 試官의 명을 받았다는 것은 이 기사 이외에 확인되지 않는다.

『舊唐書』 권149, 列傳99 張鷟.

跋3.

[原文]

噫, 平生所著古賦五首古律詩一千五百餘首, 手自撰爲銀臺集, 又撰耆老會
中雜著, 爲雙明齋集. 洪樞府思胤是雙明太尉公之姻族也, 嘗管興王寺, 受朝
旨, 付板敎藏堂, 傳於世. 其餘皆未上板, 但積年蠹朽於家藏耳. 須當水龍秋
首, 北兵大至, 掠及松都, 城中擾亂, 卷入江都. 時又霪霖連月, 携幼扶老, 共
迷所適13), 或14)塡15)溝壑而死者亦多矣. 僕時爲學諭, 扈從法駕16)艱難跋涉

---

13) 조종업본에는 글씨가 잘 보이지 않는다. 국도본에 適으로 되어 있어 이에 따른다.
14) 조종업본에는 글씨가 잘 보이지 않는다. 국도본에 或으로 되어 있어 이에 따른다.
15) 조종업본에는 글씨가 잘 보이지 않는다. 국도본에 塡으로 되어 있어 이에 따른다.
16) 조종업본에는 글씨가 잘 보이지 않는다. 국도본에 駕로 되어 있어 이에 따른다.

中, 常賫遺橐, 不啻若籯金, 猶恐有隻字之失. 期成萬世子孫之寶, 寤寐不忘者, 將五十年矣.

頃以事黜於東閣, 貶秩左符於機張縣, 于時按廉使大原王公, 弭節弊封. 問民之暇, 語及先人遺橐, 哀余力薄未遂其志, 命取雜文三百餘首破閑集三卷. 躬自撿閱, 命工錄梓, 光曜幽宮. 又使僕之爵結一朝氷釋, 則可不覶縷本末, 以視無極耶. 其所未畢者, 倘有雲來收拾餘, 緒繼志板傳, 則與戴絟魯論所說, 亦可鏡於千古矣.

庚申三月日孼子閣門祗候世黃謹誌.

[譯文]

아아, 평생 저술한 고부 다섯 수, 고율시 일천 오백여 수는 손수 편찬하여 『은대집』[1]이라 하고, 또 기로회[2] 중의 여러 저술을 엮어 『쌍명재집』[3]이라 하였다. 추부 홍사윤[4]은 태위 쌍명공[5]의 인족이었는데, 일찍이 흥왕사[6]를 관리할 때 조정의 명을 받아 교장당에서 판에 새겨 세상에 전하였다. 그 나머지는 모두 판에 올리지 못하였으므로 다만 여러 해 동안 집 창고에서 좀먹고 썩어갈 뿐이었다. 이 윽고 임진년[水龍][7] 초가을 몽고군[北兵]이 대거 몰려와 송도를 약탈하니 성이 혼란스러워져 급히 강도로 들어갔다.[8] 당시에 또한 장마가 달이 넘게 이어져 어린아이를 업고 노인을 부축하면서 모두 갈 바를 모르고 혹은 진흙탕에 빠져 죽은 자도 많았다. 내가 그 때 학유[9]가 되어 법가[10]를 호종하며 고생스럽게 산을 넘고 물을 건너는 중에도[11] 항상 유고를 지니고 영금[12]처럼 소중히 여겼을 뿐 아니라 단 한 글자라도 잃어버릴까 염려하였다. 만세 자손의 보배로 만들 것을 기약하며 자나 깨나 잊지 않은 지가 거의 오십년이 되었다.

근래에 어떤 일로 동각[13]에서 쫓겨나 기장현[14] 수령으로 좌천되었는데 그 때 안렴사[15] 대원 왕공[16]이 우리 고을에 머물렀다. 민정을 문답하는 겨를에 선친의 유고가 언급되자 나의 능력이 부족하여

선친의 뜻을 이루지 못함을 안타깝게 여기시고 명을 내려 잡문 삼백
여 수와 파한집 세 권을 취하였다. 몸소 살피고 대조하였으며 장인
에게 명해 판목에 새기게 하니 빛이 무덤을 밝혔다. 또한 나의 맺히
고 얽힌 것들을 하루아침에 얼음 녹듯이 해주었으니 본말을 자세히
밝혀 영원히 보이지 않을 수 있겠는가. 그 끝내지 못한 것은 혹시
후손이[17] 나머지를 모아서 뜻을 이어 판에 새겨 전한다면『예기』와
『논어』의 말씀한 바와 같이 역시 천고에 가히 비출 수 있을 것이다.

경신년[18] 3월 일에 못난 아들[孼子][19] 각문지후[20] 세황[21]이 삼
가 짓다.

[註解]

1) 銀臺集: 李仁老가 지은 文集으로 銀臺集 20권 後集 4권으로
구성되어 있었다. 현재는 전하지 않는다.

　　『高麗史』 권102, 列傳15 李仁老.

2) 耆老會: 고려시대에 치사한 원로들이 참여한 모임으로 耆英會
라고도 부른다. 본문에서 李仁老가 참여한 기로회는 1203년(신종 6)
에 崔讜이 결성한 것으로 이에 대한 상세한 내용이 崔瀣가 쓴 「海東
後耆老會序」에 전한다.

　　『東文選』 권84, 序 「海東後耆老會序」.

　　채웅석, 2006, 「목은시고(牧隱詩藁)를 통해서 본 이색의 인간관계망」, 『역
　　　사와 현실』 62, 87쪽.

　　박종진, 2007, 「고려시기 해동기로회(海東耆老會)의 결성과 활동」, 『역
　　　사와 현실』 66.

3) 雙明齋集: 李仁老가 지은 文集이며 3권으로 구성되어 있었
다. 현전하지는 않지만, 『增補文獻備考』에는 『雙明齋逸稿』 3권이
라는 기록이 보인다. 이 책은 그가 海東耆老會에 참가했을 때 회원
들과 지은 시문 100여 수를 모아 엮은 것이다.

　　『高麗史』 권102, 列傳15 李仁老.

『東文選』 권84, 序 「海東後耆老會序」.
『增補文獻備考』 권247, 藝文考6 文集類1 高麗.

4) 洪樞府思胤: 고종대 樞密院使를 지낸 洪斯胤과 동일 인물로 판단된다. 「洪奎墓誌銘」에 의하면 洪斯胤의 아들 洪縉이 昌原郡夫人 崔氏와 혼인하였는데, 雙明太尉公－崔讜－이 東州 昌原郡人이므로 姻族이 된다.

　　　『氏族源流』 南陽洪氏.
　　　『高麗墓誌銘集成』, 「洪奎墓誌銘」.

5) 雙明太尉公: 崔讜을 말한다. 雙明은 崔讜의 호다. 그에 대해서는 상권 4, 주해10) 참고; 본서 30쪽.

6) 興王寺: 지금의 북한 경기도 개풍군 봉동면 덕적산 기슭에 있었던 사찰로 문종의 願刹이자 화엄종의 중심사찰이다. 이에 대해서는 중권 10, 주해6) 참고; 본서 212쪽.

7) 水龍: 임진년 즉, 1232년(고종 19)을 말한다. 水는 10干에서 任·癸를 뜻하며, 龍은 12支에서 辰이 되므로 水龍은 곧 壬辰이된다.

　　　諸橋轍次, 1985, 「水」, 『大漢和辭典』 6, 大修館書店, 854쪽.

8) 北兵大至 … 卷入江都: 1232년 7월 蒙古軍 침입에 대항하여 강화도로 遷都한 사건을 말한다. 고려와 몽고는 1219년에 兄弟盟約을 맺었는데, 이것은 몽고의 군사력에 의해 강압적으로 이루어진 것이었다. 이후 몽고의 무리한 공물요구와 몽고사신의 무례한 처사가 지속되자 고려조정은 불만을 갖게 되었고, 이러한 상황에서 본국으로 돌아가던 몽고사신 著古與가 鴨綠江가에서 살해되는 사건이 발생하였다. 이 일로 몽고는 고려를 침공하게 되는데, 고려의 和議 노력으로 전투는 일단락되었다. 하지만 그 후에도 몽고의 압력이 가중되자 고려조정은 몽고에 강경대응을 결의하고, 武臣執政者인 崔瑀의 주도로 강화천도를 단행하였다.

高柄翊, 1969,「蒙古·高麗의 兄弟盟約의 性格」,『白山學報』6 ; 1970,『東亞交涉史의 硏究』, 서울大出版部.

姜晋哲, 1973,「蒙古의 侵入에 대한 抗爭」,『한국사』7, 국사편찬위원회.

尹龍赫, 1986,「高麗의 對蒙抗爭과 江都－江華遷都(1232)와 江都 경영을 중심으로－」,『高麗史의 諸問題』, 三英社, 766~780쪽 ; 1991,『高麗對蒙抗爭史硏究』, 一志社.

9) 學諭: 고려시대 유학의 교육을 담당한 國子監의 종9품 관직인 國學學諭를 말한다. 문종 때 정비한 관제에 의하면 學諭는 4인을 두었는데, 이들의 직무에 대한 설명이 없어 구체적으로 알기는 어렵다. 다만 송의 국자감 學諭는 학생들의 學籍과 근태상황을 기찰하는 업무를 담당하였다(①). 그런데 학유를 비롯한 學正·學錄·直學 등의 관직은 성종대의 국자감 편제에는 보이지 않다가 문종대에 국자감을 재정비하면서 신설된 것으로 이해된다. 이와 관련하여 성종대에 설치한 助敎職이 문종대의 學正·學錄·直學 등으로 대치된 것이라는 견해가 있고(②), 문종 30년 전시과와 인종대의 學式에 조교가 언급되고 있으므로 문종대의 관제에는 누락된 것으로 파악하는 견해가 있다(③).

① 『高麗史』 권74, 志28 選擧2 學校 國學·권76, 志30 百官1 成均館·권34, 世家34 忠肅王 원년 6월.

『宋史』 권165, 職官志118 職官5.

朴龍雲, 2004,「『高麗史』 百官志 譯註(3)」,『고려시대연구』 Ⅶ, 한국정신문화연구원 ; 2009,『『高麗史』 百官志 譯註』, 신서원, 246쪽.

② 閔丙河, 1969·1970,「高麗時代 成均館의 成立과 發展」,『大東文化硏究』 6~7·11~12쪽.

③ 申千湜, 1983,「高麗 國子監職官 變遷考」,『史學硏究』 36 ;『高麗敎育史硏究』, 景仁文化社, 200~210쪽.

10) 法駕: 임금이 타는 수레를 말한다.『高麗史』 輿服志에 의하면 국왕의 거둥에는 법가를 비롯하여 수많은 신하들이 호종하였음이 확인된다.

『高麗史』 권72, 志26 興服 儀衛.

11) 跋涉: 산을 넘고 물을 건너는 것을 뜻한다. 들이나 산을 걷
는 것이 跋이고 물을 건너는 것은 涉이라 하였는데 여로 중의 어려
움과 고생을 의미한다.

『詩經集傳』 권2, 鄘一之四 干旄三章章六句.

漢語大詞典編輯委員會, 1992, 「跋涉」, 『漢語大詞典』 10, 漢語大詞典出版
社, 440쪽.

12) 籝金: 황금이 가득한 상자나 그에 상응하는 귀중한 재물을
의미했다. 그러나 漢의 韋賢이 "자식에게 황금이 가득한 상자를 남
기는 것은 하나의 경전을 남기는 것만 못하다[遺子黃金滿籝 不如
一經]."라고 하여 이후에는 황금에 비견되는 유교경전을 의미하는
말로도 사용되었다. 여기서는 이세황이 아버지 이인로의 遺稿를 황
금이나 경전과 같이 소중하게 간직해 왔음을 비유적으로 표현한 것
이다.

『前漢書』 권73, 韋賢傳43.

『後漢書』 권118, 西域傳78 西域.

『黃御史集』 권6, 墓誌銘 「司直陳公墓誌銘」.

13) 東閣: 동쪽에 위치한 건물이라는 의미인지 특정한 관청의
별칭이었는지 알기 어렵다.

14) 機張縣: 지금의 부산광역시 기장군 지역에 있었던 고려시대
의 행정구역이다. 1018년(현종 9)에 梁州에서 蔚州로 이속되었고,
1143년(인종 21)에 감무를 두었으며, 별호는 車城이다.

『高麗史』 권57, 志11 地理2 慶尙道 梁州·蔚州.

박종기, 2005, 「『高麗史』 地理志 譯註(5) - 蔚州·禮州·金州·梁州·密城
郡 編 -」, 『한국학논총』 27, 93쪽.

15) 按廉使: 본래 명칭은 按察使였으나 나중에 안렴사로 바뀌었
다. 어느 방면을 맡아 그 곳을 순행하면서 守令 가운데 우수한 성적
을 낸 사람은 올려주고, 반대로 나쁜 성적을 낸 사람은 내쫓는 일을

맡아보던 관직이다. 이에 대해서는 상권 23, 주해2) 참고; 본서 124쪽.

16) 大原王公: 생몰년 미상. 대원왕공은 『破閑集』 간행의 후원자로 알려져 있으나 관련기록이 찾아지지 않아 자세한 내력은 알기 어렵다. 大原 王氏는 중국 전통사회의 四姓 가운데 하나로 大原－太原－은 왕씨의 관향으로 쓰이며, 고려시대의 왕씨 중에서도 그들의 출신지를 大原으로 표기하는 일이 자주 있었다. 이에 따라 대원왕공이 왕씨임은 말할 것도 없고 혹은 大原을 封號로 받은 종실 인물 중에 하나일 가능성이 있다. 한편 인종대에 肅宗의 3자인 大原公 王侾라는 인물이 찾아지기는 하지만, 종실이라서 외직을 맡을 수 없었을 뿐 아니라 1170년(의종 24)에 졸하였다. 이세황이 기장현 수령으로 활동한 시기는 적어도 이인로가 사망한 1220년 이후라서 이세황이 만났다는 대원 왕공과는 동일 인물이라고 보기 어렵다.

　『高麗史』 권90, 列傳3 宗室1 大原公侾.
　『高麗墓誌銘集成』, 「李隴西公墓誌銘」.

17) 雲來: 날아서 오다는 뜻과 함께 後孫, 後代란 의미도 함께 있다.

　諸橋轍次, 1986, 「雲」, 『大漢和辭典』12, 大修館書店, 312쪽.

18) 庚申年: 발문의 내용을 통해보면, 고려가 몽골의 침입을 피해 강화도로 천도한 시기에 『破閑集』이 판각되어 발문이 작성되었음을 알 수 있다. 해당 기간 중에 경신년은 1260년(원종 1)이 있다. 따라서 『破閑集』은 1260년에 만들어졌다고 하겠다.

19) 孼子: 사전상 의미는 정실부인이 아닌 賤妾 소생의 아들이다. 하지만 재난을 만난 아들을 가리키기도 한다(①). 身分內婚의 풍습이 강한 고려사회에서 서얼은 조선과 달리 신분내혼의 소생이 아닌 이들을 지칭한 것으로, 왕실의 小君이 대표적이었다. 지배층의 경우에는 限職·限品 등으로 제한을 두었다. 이에 따라 서얼은 赴擧

權은 주어지지만 국학에의 입학은 허락되지 않았으며, 급제하여도
限職이나 限品의 적용을 받았다(②). 여기서는 '얼자'가 신분상의
의미나 겸양의 의미 중 하나로 사용되었을 것인데, 이세황이 한직의
계선을 넘어 榮職인 閣門祗候에 재임하고 있는 것으로 보아 후자의
의미로 사용되었을 것이다.

  ① 諸橋轍次, 1984, 「孼」, 『大漢和辭典』 3, 大修館書店, 895쪽.
  ② 李貞蘭, 2001, 「高麗前期 庶孼의 身分規定에 관한 一考察」, 『典農史
    論』 7, 176~178쪽.

  20) 閣門祗候: 조회와 의례를 관장한 閣門의 정7품 관직이다.
이에 대해서는 중권 3, 주해21) 참고; 본서 162쪽.

  21) 世黃: 『高麗史』 李仁老傳에 의하면 그의 아들로는 程, 穰,
禾昷의 세 명이 전할 뿐이고 세황은 없다(①). 『氏族原流』에는 『高
麗史』에 전하는 세 아들과 함께 얼자 세황을 기록하고 있다(②).
따라서 세황은 세 아들 중 한 명의 異名이거나 『高麗史』에 없는 다
른 아들이었을 것이다.

  ① 『高麗史』 권102, 列傳15 李仁老傳.
  ② 『氏族原流』 仁川李氏.

부록

교감색인 · 찾아보기

이체자·이형자 일람표(가나다순)

가 暇: 暇의 이체자

각 覺: 覺의 이체자

각 角: 角의 이형자

간 閒: 間의 통용자

갈 葛: 葛의 이체자

감 減: 減의 이형자

개 慨: 慨의 이형자

거 擧: 擧의 이체자

거 遽: 遽의 이체자

거 據: 據의 이형자

거 擄: 據의 이형자인 擄의 이체자

검 儉: 儉의 이체자

격 隔: 隔의 이체자

격 隔: 隔의 이체자

격 隅: 隔의 이형자

격 閧: 闃의 이체자

견 牽: 牽의 이형자인 牽의 이체자

결 決: 決의 이형자

겸 無: 兼의 이체자

겸 謙: 謙의 이형자

경 卿: 卿의 이체자

경 經: 經의 이체자

계 繼: 繼의 이체자

계 雞: 鷄의 이형자

계 継: 繼의 이형자

고 藁: 藁의 이체자

고 髙: 高의 이체자

고 顧: 顧의 이형자

곡 穀: 穀의 이체자

과 過: 過의 이체자

관 觀: 觀의 이형자인 觀의 이체자

관 欵: 款의 이형자인 欵의 이체자

관 欵: 款의 이형자

관 舘: 館의 이형자

관 関: 關의 이형자

관 開: 關의 이형자

괴 愧: 愧의 이체자

괴 壞: 壞의 이형자

구 舊: 舊의 이형자

구 久: 久의 이체자

구 勾: 句의 이형자

국 國: 國의 이형자

권 卷: 卷의 이형자

귀 歸: 歸의 이체자

금 禁: 禁의 이형자

급 㥯: 急의 이형자

궁 矜: 矜의 이체자

기 幾: 幾의 이체자

기 奇: 奇의 이체자

기 冀: 冀의 이형자

기 既: 旣의 이형자

내 迺: 迺의 이형자인 迺의 이체자

능 脌: 能의 이체자

단 卅: 丹의 이체자

단 伹: 但의 이형자

달 達: 達의 이체자

달 㺶: 獺의 이형자

답 荅: 答의 이형자

답 荅: 答의 통용자

대 對: 對의 이체자

대 臺: 臺의 이형자

덕 德: 德의 이체자

도 滔: 滔의 이체자

등 䓁: 等의 이형자

람 覽: 覽의 이체자

랍 臈: 臘의 이체자

래 莱: 萊의 이형자

래 来: 來의 이형자

량 亮: 亮의 이체자

량 梁: 梁의 이체자

려 儷: 儷의 이체자

려 侶: 侶의 이체자

려 麗: 麗의 이형자

련 聯: 聯의 이체자

련 聨: 聯의 이형자

렴 廉: 廉의 이체자

록 禄: 祿의 이체자

록 綠: 綠의 이체자

록 绿: 綠의 이체자

록 録: 錄의 이체자

룡 龍: 龍의 이형자

류 流: 流의 이형자

릉 淩: 凌의 이체자

리 離: 離의 이형자

리 裡: 裏의 이형자

린 鄰: 隣의 이형자

림 臨: 臨의 이체자

만 灣: 灣의 이체자

만 湾: 灣의 이형자

만 満: 滿의 이형자

망 茫: 茫의 이형자

멱 覔: 覓의 이형자

설 設: 設의 이형자
소 所: 所의 이체자
속 属: 屬의 이형자
손 損: 損의 이형자
수 垂: 垂의 이체자
수 收: 收의 이체자
수 睡: 睡의 이체자
수 遂: 遂의 이체자
수 樹: 樹의 이형자
수 須: 須의 이형자
수 壽: 壽의 이체자
수 随: 隨의 이형자
숙 宿: 宿의 이체자
순 巡: 巡의 이형자
술 述: 述의 이체자
습 習: 習의 이체자
승 升: 升의 이체자
승 僧: 僧의 이체자
승 乘: 乘의 이형자
신 慎: 愼의 이형자
실 実: 實의 이형자
심 深: 深의 이체자
아 児: 兒의 이체자
악 蕚: 萼의 이형자
안 鴈: 雁의 이형자

앙 仰: 仰의 이형자
양 養: 養의 이형자
양 両: 兩의 이형자
어 扵: 於의 이형자인 扵의 이체자
업 業: 業의 이체자
여 與: 與의 이체자
역 歷: 歷의 이형자
연 烟: 烟의 이형자
연 縁: 緣의 이체자
연 沿: 沿의 이형자
열 悦: 悅의 이형자
염 塩: 鹽의 이형자
예 詣: 詣의 이체자
예 藝: 藝의 이형자
예 預: 豫의 이형자
왕 徃: 往의 이형자
요 謡: 謠의 이형자
요 遥: 遙의 이형자
우 尤: 尤의 이체자
우 迂: 迂의 이형자
운 韵: 韻의 이형자
원 袁: 袁의 이체자
원 轅: 轅의 이체자
원 願: 願의 이형자

원 圓: 圜의 이형자

원 逺: 遠의 이형자

위 為: 爲의 이체자

유 叓: 叟의 이체자

유 遊: 遊의 이체자

은 恩: 恩의 이형자

은 隠: 隱의 이형자

음 隂: 陰의 이체자

음 飮: 飮의 이체자

의 倚: 倚의 이체자

의 疑: 疑의 이체자

의 矣: 矣의 이체자

의 冝: 宜의 이형자

이 甬: 爾의 이체자

이 尒: 爾의 이체자인 尔의 이형자

이 尓: 爾의 이체자인 尔의 이형자

익 益: 益의 이형자

잠 潜: 潛의 이형자

잡 雜: 雜의 이형자

장 将: 將의 이체자

장 莊: 莊의 이체자

장 塲: 場의 이형자

장 壮: 壯의 이형자

장 膓: 腸의 이형자

장 蔵: 藏의 이형자

재 賷: 齎의 이형자

재 㦲: 哉의 이체자인 烖의 이형자

쟁 争: 爭의 이형자

저 伫: 佇의 이체자

전 專: 專의 이체자

전 塡: 塡의 이형자

전 顚: 顚의 이형자

절 竊: 竊의 이형자

절 莭: 節의 이형자

점 點: 點의 이형자

정 亭: 亭의 이체자

정 停: 停의 이체자

정 㝎: 定의 이형자

제 弟: 弟의 이체자

조 俎: 俎의 이형자

족 足: 足의 이형자

존 尊: 尊의 이체자

종 徔: 從의 이형자인 従의 이체자

종 縱: 縱의 이형자인 縱의 이체자

즉 卽: 卽의 이형자

증 曽: 曾의 이형자

지 指: 指의 이체자

지 旨: 旨의 이체자

지 遲: 遲의 이형자

직 直: 直의 이형자

진 晉: 晉의 이체자

진 珎: 珍의 이형자

진 嗔: 嗔의 이형자

진 奈: 秦의 이형자

진 真: 眞의 이형자

진 鎭: 鎭의 이형자

진 珎: 珍의 이형자

진 真: 眞의 이형자

참 嶄: 巉의 이체자

창 刱: 刱의 이체자

채 彩: 彩의 이체자

처 處: 處의 이체자

처 處: 處의 이체자

첩 輒: 輒의 이형자인 輒의 이체자

청 淸: 淸의 이체자

청 聽: 聽의 이체자

청 靑: 靑의 이체자

체 滯: 滯의 이체자

초 楚: 楚의 이형자

촉 囑: 囑의 이형자

총 寵: 寵의 이형자

총 捴: 揔의 이형자

총 聡: 總의 이형자

추 追: 追의 이체자

충 虫: 虫의 이형자

취 娵: 娶의 이형자

치 置: 置의 이체자

치 値: 値의 이형자

침 沉: 沈의 이형자

칭 秤: 稱의 이체자

타 堕: 墮의 이형자

타 操: 操의 이형자

탈 脫: 脫의 이형자

파 播: 播의 이체자

패 珮: 珮의 이형자

학 學: 學의 이체자

함 含: 含의 이체자

함 函: 函의 이형자인 圅의 이체자

함 陷: 陷의 이형자

해 邂: 邂의 이형자

해 觧: 解의 이형자

향 鄉: 鄉의 이체자

허 墟: 墟의 이형자인 墟의 이체자

허 虛: 虛의 이형자

험 險: 險의 이형자

혐 嬚 : 嫌의 이형자

형 衡 : 衡의 이체자

형 荆 : 荊의 이체자

혜 丂 : 兮의 이체자

혜 惠 : 惠의 이체자

호 虎 : 虎의 이체자

호 虒 : 號의 이형자

호 壺 : 壺의 이체자

화 畫 : 畵의 이형자

환 歡 : 歡의 이형자

황 況 : 況의 이체자

황 黃 : 黃의 이체자

회 廻 : 廻의 이체자

회 徊 : 徊의 이체자

회 灰 : 灰의 이체자

회 洄 : 洄의 이체자

회 徊 : 徊의 이체자

회 檜 : 檜의 이체자

회 囘 : 回의 이체자

회 會 : 會의 이형자

회 懷 : 懷의 이형자

횡 橫 : 橫의 이체자

효 曉 : 曉의 이체자

후 侯 : 侯의 이체자

후 厚 : 厚의 이체자

후 朽 : 朽의 이형자

휘 彙 : 彙의 이체자

휴 携 : 携의 이체자

흉 胷 : 胸의 이형자

흑 黑 : 黑의 이형자

희 戲 : 戲의 이형자인 戲의 이체자

찾아보기

나

차

파

하